Peter Prange
DER LETZTE HAREM

Peter Prange

Der letzte Harem

Roman

Droemer

Besuchen Sie uns im Internet:
www.droemer.de

Mehr über den Autor erfahren Sie unter:
www.peter-prange.de

Die Folie des Schutzumschlags sowie die Einschweißfolie sind
PE-Folien und biologisch abbaubar.
Dieses Buch wurde auf chlor- und säurefreiem Papier gedruckt.

Copyright © 2007 bei Droemer Verlag.
Ein Unternehmen der Droemerschen Verlagsanstalt
Th. Knaur Nachf. GmbH & Co. KG, München
Ein Projekt der AVA international GmbH
Autoren- und Verlagsagentur
www.ava-international.de
Alle Rechte vorbehalten. Das Werk darf – auch teilweise – nur mit
Genehmigung des Verlages wiedergegeben werden.
Umschlaggestaltung: ZERO Werbeagentur, München
Umschlagabbildung: Bridgeman
Satz: Adobe InDesign im Verlag
Druck und Bindung: Ebner & Spiegel, Ulm
Printed in Germany
ISBN 978-3-426-19657-1

2 4 5 3

Für die drei Frauen meines Lebens –

für die Frau, die mir das Leben gab,
für die Frau, die das Leben mit mir teilt,
für die Frau, die dieses Leben nach uns weiterlebt.

»Ich bin eine Haremsfrau, eine osmanische Sklavin.
Heißer Sand ist mein Vater, der Bosporus meine Mutter.
Weisheit ist mein Schicksal, Unwissenheit mein Verderben.
Ich bin reich gewandet und arm angesehen,
eine Herrin von Sklavinnen und selbst eine Sklavin.
Ich bin namenlos, ich bin ehrlos. Mein Heim ist dieser Palast,
wo Götter begraben und Teufel herangezogen werden,
das Land der Heiligkeit, der Vorhof der Hölle.«

Anonyma

Inhalt

Prolog
Die Wunschnacht
1895
11

Erstes Buch
Der Schatten Gottes
1904
29

Zweites Buch
Der Europäer
1908 / 1909
91

Drittes Buch
Taifun Pascha
1909
199

Viertes Buch
Der Goldschmied
1909
311

Fünftes Buch
Der Flötenspieler
1914 / 1915
383

Sechstes Buch
Der Sohn
1918
465

Epilog
Der letzte Harem
1923
553

Dichtung und
Wahrheit
563

Danke
571

Prolog
Die Wunschnacht 1895

1

Es war die Kadir-Nacht, die Nacht, die sich in vielen Jahren nur einmal ereignet, wenn die Geburt des Propheten Mohammed zusammenfällt mit der letzten Nacht des Fastenmonats Ramadan, in der Allah den Koran zur Welt herabsandte: jene geheimnisvolle Nacht der Nächte, in der nach dem Glauben der Rechtgläubigen alles, was auf Erden existiert, ob Pflanzen, Tiere oder Menschen, sich vor dem Schöpfergott verneigt und Wünsche in Erfüllung gehen.

Leise, damit ihre jüngeren Geschwister nicht aufwachten, stand Elisa von ihrem Strohlager auf, um sich in der dunklen Kammer anzuziehen. Es war so kalt, dass ihre Zähne aufeinanderschlugen, und ihre nackten Füße klebten auf dem gefrorenen Lehmboden beinahe fest, als sie sich zur Tür tastete, wo sie vor dem Schlafengehen ihren Filzmantel und die Wollstrümpfe bereitgelegt hatte. Sie war mit Fatma verabredet, ihrer besten Freundin. Zusammen wollten sie die Zauberkräfte dieser Nacht nutzen, um endlich den Krieg zu beenden, der seit einem Jahr in ihrem Dorf herrschte. Denn seit dieser Krieg begonnen hatte, durften Elisa und Fatma nicht mehr miteinander sprechen. Und wenn sie es doch taten, gab es Prügel.

Elisa zog sich gerade ihre Mütze über den Kopf, als sie aus der Wohnküche die Stimmen ihrer Eltern hörte. Sie presste ihr Ohr an die Tür, um zu lauschen.

»Ich will keine Pistole im Haus«, sagte ihre Mutter. »So was bringt nur Unglück.«

»Wir müssen uns wehren«, erwiderte ihr Vater. »Sie quetschen uns aus bis aufs Blut.«

»Trotzdem! Wir sind früher auch mit ihnen ausgekommen, wir sind doch alle Untertanen des Sultans.«

»Nein, das sind wir nicht! Wir sind Armenier! Wir sind getauft! Ungläubige Christen! Darum hassen sie uns!«
»Wir müssen tun, was sie von uns verlangen. Wenn wir uns wehren, bringen sie uns alle um!«
»Besser, sie bringen uns um, als vor Hunger zu krepieren!«
Der schwache Schein einer Lampe drang durch die Ritzen der Tür. In weißen Wölkchen stob der Atem aus Elisas Mund. Obwohl sie erst neun Jahre war, verstand sie nur zu gut, wovon die Rede war – seit Wochen sprachen ihre Eltern von nichts anderem. Von den Türken und den Kurden und den Armeniern und ihren Streitereien. Nie konnten sie sich vertragen. Wenn Kinder sich so böse stritten, wurden sie bestraft. Aber die Erwachsenen?
Von draußen näherten sich Stiefelschritte, und gleich darauf donnerten so schwere Schläge gegen die Haustür, dass die Holzwände davon bebten.
»Aufmachen!«, rief eine Männerstimme. »Oder wir schlagen die Tür ein!«
Elisas kleiner Bruder, der zusammen mit den Zwillingen in einem Bettkasten lag, richtete sich im Schlaf auf und fing an zu weinen.
»Pssst!«
Durch den Türspalt spähte Elisa in die Wohnküche. Ihr Vater ließ gerade seine Pistole in der Pluderhose verschwinden, während ihre Mutter die Haustür öffnete. Ein Mann mit einem riesigen Schnauzbart und einer hohen, von bunten Seidentüchern umwickelten Mütze betrat den Raum. In der Hand hielt er einen Säbel. Elisa kannte den Mann: Das war der kurdische Steuereintreiber. Ihm folgten weitere Kurden, die ihre Gewehre auf Elisas Eltern richteten.
»Was wollt ihr von uns?«, fragte ihr Vater
»Du hast deine Steuern nicht bezahlt!«
»Wir haben kein Geld mehr! Ihr habt uns schon alles abgenommen!«
»Soll ich dir suchen helfen?«

Der Steuereintreiber machte mit seinem Säbel einen Schritt auf Elisas Vater zu. Dabei schien er immer größer zu werden, wie ein Flaschengeist im Märchen, während Elisas Vater förmlich in den Boden schrumpfte.

Ihre Mutter drängte sich zwischen die beiden. »Hier«, sagte sie. Sie griff in ihre Schürze und holte ein Säckchen daraus hervor. »Das ist alles, was wir haben.«

»Nein, das gibst du ihm nicht!«

Der Steuereintreiber stieß Elisas Vater beiseite und nahm das Säckchen an sich. »Na also! Warum nicht gleich?« Er steckte das Geld ein. »Aber das ist doch bestimmt noch nicht alles.«

Zitternd vor Kälte und Angst sah Elisa, wie er die Schränke und Regale durchsuchte. Sie wusste, wenn sie jetzt nichts unternahm, würden sie alle bis zum Frühjahr wieder hungern, genauso wie im letzten Jahr. Sie bückte sich, um in ihre Filzschuhe zu schlüpfen.

»Wo willst du hin?«, fragte ihr Bruder. »Geh nicht weg, bleib bei mir!«

Mit erschrockenen Augen sah er sie an. Am liebsten wäre Elisa zu ihm in den Bettkasten gekrochen. Doch das durfte sie nicht. Sie musste zu ihrer Freundin, egal, wie groß ihre Angst war. Nur wenn man die Verneigung der Schöpfung vor Allah mit eigenen Augen sah und dabei betete, so hatte Fatma erklärt, konnten die Zauberkräfte dieser Nacht wirken.

Vom Minarett der Dorfmoschee wehte der Gesang des Muezzins herüber, um die Gläubigen zum letzten Gebet des Tages zu rufen.

»Hab keine Angst«, flüsterte Elisa. »Ich mache, dass alles wieder gut wird.«

Sie gab ihrem Bruder einen Kuss und warf einen letzten Blick auf ihre Eltern, die von einem der Kurden in Schach gehalten wurden, während die anderen auf dem Boden knieten, um zu beten. Dann öffnete Elisa das Fenster und verschwand hinaus in die Nacht.

2

Zur selben Zeit schlüpfte Elisas Freundin Fatma durch den Hinterausgang ihres Elternhauses ins Freie. Dabei wehte ihr ein so eisiger Wind ins Gesicht, dass der Gesang des Muezzins darin zu gefrieren schien. Doch eingemummt in flauschig warme Lammfelle, konnte die Kälte ihr nichts anhaben. Sie musste sich beeilen, Elisa wartete bestimmt schon auf sie.

Fatma wickelte sich den Schal noch fester um den Kopf. Hoffentlich machte ihre Freundin ihr keine Vorwürfe. Wie immer, wenn Fatma ein schlechtes Gewissen hatte, überlegte sie schon im Voraus ihre Verteidigung. Nein, sie konnte nichts dafür, wenn sie zu spät kam – ihre Mutter war schuld! Sie hatte nach dem Abendessen Fatmas Hände mit Henna eingerieben, zur Vorbereitung auf das Bairam-Fest, das sie morgen feiern würden. Fatmas Vater war Kurde, doch ihre Mutter war Tscherkessin, und alle tscherkessischen Frauen färbten sich zum Bairam-Fest ihre Hände mit Henna rot. Tscherkessische Frauen, so sagte Fatmas Mutter immer, waren die schönsten Frauen der Welt, weshalb es im Harem des Sultans auch nur Tscherkessinnen gab. Davon war sie so fest überzeugt wie Fatmas Vater von der Tatsache, dass alle Armenier Lügner und Betrüger waren. Es hatte also keinen Zweck zu protestieren, wenn ihre Mutter einem die Hände mit Henna einreiben wollte. Das musste Elisa einfach glauben, und wenn sie sich die Nase beim Warten abfror. Dass Fatma selbst um das Henna gebettelt hatte, damit sie morgen genauso schön sein würde wie ihre Mutter, hatte sie schon vergessen.

Vorsichtig, damit niemand sie sah, spähte Fatma in die Dunkelheit. Die Schneeflocken, die lautlos vom Himmel fielen, glitzerten wie Kristalle im Mondlicht, das zwischen den Wolken hier und da hervorbrach. Hoffentlich hörte es bald auf zu schneien, sonst konnten Elisa und sie das Wunder gar nicht sehen – und wenn sie es nicht sahen, würden ihre Wünsche nicht in Erfüllung gehen. Sie lief an dem zugefrorenen Bach entlang, der hinter dem Haus ihrer Eltern vorbeiführte. Die Dorfstraße war zu gefährlich. Dort patrouillierten seit ein paar Tagen Soldaten des Sultans, um die Armenier und Kurden, die nur durch die Straße voneinander getrennt in ihren Häusern lebten, daran zu hindern, übereinander herzufallen und sich die Kehlen durchzuschneiden.

Leise knirschte der Schnee unter Fatmas Füßen. Sie hatte geglaubt, dass sie in der Dunkelheit Angst haben würde, aber sie hatte keine – sie war viel zu aufgeregt, um sich zu fürchten. Gleich würde sie etwas sehen, was kaum ein Mensch je gesehen hatte. In den gefütterten Wildlederstiefeln, die ihr Vater ihr geschenkt hatte, ging sie mit so federleichten Schritten durch den Schnee, als würde sie tanzen. Warum schenkten Elisas Eltern ihrer Freundin nicht auch solche Stiefel? Vielleicht stimmte es ja doch, dass die Armenier böse Menschen waren.

Plötzlich zuckte Fatma zusammen. Nur einen Steinwurf entfernt, vor dem großen Schuppen, in dem die Schaffelle lagerten, sah sie im Schneetreiben ihren Vater. Er kommandierte ein halbes Dutzend vermummter Männer, die schwere Kisten von einem Pferdeschlitten in den Schuppen schleppten. Was hatte das zu bedeuten? Ihr Vater hatte doch gesagt, er wäre im Schafstall, um den Opferhammel auszusuchen, den er morgen früh schlachten würde. Und der Schafstall war am anderen Ende des Dorfes.

Vom Turm der armenischen Kirche schlug die Uhr. Wieder regte sich Fatmas Gewissen. Es war, als würde Elisa nach ihr rufen. Obwohl sie zu gerne gewusst hätte, was ihr Vater bei dem Schuppen trieb, überquerte Fatma den zugefrorenen Bach, um am anderen Ufer weiterzulaufen. Wenn ihr Vater sie erwischte, würden ihre Wünsche Allahs Ohr nicht erreichen – Elisa war eine Ungläubige, sie allein konnte das Wunder nicht bewirken.

Das Läuten der Kirchenglocke wies Fatma den Weg. Sie musste sich nur genau in die entgegengesetzte Richtung halten. Mit ihren leichten Stiefeln kam sie so rasch voran, dass der letzte

Glockenschlag noch nicht verklungen war, als sie auch schon das freie Feld erreichte.
Da knallte irgendwo in der Ferne ein Schuss.

3

Warum nur hatte Allah den Winter erschaffen? Hätte er es nicht bei Frühling, Sommer und Herbst belassen können?
Wehmütig erinnerte sich Fuad, ein Händler aus der Provinzhauptstadt, an die letzte Reise, die ihn in diese Gegend geführt hatte, während er sich am offenen Kamin der Karawanserei, wo er vor wenigen Minuten eingekehrt war, die Hände rieb, um sich aufzuwärmen. Damals hatte er sich mit dieser kleinen armenischen Hure unter freiem Himmel vergnügt, eine wunderbar laue Sommernacht lang, um den Verkauf von vier Ballen Tuch und sieben Fässern Olivenöl zu feiern. Das süße kleine Dreckstück hatte ihm beim Vögeln den Sack so zärtlich gekrault, als wären lauter Goldstücke darin. Bei dem Gedanken daran durchzog ein wohliges Gefühl seine Lenden. War das wirklich erst vor zwei Monaten gewesen?
»Hier, dein Tee!«
»Stell ihn auf den Schemel.«
Fuad nahm einen Schluck. Wenigstens war der Tee heiß. Doch wenn er die Wahl gehabt hätte, wäre er hundertmal lieber in einer armenischen Taverne abgestiegen – die Christen hatten nicht nur die besseren Huren, sondern auch die besseren Getränke! Immer nur Apfeltee, Schwarztee oder Pfefferminztee. Das Zeug floss ihm allmählich aus den Ohren heraus.
Über den Rand seines Glases schaute Fuad sich um. In dem Teehaus saßen ein paar Bauern, ein Händler mit einem Fez auf dem Kopf, der irgendwelche Zahlen auf ein Blatt Papier kritzelte, und ein Dutzend Soldaten. Fuad musterte ihre Gesichter. Ob sie ihm

einen Hinweis geben konnten? Schließlich war er nicht zu seinem Vergnügen hier. Der Provinzgouverneur hatte ihm einen ebenso einträglichen wie schwierigen Auftrag erteilt. Er sollte ein Lot schöner, gesunder Jungfrauen besorgen, mit blonden Haaren und hellen Augen, die nicht älter sein durften als zwölf Jahre, für den Harem eines hohen Herrn im fernen Konstantinopel, der Hauptstadt des Reiches. Wo aber sollte man solche Kostbarkeiten finden? Man hatte Fuad gesagt, in der Gegend würde es von blonden Menschen mit hellen Augen nur so wimmeln, Flüchtlingsfamilien aus dem Kaukasus, die sich hier angesiedelt hätten und die für einen vernünftigen Preis bereit seien, ihre Töchter zu verkaufen. Doch das einzige Wesen, das dieser Beschreibung einigermaßen entsprochen hatte und aus der Gegend stammte, war die kleine armenische Hure gewesen, die seinen Sack gekrault hatte. Und die war schon über dreißig und alles andere als das, was man in Konstantinopel unter einer Jungfrau verstand. Beim Barte des Propheten!
Fuad rückte seinen Turban zurecht und spitzte die Ohren, um den Gesprächen der Soldaten zu lauschen. Er konnte mit seinen Ohren, was andere Menschen nur mit ihren Augen konnten: Er konnte sie auf ein bestimmtes Ziel richten, so dass er nur zu hören bekam, was er auch hören wollte.
Die Soldaten redeten über ihren Einsatz, zu dem sie hierher kommandiert worden waren. Wenn Fuad richtig verstand, bildeten sie im Auftrag des Sultans bewaffnete kurdische Spezialeinheiten aus, damit diese den Armeniern ihre Frechheiten austrieben. Offenbar weigerten sich immer mehr Armenier, die Schutzzölle, die die Kurden im Namen der Regierung erhoben, ordnungsgemäß zu entrichten, ja sie fingen sogar an, Banden zu bilden, um sich zur Wehr zu setzen. Fuad hob anerkennend die Brauen. Was für ein kluger Schachzug: Man nahm die kurdischen Schurken, die ja auch nichts anderes konnten als überall Unruhe stiften, an die Kandare, indem man sie zu Aufsehern der armenischen Schurken machte ... Die Christen hatten für so

was eine treffende Redensart: Den Teufel mit dem Belzebub austreiben.

»He, du da! Was stehst du da rum? Setz dich zu uns!«

Drei Soldaten, die etwas abseits von ihren Kameraden in einer Ecke hockten, winkten ihn zu sich. Fuad ließ sich das nicht zweimal sagen.

»Darf ich die Herren auf ein Pfeifchen einladen?«, fragte er, als er sich auf ein freies Polster niederließ.

»Ja doch, gerne.«

Fuad bestellte eine Wasserpfeife, und während er mit den Soldaten ein paar belanglose Worte wechselte, überlegte er, wie er das Gespräch unauffällig auf das eigentliche Thema bringen konnte. Er musste höllisch aufpassen, was er sagte, der Sklavenhandel war seit Jahren offiziell verboten. Auch wenn sich die Herrschaften in Konstantinopel einen Dreck darum scherten.

Der Wirt brachte gerade die Wasserpfeife, da flog die Tür auf, und ein Melder stürzte in die Karawanserei.

»Sie haben den Steuereintreiber umgebracht!«, rief er, ganz außer Atem.

Die Soldaten zuckten gleichgültig die Achseln. Nur ein Offizier sprang auf.

»Was sagst du da?«

»Einfach abgeknallt!«, bestätigte der Melder. »Aus dem Hinterhalt erschossen!«

»Ja, und?«, lachte ein Soldat. »Das war doch nur ein Kurde!«

»Nur ein Kurde?« Der Offizier trat in die Mitte des Raums und blickte in die Runde. »Versteht ihr denn nicht? Er war einer von uns! Ein Moslem!« Sein Gesicht war weiß wie eine Wand, und die Spitzen seines Bartes zitterten vor Erregung.

Plötzlich war es so still in dem Teehaus, dass man nur noch das Gurgeln der Wasserpfeifen hörte.

»Dafür verpassen wir ihnen eine Ohrfeige!«, rief der Offizier. »Im Namen Allahs und des Sultans!« Er nahm seine Pistole aus dem Halfter und schoss in die Luft. »*Padişahim çok yaşa!*«

»*Padişahim çok yaşa!*«, brüllten die Soldaten im Chor. »Lang lebe der Padischah!«

4

Es hatte aufgehört zu schneien, und die Wolken trieben so weit auseinander, dass das Licht des Mondes in immer breiteren Silberstreifen auf die schneebedeckte Steppe herabflutete.
Elisa wusste nicht, wie lange sie schon auf dem erfrorenen Baumstumpf saß und wartete, oben auf der kleinen Anhöhe, unweit der Quelle des Baches, wo sie sich immer mit Fatma traf, seit ihre Eltern ihnen verboten hatten, einander zu sehen. Am Anfang hatte Elisa so heftig gefroren, dass sie geglaubt hatte, es keine fünf Minuten in der Kälte auszuhalten. Doch dann hatte sie sich einfach vorgestellt, sie wäre ein lebender Eiszapfen, das Kind einer Eiszapfenfamilie, das nichts mehr liebte als die Kälte. Seitdem hatte sie nur noch Angst, es könnte plötzlich warm werden und sie würde schmelzen.
Ein Knall wie von einer Peitsche hallte aus der Richtung des Waldes herüber, der sich hinter dem Dorf an der Straße zur Provinzhauptstadt erhob. Elisa kniff die Augen zusammen, doch sie konnte nichts erkennen. Wahrscheinlich war das ein Jäger gewesen, vielleicht auch der Wirt der Karawanserei – in dem Wald gab es jede Menge Wild. Aber musste er ausgerechnet heute auf die Jagd gehen, ausgerechnet in dieser Nacht, in der das Wunder geschehen sollte? Plötzlich war Elisa kein Eiszapfen mehr, sondern nur noch ein Mädchen, das entsetzlich fror und außerdem fürchterliche Angst hatte. Warum war sie nicht bei ihren Eltern geblieben? Vielleicht waren ihre Eltern gar nicht mehr da, wenn sie nach Hause kam. Vielleicht hatte der Steuereintreiber sie verhaftet und ins Gefängnis gesteckt.
»Allah sei gepriesen – da bist du ja!«

Wie aus dem Nichts tauchte Fatma vor ihr auf. Mit ihren Fellen und ihrem Schal um den Kopf sah sie aus wie ein Waschbär.

»Jesus Maria«, stieß Elisa hervor, »hast du mich erschreckt! Wo bist du so lange geblieben?«

»Ich kann nichts dafür. Meine Mutter …«

»Das sagst du immer, wenn du zu spät kommst.«

»Ist es etwa meine Schuld, wenn morgen Bairam ist? Das ist Kismet, der Wille Allahs.«

»Kismet? Daran glauben doch nur die Türken.«

»Du bist ja nur neidisch, weil euer Jesus kein Kismet kann. – Los, mach mal Platz.«

Elisa rückte ein Stück beiseite, damit Fatma sich neben sie auf den Baumstumpf setzen konnte. Elisa fiel ein Stein vom Herzen. Gott sei Dank, dass Fatma endlich da war!

Auch wenn Elisa es nie im Leben zugegeben hätte, weil sie und Fatma fast immer miteinander stritten, gab es doch keine bessere Freundin auf der Welt. Die beiden schmiegten sich so dicht aneinander, dass ihre Atemwölkchen sich in der Luft vermischten.

»Hast du deine Kette dabei?«, fragte Elisa.

»Ja«, sagte Fatma. »Du auch?«

Sie zogen ihre Ketten aus den Manteltaschen: zwei einfache Perlenkränze, die einander zum Verwechseln ähnlich sahen. Fast alle Bewohner des Dorfes hatten solche Gebetsketten – der Goldschmied im Ort machte nur diese eine Sorte. Damit beteten die Moslems die Suren des Korans, und die Christen die Gesetze des Rosenkranzes.

»Was wünschst du dir, wenn es passiert?«, fragte Fatma.

»Genau dasselbe wie du«, erwiderte Elisa.

»Woher willst du wissen, was ich mir wünsche?«, protestierte Fatma.

»Wollen wir wetten?«, fragte Elisa.

»Ja. Aber sag du zuerst!«

»Nein, du!«

Sie machten eine Pause. Dann platzten sie beide im selben Augenblick heraus.
»Dass wir für immer Freundinnen bleiben ...«
»Ganz egal, was passiert ...«
»Und wir uns immer helfen ...«
»Und immer zusammenhalten ...«
»Versprochen?«
»Versprochen!«
Sie nahmen sich in den Arm und drückten ihre Gesichter ganz fest aneinander. Erst als sie sich wieder losließen, fiel Elisa ein, dass sie ja eigentlich hierhergekommen waren, um sich etwas ganz anderes zu wünschen.
»Und was ist mit unseren Vätern?«, fragte sie.
»Wenn wir zusammenhalten«, sagte Fatma, »müssen die sich auch vertragen, irgendwann. Dann bleibt ihnen gar nichts anderes übrig. Und die anderen Männer im Dorf auch.«
»Und du glaubst wirklich, dass der Zauber wirkt?«
Fatma warf den Kopf in den Nacken, als dürfe ihr niemand widersprechen. »Der Hodscha hat es in der Koranschule gesagt, und der Hodscha ist der klügste Lehrer der Welt.« Plötzlich veränderte sich ihr Gesicht. »Eins könnte nur sein ...«
»Nämlich?«
»Dass es wegen dir nicht geht.«
»Wegen mir? Warum?«
»Weil du eine Christin bist, eine Ungläubige, und ich weiß nicht, ob Allah ...«
»Kann ich was dafür, dass meine Eltern mich getauft haben?«, fiel Elisa ihr ins Wort.
»Wahrscheinlich nicht. Wahrscheinlich war das Kismet.« Fatma dachte nach. »Ich glaube, ich weiß was«, sagte sie dann. »Gib mir deine Kette.«
»Wozu?«
»Wir tauschen. Du gibst mir deine, und ich gebe dir meine. – Los, mach schon!«

Zögernd gab Elisa ihr den Perlenkranz und nahm dafür den ihrer Freundin.
»Jetzt kann nichts mehr schief gehen«, sagte Fatma zufrieden.
»Im Namen Allahs!«
»Und der Jungfrau Maria!«, fügte Elisa hinzu.
Schulter an Schulter saßen sie da, und während sie die Gebetsketten so fest in ihren Händen hielten, dass sie die Perlen durch ihre Handschuhe spürten, warteten sie zusammen auf das Wunder. Vor ihnen lag die weiße Steppe im Mondlicht, eine leere Wüste aus Schnee und Eis. Irgendwo rief ein Käuzchen, und ein schwarzer Vogel glitt lautlos mit seinen ausgebreiteten Schwingen durch die Nacht.
»Da! Sieh nur! Ich glaube, es fängt an.«
»Ja! Ich sehe es auch, ganz deutlich.«
Endlich geriet die Landschaft in Bewegung. Ein eisiger Nachtwind strich über das Land, die Bäume des Wäldchens wiegten ihre Kronen wie Menschen ihre Köpfe, so als würden sie noch zögern, bevor sie sich verneigten. Die Mädchen hielten den Atem an. War dies das Wunder, das sie herbeigesehnt haben? Fast gleichzeitig fingen sie an zu beten.
»*Bismillahrirahmanirahim ...*«
»*Vater unser, der du bist im Himmel ...*«
Mit unterschiedlichen Worten, doch mit derselben Kraft des Glaubens an den einen, allmächtigen Gott wollten sie das Wunder herbeibeschwören. Und wirklich: Plötzlich sahen sie dunkle Gestalten, die zwischen den Bäumen hervorbrachen und auf das Dorf zustürzten.
»Gelobt sei Jesus Christus ...«, flüsterte Elisa, so andächtig wie in der Kirche.
»*Allah ekber ...*«, flüsterte Fatma und warf sich zu Boden. »Gott ist groß!«
Und dann geschah etwas, das noch viel größer, noch viel gewaltiger war als das größte und gewaltigste Wunder, das Elisa und Fatma sich vorstellen konnten: Eine Fackel zischte durch die

Luft, in ihrem Schein sahen sie die Umrisse eines Schuppens, und im nächsten Augenblick erbebte die Erde in einer Explosion, als sei das Jüngste Gericht angebrochen.

5

Bis zu den Sprunggelenken versank der Esel in dem verharschten Schnee, während er die kleine Anhöhe erklomm. Dahinter musste sich die Ebene erstrecken, wo es angeblich ein paar Tscherkessen-Dörfer gab. Obwohl Fuad das Tier immer wieder mit seinem Bambusstöckchen auf die Kruppe schlug, knickte es alle paar Schritte ein. Fuad wünschte den Gouverneur zum Teufel, der ihn in diese gottverlassene Gegend geschickt hatte. Was für ein Land, das nur aus Steppe und endlosen Hügelketten bestand. Himmel und Erde verschmolzen am Horizont zu einem einzigen, ununterscheidbaren, schmutzigen Grau, in dem sich das ganze Elend des Winters offenbarte. Hier sollten Tscherkessen mit ihren schönen Töchtern hausen? Eher würden die Huris in der Hölle tanzen, als dass sich ein Mensch freiwillig in dieser Gegend ansiedeln würde.
Endlich erreichte Fuad die Hügelkuppe. Ebenso erschöpft wie er selbst, blieb sein Esel auf der Anhöhe stehen, alle vier Beine von sich gestreckt wie ein Sägebock. Fuad nahm einen Zipfel seines Turbans und trocknete sich den Schweiß am Hals, der ihm trotz der eisigen Kälte aus allen Poren drang. Eine Erkältung würde ihm gerade noch fehlen! Obwohl er im letzten Jahr seine Pilgerfahrt nach Mekka unternommen hatte, wie der Prophet es verlangte, und siebenmal gegen den Uhrzeigersinn um die heilige Kaaba geschritten war, so dass für ihn der Weg frei war zu den ewigen Freuden des Paradieses, hatte er nicht vor, ausgerechnet hier zu verrecken, an diesem gottverlassenen Ende der Welt.
Er griff gerade in seinen Mantelsack nach einem Stück Ziegen-

käse, das der Wirt ihm mitgegeben hatte, da sah er zwischen den Ohren seines Esels eine Rauchfahne am Horizont aufsteigen. Beim Barte des Propheten, was war das?
Er gab seinem Esel die Fersen, und eine halbe Stunde später erreichte er den rauchenden Ort. Fuad drehte sich der Magen um. So musste die Hölle aussehen, in die Allah die Ungläubigen stieß. Hier hatte einmal ein Dorf gestanden, doch alles, was davon übrig war, zwischen den Überresten einer Kirche und der Ruine einer Moschee, waren abgebrannte Häuser, Schuppen und Scheunen, aus deren rauchgeschwärzten Wänden verkohlte Stümpfe hervorragten. Das Feuer hatte mit solcher Macht gewütet, dass Schnee und Eis geschmolzen waren und eine riesige, klaffende, schwarze Wunde in der weiten weißen Winterlandschaft hinterlassen hatten, schwärend von den Spuren der Verwüstung: umgestürzte Karren, zerstörte Pflugscharen, verendete Tieren. Und überall lagen Leichen, von Armeniern und Kurden, von Männern und Frauen, von Alten und Kindern – alle im Tod miteinander vereint. Gegen den beißenden Gestank bedeckte Fuad sein Gesicht mit dem Ende seines Turbans. War das die Ohrfeige des Sultans, zu der die Soldaten aufgerufen hatten, als sie aus der Karawanserei gestürmt waren? Die Strafe, mit der die Armenier zur Vernunft gebracht werden sollten?
Fuad stieg von seinem Esel und schaute sich um. Tatsächlich, die Spuren im Schnee deuteten auf Soldaten hin, Spuren von teuren Lederstiefeln. Obwohl er beim Anblick der verkohlten Leiche einer Frau, die zwei ebenso verkohlte Säuglinge in ihren erstarrten Armen hielt, sich fast erbrach, regten sich plötzlich in ihm jene Instinkte, denen er die besten Geschäfte seines Lebens verdankte.
Ob die Soldaten vielleicht etwas Brauchbares übersehen hatten?
Mit abgewandtem Kopf stieg er über die Leichen. Er näherte sich gerade einem Haus, das zu den größeren des Dorfes gehört haben musste, als er ein Geräusch hörte, ein leises Wimmern und Schluchzen. Er blickte in die Richtung, aus der die Laute

kamen. Hinter einer Mauer tauchten zwei Mädchen auf – offenbar die einzigen Wesen, die die Verwüstung überlebt hatten. Ihre Gesichter waren von Tränen, Schmutz und Rauch verschmiert. Ihr Anblick rührte Fuad in der Seele. Er hatte von seinen vier Frauen selber ein halbes Dutzend Töchter.
»Allah, Allah«, sagte er. »Wer seid ihr denn? Na, kommt mal her, meine Täubchen.«
Er winkte sie zu sich heran. Doch die Mädchen waren so verängstigt, dass sie sich nicht vom Fleck rührten. Fuad machte einen Schritt auf sie zu.
»Habt keine Angst, ich tue euch nichts.«
Er griff in seine Tasche und zog ein Stück getrockneten Honig hervor.
»Seht mal«, sagte er und streckte ihnen die Süßigkeit entgegen. »Ich habe was für euch.«
Zögernd löste sich die größere der beiden aus ihrer Erstarrung, während ihre Freundin sie an ihrem Schaffell zurückhielt. Fuad machte noch einen Schritt auf sie zu.
»Wer seid ihr? Habt ihr keine Namen? Oder könnt ihr gar nicht sprechen?«
Die Größere wollte etwas sagen, aber die Kleinere hielt ihr den Mund zu. Die Größere wehrte sich, dabei verrutschte die Mütze der Kleinen. Die Mütze fiel zu Boden und ihr Haar flutete offen auf ihre Schultern.
Im selben Augenblick wich Fuads Mitleid freudiger Überraschung.
»Allah sei gepriesen!«, rief er. »Er hat meine Gebete erhört.«
Das Mädchen, das jetzt seine Mütze vom Boden hob, hatte blonde Haare und graue Augen. Und das andere, dessen Hände bis zu den Knöcheln mit rotem Henna eingerieben waren, war trotz der Verwüstung im Gesicht so schön, dass die Farbe der Haare und Augen vollkommen gleichgültig war …

Erstes Buch
Der Schatten Gottes
1904

1

Wie ein riesiger Stern, der vom Himmel herabgefallen war, erstreckte sich Konstantinopel, die Hauptstadt des Osmanischen Reichs, über die sieben Hügel diesseits und jenseits des Bosporus, um hier, im Zentrum jahrhundertealter Macht, wo zwei Weltmeere zusammenströmten, die Kontinente Asien und Europa miteinander zu verbinden. Und wie ein Abbild dieses Sterns erhob sich, an grün bewaldeten Hängen über den funkelnden, ewig strömenden Gewässern, die tausend und ein Geheimnis in den Fluten wahrten, der Yildiz-Palast mit seinen kunstvoll ineinander verschachtelten Gärten und Gebäuden, eine weiße Stadt in der Stadt, in dreifachem Kreise von hohen Mauern umgeben, an denen jedes irdische Wägen und Meinen zunichte wurde. Hier residierte, durch fünftausend Wachen von seinen Untertanen abgeschirmt, der allmächtige Kaiser der Osmanen, Abdülhamid II., »der Schatten Gottes auf Erden, Sultan der Sultane, Beherrscher der Gläubigen, Herr zweier Erdteile und zweier Meere, Schutzherr der heiligen Städte« – das letzte Rätsel des Orients.
Der Mittag nahte, und mit flimmerndem Glast brannte die Sommersonne auf die Stadt herab, verwandelte das Blei der Kuppeln in Bronze, das Laub der Zypressen in Silber und übergoss die Moscheen und Paläste mit dem Gold von Byzanz. Angetan mit seinen prächtigsten Festtagsgewändern, durchschritt Abdülhamid das lebende Spalier, das die Frauen und Konkubinen seines Harems im Garten von Yildiz bildeten, und warf ihnen mit beiden Händen Goldstücke zu, die sie von den Kieswegen auflasen und dabei den Boden küssten, den seine Füße berührten. Seit einer Woche schon feierte man das Jahresfest seiner Thronbesteigung, ausgerichtet von der Sultan Valide, der Ziehmutter des

Sultans und obersten Herrin des Serails, die keine Stunde verstreichen ließ, ohne ihrem Ziehsohn und Gebieter eine neue Freude zu bereiten, so dass das »Haus der Glückseligkeit«, wie der kaiserliche Harem bei seinen Bewohnerinnen hieß, von morgens bis abends vom Lachen der Frauen widerhallte.

Nur Elisa, eine kleine, unscheinbare, gerade achtzehn Jahre alte Sklavin, ein Nichts in dem unüberschaubar großen Getriebe, hielt sich abseits von den Feierlichkeiten. In der Haremshierarchie, die sich in Dutzende unterschiedlich privilegierter Kreise und Stände gliederte – angefangen vom Hofstaat des Sultans und seiner Ziehmutter über den seiner vier rechtmäßigen Ehefrauen sowie seiner Favoritinnen bis hinunter zu den Odalisken und Gözdes, jener Unzahl weiblicher Wesen, denen der Sultan bereits beigewohnt oder auf die er ein Auge geworfen hatte –, war sie auf der alleruntersten Sprosse der Leiter angesiedelt. Sie war nicht mehr als eine gesichts- und namenlose Dienerin, die von der Büyük Kalfa, der für die Ordnung und Disziplin zuständigen Oberaufseherin, zu beliebigen Arbeiten eingesetzt wurde und samstags, wenn die Sklavinnen das »Pantoffelgeld« ausgezahlt bekamen, den wöchentlichen Lohn für ihre Dienste im Harem, sich stets mit der geringsten Summe begnügen musste.

Wie jede freie Minute, die sie erübrigen konnte, war Elisa in die Menagerie verschwunden, sobald die Büyük Kalfa dreimal in die Hände geklatscht hatte, um den Putzdienst zu beenden. Das Gehege war ein kleiner zoologischer Garten mit wilden Tieren aus allen Gegenden des Reiches, mit Löwen und Tigern und Elefanten, und befand sich auf einer Insel inmitten eines von Seerosen bewachsenen Teiches, der in seiner äußeren Gestalt dem Schriftzug des Sultans nachgebildet war – Zeichen seiner Macht und Allgegenwart, die Allah ihm verliehen hatte.

»Wirst du denn heute gar nicht satt?«

In der spätsommerlichen Stille, die in diesem Teil des Parks nur vom Zwitschern und Singen der Vögel aus den goldenen Volieren gestört wurde, fütterte Elisa ihr Lieblingstier, eine Giraffe.

Mit der Zunge nahm das Tier den Akazienzweig aus ihrer Hand und führte ihn sich ins Maul, um vorsichtig die Blätter mit den Lippen abzustreifen. Elisa musste jedes Mal staunen, dass die dornigen Zweige weder die rosafarbene Zunge noch die samtenen Lippen verletzten.

»Ach, wenn ich nur sehen könnte, was du gerade siehst«, seufzte Elisa, als die Giraffe den Hals wieder in die Höhe reckte, um über die Haremsmauer zu schauen. »Bitte, verrat es mir! Was passiert drüben in den Straßen und Gassen? Was für Menschen leben dort? Tragen die Frauen genauso schöne Kleider wie wir? Lachen oder weinen sie? Haben die Blumen und Bäume dort andere Farben als hier?«

Nach jeder Frage schaute sie zu der Giraffe auf, um aus den malmenden Bewegungen der Kiefer eine Antwort abzulesen. Stundenlang konnte Elisa dieses Spiel spielen. Die Giraffe lieh ihr die Augen, um zu sehen, was ihren eigenen Augen verborgen blieb. Mit ihrer Hilfe malte sie sich das Leben auf der anderen Seite der Umschließung aus, ein Leben, das sie selbst nie kennengelernt hatte. Wie alle Frauen und Mädchen des Harems glaubte Elisa zwar auch, dass das Leben im Haus der Glückseligkeit tausendmal schöner war als irgendwo da draußen – aber konnte man es wirklich wissen? Sie würde es so gerne selber erfahren, einfach nur, um es mit eigenen Augen zu sehen, statt sich auf die Schilderungen der Eunuchen verlassen zu müssen, ihrer einzigen regelmäßigen Verbindung zur Außenwelt. In fünf Jahren, so hoffte Elisa, würde sie wissen, wie das Leben auf der anderen Seite der Mauer aussah. Seit vier Jahren arbeitete sie bereits im Haus der Glückseligkeit, und nach neun Jahren wurden die meisten Sklavinnen frei gelassen – vorausgesetzt, sie empfingen kein Kind von ihrem Gebieter. Doch dass sie, Elisa die Armenierin, das unscheinbarste aller Haremsgeschöpfe, vom »Sultan der Sultane« schwanger würde, war so unwahrscheinlich wie die Aussicht, dass die Sonne in den Bosporus fiel.

»Kannst du ihn schon sehen?«, fragte Elisa.

Die Giraffe schaute nur hochmütig auf sie herab.
»Du weißt ganz genau, wen ich meine«, schimpfte sie.
Dabei konnte Elisa selber nicht sagen, wen sie meinte. Sie hatte das Gesicht des Menschen, nach dem sie fragte, noch nie gesehen, sie wusste nicht einmal, ob es einem Mann oder einer Frau gehörte. Es waren nur ein paar Töne, die sie von diesem Menschen kannte, eine kleine, wunderschöne Melodie. Aber diese Töne bedeuteten ihr Leben. Das Leben, das sie später einmal führen würde, auf der anderen Seite der Haremsmauer.
Sie gab der Giraffe noch einen Akazienzweig.
»Nun sag endlich – siehst du ihn?«
Aber bevor das Tier den Kopf heben konnte, erscholl vom Turm des Hauptgebäudes die Fanfare, die die Frauen zum Freitagsempfang rief.

2

Der Freitagsempfang war das wichtigste Ereignis der Woche im Haus der Glückseligkeit. Alle Frauen, die in der Haremshierarchie einen Rang bekleideten, fieberten ihm von Samstag bis Donnerstag entgegen, in der Hoffnung, dass das Auge des Herrschers auf sie fiel und er ein paar Worte an sie richtete. Worte, die das Paradies bedeuten konnten.
Ihrer Stellung entsprechend, wartete Fatima ziemlich weit unten in der endlos langen Reihe der juwelengeschmückten Frauen, die auf die große Flügeltür starrten, durch die der Sultan jeden Moment in den mit Gold und Stuck verzierten Saal eintreten musste.
Das Herz klopfte ihr bis zum Hals. Würde der Plan aufgehen, mit dem sie das kaiserliche Auge heute auf sich lenken wollte? Noch nie hatte Abdülhamid sie bislang eines Blickes gewürdigt, geschweige denn mit ihr gesprochen. Sie war für ihn nichts wei-

ter als eine von zahllosen Perlen an einer unendlich langen Perlenkette, und wahrscheinlich wusste er gar nicht, dass es sie überhaupt gab. Als Zofe der vierten Kadin, die Anfang des Jahres gestorben war, musste sie froh sein, nach dem Tod ihrer Herrin noch an dem Empfang teilnehmen zu dürfen, und es war vielleicht nur eine Frage der Zeit, dass die Büyük Kalfa sie von der Zeremonie ausschließen würde. Darum *musste* der Plan gelingen, *musste* der Sultan sie heute endlich bemerken. Heute oder nie!

Fatima blickte zur Stirnseite des Saals, wo links und rechts von Abdülhamids leerem Thron die drei noch lebenden Kadins saßen, die Ehefrauen des Herrschers, zusammen mit der Sultan Valide, der kaiserlichen Ziehmutter, sowie den sieben Ikbals, den offiziellen Favoritinnen. Dort, so war Fatima zutiefst überzeugt, sollte sie selber sitzen, dort war der Platz, den das Schicksal für sie vorgesehen hatte – ihr Kismet! Auch wenn diese schönen und hochmütigen Frauen, die jetzt so gelangweilt auf das Erscheinen Abdülhamids warteten, unerreichbar hoch über allen anderen Bewohnerinnen des Harems zu thronen schienen, genügte ja ein einziges Wort des Sultans, um selbst die niederste Sklavin in eine Favoritin zu verwandeln, der dann bereits beim nächsten Freitagsempfang die Prinzessinnen die Hand küssen mussten.

Alles hing von Murat ab, dem Spaßmacher. Er hatte den Plan mit Fatima ausgedacht, und sie hatte ihm für den Fall des Gelingens ihr Pantoffelgeld eines ganzen Jahres versprochen. Obwohl sie sonst immer noch wie zu der Zeit, als sie Fatma geheißen hatte, jedes Geheimnis mit Elisa teilte, hatte sie ihre Freundin diesmal nicht eingeweiht. Sie kannte Elisa wie sich selbst – sie hätte mit Sicherheit versucht, sie von dem Plan abzubringen. Darum wusste außer ihr nur Murat, was gleich passieren würde. Durch das Gitterfenster hinter dem Thron glaubte Fatima für einen Moment das Gesicht des Zwerges zu sehen. Ob er wohl schon die Hand an dem elektrischen Zünder hatte, der die unterirdische Schnur mit der Fackel verband, die direkt vor Fatima im Boden eingelassen war?

Sie versuchte, einen Blick von Murat zu erhaschen, aber es gelang ihr nicht. Saliha, die sechste Ikbal, verdeckte die Sicht auf das Gitterfenster, hinter dem sich der Zwerg verbarg. Saliha war die schönste der sieben Favoritinnen, eine Tscherkessin wie Fatima, und im Haus der Glückseligkeit wurde getuschelt, sie habe Abdülhamid verhext, habe mit ihren goldenen Haaren, den rosigen Wangen und den blaugrünen Augen so vollständig von seinem Herzen Besitz ergriffen, dass keine andere Frau darin mehr Eingang finden könne. Niemand zweifelte daran, dass sie bald den verwaisten Platz der vierten Kadin einnehmen würde.

Als ihre Blicke sich begegneten, zuckte Fatima zusammen. Saliha schaute sie an, wie nur eine Frau eine andere Frau anschauen konnte. Ahnte die Favoritin, was sie vorhatte? Nein, das war unmöglich – Fatima hatte Murat zu viel Geld versprochen, als dass er sie verraten könnte. Trotzdem bekam sie plötzlich solche Angst, dass sie am liebsten alles abgebrochen hätte. Vielleicht war der Plan doch zu kühn? Vielleicht würde der Sultan das Zeichen missverstehen und sie aus seinem Harem verstoßen ...

Sie stellte sich auf die Zehenspitzen, verrenkte sich den Hals nach dem Zwerg, hob sogar die Hand, um ihm einen Wink zu geben.

Doch da ging schon die Flügeltür auf, und der Sultan betrat den Saal. Grüßend durchschritt er die doppelte Reihe seiner Frauen, mit langsamen und gemessenen Schritten, um den links und rechts niedersinkenden, seidenrauschenden Wesen Gelegenheit zu geben, den Boden zu berühren, den seine Herrscherfüße streiften.

Fatima hielt den Atem an. Wie würde der Sultan reagieren?

Er führte gerade grüßend die Hand an die Schläfe, als es geschah. Eine kleine, einsame Flamme, wie von Geisterhand entzündet, loderte aus dem Boden empor, nur wenige Schritte von Abdülhamid entfernt.

Ein kurzer Aufschrei ging durch den Saal, doch der Sultan hob nur die Hand, um die Frauen zu beruhigen.

Mit einem erstaunten Lächeln blickte er auf die Fackel, dann auf Fatima.

»Was hat diese Flamme zu bedeuten?«, fragte er.

Sie nahm ihren ganzen Mut zusammen und sagte die Worte, die sie vorbereitet hatte.

»Es ist die Flamme der Liebe, ewige Majestät, die sich nach Ihnen verzehrt.«

»Von welcher Liebe redest du? Schau uns an, wenn du mit uns sprichst!«

Fatima hob ihren Blick. Aus solcher Nähe hatte sie den Sultan noch nie gesehen. Abdülhamid war schon Mitte sechzig, doch seine Augen glänzten so schwarz wie der Bart auf seinen Wangen, und die große, kräftige Nase versprach einer Frau Freuden, die eines Herrschers würdig waren.

»Mein niederer Rang verbietet es mir, Ihnen darauf Antwort zu geben«, flüsterte sie.

»Dein niederer Rang? Oder die Scham?«, erwiderte Abdülhamid. »Vielleicht schämst du dich ja, weil die Flamme so klein ist. Sie ist ja kaum größer als ein neugeborenes Kind.«

»Ich weiß«, sagte Fatima, »sie ist Ihrer nicht würdig. Aber wenn sie so brennen dürfte, wie sie es möchte, würde Ihr Harem in Flammen aufgehen.«

Sie hatte noch nicht ausgesprochen, da wuchs die Flamme auf Mannshöhe heran.

»Genug! Genug!«, rief der Sultan und lachte. »Was für eine gelungene Überraschung!«

Er tätschelte ihre Wange. »Jetzt würde uns nur noch eins interessieren«, sagte er dann. »Teilt diese Flamme noch andere Eigenschaften mit dir?«

3

Elisa wartete immer noch in der Menagerie auf die geheimnisvollen Klänge, auf die sie jeden Tag hier wartete. Aber in der Hitze des späten Sommernachmittags war nur das Zirpen der Grillen im Gras zu hören. Enttäuscht fütterte sie die Giraffe, doch ohne mit dem Tier zu sprechen. Hatte sie den Moment verpasst? Sie verstand selbst nicht, warum, aber aus irgendeinem Grund musste sie diese Töne mindestens einmal am Tag hören. Das war ihr ein ebenso dringendes Bedürfnis wie das Glas Tee oder das Stück Brot mit Rosenmarmelade, das sie morgens als Frühstück zu sich nahm.
Sie wollte sich gerade zum Gehen wenden, da sah sie ihre Freundin Fatima. Sie eilte mit wehenden Schleiern über die Brücke, die über den Teich zur Menagerie führte.
»Da bist du ja! Allah sei gepriesen!«, sagte sie, ganz außer Atem. »Du kannst dir nicht vorstellen, was passiert ist!«
»Soll ich raten?«, fragte Elisa. »Der Obereunuch hat dich geküsst!«
»Der Obereunuch hat wirklich damit zu tun. Er hat mir den Befehl überbracht! Der Kizlar Aga persönlich!«
»Der Kizlar Aga? Welchen Befehl? Ich verstehe kein Wort!«
»Der Sultan will wissen, ob ich mich wie eine Flamme bewegen kann.«
»Wie bitte?«
Fatima nahm Elisas Hände, als müsse sie sich selbst beruhigen, bevor sie weitersprach.
»Der Sultan will, dass ich für ihn tanze«, erklärte sie schließlich.
»Um Gottes willen!«, platzte Elisa heraus. »Das ist ja entsetzlich!«
»Entsetzlich?« Fatima schaute sie an, als hätte sie den Verstand verloren. »Begreifst du nicht, was das bedeutet?«

»Und ob ich das begreife! Das bedeutet, dass du hier nie wieder rauskommst! Du bleibst hier gefangen, dein Leben lang!«
»Allah segne deine Worte!«, seufzte Fatima. »Möge es wirklich so sein.«
Ein Hauch von Rosa, zart und durchsichtig wie ein Schleier, lag auf ihrem Gesicht. Doch auch ohne dass sie errötete, wusste Elisa, was in ihr vorging. Im Gegensatz zu ihr selbst war Fatima mit ihren großen Mandelaugen, den vollen roten Lippen und den kastanienbraunen Locken zu einer solchen Schönheit herangewachsen, dass sogar die kastrierten Pfauen im Park bei ihrem Anblick ein Rad schlugen. Und sie war entschlossen, ihre Schönheit zu nutzen.
»Davon hast du geträumt, seit wir hier sind, nicht wahr?«, sagte Elisa.
»Das weißt du doch«, nickte Fatima. »Aber sag, freust du dich denn gar nicht mit mir?«
»Doch, natürlich tue ich das. Wenn es dich glücklich macht.«
»Ich weiß, ich weiß«, unterbrach Fatima sie, »du träumst von einem Leben auf der anderen Seite der Mauer. Aber das ist falsch! Der Harem ist unser Leben, unser Kismet – das Schicksal, das Allah für uns bestimmt hat.«
»Für dich vielleicht, aber nicht für mich. Ich glaube nicht ans Kismet.«
»Und woran glaubst du?«
Elisa zögerte. Für Fatima war alles, was geschah, Schicksal. Doch war das Schicksal wirklich die einzige Macht, die sie regierte?
»Siehst du?«, sagte Fatima. »Darauf hast du keine Antwort. Also sei vernünftig, und nimm die Dinge, wie sie sind. Wenn wir irgendwann nicht mehr gebraucht werden und sie uns aus dem Harem entlassen, sind wir alt und hässlich, und unser Leben ist vorbei. Deshalb müssen wir zusehen, dass wir hier auf unsere Kosten kommen.«
»Hässlich bin ich jetzt schon«, lachte Elisa. »So hässlich, dass die

Büyük Kalfa mich beim Singen immer hinter dem Vorhang versteckt. Eine Beleidigung für das Auge des Sultans!«
»Das sagt die alte Hexe ja nur, weil sie neidisch auf deine Stimme ist.« Fatima zog Elisa am Arm. »Komm, wir müssen los. Die Vorstellung findet noch vor dem Abendgebet statt.«
»Ich wünsche dir viel Glück. Aber was habe ich damit zu tun?«
»Stell dich nicht dümmer, als du bist! Du musst für mich singen. Ohne deinen Gesang tanze ich wie ein Kamel.«
Elisa schüttelte den Kopf. »Nein«, sagte sie. »Das kannst du nicht von mir verlangen.«
»Warum nicht?«
»Weil ich mir immer gewünscht hatte, dass ich den Harem zusammen mit dir verlassen würde, eines Tages. So wie wir immer alles zusammen gemacht haben. Wenn du heute für den Sultan tanzt, ist es damit vorbei.«
Fatima ließ ihren Arm los. »Soll das heißen, du lässt mich im Stich? Ausgerechnet jetzt? Im wichtigsten Moment meines Lebens?«
Elisa musste schlucken.
»Außerdem, was uns betrifft, wird sich ja gar nichts ändern. Nichts kann uns je trennen. Selbst wenn du irgendwann den Harem verlässt und ich hier bleibe, kannst du mich immer noch besuchen.«
Fatima sprach so ernst, dass es keinen Zweifel an ihrem Entschluss geben konnte.
»Du ... du willst es also wirklich darauf ankommen lassen?«, fragte Elisa.
»Ja, das will ich.«
»Aber ...«
»Kein Aber mehr – bitte!«, sagte Fatima. »Du *musst* mir helfen!«
Dabei warf sie den Kopf so energisch in den Nacken, dass jeder Widerspruch zwecklos war. Plötzlich sah Elisa wieder die kleine Fatma vor sich, mit der sie zusammen von zu Hause fortgelau-

fen war, um das Wunder der Kadir-Nacht zu erleben. Schon damals hatte sie davon geträumt, in den Harem des Sultans zu gelangen. Ihre Mutter hatte ihr immer erzählt, dort würde ein schönes Mädchen wie sie es viel besser haben als irgendwo sonst auf der Welt, und hatte ihr Lieder vorgesungen, wie viele tscherkessische Mütter sie ihren Töchtern vorsangen: von dem herrlichen Leben, das sie im Palast des Herrschers führen würde, von dem Reichtum dort und den Festen – vor allem aber von dem Glück, das in den Armen des Herrschers auf sie warte … Ihre Mutter hatte sie sogar von einem russischen Arzt gegen Windpocken impfen lassen, damit keine Pusteln Fatmas Schönheit zerstören konnten.

Wie lange war das her? Elisa schloss die Augen. Die ganze Vergangenheit tauchte wieder auf, der ganze Weg, den sie zusammen gegangen waren. Sie sah das verwüstete Dorf, die Leichen ihrer Eltern, spürte wieder die entsetzliche Angst, die sie gehabt hatte, als sie mit ihrer Freundin durch die rauchenden Ruinen irrte, bis plötzlich Fuad auftauchte, der Sklavenhändler. Wie ein Erlöser war er ihnen erschienen.

Er hatte sie in die Provinzhauptstadt gebracht. Eine Woche brauchten sie für den Weg, sieben endlos lange Tage bei klirrender Kälte. Vom Morgengrauen bis zum Sonnenuntergang schleppten sie sich durch den knietiefen Schnee, immer der Spur des Esels folgend, auf dem der Sklavenhändler vor ihnen herritt, um abends auf fauligem Stroh in stinkenden Herbergen einzuschlafen, mit leerem Magen, einander weinend an den Händen haltend.

Halb verhungert und erfroren kamen sie in Adana an. Doch kaum hatten sie die große Stadt erreicht, veränderte sich ihr Leben, als hätte eine Fee sie mit ihrem Zauberstab berührt. Der Gouverneur war ein dicker freundlicher Mann mit rosigem Gesicht, der sie einen Monat lang fütterte, bis sie wieder bei Kräften waren, bevor er sie nach Konstantinopel brachte, mit einem dampfenden Stahlross, einer Eisenbahn, die so schnell durch die Landschaft brauste, dass einem schwindlig davon wurde.

In Konstantinopel lebten sie im Haus eines reichen Paschas, der sie für seine Söhne erziehen ließ. Fatma sollte den ältesten Sohn und Erben heiraten, Elisa dessen jüngeren Bruder, der ein verkümmertes Bein hatte und hinkte. In ein und derselben Woche bekamen sie beide ihre erste Monatsblutung. Von nun an mussten sie ihre Gesichter verschleiern, während sie für ihr künftiges Leben als Ehefrauen nähen und sticken, kochen und backen lernten. Doch wenige Monate, bevor die Hochzeit stattfinden sollte, überlegte der Pascha es sich anders. Es hieß, er könne Minister des Großwesirs werden, und um die Gunst des Sultans zu gewinnen, beschloss er, ihm die Mädchen zum Geschenk zu machen.

Am Tage des Opferfests wurden sie in den kaiserlichen Palast gebracht. Voller Wohlwollen nahm die Büyük Kalfa Fatma im Namen des Sultans als Geschenk an. Doch als sie Elisa sah, wies sie diese entsetzt zurück – sie sei viel zu hässlich, um dem Padischah unter die Augen zu treten. Ein schwarzer Eunuch kam, um Fatma allein in den Serail zu führen, aber sie ließ sich nicht von ihrer Freundin trennen. Sie kratzte und biss und wehrte sich so heftig, dass die Büyük Kalfa schließlich entschied, auch Elisa in den Harem aufzunehmen, wenn auch nur als Arbeitssklavin.

Vor der endgültigen Aufnahme wurden die zwei Mädchen gründlich untersucht, von einem grauhaarigen Eunuchen, der kaum noch Zähne hatte. Während er bei Elisa nur prüfte, ob sie kräftig genug war, um auch schwere körperliche Arbeiten zu verrichten, musste Fatma sich vor ihm entblößen, damit er ihren ganzen Körper in Augenschein nehmen konnte – der kleinste Makel genügte, um ein Mädchen zurückzuweisen. Nachdem sie diese Musterung bestanden hatte, führte der Obereunuch sie der Sultansmutter zur Genehmigung vor. Die Valide erklärte ihr Einverständnis, indem sie Fatma einen neuen, arabischen Na-

men gab, wie allen Mädchen, die so schön waren, dass sie das Verlangen des Sultans erregen konnten. Ab sofort hieß sie Fatima, und während Elisa als einfache Bedienstete ihre Arbeit begann, wurde Fatma dem Gefolge der vierten Kadin zugeteilt, wo sie zur Konkubine ausgebildet wurde. Doch zum Glück durfte auch Elisa die Haremsschule besuchen. So lernten sie beide lesen und schreiben, Gedichte aufsagen und Musikinstrumente spielen. Vor allem aber singen und tanzen.
»Warum antwortest du nicht?«, fragte Fatima. »Hörst du mir überhaupt noch zu?«
Wie aus weiter Ferne drang die Stimme an Elisas Ohr. Sie schlug die Augen auf. Mit einer Mischung aus Hoffen und Bangen blickte Fatima sie an. Als Elisa dieses Gesicht sah, wurde ihr ganz flau. Seit dem Tod ihrer Eltern hatten sie beide nur noch sich und niemanden sonst. Alles, was sie seitdem erlebt hatten, hatten sie zusammen erlebt. Sie waren mehr als Freundinnen, sie waren Schwestern.
Elisa nahm Fatima in den Arm und küsste sie auf die Wange.
»Also gut, wenn es dein größter Wunsch ist, lasse ich dich nicht im Stich.«
»Das heißt, du willst für mich singen?«
»Nicht für dich«, lachte Elisa, »für den Sultan!«
»Komm her, mein Zuckerchen – ich muss dich umarmen!«
Fatima drückte sie so fest an sich, als wollte sie sie zerquetschen.
»Hör sofort auf«, keuchte Elisa, »oder ich kriege gleich keinen einzigen Ton raus!«
Auf der Stelle ließ Fatima sie los. Mit einem Seufzer tätschelte Elisa der Giraffe das Maul, und zusammen gingen sie auf den Teich zu, der die Menagerie vom Rest des Parks trennte. Dabei redete Fatima wie ein plätschernder Brunnen. Jetzt, da Elisa ihr Hilfe versprochen hatte, war sie so zuversichtlich, dass sie sich ihre Zukunft in den herrlichsten Farben ausmalte. Als hätte sie schon für den Sultan getanzt und dieser sie zu seiner neuen Favoritin erhoben.

»Du kannst dir gar nicht vorstellen, wie schön alles wird. So schön, dass du gar nicht mehr fortwillst. Ich bekomme einen eigenen Hofstaat, und du ziehst in meine Wohnung ein. Jeden Tag feiern wir ein Fest, und einmal im Monat machen wir einen Ausflug auf die Prinzeninseln oder zu den süßen Wassern. Die Huris im Himmel werden uns beneiden.«

Sie betraten gerade die Holzbrücke, als Elisa plötzlich von Ferne etwas hörte. Sie blieb stehen, um zu lauschen. Nein, sie hatte sich nicht getäuscht. Da endlich waren sie, die Töne, auf die sie so lange gewartet hatte: das Spiel einer Flöte, irgendwo jenseits der Mauer, ein zarter, heller Klang, zögernd und tastend, als würde jemand versuchen, eine halbvergessene Melodie aus der Erinnerung hervorzuholen.

»Was ist?«, fragte Fatima. »Willst du hier Wurzeln schlagen?«

»Pssst«, machte Elisa. »Ist das nicht wunderschön?«

»Ja, ja. Trotzdem müssen wir uns beeilen.«

»Nur einen Augenblick.«

Elisa hielt ihre Freundin am Arm zurück. Jeden Tag ertönte diese Melodie, manchmal am Nachmittag, manchmal am Abend, manchmal mitten in der Nacht, und jedes Mal rührte sie etwas in ihr an, das tief verborgen in ihr lag und das sie selber nicht benennen konnte, als gäbe es einen uralten Vers zu dieser Melodie, auch wenn ihr die Worte entschwunden waren: die Ahnung von einem anderen Leben, eine geheimnisvolle Verlockung und zugleich eine dunkle, unbekannte Gefahr …

Sogar die Giraffe reckte neugierig den Hals in die Höhe.

»Was meinst du wohl, wer die Flöte spielt?«, fragte Elisa. »Ein Mann oder eine Frau?«

Fatima schaute sie mit gerunzelten Brauen an.

»Verbringst du *darum* jede freie Minute hier?« Dann schwanden die Zweifel aus ihrem Gesicht, und ein Grinsen machte sich darin breit. »Ich glaube, jetzt weiß ich, warum du unbedingt auf die andere Seite willst.«

4

Nadir war der hübscheste und beliebteste Eunuch des ganzen Harems, stolzer Sohn eines sudanesischen Stammesfürsten, der vor zweimal zehn Jahren an den Ufern des Nils geboren war. Er gehörte zu den wenigen privilegierten Menschen im Reich, die in der Gegenwart des Sultans leben durften, Gottes Schatten auf Erden, und dieses Privilegs war er sich mit jedem Atemzug bewusst. Seine Aufgabe war es, die Frauen und Konkubinen des Herrschers vor den Gefahren einer Welt zu schützen, die in seinen Augen nichts anderes war als ein Gefängnis der Gläubigen und ein Paradies der Ungläubigen. Mit beispielloser Würde trug er die Peitsche aus Nashornleder, sichtbares Zeichen seines Amtes. Nur wenn er in seinem engen schwarzen Stambulin-Mantel und dem roten Fez auf dem Kopf das Badehaus betrat, war es mit seiner Würde vorbei. Dann fühlte er sich wie eine Krabbe, die in kochendes Wasser geworfen wurde.

»Hast du den Kizlar Aga gesehen?«, fragte er Murat, den Spaßmacher-Zwerg, der am Eingang des Badehauses einen Teller auf der Nasenspitze balancierte. »Er hat mich rufen lassen.«

»Ich weiß«, antwortete Murat, ohne den Teller von der Nase zu nehmen. »Er wartet am anderen Eingang auf dich.«

Schwerer, dichter Schwefeldampf erfüllte die Halle, wo aus Dutzenden von Quellen warmes und kaltes Wasser in die marmornen Brunnen plätscherte. Das Wasser musste stets in Bewegung bleiben, denn in stehenden Gewässern hausten böse Geister und Kobolde. Von der hohen Kuppel hallten die Rufe der Sklavinnen wider, die, von den Hüften aufwärts nackt, auf ihren Köpfen Stapel von Tüchern trugen oder ihre unbekleideten Herrinnen auf den steinernen Bänken mit rauen Handschuhen einseiften, ihre Körper mit duftenden Ölen massierten, ihre Hände und Füße mit rotem Henna färbten oder ihre Haare zu kunstvollen Frisuren flochten, während an den Brunnen vereinzelte Gruppen von Mädchen, die heute keine Verpflichtungen mehr hatten, sich lachend und schwatzend mit Sorbets und Limonaden erfrischten, die schwitzende Eunuchen ihnen auf immer neu gefüllten Tabletts herbeischaffen mussten.

»Warum so eilig, mein Hübscher?«

»Komm, setz dich ein wenig zu uns!«

»Seht nur, wie er mit den Augen rollt!«

Nadir ignorierte die verliebten Rufe und Blicke, die aus den Badenischen zu ihm drangen. Er würde sich niemals auf die Verlockungen einlassen, mit denen jene Frauen und Mädchen, die zu beglücken der Sultan keine Zeit oder Neigung fand, die jüngeren Eunuchen verfolgten, um mit ihnen ihre ungestillten Sehnsüchte zu befriedigen, so weit die Natur dies erlaubte. Dabei war es weniger die Angst vor möglicher Entdeckung und Strafe, die ihn verzichten ließ, als vielmehr die Erkenntnis, dass es immer nur Ärger gab, wenn zwei weibliche Wesen ein und denselben Mann begehrten. Gleichgültig, ob dieser Mann der Sultan oder ein Eunuch war: Sobald er ins Spiel trat, war es mit dem Frieden zwischen den Frauen vorbei. Nadir würde sich darum auf keines dieser Abenteuer einlassen, in keinem Harem der Welt – und sollte man ihm einen eigenen schenken.

»Aus dem Weg, du Schlange!«

Mit dem Knauf seiner Peitsche stieß er eine kleine Odaliske beiseite, die wie zufällig ihr Leinentuch von ihrem nackten Leib fallen ließ, gerade als sie seinen Weg kreuzte. Kaum war sie in den Dampfschwaden verschwunden, wuchs vor seinen Augen der Kizlar Aga aus dem Nebel empor, der große und mächtige Obereunuch.

»Neger, da bist du ja!«, rief er mit seiner Fistelstimme, die so hell und dünn klang, als spräche ein dreijähriges Kind aus seinem gewaltigen Körper.

Doch für Nadir gab es keine fürchterlichere Stimme als diese. Er verharrte auf der Stelle, legte die Hände vor der Brust übereinander und verbeugte sich.

»Was wünschen Sie, Aga Efendi?«

Der Kizlar Aga war schon bejahrt und so fett wie ein gemästeter Kapaun. Obwohl er mindestens vier Zentner wog und denselben engen Stambulin-Mantel trug wie Nadir, glänzte keine einzige Schweißperle auf seiner schokoladenbraunen Stirn.

»Geh ins Theater und schau nach, ob alles in Ordnung ist. Es gibt eine zusätzliche Aufführung vor dem Abendgebet. Fatima, die Zofe der verstorbenen vierten Kadin, soll für den Sultan tanzen.«

»Oh, hat sie es also geschafft?«, fragte Nadir. Er hatte von dem Spektakel, das das kleine Luder veranstaltet hatte, längst gehört und sich einen Reim darauf gemacht.

»Das geht dich nichts an, Neger!«

»Sehr wohl, Aga Efendi.«

»Du bist mir persönlich verantwortlich, dass ewige Majestät die Vorstellung ungestört genießen kann!« Der Obereunuch tippte ihm mit seinem spitzen Fingernagel auf die Brust. »Und beeil dich, oder ich lasse dich auspeitschen.«

Platzend vor Stolz, machte Nadir sich auf den Weg. Der Auftrag, den der Kizlar Aga ihm erteilte, war ein außerordentlicher Vertrauensbeweis. Oberflächlich betrachtet bedeutete er nur, die Stuhlreihen des Theaters nach irgendwelchem Federvieh oder sonstigen Kleintieren abzusuchen, die sich manchmal aus dem Park dorthin verirrten. In Wahrheit aber ging es um viel mehr: Das Wohlbefinden ewiger Majestät lag in seiner Hand! Sollte vielleicht tatsächlich etwas an dem Gerücht sein, das seit ein paar Tagen wie ein Schwarm Mücken durch den Harem schwirrte und wonach Nadir zum Kücük Aga befördert werden sollte, zum Unterchef der Eunuchen?

Durchdrungen von der Wichtigkeit seines Amtes, verließ er das Badehaus und durchquerte den Park. Aber er hatte kaum den kleinen künstlichen See erreicht, auf dem das elektrische Boot vor Anker lag, mit dem der Sultan manchmal eine Favoritin im Kreise spazieren fuhr, da hörte er von Ferne eine Flöte, deren

Klang mit einer weiblichen Stimme verwob. Nadir stutzte: Die Stimme kannte er doch! Sie gehörte Elisa, der kleinen Armenierin – die schönste Stimme des Harems. Aber sie kam nicht aus dem Theater, wo sie hingehörte, sondern aus der Richtung der Menagerie. Nadir hielt einen Moment inne, um zu lauschen. Elisas Stimme und die Flöte waren wie zwei Vögel, die gemeinsam zum Himmel aufstiegen. Oder wie zwei Leiber, die einander begehrten und umschmeichelten ...

»Aaaaaachtung! Abteilung stillgestanden!«

Im Park formierten sich die ersten Gardisten, es konnte also nicht mehr lange dauern, bis der Sultan erschien. Nadir nahm seine Beine in die Hand. Als er im Theater ankam, versammelten sich dort schon die Musikerinnen des Haremsorchesters, angetrieben von der Büyük Kalfa. In ihren reichbestickten, mit goldenen Knöpfen und Tressen geschmückten Uniformen und dem Fez auf den kurz geschnittenen Haaren sahen sie aus wie junge Männer. Doch sie schnatterten so aufgeregt wie eine Horde Gänse. Da half die ganze Verkleidung nichts!

Um ihnen aus dem Weg zu gehen, begann Nadir mit der Inspektion des Zuschauerraums. Seine klammheimliche Hoffnung war, dass er zwischen den Stühlen statt eines Huhns oder einer Schildkröte einmal eine Bombe oder sonstige Höllenmaschine finden würde. Das wäre ein Fest! Alle Eunuchen und Gardisten würden ihn beneiden – sogar die verfluchten albanischen Wachen, die immer wie die Pfauen durch den Garten stolzierten.

Er stellte sich gerade vor, wie der Sultan ihn in einer Privataudienz empfing, um ihm für die Rettung seines kaiserlichen Lebens zu danken, da fuhr ihm ein heftiger Stoß in den Rücken.

»He du, Fellache! Weißt du, wo Fatima und ihre armenische Freundin stecken?«

Wie ein Blitz fuhr Nadir herum. Vor ihm stand die Büyük Kalfa: eine große schwarze Krähe, die bereit war, ihm die Augen auszuhacken.

»Wo ... wo Fatima steckt, weiß ich nicht.« Der Schreck war ihm so in die Glieder gefahren, dass er zu stottern begann. »Aber Elisa ist irgendwo im Garten. I… ich habe sie eben singen hören.«

»Dann geh und hol sie!«, herrschte die Kalfa ihn an. »Los, Fellache, worauf wartest du? Wenn die beiden fehlen, fällt die ganze Vorstellung aus – eine Katastrophe!«

»I… ich kann nicht«, erwiderte Nadir. »I… ich habe einen Auftrag. Befehl des Kizlar Aga!«

»Der Kizlar Aga hat nichts zu sagen!« Die Kalfa war so wütend, dass die grauen Barthaare, die aus ihrer Kinnwarze sprossen, bei jedem Wort zitterten. »Wenn du nicht parierst, lasse ich dich auspeitschen!«

»Da… das tut der Kizlar Aga auch!« Nadir war verzweifelt.

»Das ist mir egal!«, fauchte die Kalfa. »Wenn ich mich nicht irre, hat dein Hintern zwei Hälften! Du hast die freie Wahl!«

5

»Nicht durch den Garten!«, sagte Fatima. »Hier entlang!«

»Hast du es aber eilig«, sagte Elisa und folgte ihr in das Gebäude.

»Allerdings! Und dreimal darfst du raten, warum!«

In dem Labyrinth der Gänge und Brücken, die die Villen des Harems miteinander verbanden, kannte Fatima sich aus wie in den Falten ihres Schleiergewandes, und der kürzeste Weg von der Menagerie zum Theater führte durch den Pavillon, in dem die Haremsschule untergebracht war. Darin wurden nicht nur die Kinder und Kindeskinder des Sultans unterrichtet, sondern auch Mädchen aus anderen Familien, die im kaiserlichen Serail auf ihre Verheiratung mit einem Würdenträger des Reiches vorbereitet wurden, sowie besonders hübsche oder begabte Sklavinnen, die dazu ausersehen waren, einmal im Harem des Sultans einen der höheren Dienste zu versehen.

Während Fatima und Elisa den Korridor entlang eilten, ertönten aus einem Raum helle Kinderstimmen, die gerade eine Sure des Korans skandierten.

»*Uns wird nur das treffen, was Gott uns bestimmt hat. Er ist unser Schutzherr. Auf ihn sollen wir immer vertrauen.*«

Fatima flüsterte den Vers auswendig mit, er stammte aus der neunten Sure. Unzählige Male hatte sie ihn schon aufgesagt, aber noch nie mit solcher Inbrunst wie an diesem Tag, an dem sich vielleicht ihr Kismet erfüllte.

»*Erwartet ihr etwas anderes als eine der beiden besten Möglichkeiten, nämlich Sieg oder das Paradies?*«

Sie erinnerte sich noch genau an den Tag, an dem sie zum ersten Mal dieses Gebäude betreten hatte. Während die anderen Mädchen davon träumten, Kaffeekocherin oder Speisekosterin, Barbierin oder Bademeisterin, Palastdienerin oder Schatzmeisterin zu werden, hatte sie schon damals nur ein Ziel vor Augen gehabt: Sie wollte die Gunst des Herrschers erlangen – in seinen Armen sollte sich ihr Schicksal besiegeln. Würde es heute geschehen?

Der Chor der Kinderstimmen verstummte.

»Psst, was ist das?« Elisa hielt Fatima am Arm fest und schaute sich um.

Jetzt hörte auch Fatima das Geräusch, ein leises, klägliches Wimmern. Es stammte von Leyla, der Tochter einer Odaliske, die in einer Mauernische hockte und weinte. Auf ihren Knien hielt sie einen Saz umklammert, ein Saiteninstrument, das größer war als sie selbst.

»Was hast du?«, fragte Elisa. »Was ist passiert?«

»Die Lehrerin hat mich aus dem Kinderorchester ausgeschlossen«, schluchzte Leyla. »Jetzt darf ich nicht mehr für den Sultan spielen, und meine Mutter wird fürchterlich schimpfen.«

»Weshalb? Was hast du getan?«

»Meine Finger sind zu dumm. Sie spielen immer die falschen Töne.«

»Das kann ich nicht glauben«, sagte Elisa.
»Es ist aber so.«
Elisa hockte sich vor sie hin. »Kennst du das Lied vom kleinen Löwen?«, fragte sie.
Leyla nickte.
»Dann spiel es einmal für mich – bitte.«
Leyla wischte sich die Tränen ab und rückte den Saz zurecht. Aber kaum hatte sie ein paar Töne gespielt, griff sie daneben. Im nächsten Moment erstarrten ihre Finger auf dem Griffbrett, und neue Tränen kullerten aus ihren Augen.
»So geht es die ganze Zeit«, sagte sie leise. »Immer an derselben Stelle.«
»Aber darum musst du doch nicht weinen.« Elisa strich ihr über den Kopf. »Was hat die Lehrerin denn gemacht, wenn es passierte?«
»Sie hat mir mit dem Lineal auf die dummen Finger geschlagen.« Sie zeigte Elisa ihre Hand. »Hier, sie sind schon ganz blau.«
Während Elisa sich über Leylas Hand beugte, wurde Fatima fast verrückt. Heute durfte sie endlich vor dem Sultan tanzen – und Elisa vertrödelte die Zeit mit diesem Mädchen, das zu dumm war, sein Instrument zu spielen! Was hatte sie nur verbrochen, dass Allah sie mit dieser Freundin strafte?
»Jetzt komm endlich!«, drängte sie. »Wir haben keine Zeit!«
»Gleich.«
»Willst du, dass ich meinen Auftritt verpasse?«
»Nur noch einen Augenblick.«
»Ich kann es nicht glauben! Du bist schuld, wenn ich als alte Jungfer im Tränenpalast sterbe.«
Doch statt aufzustehen, wandte Elisa sich wieder Leyla zu. »So ein Instrument ist wie die eigene Stimme«, erklärte sie. »Man muss damit sprechen, einfach so, wie es aus einem herauskommt.« Sie nahm den Saz, um es vorzumachen. »*Ich es-se gerne Ho-nig*«, sang sie und zupfte zu jeder Silbe die Melodie auf

den Saiten. »Siehst du? Man muss nur daran denken, was der Saz *sagen* soll, dann spielen die Finger ganz von allein.« Sie gab dem Mädchen das Instrument zurück. »Und jetzt du. Versuch's mal! Was magst du besonders gerne?«
Während Leyla überlegte, hallten plötzlich eilige Schritte über den Gang. Fatima drehte sich um. Aus der Richtung des Theaters kam Nadir angerannt.
»Mögt ihr in der Hölle braten!«, rief er. »Die Büyük Kalfa hat schon Schaum vor dem Mund!« Er zerrte Elisa mit einer Hand vom Boden, in der anderen schwang er seine Lederpeitsche. »Vorwärts, oder ich schlag euch tot!«
Fatima hätte ihn am liebsten geküsst.
Als sie den Ausgang erreichten, zeigte Elisa noch einmal auf Leyla.
»Da, schau mal!«
Fatima traute ihren Augen nicht, und noch weniger ihren Ohren.
»*Ich es-se ger-ne Hal-va ...*«, sang Leyla, und ihre Finger schienen auf den Saiten ihres Instruments zu tanzen. »*Ha-lva mit Pi-sta-zi-en ...*« Dabei strahlte sie, als hätte sie gerade eine ganze Schachtel geschenkt bekommen. »Ich kann's«, rief sie! »Ich kann mit dem Saz *sprechen!*«
Nadir stieß Elisa und Fatima den Knauf seiner Peitsche in den Rücken.
»Worauf wartet ihr? Ins Theater mit euch!«
Doch zu spät! Als sie ins Freie stolperten, tönten ihnen aus dem Park laute Rufe entgegen.
»Allah stehe uns bei!« Nadir verschluckte sich fast an den Worten. »Los, versteckt euch, ihr Unglücklichen!«
Entlang dem Kiesweg, der zwischen zwei künstlichen Teichen zum Theater führte, standen bereits die Leibgardisten und salutierten. Der Sultan musste jeden Moment erscheinen. Nadir zerrte die beiden Mädchen hinter ein Gebüsch, damit sie ihm nicht in die Quere kamen.

»Da! Da kommt er!«, zischte Nadir. »Wehe, ihr rührt euch!«
Kaum einen Steinwurf entfernt, trat Abdülhamid hinter einem Marmorkiosk hervor. Fatima hielt den Atem an. Unter schweren Lidern blickten seine dunklen Augen aufmerksam über den Park. Alles sahen diese Augen, nichts blieb ihnen verborgen.
»So muss Allah aussehen«, flüsterte Fatima, »wenn er auf die Welt herabblickt.«
Gefolgt vom Kizlar Aga, schritt Abdülhamid die Ehrenformation ab. Plötzlich erschallten aus dem Innern des Theaters die Klänge eines Marsches: das Zeichen, dass die Vorstellung begann. Fatima war verzweifelt. Wie sollte sie jetzt noch auf die Bühne gelangen?
»Das verzeihe ich dir nie«, zischte sie Elisa zu. »Hörst du? Niemals!«
Bitter wie Galle quollen die Worte über ihre Lippen. Doch sie hatte noch nicht ausgesprochen, da sprang eine Gestalt hinter einer Mauer hervor, ein Offizier mit einem roten Fez auf dem Kopf. In großen Sätzen schnellte er auf den Sultan zu. In seiner Hand blitzte der Stahl einer Klinge.
»Jesus Maria!«, schrie Elisa.
In der nächsten Sekunde krachte ein Schuss.

6

Etwa eine halbe Stunde zuvor hatte sich Saliha, die sechste Favoritin des Herrschers, auf den Weg zur Sultansmutter gemacht. Abdülhamid hatte sie von der Aufführung, die an diesem Nachmittag im Theater stattfinden sollte, ausgeschlossen, und diese Entscheidung machte ihr solche Angst, dass sie die Valide um Rat und Hilfe bitten wollte.
Die Wohnung der Sultansmutter war nach dem Appartement Abdülhamids die zweitgrößte Wohnung des Serails. Hier war es

so dämmrig und still wie in einer Moschee. Die hölzernen Gitterstäbe vor den Fenstern ließen nur wenig Licht herein. Auf den Läufern der Korridore hörte man kaum die leichten Schritte der Frauen, die, in kostbare Gewänder gehüllt, vorüberhuschten, und die zwei Eunuchen, die vor dem Empfangssaal wachten, wirkten in ihren schwarzen Stambulin-Mänteln wie zwei Schatten, als sie voller Respekt beiseite traten, um die Tür für Saliha zu öffnen. Sie war mit ihrem dreijährigen Sohn Bülent gekommen, den sie mehr zu ihrer eigenen als zu seiner Sicherheit fest an der Hand hielt. Bis zu diesem Tag war sie sich der Liebe des Sultans so sicher gewesen wie der Allmacht Allahs – doch was war diese Sicherheit noch wert? Eine Frau, die es verstand, mit einem solchen Spektakel die Aufmerksamkeit des Herrschers auf sich zu lenken, wie Fatima es heute beim Empfang geschafft hatte, war eine Gefahr – auch wenn sie nur eine kleine Zofe war. Salihas Hände waren vor Aufregung darum ganz feucht, als sie das altmodische Gemach der Sultan Valide betrat, die mit untergeschlagenen Beinen an der Stirnseite des Saals auf einem Gebirge von Kissen thronte und eine Wasserpfeife rauchte.

»*Salam alaikum*«, sagte Saliha und küsste die runzlige Hand der Valide, um sie sodann an die Stirn zu führen, wie es die Achtung vor dem Alter und das Hofzeremoniell verlangten. »Friede sei mit Euch!«

»*Alaikum salam*«, nuschelte die Sultansmutter, das Elfenbeinmundstück ihrer Wasserpfeife zwischen den braunen Zähnen. Mit ihrer grauen Haarmähne, die in struppigen Flechten auf ihre Schultern fiel, ohne dass ein Tuch oder Schleier sie verhüllte, erinnerte sie an einen alten Löwen. Mit einer Kopfbewegung wies sie Saliha an, ihr gegenüber auf einem Polster Platz zu nehmen.

»Schau«, rief Bülent, der mit seinem golddurchwirkten Turban und seiner roten Pluderhose aussah wie ein kleiner Wesir, »ich hab was für dich!«

Die grauen Augen in dem verwitterten Ledergesicht der Valide

leuchteten auf. »Dann komm schnell her zu mir, mein Löwe«, sagte sie und klopfte mit der Hand auf ein Kissen neben sich. »Lass mal sehen, was hast du mir mitgebracht?«
»Halva mit Pistazien«, strahlte Bülent, während er an ihre Seite kletterte. »Meine Mutter sagt, das magst du am liebsten.«
Die Miene der Valide verfinsterte sich. »Soso, man will mich also bestechen?«
Saliha spürte, wie ihr das Blut ins Gesicht schoss. Statt von der Süßigkeit zu probieren, die Saliha eigenhändig aus Sesam, Honig, Zucker und Pflanzenöl zubereitet hatte, sog die Sultansmutter nur stumm an ihrer Pfeife, während Bülent mit einer der Angorakatzen spielte, die sich aus den Gemächern des Sultans hierher verirrt hatten. Saliha blieb nichts anderes übrig, als zu warten. Ungefragt das Wort an die Valide zu richten, wäre ein grober Verstoß gegen die Etikette gewesen. Die Valide war die Königin des Harems. Selbst die rechtmäßigen Ehefrauen Abdülhamids waren der Mutter des Herrschers untergeordnet, mussten ihr bei offiziellen Anlässen den Ehrenplatz überlassen und ihr mit dem Handkuss huldigen. Von ihrer dämmrigen Wohnung aus leitete sie das Leben am Hofe, genehmigte Feste und Zeremonien, erteilte Bewilligungen und sprach Verbote aus. Vor allem aber schlichtete sie die Streitigkeiten zwischen den Frauen und Konkubinen des Sultans: Sie allein entschied, wer im Recht und wer im Unrecht war.
»Ich weiß, warum du gekommen bist«, sagte sie nach einer Weile, die Saliha wie eine Ewigkeit erschien. »Du hast Angst vor der kleinen Tscherkessin, die heute beim Empfang so großen Eindruck auf meinen Sohn gemacht hat. Wie heißt sie noch gleich?«
»Fatima«, erwiderte Saliha, ohne die Augen zu heben. »Aber nicht wegen ihr bin ich hier, sondern um mich nach Ihrem Befinden zu erkundigen.«
»Lüg mich nicht an«, fiel die Valide ihr ins Wort. »Fast täglich kommt eine von euch, um mich mit Halva zu füttern. Wollt ihr

mich damit nur mästen oder umbringen?« Sie kippte ihren Oberkörper zur Seite, um ihr Gesäß zu lüften, und im nächsten Moment entwich ein dunkler, langgezogener Pfeifton in ihre Kissen. »Als hätte ich nicht so schon genug mit meiner Verdauung zu schaffen.«

Saliha errötete noch mehr. Die Valide hatte sie durchschaut, bevor sie ein einziges Wort gesagt hatte. Nach dem Tod der vierten Kadin hegte Saliha die Hoffnung, den frei gewordenen Platz an der Seite des Herrschers einzunehmen. Ihre Voraussetzungen dafür waren besser als die jeder anderen Favoritin: Abdülhamid erwiderte ihre Liebe nicht nur mit der ganzen Leidenschaft, zu der ein Mann seines Alters fähig war, sondern zeigte auch auffallend großes Interesse an Bülent, ihrem Sohn. Aber was würde passieren, wenn er sich aufs Neue verliebte?

»Du hast ja recht, dir Sorgen zu machen«, sagte die Valide. »Diese Fatima ist nicht nur gerissen wie ein armenischer Rosstäuscher, sie ist auch ein verteufelt hübsches Weib. Und tanzen kann sie wie eine Hafendirne. Außerdem war Abdülhamids leibliche Mutter, Allah möge sie segnen, selber eine Tänzerin.« Nachdenklich sog sie an ihrer Pfeife. »Natürlich kommt diese Fatima als Kadin nicht in Frage, mein Sohn hat ihr bis jetzt nicht mal mit dem Taschentuch gewinkt. Aber wer weiß, Männer sind so leicht zu verwirren, vor allem wenn eine Frau so verführerisch mit den Hüften wackelt wie diese Tscherkessin. Irre ich mich oder hat ewige Majestät dich für diese Nacht zu sich rufen lassen?«

»Der Kizlar Aga«, erwiderte Saliha, »hat mir heute morgen diese unverdiente Botschaft überbracht.«

»Und jetzt hoffst du wohl, dass mein Sohn sich erklärt?«

»Niemals wäre ich so vermessen zu glauben …«

»Dein Glück!«, fiel die Sultansmutter ihr ins Wort. »Keine Frau der Welt hat das Recht, einen Mann für sich allein zu beanspruchen, und erst recht nicht meinen Sohn, den Herrscher des Osmanischen Reiches.«

Während sie kleine Wolken in die Luft paffte, verlor sich ihr Blick in einer Vergangenheit, die nur noch ihre alten grauen Augen sehen konnten.

»Abdülhamid war gerade sieben Jahre alt, als seine Mutter an Schwindsucht starb, ich weiß es noch wie heute. Damals gab es noch die weißen Eunuchen, die so dürr und runzlig waren wie die schwarzen feist sind und fett. Mein Schoß war ein Friedhof, ich konnte keine Kinder bekommen, darum gab sein Vater ihn in meine Obhut. Allah möge mir verzeihen, aber er war als Kind so hässlich wie die Nacht. Diese schmalen, gelblichen Wangen, diese riesige Hakennase und vor allem diese dunklen, misstrauischen Augen. Er war so scheu, dass er keinem ins Gesicht schauen konnte. Aber war das ein Wunder? Er sehnte sich nach Liebe, nach der Liebe seines Vaters, doch der war umzingelt von Parasiten, die den Jungen mit Süßigkeiten abspeisten oder ihm Gaukler und Zwerge zum Spielen gaben.« Die Valide umarmte ihren Enkel, der sich mit seiner Katze auf dem Schoß ohne jede Scheu an sie schmiegte. »Zwei Jahre bevor man Abdülhamid zum Sultan ausrief, verliebte er sich in eine Frau. Sie war so blond wie du, eine belgische Modistin, die einen kleinen Laden in Pera hatte. Mein Sohn besuchte sie fast jeden Tag. Ich selbst habe sie nie gesehen, aber es hieß, sie habe lachende Augen. Auf jeden Fall war es die glücklichste Zeit seines Lebens.« Die Valide zupfte am Ärmel von Salihas Gewand, einer Kreuzung aus orientalischer Tracht und französischem Abendkleid. »Trägst du darum diese Verkleidung? Damit du aussiehst wie sie?«

Saliha wagte nicht, den Blick der Sultansmutter zu erwidern.

»Ich habe nur den einen Wunsch, ewiger Majestät Freude zu machen«, sagte sie leise. »Auch die erste und die dritte Kadin kleiden sich *à la franka*.«

»Du meinst, nach dem Vorbild der Pariser Modejournale, die neuerdings überall im Harem herumliegen?«, fragte die Valide verächtlich.

»Wenn Sie es befehlen, werde ich mich heute Abend *à la turka* kleiden«, antwortete Saliha. »Sie kennen ewige Majestät wie niemand sonst, und falls Sie meinen, dass ewige Majestät die alten Schleiergewänder lieber mag ...«

»Als käme es darauf an!«, unterbrach die Valide sie. »Die Frauen, zu denen mein Sohn sich wirklich hingezogen fühlt, zeichnen sich mehr durch Klugheit als durch Schönheit aus. Nein«, schüttelte sie den Kopf, »worauf es ankommt, ist etwas ganz anderes.« Sie öffnete die Tüte, die Bülent ihr gebracht hatte, nahm ein Stück Konfekt und steckte es ihrem Enkel in den Mund. »Na, schmeckt dir das?«

»Und wie!«, schmatzte Bülent. »Noch besser als das Lokma der zweiten Favoritin.«

»Da, nimm!« Die Valide gab ihm die ganze Tüte und tätschelte seine Wange. »Ich mag deinen Sohn«, sagte sie, wieder an Saliha gewandt, »und deshalb will ich, dass du die vierte Kadin wirst. Also hör gut zu, was ich dir jetzt sage.« Bevor sie weitersprach, nahm sie ihre Pfeife aus dem Mund. »Die Kunst einer Frau beweist sich weder in ihren Kleidern noch in ihrem Tanz. Die Kunst einer Frau besteht vielmehr darin, alles, was geschieht, in ein Geschenk an ihren Gebieter zu verwandeln, in eine Gabe, mit der sie ihm huldigt.«

»Alles, was geschieht?«, fragte Saliha. »Aber das ist doch der Wille Allahs!«

»Ja, sein Wille geschehe«, nickte die Valide. »Doch willst du darum deine Hände in den Schoß legen? Nein! Wenn es auf deinen Gebieter herabregnet, dann soll es der Tau des Paradieses sein, den du für ihn vom Himmel erbeten hast. Und wenn die Sonne auf deinen Herrscher scheint, dann lege das Gold ihrer Strahlen, die der Allmächtige mit deiner Fürbitte lenkt, zu seinen Füßen nieder.«

»Wie soll eine unwissende Frau wie ich das anstellen?«, flüsterte Saliha und hob, alle Gebote des Hofes missachtend, den Kopf, um die Sultansmutter anzuschauen.

Die Valide erwiderte ihren Blick. »Wie es möglich ist, weiß ich

nicht. Ich weiß nur, es ist notwendig«, sagte sie, die alten grauen Augen fest auf Saliha gerichtet. »Nur eine Frau, die diese Kunst beherrscht, ist würdig, zur Kadin aufzusteigen.« Dann steckte sie sich wieder das Mundstück zwischen die braunen Zähne und nahm einen so tiefen Zug, dass das Wasser in der Pfeife gurgelte. »Hast du das verstanden, meine Tochter?«
Saliha legte die Hände über der Brust übereinander, um sich zu verbeugen – da knallte draußen ein Schuss.
Entsetzt blickten die zwei Frauen sich an.
»Was stehst du da und glotzt?«, sagte die Valide. »Los! Sieh nach, was passiert ist!«

7

Vorsichtig, damit niemand sie sah, spähte Fatima aus dem Gebüsch in den Park, um einen Blick auf den Sultan zu erhaschen, doch sie konnte ihn in der aufgeregten Menschenmenge nirgendwo entdecken. Von dem Pistolenschuss getroffen, den ein Leibwächter abgefeuert hatte, war der Attentäter zu Boden gesunken, keine fünf Schritte von Abdülhamid entfernt. Sofort hatte sich ein Ring von Gardisten um den Padischah gebildet, eine lebende Wand, starrend von Gewehren und Säbeln, während Dutzende von Soldaten und Eunuchen ausschwärmten, um den Park nach weiteren Attentätern abzusuchen.
»Wer war die Frau, der Allah eine Stimme verlieh, um uns zu warnen?«
So ruhig und gelassen, als käme er aus der Moschee, trat Abdülhamid aus dem Schutzschild hervor. Im gleichen Augenblick verstummte das Geschrei, und das Chaos beruhigte sich wie eine wogende See nach kurzem, heftigem Sturm.
»Worauf wartest du?«, raunte Fatima ihrer Freundin zu. »Gib dich zu erkennen!«

Elisa rührte sich nicht.
»Mach endlich den Mund auf. Bitte! Tu's mir zuliebe!«
Fatima warf ihr einen flehenden Blick zu. Aber bevor Elisa reagieren konnte, tauchte wie aus dem Nichts eine Frau vor dem Sultan auf, deren Haar wie ein goldener Kranz im Licht der untergehenden Sonne glänzte.
»Eure unwürdigste Dienerin«, sagte sie mit gesenktem Haupt, die Hände vor der Brust übereinandergelegt.
»Saliha!«, rief der Sultan, und seine Augen leuchteten vor Freude. »Du?«
»Allah segne diese Frau«, flüsterte Nadir.
»Aber sie lügt«, zischte Fatima. »Sie war es doch gar nicht.«
»Wenn der Sultan es sagt, dann war sie es«, zischte Nadir zurück. »Hauptsache, niemand entdeckt uns.«
Fatima schloss die Augen. *Uns wird nur das treffen, was Gott uns bestimmt hat. Er ist unser Schutzherr. Auf ihn sollen wir immer vertrauen* ... Als sie wieder aufblickte, sah sie, wie der Sultan auf Saliha zuging. Der freudige Ausdruck in seinem Gesicht aber war verschwunden.
»Eines musst du uns erklären«, sagte er, »warum hast du uns im Namen des Propheten Jesus und seiner Mutter Maria gerufen?«
»Das ... das habe ich getan«, stammelte Saliha, »weil ... weil ...«
»Weil?«, wiederholte Abdülhamid. »Sag mir den Grund.«
»Weil ...« Saliha verstummte.
Das Gesicht des Herrschers verdüsterte sich noch mehr. Prüfend blickte er die sechste Favoritin an. Saliha schlug die Augen nieder.
Abdülhamid schloss seinen Umhang vor der Brust, wie um sich zu schützen. »Nein«, sagte er, »wir kennen deine Stimme. Sie ist viel zarter, viel schwächer als die Stimme, der wir unser Leben verdanken.« Aus seinen Worten sprach tiefe Enttäuschung.
Saliha warf sich vor ihm zu Boden. »Ewige Majestät«, rief sie und küsste den Saum seines Mantels, »bitte, verzeihen Sie mir! Allein die Liebe zu Ihnen ...«

Abdülhamid schüttelte sie von sich wie einen lästigen Hund. »Verschwinde aus unseren Augen«, sagte er mit kalter Stimme.
»Um Ihres Sohnes willen! Ich flehe Sie an!«
»Hast du keine Ohren, Weib?«
Zögernd erhob Saliha sich vom Boden. »Wie ewige Majestät befiehlt …«, erwiderte sie so leise, dass Fatima sie kaum verstand.
Saliha entfernte sich im Rückwärtsgang, den Kopf vor Beschämung gesenkt. Abdülhamid wandte sich ab, als könne er ihren Anblick nicht länger ertragen.
»Das geschieht der Schlange recht«, flüsterte Fatima. »Jetzt wird sie die Strafe bekommen, die sie …«
Mitten im Satz zuckte sie zusammen. Zwei dunkle Augen unter schweren Lidern ruhten auf ihr – Abdülhamid blickte sie an, schaute geradewegs in ihr Gesicht. Es war, als berühre sie ein warmer Sonnenstrahl im Abendwind.
Erwartet ihr etwas anderes als eine der beiden besten Möglichkeiten, nämlich Sieg oder das Paradies?
Ohne den Blick von ihr zu lassen, deutete Abdülhamid mit dem Kopf in ihre Richtung. Der Kizlar Aga klatschte in die Hände, und sogleich eilte der Kücük Aga, der Unterchef der Eunuchen, auf sie zu. Fatima hob ihren Schleier von den Schultern, um ihr Gesicht zu verhüllen.
»Ewige Majestät verlangt dich zu sehen«, sagte der Kücük Aga. Noch während er sprach, veränderte sich plötzlich seine Miene. »Was machst du da, Neger?«, rief er und zeigte auf Nadir. »Warum hast du dich da versteckt?«
»Bei der Seele meiner Mutter«, erwiderte Nadir zitternd vor Angst. »Ich bin unschuldig, ich habe nur diese beiden Mädchen hierhergebracht, wie die Büyük Kalfa mir befohlen hat.«
Mit erhobenen Händen kam er aus dem Gebüsch hervor. Der Kücük Aga und der Obereunuch tauschten einen kurzen Blick. Der Obereunuch nickte. Im nächsten Moment liefen zwei Soldaten der Leibgarde herbei und nahmen Nadir in die Mitte.

Elisa trat ihnen in den Weg. »Er hat nichts getan«, sagte sie. »Ich kann es bezeugen.«
»Ich auch«, bestätigte Fatima, »er war die ganze Zeit bei uns.«
Der Kücük Aga schob sie beiseite. »Schweigt«, befahl er. »Mir nach!«
Die Soldaten führten Nadir ab. Während die zwei Mädchen dem Kücük Aga folgten, hörten sie Nadirs Jammern, doch trauten sie sich nicht, sich umzudrehen. Der Sultan wartete auf sie. Wie eine Statue erhob sich seine Gestalt vor dem roten Abendhimmel.
»Ich glaube, ich kriege kein Wort heraus«, flüsterte Fatima.
»Ausgerechnet jetzt?«, flüsterte Elisa zurück. »Das erzähle ich später deinen Kindern.«
»Wehe! Halt mich lieber fest, sonst falle ich in Ohnmacht.«
»Hoffentlich!«
Und dann stand Fatima zum zweiten Mal an diesem Tag im Angesicht des Sultans, keine Armlänge von ihm entfernt. Sie verneigte den Kopf, um vor ihm niederzusinken.
»Nein«, sagte Abdülhamid und berührte ihren Arm, »das ist nicht nötig.« Er griff nach ihrem Schleier. »Wir möchten wissen, wen Allah uns gesandt hat.«
Ein erstauntes Lächeln ging über sein Gesicht, als er den Schleier lüftete.
»Du? Schon wieder?«
Als ihre Blicke sich trafen, lief Fatima ein Schauer den Rücken hinunter. Auf dem Grund seiner Augen leuchtete eine schwarze, tiefe Glut. Ein Funke würde genügen, um sie zu entfachen. Am liebsten hätte sie ihren Schleier noch mehr gelüftet.
Doch als Abdülhamid sprach, richtete er nicht das Wort an sie, sondern an ihre Freundin.
»Wie heißt du, meine Tochter?«
»Elisa, ewige Majestät«, erwiderte sie.
»Du trägst einen armenischen Namen? Warum keinen persischen oder arabischen wie die anderen Frauen und Mädchen?«

»Man hat mir bei meiner Aufnahme keinen neuen Namen gegeben. Mein Gesicht, so hieß es, sei einer solchen Ehre nicht wert.«

»Glaubst du das auch, kleine Armenierin?«, fragte er und entfernte ihren Schleier.

»Mein Gesicht kümmert mich nicht«, erwiderte sie, »ich sehe es ja nur selten.«

Der Sultan lächelte sie an. Fatima sah es aus den Augenwinkeln, mit einer Mischung aus Hoffnung und Eifersucht. Was hätte sie dafür gegeben, wenn dieses Lächeln ihr gegolten hätte … Doch abermals wandte Abdülhamid sich an Elisa, als er weitersprach.

»Ich mag deinen Namen«, sagte er. »Er erinnert an Isabella, die armenische Königin. Eine bemerkenswerte Frau.«

»Das wissen ewige Majestät?«, staunte Elisa.

Abdülhamid nickte. »Meine Mutter war Armenierin, genauso wie du … Ja«, sagte er dann, »wir erkennen deine Stimme wieder. Die Stimme, die unser Leben gerettet hat. Die Stimme einer Nachtigall.« Er hob ihr Kinn, so dass sie ihn anschauen musste. »Zum Dank hast du einen Wunsch frei, meine Tochter. Du brauchst ihn nur zu sagen, damit er in Erfüllung geht.«

8

Noch am selben Abend fand im Selamlik, dem Männerbereich des Herrscherpalastes, eine geheime Beratung statt, an der nur die wichtigsten Vertrauten des Sultans teilnahmen: Ali Pascha, der Großwesir des Reiches, der erst seit wenigen Wochen die Regierungsgeschäfte führte, doch wie alle seine Vorgänger schon wieder um sein Amt bangte, kaum dass er eingesetzt war; Izzet Pascha, der Pflegebruder Abdülhamids, der diesem so verblüffend ähnlich sah, dass er bei manchen Staatsakten seine »Kleider wärmte«, um ihn zu vertreten; der Kizlar Aga, der Obereunuch, der für den persönlichen Schutz des Herrschers zuständig war; der Scheich-ul-Islam, der in seinem weißgoldenen Gewand und dem gelben Turban die höchste Autorität der mohammedanischen Glaubensgemeinschaft verkörperte; der kaiserliche Hofastrologe Ebülhüda, ein in Seide gehüllter, spindeldürrer Syrer, der schon seit über zwei Jahrzehnten die Sterne für den Padischah deutete – und schließlich Taifun, seines Zeichens Oberst der Leibgarde, ein schlanker, athletischer Offizier Mitte dreißig, dessen glattrasiertes Gesicht seit seinen Lehrjahren in Europa, wo er an den besten Militärakademien und Universitäten seine Ausbildung als Soldat und Jurist genossen hatte, lediglich ein feiner Oberlippenbart zierte.

Thema der Beratung war die Sicherheit des Sultans. War der Attentäter ein verrückter Einzelgänger? Oder steckte eine Organisation hinter dem Anschlag?

Unauffällig beobachtete Taifun den Sultan. Abdülhamid thronte, eine weiße Angorakatze auf dem Schoß, in der Mitte der Versammlung, rauchte seine ägyptischen Zigaretten, die einen feinen, süßlichen Duft wie Opium verströmten, und hörte schweigend zu. Sein geflüsterter Name im Volk war »die Spinne«, denn wie eine Spinne in ihrem Netz saß er im Zentrum der Macht. Taifun bewunderte die Intelligenz, das Geschick und vor allem die Skrupellosigkeit, mit der Abülhamid seine Ziele verfolgte. Durch tausend Intrigen hatte er erreicht, was er war. Er hatte seinen eigenen Bruder vom Thron gestoßen, indem er ihn für wahnsinnig erklären ließ, und seinen Untertanen die Freiheit, ein Parlament und eine Verfassung versprochen. Doch nachdem er gesiegt, den legitimen Herrscher entmachtet hatte, hatte er auch das Volk entmachtet, indem er die Verfassung abschaffte, kaum dass sie in Kraft getreten war, und deren Schöpfer Midhat Pascha köpfen ließ. In einer Vitrine bewahrte er noch immer das abgeschlagene, einbalsamierte Haupt des einstigen Großwesirs auf, stummer Zeuge seines Sieges.

»Ich empfehle ewiger Majestät die Hinrichtung des Eunuchen

Nadir«, sagte der Kizlar Aga, der wie stets Tee statt Kaffee schlürfte, weil er alles, was so schwarz war wie er selbst, verachtete. »Das würde die Disziplin der Palastwachen erhöhen.«
Statt auf den Vorschlag zu antworten, steckte Abdülhamid sich eine weitere Zigarette an und forderte den Großwesir mit einem stummen Nicken auf, sich zu äußern.
»Ich bin überzeugt«, erklärte Ali Pascha, »dass es sich um eine Konspiration armenischer Separatisten handelt. Sie wollen sich für die Ohrfeige rächen, die ewige Majestät ihnen vor zehn Jahren verpasst hat.«
Abdülhamids Miene verdüsterte sich. Taifun wusste, nichts war dem Sultan in politischen Beratungen unangenehmer, als an seine armenische Herkunft erinnert zu werden. Obwohl er seine Mutter liebte, war ihm dieser Teil seiner selbst, den seine Gesichtszüge so überdeutlich verrieten, zutiefst verhasst, denn fast jeder Anschlag, der irgendwo im Reich verübt wurde, hatte mit Armeniern zu tun. Doch auch dieses Attentat? Taifun wusste es besser. Mochte der Attentäter auch ein Armenier sein, war dies nicht die Tat ein paar verrückter Separatisten. Hier handelte es sich vielmehr um eine Verschwörung, die bis tief in die Armee, ja sogar ins Ausland reichte. Doch zum Glück hatte der Großwesir weder die Briefe des Botschafters aus Paris über die Umtriebe junger türkischer Emigranten gelesen noch die Dossiers des Geheimdienstes, die von der Existenz einer neuen Geheimgesellschaft berichteten, eines Komitees für »Einheit und Fortschritt«, das in militärischen Kreisen entstanden war und vor dem die Regierung allen Grund hatte, sich in Acht zu nehmen. Trotz einer Spitzelarmee und riesiger Summen, die der Sultan dafür zur Verfügung stellte, hatte man bislang nicht herausfinden können, welche Offiziere diese Bewegung leiteten oder ihr angehörten. In Taifuns Augen war das kein Zufall. Abdülhamid war zwar ein Meister darin, Drusenemire und Araberscheichs zu umgarnen, aber sein eigenes Volk, die Türken, kannte er nicht. Versponnen in großislamische Träume von einem osmanischen Weltreich,

das längst der Vergangenheit angehörte, war er blind für den türkischen Nationalismus, der in Pariser Cafés und den Offizierskasinos der Garnisonen von Saloniki oder Adana keimte. Taifun war froh, dass der Attentäter bei dem Anschlag ums Leben gekommen war und nicht mehr aussagen konnte. Das ersparte einigen Leuten, die er persönlich sehr gut kannte, erhebliche Unannehmlichkeiten. Und nicht zuletzt auch ihm selbst.
»Wir sollten auf jeden Fall die armenische Sklavin verhören«, sagte der Wesir.
»Sie meinen das Mädchen, das ewiger Majestät das Leben gerettet hat?«, fragte Izzet, der Pflegebruder des Sultans. »Was soll ausgerechnet sie damit zu tun haben?«
»Wer weiß – vielleicht steckt sie ja mit den Verschwörern unter einer Decke. Schließlich ist sie eine Armenierin.«
»Eine Sklavin aus dem Harem des Sultans – eine Verschwörerin?«
»*Allah ekber* – Gott ist groß«, sagte der Scheich-ul-Islam und wiegte seinen Kopf mit dem gelben Turban. »Es steht geschrieben: *Ich hinterlasse den Männern keine schädlichere Quelle der Zwistigkeiten und Ränke als die Frauen.*«
Nachdem der Geistliche gesprochen hatte, blickten alle auf den Sultan.
Abdülhamid nahm einen tiefen Zug von seiner Zigarette. »Nein«, entschied er. »Die Frauen unseres Harems sind weder Armenierinnen noch Tscherkessinnen oder Türkinnen. Sie sind Sklavinnen und Konkubinen und Kadins – mit Politik haben sie nichts zu tun.« Er drückte seine Zigarette aus und wandte sich an den Astrologen. »Was sagen die Sterne? Haben Sie sie schon befragt?«
Taifun verzog das Gesicht. Abdülhamid hatte gleich zu Beginn seiner Regierungszeit wegen einer Prophezeiung dieses Scharlatans das Königreich Ägypten an die Briten verloren. Trotzdem traf er keine Entscheidung, ohne den Astrologen um Rat zu fragen. Zahllose Wesire und Berater hatten in den letzten dreißig

Jahren versucht, diesem Unfug ein Ende zu bereiten, doch ohne Erfolg. Das war Abdülhamids große Schwäche, die ihn in den Augen Taifuns trotz seiner sonstigen Qualitäten für die Führung des Landes disqualifizierte: Er war ein Mann, der sich nicht zwischen Vergangenheit und Zukunft entscheiden konnte. Obwohl er sich pries, als erster Herrscher der Osmanen die Errungenschaften Europas in seinem Reich einzuführen, indem er Krankenhäuser einrichtete, alte islamische Stiftungen in moderne öffentliche Schulen umwandelte und sogar eine Eisenbahn bauen ließ, deren Schienen von der Hauptstadt bis nach Bagdad führten, blieb er doch tief im Aberglauben seiner Vorfahren verwurzelt.

»Die Sterne sagen zweierlei«, raunte der Astrologe, den Blick in die Unendlichkeit gerichtet. »Ein Armenier hat den Anschlag ausgeübt – angestiftet aber hat ihn jemand anders.«

»Nämlich?«, wollte der Sultan wissen. »Bitte drücken Sie sich deutlicher aus.«

Der Astrologe machte eine künstliche Pause. »Der Geist eines Toten!«, erklärte er dann. »Dieser Geist lebt in den Armeniern fort, um Rache für seinen Sturz zu nehmen.«

Taifun sah, wie Abdülhamids Gesicht die Farbe von Asche annahm. Jeder im Raum wusste, wer mit dem Toten gemeint war: der gestürzte Bruder des Sultans und Vorgänger im Amt. In seinen Alpträumen wurde Abdülhamid immer noch von der Erinnerung an ihn heimgesucht – ja, sogar im wachen Zustand bildete der Herrscher sich manchmal ein, den Schatten seines Bruders in den Fluren des Palastes umherstreifen zu sehen oder seine Stimme zu hören.

Der Kizlar Aga nahm einen Schluck von seinem Tee. »Was befehlen ewige Majestät zu tun?«

Eine lange Weile streichelte Abdühlamid die Katze auf seinem Schoß, ohne ein Wort zu sagen. Leise raschelten die Seidengewänder des Astrologen, der die Wirkung seiner Rede sichtlich genoss, während der Scheich-ul-Islam mit erhobenen Händen und gedämpfter Stimme eine Sure des Korans rezitierte und Izzet Pascha sich über das bärtige Kinn strich, als könne er so seinem Pflegebruder beim Nachdenken helfen. Nur der Großwesir verharrte reglos auf seinem Platz, die Augen auf die Vitrine gerichtet, in der das abgeschlagene Haupt seines Vorvorgängers ruhte. Taifun vermutete, dass er sich bereits mit seiner Zukunft befasste.

Dunkel schlug die große Standuhr an, ein Geschenk des deutschen Kaisers Wilhelm II., deren goldenes Zifferblatt der kalligraphische Schriftzug des islamischen Glaubensbekenntnisses zierte. Da erhob der Sultan endlich seine Stimme.

»Ich befehle die Hinrichtung des armenischen Uhrmachers, der in unserem Palast die Uhren aufzieht.«

»Die Hinrichtung des Uhrmachers?«, fragte der Großwesir, sichtlich verstört.

Abdülhamid nickte. »Er ist Armenier und wurde außerdem zur Regierungszeit unseres Bruders eingestellt. Wir haben ihn schon lange im Verdacht. Von ihm soll keine Gefahr mehr ausgehen.« Um die Diskussion zu beenden, erhob der Sultan sich von seinem Thron. »Allah möge über sein Schicksal entscheiden. Zu ihm wollen wir beten.«

Taifun unterdrückte einen Seufzer der Erleichterung. Der Kizlar Aga blickte auf seine spitzen, polierten Fingernägel, und seine kleinen, im Fett schwimmenden Äuglein blitzten.

»Ich bewundere die Weisheit ewiger Majestät«, sagte er. Und während er die Nägel geschäftig am Tuch seines Anzugs rieb, fragte er mit schräggeneigtem Kopf: »Aber was soll mit dem Eunuchen Nadir geschehen?«

9

Dunkle Nacht hüllte die sieben Hügel von Konstantinopel ein. Am Himmel blinkte einsam die Sichel des Mondes und warf ihr schwaches Licht auf die Fluten des Bosporus, kaum mehr als ein silbriger Schimmer, der sich wie ein Schleier auf den Wogenkämmen kräuselte.
Durch die Gitterstäbe seiner Zelle blickte Nadir hinaus auf das schwarze Meer, verfolgte mit seinen Blicken die Segel der Schiffe, die die Flut zum Auslaufen nutzten, während aus der Ferne das Tuten eines Dampfers zu hören war. Im Park schien alles zu schlafen. Nur ein einzelner Pfau stolzierte noch über den Rasen, und hin und wieder patrouillierten leise plaudernd die albanischen Wächter unterhalb der Mauer, die das Gefängnis von der Menagerie trennte. Die Zellen lagen direkt über dem Tiergehege, damit das Brüllen der Löwen und Trompeten der Elefanten die Schreie der Gefangenen übertönten.
Nadir schloss die Augen. Nein, er würde nicht schreien. Er hatte keine Schreie mehr – seine Schreie waren für immer verstummt, vor vielen, vielen Jahren …
Alles war noch da, eingebrannt in seine Seele von der Wüstensonne, die wie ein Feuerball vom Himmel glühte und die unendlich weite Sandebene in ein rostiges Licht tauchte. Es war ein drückend heißer Sommertag.
Nadir war zehn Jahre alt und spielte mit Kindern aus den Nachbarhütten draußen bei der Ziegenherde. Sie waren zu fünft, kein Fetzen Stoff bedeckte ihre schwarze Haut, das Einzige, was sie auf ihren nackten Leibern trugen, waren ihre Amulette aus Elfenbein.
Sie waren ganz in ihr Spiel vertieft, als plötzlich ein Mädchen, das Nadir gegenüberhockte, aufhörte zu lachen und mit großen weißen Augen auf etwas starrte, was sich in seinem Rücken verbarg. Schreiend schnellte sie in die Höhe, und zusammen mit

den anderen Kindern lief sie davon, während sich zwei Arme wie Eisen von hinten um Nadir klammerten. Wütend schlug er um sich, sah ein Gesicht mit einer Haut so weiß wie Milch und einem goldenen Bart, doch bevor er um Hilfe rufen konnte, stopfte der weiße Mann ihm ein Tuch in den Mund, warf ihn über den Rücken und lief mit ihm fort.

Auf einem Pferd ritten sie davon, immer tiefer hinein in die Wüste, deren Dünen in der Sonnenglut flimmerten wie die Bilder eines bösen Zaubers. Am Abend gelangten sie in eine Karawanserei. Dort schloss der weiße Mann Nadir in einen Raum, wo schon ein Dutzend anderer Kinder gefangen war. Eine schwarze Sklavin, die ein schmutziges Tuch um den Kopf trug, um die eiternden Wunden in ihrem Gesicht zu verhüllen, gab ihnen ein paar Schlucke Wasser und eine Handvoll Datteln für die Nacht.

Nadir wusste nicht, wie lange er geschlafen hatte, da weckte ihn ein grässlicher Schrei. Entsetzt fuhr er in die Höhe und starrte in die Finsternis. Das war nicht der Schrei eines Menschen – so konnten nur Tiere schreien.

Die Schreie waren kaum verstummt, als die Tür aufging. In ihrem Rahmen stand der weiße Mann mit dem goldenen Bart. Er trug eine Fackel in der Hand, deren Schein seine Gestalt an der Wand riesenhaft vergrößerte. Hinter ihm tauchte ein Neger auf, der einen bewusstlosen Jungen hereintrug und auf eine Matte am Boden legte. Obwohl die Nacht warm war, fror Nadir plötzlich am ganzen Körper. Vor Angst bedeckte er sein Gesicht mit den Händen, durch die Finger beobachtete er den weißen Mann. Ruhig ließ dieser seinen Blick über die Kinder schweifen, dann zeigte er mit dem Finger auf Nadir.

Im selben Moment packte ihn der Neger und trug ihn in den Nebenraum, der von vielen Fackeln erleuchtet war. Nadir wurde schwindlig, als er unter einem Tisch zwei Wannen voller Blut sah. Auch der Boden war überall mit roten Flecken und Pfützen besudelt.

Hinter dem Tisch stand ein Araber und hantierte mit blinkenden Geräten. Er besaß nur ein Auge, die zweite Augenhöhle war leer. Der weiße Mann setzte sich auf einen Diwan und gab den beiden Männern ein Zeichen. Nadir stieß verzweifelte Schreie aus. Er wusste nicht, was man ihm antun wollte, aber er hatte den anderen Jungen schreien hören, und der Anblick des vielen Blutes und der unheimlichen Geräte erfüllte ihn mit Entsetzen. Mit Gewalt drückten die beiden Männer ihn zu Boden und hielten ihn so fest, dass er sich nicht mehr rühren konnte. Dann machte der Araber sich an sein blutiges Werk. Nadir schrie wie ein Tier, so unermesslich war der Schmerz, schrie und schrie und schrie, bis er endlich nichts mehr spürte, nichts mehr fühlte, nichts mehr empfand.

Als er aus seiner Ohnmacht erwachte, war es heller Tag. Vor sich sah er nichts als Wüste.

Man hatte ihn bis zum Hals im Sand vergraben, sein Kopf glühte vor Fieber, und zwischen seinen Schenkeln pulsierte ein dumpfer, heißer Schmerz. Die schwarze Sklavin flößte ihm Milch ein und sagte, der Sand würde ihm helfen, gesund zu werden – er würde das Feuer zwischen seinen Schenkeln löschen und die Wunde heilen. Er war der Einzige unter seinen Leidensgenossen, der die Tortur überlebt hatte. Doch noch immer wusste er nicht, was mit ihm geschehen war, ahnte nicht die Folgen des Verbrechens, das man an ihm verübt hatte: dass er nach dieser Nacht für immer ein Krüppel war, ein Verschnittener, ein absonderlich groteskes Wesen, das Spottbild eines Mannes – ein Eunuch.

Irgendwo krachte eine Gewehrsalve. Nadir schlug die Augen auf.

Ein fahles Licht über dem Meer kündigte den neuen Tag an. Immer noch stolzierte der Pfau über den Rasen des Parks. Jetzt blieb er stehen und schlug ein Rad. Tränen schossen Nadir in die Augen. Wozu hatte er gelebt? Keine Frau hatte ihn je geliebt, so wenig wie sich eine Henne jemals mit diesem Pfau gepaart hatte. Sie waren beide entmannt, wie alle Tiere in der kaiserlichen Menagerie, damit kein männliches Wesen hier den Weg des Sultans kreuzte. Doch während der Pfau dort unten noch viele Jahre durch den Garten stolzieren konnte, würde er, Nadir, der Eunuch, nicht einmal den Abend dieses einen Tages mehr erleben.

Auf dem Zellengang draußen näherten sich Schritte. Nadir erkannte sie gleich. Unzählige Male hatte er diese mühsam und schwerfällig schleppenden Schritte gehört. Jetzt hörte er sie zum letzten Mal.

Sie gehörten dem Kizlar Aga. Er kam, um ihn abzuholen.

10

Auch Saliha hatte in dieser Nacht kein Auge zugetan. Während sie sich schlaflos auf ihrem Bett hin und her wälzte, gingen ihr immer wieder dieselben Fragen durch den Kopf. Hatte sie sich selbst um ihr Glück gebracht? Um ein Glück, das schon zum Greifen nahe schien? Weil sie zu ungeduldig war? Abdülhamid hatte sie nach dem Attentat nicht mehr zu sich gerufen. Warum? Nur weil er sich mit seinen Vertrauten beraten wollte? Oder – sie wagte den Gedanken kaum zu denken – weil sie bereits in Ungnade gefallen war?

Als draußen vor den Fenstern der Morgen graute, hielt sie es nicht länger aus. Sie blickte auf die französische Stutzer-Uhr, die auf ihrer goldenen Frisierkommode prangte. Die Zeiger standen auf fünf nach sechs. Saliha verließ das Bett, streifte ihren seidenen Morgenmantel über und ging in das Nebenzimmer, wo ihr Sohn schlief. Der Anblick des friedlich schlummernden Kindes beruhigte sie für einen Moment, doch als sie den kleinen golddurchwirkten Turban sah, den Bülent vor dem Schlafengehen auf seinem Nachtkasten abgelegt hatte, damit er ihn gleich beim Aufstehen wieder aufsetzen konnte, kamen ihr die Tränen. Vielleicht hatte sie mit ihrer Ungeduld nicht nur ihre eigene Zukunft verspielt, sondern auch die ihres Sohnes.

Sie ging zurück in ihr Zimmer. Mit einem Seufzer trat sie ans Fenster und schaute hinaus, doch ohne etwas anderes zu sehen als den Teich, der dem Schriftzug Abdülhamids nachgebildet war – Sinnbild seiner Allmacht und Allgegenwart. Der Anblick vermehrte nur ihre Einsamkeit. Warum war er nicht da, um mit einem Kuss ihre Zweifel zum Schweigen zu bringen? Hatte er denn nie geheime Liebesworte zu ihr gesprochen? Nie verwirrende Geständnisse in ihr Ohr geflüstert? Hatte sie nie geborgen in seinen verlangenden Armen gelegen? War sie nie eins mit seinem Herzschlag gewesen? Oh ja, sie kannte das Sehnen, das Auflösen, das Versinken in erdenloser Tiefe – das alles hatte sie gefühlt und erlebt, fühlte und erlebte es sogar noch jetzt, in dieser qualvollen Gegenwart. Wo aber war der Herr dieser Liebe jetzt? Wo seine Augen, sein Mund, sein Lächeln? Sie sah nur seinen Namenszug, groß und machtvoll in den Park hineingeschrieben wie von Gottes Hand.

Saliha wusste nicht, wie lange sie so am Fenster gestanden hatte. Aber als sie auf die Uhr schaute, standen die Zeiger immer noch auf fünf nach sechs. War die Zeit stehengeblieben? Sie hielt den Atem an, um das Ticken der Uhr zu hören, doch um sie herum herrschte nur diese fürchterliche Stille. Nein, nicht die Zeit, nur die Uhr war stehengeblieben.

Saliha zog an der Glocke über ihrem Bett, und als ihre Zofe erschien, schickte sie sie ins Badehaus, um sich nach Neuigkeiten zu erkundigen. Sie konnte die Ungewissheit nicht länger ertragen.

»Du hast in die Vorsehung eingegriffen, statt dich in dein Kismet zu fügen«, sagte die Valide, als Saliha zwei Stunden später der Ziehmutter des Sultans ihre Aufwartung machte. »Wie bist du nur auf den Gedanken gekommen, mein Sohn könne auf deinen Betrug hereinfallen?«

»Ich hatte versucht, Ihrem Rat zu folgen.«
»Meinem Rat?«, fragte die Sultansmutter.
»Sie sagten, eine Frau, die würdig sei, zur Kadin aufzusteigen, müsse alles, was passiert, in ein Geschenk …«
»Du brauchst nicht meine eigenen Worte zu wiederholen«, unterbrach sie die Valide. »Aber du hast ja ganz rote Augen. Hast du geweint?«
Saliha spürte, wie unter dem prüfenden Blick der Sultansmutter neue Tränen in ihr aufstiegen. Nur mit Mühe gelang es ihr, sie zu unterdrücken.
»Ich habe Angst«, flüsterte sie.
»Wovor?«
»Dass ewige Majestät mich nicht mehr sehen will. Dass er eine andere Frau in sein Herz schließt und mich für immer vergisst. Mich und seinen Sohn.«
Die Valide schüttelte den Kopf. »Du sollst dich schämen, solche Gedanken zu denken. Statt Allah für die Rettung deines Gebieters zu danken, grämst du dich, dass er dich eine Nacht hat warten lassen.« Sie nahm das Mundstück ihrer Wasserpfeife und tat einen tiefen Zug. »Wer weiß, wozu es gut ist?«, meinte sie dann. »Eine liebende Frauenseele enthält oft ungeahnte, ihr selbst verborgene Möglichkeiten, die erst zum Leben erwachen, wenn der Mann, den sie liebt, sie verletzt. Ja, auch wenn wir selber darunter leiden – Frauenliebe wächst durch die Qual, die man ihr antut. Sie ist wie der Ehrgeiz des Mannes, der seine Grenzen erkundet. Doch anders als ein Mann leiden wir nicht, um zu siegen oder uns zu rächen, sondern um die empfangenen Qualen in noch größere Liebe umzuwandeln.«
Saliha wusste eine lange Weile nicht, was sie darauf erwidern sollte. »Aber wenn die Frau nicht die Kraft hat, diese Qualen zu ertragen?«, fragte sie schließlich leise. »Was kann sie dann tun?«
»Dann muss sie die Kraft durch Klugheit ersetzen«, erklärte die Valide. »Klugheit ist das Einzige, worin wir Frauen den Män-

nern überlegen sind. Kein Mann ist so klug wie eine Frau, wenn es um das Verstehen des anderen geht. Jede Frau weiß mehr vom Wesen des Mannes als umgekehrt, denn wir bringen nicht nur Mädchen, sondern auch Knaben zur Welt. Aus unserem Schoß stammen beide Geschlechter, unser Blut kann beiden Geschlechtern das Leben schenken, beide Geschlechter nähren.« Plötzlich verzog sie ihr Gesicht. »Du da, was willst du? Was stehst du da rum?«
Ohne dass Saliha es gemerkt hatte, war ihre Zofe erschienen und verharrte nun in einer Verbeugung bei der Tür.
»Sprich, wenn du was zu sagen hast!«, befahl ihr die Sultansmutter.
»Der Kizlar Aga wurde gesehen«, stammelte die Zofe, »mit den Taschentüchern des Sultans.«
»Nein!«, rief Saliha. »Allah steh mir bei!«
Sie schlug die Hände vors Gesicht und brach in Tränen aus. Wenn der Obereunuch die Taschentücher des Sultans durch den Harem trug, bedeutete dies, dass der Herrscher seine Gunst einer neuen Favoritin schenken wollte.
»Bekämpfe nicht dein Schicksal, sondern deine Tränen«, mahnte die Valide, während sie mit einer Handbewegung die Zofe entließ. »Muss ich dich daran erinnern, dass keine Frau der Welt das Recht hat, den Sultan für sich allein zu beanspruchen? Befolge lieber den Rat, den ich dir gab, doch diesmal mit mehr Verstand.«
»Aber wie soll ich das tun?«, fragte Saliha verzweifelt. »Man kann doch nur verschenken, was man selber besitzt.«
»Du sagst es«, bestätigte die Valide.
»Bitte verzeihen Sie mir, aber mein Verstand reicht nicht aus, um den Sinn Ihrer Worte zu fassen.«
»Ist das wirklich so schwer?« Die Valide stieß verärgert den Rauch ihrer Pfeife aus. »Wenn du nicht besitzt, was dein Gebieter begehrt, dann musst du es kaufen, damit er den Gegenstand seiner Begierde aus deiner Hand empfängt, als dein Geschenk,

so dass du ihn selbst im Genuss fremder Wonnen an dich bindest.« Sie nickte Saliha aufmunternd zu. »Warum tust du es nicht? Hast du kein Geld? Oder bist du zu geizig?«

11

Das Gerücht vom Liebeswerben des Sultans breitete sich wie ein Lauffeuer im Haus der Glückseligkeit aus. Als hätte jemand eine Zündschnur angesteckt, bahnte sich die Neuigkeit wie ein zischender, sprühender Funke ihren Weg durch die zahllosen Gemächer und Gebäude des Harems. Die Eunuchen tuschelten es den Sklavinnen zu, die Sklavinnen den Konkubinen, die Konkubinen den Ehefrauen. Kein Wunder, seit Saliha hatte Abdülhamid keine neue Favoritin mehr erkoren. Wer konnte die Glückliche sein?
Im Untergeschoss des Hauptgebäudes, wo die Arbeitssklavinnen in einem Gemeinschaftssaal untergebracht waren, teilte die Büyük Kalfa die Mädchen für die verschiedenen Dienste ein: den Kaffeedienst, den Wäschedienst, den Küchendienst, den Zimmerdienst und den Gemeinschaftsdienst. Am unbeliebtesten war der Gemeinschaftsdienst. Die Mädchen, die dazu verurteilt waren, mussten die Säle, Treppen und Bäder reinigen – vor allem aber die vielen hundert Maismatten, die überall in den Gängen und Fluren auslagen und die auch mit noch so viel Seifenschaum nicht sauber wurden.
Die Büyük Kalfa hatte heute besonders schlechte Laune. Gleich mehrere Dutzend Uhren waren im Harem stehengeblieben, so dass ihre ganze Organisation durcheinanderzugeraten drohte. Während die Mädchen sich eines hinter dem Rücken des anderen duckten, um den gefürchteten Blicken der Büyük Kalfa zu entgehen, hoffte Elisa, dass sie diesmal für den Unterricht in der Haremsschule eingeteilt wurde. Wer weiß, vielleicht belohnte

die Kalfa sie ja dafür, dass sie den Sultan gewarnt hatte? Abdülhamid hatte in aller Öffentlichkeit das Wort an sie gerichtet, ja ihr sogar erlaubt, sich etwas zu wünschen. Das konnte der Kalfa unmöglich entgangen sein! Aber als die Reihe an Elisa kam, teilte die Kalfa sie zum Gemeinschaftsdienst ein. Wieder einmal.
»Mein Täubchen, mein Zuckerchen, mein Reh! Da bist du ja!« Elisa hatte den Saal kaum verlassen, da stand Nadir vor ihr. Er schaute sie mit einer Seligkeit an, als hätte er gerade einen Honigtopf geleert. Wie ein verzückter Derwisch tanzte er um sie herum, nahm sie in den Arm und drückte sie an sich.
»Was ist denn in dich gefahren?«, fragte Elisa.
Nadir verdrehte die Augen, so dass nur noch das Weiße darin zu sehen war. »Der Tod hatte die Hand schon nach mir ausgestreckt«, raunte er, »und ich hörte das Knurren der Höllenhunde. Aber der Sultan hat mir das Leben geschenkt. Weil du ihn darum gebeten hast! Allah möge dich segnen!« Er nahm Elisas Gesicht zwischen seine Hände und drückte ihr einen Kuss auf den Mund. »Das … das werde ich dir nie vergessen! Von heute an bist … bist du meine Favoritin!« Dann wurde er plötzlich ernst und griff nach ihrer Hand. »Aber jetzt komm! Ich habe Befehl, dich ins Badehaus zu bringen. So… sofort!«
Elisa folgte Nadir die Treppe hinauf. Der Harem war gerade zum Leben erwacht, die Tisch- und Kaffeesklavinnen eilten mit kleinen Tabletts über die Gänge, um ihren Herrinnen das Frühstück zu bringen, und verbreiteten überall den Duft von frisch gebrühtem Mokka, während die Putzsklavinnen unter der Aufsicht älterer Kalfas mit aufgekrempelten Ärmeln anfingen, die Böden zu schrubben. Elisa wusste selbst nicht, warum – plötzlich beneidete sie die Mädchen um diese Arbeit, die sie vor wenigen Minuten noch verflucht hatte.
»Zu wem sollst du mich überhaupt bringen?«, fragte sie verwirrt.
»Das wirst du gleich sehen«, erwiderte Nadir nur.

Als sie das Badehaus betraten, empfing sie ein aufgeregtes Geschnatter, das bei ihrem Erscheinen augenblicklich verstummte, um einem noch aufgeregteren Getuschel zu weichen. Elisa schaute sich ungläubig um. Sonst nahm keine der vornehmen Damen, die sich hier von ihren Badesklavinnen verwöhnen ließen, je Notiz von ihr. Warum auch? Sie war nur ein stummer, dienstbarer Geist, unbedeutender als ein Tropfen Wasser in dem Becken, in dem diese Frauen ihre Elfenbeinleiber wuschen, und mit den groben Kleidern, die Elisa trug, würden sie nicht einmal ihre Nasen schneuzen. Noch seltsamer aber war die Freundlichkeit, mit der die schöne Saliha ihr zunickte, die sechste Favoritin, als Nadir sie zu einem kleinen Badekabinett führte, das normalerweise nur Saliha selbst und ihrem Gefolge vorbehalten war.
»Du Glückliche! Wie ich dich beneide!«
Fatima empfing sie in einem mit goldenen Kacheln verkleideten Bad, zusammen mit dem Kizlar Aga, der vor seiner Brust ein prachtvoll verschnürtes Wäschebündel trug. Elisa verstand überhaupt nichts mehr.
»Was hat das alles zu bedeuten?«
»Weißt du das wirklich nicht?«, fragte Fatima. »Das sind die Taschentücher des Sultans!«
»Die Taschentücher des Sultans?«
Elisa starrte auf das Bündel, das der Obereunuch jetzt vor ihr auf dem Boden ablegte. Wie alle Bewohner des Harems wusste auch sie: Wenn der Sultan eine Frau erwählte, brachte der Kizlar Aga ihr ein zusammengelegtes, goldbesticktes Tuch, in dem sich die Wäsche und Kleider für die Liebesnacht verbargen.
Plötzlich lachte Elisa laut los.
»Jetzt begreife ich – das ist ein Witz!«, rief sie. »Und ich wäre fast darauf reingefallen!«
Elisa war erleichtert, dass sie des Rätsels Lösung gefunden hatte. Doch als sie das Gesicht des Obereunuchen sah, blieb ihr das Lachen im Halse stecken.

»Wenn ... wenn es kein Witz ist«, stammelte sie, »was ist es dann?«

»Schweigen Sie still!«, befahl ihr der Kizlar Aga.

Elisa zuckte zusammen, weniger wegen des Befehls, sondern wegen der Tatsache, dass der Obereunuch sie zum ersten Mal mit Sie ansprach. Das konnte nur eines bedeuten.

»Sie gehören ab sofort zum Gefolge der sechsten Favoritin«, erklärte er. »Saliha hat heute Morgen das Eigentum an Ihnen erworben und die Kaufsumme bei der Oberschatzmeisterin hinterlegt.« Er hob seine Peitsche, doch statt sie knallen zu lassen, sagte er nur: »Bitte beeilen Sie sich. Die Zeit drängt!«

Der Obereunuch verbeugte sich, dann verschwand er durch die Tür und ließ die zwei Frauen allein in dem goldenen Bad zurück. Elisa fühlte sich wie in einem Fiebertraum: Jetzt war eingetreten, womit sie nie und nimmer gerechnet hatte. Sie begann am ganzen Leib zu zittern.

»Warum ich?«, flüsterte sie. »Ich bin doch viel zu hässlich. So hässlich, dass die Kalfa mich immer hinter dem Vorhang versteckt. Und jetzt ...« Sie sprach den Satz nicht zu Ende, stattdessen drückte sie den Arm ihrer Freundin. »Geh du an meiner Stelle, bitte!«, sagte sie. »Das hast du dir doch immer gewünscht. Vom ersten Tag an, seit wir hier sind.«

»Nichts täte ich lieber als das«, sagte Fatima, »aber wie stellst du dir das vor? Der Sultan hat nach dir verlangt, nicht nach mir.«

»Aber das muss ein Irrtum sein! Er kann mich doch gar nicht wollen! Er ist doch nicht blind!«

Fatima schüttelte den Kopf. »Weißt du eigentlich, was für ein Glück du hast?« Sie versuchte zu lächeln, doch dabei sah sie aus, als kämen ihr jeden Moment die Tränen. »Fünfhundert Frauen wünschen sich nichts sehnlicher als das, was dir heute passiert, und nur bei einer Handvoll ist dieser Wunsch je in Erfüllung gegangen. Vielleicht bist du sogar die letzte, die unser Gebieter erwählt. Keiner anderen außer dir würde ich dieses Glück gönnen.«

»Aber wenn ich es doch gar nicht will?«
»Niemand fragt danach, was du willst«, erwiderte Fatima streng.
»Es ist dein Kismet – ein Geschenk Allahs. Du darfst es nicht ablehnen, oder du versündigst dich.«
Noch während sie sprach, ging die Tür auf, und Saliha kam herein, zusammen mit einem Dutzend weißer und schwarzer Sklavinnen. Die Mädchen kicherten und lachten, als seien sie auf dem Weg zu einem Fest.
»Lass uns jetzt allein«, befahl Saliha an Fatima gewandt. »Wir wollen anfangen.«
Elisa hielt ihre Freundin am Arm zurück. »Bitte, geh nicht«, sagte sie so leise, dass niemand sonst sie hörte.
Fatima streifte ihre Perlenkette vom Handgelenk. »Hab keine Angst«, flüsterte sie Elisa ins Ohr, während sie ihre beiden Ketten tauschten. »Egal, was diese Nacht geschieht, wir werden immer Freundinnen bleiben. Im Namen Allahs!«
»Und der Jungfrau Maria ...«, flüsterte Elisa.
»Willst du wohl endlich verschwinden?«, fragte die sechste Favoritin voller Ungeduld.
Fatima legte ihre Hände vor der Brust übereinander und gehorchte.
Elisa warf ihr einen letzten Blick hinterher. Dann war sie mit ihrem Schicksal allein.

12

»An die Arbeit!«, sagte Saliha und klatschte in die Hände.
Zwei schwarze Dienerinnen fingen an, Elisa zu entkleiden. Dabei priesen sie jeden Körperteil, den sie vom Stoff befreiten, mit übertriebener Bewunderung und behaupteten, niemals schönere Brüste, niemals schönere Schenkel gesehen zu haben als ihre. Als Arbeitssklavin hatte Elisa viele Male im Badehaus geholfen

und andere Frauen nackt gesehen, während sie Wassereimer schleppte, den Aufguss vorbereitete oder Brennholz für den Ofen brachte. Aber nie hatte sie sich bisher selber in solcher Öffentlichkeit, vor so vielen fremden, neugierigen Augen entblößt.

»Was passiert jetzt mit mir?«, fragte sie, mit den Händen ihre Scham und Brüste bedeckend.

»Ich habe dich gekauft«, sagte Saliha, »um unserem Gebieter eine Freude zu machen. Du bist mein Geschenk zum Fest seiner Thronbesteigung. Aber genug geredet, wir haben zu tun.«

Eine weiße Badedienerin nahm Elisa bei der Hand und führte sie zu einem Becken in der Mitte des Raums.

»Worauf wartest du? Na, los! Bück dich!«

Unter Salihas Aufsicht begannen die Vorbereitungen für die Liebesnacht, nach einem jahrhundertealten Ritual. Mit sicheren, unzählige Male geübten Griffen und Bewegungen versahen die Badesklavinnen ihren Dienst. Ein Schwall eiskalten Wassers ergoss sich über Elisas nackten Körper, dann wurde sie in einen mit heißem Dampf erfüllten Nebenraum gebracht, wo man sie mit Bimsstein bearbeitete, um ihre Haut zarter zu machen, bevor man sie am ganzen Leib einseifte. Elisa ließ es mit sich geschehen, als wäre sie gar nicht sie selbst. Nach der Körperreinigung wusch man ihr Haar, pflegte es mit Eigelb und trug das Eiweiß um ihre Augen auf, um die Fältchen zu glätten. Gleichzeitig zupfte man ihre Augenbrauen und behandelte ihre Fußsohlen mit einer Raspel, um alle Schwielen und Hornhäute zu entfernen. Überall, wo ihr am Körper Haare wuchsen: an den Armen und Beinen, unter den Achseln, auf ihrer Scham – bestrich man ihre Haut mit einer zähen, klebrigen Paste aus Rübenzucker und Zitronensaft. Jedes Mal, wenn man die getrocknete Kruste mit einem energischen Ruck abriss, fühlte Elisa einen solchen Schmerz, dass ihr schwindlig wurde. Die Sklavinnen lachten.

»Nimm die Beine auseinander!«

Die Bademeisterin beugte sich zwischen ihre Schenkel und strich behutsam mit den Fingern zwischen ihre Schamlippen, um sicherzugehen, dass kein einziges Härchen mehr übrig war. Haare an den unaussprechlichen Körperteilen einer Frau galten als Sünde. Gegen ihren Willen verspürte Elisa plötzlich eine Lust, die sie sonst nur von eigenen Berührungen her kannte. Obwohl sie sich gegen die Empfindung wehrte, hoffte sie, der Finger würde noch einmal zwischen ihre Lippen gleiten.

»Du musst dich beherrschen«, mahnte Saliha sie. »Nur der Sultan darf solche Empfindungen haben. Jeglicher Genuss ist dem Mann vorbehalten.«

Elisa spürte, wie sie vor Scham rot anlief, während die Sklavinnen sich an die Verschönerung ihres Kopfs und ihres Gesichts machten. Eine Dienerin färbte ihr Haar mit einer Paste aus gestoßenem Lorbeer, während zwei andere Mädchen ihr Gesicht mit einer Salbe aus Mandeln und Jasmin aufhellten, ihre Brauen mit Tusche verlängerten und ihre Wangen mit rosa Puder betupften. Eine alte Kalfa kam herein und tröpfelte Elisa eine beißende Flüssigkeit in die Augen, damit ihr Blick einen feurigen Glanz bekam. Dann rieb sie ihre Haut mit Rosenöl ein und danach mit einer Salbe aus Myrtenwasser und Erbsenmehl. Schließlich verzierte sie ihre Hände und Arme, ihre Waden und Schenkel mit Blumenmustern aus Henna und färbte auch ihre Scham, bevor sie ihren ganzen Körper mit duftenden Wässern und Ölen parfümierte.

»Was ist das?«, fragte Elisa, als Saliha mit eigener Hand die Spitzen ihrer Brüste bestrich, die sich sogleich versteiften.

»Haschischöl«, sagte Saliha. »Für den Fall, dass dein Gebieter deine Brüste eines Kusses für würdig befindet.«

»Aber wozu Haschisch?« Ein weiterer ungewollter Schauer suchte Elisa heim.

»Um seine Lust zu steigern. Aufgabe einer jeden Frau, die mit dem Sultan das Lager teilt, ist es, ihm Vergessen zu schenken. Vergessen durch Lust.«

Täuschte sie sich, oder glänzten wirklich Tränen in Salihas Augen? Elisa konnte es nicht erkennen, denn Saliha befahl ihr nun, sich umzudrehen.
Sie hatte den Befehl kaum ausgeführt, da schrak sie zusammen.
»Allah, Allah!«
Eine wunderschöne nackte Frau, die Elisa noch nie gesehen hatte, blickte sie an. So musste Eva ausgesehen haben, als Gott sie Adam zur Frau gab.
Plötzlich erkannte sie das Gesicht im Spiegel.
»Aber – das bin ja ich!«, rief sie und griff nach einem Tuch, um ihre Blöße zu bedecken.
»Ja, das bist du«, sagte Saliha. »Mein Geschenk für ewige Majestät. Doch jetzt hör gut zu, damit du alles begreifst und keinen Fehler machst ...«
Und während ihre Sklavinnen die »Taschentücher« des Sultans öffneten und aus dem Bündel die Wäschestücke und Gewänder nahmen, um Elisa anzukleiden, erklärte Saliha ihr die Regeln und Rituale, die sie befolgen musste, wenn sie Abdülhamids Gemächer betrat.
»Du darfst den Mann, der auf dich wartet, weder in die Arme schließen noch küssen oder gar zärtliche Worte zu ihm sagen. Auch wenn die Gefühle dich übermannen – alles, was du tust, tust du schweigend. Denn dich empfängt kein Gemahl oder Geliebter, sondern der Padischah und Kalif. In dreifacher stummer Verbeugung näherst du dich seinem Bett, und hast du das Fußende erreicht, hebst du die Seidendecke und küsst die Füße deines Gebieters. Dann warte auf seine Befehle und gehorche.«
Eine Sklavin streifte Elisa das Gömlek über, ein Hemd aus einem durchschimmernden Stoff, das so leicht und fein war, dass es ihre Schultern wie eine sanfte Brise umschmeichelte. Während sie in den Schalwar schlüpfte, eine Hose aus hauchdünner Gaze, hielt man schon den Entari für sie bereit, einen Kaftan, der aus unzähligen goldenen Fäden gesponnen war. Doch je vollkommener Elisas äußere Erscheinung wurde, umso mehr wuchs in

ihrem Innern die Unsicherheit. Warum empfand sie nicht das Glück, das sie empfinden sollte? Warum fühlte sie sich vielmehr wie ein Opferhammel, der zum Bairam-Fest geschlachtet werden sollte? Erwartete sie nicht die Liebe, von denen ihre eigenen Lieder sprachen, jene großen Gefühle, die eine Frau nur in den Armen des Sultans erleben konnte?

Saliha schien ihre Gedanken zu erraten. »Ich hatte damals auch Angst«, sagte sie. »Aber vergiss nicht: Auch wenn du selber ein Geschenk bist, wird dir in dieser Nacht das größte und wunderbarste Geschenk zuteil, das eine Frau auf Erden bekommen kann.«

Bevor Elisa etwas erwidern konnte, streifte eine Dienerin ihr den Entari über, der nur mit drei Diamantknöpfen in der Taille geschlossen wurde, so dass ihre Brüste, kaum verhüllt von der Gaze des Hemdes, wie zwei Pfirsiche aus einem Körbchen hervortraten.

Eine andere Sklavin stellte ihr ein Paar perlenbesetzter Pantoffeln vor die Füße, und während Elisa in sie hineinschlüpfte, setzte die Kalfa ihr die Fotaza auf, eine Kappe aus Brokat, um die im Nacken ein geblümtes Tuch geschlagen wurde.

Die Kalfa befestigte gerade den Yaschak, den Kopfschleier vor ihrem Gesicht, als der Obereunuch in das Kabinett zurückkehrte.

»Sind wir bereit?«, fragte er.

Elisa hatte einen so großen Kloß im Hals, dass sie kein Wort herausbekam.

»Ja, wir sind bereit«, erklärte Saliha an ihrer Stelle.

13

Unendlich lang erschien Elisa der Weg, den sie an der Seite des Obereunuchen durch das Haus der Glückseligkeit zurücklegen musste, um zu den Gemächern des Sultans zu gelangen. Wie viele andere Mädchen waren vor ihr diesen Weg schon gegangen, zitternd und bebend wie sie? Das Furchtbarste, das in einer solchen Nacht geschehen konnte und Schande und Demütigung brachte, war, vom Sultan zurückgeschickt zu werden, ohne dass man die Ehre seiner Begünstigung empfangen hatte. So etwas blieb niemals geheim, die Mauern des Harems hatten Ohren und Münder … Ein kleiner, aberwitziger Gedanke kam Elisa in den Kopf, eine Frage, die so unsinnig war, dass sie selber nicht wusste, wie sie auf sie verfallen konnte: Ob der Sultan sich wohl die Füße gewaschen hatte, die sie gleich küssen würde?

»Zieh nicht so ein Gesicht«, flüsterte Nadir ihr zu, der plötzlich neben ihr auftauchte. »Wenn du schwanger wirst, bitte ich ewige Majestät, dich heiraten zu dürfen.«

Elisa drehte sich um. Doch Nadir war schon wieder in einem Korridor verschwunden. Sie griff nach Fatimas Perlenkette, die sie am Handgelenk trug, und versuchte sich vorzustellen, was sie jetzt empfinden würde, wenn sie ihre Freundin wäre. Vielleicht war das ihre Rettung? Sie hatte sich früher ja sogar vorstellen können, ein Eiszapfen zu sein …

Da verbeugten sich auf einmal zwei Eunuchen, eine Flügeltür ging auf, und im nächsten Augenblick stand Elisa vor Abdülhamid, dem Padischah des Osmanischen Reiches. Elisa klopfte das Herz bis zum Hals. Nein, sie war weder Fatima noch ein Eiszapfen. Sie war nur sie selbst: Elisa die Armenierin.

»Saliha«, sagte der Kizlar Aga, »die sechste Favoritin, schickt Euch dieses Mädchen und hofft, dass ewige Majestät Gefallen an der bescheidenen Gabe finden.«

Abdülhamid empfing sie nicht im Bett, wie Elisa erwartet hatte, sondern saß, in seidene Nachtgewänder gekleidet, an einem Schreibtisch. Leise raschelte seine Feder über das Papier.

»Richten Sie der sechsten Favoritin aus«, erwiderte er, ohne von seiner Arbeit aufzublicken, »dass ihr Geschenk uns unendlich wertvoll erscheint und wir es mit größtem Vergnügen annehmen.«

Während der Kizlar Aga sich lautlos entfernte, beendete Abdülhamid seine Notiz. Dann erhob er sich und winkte Elisa zu sich heran.

»Komm näher, meine Tochter.«

Mit einer Verbeugung befolgte sie seine Aufforderung. Immer noch würgte der Kloß in ihrem Hals. In dieser Nacht würde sie etwas erleben, wovon alle Mädchen im ganzen Osmanischen Reich träumten – das allergrößte Glück, das einer Frau überhaupt zuteil werden konnte. Ob morgen wohl noch die Sonne am Himmel stand? Oder würde sie in dieser Nacht in den Bosporus fallen?

»Du brauchst dich nicht zu verbeugen«, sagte Abdülhamid. »Wir sind jetzt allein.« Er streckte die Hand nach ihr aus. »Ich möchte dein Gesicht sehen.«

Er löste ihren Schleier, berührte mit der Hand ihre Wange. Was hatte er vor? Wollte er sie küssen? Elisa sah seine große Nase, die dunklen Augen, die schmalen Wangen, den schwarzen Bart, die dünnen Lippen. Gleich würde sie diese Lippen auf ihrem Mund spüren. Sie fröstelte, und wieder überkam sie ein Schauer, der von ihrem Nacken bis zum Zentrum ihrer Schenkel reichte. War das ein erster Vorbote der Lust, die ihr Gebieter im Begriff stand ihr zu schenken? Oder war das Angst?

Da ertönte aus der Ferne eine Flöte – jene vertraute Melodie, die Elisa schon so oft gehört hatte. Im selben Augenblick fiel alle Verwirrung von ihr ab, alle Angst und Unsicherheit, um einer überdeutlichen Klarheit zu weichen. Wie in einem Buch sah sie ihre Zukunft vor sich, ihr weiteres Leben nach dieser Nacht. Entweder würde man sie, sobald sie ihre Aufgabe erfüllt hatte, mit ein paar Handvoll Brillanten als Mitgift einem Minister oder anderen hohen Herrn als Gemahlin zusprechen, oder sie würde für immer im Harem bleiben und hier verwelken, damit nach der Beglückung durch den Sultan kein sterblicher Mann sie durch die Zeugung eines Kindes entweihen konnte.

Bevor sie begriff, was sie tat, machte sie einen Schritt zurück und sagte: »*Zwingt nicht eure Sklavinnen, wenn sie ein ehrbares Leben führen wollen, zur Hurerei im Trachten nach den Gütern des diesseitigen Lebens.*«

Der Sultan schaute sie voller Verwunderung an. »Was sind das für seltsame Worte?«

»Es sind die Worte des Korans, ewige Majestät, die Worte der heiligen Schrift.«

»Das weiß ich selbst, sie stammen aus der Licht-Sure. Aber – was willst du damit sagen?«

»Jede Frau«, erwiderte Elisa, »auch eine Sklavin, hat das Recht über ihren Leib, das Recht, sich nur dem Mann hinzugeben, dem sie sich hingeben will, aus freien Stücken und eigener Entscheidung. So will es der Prophet: *Die Frau ist ein Rippenknochen. Wer versucht, sie zurechtzubiegen, wird sie brechen.*«

Abdülhamid hörte ihr mit regloser Miene zu, nur eine Augenbraue hatte er erhoben.

»Kann man Liebe befehlen?«, fuhr Elisa fort. »Oder ist sie nicht ein Geschenk, das plötzlich und unerwartet Besitz ergreift von zwei Seelen?« Sie schaute dem Sultan fest in die Augen. »Kein Mensch, und sei er der mächtigste Herrscher der Welt, kann mir das Recht nehmen, mein Herz allein demjenigen zu schenken, den ich liebe. Warum wollen Sie sich zum Tyrannen machen? Sie haben Hunderte von Sklavinnen, die sich danach sehnen, Sie zu lieben. Ich bitte ewige Majestät, nein, ich flehe Sie an. Haben Sie Mitleid mit mir, verschonen Sie mich ...«

Sie warf sich vor ihm zu Boden, küsste den Saum seines Mantels und umklammerte seine Fußgelenke. Mit angehaltenem Atem wartete sie auf sein Urteil.

Doch Abdülhamid schwieg. Erst nach einer langen Weile, die Elisa kaum ertrug, räusperte er sich.

»Weißt du nicht, was es bedeutet, unsere Favoritin sein zu dürfen?«

»Doch, ewige Majestät«, flüsterte Elisa. »Ihr Schutz genügt, um die meistgeachtete Frau im Haus der Glückseligkeit zu sein.«

»Und trotzdem verweigerst du dich?« Er machte eine Pause, bevor er weitersprach. »Nun, wenn du das Glück so gering schätzt, dann achtest du vielleicht die Furcht. Denn auch dies steht geschrieben: *Ruft der Mann seine Frau zu sich, und sie gehorcht nicht, so dass der Mann im Zorn die Nacht verbringt, dann wird sie von den Engeln bis zum Morgen verflucht.* – Kennst du diese Worte?«

»Ja, ewige Majestät«, flüsterte Elisa, »ich kenne sie. Aber«, fügte sie nach kurzem Zögern hinzu, »sie stammen nicht vom Propheten.«

»Sie stammen aus der Sunna, der heiligen Überlieferung!«, erklärte Abdülhamid. »Bedarf es einer noch höheren Macht, um dich zum Gehorsam zu zwingen?«

Elisa gab keine Antwort. Sie wagte kaum zu atmen, während sie auf die Füße des Sultans starrte.

»Du widersetzt dich also dem Willen deines Herrschers«, sagte Abdülhamid schließlich. »Das hat erst eine Frau vor dir gewagt, vor vielen hundert Jahren. Sie hieß Gülbahar, Rose des Frühlings, und gehörte zum Harem Selims I. Sie hat für ihren Eigensinn mit dem Leben bezahlt.«

Wieder schwieg der Padischah.

Plötzlich begann Elisa am ganzen Leib zu zittern. Was hatte sie getan? War ein böser Dämon in sie gefahren? Gleich würde Abdülhamid den Kizlar Aga rufen, der draußen vor der Tür stand und nur auf einen Befehl seines Herrschers wartete. Und dann … Todesangst überfiel sie. Alle Grausamkeiten, die je hinter den Mauern des Harems geschehen waren und von denen die alten Kalfas erzählten, kamen ihr in den Sinn. Berichte von Frauen,

die leblos in ihren Betten gefunden wurden oder in den Fluten des Bosporus ertranken ...
»Steh auf!«
Elisa war so erfüllt von ihrer Angst, dass sie unfähig war, den Sinn der zwei Worte zu begreifen.
»Du sollst aufstehen!«, wiederholte Abdülhamid.
Endlich drang der Befehl in ihr Gehirn. Zögernd erhob sie sich, ohne zu wagen, in das Gesicht des Herrschers zu schauen.
Mit leiser, sanfter Stimme begann Abdülhamid zu sprechen. Aber nicht von Gehorsam und Strafe sprach er, wie Elisa befürchtet hatte, sondern von der Schönheit der Frauen.
»Die Schönheit der Frauen«, sagte er leise, »ist das größte Rätsel, das Allah uns aufgegeben hat, doch das wir Männer niemals müde werden zu lösen. Denn jede Frau, die der Ewige und Allmächtige uns zum Gefallen erschuf, hat ihre eigene Schönheit. Der einen hat er schöne Augen verliehen, der anderen schöne Gesichtszüge, der dritten schöne Brüste, der vierten schöne Schenkel.« Abdülhamid hob Elisas Kinn und schaute sie an. »Von dir will ich nur deine Stimme, kleine armenische Nachtigall, das ist deine Schönheit. – Kannst du lesen?«
»Sie ... Sie meinen ... die Buchstaben in einem Buch? Ja, ewige Majestät, das kann ich.«
Der Sultan nickte. »Gut«, sagte er, »dann wirst du von nun an jeden Tag zweimal bei uns erscheinen, einmal nach dem Morgen- und einmal nach dem Abendgebet.« Abdülhamid schenkte ihr ein Lächeln – das erste Lächeln, das Elisa in dem traurigen Gesicht sah. »Und jetzt, meine Tochter, geh und rufe deine tscherkessische Freundin. Ich will sie noch in dieser Stunde hier sehen.«
Mit einer Handbewegung entließ er sie. Elisa verbeugte sich und taumelte rückwärts zur Tür, die sich lautlos in ihrem Rücken öffnete.
Draußen auf dem Gang wartete der Obereunuch mit einem goldenen Buch, in dem er alle Liebesnächte des Sultans verzeich-

nete, mit Tag und Stunde der Vereinigung, um die Legitimität möglicher Nachkommen des Hauses Osman zu sichern.

Elisa hätte ihn am liebsten umarmt, doch ein Blick des Kizlar Aga genügte, um sie in die Schranken zu weisen.

Mit gesenktem Haupt eilte sie davon.

Als sie den Vorraum durchquerte, hörte sie ein leises Rascheln in der Dunkelheit. Unwillkürlich drehte sie sich noch einmal um.

Hinter einem vergitterten Fenster lauerte ein Schatten: Saliha.

Zweites Buch
Der Europäer
1908 / 1909

1

Die *Gloria Borussiae*, ein mit modernstem Komfort ausgestatteter Passagierdampfer der deutschen Hapag-Lloyd von zwölftausend Bruttoregistertonnen, hatte in tadelloser Präzision und ohne jedwede Störung ihre Jungfernfahrt hinter sich gebracht, als sie nach einer Reise von nur neunzehn Tagen aus Hamburg kommend in das Goldene Horn einlief, um im Hafen von Konstantinopel vor Anker zu gehen.

An Bord des Luxusliners befand sich Dr. Felix Möbius, ein Arzt von lebensfrohen dreißig Jahren aus Berlin. Ausgestattet mit einem offenen, freundlichen Gesicht, das durchaus seinem inneren Wesen entsprach, strahlend blauen Augen sowie weizenblondem, schräg aus der Stirn gekämmtem Haar, das wie sein heller, akkurat gestutzter Schnauzbart in auffallendem Kontrast zum dunklen Teint seiner Haut stand, machte er dem Namen, den seine Eltern ihm mit auf den Lebensweg gegeben hatten, alle Ehre. Er war an einem Sonntag geboren, und so fühlte er sich auch. Gekleidet in einen weißen Anzug, den Strohhut schräg auf dem Kopf, stand er seit dem Gabelfrühstück, das er als Passagier der ersten Klasse zusammen mit dem Kapitän des Dampfers eingenommen hatte, an der Reling, um die Einfahrt der *Gloria* in den Hafen zu genießen.

Der Anblick Konstantinopels in der Morgensonne war ein Märchen aus Tausendundeiner Nacht. Das Licht flutete in solcher Fülle vom Himmel, dass die Stadt darin erglänzte, als wäre sie aus purem Gold. Zwischen den monumentalen Marmorpalästen und Moscheen mit ihren schlanken, pfeilgerade in die Höhe ragenden Minaretten schmiegten sich Tausende und Abertausende von Holzhäusern, quollen von den Hängen herab bis zu den Ufern, als böten die Straßen und Gassen der Stadt nicht

genügend Platz, um den sechs mal hunderttausend hier lebenden Menschen Behausung zu bieten. Fast ohne Übergang, als wären Land und Meer nicht voneinander geschieden, setzte sich die drangvolle Enge im Hafenbecken fort. In dem Gewirr von Schornsteinen, Segeln und Masten, an denen Flaggen aus aller Herren Länder wehten, machten sich Dampf- und Passagierschiffe, Yachten und Raddampfer, Fischerboote und Lastkähne, Linien- und Fährschiffe einander die Vorfahrt streitig, während die Frachter und Handelsboote sich in solchen Massen am Ufer stauten, dass die Kaiflächen nicht ausreichten und die Ladung vieler vor Anker liegender Schiffe in Leichter verfrachtet werden musste, um an Land gebracht zu werden. Mitten durch das Gewühl, nur einen Steinwurf vom Bug der *Gloria* entfernt, glitt eine schwarzlackierte, mit einem Dutzend Ruderern besetzte Barkasse vorbei, unter deren rotem Baldachin verschleierte Frauen saßen, in Begleitung von zwei Mohren. Felix beugte sich über die Reling. Ob das wohl wirkliche Eunuchen waren?
»Noch eine letzte Tasse deutschen Bohnenkaffee vor der Ankunft, Herr Doktor?«
Ein Stuart wartete an Deck mit einem Tablett.
»Danke, sehr gern!«
Mit der Tasse in der Hand schaute Felix dem Anlegemanöver zu. Eine Militärkapelle formierte sich am Kai und spielte einen Willkommensgruß, in dessen Melodie man mit ein wenig Phantasie den preußischen Kürassiermarsch erkennen konnte. An den Hafengebäuden flatterten Stern und Halbmond Seite an Seite mit dem deutschen Adler. Felix hob überrascht die Brauen. Ob die militärischen Ehren ihm persönlich galten? Immerhin, kein Geringerer als der Sultan höchstselbst hatte ihn rufen lassen, so wichtig war seine Mission in diesem Land. Allein mit der Klärung der protokollarischen Fragen waren sechs Monate vergangen.
Taue wurden an Land geschossen, und die Matrosen begannen, die *Gloria* an der Mole fest zu machen. Felix trank seinen Kaffee

aus und sog die würzige Meeresluft ein. Was würde er wohl in den nächsten Wochen hier erleben? Der Ausflug an den Bosporus war sein letztes Abenteuer vor der Heirat mit Carla Rossmann, der Tochter eines schwerreichen Berliner Industriellen, mit der er seit zwei Jahren verlobt war und die er nach seiner Rückkehr aus der Türkei im Potsdamer Dom vor den Traualtar führen wollte. Der Gedanke an die Heimat trübte für eine Sekunde seine Hochstimmung. Als engster Mitarbeiter Robert Kochs am Königlich-Preußischen Institut für Infektionskrankheiten und Spross einer alten Gelehrtenfamilie genoss Felix zwar einen glänzenden Ruf in der Wissenschaft. In den Augen seiner künftigen Schwiegereltern aber war er ein eher mittelloser, nur bedingt geeigneter Kandidat für ihre Tochter. Unter dieser Missachtung litt vor allem Carla, deren ganzer Ehrgeiz es war, dass ihr Vater Felix endlich respektierte. Die unerwartete Anfrage aus dem Morgenland betrachtete sie darum als die große Chance ihres Bräutigams. Der Auftrag des Sultans versprach nicht nur Ruhm und eine Karriere bis hin zum Professor und Geheimrat, sondern auch ein so hohes Honorar, dass er mit dem Geld ein standesgemäßes Haus bauen konnte – die beste Möglichkeit, die Anerkennung August und Berta Rossmanns zu erlangen.

»Wohin darf ich Ihre Koffer bringen lassen?«, fragte der Stuart, als er Felix die leere Tasse abnahm.

»Ins Pera Palace, bitte.«

»Eine hervorragende Wahl. Soll ich Ihnen eine Droschke besorgen?«

»Danke, das wird nicht nötig sein. Ich werde abgeholt.«

Als Felix eine Stunde später von Bord ging, war er ein wenig wacklig auf den Beinen. Kein Wunder, nach fast drei Wochen auf See war er völlig aus der Balance. Vielleicht, dachte er, sollte er vorerst nur im Sitzen urinieren, sonst gab es womöglich noch ein Malheur ... Aber ob man in diesem Land überhaupt Sitzklos kannte? Die Fahnen an den Gebäuden ignorierte Felix ebenso wie die Militärkapelle. Vom Ersten Offizier hatte er erfahren, dass die deutsch-türkische Beflaggung nicht ihm galt, sondern eine bleibende Einrichtung war, mit der man an den letzten Besuch Kaiser Wilhelms in Konstantinopel erinnerte, und jedes Schiff mit mehr als zehntausend Tonnen wurde von einer Militärkapelle begrüßt.

Immerhin wartete am Kai ein offener Wagen auf Felix. Darin empfing ihn der deutsche Botschafter, Baron von Wangenheim, ein untersetzter, stark übergewichtiger Mann, der in seinem grauen Gehrock und dem Stehkragen so heftig schwitzte, dass er seinen Hut auf den Knien abgelegt hatte und sich mit einem großen, weißen Taschentuch den Schweiß von der Stirn wischte.

»Willkommen in Absurdistan!«, schnaufte er, als Felix sich an seiner Seite niederließ.

»Wie bitte?«

»Nun schauen Sie mich nicht so verdattert an. Sie werden es noch früh genug begreifen.« Wangenheim klopfte mit seinem Stock an den Wagenschlag. »Zum Hotel!«

Während die Kutsche sich einen Weg durch das Hafengewühl bahnte, blickte Felix sich neugierig um. Wie anders waren die Menschen hier im Vergleich zum Ku'Damm oder Unter den Linden! Männer mit riesigen Bärten waren in Kleider gewandet, die wie Nachthemden aussahen, und liefen Arm in Arm wie Liebespaare die Mole entlang – manche hielten sich sogar an den Händen! In deutlichem Abstand folgten ihnen die Frauen, schwarzverhüllte, gesichtslose Gestalten, die große Körbe und bauchige Krüge auf ihren Schultern schleppten, während Kinder mit kahlrasierten Köpfen hinter ihrem Rücken Steine nach streunenden Hunden warfen. Sie alle zogen in Richtung des Marktes, der sich am Ende des Kais anschloss. Felix liefen die Augen über. Noch nie hatte er so viele Farben gesehen, so viele Gerüche gerochen, so viele Stimmen gehört. Links und rechts türmten sich Berge von Obst und Gemüse auf, gehäutete Schafe und Schweine hingen in der Hitze vom Haken und lockten Mil-

lionen von Fliegen an, Fässer mit weißem Schafskäse standen in einer Reihe mit Eimern voll Yoghurt am Straßenrand. Überall flatterten lebende Hühner, Gänse und Enten umher, Lämmer blökten zwischen den Ständen, Ziegen meckerten, Hähne krähten, während hoch bepackte Esel und von Ochsen gezogene Karren, auf denen abenteuerliche Lasten schwankten, sich vergeblich bemühten, vom Fleck zu kommen. Und an jeder Ecke, vor jeder Auslage wurde gehandelt und gefeilscht, geschimpft und geflucht, gerufen und gelacht.
»Wie ein Märchen aus Tausendundeiner Nacht …«
»Ja, das sagen alle, wenn sie ankommen«, erwiderte Wangenheim. »Aber warten Sie ab.«
Als sie die Galata-Brücke erreichten, die das alte Stambul mit dem modernen Stadtteil Pera auf der anderen Seite der Meerenge verband, war der Platz dort schwarz von Menschen. Auf einem Podium stand ein Offizier und hielt eine flammende Rede, die immer wieder vom Beifall der Menge unterbrochen wurde.
»Was wird denn hier gefeiert?«, fragte Felix.
»Ein Erlass des Sultans, was sonst?«, sagte der Botschafter. »Ewige Majestät hat geruht, dieselbe Verfassung, die sie vor einem Vierteljahrhundert selber abgeschafft hat, allergnädigst wieder in Kraft zu setzen.«
Erneut brandete Beifall auf, die Begeisterung kannte keine Grenzen. Männer in den unterschiedlichsten Trachten fielen einander in die Arme, als würde sich auf diesem Platz das ganze Osmanische Reich verbrüdern. Felix erkannte zwischen den Türken jede Menge Vertreter anderer Nationalitäten: Griechen und Bulgaren, Armenier und Kurden, Hebräer und Araber … Sie alle trugen die rotweiße Kokarde der Freiheit, Muftis und Rabbiner, Softas und Popen genauso wie die Offiziere und Soldaten – als gebe es keinen Unterschied zwischen Juden, Christen und Moslems, zwischen Rechtgläubigen und Ungläubigen, vielmehr nur gleichberechtigte Untertanen eines von allen geliebten Herrschers.

»Ein schönes Spektakel, nicht wahr?«, fragte Wangenheim.
»Wenn Sie daran Freude haben, sind Sie hier richtig. Alle naslang wird hier ein Revolutiönchen oder Gegenrevolutiönchen angezettelt. Jetzt tanzt die Regierung angeblich nicht mehr nach der Pfeife des Sultans, sondern eines Komitees. Ob das gutgeht? Wer's glaubt, wird selig. Ein Pulverfass.«
Der Botschafter zeigte mit seinem Hut über den Platz und begann, Felix die politische Lage zu erklären: die Probleme des Vielvölkerstaats, die Rolle der Armee, insbesondere der fortschrittlich gesinnten, in Europa ausgebildeten Offiziere, der sogenannten Jungtürken und ihres »Komitees für Einheit und Fortschritt«, das seit Wiedereinsetzung der Verfassung von der Provinzgarnison in Saloniki aus die politischen Geschicke des Landes lenkte.
»Stellen Sie sich vor, ein Staat, in dem es fünfzig Völker gibt, die fünfundzwanzig Sprachen sprechen – ganz abgesehen von den Religionen. Jetzt heißt es: *Die Türkei den Türken!* Das ist die Parole dieses Komitees. Ich kann Ihnen sagen, die Jungtürken sind preußischer als die Preußen, die haben einen richtigen Präzisionsfimmel. Vom Drill sind sie so besessen, dass die Soldaten keine Zeit mehr für ihre Waschungen vor den Gebeten haben, von ihrem geliebten Kef ganz zu schweigen. Gefährliche Sache, so was.«
»Kef?«, fragte Felix. »Was ist das denn?«
»So ein träumerischer Zustand des Wohlbehagens. Den braucht der Orientale ungefähr zehnmal am Tag. Außerdem«, fuhr Wangenheim mit seinen Erklärungen fort, »wissen die Jungtürken sich auch nicht besser zu helfen als die alte Regierung, trotz ihres großspurigen Wahlspruchs. Seitdem sie mit ihrem Komitee am Ruder sind, leitet ein Franzose das Finanzministerium, ein Deutscher die Handelskammer, ein Italiener die Gendarmerie und ein Engländer das Marinewesen. Der gute Mann musste feststellen, dass seine Offiziere auf dem Deck der Schiffe Gemüse ziehen.«

»Sehr aufschlussreich«, sagte Felix. »Aber zum Glück bin ich ja nur kurze Zeit hier zu Gast. Wissen Sie schon, wann der Sultan mich empfängt?«

Wangenheim schüttelte den Kopf. »Nein. Aber ich bin sicher, Sie werden es noch früh genug erfahren. Hat man Sie ausreichend instruiert?«

Felix klopfte mit der Hand auf die Brusttasche seines Anzugs. Darin trug er den Brief, den ein Sekretär Abdülhamids ihm geschickt hatte, um ihm seine Aufgabe in groben Zügen zu beschreiben. Der Sultan fürchtete, dass die Tuberkulose, die ständig in Konstantinopel lauerte und an der in seiner Kindheit bereits seine leibliche Mutter gestorben war, im Palast ausbrechen könnte – angeblich hatte es schon mehrere Krankheitsfälle gegeben. Um eine Seuche zu verhindern, hatte Felix aus Berlin einen neuen Wirkstoff mitgebracht, Tuberkulin, ein Stoffwechselprodukt der Tuberkelbazillen, mit dem man bereits erste Erfahrungen gemacht hatte. Hier konnte er die Wirkung des Präparats nun im großen Stil erforschen: ein wissenschaftliches Experiment, das ihn ebenso reizte wie das in Aussicht gestellte Honorar.

»Haben Sie eine Vorstellung von ewiger Majestät?«, wollte Wangenheim wissen.

»Leider nur eine sehr allgemeine«, erwiderte Felix. »Ich weiß lediglich, dass Abdülhamid sich als ›Sultan der Sultane‹ bezeichnet und deshalb angeblich sogar das Kaisertum Kaiser Wilhelms anzweifelt. Außerdem soll er beim Besuch der Pariser Weltausstellung Sand vom Marmarameer in den Schuhen getragen haben, um die Berührung mit unheiligem Boden zu vermeiden. So stand es zumindest in der Zeitung. Nun, ich bin gespannt, wie die Begegnung mit einem solchen Mann sein wird.«

»Ein sehr spezielles Vergnügen, das kann ich Ihnen versprechen«, sagte Wangenheim. »Aber mehr will ich nicht verraten, sonst ist ja die ganze Spannung zum Teufel.« Vertraulich legte er seine Hand auf Felix' Arm. »Kann ich Ihnen sonst irgendwie behilflich sein? Irgendwelche Dinge, die Sie besonders interessieren?«

Der Botschafter musterte aufmerksam sein Gesicht. Felix wich dem prüfenden Blick aus, um nicht zu erröten. Ja, es gab noch etwas, das seine Phantasie erregte, das noch aufregender war als eine Begegnung mit dem Sultan. Etwas, das für ihn der Inbegriff des Orients war, einen Ort, den die hervorragendsten Maler Europas wieder und wieder ins Bild gesetzt hatten, weil er allen Zauber, alle Faszination dieser fremden, exotischen Welt in sich bannte – Bauchtanz, Wollust, Sinnenrausch ...

»Ich verstehe«, nickte Wangenheim.

»Wie bitte?«

»Sie meinen den Harem des Sultans, nicht wahr? Ich möchte wetten, Sie würden ihn liebend gern einmal betreten. Stimmt's oder habe ich recht?«

»Um Gottes willen!«, rief Felix und spürte, wie ihm das Blut ins Gesicht schoss. »Wie ... wie kommen Sie darauf?«

Der Botschafter grinste vor Vergnügen. »Das war nicht schwer zu erraten«, sagte er und tätschelte seinen Arm. »Davon träumen Sie doch alle. Vor allem in Ihrem Alter.«

2

Die persischen Öllampen verströmten einen feinen Duft von Moschus, nicht mehr als eine Verheißung, die das dämmrige Gemach auf unsichtbare Weise erfüllte. In einem nachtblauen Seidenburnus ließ Abdülhamid sich auf dem Diwan nieder und verschränkte die Hände im Nacken. Seine Blicke suchten Fatima, die sich hinter einem Paravent verbarg und ihn durch einen Spalt beobachtete.

In seinen Augen sah sie eine dunkle, kaum wahrnehmbare Glut. Wie oft hatte sie diese Glut schon entfacht – würde es ihr heute

Nacht noch einmal gelingen? Ihr Leben hing davon ab. Denn heute Nacht würde sie ihrem Gebieter ein Geheimnis enthüllen, das sie wie einen Schatz in ihrem Innern barg und von dem niemand außer ihr und Elisa wusste, ein Geheimnis, dessen Enthüllung ihr Leben für immer verändern würde, ihr zu höchstem Glück verhelfen, sie aber auch in tiefstes Unglück stürzen konnte.

»Willst du dich mir nicht endlich zeigen?«, fragte Abdülhamid.

»Haben Sie noch ein wenig Geduld«, erwiderte sie, während sie letzte Hand an ihre Kleider legte. »Es wartet eine Überraschung auf Sie.«

Fatimas großer Traum hatte sich erfüllt – doch wie lange noch würde er währen? Nach ihrer ersten Liebesnacht mit dem Sultan, in jener Nacht der Nächte, als Elisa sie gerufen hatte, um das Lager mit Abdülhamid zu teilen, war sie zur neuen Favoritin aufgestiegen. Endlich nahm sie beim Freitagsempfang den Platz ein, den das Schicksal für sie vorgesehen hatte, an der Seite des Padischahs, wo sogar die Prinzessinnen ihr die Hand küssen mussten.

Ihrer Stellung entsprechend bewohnte sie ein eigenes Gemach, in dem sie ihren Gebieter empfing. In dem modernen Harem von Yildiz, wo man nicht mehr auf weichen Kissen und schwellenden Lagern ruhte, sondern auf harten, unbequemen, europäischen Möbeln Platz nehmen musste, wo man die Körper nach französischer Mode in starre Korsetts und enge Mieder zwängte, wo man fortwährend Haltung und Formen wahrte, statt sich gehen und treiben zu lassen, sich zu entspannen und zu genießen – inmitten dieser modernen Sinnenfeindlichkeit, in der die Liebe zu ersticken drohte, hatte Fatima eine Oase der Wollust, die doch der Ursprung aller Liebe war, für ihren Herrscher eingerichtet: ein Gemach, das ganz im alten orientalischen Stil gehalten war, mit Öllampen und Wandvorhängen, Zimmerbrunnen und Kohlepfannen, Troddeln und Stickereien, Jalousien und Gitterfenstern, mit Diwanen und Polstern und Kissen und Puffe.

Hier trank Abdülhamid seinen Kef-Kaffee, hier rauchte er seine Kef-Zigarette, hier aß er sein Kef-Opium.
»Was für eine Überraschung hältst du denn für mich bereit?«, wollte er wissen. »Bitte, spann mich nicht auf die Folter.«
»Unendlich groß ist das Reich, das Sie beherrschen, ewige Majestät, doch noch größer ist das Reich Ihrer Wünsche«, antwortete Fatima in der höfischen Sprache, die sie als Mädchen in der Haremsschule gelernt hatte. »Mögen Sie im ersten Reich der Sultan sein, sind Sie im zweiten Reich bloß Untertan.«
»Dann sei eine gütige Herrscherin und lass mich nicht länger warten.«
»Erfüllen denn Sie Ihren Untertanen jeden Wunsch auf der Stelle? Nein, die Klugheit verbietet es Ihnen. Weil mit jedem Atemzug der Erwartung das Glück der Erfüllung größer und größer wird.«
Während sie sprach, drehte sie an der Kurbel des kastenförmigen Apparats, den Murat, der Spaßmacher, hinter dem Paravent versteckt hatte. In dieser Nacht, in der sich ihr Schicksal entschied, brauchte sie Hilfe – würde dieser Apparat sie ihr leisten?
Seit vier Jahren wohnte Abdülhamid ihr nun schon bei, doch in jeder Liebesnacht musste sie ihn aufs Neue erobern. Das Geheimnis ihres Erfolgs war, dass sie eine der wichtigsten Regeln durchbrach, die im Umgang mit dem Sultan seit Jahrhunderten galten. Als einzige Frau des Harems behandelte sie ihn nicht als Padischah und Kalifen, sondern als einen Mann, als einen Geliebten. Damit sein Interesse nie erlahmte, erschien sie ihm stets in neuer, fremder Gestalt, einmal als Novizin, die er in die Geheimnisse der Lust einweihen durfte, dann als erfahrene Kurtisane, die ihn nach allen Regeln der Liebeskunst verführte. Sie spielte mit ihm, lockte ihn, verweigerte sich ihm zum Schein, um ihn in den siebten Himmel zu entführen. Einmal unterwarf sie sich ihm als ägyptische Priesterin, dann wieder begegnete sie ihm mit der Sprödigkeit einer englischen Lady, dem Charme einer Französin oder der Leidenschaft einer Italienerin. Ihr Ziel

war es, ihm den ganzen Harem zu ersetzen, mit allen Frauen, von denen ein Mann nur träumen konnte, damit er keiner anderen Frau mehr bedurfte: Sie war ihm Geliebte und Heilige, Mutter und Hure, Herrin und Sklavin in einer Person.

Da ertönte die Musik: eine Zimbel, ein Saz – dann fiel das ganze Haremsorchester ein. Im selben Moment trat Fatima hinter dem Paravent hervor, in Schleier gehüllt, und sank in einer weit ausladenden Verbeugung vor dem Sultan zu Boden.

»Woher kommt diese Musik?«, fragte er verblüfft.

»Pssst«, machte Fatima und legte ihm einen Finger auf den Mund.

Noch während sie ihn berührte, begann eine Stimme zu singen: so schön, wie nur die Huris im Paradies singen.

»Die Nachtigall …« Abdülhamids dunkle Augen leuchteten vor Freude, während seine Blicke suchend durch den Raum wanderten. »Wo ist sie? Wo hat sie sich versteckt?«

Wieder legte Fatima ihm den Finger auf die Lippen. »Sie ist überall und nirgendwo. Ohne dass sie uns sieht oder wir sie sehen können, ist sie da, ist sie hier, um uns mit ihrem Gesang zu erfreuen.«

Während Elisas Stimme sie wie ein Schleier umhüllte, schloss Fatima die Augen und begann ihren Tanz. Ihre bloßen Füße versanken in den weichen, tiefen Teppichen, doch ihre Bewegungen wurden getragen von der Melodie, die ihre Freundin in einem unbestimmten Nirgendwo sang. Ohne dass Fatima den Sultan sah, tauchte sie ein in seine dunklen, glühenden Blicke, die sie auf ihrem Körper spürte, auf ihren Brüsten, auf ihren Schenkeln, um sie zu streicheln und zu liebkosen, schmiegte sie sich in seine Begierde, wog sich in seinem Verlangen, wand sich in seiner Lust, die sie mit jeder neuen Drehung mehrte, um ihm den Verstand zu rauben, bis er nur noch reines Begehren war …

Fatima schlug die Augen auf. Der Sultan lag nackt auf dem Diwan, die Blicke begierig auf sie gerichtet, das pralle Glied in seiner Faust, an der sein goldener Siegelring funkelte.

Die Musik war verstummt, die Wachsmatritze, die Fatima mit Elisas Stimme hatte beschallen lassen, zu Ende. Nur das leise Knistern der Nadel auf dem sich immer noch drehenden Teller des Grammophons war zu hören.

»Komm«, sagte Abdülhamid, »ich muss dich berühren.«

Fatima löste den Knoten vor ihrer Brust, die Schleier fielen von ihr herab. Jetzt waren sie beide so nackt, wie Allah sie erschaffen hatte: ein Mann und eine Frau – die einzigen Wesen auf der Welt.

»Nein«, sagte Fatima. Mit dem letzten Schleier in ihrer Hand ging sie auf ihn zu. »Nein, du darfst mich nicht berühren, noch nicht.« Sie streifte mit der Gaze über seine Schenkel, über sein Glied.

Er streckte die Hand nach ihr aus, Flehen in seinem Blick. »Der Prophet hat gesagt: *Wenn ein liebendes Paar sich die Hände hält und durch Liebe zueinander findet, dann zerfließen die Sünden zwischen ihren Fingern.*« Auf der dunkelroten Spitze seines Gliedes glänzte ein großer, schwerer Tropfen, wie eine kostbare Perle.

Fatima trat noch näher zu ihm heran. Ihr Geschlecht war so nah vor seinem Gesicht, dass sie seinen Atem auf ihren Schamlippen spürte.

»Haben wir denn Sünden begangen, dass wir der Gnade Allahs bedürfen?« Er wollte ihre nackten Lippen küssen, doch sie machte einen Schritt zurück.

»Erst will ich ein Geschenk von dir«, sagte sie und streifte mit einem Blick seinen Schoß, wo seine Lust ohnmächtig in seiner Hand pulsierte. Mit allen ihren Sinnen genoss sie den Anblick. Ja, sie gab ihm, dem Allmächtigen, das Gefühl von Ohnmacht, und nichts konnte ihn mehr erregen. Würde sie je wieder solche Macht über ihn haben?

»Nimm es dir«, flüsterte Abdülhamid. »Nimm dir dein Geschenk.«

Sie beugte sich zu ihm herab. Mit der Zunge nahm sie die glänzende Perle von der Spitze seines Gliedes, ohne ihn zu berühren. Leise stöhnte er auf.

»Jetzt darfst du zu mir kommen«, flüsterte sie.

Und dann hielt sie ihn in ihrem Arm, nahm ihn auf zwischen ihren Schenkeln, barg ihn in ihrem Schoß, an ihrer Brust, an denen er sog wie ein Kind, um einzutauchen in die große Verheißung der Lust, die nichts anderes war als Vergessen.

»Ich liebe dich«, stammelte er, »dich, nur dich allein …«

Immer wieder flüsterte er ihr dieses Geständnis ins Ohr, während er sie wie ein Ertrinkender küsste, als müsse er mit seinem Kuss sich selber zum Schweigen bringen, um eins zu werden mit ihr, mit ihrem Fleisch, mit ihrem Schoß.

Ein letztes Stammeln, ein letztes Stöhnen, ein letzter weher Schrei – dann war nur noch dunkle, stille Nacht um sie her.

Seite an Seite lagen sie da. Fatima lauschte seinem Atem; er war satt und schwer von der genossenen Lust. War jetzt der Augenblick da, um ihm ihr Geheimnis zu enthüllen?

Sie zog an einer Kordel über dem Diwan. Mit leisem Surren ging das elektrische Licht an.

»Mein Gebieter …«, sagte sie und schaute ihn an.

Zärtlich erwiderte er ihren Blick. »Was ist, meine Geliebte?«

Fatima schluckte. Würde er, wenn sie die Worte, die sie nun sagen musste, ausgesprochen hatte, sie noch so zärtlich anschauen wie in diesem Augenblick?

Es gab nur einen Weg, um Antwort auf diese Frage zu erhalten. Ohne den Blick von ihm zu lassen, nahm sie ihren ganzen Mut zusammen und sagte: »Ich habe von Ihrem Samen empfangen, ewige Majestät. Ich bekomme ein Kind.«

3

Wie hatte Abdülhamid Fatimas Geständnis aufgenommen? Diese Frage beschäftigte Elisa so sehr, dass sie es am nächsten Tag kaum aushielt, bis das Morgengebet vorüber war und sie den Sultan aufsuchen konnte. Der Arbeitstag des Herrschers gehorchte einem strenggeregelten Ablauf, gegen den niemand verstoßen durfte. Schon um sechs Uhr war Abdülhamid in seinem Arbeitszimmer, trank seine erste, von seinem Leibkaffeekoch zubereitete Tasse Kaffee und rauchte seine erste Zigarette, die ein eigens dazu ausgebildeter Eunuch aus ägyptischem Tabak für ihn drehte. Während er den Kaffee einnahm, las sein erster Sekretär ihm den Bericht über die wichtigsten Staatsgeschäfte vor. War der Rapport erledigt, erschien ein zweiter Sekretär und brachte eine Zusammenfassung der wichtigsten ausländischen Presseberichte. Danach wurde der Großwesir gerufen, um Anweisungen für den Tag entgegenzunehmen. Erst dann war Elisa an der Reihe.

Als sie das Arbeitszimmer betrat, lag der Gebetsteppich noch ausgerollt auf dem Boden.

Doch anders als sonst, stand Abdülhamid am offenen Fenster und winkte einer jubelnden Menschenmenge zu, mit Bülent auf dem Arm, Salihas Sohn.

Von draußen brandete Beifall auf.

»*Padişahim çok yaşa!*«, rief das Volk, das sich unter dem Fenster versammelt hatte. »Lang lebe der Padischah!«

Abdülhamid blinzelte misstrauisch in die Sonne, und mit einer Stimme, die fast traurig klang, rief er der Menge zu: »Was wollt ihr?«

»Wir wollen nur sehen, dass ewige Majestät gesund ist.«

»Ja! Über dreißig Jahre hat man uns Euren Anblick vorenthalten.«

»Allah sei Dank, dass wir Euch sehen!«

Der Sultan hob einen Arm. Augenblicklich verstummten die Rufe.

»Ja, es ist wahr«, rief er, »Verräter haben uns von euch ferngehalten, von unserem Volk. Aber diese Zeiten sind vorbei! Es lebe die Verfassung!«

Erneuter Beifall war die Antwort.

»*Padişahim çok yaşa!*«, jubelten die Menschen im Chor. »Lang lebe der Padischah!«

Abdühlhamid winkte ihnen noch einmal zu. Dann trat er vom Fenster zurück und gab seinen Sohn in die Obhut zweier Leibgardisten. Während Elisa auf einen Befehl wartete, setzte Abdülhamid sich an seinen Schreibtisch, nahm aus einer Tabatiere das Notizbuch, das er im doppelten Deckel der Zigarettendose versteckt hielt, und begann darin zu blättern.

»Bitte setz dich doch«, sagte er, ohne aufzuschauen.

Elisa nahm an ihrem kleinen Sekretär Platz, auf dem sich Dutzende von Briefen stapelten. Seit sie Abdülhamid das Leben gerettet hatte, galt sie im Palast als seine engste Vertraute. Obwohl er sie nie berührte, behandelte er sie mit einem Respekt, der höchstens einer Kadin gebührte, weihte sie in Gedanken ein, die er kaum seiner Ziehmutter preisgab, und erlaubte ihr Freiheiten, über die der Kizlar Aga insgeheim den Kopf schüttelte – beinahe schien es, als habe ihre Liebesweigerung ihr statt Strafe nur umso größeren Respekt eingetragen. Offiziell hatte Abdülhamid sie zu seiner »Koranleserin« ernannt. Doch statt aus dem Koran las sie ihm abends europäische Romane vor, meistens Kriminalgeschichten von Sherlock Holmes, und morgens half sie ihm bei der Lektüre der Post, die täglich säckeweise eintraf. Ein ganzes Heer von Informanten wurde dafür bezahlt, ihn über sämtliche Vorgänge im Reich sowie über die wichtigsten Ereignisse im Ausland zu unterrichten. Da aber viele der Briefe und Romane in fremden Sprachen verfasst waren, hatte Elisa im Laufe der Jahre fast fließend Französisch sprechen gelernt, dazu ein wenig Englisch und sogar ein paar Brocken Deutsch.

Während Abdülhamid mit dem Zeigefinger die Einträge in seinem Notizbuch verfolgte, sortierte Elisa die Post auf ihrem Sekretär. Aus den Augenwinkeln versuchte sie, im Gesicht des Sultans zu lesen. Fragen, die sie nicht stellen durfte, drängten auf ihre Lippen. Würde er das Kind wollen, das Fatima unter dem Herzen trug? Oder würde er sie zwingen, ihre Leibesfrucht abzutreiben? Das Ausbleiben der Monatsregel löste im Haus der Glückseligkeit stets Angst und Tränen aus. So viele Liebschaften des Herrschers haben schon unter den unsauberen, wühlenden Händen einer Hebamme geendet, manche sogar in Siechtum und Tod … Obwohl nach den Worten des Propheten die Unterbrechung einer Schwangerschaft gegen die Gebote des Glaubens verstieß, war seit der Geburt von Salihas Sohn kein Kind mehr im Harem zur Welt gekommen. Kaum wurde ruchbar, dass eine Konkubine in guter Hoffnung war, erschien der Kizlar Aga, um der Unglücklichen seine Befehle zu erteilen. Die Mädchen, die das Schicksal einer Schwangerschaft ereilte, versuchten darum verzweifelt, ihren Zustand mit Hilfe verschwiegener Eunuchen und Taubenblut zu verheimlichen. Was aber nutzte alles Verstecken und Vertuschen? Nach spätestens neun Monaten kam die Wahrheit ja doch ans Licht.

Abdülhamid klappte sein Notizbuch zu. »Was schaust du uns so an?«, fragte er. »Hast du uns etwas mitzuteilen?«

Elisa hatte gar nicht gemerkt, dass der Sultan sie beobachtet hatte. Eilig suchte sie nach einer Antwort. »Ich … ich dachte gerade – es muss sehr schön sein, die Liebe des Volkes so deutlich zu spüren.«

»Die Liebe des Volkes ist wie die Liebe einer Frau«, erwiderte Abdülhamid. »Wankelmut ist ihr Wesen.«

»Verzeihen Sie, dass ich widerspreche, ewige Majestät. Aber wenn das Volk Sie so liebt, wie die Frauen Ihres Harems es tun, brauchen Sie seine Liebe nicht zu fürchten. Vor allem«, fügte sie nach kurzem Zögern hinzu, »wenn ich an die Liebe einer ganz bestimmten Frau denke.«

»So? Meinst du?«
Er verzog das Gesicht zu einem dunklen Lächeln. Elisa verstummte. Sein Lächeln machte ihr Angst, genauso wie das Klavierspiel, das die ganze Nacht über aus seinem Appartement zu hören gewesen war. Abdülhamid war ein hervorragender Klavierspieler, und überall im Palast standen Klaviere herum, doch er benutzte sie nur, wenn er missmutig war.
»Ja«, nickte Elisa. »Das meine ich.«
Sie hoffte, dass er endlich zu sprechen begann. Doch während er sein Notizbuch wieder im Deckel seiner Tabatiere versteckte, sagte er nur: »Wir wollen mit der Arbeit beginnen.«
Elisa nahm den ersten Brief von ihrem Stapel.
»Wie Sie befehlen, ewige Majestät.«
Sie öffnete das Kuvert und begann mit lauter Stimme zu lesen. Der Brief stammte aus der anatolischen Provinzhauptstadt Adana. Ein Posthalter berichtete, dass jungtürkische Offiziere die Anhänger der Verfassung in öffentlichen Kundgebungen aufforderten, einer möglichen Konterrevolution energisch Widerstand zu leisten.
»Dieser Aufruf«, fuhr der Informant fort, »stößt vor allem in armenischen Kreisen auf begeisterte Zustimmung …«
An anderen Tagen verfolgte Elisa den Inhalt der Briefe mit großer Aufmerksamkeit. Die Briefe waren für sie wie Fenster in eine andere, unbekannte Welt, die sie mit eigenen Augen wahrscheinlich niemals sehen würde. Heute aber war sie so unkonzentriert, dass sie ihre eigene Stimme wie das Plätschern eines weit entfernten Bachs vernahm, ohne dass der Sinn der Worte sie erreichte. Wenn der Sultan Fatima zwang, das Kind in ihrem Leib zu töten – würde er sie dann auch verstoßen?
»Wir raten daher zu erhöhter Wachsamkeit und empfehlen, die Geschehnisse hier weiter aufmerksam zu verfolgen. Es könnte sein, dass sich sonst gewisse fortschrittlich gesinnte Elemente die aufflammende Begeisterung für Zwecke zu eigen machen, die nicht im Sinne der Regierung sind …«

Mitten im Satz brach Elisa ab. Eine Hand lag auf ihrer Schulter. Erschrocken drehte sie sich um. Der Sultan stand hinter ihr und schaute auf sie herab.
»Wir haben den Eindruck«, sagte er, »du liest nur mit den Augen, nicht mit dem Verstand. Gibt es irgendetwas, das dich so sehr beschäftigt?«
Elisa spürte, wie er den Druck seiner Hand auf ihrer Schulter verstärkte.
»Warum haben Sie sich mit Salihas Sohn heute Morgen am Fenster gezeigt?«, fragte sie. »Wollten sie Ihrem Volk den künftigen Herrscher präsentieren?«
Abdülhamid schüttelte den Kopf. »Nein«, sagte er. »Das war nur eine Maßnahme zu unserer Sicherheit – kein Rechtgläubiger würde je auf einen Mann schießen, der ein Kind auf dem Arm trägt.« Er schaute Elisa so tief in die Augen, als blicke er direkt in ihre Seele. »Aber ich weiß, warum du mir diese Frage stellst«, lächelte er. »Du willst wissen, was ich Fatima geantwortet habe, nicht wahr?«

4

»Der Spaßmacher!«, rief Bülent und zerrte an Salihas Arm. »Schau nur, was er kann!«
Saliha hielt ihren Sohn fest an der Hand, als sie die Wohnung der Sultansmutter betrat und sich verbeugte. Auf einem Tablett standen noch die Reste des Frühstücks, aber die Valide paffte bereits ihre erste Wasserpfeife des Tages. Dabei verschluckte sie sich fast am Rauch. Denn vor ihr lief Murat, der Eunuchen-Zwerg, auf den Händen quer durch den Raum und klatschte sich mit den Füßen selber Beifall. Vor lauter Lachen rannen ihr Tränen an den runzligen Wangen herab.
»Da!«, prustete sie und warf ihm ein Goldstück zu. »Fang auf!«

Murat schnappte die Münze mit dem Mund in der Luft und schluckte sie hinunter. »Stets zu Ihren Diensten!«
»Aber jetzt fort mit dir! Ich habe zu tun!«
Murat knickte in den Armen ein und machte mit dem Rest seines Körpers eine umgekehrte Verbeugung. Mit einem Bein winkte er Bülent zu sich heran.
»Kannst du mir mal helfen?«
Bülent schaute fragend zu seiner Mutter. Doch bevor Saliha ihm ihre Erlaubnis geben konnte, sagte die Valide: »Trau dich nur! Worauf wartest du?«
Bülent ließ Salihas Hand los, und so vorsichtig, als nähere er sich einem gefährlichen Tier, wagte er sich zu dem Zwerg.
»Was ... was soll ich tun?«
»Gib mir bitte das Tablett.«
»Wie denn?«, rief Bülent überrascht. »Du stehst doch auf den Händen!«
»Stell es einfach auf meine Füße.«
»Waaas? Auf die Pantoffeln?«
»Genau dafür habe ich sie heute Morgen angezogen.«
Bülent tat, was Murat ihm sagte.
»Bravo!«, rief der Zwerg. Auf einer Hand balancierend, das Tablett auf den Füßen, strich er sich über das Kinn und griff dann hinter Bülents Ohr. »Was hast du denn da?«, staunte er. In seiner Hand blinkte ein Goldstück. »Na, so was! Wie hast du denn das gemacht? Das musst du mir unbedingt zeigen. Los, komm mit!«
Ohne dass auch nur ein Krümel von dem Tablett fiel, watschelte der Zwerg auf den Händen zur Tür hinaus. Bülent lief ihm vor Freude glucksend hinterher. Saliha winkte den beiden nach. Als sie sich umdrehte, zog die Valide ein so ernstes Gesicht, dass Saliha das Lachen im Halse stecken blieb.
»Ich habe dich aus einem Grund zu mir gerufen, der dir nicht gefallen wird«, sagte die Sultansmutter und sog an ihrer Pfeife. »Fatima ist schwanger. Wusstest du das?«

Saliha war so überrascht, dass sie keinen Ton herausbrachte. Stumm schüttelte sie den Kopf.

»Es ist aber so«, sagte die Valide. »Murat hat es mir eben berichtet. Ich weiß nicht, wie er es herausgefunden hat, aber es besteht kein Zweifel.«

Saliha war wie betäubt, so schwer traf sie die Nachricht. Die letzten Jahre waren für sie eine einzige Abfolge von Enttäuschungen und Demütigungen gewesen. Zwar hatte der Sultan sie auf Wunsch seiner Mutter zur vierten Kadin erhoben, doch seit Fatima Abdülhamids neue Favoritin war, hatte er sie kein einziges Mal mehr in ihrer Wohnung besucht, als wäre ihre Feige eine für immer verdörrte Frucht. So unerträglich der Verlust von Abdülhamids Liebe war, Saliha hatte ihn ohne Murren ertragen, um der Zukunft ihres Sohnes willen. Eines Tages würde Bülent der neue Herrscher des Osmanischen Reiches sein. Mit Fatimas Schwangerschaft aber war plötzlich alles anders, ihre ganze Zuversicht und Hoffnung auf einen Schlag zunichte gemacht. Wenn die neue Favoritin ein Kind vom Sultan empfing, vielleicht sogar einen Sohn ... Saliha wagte nicht, den Gedanken zu Ende zu denken.

»Was gedenkst du nun zu unternehmen?«, fragte die Valide.

»Ich weiß es nicht«, erwiderte sie. »Mir sind die Hände gebunden. Wenn ewige Majestät ...« Tränen schossen ihr in die Augen, und die Stimme versagte ihr. »Es ist Kismet«, sagte sie nur, als die Sprache ihr endlich wieder gehorchte. »Ich werde mich in mein Schicksal fügen.«

»Das ist alles, was dir dazu einfällt?«

»Ich wollte, es wäre anders. Aber habe ich denn eine Wahl?«

Die Valide wog nachdenklich ihren grauen Kopf. »Ja, das Kismet ist der Wille Allahs, wer dagegen verstößt, ist für immer verflucht. Aber woher willst du wissen, was dein Kismet ist?«

»Diese Frage habe ich mir noch nie gestellt«, gestand Saliha. »Ich dachte, ich meine ...«

»Ich dachte, ich meine«, äffte die Valide sie nach. »Hast du in deinem Leben überhaupt schon wirklich einmal über etwas nachgedacht? Oder wirklich etwas gemeint?«

Saliha senkte stumm den Blick.

»Kismet heißt nicht, einfach die Hände in den Schoß legen«, fuhr die Valide fort. »Das Kismet ist ein Prüfstein, vor dem wir uns bewähren müssen, ein Angebot Allahs. Wie alt warst du, als du in den Harem kamst?«

»Sieben.«

Die Sultansmutter nickte. »Ja, ich erinnere mich. Deine Eltern hatten dich verkauft. Damit du es besser hast als bei ihnen.«

»Allah segne sie dafür.«

»Und jetzt, da Allah dir alles geschenkt hat, wovon eine Frau nur träumen kann – was tust du mit deinem Schicksal? Willst du tatenlos zusehen, wie man es dir raubt?«

»Nein, Valide, das will ich nicht«, flüsterte Saliha.

»Dann wisch dir die Tränen ab und hör mir zu. Du weißt, was der Harem ist?«

»Das Haus der Glückseligkeit, die Zuflucht unseres Gebieters.«

»Richtig«, nickte die Valide, »doch es gibt noch eine andere, tiefere Bedeutung. Seit es Mohammed gefallen hat, seine Frauen von der Welt abzusondern, damit kein anderer Mann sie mit seinem Begehren beschmutzt, ist der Harem die Kaaba, ein heiliges Gebiet. Jede Frau, die sich darin befindet, ist vor allen äußeren Gefahren geschützt.«

»Gelobt sei die Weisheit des Propheten.«

»Im Innern dieses heiligen Orts aber«, fuhr die Sultansmutter fort, »gilt ein strenges Gesetz, dem jede Sklavin, jede Konkubine, jedes Eheweib unterliegt. Es ist unantastbar und keiner weiteren Nachforschung zugänglich. Kein anderes Gesetz steht über ihm.«

»Was ist das für ein Gesetz?«, fragte Saliha. »Wie lautet sein Name?«

Die Valide sog lange an ihrer Pfeife. »Es ist das Gesetz des Harems«, sagte sie schließlich. »Es hilft denen, die ihr Kismet zu nutzen wissen. Um diejenigen zu vernichten, die sich blind in ihr Schicksal fügen. In ihm allein offenbart sich der Wille Allahs.«

5

»*Padişahim çok yaşa!* – Lang lebe der Padischah!«
Erneut brandete Jubel auf, aber an Stelle des Sultans nahm nun dessen Pflegebruder Izzet den Beifall des Volkes entgegen, auf einer Empore draußen im Park, die an der Innenseite der Haremsmauer aufgeschlagen war. In seiner Uniform sah er dem Padischah zum Verwechseln ähnlich, doch anders als dieser trug er kein Kind zum Schutz auf dem Arm, wenn er sich der Menge zeigte. Er war selber der Schutz für seinen kaiserlichen Bruder, der sich mit Elisa nur einen Steinwurf entfernt im Garten aufhielt.

Abdülhamid trank gerade an einem Marmorkiosk einen Mokka, den er aus eigener Tasche bei dem Kaffeekocher bezahlte, als wäre er ein gewöhnlicher Gast in einem gewöhnlichen Kaffeehaus. Während Elisa in gebührendem Abstand wartete, blickte sie mit einem Anflug von Neid zu der Empore hoch.

»Was glaubst du«, fragte Abdülhamid, »warum seit der Geburt von Salihas Sohn kein Kind mehr im Harem geboren wurde?«
Elisa wich seinem Blick aus. »Solche Fragen zu stellen«, erwiderte sie, »geziemt sich nicht für eine niedrige Sklavin wie mich.«

»Dann wollen wir dir die Antwort geben«, sagte der Sultan und stellte seine Mokkatasse ab. »Wir haben beschlossen, dass Salihas Sohn uns auf den Thron folgen soll. Darum wünschen wir keine weiteren Kinder. Jedes neugeborene Kind könnte männlichen Geschlechts sein, und allein diese Vorstellung ist geeignet, Kräfte zu entfachen, die ...« Er sprach den Satz nicht zu

Ende. Stattdessen zeigte er in die Richtung der Menagerie. »Früher hast du fast täglich mit der Giraffe gesprochen. Erinnerst du dich? Sie schaute für dich über die Mauer und erzählte dir, was sie auf der anderen Seite sah.«
»Das haben Sie gewusst?«, fragte Elisa überrascht.
Abdülhamid zuckte die Achseln, als bedürfe ihre Frage keiner Antwort. »Du hast damit aufgehört, seit ich dich zu meiner Vorleserin ernannt habe«, erwiderte er nur. »Genauso, wie du damit aufgehört hast, der Flöte zu lauschen, die du früher gar nicht oft genug hören konntest. Warum, kleine Armenierin? Weil du weißt, dass wir auf deine Stimme nicht mehr verzichten wollen?«
Elisa nickte.
»Du denkst also, du bist meine Gefangene«, fuhr Abdülhamid mit einem Seufzer fort. »Aber ist dir schon mal der Gedanke gekommen, dass auch ich ein Gefangener bin?«
Elisa schaute über den Garten. Die Anlage war wie eine Festung gesichert. Auf jeder Anhöhe, die Ausblick auf den Bosporus bot, waren albanische Wächter postiert und spähten mit Hilfe von Teleskopen, die bis nach Asien reichten, mögliche Gefahren aus. Die Terrassen waren an allen Seiten von hohen Mauern umfriedet, und um den Herrscher von unberechenbarer Nachbarschaft zu befreien, hatte man sogar ganze Häuserzeilen niederreißen lassen, die früher an den Palast grenzten. Auch innerhalb dieses befestigten Reiches, das Abdülhamid nur am Freitag zum öffentlichen Gebet in der Moschee verließ, unterlag der Sultan zahllosen Regeln und Ritualen, die seiner persönlichen Sicherheit dienten. Die Aufführungen und Konzerte im Haremstheater verfolgte er meist in gespenstischer Einsamkeit, und des Nachts zog er, wie Elisa von Fatima wusste, von Palast zu Palast, keiner noch so dicken Mauer, keinen Toren und keiner Wache vertrauend, um sein Lager in irgendeiner improvisierten Zuflucht aufzuschlagen, so dass nur seine engsten Vertrauten wussten, wo er schlief. Aber war er darum ein Gefangener?

Nein, das sagte er nur, um eine Entscheidung zu rechtfertigen, die er nicht rechtfertigen konnte.

Elisa blickte dem Sultan fest ins Gesicht. »Ewige Majestät! Ich bin nicht würdig, die Luft zu atmen, die Sie atmen, den Boden zu berühren, den Sie berühren. Sie sind der Herrscher und Gebieter über das Land und das Meer. Kein Mensch, kein Tier, keine Pflanze kann ohne Ihren Willen bestehen. Sie allein entscheiden über Leben und Tod, im ganzen Osmanischen Reich. Keine Macht steht über Ihnen. Sie sind der Schatten Gottes auf Erden.«

»Mag sein, dass wir das sind«, erwiderte Abdülhamid. »Aber ist ein Schatten denn frei? Ist er nicht gebunden durch den, der ihn erzeugt? Es ist doch der Baum, der den Schatten wirft, und der Schattenbaum ist nichts weiter als sein Abbild.« Der Sultan hob die Arme zum Himmel. »Allah steht über uns allen, sein Wille geschehe!«

Wie ein Prophet stand er da, der das letzte Wort gesprochen hatte. Sein Mund war verschlossen, die Lippen aufeinander gepresst.

»Ja«, sagte Elisa, »Allahs Wille geschehe! Aber folgt daraus nicht auch unsere Pflicht, seinen Willen geschehen zu lassen? Wenn an dem Schattenbaum eine neue Knospe sprießt, kann dies doch nur geschehen, weil der Baum selbst eine Knospe hervortreibt. Wollen Sie verhindern, dass sie aufgeht und erblüht?« Elisa sank zu Boden und küsste den Saum von Abdülhamids Mantel. »Ewige Majestät, geben Sie Ihre Erlaubnis! Bitte! Es ist ein Kind der Liebe!«

»Nicht, kleine Armenierin, das sollst du nicht tun!« Der Sultan half ihr vom Boden auf und strich ihr über das Haar. Dann hob er ihr Kinn und schaute sie prüfend an, dunkles Staunen in den Augen. »Ist dein Glaube wirklich so stark, dass du gar keine Angst hast?«

Seine Worte waren noch nicht verklungen, da ertönte vom anderen Ende des Gartens ein lauter, langgezogener Ruf, der gleich darauf von mehreren Seiten wie ein Echo widerhallte. Mit diesem Ruf kündigten die albanischen Wächter an, dass ein Fremder im Begriff war, den Park zu betreten.

»Siehst du?«, sagte der Sultan. »Ich bin nicht einmal frei, dieses Gespräch mit dir zu Ende zu führen.« Zärtlich tätschelte er ihre Wange. »Geh jetzt.« Und als er ihren fragenden Blick sah, fügte er hinzu: »Wir werden über deine Worte nachdenken.«

Elisa verneigte sich, um sich zu verabschieden, dann eilte sie in das nächste Gebäude, wie es die Vorschriften verlangten, damit kein unerlaubter Blick sie berührte. Kaum aber hatte sie das schützende Innere erreicht, trat sie an ein vergittertes Fenster und schaute hinaus. Sie wollte noch einmal den Sultan sehen, um in seinem Gesicht zu lesen.

Doch Abdülhamid war bereits verschwunden. An dem Kiosk, an dem er den Mokka getrunken hatte, räumte der Kaffeekocher das Geschirr fort, aufmerksam beäugt von einem Pfau, der in der Nähe sein Rad schlug.

Elisa wollte sich gerade abwenden, da zuckte der Pfau zusammen. Während er auf seinen dünnen Stelzen davonlief, öffnete sich das Tor, das den Garten mit dem Selamlik verband, und heraus trat, eskortiert von doppelten Wachtposten, ein Mann, den Elisa noch nie gesehen hatte, ein Europäer mit fast bartlosem Gesicht. Er trug einen weißen Anzug und in der Hand hielt er einen Strohhut, während er seine blauen Augen neugierig forschend umherschweifen ließ.

Ohne sich aus dem Schatten zu wagen, spähte Elisa durch das Gitter. Der Anblick des Fremden berührte sie wie die Erinnerung an einen halbvergessenen Traum.

6

Dr. Felix Möbius kam aus dem Staunen nicht mehr heraus, während ihn bis an die Zähne bewaffnete Soldaten durch den Palast führten, ein Labyrinth von Gängen und Fluren, die unter- und oberhalb der Erde verliefen. In allen Räumen, die sie durchquerten, strahlten Kronleuchter von den Decken und verströmten am helllichten Tag ihr elektrisches Licht, an den Wänden waren zahllose Spiegel angebracht, so dass kein Winkel dem Auge verborgen blieb, und beim Durchschreiten jeder Tür meldeten Papageien, die aufgeregt in ihren Käfigen mit den Flügeln schlugen, krächzend ihre Ankunft, wie Wachhunde, die ihren Herrn vor fremden Eindringlingen warnen.

»*Padişahim çok yaşa!*«

In einem Vorzimmer wurde Felix auf die Audienz beim Sultan vorbereitet. Während ein Leutnant ihn einer so gründlichen Leibesvisitation unterzog, als wolle er ihn entlausen, postierten an jeder Tür zwei Soldaten mit aufgepflanzten Bajonetten und so abweisenden Gesichtern, dass ihre Mienen allein jeden Attentäter in die Flucht schlagen mussten. Amüsiert musterte Felix den Raum. Die Einrichtung war ein abenteuerliches Gemisch westlicher und östlicher Einflüsse, teurer Zierrat und billiger Plunder vereinten sich zu einem so disparaten Ganzen, wie er es noch auf keinem Trödelmarkt gesehen hatte. Plüschmöbel aus Wien und Paris von schlechtestem Geschmack kontrastierten mit exquisiten Teppichen und Stickereien. Wertloses Bric-à-brac und Schwarzwälder Kuckucksuhren fanden sich Seite an Seite mit kostbaren japanischen und chinesischen Porzellanvasen, auf einem silbernen Tisch stand eine Drahtmausefalle einträchtig neben einer mit Edelsteinen bedeckten Zigarettendose aus Achat. Und natürlich funkelte auch hier der unvermeidliche elektrische Kronleuchter von der Decke, wahrscheinlich aus kindlicher Freude über die moderne Errungenschaft. Im Hotel hatte man

Felix gesagt, dass Konstantinopel erst seit kurzer Zeit mit Elektrizität versorgt wurde – das Wort »Dynamo« habe den Sultan zu sehr an »Dynamit« erinnert.
Doch etwas anderes interessierte Felix viel mehr. Ob er den Leutnant danach fragen durfte? Der inspizierte gerade seine Taschenuhr. Felix fasste sich ein Herz.
»Wenn ich recht begriffen habe«, erkundigte er sich auf Französisch, »dann gehört der Park, durch den wir eben gegangen sind, wohl zum Haremsbereich. Gilt das auch für diesen Teil des Palastes?«
Die Taschenuhr sprang auf, und Felix blickte in das Gesicht seiner Verlobten. Eilig klappte er den Deckel mit dem Photo wieder zu. Im selben Augenblick hörte er in seinem Rücken eine fremde Stimme, die in fließendem Deutsch seine Frage beantwortete.
»Der Harem ist der absolute Privatbereich des Kaisers. Kein Mann, der nicht zum engsten Kreis der Familie zählt, darf ihn betreten.«
Wie ein erwischter Pennäler fuhr Felix herum. Durch eine Tapetentür betrat ein eleganter, europäisch wirkender Offizier den Raum, der vermutlich nur wenig älter war als er selbst.
»Oberst Taifun«, begrüßte er Felix und salutierte. »Bitte verzeihen Sie die Umstände, Dr. Möbius. Sie müssen uns für sehr misstrauisch halten, aber leider sind solche Maßnahmen aus Gründen der Sicherheit unumgänglich. Ich hoffe, Sie haben Nachsicht mit uns zurückgebliebenen Orientalen.«
»Ich bitte Sie«, erwiderte Felix erleichtert. »Vorsicht ist die Mutter der Porzellankiste. Aber sagen Sie, woher sprechen Sie so ausgezeichnet Deutsch?«
»Ich habe in Berlin studiert. Seine Majestät, Kaiser Wilhelm, hat bei seinem zweiten Staatsbesuch persönlich einige junge Offiziere zum Studium in die Reichshauptstadt eingeladen. Ich hatte das unverdiente Privileg, dazuzugehören.«
»Wann ist das gewesen?«
»Vom Wintersemester 1898 bis zum Sommersemester 1901.«

»Aber dann haben wir ja gleichzeitig in Berlin studiert!«, rief Felix. »Jetzt sagen Sie nur noch, Sie waren in einer Verbindung korporiert.«

Oberst Taifun nahm Haltung an. »Teutonia sei's Panier!«

»Ach du grüne Neune – ein Teutone in Konstantinopel!« Felix war so aus dem Häuschen, dass er ihm vor lauter Begeisterung die Hand schüttelte. »Ich bin Guestphale. Wetten, dass wir gemeinsame Bekannte haben? Na, dann wollen wir doch mal sehen!«

Er griff an seinen Hosenbund, wo die Freundschaftsbändel hingen, die er im Laufe seines Studiums gesammelt hatte. Doch bevor er sie auch nur berühren konnte, hielt Taifun ihn am Handgelenk zurück.

»Ich möchte Sie dringend bitten«, sagte er mit sehr ernstem Gesicht, »solche spontanen Gesten in Gegenwart ewiger Majestät zu unterlassen. Vor allem sollten Sie niemals ohne ersichtlichen Grund in Ihre Taschen greifen.«

»Aber weshalb?«, fragte Felix irritiert. Der Oberst hatte so fest zugepackt, dass sein Handgelenk schmerzte. »Ich wollte doch nur ...«

»Ich weiß, ich weiß«, erwiderte Taifun, schon wieder mit seinem verbindlichen Lächeln. »Aber wir sind hier nicht in Berlin. Auf ewige Majestät wurden bereits zwei Attentate verübt, Anschläge von armenischen Terroristen – einmal beim Besuch der Moschee, und einmal sogar im Garten des Palasts. Gewisse Bewegungen könnten darum falsch verstanden werden und schlimmste Konsequenzen nach sich ziehen.« Er warf einen Blick auf seine hochmoderne Armbanduhr und nickte Felix zu. »Ich glaube, es ist an der Zeit. Wenn Sie mir bitte folgen würden?«

7

»Jetzt hör endlich auf, an dir herumzuzupfen, und setz sich hin.«

Doch Fatima war viel zu nervös, um Elisas Aufforderung zu folgen. Sie zupfte an ihrem Ohr, sie zupfte an ihrer Nase, sie zupfte am Ärmel ihrer Bluse, während sie rastlos im Raum auf und ab ging. Den ganzen Vormittag hatte sie damit verbracht, sich abzulenken, hatte stundenlang die Kleider gewechselt, französische, englische und italienische Kostüme anprobiert und mindestens drei Dutzend Entaris – doch in keinem Gewand hatte sie es länger als eine Minute ausgehalten. Schließlich hatte sie eine Baumwollbluse und eine Pluderhose angezogen – die kurdische Tracht, die sie als Mädchen schon getragen hatte.

Zum Glück war wenigstens Elisa bei ihr.

»Er wird dich nicht verstoßen«, sagte sie. »Ein Kind ist das größte Geschenk, das eine Frau einem Mann machen kann.«

»Aber wenn er das Geschenk nicht will? Du hast mir doch selbst gesagt, dass er keine Kinder mehr möchte.«

»Hab ein bisschen Geduld. Morgen denkt er vielleicht schon ganz anders.«

»Das glaubst du ja selber nicht! Schau nur in den Spiegel. Was für ein Gesicht du ziehst! Wie zu einer Beerdigung!«

»Aber er liebt dich, mehr als jede andere Frau im Harem.«

Fatima blieb stehen und drehte sich um. »Was weißt du schon von Liebe?«, erwiderte sie verächtlich. »Hast du jemals gespürt, wie dein Herz zu klopfen anfängt, nur weil ER den Raum betritt? Wie es sich vor Schmerz verkrampft, nur weil ER dich für eine Stunde verlässt? Kennst du die Nächte, in denen du glaubst, vor Sehnsucht zu sterben, und du dir nichts inniger wünschst, als einen Blick auf den Saum seines Mantels zu erhaschen? Nein, nichts weißt du, gar nichts! Du hast ja noch nie solche Gefühle gehabt!« Fatima hatte die Worte kaum ausgesprochen, da taten

sie ihr schon leid. »Bitte verzeih«, sagte sie und nahm Elisa in den Arm. »Ich habe einfach solche Angst. Wenn ich mir vorstelle ...« Ihr Blick fiel auf den Diwan, und sie verstummte. Vor wenigen Stunden hatten sie noch zusammen darauf gelegen, der Sultan und sie, nackt, ein Mann und eine Frau.
»Ich fühle mich so entsetzlich allein«, flüsterte sie. »Am liebsten würde ich beten.«
»Glaubst du, dass dir das hilft?«, fragte Elisa.
Fatima zupfte an ihrem Ohr. »Ich weiß nicht mehr, was ich tun soll. Den ganzen Tag warte ich auf eine Nachricht – aber er lässt nichts von sich hören. Kein Brief, keine Botschaft, nichts!«
»Hat er heute Nacht denn gar nichts gesagt? Keine Andeutung? Kein Hinweis?«
»Nein. Er hat mich ohne ein Wort verlassen und danach stundenlang Klavier gespielt.«
»Ich weiß«, nickte Elisa. »Ich habe es gehört. Es ... es war unheimlich.«
Jemand klopfte an der Tür. Fatima zuckte zusammen.
»*Salam aleikum!*«
Der Kizlar Aga trat herein.
»*Aleikum salam.*«
Wie eine große schwarze Bedrohung stand der Eunuch in der Tür. Fatima wagte kaum, zu ihm aufzuschauen. Warum hatte sie nur die Wahrheit gesagt? Hätte sie doch geschwiegen, das Geheimnis für sich bewahrt, wie alle anderen es an ihrer Stelle getan hätten, ein bisschen Taubenblut hätte genügt, um die Katastrophe noch einen Monat hinauszuzögern ...
Sie griff nach Elisas Arm. Jetzt würde der Kizlar Aga ihr befehlen, ihm ins Badehaus zu folgen. In jene weißgekachelte Kammer, wo die Hebamme mit blutigen Händen in den Bäuchen der Frauen wühlte.
Der Obereunuch räusperte sich. Doch statt einen Befehl auszusprechen, klatschte er in die Hände. Gleich darauf erschienen zwei weitere Eunuchen. Fatima kannte sie nicht, sie gehörten

nicht zu ihrem Gefolge. Auf den Händen trugen sie silberne Platten.

»Ihr bringt Essen?«, fragte sie verwundert. »Wie... wieso? Ich habe keinen Befehl gegeben.«

Elisa hob den Deckel von einer Platte. »Rosinen-Couscous, dein Lieblingsgericht«, sagte sie. »Möchtest du einen Teller?«

»Ich soll jetzt essen?« Fatima schüttelte den Kopf. »Bist du verrückt geworden?«

»Du brauchst etwas im Magen. Du hast ja noch nicht mal gefrühstückt.«

»Unmöglich! Ich kriege keinen Bissen runter. Aber wenn du etwas willst – von mir aus.«

»Halt!«, rief der Kizlar Aga und hob die Hand. »Nur Fatima darf davon nehmen.« Er legte seine Hände vor der Brust übereinander und deutete eine Verbeugung an. »Die Speisen sind von der Tafel des Sultans. Ewige Majestät grüßt damit seine Favoritin und ersucht sie, die Gabe freundlich anzunehmen.«

Fatima schaute erst den Obereunuchen an, dann ihre Freundin. Es waren nur ein paar Worte, die der Kizlar Aga gesprochen hatte, aber sie gaben ihr das Leben zurück.

»Weißt du, was das bedeutet?«, flüsterte sie, als könne sie es selbst nicht glauben.

»Für wie dumm hältst du mich?« Elisa strahlte über das ganze Gesicht. »Und ob ich das weiß!«

»Das ist der größte Gunstbeweis ...«

»Und kann nur eines heißen ...«

»Er wird mich nicht verstoßen ...«

»Im Gegenteil! Er bedankt sich für dein Geschenk ...«

»Du hattest recht!«

»Und er will dich wiedersehen!«

»Im Namen Allahs!«

»Und der Jungfrau Maria!«

Sie fielen einander um den Hals, drückten und umarmten sich und bedeckten ihre Wangen mit Küssen.

»Jetzt habe ich nur noch einen Wunsch«, sagte Fatima, als sie sich wieder voneinander lösten. »Gott gebe, dass es ein Junge wird.«
»Einen größeren Wunsch hast du nicht?«, lachte Elisa. »Aber wenn du willst, dass er in Erfüllung geht, solltest du auf mich hören.«
»Und was soll ich deiner Meinung nach tun?«
»Endlich was essen! Sonst nützen auch keine Gebete.«
»Da könntest du recht haben«, grinste Fatima. Sie nahm einen Löffel und probierte. »Hmmm«, machte sie mit vollem Mund. »Du kannst dir gar nicht vorstellen, was für einen Hunger ich habe.«

8

Ein halbes Dutzend bewaffneter Gardisten bewachte die goldlackierte Flügeltür, hinter der sich der Audienzsaal verbarg. Ein wenig nervös richtete Felix sich die Krawatte und wartete, dass man ihn einließ. Hoffentlich vergaß er keine der protokollarischen Verhaltensregeln, die Oberst Taifun ihm eingeschärft hatte. Was hatte er noch gesagt? Man durfte sich dem Sultan nur bis auf höchstens fünf Schritte nähern, man durfte ihn weder ungefragt ansprechen noch unaufgefordert in seiner Gegenwart Platz nehmen. Seine Anrede war »ewige Majestät«, und wenn man eine Antwort zu geben hatte, so war diese nicht an ihn selbst, sondern an den Dolmetscher zu richten und außerdem in gedämpftem Ton und mit gesenktem Blick vorzutragen. Herrgott – wie sollte man da ein vernünftiges Gespräch führen?
Im Türspalt erschien das Gesicht des Obersten.
»Ewige Majestät ist bereit, Sie zu empfangen.«
Endlich ging die Tür auf, die Wachtposten traten beiseite, und

Felix folgte Taifun in den Saal, einen kahlen, langgestreckten Raum, der nur aus Spiegeln zu bestehen schien und im Gegensatz zur Üppigkeit der übrigen Räume auffallend einfach eingerichtet war. Entlang der Wände saß auf schlichten Stühlen eine größere Zahl vorwiegend älterer Herren – aber wo war der Sultan? Felix hatte einen rotgesichtigen Fettwanst in prächtigen Gewändern erwartet, womöglich mit einem Turban auf dem Kopf. Doch auf dem erhöhten Lehnstuhl an der Stirnseite des Saals saß ein eher kleinwüchsiger, magerer Mann, der in seiner blauen Uniform und dem roten Fez wie ein deutscher Feuerwehrhauptmann aussah. Aus seinem schmalen, gelblichen Gesicht blickten über einer riesigen Hakennase zwei dunkle, misstrauische Augen, und sein Mund, der von einem etwas schütteren schwarzen Bart umrahmt wurde, hatte einen mürrischen, abweisenden Zug. Während Felix sich verbeugte, murmelte er ein paar leise, unverständliche Worte.

»Ewige Majestät begrüßt Sie in der Hauptstadt des Osmanischen Reiches und verleiht Ihnen zum Zeichen ihres Wohlwollens den Orden der Keuschheit«, übersetzte Taifun.

Ein Eunuch, der in seinem Stambulin-Mantel und den glänzenden Lackschuhen auf Felix wirkte wie ein zweitklassiger Geschäftsmann, trat vor, um den Orden auf einem Samtkissen zu präsentieren.

»Eine sehr hohe Auszeichnung«, sagte Taifun und befestigte den Orden an Felix' Revers. »Sie dürfen jetzt die Begrüßung erwidern.«

»Seine Majestät, Kaiser Wilhelm«, sagte Felix mit leiser Stimme und abgewandtem Blick, »lässt Sie sehr herzlich grüßen, auch im Namen seiner Gemahlin. Die Majestäten denken noch immer voller Entzücken an ihren letzten Aufenthalt in Konstantinopel zurück.«

Während Taifun die Worte übersetzte, bedeutete der Sultan Felix mit einer Handbewegung, auf einem Stuhl Platz zu nehmen, der einsam und verloren in der Mitte des Saales stand, und

steckte sich dann mit deutlich freundlicherem Gesichtsausdruck eine Zigarette an. Sehr mit sich zufrieden, nahm Felix Platz. Botschafter von Wangenheim hatte ihm geraten, die Grüße auszurichten. Obwohl er das deutsche Kaiserpaar nur von Zigarettenbildchen her kannte, war er dem Rat gern gefolgt. Die Grüße passten hervorragend zu dem Geschenk, das er dem Sultan im Auftrag seines Schwiegervaters August Rossmann überreichen sollte.
Als Abdülhamid sein Feuerzeug ablegte, runzelte Felix die Stirn. Auf dem Rauchtischchen, in Reichweite des Sultans, lag eine griffbereite Pistole. War das der Grund, weshalb niemand in seiner Gegenwart sich an die Taschen fassen durfte? So unauffällig wie möglich beobachtete Felix seinen Gastgeber. Während Abdülhamid von der Seuchengefahr im Palast zu sprechen begann und dabei die seltsame Vermutung äußerte, politische Feinde würden gezielt die Krankheit in seine Umgebung einschleusen, um nach seinem kaiserlichen Leben zu trachten, wanderten seine Augen unter den buschigen Brauen unruhig umher, als laure hinter jedem Vorhang ein Mörder, und für jeden Schluck Wasser, den ein Eunuch ihm einschenkte, musste eigens eine versiegelte Flasche geöffnet werden, wie wenn eine Vergiftung zu befürchten sei. Felix hatte keinen Zweifel: Der Mann litt unter Verfolgungswahn! Deshalb also die Spiegel an den Wänden, die krächzenden Papageien in den Vorzimmern, die karge Einrichtung des Audienzsaals, in dem kein einziges großes Möbelstück stand, so dass man den Raum von jedem Punkt aus überschauen konnte. Felix unterdrückte ein Lächeln. Der Wiener Kollege Dr. Freud hätte an diesem Neurotiker seine helle Freude gehabt.
»Es wäre nun an der Zeit für Ihr Geschenk«, forderte Taifun ihn auf.
Behutsam, um keine voreiligen Reaktionen zu provozieren, überreichte Felix die kleine gläserne Vitrine, die er mitgebracht hatte, an den Oberst, der sie seinerseits dem Sultan weitergab. Sie enthielt die naturgetreue Miniatur eines Pullmanwaggons,

angefertigt von der Firma Märklin, als symbolische Gabe für den echten Waggon, den die »Stahl- und Elektricitätswerke August Rossmann & Cie.« dem osmanischen Kaiser für künftige Reisen im Orient-Express aus Berlin schickte. Zu Felix' Enttäuschung nahm Abdülhamid das Geschenk so gleichgültig entgegen wie eine Schachtel Pralinen.

Umso größer war seine Überraschung, als der Sultan sich plötzlich von seinem Thron erhob und ihn in fließendem Französisch direkt und ohne Vermittlung des Dolmetschers ansprach.

»Haben Sie vielleicht Lust auf ein kleines Duell?«

Ohne eine Antwort abzuwarten, griff er nach seiner Pistole und ging durch eine Verandatür in den Park. Mit mulmigem Gefühl im Bauch folgte Felix ihm hinaus. Der Sultan wollte ihn doch wohl nicht ernsthaft fordern? Das einzige Duell, bei dem er als junger Leutnant einmal sekundiert hatte, hatte ein Todesopfer gefordert.

Abdülhamid reichte ihm die Pistole.

»Sehen sie die Wetterfahne dort?«, fragte er und zeigte auf einen Pavillon in einiger Entfernung. »Versuchen Sie, sie zu treffen.« Ah, ein Wettschießen! Felix war erleichtert, doch seine Hand zitterte noch so stark, dass er das Ziel weit verfehlte. Nicht mal die Vögel auf dem Dach sahen sich genötigt, aufzufliegen. Lächelnd nahm der Sultan ihm die Pistole ab und begann unter dem Beifall seines Gefolges einen Schuss nach dem anderen abzufeuern, wie ein Kunstschütze im Zirkus. Ein Offizier wurde losgeschickt, die Wetterfahne zu holen. Sie war in so verschnörkelter Weise durchlöchert, dass das Muster Felix an den Zirkel einer Studentenverbindung erinnerte.

»Unser Namenszug«, sagte der Sultan und drückte ihm das Blech in die Hand. »Sie dürfen es behalten.«

»Untertänigsten Dank, ewige Majestät«, stammelte Felix. »Wenn Sie eine Bemerkung erlauben – kolossal!«

Statt einer Antwort zuckte Abdülhamid nur die Achseln. »Wann werden Sie mit Ihrer Arbeit beginnen?«, fragte er.

»Wann immer Sie es wünschen«, erwiderte Felix. »Ich habe alles Nötige mitgebracht.«

»Wir sind sehr froh, dass Sie uns helfen wollen. Wir haben schon zwei Männer durch diese heimtückische Krankheit verloren. Wir sollten uns beeilen, bevor sie weiter um sich greift.«

»Darf ich fragen, wie viele Personen für die Impfung vorgesehen sind?«

»Im Palast leben etwa fünftausend Menschen.«

»Fünftausend?«, wiederholte Felix verblüfft.

»Allerdings«, bestätigte Abdülhamid mit dem Anflug eines Lächelns. »Die Frauen unseres Harems nicht mitgerechnet. Aber warum fragen Sie? Sind Sie für eine so große Zahl nicht gerüstet?«

»Doch, doch – gewiss«, beeilte Felix sich zu versichern. »Es ist nur eine Frage der Organisation und Planung.«

Plötzlich kam ihm eine Idee. War nicht die Mutter des Sultans an Schwindsucht gestorben? Wenn ja, dann konnte man Abdülhamid vielleicht einen Vorschlag machen, der eigentlich gegen jede Etikette verstieß … Felix warf einen Blick auf Taifun, doch der war gerade damit beschäftigt, die Pistole nachzuladen. Der Oberst würde ihm wahrscheinlich an die Gurgel springen, wenn er aussprach, was ihm auf der Zunge lag. Trotzdem, die Idee war einfach zu verführerisch. Er musste es probieren.

»Bitte verzeihen Sie meine Offenheit, ewige Majestät«, sagte Felix, »aber ich fürchte, es gibt da ein Problem medizinischer Natur, das ich ansprechen sollte.«

»Nur zu, wenn die Wissenschaft es verlangt!«

»Wie ewige Majestät sicher wissen, ist die Tuberkulose eine Krankheit, die keinerlei Grenzen kennt. Sie fragt weder nach Arm noch Reich, Jung oder Alt. Sobald sie ausbricht, mordet und wütet sie wie ein gefräßiges Raubtier, ohne Ansehen der Person.«

»Ja, das ist uns leider bekannt. Welche Schlüsse ziehen Sie daraus?«

Felix schluckte kurz. Dann nahm er all seinen Mut zusammen und sagte: »Wenn wir der Seuche wirklich Einhalt gebieten wollen, ewige Majestät, reicht es nicht aus, nur die Männer in Ihrem Palast zu behandeln.«
Das Gesicht des Sultans verfinsterte sich. »Was wollen Sie damit sagen?«
»Wie soll ich mich ausdrücken, ewige Majestät?«, erwiderte Felix. »Leider ist es so, dass die Seuche nicht nach Geschlechtern unterscheidet. Unsere ganze Arbeit wird umsonst sein, wenn wir nicht auch die Frauen Ihres Harems in die Impfung einbeziehen.«
Abrupt wandte der Sultan sich ab. Mit dem Rücken zu seinem Gefolge schaute er über den Bosporus, auf dem in der Ferne die Schiffe fuhren. Felix biss sich auf die Lippen. Hatte er den Bogen überspannt? Die Höflinge und Soldaten verharrten in betretenem Schweigen. Nur Taifun erwiderte mit interessiert erhobenen Brauen seinen Blick.
»Was erwarten Sie von uns?«, sagte schließlich der Sultan nach einer endlos langen Weile. »Wir sind keine Europäer – wir sind Osmanen. Wir denken und fühlen anders als Sie. Sklavinnen haben uns geboren und Eunuchen aufgezogen.«
»Es ... es war nicht meine Absicht«, stammelte Felix, »irgendwelche Dinge zu sagen, die ewige Majestät vielleicht missverstehen könnten. Allein die wissenschaftliche Notwendigkeit befahl mir ...«
»Wir danken für Ihre Offenheit«, unterbrach ihn der Sultan, ohne sich umzudrehen, und gab mit der Hand ein Zeichen.
Ein Eunuch trat vor und händigte Felix ein diamantbesetztes Feuerzeug aus.
»Nehmen Sie dies zum Abschied«, sagte Abdülhamid, den Blick unverwandt auf das Meer gerichtet. »Und was Ihre Empfehlung betrifft, so werden wir darüber nachdenken.«

9

Wann immer die Regierungsgeschäfte es erlaubten, weilte Abdülhamid bei seinen Frauen und Kindern im Harem. Kaum hatte er die letzte Akte studiert, die letzte Entscheidung getroffen, verließ er den Selamlik, um sich in eine Welt zurückzuziehen, die einzig zu dem Zweck existierte, ihm weibliche Geborgenheit zu schenken. Umgekehrt schien der Harem erst zu erwachen, wenn Abdülhamid ihn betrat. Sobald er die Schwelle überschritt, veränderte sich die Atmosphäre dort wie das Wetter bei einem Wechsel der Jahreszeit. Alles Leben im Haus der Glückseligkeit atmete von seiner kaiserlichen Gegenwart, war Echo auf seine Stimmung und Verfassung. War der Herrscher heiter und zu Scherzen aufgelegt, so hallten die Gemächer und Flure von Musik und Lachen wider. War er hingegen traurig oder bedrückt, so ließ selbst die jüngste Odaliske in sanfter Wehmut den Kopf hängen.

Als sich die Nachricht verbreitete, dass Fatima einen möglichen Thronfolger unter ihrem Herzen trug, fiel der Harem in eine Art fiebriger Glückseligkeit, die nahezu jedes Lebewesen des riesigen Getriebes erfasste. Ob Favoritin oder Sklavin, Eunuch oder Gardist: Wo immer Abdülhamid sich zeigte, sah er in strahlende Gesichter, die seine eigene Freude widerspiegelten, und es verging kaum ein Tag, an dem kein Fest vorbereitet oder gefeiert wurde. Doch es war noch kein Monat verstrichen, da begann sich die Stirn des Herrschers zu umwölken. Das Singen und Lachen im Haus der Glückseligkeit verstummte, und statt neue Freudenfeiern vorzubereiten, beugten die Frauen und Mädchen sich über ihre Stickarbeiten, die sie so lange Zeit hatten ruhen lassen, oder lasen in den heiligen Schriften des Korans.

Denn Fatima war erkrankt. Ihre Glieder schmerzten, ihr Kopf glühte, und mehrmals am Tag musste sie sich erbrechen. Hatte man anfangs geglaubt, die Beschwerden seien nur natürliche

Zeichen ihres gesegneten Zustands, kursierten bald im Badehaus Gerüchte, dass Fatima nicht imstande sei, das Kind des Sultans bis zur Niederkunft bei sich zu behalten. Was konnte die Ursache dieser plötzlichen Erkrankung sein? Um drohendes Unheil abzuwenden, wurden nicht nur die Gebete vermehrt, sondern man erinnerte sich auch alter, halbvergessener Wundermittel. Bittere Tränke wurden gebraut und der Favoritin eingeflößt, ihre Kleider und Schmuckstücke und Wohnräume gesegnet und besprochen, Tierknochen in ihre Kissen und Polster eingenäht – sogar ein lebender Hammel wurde im Garten des Palasts begraben. Doch kein noch so starkes Mittel wollte helfen, und nach einer weiteren Woche war Fatima so krank, dass der Sultan das Haus der Glückseligkeit zu meiden begann und seiner unglücklichen Geliebten nur noch Geschenke und Genesungswünsche übermitteln ließ, wenn er seine Ziehmutter in ihrem Appartement besuchte, wie es der Respekt vor der Sultan Valide und die Hofetikette verlangten.

Immer gedämpfter, immer gedrückter wurde die Stimmung im kaiserlichen Harem. Kaum ein Mädchen ließ sich noch auf den Gängen und Fluren blicken, während Fatima tapfer die Speisen hinunterwürgte, die der Sultan ihr täglich von seiner Tafel schickte, um ihre Widerstandskräfte zu stärken. Aber trotz der wertvollen Nahrung fiel die Favoritin mehr und mehr vom Fleische. Nach sechs Wochen war sie so schwach, dass sie nur mit Elisas Hilfe ihr Lager verlassen konnte. Ein Kräuterweib aus der Stadt erschien im Palast. Sie rieb Fatima mit Salben aus Teer und Brei aus Flachssalat ein und wickelte sie in riesige Senfpflaster, damit sie die bösen Geister ausschwitzte. Die Alte bekam fünf Goldstücke aus der Hand des Kizlar Aga zur Belohnung, doch Besserung stellte sich nicht ein.

Nach sieben Wochen bat Elisa den Sultan, ihre Freundin von einem Arzt untersuchen zu lassen. Nach einer langen Unterredung mit dem Astrologen gab Abdülhamid die Erlaubnis. Am nächsten Morgen suchte die Büyük Kalfa die Favoritin auf, um sie von Kopf bis Fuß in schwarze Tücher zu hüllen. Erst als kein Fleckchen Haut von ihrem Körper mehr zu sehen war, durfte der kaiserliche Leibarzt den Raum betreten, zusammen mit dem Kizlar Aga. Über eine Stunde lang untersuchte er die Kranke, indem er sie nach ihren Symptomen befragte. Doch Fatima war so geschwächt, dass Elisa an ihrer Stelle antworten musste. Schließlich ließ sich der Arzt die Hände der Favoritin zeigen und betrachtete sie eingehend von beiden Seiten. Dann ordnete er die Behandlung mit Blutegeln an und verschwand.

Fatima wurde ins Badehaus gebracht. Dort zog man sie aus und setzte sie in ein heißes Bad. Unter Wasser wurden ihr die Egel angesetzt, um alles überflüssige und verdorbene Blut aus ihren Adern zu schröpfen. Einige der Tierchen fielen gesättigt von ihr ab, andere verbissen sich mit ihren kleinen Zähnen so gierig in ihr Fleisch, dass sie mit Gewalt abgerissen werden mussten. Während das Blut unentwegt aus den offenen Adern strömte, beseitigten Dienerinnen mit warmem Wasser und Handtüchern die Flecken, bis Fatima irgendwann in Ohnmacht fiel. Sie erwachte erst wieder, als Elisa ihr verbrannte Wolle und Zitrone zu riechen gab.

Auf einer Trage brachte man Fatima zurück in ihr Gemach. Dort duftete es nach den herrlichsten Speisen. Zwei Eunuchen stellten gerade dampfende Platten ab, die der Sultan seiner Favoritin wie jeden Tag geschickt hatte.

»Nein«, flüsterte Fatima. »Ich kann nichts essen.«

»Aber du musst«, sagte Elisa. »Wie willst du sonst zu Kräften kommen?«

Sie nahm gerade einen Löffel Reis, der gelb vor Butter glänzte, und führte ihn an die Lippen ihrer Freundin, als sie in ihrem Rücken helles Kinderlachen hörte.

Elisa drehte sich um. Durch die offene Tür sah sie Bülent, Salihas Sohn. Mit seinem Turban saß er in einer kleinen Pferdekutsche, vor die der Eunuchenzwerg Murat wie ein Pony gespannt war, und während der kleine Wagen den Korridor entlangrollte, grüßte der Prinz huldvoll nach links und rechts, als stünde dort ein unsichtbares Volk, das ihm zujubelte.

»*Padişahim çok yaşa!*«, rief der Zwerg. »Lang lebe der Padischah!«

Elisa sah auf den lachenden Prinzen, dann auf das eingefallene Gesicht ihrer Freundin, dann auf den glänzenden Reis in dem Löffel, von dem das Fett nur so heruntertroff ... Plötzlich kam ihr ein fürchterlicher Verdacht. Waren hier die Kräfte am Werk, vor denen Abdülhamid sie gewarnt hatte? Entsetzt ließ sie den Löffel sinken.

10

Warum hatte der Sultan ausgerechnet Fatima schwängern müssen? Warum hatte er nicht ihre Freundin Elisa mit seinem kaiserlichen Samen beglückt? Niemals hätte Nadir es gewagt, die Weisheit seines obersten Gebieters in Frage zu stellen. In diesem einen, ganz speziellen Fall aber kamen ihm Zweifel. Wenn Elisa ein Kind vom Padischah empfangen hätte – was wäre das für eine Freude gewesen! Seit sie ihm das Leben gerettet hatte, träumte Nadir davon, dass der Sultan sie ihm zum Dank für seine Verdienste dermaleinst überließ, damit er sie nach den Vorschriften des Propheten ehelichen konnte. Solche Fälle hatte es gegeben! Obwohl er jedes Mal, wenn er die Blase entleerte, ein silbernes Röhrchen zu Hilfe nehmen musste, da das natürliche Organ zu dieser Verrichtung ihm fehlte, wusste er doch, wie er eine Frau beglücken konnte. Er hatte zarte, einfühlsame Hände, die ihre geheimsten Wünsche erspüren würden, eine kundige, geschickte Zunge, um sie mit den herrlichsten Wonnen zu verwöhnen ... Und im allerschönsten seiner Träume trug sie ein Kind des Sultans für ihn aus, das er wie ein leiblicher Vater aufziehen würde. Eine rich-

tige Familie würden sie sein, eine kleine, glückliche Familie ...
Fatimas Schwangerschaft dagegen war nur ein einziges Problem, das zahllose weitere Probleme nach sich zog.
Das fing schon damit an, dass Nadir diesen Tag im Badehaus verbringen musste. Elisa hatte ihn ins Vertrauen gezogen und ihm einen Verdacht mitgeteilt, den sie sonst niemandem verraten hatte. Ihr Vertrauen machte Nadir so stolz, als hätte der Sultan ihn mit dem Orden der Keuschheit ausgezeichnet, so dass er sich ohne zu murren bereit erklärt hatte, diesen Ort, den er im ganzen Harem am meisten hasste, aufzusuchen, um Nachforschungen anzustellen. Wenn er irgendwo herausfinden konnte, was es mit Elisas Verdacht auf sich hatte, dann hier. Denn das Badehaus war nicht nur ein Ort der Sauberkeit und Entspannung, es war auch das Kaffeehaus des Palasts, Umschlagplatz aller Neuigkeiten und Gerüchte.
Aufmerksam schaute Nadir sich um. Die Stimmen der Frauen, die sich in den Nebelschwaden von ihren Sklavinnen bedienen ließen, hallten wie das Geschnatter aufgeregter Gänse von den gekachelten Wänden wider. Ausschließlich von einem Thema war die Rede: von Fatimas Schwangerschaft und ihrer unerklärlichen Erkrankung. Nur Saliha saß abseits in einer Badenische. Sie rief gerade ihren Sohn zu sich, der in einem Becken ein Schiffchen fahren ließ. Als müsse sie ihn vor einer unsichtbaren Gefahr beschützen, schlang sie ihre Arme um ihn und drückte ihn an sich.
Konnte es wirklich sein, dass Saliha hinter all den merkwürdigen Vorgängen der letzten Wochen steckte, wie Elisa vermutete?
Nach den vielen Jahren, die Nadir im Haus der Glückseligkeit lebte, wusste er, dass Muttergefühle an diesem Ort so veränderlich waren wie die Launen des Sultans. Das war kein Wunder, die Liebe der Frauen zu ihren Kindern unterlag ja den Schwankungen, die das Verhalten ihres Gebieters in ihnen selbst auslöste. Fast alle Kadins und Konkubinen waren stolze Tscherkes-

sinnen, und ihr Ehrgeiz kannte nur ein Ziel: dem Gebieter Nachkommen zu schenken, um die eigene Stellung im Harem zu festigen. Solange der Sultan sie liebte, liebten sie auch ihre Kinder. Mussten sie aber erkennen, dass der Herrscher sie vernachlässigte, dann richtete sich ihr Groll nicht gegen ihn, sondern gegen ihre eigene Leibesfrucht.

Nur Saliha war anders. Niemals würde sie ihren Sohn für den Liebesentzug verantwortlich machen, unter dem sie selber litt, seit Abdülhamid Fatima zu seiner Favoritin erkoren hatte. Sie liebte Bülent mit derselben bedingungslosen Hingabe wie den Herrscher des Osmanischen Reiches. Statt ihn für ihr eigenes Leiden zu strafen, würde sie vielmehr versuchen, das Band, das Vater und Sohn zusammenhielt, noch fester zu knüpfen. Die Frage war nur: Zu welchen Mitteln würde sie dabei greifen?

Bis jetzt hatte Nadir noch keine Antwort auf diese Frage gefunden. Er war bei seinen Nachforschungen auf seine Kollegen angewiesen, und er glaubte nicht, dass er auch nur einem von ihnen über den Weg trauen konnte. Wie jeder Eunuch verachtete er alle Eunuchen. Der Verlust der Männlichkeit beschränkte sich ja nicht nur auf körperliche Folgen wie Muskelerschlaffung, Fettleibigkeit oder eine schwache Blase. Viel schlimmer waren die Charakterfehler, an denen die Kastraten litten. Abgesehen von Nadirs eigener Person, waren Eunuchen von Natur aus weichlich und faul, leicht gekränkt und eingebildet, eitel und empfindlich, rachsüchtig und grausam und gleichzeitig kindlich und naiv. Sie vereinten alle schlechten Eigenschaften in sich, die Frauen seit ihrer Erschaffung durch Allah erfunden hatten. Waren sie überhaupt Männer? Sie kleideten und parfümierten sich wie Weiber. Sie waren rührselig, furchtsam und konnten angesichts eines blutenden Fingers ohnmächtig werden. Sie liebten Tiere und Kinder, mehr noch Süßigkeiten, Musik und Tanz – am meisten aber Geld, um sich teure Seidengewänder und Schuhe aus Lackleder zu kaufen. Nadir hatte bereits ein Vermögen ausgegeben, um ihnen nützliche Informationen zu entlocken, doch trotz der horrenden Summen war er noch keinen Schritt weitergekommen.

»Du kannst dir das Geld sparen«, riet ihm Murat, der Spaßmacher. »Von denen kriegst du sowieso keine Antwort.«

»Hast du eine bessere Idee?«

Der Zwerg kratzte sich an seinem riesigen Kopf. »Vielleicht – vielleicht auch nicht. Kommt darauf an, was sie dir wert wäre.«

Nadir griff in seine Tasche und holte ein Goldstück hervor. »Würde dir das beim Nachdenken helfen?«

Murat biss auf die Münze und ließ sie in seiner Hosentasche verschwinden.

»Ich glaube fast, ich habe eine Idee.«

Er führte Nadir hinaus in den dritten Palasthof.

»Was wollen wir hier?«, fragte Nadir.

»Das wirst du gleich sehen. Komm mit hinter den Baum, damit uns keiner bemerkt.«

Es war kurz vor der Essenszeit, und über den Mauern der Umschließung dämmerte bereits der Abend, während Nadir und Murat hinter einer Ulme warteten. Endlich ertönte ein Ruf, dann öffnete sich das »Tor der Speisen«, und zwei Eunuchen aus dem Gefolge Abdülhamids traten aus dem Küchentrakt heraus, mit Schüsseln und Tabletts, die sie auf den Marmorbänken neben dem vierten Tor abstellten. Nadir war enttäuscht. Elisa hatte sich geirrt, ihr Verdacht war unbegründet. Die Speisen stammten wirklich von der Tafel des Sultans. Eine Vergiftung war folglich ausgeschlossen – ein ganzes Heer von Vorkostern war vor jeder Mahlzeit stundenlang damit beschäftigt, sicherzustellen, dass Abdülhamid alle Gerichte unbesorgt zu sich nehmen konnte.

»Gib mir das Goldstück zurück«, sagte er. »Du hast es nicht verdient.«

Murat hielt ihn am Ärmel fest. »Einen Moment. Die Vorstellung ist noch nicht zu Ende.«

Während die beiden Eunuchen wieder in Richtung Küche verschwanden, ging das vierte Tor auf, und zwei andere Eunuchen betraten den Hof. Nadir runzelte die Brauen. Er kannte die Gesichter, sie stammten aus dem Hofstaat der vierten Kadin. Auf ihren Händen trugen sie Schüsseln und Tabletts, die denen des Sultans zum Verwechseln ähnlich sahen.

Während sie die Speisenplatten vertauschten, stieß Murat Nadir in die Seite, ein triumphierendes Grinsen in seinem greisenhaften Zwergengesicht.

»Begreifst du jetzt?«

11

»Jetzt ist eingetreten, was wir befürchtet hatten«, sagte Abdülhamid, das Gesicht starr vor Entsetzen. »Wir hätten nie unser Einverständnis geben dürfen.«

Gegen jede Regel und Etikette hatte Elisa den Sultan in seinem Arbeitszimmer aufgesucht, um ihm das Ergebnis von Nadirs Nachforschungen mitzuteilen. Nein, es bestand nicht der geringste Zweifel: Saliha versuchte, Fatima mit den vertauschten Speisen zu vergiften, um ihren Sohn vor einem möglichen Rivalen zu schützen.

»Was gedenken Sie zu tun, ewige Majestät?«, fragte Elisa.

Abdülhamid hob die Arme zum Himmel. Sein Gesicht war so weiß wie die Wand.

»Steht es uns frei, darüber zu entscheiden?«, fragte er zurück.

»Du redest, als hätten wir die Wahl. Aber uns sind die Hände gebunden. Allah hat sein Urteil gesprochen.«

»Allah?«, wiederholte Elisa. »Was hat Er damit zu tun? Es war Saliha, die dieses Verbrechen begangen hat – sie ganz allein!«

Abdülhamid schüttelte den Kopf. »Die vierte Kadin hat nur getan, was sie tun musste.«

»Verzeihen Sie, wenn ich es wage, Ihnen zu widersprechen«,

erwiderte Elisa. »Aber die vierte Kadin hat nur getan, was sie tun *wollte*!«

»Was weißt du von den Kräften, die hier am Werke sind?« Er blickte sie so zornig an, dass seine Augen Funken sprühten wie die Klinge eines Schwerts. »Nichts weißt du! Gar nichts!«

»Sie haben recht, ewige Majestät.« Elisa legte die Hände vor der Brust übereinander und senkte den Kopf. »Ich ... ich hätte so nicht sprechen dürfen. Ich möchte Sie deshalb in aller Demut bitten, das Dunkel meiner Unwissenheit mit Ihrer Weisheit zu erhellen.«

Abdülhamid wandte ihr den Rücken zu und trat ans Fenster. Eine lange Weile stand er so da, ohne ein Wort zu sagen. Dann endlich begann er zu sprechen, doch mit so leiser, müder Stimme, dass Elisa ihn kaum verstand.

»Das Verhalten der Kadin gehorcht einem uralten Gesetz – dem Gesetz des Harems. Hast du schon einmal davon gehört?«

»Nein«, sagte Elisa, »dieses Gesetz kenne ich nicht. Ich weiß nur, wenn deshalb Menschen sterben müssen, die ihrem Herzen folgen, dann muss es ein schlechtes Gesetz sein.«

»Wer bist du, um solche Schlüsse zu ziehen?«, fragte Abdülhamid. »Das Gesetz des Harems ist weder gut noch schlecht, es steht so hoch und erhaben über allen moralischen Erwägungen wie das Himmelszelt über uns Menschen. Es ist ein Gesetz der Auslese, das den Fortbestand des Hauses Osman sichert. In ihm offenbart sich der Wille Allahs, wer das Reich in Seinem Namen regieren soll. Alle Sultane, die je auf den Thron gelangt sind, haben diesem Gesetz gehorcht, nicht anders als die vierte Kadin, um sich gegen ihre Rivalen durchzusetzen. Wir selber waren gezwungen, unseren Bruder vom Thron zu stoßen. Denn nur die stärksten Sprösslinge unseres Geschlechts dürfen an die Macht gelangen, das ist der tiefe und geheime Sinn dieser Grausamkeit. Kein menschliches Wesen, nicht einmal der Schatten Gottes, darf in dieses Gesetz eingreifen, und wer es dennoch versucht, der ...«

Der Sultan sprach den Satz nicht zu Ende. Doch Elisa ahnte, warum ihm die Worte mitten im Satz versagten. Ja, Abdülhamid hatte seinen eigenen Bruder vom Thron gestoßen, aber er hatte ihm das Leben geschenkt, obwohl der Scheich-ul-Islam ihm im Namen des Glaubens empfohlen hatte, seinen Vorgänger zu töten. War die Weigerung ein Frevel gewesen? Abdülhamids eigener Verstoß gegen das Gesetz des Harems? Sein Aufbegehren gegen den Willen Allahs? Noch jetzt, über vier Jahre nachdem der gestürzte Bruder in seinem herrschaftlichen Gefängnis am Ufer des Bosporus gestorben war, erschien er dem Kaiser im Traum oder als Spukgestalt in den Gängen seines Palasts, und manche Frauen im Harem sagten, dies sei die Strafe für Abdülhamids Verfehlung.

»Was wird mit Fatima?«, fragte Elisa leise. »Sie leidet, sie ist krank. Wenn sie keine Hilfe bekommt, wird sie nicht nur ihr Kind verlieren – sie wird sterben.«

»Du und ich«, sagte der Sultan, »wir haben diese Kräfte selber entfacht. Allah wird nun tun, was Er für richtig hält. Ich habe den Astrologen befragt. Wir können niemandem helfen – nur beten.«

Abdülhamid fasste in die Tasche seines Rocks und gab Elisa eine kleine Perlmuttdose. Der Deckel war aus Glas, das Innere war angefüllt mit goldenen Kügelchen.

»Gib ihr das von mir«, sagte der Sultan, »Sie soll jeden dritten Tag eine Kugel davon nehmen. Das wird ihr helfen, die Prüfung zu ertragen. Mehr können wir nicht für sie tun.«

Seine Augen waren feucht von Tränen.

»Das soll Ihre einzige Hilfe sein?«, flüsterte sie. »Unmöglich! Sie lieben Fatima! Der ganze Harem weiß das!«

Abdülhamid erwiderte ihren Blick und nickte. »Ja, ich liebe sie«, sagte er. »Von ganzem Herzen. Aber das Kismet ist mächtiger als Liebe. – Allahs Wille geschehe!«

12

Tuberkulin war ein Stoffwechselprodukt, das vermittelst einer vierzig- bis fünfzigprozentigen Glycerinlösung aus Reinkulturen von Tuberkelbazillen extrahiert wurde. Felix' Chef am Preußischen Institut für Infektionskrankheiten, Professor Dr. Robert Koch, hatte in langjährigen Forschungen entdeckt, dass man durch fortgesetzte Einspritzungen dieses Wirkstoffs Meerschweinchen gegen Tuberkelbazillen unempfänglich machen und sogar bereits infizierte Tiere damit heilen konnte. Seit einigen Jahren wandte man Tuberkulin deshalb auch bei Menschen an, aber noch nie war eine Behandlung in der Größenordnung durchgeführt worden, wie Felix sie nun in Angriff nahm.

Die Herstellung von Impfstoff, der für fünftausend Menschen ausreichen sollte, war natürlich kein Pappenstiel. Mit tatkräftiger Unterstützung von Oberst Taifun richtete Felix im Keller eines erstaunlich modernen Kinderkrankenhauses, das Sultan Abdülhamid angeblich aus seiner Privatschatulle zur medizinischen Versorgung seiner jüngsten Untertanen gestiftet hatte, ein Labor nach den neuesten wissenschaftlichen Erkenntnissen ein, um das Präparat in den erforderlichen Mengen zu produzieren. Geld spielte dabei zum Glück keine Rolle, denn schon bald stellte sich heraus, dass etliche Instrumente und Geräte fehlten und nachträglich aus Deutschland herbeigeschafft werden mussten. Die Zeit, die mit der Lieferung verging, hätte durchaus gereicht, dass Felix sie persönlich aus der Heimat hätte holen können, doch aus Gründen, die er selbst nicht recht durchschaute oder vielleicht auch nicht durchschauen wollte, zog er es vor, in Konstantinopel zu bleiben, statt den Transport zu überwachen. Zusammen mit seinem neuen Freund Oberst Taifun, der sich als ebenso kenntnisreicher wie zuvorkommender Gastgeber erwies und ihm jeden Wunsch von den Augen abzulesen schien, besichtigte er in der Zwischenzeit die ganze Stadt und lernte bald all ihre Sehenswürdigkeiten kennen: vom Topkapi-Serail, dem alten Palast der omanischen Herrscher, über die Hagia Sophia und die Blaue Moschee bis zum Großen Basar und der unterirdischen Zisterne, in der die Metropole seit dem sechsten Jahrhundert ihr Trinkwasser speicherte.

So kam es, dass in Europa bereits die heilige Zeit des Advents anbrach, als Felix endlich damit beginnen konnte, die Impfungen durchzuführen. Die Behandlung fand in einem kleinen Hospital statt, das an den Yildiz-Palast grenzte und in dem sonst die erkrankten Mitglieder der Herrscherfamilie ärztlich versorgt wurden. Täglich unterzogen sich bis zu zweihundert Mann hier seiner Behandlung, um sich gegen die heimtückische Krankheit schützen zu lassen, und Felix hatte bereits über dreitausend versorgt, als die lang erhoffte, kaum mehr für möglich gehaltene Nachricht doch noch eintraf: Sultan Abdülhamid II. ließ ihn allergnädigst von seinem kaiserlichen Entschluss in Kenntnis setzen, die Frauen seines Harems in die Impfmaßnahmen einzubeziehen.

»Ich bewundere die fortschrittliche Gesinnung Ihres Herrschers«, sagte Felix, als Taifun ihn an einem eisig kalten, aber strahlend schönen Dezembermorgen mit einem Gladiator-Automobil neuester amerikanischer Bauart zum Palast brachte.

Mit einem Kribbeln im Bauch, das er seit seiner Tanzschulzeit nicht mehr kannte, betrat er wenig später das Gebäude, und an der Verbindungstür, die den Selamlik vom Haremsbereich trennte, begann sein Herz vor Aufregung mindestens so stark zu klopfen wie vor zehn Jahren, als er Carla Rossmann zum ersten Mal zum Tanz aufforderte. Ein riesiger, unerhört dicker Eunuch, den Taifun als den Kizlar Aga vorstellte, nahm ihn in Empfang und führte ihn über die magische Schwelle, die den Männerbereich vom Haus der Glückseligkeit trennte.

»Wenn Sie mir bitte folgen würden.«
Der Eunuch sprach fließend Französisch, aber mit seiner hohen Fistelstimme klangen die Worte so geziert wie aus dem Mund

einer Prostituierten, die einen Staatsgast empfängt. Felix musste grinsen, doch als er in das bedrohlich schwarze Pfannkuchengesicht sah, das sich in tausend strenge Falten legte, beherrschte er sich lieber und folgte schweigend dem Kizlar Aga immer weiter hinein in den verbotenen Bereich des Palastes, dessen Rätsel seine Phantasie so lange schon beschäftigt hatten. Zu seiner Verwunderung unterschieden sich die Gänge und Flure allerdings kaum von denen des Selamlik. Auch hier herrschte das kunterbunte Durcheinander der Stile, das Felix aus dem übrigen Teil des Palastes schon kannte – sogar die Heizkörper einer hochmodernen Zentralheizung entdeckte er. Der einzige Unterschied war, dass sich keine einzige Menschenseele hier blicken ließ, als hätte man die Bewohnerinnen vor ihm versteckt. Wie ausgestorben lagen die Korridore da, eine abweisende kalte Pracht. Doch jede Tür erschien Felix wie die Verheißung auf ein wunderbares Abenteuer. Welche Geheimnisse verbargen sich in diesen Räumen? Welche Dramen hatten sich dort schon abgespielt, welche Leidenschaften entladen? Die Frauen und Mädchen, die hinter diesen Türen lebten, waren angeblich die schönsten des ganzen Osmanischen Reiches, doch kein Mann bekam sie je zu sehen, außer dem Sultan und seinen Eunuchen. Und Dr. Felix Möbius.

Vor einer Doppeltür blieb der Kizlar Aga stehen, um ihm letzte Instruktionen zu geben. »Bitte vermeiden Sie jeden Kontakt, der nicht für die Behandlung erforderlich ist. Gespräche sind ebenso untersagt wie alle Formen körperlicher Berührungen.«

Dann öffnete er die Tür, und Felix betrat einen Saal von der Größe und dem Aussehen eines Offizierskasinos. Von Kopf bis Fuß in schwarze Gewänder gehüllte Frauen, vielleicht fünfzig an der Zahl, erwarteten ihn unter der Aufsicht mehrerer Eunuchen. Sie standen rings um einen weißen Operationstisch, auf dem schon alle Instrumente und Präparate für die Impfungen bereitlagen, die Köpfe ausnahmslos auf die Tür gerichtet. Einige kicherten bei seinem Eintreten, andere traten verstört zurück, als bereite seine Gegenwart ihnen Angst, wieder andere hatten die Hände in stummer Abwehr erhoben, wie um einen bösen Dämon zurückzuweisen. Doch überall blitzten ihre Blicke zwischen den Schleiern hervor, neugierige, forschende Blicke aus unergründlichen Augen.

»Sie können jetzt mit Ihrer Arbeit beginnen.«
Ein junger Eunuch führte eine Frau an den Operationstisch. An ihrem Oberarm war das Kleid ein wenig aufgeschlitzt, so dass ein paar Quadratzentimeter Haut für die Behandlung bloßlagen.

Felix atmete einmal tief durch, und während er die erste Spritze aufzog, spürte er, dass seine Hand leicht zitterte, so dass er aufpassen musste, der Frau keine Schmerzen zuzufügen, als er den Wirkstoff in ihren Arm injizierte. Doch das war schon der spannendste Moment der ganzen Prozedur, denn mit jeder weiteren Spritze, die er verabreichte, mit jeder weiteren Frau, die zu ihm an den Tisch trat, wurde das vermeintliche Abenteuer immer mehr zur ärztlichen Routine, die sich von seiner Arbeit in der Heimat nur dadurch unterschied, dass er dort wenigstens mit seinen Patienten sprechen konnte. Was hatte er sich von diesem Tag nicht alles erhofft! Den ganzen Zauber des Orients … Er fühlte sich wie ein kleiner Junge, dem man die herrlichste Karussellfahrt auf dem Rummelplatz versprochen hatte, um ihn dann mit einem Sonntagnachmittagsspaziergang abzuspeisen. Nachdem er mehrere Stunden gearbeitet hatte, war er darum froh, dass die Prozession dieser schwarzen, stummen, gesichtslosen Wesen bald ein Ende hatte.

Es warteten nur noch wenige Frauen in der Reihe, als er plötzlich eine leise Stimme vernahm.

»Meine Freundin ist krank, sie braucht Hilfe.«
Ungläubig hörte Felix die Worte, und vor Verblüffung ließ er seine Spritze sinken.

»Machen Sie bitte weiter!«, sagte die Stimme. »Niemand darf etwas merken.«

Die Frau sprach Französisch, und obwohl es fast nur ein Flüstern war, das Felix wegen ihres Akzents nur mühsam verstand, berührten ihn die Laute wie Musik. Das war die schönste weibliche Stimme, die er je gehört hatte. Obwohl seine Hand so stark zitterte, dass er kaum den kleinen Fleck Haut auf ihrem Oberarm traf, zuckte die Frau nicht im Geringsten zusammen, als die Spritze in ihr Fleisch eindrang.

»Bitte fragen Sie mich irgendetwas! Der Kizlar Aga schaut schon herüber.«

Felix war wie elektrisiert. Was für ein Wesen sprach da zu ihm? Die Frau war genauso verhüllt wie die anderen auch, nur zwei Augen blickten ihn aus den schwarzen Tüchern heraus an, zwei große, leicht geschwungene Augen von einem tiefen, warmen Grau, das wie ein melancholischer Schleier den Blick umfing. Trotz dieses unsichtbaren Schleiers war ihr Blick so unverwandt auf ihn gerichtet, als würde die Frau, der diese seltsamen Augen gehörten, in seinem Herzen lesen.

»Hatten … hatten Sie in den letzten Tagen Kopfschmerzen?«, stotterte er, um irgendetwas halbwegs Sinnvolles zu sagen.

Bevor die unbekannte Stimme antworten konnte, intervenierte der Obereunuch.

»Gespräche sind untersagt!«

Schneller, als man es ihm bei seiner Leibesfülle zugetraut hätte, eilte er herbei.

Felix hatte nur noch einen Wunsch. Wie eine Eingebung kam er über ihn, erfüllte ihn mit solcher Macht, dass die Worte ganz von allein über seine Lippen drangen.

»Ich muss das Gesicht dieser Frau sehen«, erklärte er. »Sie soll den Schleier lüften. Es … es ist nötig für die Behandlung.«

Der Kizlar Aga schaute ihn an, als hätte Felix Chinesisch gesprochen. Die Falten in seinem Pfannkuchengesicht spannten sich, dann holte er Luft und blies die Backen auf wie einen Ballon, der jeden Moment platzen konnte.

Noch einmal hörte Felix die Stimme der verschleierten Unbekannten.

»Bitte helfen Sie uns«, flüsterte sie, nun auf Englisch. »Es geht um Leben und Tod.«
Während sie sprach, spürte er ihre Hand in der seinen. Sie steckte ihm einen Zettel zu. Im selben Moment packte der Kizlar Aga die Frau am Arm und führte sie davon.
»Hadi! Hadi!«
Mit überschnappender Stimme rief er Befehle, die Felix nicht verstand, und trieb sie vor sich her zum Ausgang.
In der Tür drehte sie sich noch einmal um.
Wieder blickte die Frau Felix an, und wieder traf ihn ihr Blick, als führe ihm ein elektrischer Stromstoß in die Glieder.

13

In jenem tiefen, schwarzen Schweigen, in der die Nacht den neuen Tag gebiert, lag der Harem da. Das Klavierspiel des Sultans, das seit Wochen jeden Abend ertönte, war verstummt, und die fünfhundert Frauen, die im Haus der Glückseligkeit lebten, die Kadins und Ikbals, die Odalisken und Gözdes, waren wie ihr Gebieter in den Schlummer des Vergessens gesunken, wohl behütet von den kaiserlichen Eunuchen, die im Dämmerlicht leise surrender Gaslampen über die Gänge und Flure patrouillierten, um ihre Schutzbefohlenen vor den Gefahren jener bedrohlichen Welt zu bewahren, die jenseits der Haremsmauern lag.
Nur aus der Wohnung der sechsten Favoritin drangen hin und wieder leise Klagelaute.
Noch immer lag Fatima krank danieder, obwohl sie seit der Entdeckung von Salihas Anschlag auf ihr Leben ausschließlich solche Speisen zu sich nahm, die der erste Vorkoster des Sultans in ihrer Gegenwart probierte. Denn noch immer wirkte das Gift in ihren Adern fort, wie nach dem heimtückischen Biss einer Schlange. Ihre Freundin Elisa wich kaum mehr von ihrer Seite.

Nur wenn der Herrscher sie zu sich rief, damit sie ihm aus einem Roman vorlas oder mit ihm die Depeschen seiner Informanten durchging, verließ sie für eine Stunde das Gemach der Kranken. Auch in dieser Nacht wachte sie an ihrem Bett, hielt ihre Hand und wischte ihr den kalten Schweiß von der Stirn.
»Gib mir noch etwas ... bitte«, flüsterte Fatima. »Ich ... halte es nicht mehr aus.«
»Hab ein wenig Geduld«, sagte Elisa. »Diese Nacht bekommst du Hilfe. – Hoffentlich.« Das letzte Wort fügte sie so leise hinzu, als würde sie selbst nicht daran glauben.
Auf dem Gang hörte sie den kurdischen Uhrmacher, der wie stets um Mitternacht die Uhren im Harem aufzog. Wo Nadir nur blieb? Er sollte schon längst auf dem Weg sein. Elisa stand auf, um das durchgeschwitzte Laken ihrer Freundin zu wechseln, die wieder in ihren unruhigen, fiebrigen Schlaf gefallen war. Unter ihrem Hemd wölbte sich ein runder Bauch, es würde nicht mehr lange dauern, bis sie niederkam. Würden ihre Kräfte reichen? Alles hing davon ab, was diese Nacht geschah. Behutsam tastete Elisa über die Wölbung von Fatimas Leib. Zum Glück schien das Kind noch zu leben, sie spürte ganz deutlich, wie es sich bewegte. Trotz der kleinen goldenen Pillen, die ihre Freundin zu sich nahm.
Jeden dritten Tag brachte der Kizlar Aga eine dieser Pillen, auf persönliches Geheiß des Sultans. Dies war nicht das einzige Zeichen der kaiserlichen Anteilnahme. Der ganze Harem wusste, wie sehr Abdülhamid mit seiner Favoritin litt. Fast stündlich erkundigte er sich nach ihrem Zustand, machte ihr kostbare Geschenke, schloss sie in seine Gebete ein und ließ seinen Astrologen immer wieder neue Horoskope erstellen. Aber nach wie vor weigerte er sich, in ihr Schicksal einzugreifen. Die Vorsehung allein, erwiderte er auf Elisas Bitten, müsse entscheiden – Allahs Wille geschehe.
Der einzige Beistand, den er seiner Favoritin zukommen ließ, waren die kleinen goldenen Pillen, und Fatima sehnte sie herbei

wie eine Verhungernde das rettende Stück Brot. Sobald sie sie einnahm, entspannten sich ihre gequälten Gesichtszüge, die Klagen auf ihren Lippen verstummten, und für einige Stunden sank sie in einen Dämmerzustand, der frei war von Schmerzen und Ängsten. Denn unter der Vergoldung enthielten die Kügelchen eine schwarze, klebrige Masse, die aus dem Saft des Mohns gewonnen wurde: Opium.

Sie waren die Elixiere der Nacht, viele Haremsfrauen benutzten sie. Je nach Rang wurde die Opiummasse mit Haschisch und Gewürzen gemischt, mit Ambra, Moschus und anderen Essenzen. Die vornehmsten Damen ließen sie sogar mit Zusätzen von pulverisierten Perlen, Lapislazuli und Rubinen zu einer Juwelenpaste verarbeiten, und die Kügelchen des Sultans wurden außerdem noch vergoldet. Doch so unterschiedlich die Verarbeitung war, einmal gekaut, entfaltete das Opium stets dieselbe Wirkung. Es versüßte das Leben im Harem, das geprägt war von Langeweile und Einsamkeit, und schenkte den Frauen einen wohligen Frieden. In den unwirklichen Nächten, die der Einnahme des Opiums folgten, verlor die Gefangenschaft ihren Schrecken. Der träumende Geist genoss eine Freiheit, die scheinbar keine Grenzen kannte, ein künstliches Paradies, in das sogar der Sultan bisweilen entschwand, um die Beschränkungen seines Alltags zu vergessen.

Auch Elisa hatte diese Freiheit einmal genossen. Mit dem Opium brauchte sie keine Giraffe mehr, um über die Haremsmauer zu schauen – sie konnte fliehen, wohin sie wollte, ohne einen einzigen Schritt zu tun. Doch das Opium machte ihr Angst. Fast alle Frauen, die seinem Genuss länger frönten, litten unter Gedächtnisschwund. Sie vergaßen ihre Herkunft und ihre Heimat, das ganze Leben, das sie einst geführt hatten, bevor sie in den Serail gekommen waren, um schließlich sogar jenes andere, spätere Leben zu vergessen, das sie eines Tages außerhalb des Harems noch führen konnten. Elisa hatte darum nur einmal Gebrauch von dem Elixier der Nacht gemacht. Das Paradies, zu dem es Zugang schaffte, war eine Fata Morgana, aus der es kein Zurück mehr gab.

Wieder wischte sie Fatima den Schweiß von der Stirn, als jemand leise die Tür öffnete.

Elisa blickte über die Schulter. »Da bist du ja endlich!«

»Ich konnte nicht früher kommen«, erwiderte Nadir. »Die Büyük Kalfa ...«

»Jetzt keine langen Erklärungen«, unterbrach sie ihn und reichte ihm einen Brief. »Gib das dem Fremden. Und beeil dich. Sonst ist er vor dir da und du verpasst ihn.«

So leise, wie er gekommen war, verschwand Nadir wieder auf den Gang hinaus. Als Elisa sich umdrehte, zuckte sie zusammen. Fatima war aufgewacht und starrte sie mit großen fiebrigen Augen an.

»Es ... gibt keine Hilfe«, flüsterte sie. »Ich ... weiß es ... Das Gesetz des Harems ... Mein Kismet ...«

»Du und dein Kismet ...« Elisa versuchte zu lächeln. »Alles wird wieder gut. Vertrau mir.«

Aber Fatima hörte sie nicht mehr, sie war schon wieder in jene andere Welt zurückgekehrt, die dem Reich des Todes so nahe war.

Elisa sah in das Gesicht ihrer Freundin. Glaubte sie eigentlich selbst, was sie Fatima versprach? Sie hatte den Spaßmacher bestochen, ihm ihr Pantoffelgeld für zwei Monate gegeben, damit er die albanischen Wächter ablenkte und der Arzt den Harem betreten konnte. Um ein Uhr sollte Nadir ihn abholen. Hoffentlich hatte der Deutsche ihren Brief überhaupt verstanden, sie hatte noch nie auf Französisch geschrieben. Und selbst wenn er ihre Botschaft begriff – warum sollte er sein Leben riskieren? Er hatte nichts mit Fatima zu tun, ihr Schicksal ging ihn nichts an. Vielleicht hatte er sie schon verraten, es hieß, er sei mit Oberst Taifun befreundet ...

Aber was hätte sie sonst tun sollen? Wenn Fatima keine Hilfe bekam, würde sie sterben.

Plötzlich hatte Elisa das Gefühl, dass all ihre Hoffnung vergebens war, ein falscher, unwirklicher Traum, in den sie sich verstiegen hatte, als hätte auch sie von dem Opium genommen. Sie streifte ihre Perlenkette vom Handgelenk und flüsterte ein Gebet.

14

Zur selben Zeit fand in der prächtigsten Residenz von Pera ein rauschender Silvesterball statt. Alle deutschen Untertanen, die gerade in Konstantinopel weilten, die meisten Ingenieure der Bagdad-Bahn oder Militärberater der osmanischen Regierung, hatten sich in der Botschaft hoch oben auf dem Hügel im europäischen Teil der Stadt eingefunden, um das neue Jahr zu begrüßen. Auf ein Feuerwerk hatte man zwar verzichten müssen – aus Sorge, die Knallerei könnte missverstanden werden, hatte der Polizeikommandant derlei Freudebekundungen verboten. Doch nachdem man mit einem kräftigen Punsch, bei dem an Rum nicht gespart worden war, den Abend eröffnet hatte und um Mitternacht Seine allerherrlichste Majestät, Kaiser Wilhelm II., der in einer Pascha-Uniform als Ölbild an der Wand des Festsaals prangte, mit dreifachem Hurra hatte hochleben lassen, war man auch ohne das Zünden von Knallkörpern bester Stimmung in das Jahr 1909 gerutscht. Die jüngeren Gäste tanzten nun ausgelassen um den Weihnachtsbaum herum, den die Frau des Botschafters mit Rauschgoldengeln, Lametta und künstlichem Schnee geschmückt hatte, während die übrigen Herrschaften die politische Lage diskutierten. Gerüchte von einer Konterrevolution machten die Runde. Das Wort führte der Kulturattaché, ein Major mit ordensgeschmückter Brust. Angeblich hatten sich ein paar Regimenter verschworen, um die Verfassung abzuschaffen und Abdülhamid wieder in sein altes Recht als autokratischer

Herrscher einzusetzen – ohne Rücksicht auf ein Parlament und ähnlich modernen Schnickschnack. Man warte nur noch auf einen Befehl des Sultans, um loszuschlagen und den aufmüpfigen Jungtürken, die Abdülhamid die Wiedereinsetzung der Verfassung abgepresst hatten, samt ihrem Komitee den Garaus zu machen.

Baron von Wangenheim verzog das Gesicht. »Ich fürchte, dann hängt jetzt alles davon ab, was für ein Horoskop der Hofastrologe stellt.«

Die Herren lachten und schlossen Wetten ab, welche Kräfte wohl gewinnen würden im Hin und Her der Revolutiönchen und Gegenrevolutiönchen: die Kräfte der Neuzeit oder die der Tradition.

»Die Jungtürken haben mit der Verfassung den Sultan vielleicht kastriert«, sagte der Kulturattaché, »aber ist er darum ein Eunuch?« Er hob sein Monokel ans Auge, um Felix zu fixieren. »Was meinen Sie, Dr. Möbius? Das ist ja wohl eher Ihr Fach!«

Felix zuckte bedauernd die Achseln. »Mit der Politik stehe ich leider auf Kriegsfuß.«

»Recht haben Sie«, sagte der Botschafter. »So jung, wie Sie sind, sollten Sie lieber tanzen.«

Felix hatte für das Tanzen zwar ebenso wenig Sinn wie für die Politik, doch nutzte er dankbar die Gelegenheit, um sich zu verdrücken. Ein Glas Champagner in der Hand, schlenderte er zur Tanzfläche, wo sich unter dem Kommando eines Husarenleutnants die Paare zum Galopp formierten. Felix schaute ihnen zu, ohne sie zu sehen. In Gedanken war er mit dem Brief beschäftigt, den die geheimnisvolle Haremsdame ihm zugesteckt hatte. Warum hatte er ihn nicht fortgeworfen? Zweimal hatte er ihn zerknüllt, aber zweimal hatte er ihn wieder aus dem Papierkorb hervorgeholt. Wie eine Verführung knisterte er in der Brusttasche seines Fracks. Die Unbekannte hatte ihn für diese Nacht zu sich bestellt. Während die Tanzpaare jauchzend an ihm vorübergaloppierten, stürzte Felix sein Glas hinunter und fasste einen

Entschluss. Nein, er würde der Aufforderung nicht folgen – er war doch nicht verrückt! Wenn man ihn erwischte, würde der Sultan ihn zum Teufel jagen, ohne Honorar. Außerdem würde es schlimmste diplomatische Verwicklungen geben. Wie sollte er dann seiner Verlobten je unter die Augen treten, geschweige seinen Schwiegereltern?
Die Kapelle spielte einen Tusch.
»Damenwahl!«
Die Frau des Botschafters stand vor Felix.
»Darf ich bitten?«
Er glotzte sie an wie eine Erscheinung. Ihr glänzendes, feistes Gesicht erinnerte ihn fatal an das Gesicht seiner Schwiegermutter.
»Oh, ich hatte ganz vergessen, dass ich ja noch …«
Eine Entschuldigung stammelnd, stolperte er hinaus.

15

Irgendwo schlug eine Uhr an, als Felix sich wenig später vor einer dunklen, eisernen Pforte wiederfand. Sie war in eine Mauer eingelassen, die die Landstraße am Ufer des Bosporus in Richtung Norden säumte, am Fuße des Hügels, auf dem sich der Yildiz-Palast erhob. An dieser Pforte, so stand es in dem Brief, sollte er warten, bis ein Eunuch ihn abholte, um ihn durch einen Geheimgang in das Innere des Harems zu führen.
»Soll ich Sie hier wieder abholen?«, fragte der Kutscher der Botschaft.
»Nein, das wird nicht nötig sein.«
Nicht einmal vor seinem Antrittsbesuch in der Villa Rossmann war Felix so nervös gewesen wie in dem Augenblick, als der Wagen sich entfernte und ihn in seiner Einsamkeit zurückließ. Irgendwo krächzte ein Käuzchen. Was zum Teufel hatte er hier

verloren? Mit dem Feuerzeug des Sultans steckte Felix sich eine Zigarette an und versuchte, vernünftige Gründe für seine Unvernunft zu finden, um seine Anwesenheit an diesem Ort vor sich zu rechtfertigen. Hatte er nicht den hippokratischen Eid geschworen? Und verlangte dieser Eid nicht auch, dass er ärztliche Hilfe leisten *musste*, wenn ein Mensch in Not war? Ohne Rücksicht auf eigene Interessen? Außerdem, er würde ohnehin nur so lange warten, wie seine Zigarette glomm ...

Seine Zigarette war bis auf den letzten Zug heruntergebrannt, da hörte Felix das Geräusch eines Schlüssels. Gleich darauf öffnete sich knarrend die eiserne Tür, und bevor er Zeit hatte zu überlegen, war er schon über die Schwelle getreten.

Der dunkle Stollen wurde von einer Fackel erhellt. Felix blickte in ein schwarzes Gesicht und zuckte zusammen. Doch der junge Neger, der die Fackel trug, lächelte ihn so freundlich an, als würde er Reklame für eine Schokoladenmarke machen. Als Felix seinen stummen Gruß erwiderte, überreichte der Eunuch ihm einen Brief. Dabei konnte Felix erkennen, wie der Schwarze zitterte. Offenbar war er genauso nervös wie er selbst.

Im flackernden Lichtschein überflog Felix die wenigen Zeilen. Kein Zweifel, sie stammten von derselben Hand wie die auf dem Zettel, den die Haremsfrau ihm zugesteckt hatte: »*Bitte folgen Sie dem Eunuchen. Er ist mir treu ergeben und wird Sie sicher zu mir bringen. Haben Sie keine Angst. Gott wird Sie segnen.*«

Die Aufforderung, keine Angst zu haben, flößte Felix erst recht welche ein. Alles in seinem Innern schrie danach, auf der Stelle kehrtzumachen. Aber dafür war es zu spät. Der Eunuch schloss schon die Tür hinter ihm, und Felix blieb nichts anderes übrig, als ihm den Stollen entlang zu folgen, immer tiefer in den Berg hinein. Ein bisschen fühlte er sich wie Kara Ben Nemsi, der sich mit seinem Diener Hadschi Halef Omar auf eines seiner Abenteuer einließ. Allerdings hatte er Zweifel, dass Kara Ben Nemsi je so weiche Knie gehabt hatte wie er.

Bald ging der Stollen in eine unterirdische Treppe über, über die sich eine so niedrige Decke wölbte, dass Felix den Kopf einziehen musste. War dies der geheime Gang, durch den der Sultan aus seinem Palast ins Freie fliehen konnte? Felix hatte von einem solchen Fluchtweg gehört, auch hatte er die kaiserliche Yacht im Hafen gesehen, die dort angeblich rund um die Uhr bereit zum Auslaufen lag, doch hatte er die Erklärung dafür als eines der vielen Märchen aus Tausendundeiner Nacht abgetan, die in diesem merkwürdigen Teil der Welt so oft die Wirklichkeit ersetzten.

Nach unzähligen Stufen mündete die Treppe in einen Pavillon, der wie ein herrschaftliches Gemach eingerichtet war. Felix bekam eine Gänsehaut, und obwohl er sich dagegen wehrte, spürte er, wie sein Glied anschwoll. War er schon im Harem? Der Eunuch durchquerte den Raum und blieb vor einer verriegelten Tür stehen. Er legte einen Finger an die Lippen, dann löschte er die Fackel und schob vorsichtig den Riegel zurück. Mit angehaltenem Atem spähte Felix durch den Türspalt, doch statt nackte Frauenleiber sah er nur einen vom sanften Licht des Mondes beschienenen Park. Irgendwo waren leise Stimmen und gedämpftes Lachen zu hören. Felix war gleichzeitig enttäuscht und erleichtert. Unter einem Baum erkannte er einen Zwerg inmitten bewaffneter Wächter, die sich allem Anschein nach über den Spaßmacher amüsierten.

Mit einer Handbewegung forderte der Eunuch ihn auf zu folgen. Im Schatten zweier Kioske überquerten sie ein freies Rasenstück, bevor sie in einen Graben abtauchten, der zu einer Kellertür führte. Ein wütendes, vielfaches Fauchen empfing sie in dem dunklen, übelriechenden Gewölbe. Hier stank es ja wie Katzenpisse! Felix starrte in die Finsternis, und wirklich – als seine Augen sich an die Dunkelheit gewöhnten, sah er Dutzende von Käfigen, in denen Katzen gefangen waren. Aber er hatte keine Zeit, sich darüber zu wundern, denn der Eunuch führte ihn weiter durch das Labyrinth von Fluren und Korridoren, das in dem diffusen Dämmerlicht der Gaslampen noch verwirrender war als bei Tage.

Plötzlich ging direkt vor Felix eine Tapetentür auf, und im nächsten Augenblick stand er vor einem Krankenbett. Darauf lag eine verschleierte, in Schweiß gebadete Frau, die sich in unruhigem Schlaf hin und her warf.

Unsicher schaute Felix sich um. Wo war die andere – die Frau, wegen der er dieses Abenteuer auf sich genommen hatte?

»Haben Sie vielen Dank, dass Sie gekommen sind.«

Schon beim ersten Wort erkannte Felix die Stimme. Wie von einer zärtlichen Hand berührt, drehte er sich um. Von Kopf bis Fuß in Schleier gehüllt, trat sie hinter einer Stellwand hervor und deutete auf die Kranke.

»Können Sie ihr helfen?«

Zwischen den Schleiern schauten ihn zwei graue, melancholische Augen an: dieselben Augen, die ihn seit Tagen verfolgten. Felix musste sich Gewalt antun, um sich von ihrem Anblick zu lösen. Während der Eunuch an der Tür Posten bezog, öffnete er seine Arzttasche und setzte sich ans Bett der Kranken. Noch bevor er die Untersuchung begann, stellte er mit einem Blick zwei Dinge fest: Die Frau war hochschwanger – und sie war in Lebensgefahr!

»Wie lange ist sie schon in diesem Zustand?«, fragte er.

»Schon seit vielen Wochen. Sie wurde vergiftet.«

Aus den grauen Augen sprach Angst. Felix nickte ihr zu. Er wollte alles tun, damit die Angst aus diesen Augen verschwand.

»Wissen Sie, was für ein Gift es war?«

Alle Nervosität war von ihm abgefallen, er war nur noch Arzt. Die Frau schüttelte den Kopf. »Man hat es in ihr Essen getan.«

Er griff nach dem Handgelenk der Kranken. Ihr Puls ging so rasend und flach wie ihre Atmung. Dann nahm er sein Stethoskop.

»Darf ich?«, fragte er, bevor er den Trichter auf der Brust der Kranken ansetzte.

Die Frau nickte. Felix beugte sich über das Hörrohr. Die Herztöne waren so schwach, dass er sie kaum wahrnehmen konnte. Als er den Kopf von der Ohrplatte hob, sah er wieder in die zwei grauen Augen voller Angst. Auch ohne Worte verstand er, was sie ihn fragten. Plötzlich kam er sich sehr erbärmlich vor.

»Ich weiß es nicht«, sagte er.

Unschlüssig blickte er in seine Tasche. Was sollte er der Kranken geben? Er hatte nur ein einziges Mittel dabei, das in Frage kam, ein Antidot gegen Schlangengift – Carla, seine Verlobte, hatte irgendwo gelesen, dass es in der Türkei Schlangen gebe, und darauf bestanden, dass er das Mittel mit auf die Reise nahm. Ob es helfen würde? Felix hatte keine Wahl, er musste es versuchen. Er nahm die Ampulle aus der Tasche, brach die Glasspitze ab und zog die Flüssigkeit auf eine Spritze. Bevor er sie der Kranken injizierte, sterilisierte er die stählerne Spitze mit der Flamme seines Feuerzeugs.

»Mehr können wir im Moment nicht tun«, sagte er, als er die Spritze absetzte. »Wir sollten Ihrer Freundin jetzt Ruhe gönnen.«

Er verstaute seine Instrumente und erhob sich. Die verschleierte Frau öffnete die Tür zu einem Nebenraum und forderte ihn mit einer Geste auf, ihr zu folgen.

Wieder hörte er ihre Stimme.

»Wird meine Freundin überleben?«

Felix trat in das andere Zimmer und schloss die Tür.

»Sie haben in Ihrem Brief den Segen Gottes erwähnt«, sagte er, so behutsam wie möglich. »Sie sollten jetzt vielleicht zu ihm beten. Ich meine natürlich – zu Allah.«

»Ich bete zu demselben Gott wie Sie«, erwiderte die Fremde.

»Aber – wollen Sie damit sagen, sie wird es nicht schaffen?«

Felix zögerte. Was sollte er antworten? Er hatte keine Gewissheit, wie das Antidot wirkte. Wahrscheinlich würde es helfen, die Symptome der Kranken deuteten auf Schlangengift, vielleicht aber auch nicht.

»Haben Sie keine Angst«, sagte er. »Ich ... ich glaube, sie wird es schaffen.« Er räusperte sich, als würde die Lüge in seinem Hals kratzen. »Ganz sicher ... denke ich.«
Die Frau drückte stumm seinen Arm. Felix spürte, wie ihm das Blut ins Gesicht schoss. Noch nie hatte eine Berührung ihn so sehr erregt wie diese Berührung einer Unbekannten. Es war wie ein Zauber. Sie war ihm so nah, und zugleich so unendlich fern. Eine Frage drängte sich auf seine Lippen.
»Wer ... wer sind Sie?«
Sie flüsterte einen Namen: »Elisa ...«
»Elisa ...«
Wie im Traum wiederholte er die fremden Laute. Er streckte den Arm nach ihr aus, und ohne zu wissen, was er tat, nahm er den Schleier von ihrem Gesicht. Im selben Moment begriff er die Ungeheuerlichkeit seiner Tat, und er fasste abermals nach ihrem Schleier, um seinen Fehler zu korrigieren. Doch die Fremde hielt seine Hand zurück. Ganz ruhig, frei und unverwandt schaute sie ihn an, mit ihren grauen Augen, aus denen jede Angst verschwunden war, so sicher und stolz wie eine Königin, ohne sich ihrer Blöße zu schämen.
Felix vergaß beinahe zu atmen. Obwohl ihr Gesicht keineswegs den Gesetzen der Schönheit entsprach, ja vielleicht sogar ein wenig unharmonisch war, übte diese Frau auf ihn eine stärkere Faszination aus, als er beim Anblick der Mona Lisa im Louvre empfunden hatte. Sie war noch ganz jung, höchstens Anfang zwanzig, und ihre kleine, ein wenig aufgeworfene Nase gab ihrem Aussehen etwas Kindliches, das in einem befremdlichen Widerspruch zum melancholischen Ausdruck ihrer Augen stand. Ihre Haut war dunkel, fast braun, und der Schwung ihrer Brauen verlor sich an den Schläfen unter hellblonden Locken. Ihr Mund war eigentlich viel zu groß, doch ihre vollen, dunkelroten Lippen lockten Felix mit solcher Macht, dass er ohne zu zögern ein Jahressalär hergegeben hätte, um sie nur einmal zu küssen.
Er war ganz in ihren Anblick versunken, als plötzlich von ferne

der Klang einer Flöte zu hören war. Die Frau runzelte die Stirn, ein Staunen trat in ihr Gesicht, eine tiefe Verwunderung, die gleich darauf in ein Lächeln überging.
»Danke«, flüsterte sie.
Felix schloss die Augen, und für eine Sekunde glaubte er, ihren Finger auf seinen Lippen zu spüren.

16

In dieser Nacht tat Elisa kein Auge zu. Die Begegnung mit dem Europäer war wie eine Offenbarung gewesen: ein strahlendes Geschenk, das plötzlich und unerwartet Besitz von ihr ergriffen hatte. Nein, Liebe konnte man nicht befehlen – aber was für ein gewaltiges Ereignis war sie, wenn sie so unverhofft über einen kam. All die Worte, die Elisa dem Sultan entgegnet hatte, um sich ihm zu verweigern, all die Worte, die sie aus ihren Liedern kannte, die sie selbst so oft gesagt und gesungen hatte, ohne sie wirklich zu empfinden, als existierten sie nur in einer anderen Welt – all diese Worte spürte sie nun mit jeder Faser ihres Leibes, ihre Kraft, ihre Größe, ihre Schönheit, und es war, als würde Gott der Allmächtige sie durchfluten.
Nachdem der Arzt gegangen war, war Fatima in einen tiefen Schlaf gesunken. Ruhig und gleichmäßig ging ihr Atem. Leise, um sie nicht aufzuwecken, verließ Elisa den Raum. Sie würde die Nacht in der Wohnung ihrer Freundin bleiben, für den Fall, dass Fatima noch einmal aufwachte und sie brauchte.
Im Salon trat Elisa ans Fenster und zog den Vorhang zurück, mit dem sie am Abend das Zimmer verdunkelt hatte, damit die Wachen keinen Verdacht schöpften. Durch die hölzernen Gitterstäbe schaute sie hinaus. Draußen war schwarze Nacht. Wolken bedeckten den Himmel, so dass kein Mond den Park beschien. Nur hin und wieder glommen rote Pünktchen in der Finsternis

auf. Das mussten die albanischen Wächter sein, die sich mit Rauchen die langen Stunden der Nacht verkürzten.
»Ich wünsche Ihnen alles Gute zum neuen Jahr«, hatte er beim Abschied gesagt. Noch immer klangen seine Worte in ihr nach, wie die Töne einer vertrauten Melodie. Ob sie ihn je wiedersehen würde? Elisa schloss die Augen, um sich ganz den Bildern ihrer Seele hinzugeben. Es war eine warme Sommernacht, und übergossen vom Licht des Mondes fielen die hängenden Gärten des Parks zum Meer hinab, auf dessen schwarzen Fluten schäumende Wellenkronen glänzten. Der ganze Palast schlief. Kein Fenster war mehr hell, kein Laut zu hören. Nur sie allein war noch wach. Die Luft war schwül und schwer. Sie streifte ihre Kleider ab, nackt und bloß trat sie hinaus ins Freie, um den süßen Duft der tausend Blumen zu atmen, die ihren Duft mit der Schwüle der Nacht vermählten. Im silbernen Mondschein blühten Orangenbäume und säumten einen Weg, den sie noch nie beschritten hatte. Wie gern würde sie diesen Weg beschreiten, in dieser Nacht, zusammen mit ihm ... Sie fühlte seine Hand in ihrer Hand, und an seiner Seite ging sie durch den hellen klaren Schein, in ein Land, das sie noch nie gesehen hatte. Lautlos, in gespenstischem Fluge huschten Fledermäuse an ihnen vorbei. Grillen zirpten, und im Teich quakten Frösche, während das Wasser der Fontänen in den Brunnen rauschte. War es Traum oder Wirklichkeit? Vielleicht gab es ja Träume, die, wenn sie geträumt wurden, schon Erfüllung waren ... Sie spürte mit ihren Lippen seinen Mund. Ein Tor tat sich auf. Heiß empfand sie ihr Blut, ihre Haut brannte – so schmerzlich wie die Einsamkeit ...
»Elisa ...«
Erschrocken fuhr sie herum.
Murat, der Zwerg, stand in der Tür, die den Salon mit dem Schlafgemach verband.
»Was tust du hier?«, fragte sie und zog ihren Schal enger um die Schultern.

»Ich wollte nur nach Fatima schauen«, erwiderte er. »Ich konnte nicht schlafen und machte mir Sorgen. Aber es ist alles in Ordnung«, fügte er eilig hinzu, als er ihr Gesicht sah. »Sie schläft tief und fest.«
Und schon war er wieder verschwunden.

Elisa kehrte an ihr Fenster zurück und schaute noch einmal hinaus, um die Landschaft wiederzufinden, die sie soeben verlassen hatte, die Landschaft ihrer Seele.

Am Horizont, über dem Meer, jenseits der hängenden Gärten, dämmerte der neue Tag.

Erst jetzt wurde ihr bewusst, dass sie seit Stunden nicht mehr an ihre Freundin gedacht hatte.

17

Ein Sohn! Ein Sohn! Dem Sultan wurde ein Sohn geboren! Allah sei gepriesen!

Sieben Kanonenschüsse verkündeten das glückliche Ereignis, Ausrufer verbreiteten die Nachricht überall in der Stadt, und bald hallte ganz Konstantinopel vom Jubel des Volkes wider. Alle Untertanen schmückten ihre Häuser mit bunten Laternen, und in den Moscheen strömten Tausende von Menschen zusammen, um Allah zu danken und ihn um ein langes Leben für den Sultan und seinen neugeborenen Sohn zu bitten.

Sieben Tage sollten die Feierlichkeiten dauern. Während jede Abteilung des Palastes fünf Hammel zu Ehren des Prinzen schlachten ließ, verwandelte sich der Harem in ein Reich der Sinnesfreuden. Unzählige Lampen und Fackeln erleuchteten die Gebäude und Gärten, von morgens bis abends ertönte das Haus der Glückseligkeit von den Klängen des Haremsorchesters, Berge von Fisch und Fleisch, Gemüse und Früchten, Kuchen und Gebäck verließen die Küchen des Palastes und wanderten in die

Gemächer der Frauen, zusammen mit Strömen von Mokka und Sorbet. Alle Mitglieder der kaiserlichen Familie sollten an der Freude des Herrschers teilhaben. Die Kadins und Ikbals, die Odalisken und Gözdes sangen und tanzten, es herrschte eine Stimmung wie beim Thronbesteigungsfest. Und sogar Saliha, die vierte Kadin, reihte sich in das Ehrenspalier ein, als Abdülhamid in den Harem einzog, um den jüngsten Spross seiner Lenden und des Hauses Osman zu betrachten.

Bereits einen Tag nach ihrer Niederkunft war Fatima vom Wochenbett aufgestanden. Die Geburt war eine Erlösung gewesen. Dank des deutschen Arztes war sie nicht nur von dem Anschlag auf ihre Gesundheit genesen – mit dem Tag der Niederkunft war sie auch vom Gespenst der Angst um sich und ihr Kind befreit! Sobald ihr Sohn das Licht der Welt erblickt hatte, drohte keine Gefahr mehr, weder von Saliha noch sonst einer Rivalin. Ihr Kismet hatte sich erfüllt, von nun an würde ihr Leben eine einzige Abfolge glücklicher Ereignisse sein. Vielleicht würde der Sultan sie schon in dieser Woche offiziell in den Rang der ersten Favoritin erheben.

Wie es das Zeremoniell verlangte, erwartete Fatima Abdülhamid in ihrem festlich mit roten Tüchern und Laken geschmückten Bett.

Sie war so aufgeregt, dass Elisa ihre Hand halten musste. Immer wieder schaute sie auf die goldene Wiege, in der ihr Sohn schlummerte, ohne von der Aufregung zu ahnen, die sein Erscheinen auf dieser Welt ausgelöst hatte. Der ganze Raum war eine einzige Schatzkammer. Brokatstoffe hingen vor den Türen und Fenstern, die Möbel waren mit Edelsteinen verziert, und die Wände funkelten nur so von Gold und Silber, damit ihr Sohn, wann immer er die Augen öffnete, nichts anderes erblickte als die ganze Pracht und Herrlichkeit seines künftigen Lebens.

Fatima war so glücklich wie noch nie, als Abdülhamid sich über die Wiege beugte.

»Das ist mein Geschenk für Sie, ewige Majestät.«

Ein Leuchten ging über das Gesicht des Sultans. Voller Stolz schaute er auf seinen Sohn, zärtlich flüsterte er seinen Namen.
»Mesut sollst du heißen, *der Glückliche*.«
Er gab dem schlafenden Kind einen Kuss auf die Stirn. Fatima hielt es kaum noch in ihrem Bett. Doch als er sich wieder aufrichtete, blickte er nicht sie an, sondern Elisa.
»Allah hat deine Gebete erhört«, sagte er mit einem Lächeln. »Beinahe möchten wir glauben, du hast recht – Liebe ist stärker als Kismet.«
»Verzeihen Sie, ewige Majestät«, sagte Fatima, »aber ich begreife nicht, was Ihre Worte bedeuten.«
»Muss man alles begreifen, wenn man glücklich ist?«
Bevor sie etwas erwidern konnte, klatschte der Sultan in die Hände. Eine Prozession von Eunuchen kam herein, um seine Geschenke zu präsentieren: Kisten voller Gold und Silber, Diamanten und Juwelen, Perlen und Edelsteinen. Fatima gingen die Augen über. Noch nie hatte sie solche Schätze gesehen. Und sie alle gehörten ihrem Sohn, dem dort in der Wiege schlafenden Kind, das sie in ihrem Leib getragen hatte. Konnte Allah einen Menschen mehr lieben als sie?
Der Kizlar Aga öffnete gerade eine Truhe, die bis an den Rand mit Münzen gefüllt war, als plötzlich eine merkwürdige Unruhe entstand. Die Tür ging auf, die Eunuchen traten beiseite, und im nächsten Augenblick sanken alle Odalisken und Sklavinnen zu Boden, um der mächtigsten Frau des Harems die Ehre zu erweisen.
Fatimas Herz begann vor Freude zu klopfen. Gestützt auf einen schwarzen Stock, doch aufrecht und mit offenem Haar, trat die Sultansmutter vor ihr Wochenbett. Wie sehr hatte Fatima diesen Augenblick herbeigesehnt. Wenn die Valide sich jetzt über ihre Hand beugte, ihren Sohn auf den Arm nahm und ihn zum Zeichen ihrer Anerkennung küsste, war ihr Triumph vollkommen, ihr Aufstieg zur ersten Favoritin beschlossen und besiegelt.

»Seien Sie mir willkommen«, sagte sie. »Ich bin glücklich, Sie in meiner Wohnung zu begrüßen.«
Doch die Sultansmutter würdigte sie keines Blickes. Weder küsste sie ihre Hand, noch nahm sie ihren Enkelsohn auf den Arm. Stattdessen wandte sie sich an den Sultan, der neben der Wiege stand, zeigte mit ihrem Stock auf ihn und sagte: »Was hast du am Bett dieses gottlosen Weibes zu suchen? Verlass sofort ihr Gemach, oder Allah wird dich wie sie verdammen!«

18

Noch am selben Abend fand auf Betreiben der Sultansmutter im Selamlik eine Beratung statt, zu der sich die engsten Vertrauten Abdülhamids einfanden, Izzet Pascha, der Pflegebruder des Herrschers, ebenso wie der Kizlar Aga und der Hofastrologe. Nur der neue Großwesir, Hilmi Pascha, der erst vor kurzem den alten Kiamil Pascha abgelöst hatte, war nicht hinzugezogen worden. Er war eine Marionette der Jungtürken und ihres Komitees, nach deren Pfeife die neue Regierung tanzte. In ihrem Namen legte der Großwesir dem Sultan immer absurdere Gesetze vor, mit immer radikaleren Reformen – sogar eine Mädchenschule wollte er eröffnen. Von einem solchen Mann waren kaum nützliche Vorschläge zu erwarten.
Thema der Beratung war eine einzige Frage: Durfte Abdülhamid Fatimas Sohn als sein Fleisch und Blut anerkennen? Als möglichen Erben und Thronfolger?
»Dieses Kind ist nicht dem Willen Allahs entsprungen, sondern allein dem Willen seiner Mutter«, erklärte der Scheich-ul-Islam, der oberste Glaubenshüter der Muslime. »Sie hat große Schuld auf sich geladen. Sie hat nicht nur das Gesetz des Harems gebrochen, sie hat gegen die Vorsehung selbst aufgebäumt.«

Während der Geistliche Dutzende von Koranversen sowie endlos lange, ebenso umständlich wie mehrdeutig formulierte Passagen aus den heiligen Schriften zitierte, um seine Anklage zu begründen, hörte Oberst Taifun mit wachsendem Widerwillen zu. Die Argumentation war absurd, eine Beleidigung für jeden aufgeklärten Geist! Doch er hütete sich, dem Scheich zu widersprechen. Der Geistliche war nicht nur ein enger Vertrauter der Sultansmutter, sondern auch ein viel zu wichtiger Mann im Spiel der politischen Kräfte, als dass man es sich mit ihm verderben durfte. Der Sultan war der Kalif, der Nachfolger Mohammeds, und als weltlicher Führer der Muslime war es sein Amt, das islamische Herrschaftsgebiet zu bewahren und die islamische Rechtsordnung darin zu sichern. Doch die Autorität, ihn in sein Amt einzusetzen oder ihn seines Amtes zu entheben – diese Autorität besaß allein der Scheich-ul-Islam. Taifun war ziemlich sicher, dass man den Mann noch brauchen würde. Vielleicht sogar schon bald.

Abdülhamid hob die Hand. Sein innerer Zwiespalt stand ihm ins Gesicht geschrieben. Zum ersten Mal konnte Taifun ihn verstehen, beinahe fühlte er mit ihm. Fatima war die schönste Perle des kaiserlichen Harems, eine Frau, die jedem Mann das Paradies auf Erden bereiten konnte. Würde Abdülhamid sie seinem Glauben opfern? Seinem Glauben und der Politik?

»Ihre Rede erfüllt uns mit großer Sorge«, erwiderte der Sultan auf die Rede des Geistlichen. »Jedoch bevor wir uns entscheiden, wollen wir auch die Meinung der anderen hören.«

Fragend sah er in die Runde. Aber seine Ratgeber wichen seinen Blicken aus. Während der Scheich-ul-Islam weiter Koranverse murmelte, strich Izzet Pascha sich über seinen dunklen Bart und schaute ratlos zu Boden. Sogar der Astrologe schlug die Augen nieder. Die Sterne hatten sich offenbar nicht entscheiden können.

Da meldete sich der Kizlar Aga zu Wort.

»Mein Verstand«, erklärte er mit seiner Fistelstimme, »ist nicht darin geübt, den hohen Gedanken zu folgen, die der Scheich-ul-Islam hier mit so bewundernswerter Leichtigkeit vorträgt. Die Vorsehung und der Wille Allahs entziehen sich meiner armseligen Einsicht. Ich kann nur berichten, was meine fünf Sinne zu fassen mir erlauben.«

Er hielt für einen Moment inne, um seine Hände mit den spitzen, polierten Nägeln zu betrachten. Am Ringfinger seiner Linken funkelte ein riesiger Diamantring: ein Geschenk, das ihm die Sultansmutter erst an diesem Nachmittag gemacht hatte.

Ohne die Augen von dem Schmuckstück zu lassen, fuhr der Obereunuch fort: »Die Koranleserin ewiger Majestät, Elisa die Armenierin, und der deutsche Arzt, den ewige Majestät mit so unendlicher Güte empfangen hat, sind offenbar, wie soll ich mich ausdrücken, in eine Beziehung getreten, die unter keinen Umständen hätte entstehen dürfen ...«

Taifun hob irritiert die Brauen. War da etwas vorgefallen, wovon er keine Kenntnis besaß?

Er traute kaum seinen Ohren, als der Kizlar Aga weitersprach. Das klang ja wie eine wirkliche Liebesgeschichte, die sich zwischen seinem Freund Dr. Möbius und der Armenierin angebahnt hatte.

»Sie hat ihm eine Botschaft zukommen lassen, wahrscheinlich bei der Untersuchung, die ewige Majestät so großherzig zum Wohle seiner Schutzbefohlenen angeordnet hat, trotz aller Vorsichtsmaßnahmen, die von unserer Seite getroffen wurden, unter Umgehung sämtlicher Vorschriften und schamloser Ausnutzung des Vertrauens, das ewige Majestät ...«

»Ja, ja, ja«, unterbrach ihn der Sultan. »Was hat das mit unserem Fall zu tun?«

Der Kizlar Aga löste seinen verliebten Blick von dem Ring, und mit einer plötzlich viel tieferen, fast männlichen Stimme verkündete er: »Der deutsche Arzt ist mit Hilfe der Armenierin in den kaiserlichen Harem eingedrungen, um Fatima, die Favoritin ewiger Majestät, an ihrem Bett aufzusuchen.«

»Das ist eine ungeheuerliche Behauptung!«, rief Abdülhamid. »Wenn das zutrifft, dann ...«
Er sprach den Satz nicht zu Ende. Doch Taifun wusste auch so, was die Anschuldigung bedeutete.
»Gibt es für diesen Verdacht einen Beweis?«, fragte er.
Der Kizlar Aga wechselte einen Blick mit dem Scheich-ul-Islam, und als dieser nickte, klatschte er in die Hände. Gleich darauf betrat der kaiserliche Spaßmacher den Saal. Angetan mit einer weißen Uniform, trat er vor den Sultan und verbeugte sich so tief, dass die Spitze seiner Nase den Boden berührte.
»Zeig uns, was du im Gemach der Favoritin gefunden hast«, forderte der Kizlar Aga ihn auf.
Der Zwerg fasste in seinen Uniformrock und holte einen Gegenstand hervor, der nicht weniger funkelte als der Diamant an der Hand des Obereunuchen: das Feuerzeug, das Abdülhamid dem deutschen Arzt zum Geschenk gemacht hatte.
Als der Sultan das Beweisstück sah, schlug er die Hände vors Gesicht.
Für eine endlos lange Weile war nur sein schwerer Atem zu hören. Dann ließ er die Hände sinken, und mit einer Miene so starr wie eine Totenmaske sagte er: »Verflucht seien die Verräter, von denen wir umgeben sind, verflucht ihre Kinder und Kindeskinder. Aber wehe! Wir sind nicht länger bereit, ihren Ungehorsam hinzunehmen.« Mühsam, als koste es ihn übermenschliche Kräfte, erhob er sich von seinem Thron. »Wir wollen das alte Recht wieder in Kraft setzen. Instruieren Sie alle zuständigen Stellen. Sie sollen die nötigen Maßnahmen treffen. Sofort!«
Taifun biss sich so heftig auf die Lippen, dass sie bluteten. War die Stunde der Entscheidung gekommen? Während er sich das Blut von den Lippen leckte, fragte der Obereunuch in die Stille hinein: »Und was soll mit den Frauen und dem Kind geschehen?«
Der Sultan wandte sich ab und trat ans Fenster, durch das vor einem schwarzen Himmel die schmale Sichel des Halbmonds zu

sehen war. Ohne jemanden anzuschauen, mit leerem Blick und tonloser Stimme antwortete er: »Sie sollen uns nie wieder unter die Augen treten. Allah möge über ihr Schicksal entscheiden. Zu Ihm allein wollen wir beten.«

19

In dieser Nacht brach in der Taksim-Kaserne, mitten im Herzen der Stadt, eine Meuterei aus. Die Mannschaften revoltierten gegen ihre Offiziere und forderten ihre Kameraden in anderen Kasernen auf, zusammen mit ihnen den Islam gegen die Ungläubigen vom »Komitee für Einheit und Fortschritt« zu verteidigen. Die jungen Offiziere ließen ihnen mit ihrem Drill ja nicht einmal mehr die Zeit, sich vor den Gebeten zu waschen, wie der Prophet es befahl! Zu Fuß und zu Pferde rückten die Soldaten aus, und in nur wenigen Stunden hatte sich die ganze Garnison von Konstantinopel mit über dreißigtausend Mann der Revolte gegen die neue Regierung angeschlossen. Überall knallten Gewehre. Offiziere wurden umgebracht, ohne dass die Meuterer auf Widerstand stießen, Polizisten warfen ihre neumodischen Helme fort und setzten sich wieder den alten Fez auf. Die Aufständischen verbündeten sich mit religiösen Fanatikern, brotlos gewordenen Spitzeln und degradierten Paschas zu mohammedanischen Bruderschaften, und bald war die Hauptstadt des Reiches in den Händen von Unteroffizieren und Glaubenseiferern, die religiöse Hymnen sangen, Allah und den Sultan hochleben ließen und lauthals verlangten, man solle eine Regierung bilden, die endlich wieder die Scharia achtete, die heiligen Gesetze des Korans.

Während die Revolte gegen die Kräfte der Neuzeit immer mehr um sich griff, ertönte im Yildiz-Palast einsames Klavierspiel aus dem Privatgemach des Sultans, untrügliches Zeichen seiner kai-

serlichen Verstimmung. Fatima hörte es voller Angst. Noch vor wenigen Stunden hatte sie sich am Ziel ihrer Träume geglaubt – und jetzt? Nie war sie dem Sultan so fern gewesen wie in dieser Nacht, obwohl ihre Wohnung nur durch einen Korridor von seinem Appartement getrennt war.
Zusammen mit Elisa wachte sie bei der Wiege ihres Kindes. Friedlich schlummerte ihr Sohn in seinem goldenen Bettchen, unberührt von den Vorgängen in dieser Welt. Aber was würde morgen sein? Verzweifelt versuchten die zwei Frauen, Antwort auf diese Frage zu finden. Sie wussten nur, dass es nach dem Auftritt der Sultansmutter eine lange Beratung gegeben hatte, aber niemand war gekommen, um ihnen das Ergebnis mitzuteilen. In ihrer Not hatten sie Nadir losgeschickt, damit er Neuigkeiten in Erfahrung brachte. Doch der Eunuch kam und kam nicht zurück. War ihm etwas zugestoßen? Hatte man ihn vielleicht sogar verhaftet? Weil jemand herausgefunden hatte, dass er den deutschen Arzt in den Harem gelassen hatte?
»Vielleicht solltest du ein paar Schmuckstücke einstecken«, sagte Elisa.
»Wozu?«, fragte Fatima. »Fortschicken wird der Sultan uns nicht. Entweder er behält uns weiter hier im Harem, wofür ich zu Allah bete, oder ...«
Es klopfte an der Tür. Die beiden Frauen sahen sich an.
»Herein!«, sagte Fatima.
Als die Tür aufging, zuckte sie zusammen. Vor ihr stand der Kizlar Aga, flankiert von zwei albanischen Wächtern. Sollte jetzt wirklich eintreten, was sie eben nur gedacht hatte? Plötzlich begann sie am ganzen Körper zu zittern.
»Bitte folgen Sie mir«, sagte der Kizlar Aga. »Sie beide. Und nehmen Sie das Kind mit.«
»Weshalb?«, fragte Elisa, weiß im Gesicht. »Was wollen Sie von uns?«
»Ein Befehl ewiger Majestät.«
Der Obereunuch lächelte sie an, als habe der Sultan sie zu einer

Liebesnacht bestellt. Aber daran war kein Gedanke. Nachdem Fatima ihr Kind aus der Wiege genommen hatte, führte der Kizlar Aga die zwei Frauen an der Wohnung des Herrschers vorbei in Richtung Garten. Immer leiser wurde das Klavierspiel, während sie voller Angst den Korridor entlanggingen, die albanischen Wächter in ihrem Rücken.

Als der Kizlar Aga die Tür zum Garten öffnete, fing das Kind auf Fatimas Arm an zu weinen.

»Psssst!« Ein Diamant blitzte in der Dunkelheit auf, als der Obereunuch sich den Finger vor die Lippen hielt. »Keine Geräusche! Wenn Ihnen Ihr Leben lieb ist.«

Um ihr Kind zu beruhigen, tastete Fatima nach seinem Mund. Zum Glück begann der Kleine gleich an ihrem Finger zu saugen, und im nächsten Augenblick war er wieder eingeschlafen.

Draußen war der Himmel sternenklar, und die Luft duftete von den Blüten der Blumen.

»Wohin gehen wir?«, fragte sie noch einmal. »Bitte, sagen Sie es uns.«

Der Kizlar Aga wies sie mit einem strengen Blick zurecht, und sie verstummte. Am anderen Ende des Gartens patrouillierten zwei Wächter. Der Obereunuch wartete, bis sie hinter einem Pavillon verschwunden waren. Dann gab er ein Zeichen, ihm zu folgen. Nachdem sie eine Brücke überquert hatten, gingen sie eine Treppe hinunter, die in den Kellereingang eines Nebengebäudes führte.

Fatima schaute Elisa an. Ihre Freundin schien denselben Gedanken zu haben. Das Gebäude war das am meisten verhasste des Harems. Im Keller war das Strafzimmer untergebracht, ein kleiner, fensterloser Raum, in dem der Kücük Aga ungehorsame Eunuchen auspeitschte oder Odalisken, die bei der einsamen Sünde überrascht worden waren. War das die Strafe, die der Sultan befohlen hatte? Aber warum das Kind? Wollte man es ihr rauben?

Plötzlich durchflutete Fatima ein warmes, unbekanntes Gefühl

der Zärtlichkeit. Erst jetzt begriff sie das Wunder, das mit ihr geschehen war. Sie hatte dieses Kind geboren, in ihrem Leib war es gezeugt und zum Leben erweckt worden. Mit beiden Armen drückte sie es an ihre Brust. Nie würde sie ihr Kind wieder hergeben, was immer auch passierte. Niemals!
»Halt!«
Der Kizlar Aga hob die Hand. Auf dem Gang herrschte ein scharfer, widerlicher Gestank. Hier musste irgendwo die Katzenzucht untergebracht sein. Der Obereunuch drehte sich um.
»Ihr könnt jetzt gehen. – Nein, nicht ihr!«, zischte er, als Fatima und Elisa sich rührten. »Die Wächter!«
Die Albaner salutierten. Dann machten sie kehrt und verschwanden in der Richtung, aus der sie gekommen waren. Wollte der Kizlar Aga allein sein, bei dem, was nun kam?
»Los! Weiter!«
Auf der anderen Seite des Gebäudes verließen sie den Keller. Durch einen Graben gelangten sie erneut in den Park. Wieder wartete der Kizlar Aga, bis niemand zu sehen war, bevor sie im Schatten zweier Kioske ein Rasenstück überquerten. Plötzlich öffnete sich vor ihnen die Tür zu einem Pavillon. Mit einer Kopfbewegung befahl der Kizlar Aga, einzutreten.
Kaum waren sie in dem Raum, schloss er hinter ihnen die Tür. Das Innenrund war erhellt vom Schein einer Fackel. Am Aufgang einer schmalen, steilen Treppe, die in den Berg hinabzuführen schien, stand ein Eunuch.
Als Fatima das Gesicht sah, atmete sie auf.
»Nadir? Du?«
Der Eunuch schenkte ihr nicht die geringste Beachtung.
»Hast du das Geschenk dabei?«, fragte der Kizlar Aga.
»Ja ... ja ... sicher«, stotterte Nadir und gab ihm ein prallgefülltes Säckchen. »Sie ... Sie können es nachzählen, Aga Efendi.«
Der Kizlar Aga lächelte ihn voller Wohlwollen an. »Aber wer wird denn ein Geschenk kontrollieren? Das wäre sehr unfein«,

sagte er und ließ das Säckchen in seiner Manteltasche verschwinden. Dann veränderte sich sein Gesicht, das lächelnde Wohlwollen darin wich dem Ausdruck unbeugsamer Strenge. »Ewige Majestät hat das Schicksal dieser zwei Frauen Allah anvertraut. Du weißt, was das heißt, Neger?«
»Na… natürlich, Aga Efendi.«
»Dann geh jetzt und erfülle den kaiserlichen Willen. Ich verlasse mich auf dich.«
Nadir nahm die Fackel von der Wand und leuchtete damit in den Treppenabgang.
»Vor… vorwärts!«, befahl er den zögernden Frauen. »Steht hier nicht rum!«
Fatima sah Elisas Gesicht. Ihre Freundin schien genauso ratlos wie sie. Doch als Nadir sie mit dem Knauf seiner Peitsche in die Seite stieß, hob sie ihr Gewand und ging voran.
»Komm«, flüsterte sie Fatima zu. »Es ist besser, wir gehorchen.«
Schweigend stiegen sie die Treppe hinab. Fatima hielt schützend einen Arm um ihr Kind, während sie sich mit dem anderen auf Elisa stützte. Nadir leuchtete ihnen den Weg. Erst als sich über ihren Köpfen die Tür schloss und ein Schlüssel im Schloss rasselte, folgte er ihnen.
»Wohin bringst du uns?«, fragte Elisa.
»Pssst«, machte Nadir. »Ich soll Sie im Bosporus ertränken.«
»WAS sollst du?«
Nadir nickte. Doch im nächsten Augenblick strahlte er über das ganze Gesicht. Er legte die Fackel auf eine Stufe und drückte Elisa an sich.
»Allah sei Dank, dass Sie leben. Was hatte ich für eine Angst!«
»Ich verstehe kein einziges Wort. Was hat das alles zu bedeuten?«
»Man hat Sie zum Tod verurteilt. Und der Kizlar Aga sollte Sie umbringen. Aber ich habe ihm mein ganzes Geld gegeben – damit ich Sie begleiten darf. Ich tue so, als würde ich seinen Befehl

ausführen. Und er tut so, als würde er es glauben. Dabei weiß er ganz genau …«
»Das hast du für uns getan?«, fragte Elisa.
»Sie haben mir doch auch das Leben gerettet!« Wieder drückte er sie an sich. »Ich kann gar nicht sagen, wie sehr ich mich freue. Aber jetzt kommen Sie«, drängte er dann. »Wir müssen uns beeilen. Bevor der Kizlar Aga es sich anders überlegt und uns die verfluchten Albaner auf den Hals hetzt.« Er wandte sich an Fatima. »Soll ich Ihnen Prinz Mesut abnehmen?«
Sie schüttelte den Kopf. »Nein, meinen Sohn trage ich selbst.«
Es dauerte nur ein paar Minuten, bis sie die Treppe hinabgestiegen waren, doch sie kamen Fatima vor wie eine Ewigkeit. Endlich mündeten die Stufen in einen Stollen, an dessen Ende eine Tür zu ahnen war.
»Hast du den Schlüssel?«, fragte Fatima.
Nadir holte ein Bund aus der Tasche. »Keine Angst, bald haben wir es geschafft!«
Sie hatten die Tür fast erreicht, da blieb Elisa plötzlich stehen und griff nach Fatimas Hand.
»Weißt du eigentlich, was wir gerade tun?« Ihre Stimme bebte vor Aufregung. »Wie verlassen den Harem! In einer Minute sind wir frei! Zum ersten Mal im Leben!«
Fatima nickte. Doch statt sich zu freuen, spürte sie einen riesigen Kloß im Hals. »Hast du gar keine Angst?«, flüsterte sie.
»Doch«, sagte Elisa. »Aber gleichzeitig kann ich es kaum erwarten. – Was ist?«, fragte sie Nadir, der leise vor sich hin fluchte.
»Warum machst du nicht endlich auf?«
»Ich kann nicht, der Schlüssel klemmt.«
»Dann probier einen anderen.«
Während Elisa die Fackel nahm und Nadir den nächsten Schlüssel versuchte, regte sich der Kleine auf Fatimas Arm. Im selben Moment fing er an zu schreien. Sie schmiegte ihre Wange an sein Gesicht, um ihn zu beruhigen.
»Jetzt hab noch ein bisschen Geduld. Gleich wird alles gut.«

Als würde er die Worte begreifen, hörte er auf zu weinen und blinzelte sie aus seinem schrumpligen Gesichtchen an. Fast schien es, als würde er lächeln. Das kleine Wunder in ihrem Arm erfüllte sie mit solchem Glück, dass die Angst, die sie eben noch empfunden hatte, vollkommen verflogen war.
Doch als sie von ihrem Kind aufsah, erschrak sie.
Elisas Augen waren vor Entsetzen geweitet, und Nadir zog ein Gesicht, als wäre ihm ein Teufel erschienen.
»Kein einziger Schlüssel passt«, sagte er. »Der Kizlar Aga hat das Schloss ausgewechselt.«
»Und – was heißt das?«
»Wir können nicht mehr raus. Wir … wir sind hier drinnen gefangen.«

20

Am nächsten Morgen wurde auf der Galata-Brücke die schwarze Flagge des Mahdi gehisst. Damit war der Glaubenskrieg erklärt. Von den Minaretten riefen die Muezzins zum Kampf, und in den Moscheen schürten die Geistlichen die seit langem schon glimmende Wut des Volkes gegen die Neuerer. Sie forderten die Anerkennung des Sultans als Kalifen der Rechtgläubigen und verfluchten die Reformen des Komitees, das den Namen Allahs und die Gebote des Korans missachtete, die alten Sitten und Gebräuche verriet und den Frauen so viele Freiheiten gab, dass einige es bereits wagten, sich unverschleiert in der Öffentlichkeit zu zeigen. Der Großwesir, kaum im Amt, trat zurück. Doch man brauchte Blut, um die lodernde Wut zu stillen. Glaubenskrieger mit weißen Turbanen brachen ins Parlament ein und töteten zwei Abgeordnete, und auf den Straßen fielen sie über armenische Händler her, um die Ungläubigen aus der Stadt zu vertreiben. Bald griff in den christlichen Quartieren panische Angst um sich, die Gefolgsleute des Sultans und Allahs könnten wie vor Jahren schon Waffen an die Kurden verteilen.

Gleichzeitig kursierten Gerüchte, wonach aus Mazedonien Truppen des Komitees anrückten, um Ruhe und Ordnung in der Hauptstadt wiederherzustellen. Angeblich war das Dritte Armeekorps bereits in Saloniki aufgebrochen und befand sich nun im Anmarsch auf Konstantinopel. Würden die jungen Offiziere es wirklich wagen, den rechtmäßigen Sultan und Kalifen abzusetzen? Die Nachricht von ihrem Nahen lähmte das Leben in der Stadt. Dreißigtausend Soldaten, die aus ihren Kasernen ausgebrochen waren, warteten auf einen Führer, doch niemand wusste mehr zu sagen, wer die Befehlsgewalt besaß und das Volk regierte. Die Einwohner verkrochen sich in ihren Häusern, die Geschäfte und Basare blieben geschlossen. Hinter herabgelassenen Gittern und Rollläden harrten sie in furchtsamer Ungewissheit der Dinge, die da kamen, und der deutsche Botschafter gab seinen Landsleuten, die in der Gesandtschaft Zuflucht suchten, den dringenden Rat, Konstantinopel so schnell wie möglich zu verlassen.

»Das ist mehr als ein Revolutiönchen oder Gegenrevolutiönchen. Das ist ein Staatsstreich.«

An einem Donnerstag betrat Dr. Felix Möbius zum letzten Mal den Yildiz-Palast, um von Abdülhamid Abschied zu nehmen. Seine Arbeit war seit Wochen schon beendet, und auch die Komplikationen, die nach der Impfung bei einigen Patienten aufgetreten waren in Gestalt von Fieber und Entzündungen, waren längst behandelt und geheilt, so dass seine Mission als ein überaus erfolgreiches Experiment gewertet werden durfte. Doch immer wieder war die Audienz zu seiner Verabschiedung verschoben worden, und sogar noch an diesem Morgen war wegen der politischen Lage unklar gewesen, ob er empfangen werden konnte. Felix legte keinen gesteigerten Wert auf das Wiedersehen mit Abdülhamid, vielleicht war sein nächtliches Abenteuer im Serail ja ruchbar geworden. Aber sollte er ohne Lohn für seine Arbeit nach Berlin zurückkehren? Nach so langer Zeit? Dafür würden seine Schwiegereltern schwerlich Verständnis haben. Wenn er bloß wüsste, wohin das verfluchte Feuerzeug verschwunden war. Seit Tagen hatte er es nicht mehr gesehen. Taifun erwartete ihn am Eingang des Palastes. Als der Oberst ihn durch die Korridore führte, spürte Felix ein irritierendes Kribbeln im Unterleib.

Irgendwo in dem Serail, in einem Teil, den zu betreten ihm verboten war, doch den er heimlich betreten hatte, lebte eine junge Frau mit seltsam grauen Augen, die ihn für einen Moment verzaubert hatte. Was tat sie wohl in diesem Augenblick? Hinter welcher Tür würde er sie finden, wenn alle Türen für ihn offen stünden? Im Geiste hörte er ihre Stimme, wie sie ihren Namen sagte: Elisa ...

»Würden Sie bitte die Arme heben, damit der Leutnant Sie überprüfen kann?«

Ein Offizier stand vor ihm, um mit der Leibesvisitation zu beginnen. Felix hatte ihn gar nicht bemerkt. Jetzt beeilte er sich, Taifuns Aufforderung nachzukommen. Während der Offizier seine Taschen nach Waffen abtastete, versuchte Felix, die Erinnerung an die fremde Frau genauso wie die Sorge um das verlorene Feuerzeug aus seinen Gedanken zu vertreiben. Wie hoch würde das Honorar wohl sein, das er gleich bekam? Das Abenteuer war vorbei – jetzt und für alle Zeit!

Wenige Minuten später stand er vor dem Sultan. Abdülhamid wirkte blass und geschwächt, als habe er seit Tagen weder gegessen noch geschlafen, doch empfing er Felix wie einen alten Freund. Ohne einen Dolmetscher in Anspruch zu nehmen, sprach er ihn auf Französisch an. Felix fiel ein Stein vom Herzen – offenbar hatte der Sultan nicht den geringsten Verdacht. Trotz seiner schlechten körperlichen Verfassung wirkte er beinahe heiter, während er Felix in charmanten und geistreichen Worten für seine Arbeit lobte, mit der es ihm gelungen sei, die Seuchengefahr im Palast zu bannen.

»Vor allem aber«, fügte er hinzu, »danken wir Ihnen für Ihren persönlichen Einsatz. Auch über Ihren eigentlichen Auftrag hinaus.«
Als Felix das falsche Lächeln sah, mit dem Abdülhamid die letzten Worte begleitete, fuhr ihm der Schreck in die Glieder. Dieser Mann durchschaute ihn bis in seine Eingeweide! Die ganze Freundlichkeit des Empfangs war eine einzige Komödie gewesen.
Was würde jetzt passieren? Felix beschloss, so zu tun, als würde er nicht begreifen. So harmlos wie möglich versuchte er die Konversation in Gang zu halten.
»Es war mir eine große Ehre, ewiger Majestät zu dienen«, sagte er mit einer Verbeugung. »Und es wird mir ein Vergnügen sein, in Berlin von meinem Aufenthalt in der Hauptstadt Ihres Reiches zu berichten. Kaiser Wilhelm wird begeistert sein, mit welcher Leidenschaft ewige Majestät die Wissenschaften fördern.«
»Das ist sehr liebenswürdig von Ihnen«, erwiderte Abdülhamid. »Vielleicht tragen Sie ja bei der Gelegenheit den Orden, den wir Ihnen verliehen haben. Was für ein Orden war es noch mal? Ach ja, der Orden der Keuschheit ... Aber bevor wir Sie in Ihre Heimat entlassen – haben Sie nicht etwas vergessen?« Er beugte sich vor und reichte Felix das Feuerzeug, das er ihm geschenkt hatte. »Wie schade, Dr. Möbius. Wir hatten uns solche Mühe bei der Auswahl gegeben.«
Felix spürte, wie ihm das Blut ins Gesicht schoss. Wie hatte er nur so naiv sein können! Während er das Feuerzeug in seine Tasche steckte, versuchte er einen Blick auf Taifun zu erhaschen, aber der wich ihm aus. Dafür fixierte ihn der fette Obereunuch mit seinen kleinen Schweinsaugen. Eine weiße, langhaarige Katze huschte über das Parkett und sprang auf ein Kissen neben dem Thron. Der Sultan kraulte ihr den Nacken, ohne die Augen von seinem Gast zu lassen.
Voller Angst wurde Felix plötzlich bewusst, wie weit der Bospo-

rus von Europa entfernt lag. Hier galt weder Recht noch Gesetz – hier galt allein die Willkür des Sultans.

Die Knie wurden ihm so weich, dass er Mühe hatte, sich aufrecht zu halten.

»Nun«, fragte Abdülhamid, »hat es Ihnen die Sprache verschlagen?«

Während Felix verzweifelt nach Worten suchte, griff Abdülhamid zu einer der Pistolen, die wie stets in seiner Reichweite lagen, und richtete die Mündung auf ihn. Felix griff nach der Lehne eines Stuhls. Der Kronleuchter an der Decke schien sich auf einmal im Kreise zu drehen, der Nippes auf den lackierten Tischchen und Kommoden zu tanzen, und sein Herz schlug so schnell, als wolle es ihm aus der Brust springen.

War die Stunde seines Todes gekommen? Hier, in diesem absurden Kirmespalast?

Er blickte in die Mündung der Pistole, eine endlose Sekunde lang. Doch Abdülhamid drückte nicht ab. Stattdessen gab er Taifun mit der Waffe ein Zeichen und sagte ein paar türkische Worte.

Der Oberst trat vor und händigte Felix ein Wildledersäckchen aus, das so leicht war, als wäre es mit Daunen gefüllt.

»Der Lohn für Ihre Arbeit«, erklärte der Sultan.

Dann verschwand das Lächeln aus seinem Gesicht, mit dem er sich an Felix' Angst geweidet hatte, und seine Augen blickten so traurig, als laste das ganze Unglück der Welt auf ihm.

»Wenn Sie ein Moslem wären«, sagte er mit müder Stimme, »wären Sie jetzt tot. Da Sie aber ein Ungläubiger sind, sind Sie unserer Bestrafung nicht würdig.«

Er wandte den Kopf zur Seite und steckte sich eine Zigarette an. Während er einen tiefen Zug nahm, entließ er Felix mit einer kleinen, kaum sichtbaren Handbewegung.

»Leben Sie wohl, mein falscher Freund.«

21

Die Fackel war längst erloschen, und in dem Stollen war es so dunkel, dass man kaum ein Gesicht erkennen konnte. Eine kleine Öffnung über der verschlossenen Eisentür war die einzige Quelle, durch die ein wenig Licht hereinfiel. Kein Geräusch war von draußen zu hören, es herrschte eine fast unwirkliche Stille. Nur der Säugling jammerte leise vor sich hin.
»Hat er schon wieder Hunger?«, fragte Elisa.
»Warum willst du das wissen?«, erwiderte Fatima. »Weil du selber Hunger hast? Meinst du, ich hätte keinen?«
»Ich hab ja nur gefragt. Mein Gott, bist du empfindlich!«
»Ich? Empfindlich! Dass ich nicht lache!«
Nadir rollte so heftig mit den Augen, dass Elisa das Weiße darin aufblitzen sah.
»Nicht schon wieder streiten. Bitte!«
»Halt du dich da raus!«, fuhr Fatima ihn an. Dann wandte sie sich wieder an Elisa. »Kann mein Kind vielleicht was dafür, dass wir hier hocken?«
»Natürlich nicht. Habe ich das behauptet?«
»Die ganze Zeit beschwerst du dich. Immer fragst du, warum er jammert. Dabei hat er doch nur Hunger. Hast du was gegen mein Kind?«
»Wenn du weiter solchen Unsinn redest, hör ich dir gar nicht mehr zu.«
»Mesut kann doch nichts dafür. Wenn jemand was dafür kann, dann du! Ich hätte das nie zugelassen. Alles ist deine Schuld!«
»Was sagst du da?« Elisa sprang von dem Mantel auf, den Nadir auf dem Boden für sie ausgebreitet hatte. »Bist du verrückt geworden?«
»Jetzt tu nur nicht so unschuldig. Es war schließlich deine Idee, den deutschen Arzt zu holen. Du hättest wissen müssen, was dann passiert.«

»Da bleibt mir ja die Luft weg. Das ... das habe ich doch nur für dich getan!«
»Wirklich?«, fragte Fatima. »Nur für mich? Nicht auch ein kleines bisschen für dich selbst?«
Sie hatte den Kopf in den Nacken geworfen und schaute herausfordernd in die Höhe. Elisa erwiderte ihren Blick. Tausend Antworten lagen ihr auf der Zunge, sie wusste gar nicht, welche sie Fatima als erste ins Gesicht schleudern sollte, um diese unglaubliche Behauptung zurückzuweisen.
Also schwieg sie.
»Siehst du?« Fatima nickte. »Ohne den deutschen Arzt wäre das alles nicht passiert. Wenn du ihn nicht in den Harem gelockt hättest, säßen wir nicht hier fest.«
»Vielleicht«, sagte Elisa. »Aber nur, wenn du dann noch am Leben wärst.«
»Ich wäre auch ohne den Deutschen gesund geworden. Mein Kismet hat mich gerettet.«
»Dass ich nicht lache! Gestorben wärst du ohne seine Hilfe!«
»Irgendwann hätte der Sultan mir einen Arzt geschickt. Er hätte nie zugelassen, dass ich sterbe.«
»Ja? Bist du dir da so sicher?«
Bevor Fatima antworten konnte, kehrte Elisa ihr den Rücken zu. Es war genauso wie früher. Schon als Kind hatte Fatima stets die Schuld bei anderen gesucht, wenn sie in Schwierigkeiten war. Plötzlich spürte Elisa, wie jemand nach ihrer Hand griff. Sie drehte sich um. Fatima lächelte sie an. Ihre Augen waren blank von Tränen.
»Es tut mir leid. Bitte verzeih mir. Ich glaube, ich werde langsam verrückt in diesem Loch.«
Elisa erwiderte den Druck ihrer Hand.
»Ich auch. Meinst du, ich würde mich sonst mit dir streiten?«
»Komm endlich her, damit ich dich umarmen kann.«
Elisa setzte sich wieder zu ihr und drückte sie an sich.
»Allah sei gepriesen«, seufzte Nadir.

»Ich habe solche Angst, dass wir hier nicht mehr rauskommen«, sagte Fatima. »Wenn ich mir vorstelle ...«

»Pssst«, machte Elisa. »Kümmere dich jetzt lieber um Mesut.«

Während Fatima ihre Brust frei machte, wandte Nadir sich ab. Obwohl er im Harem die schönsten Frauen des Osmanischen Reiches nackt gesehen hatte, schien ihn der Anblick hier unten zu genieren.

»Wenn ich nur wüsste«, sagte Fatima, »wie lange die Milch noch reicht.«

Voller Sorge schaute sie auf ihren Sohn, der gleichmäßig saugte und dabei seine kleine Hand auf ihre Brust legte, als wolle er nie wieder aufhören.

Plötzlich hörte Elisa Geräusche, ein fernes Klopfen oder Pochen. Was war das? Angestrengt lauschte sie in die Dunkelheit hinein.

Auch Nadir schien etwas gehört zu haben. »Haben Sie keine Angst«, sagte er. »Ich ... ich sehe mal nach.«

Während seine Schritte verhallten, fühlte Elisa sich so elend, dass ihr die Tränen kamen. Wenn wenigstens die Fackel noch brennen würde ... Seit zwei Tagen waren sie schon eingeschlossen – zwei Tage ohne zu essen oder zu trinken. Sie war so schwach, dass sie sich kaum noch auf den Beinen halten konnte, und ihr Mund war vom trockenen Speichel ganz verklebt. Immer wieder hatten sie Klopfzeichen gegeben und um Hilfe gerufen, aber keiner hatte ihnen geantwortet. Nadir meinte, dass die Tür zum Meer hinausführte, wo die Yacht des Sultans vor Anker lag. Auf die Frage, ob es dort Häuser gebe, hatte er den Kopf geschüttelt.

»Was meinst du«, fragte Fatima, »ob sie jetzt kommen, um uns zu holen?«

»Unsinn«, erwiderte Elisa, obwohl sie ganz und gar nicht sicher war. »Der Kizlar Aga würde sich ja selbst verraten. Warte, ich will es noch mal versuchen.«

Sie stand auf und klopfte gegen die Tür. Wie ein Echo hallte es aus dem Stollen zurück. Doch von draußen gab es wieder keine Antwort.

Fatima stieß einen Seufzer aus.

»Wenn wir keine Hilfe bekommen, müssen wir zurück. Oben im Park hören uns die Wächter sofort. Wir brauchen nur zu rufen.«

»Und dann?«, fragte Elisa. »Wir haben versucht, aus dem Harem zu fliehen.«

»Ich weiß«, sagte Fatima. »Aber was bleibt uns übrig? Ich kann mein Kind doch nicht verhungern lassen.«

Aus dem Stollen näherten sich Schritte. Mit angehaltenem Atem starrte Elisa in den Berg. Die Schritte verlangsamten sich. Sie streifte ihre Gebetskette vom Handgelenk und ließ die Perlen durch die Finger gleiten.

Wie ein Schatten der Unterwelt trat Nadir aus der Finsternis hervor.

»Gott sei Dank«, flüsterte Elisa.

»Haben Sie irgendetwas Wertvolles dabei?«, fragte der Eunuch. »Geld? Oder Schmuck?«

22

In den Morgenstunden des 23. April passierten die anrückenden mazedonischen Truppen auf ihrem Weg in die Hauptstadt am oberen Ende des Goldenen Horns die Quellen von Kiathane. Die Nachricht erreichte den Sultan, als er sich gerade für das Freitagsgebet ankleidete. Doch seltsam, während er sonst vor dem Moscheebesuch oft von solchen Ängsten erfasst wurde, dass er Stärkungsmittel brauchte, um die fünf Minuten dauernde Fahrt in der offenen Kutsche durchzustehen, war er heute von einer fast übermenschlichen Ruhe beseelt. Sie stammte aus dem Wissen um höhere Kräfte. Seit über dreißig Jahren trank er nur

Wasser aus den Quellen von Kiathane. In versiegelten Flaschen wurde es für ihn abgefüllt und erst in seiner Gegenwart geöffnet, weil eine Zigeunerin bei seiner Thronbesteigung ihm geweissagt hatte, seine Herrschaft würde erst enden, wenn er aufhöre, von diesem Wasser zu trinken.

Würde sich nun ihre Prophezeiung erfüllen?

In sein Schicksal ergeben, verließ Abdülhamid den Palast. Noch einmal sah das Volk von Konstantinopel seine kleine, zusammengekauerte Gestalt im offenen Wagen vorüberfahren, noch einmal jubelte man ihm zu, noch einmal ertönte der Ruf seiner Soldaten: »*Padişahim çok yaşa!* – Lang lebe der Padischah!« Doch als er beim Betreten der Moschee zur Seite blickte, um das diplomatische Korps zu grüßen, stellte er fest, dass die ausländischen Gesandten fehlten, zum ersten Mal in all den Jahren seiner Herrschaft.

Zwei Tage später empfing der Scheich-ul-Islam, der höchste Glaubenshüter der muslimischen Welt, eine Abordnung von Offizieren, die inzwischen mit ihren Truppen aus Saloniki in der Hauptstadt eingetroffen waren. Ihr Anführer Enver Pascha, ein blutjunger, kaum dreißig Jahre alter General mit schneidigem Zwirbelbart und blitzenden Augen, legte dem Scheich eine Frage vor, die über die Zukunft des Reiches entscheiden sollte.

»Wenn der Herrscher der Gläubigen sich öffentliche Gelder aneignet; wenn er seine Untertanen ungerechterweise töten, ins Gefängnis werfen oder in die Verbannung schicken lässt; wenn er das Gelöbnis ablegt, sich zu bessern und dann eidbrüchig wird; wenn er unter dem eigenen Volk Bürgerkrieg und Blutvergießen auslöst; und wenn ferner bewiesen ist, dass das Land durch seine Entfernung wieder zur Ruhe kommen wird; und wenn diejenigen, die die Macht in Händen halten, der Ansicht sind, dass dieser Herrscher abdanken oder abgesetzt werden sollte – ist es dann rechtens, einen dieser beiden Wege zu beschreiten?«

Eine lange Weile dachte der Scheich-ul-Islam nach, ohne sich in

seinem weißgoldenen Gewand zu regen. Dann hob er seinen Kopf mit dem großen gelben Turban, schaute abwechselnd in die entschlossenen Gesichter der Offiziere und auf den Koran in seiner Hand, tat einen tiefen Seufzer und sagte:
»Ja, es ist rechtens.«

23

Unterdessen packte Dr. Felix Möbius im Pera Palace seine Koffer. Oberst Taifun hatte ihm versprochen, ihn vor der Abreise noch einmal aufzusuchen, doch er war nicht mehr im Hotel erschienen. Wahrscheinlich hatte er in den Wirrnissen dieser Tage zu viel um die Ohren, um sein Versprechen einzulösen. Nun, diesen Verlust konnte Felix verschmerzen. In ein paar Tagen würde er wieder in Berlin sein, das war das Einzige, was zählte. Doch in seine Erleichterung, den Gefahren in diesem befremdlichen Teil der Welt mit heiler Haut entronnen zu sein, mischte sich trotz allem ein leises Bedauern. Noch immer klangen die Erinnerungen an die Nacht im Harem in ihm nach, wie Erinnerungen aus Tausendundeiner Nacht. Nie würde er das Gesicht dieser Frau vergessen, die sich so stolz und selbstbewusst vor ihm entblößt hatte ... Ob seine Braut ihn jemals so sehr erregen würde wie diese geheimnisvolle Fremde? Carla war eine Frau von ebenmäßiger Schönheit und so auffallender Eleganz, dass jeder Gardeoffizier ihn um sie beneidete. Doch leider war sie auch so fabelhaft vernünftig, dass er sich in ihrer Nähe nicht viel anders fühlte als in seinem Labor.
Er blickte auf die Uhr. In zehn Minuten würde der Botschafter kommen, um ihn mit seinem Wagen zum Bahnhof zu bringen. Felix griff in seine Jackentasche, er wollte sich noch eine letzte Zigarette anzünden. Aber anstelle des silbernen Etuis, das Carla ihm zur Verlobung geschenkt hatte, fand er nur das leere Säck-

chen, das der Sultan ihm hatte aushändigen lassen. Was für eine zynische Verhöhnung seiner Arbeit – kein Wunder, dass er es vergessen hatte!
Er entschied, es im Hotel zurückzulassen, damit er sich zu Hause nicht darüber ärgern musste. Doch als er es auf den Tisch legte, hörte er ein leises Klickern, wie von Murmeln, mit denen er als Kind gespielt hatte. Irritiert tastete er nach dem Inhalt. Sollte doch etwas darin sein?
Als er das Säckchen leerte, funkelte ein Dutzend Edelsteine in seiner Hand, in allen Farben des Regenbogens. Jeder Stein war so groß wie ein Kirschkern. Ungläubig starrte Felix sie an. Ob die wirklich echt waren? Wenn ja, dann war das ein Vermögen! Das schlechte Gewissen packte ihn. In einer Aufwallung von Reue beschloss er, den größten Diamanten Carla zur Hochzeit zu schenken. Die übrigen Steine würden immer noch ausreichen, um von dem Erlös ein Haus zu bauen.
Nachdem er den Entschluss gefasst hatte, fühlte Felix sich wie von einer schweren Schuld befreit. Mein Gott – wie hatte er nur so verrückt sein können, für ein kleines erotisches Abenteuer sein Leben und seine Zukunft zu riskieren?
»Zum Bahnhof!«
Eine Viertelstunde später saß er im Wagen. Der Kutscher war allerdings allein gekommen, der Botschafter ließ sich entschuldigen. Im raschen Trab rollten sie den Hügel hinunter zum Bosporus. Was für ein anderes Bild bot die Stadt ihm nun im Vergleich zu dem, das sie ihm bei seiner Ankunft geboten hatte. Ganz Konstantinopel war in Aufruhr. Soldaten eilten im Laufschritt durch die Straßen, überall knallten Schüsse, und dieselben Menschen, die sich damals freudetrunken in den Armen gelegen hatten, als wollten sich alle Völkerschaften des Osmanischen Reiches für immer verbrüdern, hatten sich hinter Barrikaden verschanzt und warfen voller Wut und Hass mit Steinen aufeinander.
»So was erlebt man auch hier nicht alle Tage«, rief der Kutscher

über die Schulter. »Da haben Sie zu Hause ja richtig was zu erzählen.«

»Darauf kann ich gerne verzichten!«

»Sagen Sie das nicht! In ein paar Jahren sind Sie stolz, dabei gewesen zu sein! Der Sturz eines Sultans! Es heißt, sie rücken schon auf Yildiz vor!«

Als die Kutsche über die Galata-Brücke rollte, stockte Felix der Atem. Unter den Schreien einer fanatischen Menschenmenge knüpften Soldaten an einem Laternenpfahl einen Neger auf, der aussah wie ein Fesselballon.

»Ist das nicht der Kizlar Aga?«, fragte Felix. »Der Obereunuch des Sultans?«

»Allerdings«, bestätigte der Kutscher. »Man hat ihn bei dem Versuch erwischt, sich ins Ausland abzusetzen.«

»Das ist ja entsetzlich! Bitte beeilen Sie sich!«

Der Kutscher knallte mit der Peitsche, und im Galopp jagten die Pferde zum Bahnhof. Der Vorplatz war schwarz von Menschen. Wie eine riesige Woge drängten sie auf den viel zu engen Eingang der Halle zu, alle von demselben Bedürfnis getrieben wie Felix. »Dann gute Heimreise, Herr Doktor«, sagte der Kutscher zum Abschied.

Felix stieg aus dem Wagen. Zum Glück fand er gleich einen Gepäckträger, der seine Koffer zum Zug brachte. Die Bahnhofshalle war das reinste Babylon. Engländer und Franzosen, Deutsche und Italiener schrien so laut durcheinander, dass man sein eigenes Wort nicht verstand. Dazwischen versuchten türkische Familien mit riesigem Gefolge noch leere Coupés zu besetzen. Ohne den Gepäckträger aus dem Auge zu lassen, überprüfte Felix sein Billett. Gott sei Dank, dass er rechtzeitig reserviert hatte.

Der Orient-Express wartete zur Abfahrt bereit auf Gleis eins. Die Lokomotive stand schon unter Dampf. Felix eilte den Bahnsteig entlang und suchte sein Abteil.

»*S'il-vous-plaît, monsieur!*«

Ein Schaffner öffnete den Wagenschlag. Felix sprang gerade auf das Trittbrett, da klopfte ihm jemand auf die Schulter.
»Oberst Taifun!«, rief er. »Was für eine Überraschung! Dass Sie sich hierherbemüht haben! In dem Tohuwabohu! Wie nett! Aber das wäre wirklich nicht nötig gewesen.«
»Ich fürchte doch«, erwiderte Taifun mit einem Lächeln. Dann zückte er seine Pistole und richtete sie auf Felix.
»Dr. Möbius, Sie sind verhaftet!«

24

In der Ferne donnerten Artilleriegeschütze.
»Was ist das?«, fragte Abdülhamid.
»Ewiger Majestät treue Soldaten schlagen die Rebellen nieder«, antwortete ein Eunuch.
»Sehr gut! Wo ist der Kizlar Aga? Wir wollen unsere vierte Kadin sehen.«
»Der Kizlar Aga weilt in der Stadt. Befehlen ewige Majestät, dass ich die vierte Kadin hole?«
Die Straßenhunde von Stambul heulten in der Nacht, als die albanischen Wächter des Herrscherpalasts ihre Posten verließen, um zu den Aufständischen überzulaufen. Wenig später verhallten die Schüsse und das Donnern der Kanonen. Die Garnison von Yildiz hatte sich ergeben, und von der Stadt war nur noch das schwache Echo von Soldatengesängen zu hören. Wie ausgestorben lag der Serail da, von den fünftausend Bewohnern waren höchstens ein paar hundert zurück geblieben. Sogar die kaiserliche Yacht, die so viele Jahre stets auslaufbereit am Ufer des Bosporus gelegen hatte, war von ihrem Ankerplatz verschwunden.
Zusammen mit seiner vierten Kadin nahm der Sultan das Nachtmahl ein. Die Köche und Küchenjungen waren geflohen, die

Herdfeuer erloschen, so dass sie sich mit kalten Speisen begnügen mussten. Schweigend stocherten sie auf ihren Tellern herum, im dämmrigen Schein von Gaslampen. Der Strom war ausgefallen, und die prächtigen Kronleuchter blinkten nutzlos in den verlassenen Gemächern. Um sich aufzuheitern, verlangte der Sultan nach Licht und Musik. Kerzen wurden angezündet, und die wenigen Musiker, die von der Hofkapelle noch im Palast zu finden waren, spielten die Lieblingsstücke des Herrschers, während seine Katzen durch den Raum huschten oder mit krummem Buckel und gesträubten Haaren in die Schatten starrten.

Beim ersten falschen Ton setzte Abdülhamid sich selbst ans Klavier, um gleich darauf seiner vierten Kadin zu befehlen, ihm aus einem Roman von Sherlock Holmes vorzulesen. Doch war ihm nach Detektivgeschichten so wenig zumute wie nach Musik. Ruhelos, eine Zigarette nach der anderen rauchend, wanderte er durch seinen Palast, von Haus zu Haus, von Gemach zu Gemach, durch das Labyrinth der Flure und Gänge, die er aus Furcht vor Attentätern so oft hatte umbauen lassen, dass er sich selber in ihnen verirrte, verfolgt von den Gespenstern der Vergangenheit und der Angst vor der Zukunft. Die Räume seines Serails waren mit ebenso unnützen Dingen vollgestopft wie die Kammern seiner Erinnerung. Aus allen Ecken sprang ihm ihre prachtvolle Sinnlosigkeit entgegen. Ja, er war von Luxus umgeben wie kaum ein anderer Mensch auf Erden. Aber was nützten ihm all die Schätze in den goldenen Truhen, all die Rubine und Smaragde, die Diamanten und Edelsteine, wenn er sich damit weder die Liebe der Menschen noch die Treue seines Volkes hatte erkaufen können?

Die Gespenster seines Scheiterns gaben den Schatten in den dämmrigen Räumen Gestalt und schwebten über dem vom Mond beschienenen Rasen. Es war darum fast eine Erlösung, als am Morgen die Korridore, in denen früher kaum das Rascheln seidener Gewänder zu hören gewesen war, von lauten Stiefelschritten widerhallten, um die Spukgestalten zu vertreiben. Eine Abordnung von Parlamentariern, bestehend aus einem Griechen, einem Juden, einem Albaner und einem Armenier, war in den Palast gekommen, um dem Sultan einen Beschluss zu überbringen.

Eher unbehaglich als siegesgewiss nahmen die Abgeordneten im Tschitschli-Kiosk Platz, einem großen, gold und weiß gestrichenen Empfangssaal, der einen geheimen Zugang zum Harem besaß. Unter den Augen verängstigter Eunuchen warteten sie auf das Erscheinen des Mannes, der dreiunddreißig Jahre lang das Osmanische Reich regiert hatte, während sie in den zahllosen Spiegeln ringsum an den Wänden in ihre eigenen Gesichter sahen. Lange Minuten ließ der Sultan verstreichen – sie warten zu lassen, war das letzte Privileg, das Abdülhamid noch genoss. Doch auch ohne dass er sich blicken ließ, war der Raum erfüllt von seiner Gegenwart. Auf einem Tisch stand eine Flasche mit seiner Arznei. Hinter einem Ofen lugten seine Pantoffeln hervor. In einer Ecke lag ein Haufen zerknüllter Spitzelberichte. Die Tabatieren auf den Tischen waren von seiner Hand geöffnet, und auf dem Parkettboden waren überall seine ausgetretenen Zigaretten verstreut. Wer weiß, vielleicht verbarg er sich gerade hinter einem der Spiegel und beobachtete sie ...
Keiner der Abgeordneten sprach ein Wort. Nur ein Papagei krächzte hin und wieder das Lob des Padischahs, und eine Kuckucksuhr ließ ihr eintöniges Ticken vernehmen, während die Minuten sich zu Stunden dehnten.
Da öffnete sich die Tür, und Abdülhamid trat herein. Über den Schultern trug er einen Militärmantel, in dem seine kleine, magere Gestalt fast verschwand. Für einen Moment hing der Verdacht im Raum, dass dies gar nicht der Sultan war, sondern Izzet Pascha, sein Pflegebruder, der schon so oft seine Kleider getragen hatte, um ihn zu vertreten.
»Was wünschen Sie?«, fragte er, misstrauisch in die Runde blickend.

General Esat, der Anführer der Abgeordneten, hatte den Sultan schon einmal gesprochen und erkannte die Stimme wieder. Entschlossen trat er vor und erklärte mit soldatischer Knappheit:
»Das Volk hat Sie abgesetzt, Herr, in Übereinstimmung mit dem Scheich-ul-Islam. Die Nationalversammlung übernimmt die Verantwortung für Ihre persönliche Sicherheit und die Ihrer Familie.«
Der Sultan schwieg, als hätte er die Worte gar nicht gehört, und eine lange Weile herrschte völlige Stille im Raum, die nur vom Ticken der Kuckucksuhr und dem Krächzen des Papageis durchbrochen wurde. Dann zog Abdülhamid den Mantel fester um die Schultern, und unter Wahrung aller Würde, die ihm noch verblieben war, erwiderte er:
»Das ist Kismet. Allah strafe die an diesem Unheil Schuldigen.«
»Allah ist gerecht«, entgegnete der General. »Er wird die Schuldigen strafen.«
Die Abgeordneten verbeugten sich, um sich zu verabschieden. Da vollzog sich im Gesicht des Sultans eine dramatische Wandlung. Die Züge entglitten ihm, seine starre Würde zerfiel, und der Mann, der eben noch »der Schatten Gottes« gewesen war, der Sultan der Sultane, der Nachfolger des Propheten Mohammed, war nur noch ein ängstlicher, erbarmungswürdiger Mensch.
»Verschonen Sie mein Leben«, flehte er mit weinerlicher Stimme. »Ich bin unschuldig, ich habe nichts Böses getan. Die Geschichte wird zeigen, dass ich nur das Wohl meines Landes im Sinn hatte. Bitte schwören Sie mir, dass Sie mich nicht töten werden.«
Peinlich berührt, blickten die Abgeordneten zu Boden.
»Sie haben nichts zu befürchten, Herr«, erklärte der General. Auf dem Absatz machte er kehrt, und mit seinen Begleitern verließ er den Saal.

25

Ein Schlüssel drehte sich im Schloss. Fatima barg schützend die Arme um ihr Kind.
»Wer kann das sein?«, flüsterte Elisa. »Murat?«
Nadir schüttelte den Kopf. »Ich glaube nicht. Der gibt vorher immer Klopfzeichen.«
Mit aufgerissenen Augen starrten sie auf die Tür. Die Fenster in dem Pavillon waren verdunkelt, nur schwacher Mondschein drang durch die Vorhänge herein. Trotzdem glaubte Elisa zu erkennen, dass der Türgriff sich bewegte. Auf Zehenspitzen verließ sie ihren Platz an Fatimas Seite.
»Gott sei Dank, du bist es!«, stieß sie erleichtert aus, als die Tür aufging.
»Wer sonst?«, fragte der Zwerg und schlüpfte herein. »Der Sultan? Da könnt ihr lange warten.«
»Pssst«, machte Nadir. »Nicht so laut! Und mach die Tür zu!«
»Wozu?« Murat lachte, meckernd wie ein Greis und so laut, dass es im ganzen Garten zu hören sein musste. »Es ist vorbei! Schluss! Aus! Ende der Pracht und Herrlichkeit!«
»Bist du verrückt geworden?«, zischte Fatima.
Doch der Zwerg hörte gar nicht mehr auf zu lachen.
Elisa schloss die Tür. Was war plötzlich in Murat gefahren? Seit er sie mit seinem ersten Klopfzeichen erlöst hatte, kam er täglich an die Tür des Pavillons, um sie mit allem Nötigen zu versorgen. Doch aus Angst, man könnte sie entdecken, hatte er die Tür nie weiter geöffnet, als es nötig war, um ein paar Lebensmittel durch den Spalt zu reichen. Ein paar Lebensmittel und vor allem seine Bezahlung. Zum Glück hatte Fatima noch ein paar Münzen gehabt.
»Was ist vorbei?«, fragte Elisa.
»Erst die Bezahlung, dann die Ware.«
»Wir haben nur noch unsere Perlenkränze.«

»Die zum Beten?« Voller Verachtung winkte der Zwerg ab. »Die sind nichts wert. Aber wie wäre es damit?«, fragte er und zeigte auf Fatimas goldene Kette.

»Das ist zu viel«, sagte Elisa.

»Ganz wie ihr meint.« Murat wandte sich zur Tür. »Wenn ihr hier verrecken wollt.«

»Halt!« Fatima löste den Schmuck von ihrem Hals. »Was ist passiert?«

Er wartete, dass sie ihm die Kette gab. Während er sie in der Tasche verschwinden ließ, legte sich sein Zwergengesicht in tausend grinsende Falten.

»Es gibt keinen Sultan mehr! Abdülhamid muss fliehen!«, erklärte der Zwerg. »Na, worauf wartet ihr noch? Ihr habt nichts mehr zu befürchten! Beeilt euch, wenn ihr das Spektakel sehen wollt.«

Dann verschwand er hinaus in den dunklen Garten.

»Glaubst du, dass er die Wahrheit sagt?«, fragte Fatima.

»Ich ... ich«, stotterte Nadir, »ich trau ihm nicht über den Weg.«

Elisa überlegte einen Moment. »Wartet hier«, sagte sie. »Ich schaue nach.«

Vorsichtig spähte sie hinaus. Im Garten war es so still wie im Gebetshaus. Nichts rührte sich, keine Menschenseele. Sie hielt sich im Schatten eines Kiosks, als sie den Kiesweg betrat, der den Pavillon mit dem Hauptgebäude verband. Der ganze Park war verwaist. Wo waren die albanischen Wächter?

Hinter einem Baum blieb sie stehen und schaute sich um. Doch nirgendwo war ein Wächter zu sehen. Sie wollte gerade weitergehen, da sah sie plötzlich etwas, was sie noch nie gesehen hatte. Die Pforten in den Haremsmauern, vor denen sonst immer Soldaten patrouillierten, waren unbewacht und standen speerangelweit offen.

Es war ein Gefühl, als hätte sie jemand aus tiefstem Schlaf geweckt. Sie brauchte nur durch eines der Tore zu gehen, und sie war frei! Nur ein paar Schritte, und sie würde Antwort bekommen auf all die Fragen, die sie einst der Giraffe gestellt hatte: Was für Menschen auf der anderen Seite der Mauer lebten … Ob die Frauen genauso schöne Kleider trugen wie sie … Ob sie lachten oder weinten …

Das nächste Tor war höchstens einen Steinwurf entfernt. Wie magisch fühlte sie sich von dem Anblick angezogen, aber sie rührte sich nicht vom Fleck. Nein, sie durfte jetzt nicht fliehen, noch nicht. Fatima brauchte ihre Hilfe, Fatima und ihr Kind.

Schweren Herzens wandte sie sich ab, machte nicht mal einen Schritt in die Richtung des Tors, um nicht in Versuchung zu geraten. Sie hatte so lange auf die Freiheit gewartet, jetzt kam es auf ein paar Stunden auch nicht mehr an.

Eilig überquerte sie den Rasen. Die Tür des Hauptgebäudes war nur angelehnt. Durch den Spalt drangen Licht und Geräusche nach draußen. Sie fasste sich ein Herz und ging hinein.

Drinnen herrschte ein so aufgeregtes Gedränge, dass niemand Notiz von ihr nahm. Alles war in Auflösung. Auf den Fluren und Gängen rannten Eunuchen sinnlos durcheinander, Kadins und Ikbals hasteten verängstigt hinter ihnen her. Ein paar ältere Odalisken standen abseits und starrten schweigend ins Leere, andere hatten die Hände zum Himmel erhoben und stießen laute Klagelaute aus. Fast alle hatten verweinte Gesichter. Wie Kinder, die von ihrem Vater verlassen worden waren.

Durch das Gewühl bahnte die Büyük Kalfa sich einen Weg, eine riesige Krähe im schwarzen Gewand. Ihr auf dem Fuß folgte Saliha, die vierte Kadin. An der einen Hand hielt sie ihren Sohn, in der anderen trug sie einen Koffer. Elisa duckte sich hinter einen Mauervorsprung, aber für eine Sekunde hatte sie das Gefühl, dass ihre Blicke sich trafen.

Sie wartete, bis Saliha und die Büyük Kalfa in einem Korridor verschwunden waren. Dann griff sie nach dem Arm einer vorübereilenden Sklavin.

»Was ist hier los? Warum seid ihr nicht in euren Zimmern?«

»Ja, wissen Sie das nicht?«, schluchzte das Mädchen. »Unser Gebieter verlässt uns! Er muss in die Verbannung!«
Elisa nickte. Dann stimmte es also wirklich.
Die Frauen waren alle mit einer einzigen Frage beschäftigt: Wen würde der Sultan mit ins Exil nehmen? Fest standen nur die Kadins, seine Ehefrauen. Doch wer durfte sich sonst noch Hoffnungen machen? In einer Nische knieten zwei junge Odalisken auf ihren Gebetsteppichen und flehten zu Allah, dass sie mit zu den Auserwählten gehörten.
»Ist der Sultan noch im Palast?«, fragte Elisa die Sklavin.
»Ich glaube ja. Es heißt, er würde die Offiziere im Tschitschli-Kiosk empfangen. Darf ich jetzt gehen?«
Während sie davoneilte, kam Elisa eine Idee. An den Kiosk grenzte ein Raum, von dem aus Abdülhamid seine Audienzgäste beobachtet hatte, bevor er den Empfangssaal betrat. Elisa hatte ihm dabei einige Male Gesellschaft geleistet.
Sie huschte durch eine Tapetentür. Über eine Wendeltreppe gelangte sie in den geheimen, unterirdischen Gang, der zu dem Raum führte.
Ein paar Minuten später sah sie den Sultan, durch einen Spiegelspion. Daneben hing das Ende eines Hörrohrs an der Wand. Elisa nahm die Muschel von der Halterung und lauschte.
Abdülhamids Stimme war kaum zu verstehen, sie war so leise und brüchig wie die eines alten Mannes. Noch erbärmlicher war sein Anblick. Seine Lippen bewegten sich kaum, und sein Gesicht hatte die Farbe von Asche. Der Fez auf seinem Kopf schien viel zu groß, und die Kleider schlotterten um seinen Körper. Ihm gegenüber standen ein paar Offiziere, groß und machtvoll in ihren Uniformen, während er mit zitternden Händen von einem Blatt Papier seine Weisungen verlas.
»Außer unseren Kadins sollen uns vier Favoritinnen begleiten, ferner zwei Prinzen und vier Eunuchen sowie vierzehn Diener. Sie sollen nur das Nötigste mitnehmen. Das restliche Gepäck kann nachgeschickt werden.«

»Wir werden allen Ihren Wünschen entsprechen«, erwiderte ein General. »Vorausgesetzt, dass Sie sich unseren Anordnungen fügen.«

Wie ein hilfloser Greis stand der Sultan da und starrte auf seine Hände, die sich fortwährend öffneten und schlossen, als würden sie ihren eigenen Gesetzen gehorchen. Elisa konnte es kaum glauben. War das der Mann, der ihren Tod befohlen hatte?

Die Sultan Valide betrat den Saal. Auf ihren Stock gestützt, erklärte sie, dass sie zu alt und krank sei, um die Reise mit dem Sultan anzutreten. Abdülhamid schien sie weder zu hören noch zu sehen. Nicht mal, als sie seine Wange streichelte, erwiderte er ihren Blick.

»Du hast alle Gesetze gebrochen«, sagte sie. »Allah sei mit dir, mein Sohn.«

Mit einem Seufzer entfernte sie sich. Sie hatte den Raum noch nicht verlassen, da drängten Dutzende von Odalisken herein. Laut schluchzend warfen sie sich vor dem Sultan zu Boden, zerrten an seinem Mantel und küssten seine Stiefel.

Elisa wollte sich abwenden, da sah sie eine Frau mit einem Säugling auf dem Arm.

»Um Gottes willen – nein!«

Sie ließ den Hörer fallen und stürzte in den Saal. Fatima kniete vor dem Sultan und hielt ihm ihr Kind entgegen.

»Das ist Ihr Sohn, Majestät! Sie müssen uns mitnehmen!«

Mit weißem Gesicht, kaum fähig, sich aufrecht zu halten, starrte er sie an.

Draußen wurde Hufgetrappel laut, und eine Kutsche rasselte in den Hof.

»Wir kennen Sie nicht«, sagte er. »Wir haben Sie noch nie gesehen.«

»Sie dürfen uns nicht verlassen! Wie sollen wir leben ohne Sie?«

Ein Offizier eilte im Laufschritt herein. Er drängte Fatima beiseite und salutierte.

»Ihr Wagen ist bereit!«
Abdülhamid sah ihn an wie ein Gespenst.
»Und wer kümmert sich um unsere Katzen?«, fragte er.
Elisa griff nach Fatimas Arm. »Komm«, sagte sie. »Ich bringe dich hinaus.«
Fatima rührte sich nicht vom Fleck. Ihr Kind auf dem Arm, sah sie zu, wie die Soldaten ihre Gewehre präsentierten und Abdülhamid den militärischen Gruß erwiderte. Nur mit einem Nicken verabschiedete er sich von den Eunuchen, die zum letzten Mal den Saum seines Mantels küssten.
Dann verließ er den Audienzsaal, ohne Fatima noch einmal anzuschauen.
»*Padişahim çok yaşa!*«, krächzte ein Papagei. »Lang lebe der Padischah!«

26

Das Rasseln der Kutsche und das Hufgetrappel der Pferde waren verklungen, schwarzes Schweigen schlug wieder über den Wäldern von Yildiz zusammen. Vor einer Stunde hatte der Sultan seinen Palast in Begleitung einer berittenen Eskorte verlassen, um zum ersten und einzigen Mal seinen Pullmann-Waggon zu besteigen, der ihn zusammen mit dem Rest seines Hofstaats ins Exil bringen sollte, als Elisa noch einmal den Haremsgarten betrat.
Sie hatte Fatima und ihr Kind in Nadirs Obhut zurückgelassen. Sie hatten beschlossen, die Nacht im Schlafsaal der Arbeitssklavinnen zu verbringen. Dort waren sie am sichersten, was immer noch geschehen mochte. Ihr Kind im Arm, war Fatima eingeschlafen, und Nadir döste an ihrem Bett, erschöpft von den Anstrengungen der letzten Tage. Nur Elisa hatte keinen Schlaf finden können.

Sie suchte ihren alten Lieblingsort auf, die Menagerie. In tiefen Schatten lag das Gehege da, beschienen vom sanften Licht des Mondes, der rund und schön am Himmel stand, unberührt von den Ereignissen auf Erden, als würde das Geschlecht der Osmanen das Reich noch immer regieren, wie all die Jahrzehnte und Jahrhunderte zuvor. Ab und zu ertönte vom Bosporus ein dunkles Tuten. Dampfschiffe fuhren auf das schwarze Meer hinaus, in ferne unbekannte Länder.

Elisa atmete die süße Nachtluft ein. Sie hatte von diesen fernen Ländern erfahren, aus den Büchern, die sie dem Sultan vorgelesen hatte, hatte sogar manche der Sprachen gelernt, die die Menschen dort sprachen.

Doch wozu? Vor den Toren, die den Harem mit der Außenwelt verbanden, patrouillierten wieder Soldaten. Elisa hatte die Männer noch nie gesehen, sie trugen fremde Uniformen und standen unter fremdem Kommando. Im Schlafsaal ging das Gerücht, die Wachen seien aufgezogen, weil Izzet Pascha, der Bruder des Sultans, mit Kisten voller Gold und Edelsteinen geflohen sei und Dutzende Eunuchen seinem Beispiel gefolgt waren. Elisa zweifelte nicht daran. Irgendjemand hatte auch Fatimas Schmuck gestohlen und sich damit aus dem Staub gemacht. Jetzt hatten die neuen Machthaber die alte Ordnung wiederhergestellt, und die Tore waren verschlossen.

Mit einem Seufzer blickte Elisa über das Meer. Warum war sie nicht geflohen? Für ein paar Stunden hatten die Tore offen gestanden. Ob es wohl je wieder eine solche Gelegenheit gab, in die Freiheit zu gelangen?

Ein Schatten glitt über sie hinweg. Sie drehte sich um. Die Giraffe hatte ein Maul voll Heu genommen und hob mit malmenden Kiefern ihren kleinen gefleckten Kopf, um über die Mauer zu schauen, in eine Welt, die Elisa nur aus Büchern kannte.

Plötzlich wünschte sie sich, die Flöte würde spielen, jene alte, vertraute Melodie, die sie so viele Jahre nicht mehr hatte hören

wollen – wünschte es sich mit solcher Macht, dass es fast schmerzte.
Doch die Flöte schwieg.

27

Hoch über der Menagerie, in einer Zelle des Gefängnisturms von Yildiz, wartete Dr. Felix Möbius, erfüllt von einsamer Todesangst, auf den Anbruch des neuen Tages.
Was hatte er verbrochen? Noch am Bahnhof hatte Oberst Taifun ihm die Anklage vorgelesen: Er habe versucht, Staatseigentum außer Landes zu schaffen – die Diamanten, die Taifun ihm im Namen des Sultans selber ausgehändigt hatte als Honorar für seine Arbeit. Statt einer Antwort auf seinen Protest hatte der Oberst Felix an einen jungen Leutnant namens Mehmet und zwei Soldaten übergeben, damit sie ihn nach Yildiz brachten. Dort hatten ihm die neuen Machthaber nicht nur sein ganzes Bargeld und seine Reiseschecks abgenommen, sondern auch seinen Pass und die Tickets für die Heimfahrt nach Deutschland.
Er war ihnen vollkommen ausgeliefert, auf Gedeih und Verderb.
Felix wollte sich eine Zigarette anzünden, doch sie hatten ihm nicht mal das Feuerzeug gelassen. Er zerknüllte die Zigarettenpackung und trat an das Fenster seiner Zelle. Durch die Gitterstäbe sah er in der Ferne die Lichter des Hafens. Von welchem Hochmut war er bei seiner Ankunft hier beseelt gewesen! Er hatte sich wie ein Eroberer gefühlt, der neues Land betrat. Ruhm und Reichtum hatte er sich von seiner Mission versprochen, und ein Abenteuer im Harem des Sultans … Die Erklärungen des Botschafters hatten ihn nicht interessiert – was ging ihn die politische Lage der Türkei an? Seine einzige Sorge hatte der Frage gegolten, ob es in der Hauptstadt des Osmanischen Reiches

wohl europäische Sitzklos gab, damit er nicht im Stehen pinkeln musste.

Bitter lachte er auf. Inzwischen wusste er die Antwort. Ja, er hatte mehrere Sitzklos in Konstantinopel vorgefunden, nicht nur in der deutschen Botschaft, sondern auch im Hotel sowie im Palast des Sultans.

Was für eine Erkenntnis, um aus dem Leben zu scheiden …

In seiner Verzweiflung tat Dr. Felix Möbius, was er schon viele Jahre nicht mehr getan hatte. Er faltete seine Hände und betete zu Gott.

Drittes Buch
Taifun Pascha
1909

1

Heulen und Zähneknirschen stiegen zum Himmel auf, der sich grau wie ein Leichentuch über den Bosporus spannte. Eine Prozession, wie Konstantinopel noch keine gesehen hatte, zog vom Yildiz-Palast die bewaldeten Hänge hinunter zum Meer. Fünfhundert schwarzverschleierte Frauen, bewacht von Soldaten der neuen Regierung, trotteten den staubigen Weg entlang – die Konkubinen und Sklavinnen des letzten Harems, die Abdülhamid in der weißen Stadt zurückgelassen hatte.

Wo immer die Prozession vorüberkam, verstummte das Geschrei auf den Straßen, und jeder trat beiseite, um für die Frauen Platz zu machen. Das ganze Elend des Menschengeschlechts hatte in ihnen Gestalt angenommen. Mit Bündeln und Koffern beladen, manche mit Kindern auf dem Arm, schleppten sie sich dahin. Über eine Meile lang war ihr Zug, und während die letzten der schwarzen Gestalten noch nicht das Dorf Besiktas verlassen hatten, näherten die ersten sich bereits der Galata-Brücke und dem alten Stambul, um die Anhöhe im Herzen der Hauptstadt hinaufzusteigen. Hier, in der Nachbarschaft der größten und bedeutendsten Moscheen, befand sich das Ziel ihres Marsches, der Topkapi-Serail, der alte Herrscherpalast, den die osmanischen Sultane im letzten Jahrhundert aufgegeben hatten, um in die neuen Paläste von Dolmabahce und Yildiz einzuziehen. Die verwaisten und halb verfallenen Gemäuer umschlossen den »Tränenpalast«, jene Abteilung des Serails, in dem seit Menschengedenken die Sklavinnen und Konkubinen der Sultane, für die man im Haus der Glückseligkeit keine Verwendung mehr hatte, ihr Leben beendeten. In diesem Grab waren die Überlebenden dreier Sultanate versammelt, zahnlose alte Hexen, die noch die Zärtlichkeiten des großen Abdülmedschid erfahren hatten, alternde Favoritinnen aus dem Gefolge Abdülaziz', deren Gesichter letzte Spuren einstiger Schönheit verrieten, und andere, jung und frisch, die bis vor wenigen Wochen noch in der Hoffnung gelebt hatten, an einen Scheich oder Pascha verheiratet zu werden. In diesem Grab nun sollten die Frauen des letzten Harems untergebracht werden – vorläufig oder für immer, das stand noch nicht fest.

Seit Abdülhamids Verbannung lag die politische Macht in den Händen des »Komitees für Einheit und Fortschritt«. Die jungen Offiziere hatten nach der erzwungenen Abdankung des Sultans dessen Bruder Reschad als Mehmed V. auf den Thron gesetzt, einen Mann, der nach eigenem Bekunden jahrzehntelang keine Zeitung mehr gelesen hatte. Das war den neuen Machthabern nur recht. Während sie selbst darauf verzichteten, Regierungsämter zu übernehmen, steuerten sie die Geschicke des Landes mit Hilfe von Politikern, die ihnen widerspruchslos gehorchten. Als eine der ersten Maßnahmen der neuen Zeit hatten sie beschlossen, den kaiserlichen Harem aufzulösen. Dieses auf Versklavung beruhende System verkörperte in ihren Augen den ganzen Unterdrückungsapparat des alten Regimes und gehörte abgeschafft. Außerdem hatten sie kein Interesse daran, ein so riesiges Heer unbegehrter Frauen über Jahre und Jahrzehnte hinweg zu versorgen.

Was aber sollte mit all den Ikbals und Gözdes, den Kalfas und Odalisken geschehen? Nach dem Willen des Komitees sollte die Auflösung des Harems möglichst rasch, doch in militärisch geordneter Weise erfolgen. Die Frauen einfach in die Freiheit zu entlassen, war nicht möglich, die meisten hatten ja nahezu ihr ganzes Leben im Harem verbracht und waren außerhalb der mächtigen Mauern so hilflos wie Kinder. Ohne Ehemänner und Familie, ohne den Schutz von Vätern und Brüdern gab es in der Gesellschaft für sie keinen Platz.

Die neue Regierung kam deshalb zu dem Schluss, das Problem mit modernen, europäischen Methoden in Angriff zu nehmen,

und gab in den Zeitungen Anzeigen auf. Alle Untertanen, deren Töchter oder Schwestern in den letzten dreißig Jahren für den Harem des Sultans geraubt worden waren, wurden darin aufgefordert, sich umgehend bei den Behörden zu melden. Auf Kosten der Regierung sollten sie in die Hauptstadt reisen, um ihre Angehörigen heimzuholen. Eine Abordnung des Komitees ritt kreuz und quer durch das Land und verteilte Flugblätter in allen Dörfern, in denen einst Sklavinnen gehandelt worden waren, um die Botschaft bis in den hintersten Winkel Anatoliens und des Kaukasus zu tragen.
Für ein paar Tage nahm so die ganze Nation am Schicksal des letzten Harems teil. Würde es gelingen, den verlassenen Frauen eine neue Zukunft zu geben?

2

In der Menagerie von Yildiz brüllten derweil die Löwen und Tiger vor Hunger und Durst. Niemand dachte in diesen Zeiten daran, die verlassenen Tiere zu füttern oder zu tränken. Affen und Zebras, Hunde und Katzen kreischten und wieherten, bellten und miauten, und eine Giraffe lag verendet am Fuße der Haremsmauer.
An der Spitze eines Trupps von Soldaten drang Oberst Taifun in den Palast ein. Er leitete eine Kommission, die mit einer überaus wichtigen Aufgabe betraut war. Als Vertrauter Enver Paschas, des Generals, der die aufständischen Truppen aus Saloniki in die Hauptstadt geführt hatte, hatte Taifun seit Jahren an der Ablösung des alten Regimes mitgewirkt. Er hatte den Sultan, der selber ein Heer von Spionen unterhielt, im Auftrag des Komitees ausspioniert und dabei sein Leben riskiert – sogar ein Attentat hatte er ermöglicht, im Garten des Harems. Jetzt hatten sie endlich ihr Ziel erreicht. Abdülhamid war abgesetzt, der Ausverkauf

der Nation an fremde Mächte, mit dem er die Unterdrückung seines Volkes finanzierte, hatte ein Ende. Das Tor zur Zukunft war aufgestoßen, und die neue Regierung war bereit, die Nation durch dieses Tor zu führen. Doch dafür brauchte sie Geld. Geld, das Abdülhamid verscharrt hatte und das Taifun finden sollte.
Laut hallte der verlassene Palast von den Stiefelschritten seiner Männer wider. Im ehemaligen Schlafsaal der Arbeitssklavinnen scheuchten sie ein paar Dutzend herrenloser Eunuchen auf. Halb wahnsinnig vor Angst, dasselbe Schicksal zu erleiden wie der Kizlar Aga, hatten sie sich hier verkrochen. Während sie sich gegenseitig überboten, den Sultan aller möglichen Verbrechen zu bezichtigen und dem neuen Regime ewige Treue zu schwören, führten sie Taifun in das Kellergewölbe, in dem Abdülhamid seine privaten Schätze versteckt hatte. Die Tür war mit einem komplizierten Mechanismus gesichert, das aus einem ganzen System von Schlössern bestand.
»Aufmachen!«, befahl Taifun und hielt sich die Ohren zu.
Ein Soldat zückte seine Pistole und zerschoss nacheinander die Schlösser. Entsetzt warfen sich die Eunuchen zu Boden. Taifun öffnete die Panzertür. In dem Gewölbe funkelte und blitzte es wie in Ali Babas Schatzkammer. Säcke voller Goldmünzen, die eine halbe Million türkischer Pfund wert waren, hatte der Sultan hier gehortet, dazu Haufen von Edelsteinen und Eisenbahnaktien. Taifun trug jeden Fund gewissenhaft in eine Liste ein, um später seinen Vorgesetzten Bericht zu erstatten. Das Wichtigste aber, wonach er suchte, war nirgends zu finden: das geheime Notizbuch, in dem Abdülhamid sein ins Ausland verbrachtes Vermögen aufgezeichnet hatte, die letzten Reste seiner Macht.
»Sechs Mann bleiben hier! Alle anderen kommen mit!«
Zwei Stufen auf einmal nehmend, eilte Taifun die Treppen hinauf in das Arbeitszimmer.
Seine Männer durchsuchten die Schreibtische, die Aktenschränke, die Regale. Sie öffneten Schubladen und brachen Geheimfä-

cher auf, nahmen Bilder von den Wänden, zogen Vorhänge und Teppiche beiseite und rissen Bohlen aus den Fußböden. Sie schleppten Dutzende von Wirtschaftsbüchern herbei, Hauptbücher und Rechnungsbücher und Kontobücher, Kladden und Hefte und Schreibblöcke, die von Zahlen und Kolonnen nur so strotzten. Doch nirgendwo fand sich eine Aufstellung mit Kontoauszügen europäischer Banken.

Taifun ließ seinen Blick durch den Raum schweifen. Auf dem Schreibtisch des Sultans stand eine unscheinbare, aus Blech gefertigte Tabatiere. Aufmerksam hob er die Brauen. War die Schmucklosigkeit vielleicht nur Tarnung? Er nahm die Dose und öffnete den Deckel. Doch statt des Notizbuchs enthielt sie nur Zigaretten. Vermischt mit dem Tabakgeruch, verströmten sie den süßlichen Duft von Opium. Angewidert nahm Taifun die Zigaretten und stopfte sie in seinen Rock. Er wollte nicht, dass seine Männer in Versuchung gerieten.

»Hier sind wir fertig!«, rief er. »Wir machen im nächsten Raum weiter!«

Enttäuscht klappte er den Deckel zu und stellte die Tabatiere wieder auf ihren Platz. Die Dose war nichts wert – sollte sie mitnehmen, wer wollte.

In den Privatgemächern des Sultans setzten sie die Suche fort. Zimmer für Zimmer, Raum für Raum kehrten sie das Unterste zuoberst. Kein Kaufhaus, kein Trödelladen der Welt konnte solche Unmengen nutzloser Dinge vereinen wie dieses Appartement. Ein einziger Schrank in Abdülhamids Ankleideraum enthielt Hunderte von Hemden. Taifun ließ jedes einzelne herausnehmen und untersuchen. Dabei kamen Banknoten und Goldmünzen zum Vorschein, Perlenketten und Rubine, Ringe und Aktien. Aber nicht die Spur von einem Notizbuch.

»Schlitzt die Polster auf!«

Die Soldaten gehorchten dem Befehl, doch wieder ohne Resultat. Während die Daunen und Federn sinnlos um ihn herumwirbelten, spürte Taifun, wie ihm der Schweiß ausbrach. Von dem

Notizbuch hing nicht nur die Zukunft der Nation ab, sondern auch seine eigene.
Wohin zum Teufel war das verdammte Ding verschwunden?
Da fiel sein Blick auf eine Photographie, die auf dem Nachtkasten des Sultans stand. Aus einem goldenen Rahmen traf ihn ein so verführerisches Lächeln, dass er eine Erektion bekam. Diese Frau war die kostbarste Perle des ganzen Harems gewesen, schöner als die Huris im Paradies, doch Abdülhamid, der Idiot, hatte sie zurückgelassen.
Taifun trat an den Nachtkasten und betrachtete die Photographie. Was verbarg sich hinter diesen Mandelaugen? Fatima war mehr als eines der vielen Schoßtiere gewesen, die den Harem bevölkert hatten – Abdülhamid hatte sie geliebt.
Hatte sie eine Ahnung, wo sich das Notizbuch befand?
Taifun griff an sein Gemächt und beschloss, Kontakt mit ihr aufzunehmen. Selbst wenn sie keine Antwort auf seine Frage wusste, würde sie ihm vielleicht in anderer Hinsicht zu Diensten sein.
Bei dem Gedanken daran wurde ihm die Hose zu eng. Was für ein Vergnügen musste es sein, in einer so süßen Feige dem Sultan die letzte Niederlage beizubringen.

3

»Darf ich Sie bitten, die Arme zu heben, ewige Majestät?«
»Ich bin keine Majestät mehr. Ich heiße Abdülhamid.«
»Sehr wohl, ewige Majestät.«
Abdülhamid hob die Arme, damit Saliha den Umhang für die Morgentoilette um seinen Hals befestigen konnte. Mit einem Seufzer schloss er die Augen, und sie begann, seine Brauen zu färben. Schon wieder hatten sich ein paar hässliche graue Borsten eingeschlichen.

»Gibt es etwas Neues?«, fragte er.
»Ja, ewige Majestät. Heute Morgen sind fünfzig Hühner und zwei Kühe aus Yildiz für Sie eingetroffen.«
»Wurde auch Zeit! Und sonst?«
»Tut mir leid, ewige Majestät. Sonst nichts.«
»Hätte mich auch gewundert«, brummte er und lehnte sich auf dem Schminkstuhl zurück. »Armseliges Nest, dieses Saloniki.«
Seit zwei Wochen waren sie nun im Exil. Saliha war so glücklich, dass sie ihn hatte begleiten dürfen, und gleichzeitig so unglücklich, weil sie ihm kaum helfen konnte.

Dass die neuen Machthaber ausgerechnet Saloniki zum Ort der Verbannung bestimmt hatten, die Stadt, in der das ganze Unheil seinen Anfang genommen hatte, empfand sie als die größte Demütigung, die man dem Sultan hatte zufügen können. Zwar lebte Abdülhamid hier in einer hübschen Villa mit Chintz-Vorhängen und Mahagoni-Möbeln, und seine Wächter, zwei junge Offiziere, benahmen sich mit so ausgesuchter Höflichkeit, als wären sie seine Adjutanten, doch niemand konnte verkennen, dass er unter seiner Verbannung litt wie ein Tier. Saliha sah es in jeder Regung seiner Miene, hörte es aus jedem seiner Worte. Er war unfähig, irgendetwas zu genießen. Weder seine Kef-Zigarette noch seinen Kef-Kaffee, nicht einmal das Opium war imstande, ihm für ein paar Stunden Entspannung und Vergessen zu schenken. Tagelang saß er am Fenster und schaute hinaus aufs Meer, in düsterer apathischer Stimmung, eingehüllt in sein Schweigen. Selbst die Fröhlichkeit, mit der ihm die anderen Frauen begegneten, schien ihn zu quälen. Spürte er, dass sie ihm etwas vorspielten? Saliha war sicher, die meisten von ihnen wären lieber heute als morgen davongelaufen. Wenn sie nur gewusst hätten, wohin.

»Wollen Sie heute einmal wieder Klavier spielen?«, fragte sie. »Ich höre Ihnen so gerne zu.«
»Bin ich ein Musikant?« Seine Miene verdüsterte sich noch mehr. »Ich wollte, sie hätten mich umgebracht. Dann hätte ich

wenigstens meine Würde bewahrt. Aber nicht mal die haben sie mir gelassen.«

Saliha schmerzten die Worte so sehr, dass sie es kaum ertrug. Was konnte sie nur tun, um sein Leid zu lindern? Sie wäre bereit, ihr Leben für ihn zu lassen. Mit einem Pinsel trug sie Rouge auf seine Wangen auf. Er sollte sich jung fühlen, wenn er in den Spiegel schaute, frisch und vital wie früher.

»Sie dürfen so nicht reden, ewige Majestät. Kein regierender Monarch könnte aufmerksamer behandelt werden als Sie. Erst letzte Woche haben Sie sich über die Milch und die Eier hier beklagt, und schon heute hat man die Tiere aus Ihrem alten Landgut hergebracht. Nur damit Sie zufrieden sind.«

»Was verlangen Sie von uns?«, schnaubte er. »Wir haben dreiunddreißig Jahre ein Weltreich regiert. Sollen wir uns da über zwei Kühe und ein paar Dutzend Hühner freuen?« Er lachte kurz auf. »Sie sind nur auf mein Geld aus, das ist der einzige Grund, weshalb sie mich mit einem Rest von Anstand behandeln. Sobald sie es haben, werden sie mich wie einen Hund auf die Straße jagen.« Mit einem bösen Lächeln blinzelte er Saliha an. »Aber den Gefallen werde ich ihnen nicht tun. Und wenn sie schwarz werden!«

Saliha beschloss, das Thema zu wechseln. »Wünschen Sie, dass ich Ihren Sohn hole? Vielleicht kann Bülent Sie auf andere Gedanken bringen.«

»Halten Sie mir Ihr Kind vom Leib! Es erinnert uns nur an eine Zukunft, die wir nicht mehr haben.« Während Saliha mit den Tränen kämpfte, riss Abdülhamid sich den Umhang vom Hals. »Schluss damit! Bin ich ein Weib? Wo sind die Zeitungen?«

»Es sind keine Zeitungen gekommen«, erwiderte Saliha.

»Was? Schon wieder? Gestern sind auch keine gekommen, genauso wenig wie vorgestern. Willst du etwas vor mir verbergen?« Über die Schulter schaute er zu ihr auf. »Was haben sie über mich geschrieben? Dass ich ein Verbrecher bin? Ein Blutsauger, der das Land zugrunde gerichtet hat? Lüg mich nicht an!

Ich will wissen, was in unserem Reich passiert. Ich habe keine Angst vor der Politik. Die habe ich noch nie gehabt.«

Saliha wusste nicht, was sie antworten sollte. Ach, wenn es nur um Politik ginge … Die Nachrichten, die neuerdings in den Zeitungen standen, waren viel schlimmer.

Abdülhamid beugte sich vor, um sich im Spiegel zu betrachten. »Niemand tut mehr, was ich verlange«, sagte er. »Jeder lacht hinter meinem Rücken. Wer bin ich? Ein Clown, über den man sich lustig machen darf? Ein Narr? Ein alter seniler Greis?«

Auch Saliha sah sein Bild in dem Spiegel: die rosigen Wangen, in deren Runzeln das Rouge sich krümelte, die künstlich schwarzen Brauen … Nein, das hatte er nicht verdient!

Sie bückte sich zu der Kommode, in der sie die Zeitungen versteckt hatte, und holte aus einer Schublade die Ausgaben der letzten Tage hervor.

»Ich hoffe, Sie regen sich nicht zu sehr auf«, sagte sie und gab ihm den Packen.

»Na also«, brummte er und begann zu lesen.

Gleich auf der ersten Seite, die er aufschlug, prangte der Text, den er auf keinen Fall hatte sehen sollen: die Anzeige der Regierung, mit der nach den Angehörigen seiner ehemaligen Sklavinnen und Konkubinen gesucht wurde.

Saliha erwartete einen Tobsuchtsanfall. Doch Abdülhamid fing laut an zu lachen.

»Das stelle man sich vor! Die Favoritinnen des Sultans haben die Ehre, zu ihren anatolischen Verwandten zurückzukehren … Was sollen sie denn bei den Bauern? Auf dem Feld arbeiten? Kühe melken? Oder will man vielleicht Lasttiere aus ihnen machen?«

Er lachte und schlug mit der Hand auf die Zeitung, während sich seine Augen mit Tränen füllten.

Saliha versuchte, mit ihm zu lachen, doch es gelang ihr nicht.

Plötzlich brach er ab, und mit ernster, trauriger Miene fragte er: »Glaubst du an Kismet?«

Irritiert erwiderte Saliha seinen Blick. »Wie können Sie nur fragen, ewige Majestät? Jeder weiß doch, dass Allah unsere Geschicke bestimmt.«

Abdülhamid ließ die Zeitung sinken. Unendlich müde sah er aus, alle Frische und Vitalität war aus seinem Gesicht verschwunden.

»Ich hätte sie nicht zurücklassen dürfen«, sagte er mit leiser, tonloser Stimme. »Der verfluchte Astrologe ... Er hat mich immer nur belogen ... Erst Ägypten ... Und jetzt ...«

Auch ohne dass er den Satz zu Ende sprach, begriff Saliha, wen er meinte: Fatima, die letzte Liebe seines Lebens. Seine Trauer um die ehemalige Rivalin traf sie ins Herz wie der Stich eines Messers. Und als er weitersprach, war es, als würde man das Messer in ihrem Herzen noch einmal herumdrehen.

»Das war mein schwerster Fehler«, flüsterte er. »Der schlimmste von allen. So feige ... So erbärmlich ... Ich wollte, ich könnte es je wiedergutmachen.«

4

Aus allen Provinzen des Ostens, aus den Dörfern der anatolischen Steppe und den Bergen des Kaukasus, strömten Bauern und Gebirgsbewohner nach Konstantinopel, in die Hauptstadt des alten osmanischen Reiches. Zu Fuß und zu Pferde reisten sie an, mit Eseln und Ochsenkarren, mit der Postkutsche und der Eisenbahn: Mütter und Väter und Brüder, sie alle auf der Suche nach ihren vermissten Töchtern und Schwestern.

Die neue Regierung hatte weder Kosten noch Mühen gescheut, um möglichst viele Angehörige der Haremsfrauen herbeizuschaffen. Unter den Augen wachsamer Soldaten waren sie nun im Thronsaal des Topkapi-Serails versammelt. Angespannt und nervös warteten sie auf den Bänken, die man dort für sie aufgestellt hatte, eingeschüchtert durch die Größe und Bedeutung des alten Palastes, von dem aus jahrhundertelang das Osmanische Reich regiert worden war. Eine Tür ging auf, und Eunuchen führten die verschleierten Frauen herein. Ängstlich und fremd, doch zugleich voller Neugier und Erwartung beäugten sie einander: auf der einen Seite die Sklavinnen und Konkubinen des entmachteten Sultans, zarte und zerbrechliche Geschöpfe in eleganten Kleidern, die nichts anderes im Leben gekannt hatten als den goldenen Käfig des Harems, die schönsten und verwöhntesten Mädchen und Frauen des untergegangenen Reiches – und auf der anderen Seite grobschlächtige Bauern und Hirten, Fischer und Jäger in bunten, abenteuerlichen Gewändern, die noch nie in einer richtigen Stadt gewesen waren und vor Verlegenheit kaum wussten, wie sie ihre schwieligen Hände halten sollten.

»Egal, was passiert, wir bleiben zusammen«, flüsterte Fatima, als sie mit ihrem Kind auf dem Arm ihren Platz einnahm. »Versprochen?«

»Versprochen!«, erwiderte Elisa.

Sie waren so aufgeregt, dass sie die ganze Nacht nicht geschlafen hatten. Fast einen Monat lebten sie schon in dem alten Serail, ohne zu wissen, was aus ihnen werden sollte. Würde man sie heute aus ihrem Gefängnis entlassen?

»Kannst du jemanden erkennen?«, fragte Fatima leise.

Durch den Schlitz ihres Schleiers spähte Elisa zur anderen Seite. Noch nie hatte sie so viele fremde Menschen gesehen. Die meisten Männer trugen Waffen, Pistolen und Säbel, Messer und Krummschwerter. Trotzdem schienen sie sich genauso unbehaglich zu fühlen wie ihre Frauen, die allesamt verschleiert waren. Waren das wirklich die Menschen, von denen sie abstammte? Elisa schloss die Augen und versuchte, sich das Gesicht ihres Vaters in Erinnerung zu rufen. Er hatte eine schmale, scharf gebogene Nase wie eine Sichel – als Kind hatte sie oft gespielt, sie würde sich daran den Finger schneiden. Trotzdem gelang es ihr nicht, ihn sich vorzustellen, so wenig wie das Gesicht ihrer Mutter. Sie hatte ihre Eltern nach der Verwüstung des Dorfes unter den Leichen nicht wiedergefunden. Die Toten waren alle verkohlt gewesen. Ihr Leben lang hatte sie versucht, diese schwarzen Gesichter aus ihrem Gedächtnis zu verbannen. Doch immer wenn sie die Augen schloss, um sich ihren Vater oder ihre Mutter vorzustellen, sah sie einen Mann oder eine Frau mit schwarzem, verkohltem Gesicht.

»Ich kann niemanden erkennen«, sagte sie. »Du vielleicht?«

Fatima schüttelte den Kopf. »Ich auch nicht. Es ist so lange her.«

Plötzlich reckte Elisa den Hals. Am unteren Ende des Saals hatte sie einen Mann entdeckt, der eine Nase hatte wie eine Sichel. Er war Mitte dreißig, genauso alt wie ihr Vater, als sie ihn zum letzten Mal gesehen hatte. Vor Aufregung begann ihr Herz wild zu schlagen. Aber warum trug er einen Turban? War er etwa Muslim geworden?

Da fiel ihr ein, wie viele Jahre vergangen waren. Nein, der Mann konnte es nicht sein, er war ja viel zu jung. Enttäuscht sank sie zurück auf ihren Platz.

»Passt auf«, sagte Nadir hinter ihnen. »Ich glaube, sie fangen an.«

Ein Offizier trat in die Mitte der Halle und hielt eine kurze Ansprache, in der er den Sinn der Versammlung erklärte. Während seine Rede in alle möglichen Sprachen übersetzt wurde, damit jeder sie verstand, fing der kleine Mesut auf Fatimas Arm an zu jammern.

»Hast du vergessen, ihm die Brust zu geben?«, fragte Elisa.

»Nein. Aber es kommt kaum noch Milch. Ich glaube, du musst uns helfen.«

Elisa wusste, was Fatima meinte, und nahm ihr das Kind ab. Nichts beruhigte Mesut besser als der Klang von Elisas Stimme. Sie schmiegte ihn an ihr Gesicht und fing leise an zu summen. Schon nach wenigen Tönen hörte er auf zu quengeln und lächelte sie an.

»Ich kann dir gar nicht sagen, wie sehr ich dich um ihn beneide.«
»Das brauchst du nicht«, sagte Fatima, »du bist ja seine zweite Mutter.«
»Psst«, machte Nadir. »Seid still!«
Der Offizier kehrte den Bauern gerade den Rücken und wandte sich an die Haremsfrauen.
»Bitte legen Sie jetzt Ihre Schleier ab«, sagte er.
Ein aufgeregtes Tuscheln ging durch den Saal. Doch keine der Frauen machte Anstalten, der Aufforderung zu folgen.
»Sie brauchen keine Bedenken zu haben.« Er hob ein Blatt Papier in die Höhe. »Das ist eine schriftliche Erklärung des Scheich-ul-Islam, dass Sie Ihre Gesichter zeigen dürfen.«
»Das kann ich nicht«, flüsterte Fatima. »Das sind hier doch alles richtige Männer, keine Eunuchen.«
»Stell dich nicht so an«, flüsterte Elisa zurück. »Wie soll uns sonst jemand erkennen?«

5

»Ich verlange den deutschen Botschafter zu sprechen«, sagte Felix.
Leutnant Mehmet lehnte am Pfosten der Zellentür und lächelte ihn freundlich an.
»*Maalesef*«, sagte er. »*Anlamiyorum.*«
Felix versuchte es auf Französisch. »*Je voudrais parler avec l'ambassadeur allemand.*«
»*Maalesef*«, wiederholte Mehmet. »*Anlamiyorum.*«
»*I want to speak with the German ambassador!*«
Mehmet runzelte angestrengt die Brauen, als gebe er sich größte Mühe, ihn zu verstehen. Doch dann sagte er zum dritten Mal: »*Maalesef. Anlamiyorum.*«

Felix verfluchte sich selbst. Herrgott, warum hatte er nicht ein paar Brocken Türkisch gelernt? Seit einem Monat hauste er in diesem Rattenloch, ohne dass man ihn einem Richter vorführte, geschweige denn ihm die Rechte zugestand, die in jedem zivilisierten Land der Welt eine Selbstverständlichkeit waren. Zweimal am Tag schob man ihm irgendeinen ungenießbaren Fraß durch das Zellenfenster, seine Toilette war eine offene stinkende Grube, und an seinem verschwitzten Körper trug er immer noch denselben Anzug, den er bei seiner Verhaftung getragen hatte.

»Dann möchte ich Oberst Taifun sprechen. Verstehen Sie? Oberst Taifun! T-A-I-F-U-N!«

»Warum schreien Sie so?«, fragte Mehmet in fast akzentfreiem Deutsch. »Meinen Sie, ich bin schwerhörig?«

»Ah, Sie verstehen mich also doch!«

»Kommt ganz darauf an, was Sie sagen«, erwiderte Mehmet.

»Ich will endlich mit Oberst Taifun sprechen!«

»Oberst Taifun wird Sie zu gegebener Zeit aufsuchen. Er hat im Moment dringlichere Aufgaben. Und was Ihren Botschafter anbelangt, so weilt Seine Exzellenz zurzeit in Berlin, um Ihrem Kaiser von der Lage in unserem Land zu berichten. Wussten Sie das nicht?«

Der Leutnant musterte ihn mit einem spöttischen Blick. Felix musste sich beherrschen, um ihn nicht zu ohrfeigen.

»Und wann wird Oberst Taifun Zeit haben, mich zu beehren?«, fragte er.

Mehmet zuckte die Schultern. »Jeder erntet, was er gesät hat.« Er klappte ein Taschenmesser auf und fing an, sich mit der Klinge die Nägel zu reinigen.

»Ich verlange nur mein Recht«, sagte Felix. »Sie haben mir meinen Ausweis abgenommen, meine Reisetickets, mein Geld – sogar das Honorar, das der Sultan mir gegeben hat. Aber ich warne Sie. Wenn Sie mich weiter so behandeln, wird das diplomatische Konsequenzen nach sich ziehen. Ich bin Angehöriger eines renommierten wissenschaftlichen Instituts.«

»Ach so?« Mehmet schaute von seinen Nägeln auf. »Mag sein, aber wir sind hier nicht in Berlin. Außerdem mögen wir es gar nicht, wenn man uns belehrt. Nach unserer Auffassung haben Sie nicht das geringste Recht, etwas zu fordern. Sie haben vielmehr allen Grund, uns dankbar zu sein.«
»Dankbar?«
»Allerdings! Wir haben Ihnen das Leben geschenkt. Angesichts der Schwere Ihrer Schuld müssen Sie zugeben, dass wir sehr milde mit Ihnen verfahren sind.«
Felix verschlug es die Sprache. Was sollte er auf eine solche Unverfrorenheit erwidern?
»Wenn ich vielleicht Schreibzeug haben könnte?«, sagte er schließlich. »Ich würde gern meiner Braut schreiben.«
»Eine gute Idee«, sagte Mehmet. »Ich glaube, diesen Wunsch kann ich Ihnen erfüllen.«
Er wandte sich an einen Soldaten auf dem Gang und schickte ihn mit einem Befehl davon. Während sie auf die Rückkehr des Mannes warteten und Mehmet mit seiner Nagelreinigung fortfuhr, entwarf Felix im Geist den Brief, den er Carla schreiben wollte. Auch wenn er sich keiner wirklichen Untreue schuldig gemacht hatte, war er entschlossen, Abbitte zu leisten. Er hatte die Versuchung provoziert, und in Gedanken hatte er seine Braut in schwerer Weise hintergangen. Die Aussicht, ihr sein Herz auszuschütten, war sein einziger Trost in der Verzweiflung. Noch nie hatte er sich Carla so nah gefühlt, hatte er so viel für sie empfunden wie in diesen Wochen der Ungewissheit. Musste man so tief stürzen, um zu begreifen, was wahre Liebe ist?
»Ich würde jetzt gerne allein sein«, sagte er, als man ihm das Schreibzeug aushändigte.
»Glauben Sie, ich lasse Sie im Stich?«, fragte Mehmet. »Bei einer so schwierigen Aufgabe?«
»Ich denke nicht, dass ich Ihre Hilfe brauche«, erwiderte Felix.
»Verzeihen Sie, aber Sie sind viel zu verwirrt, um klare Gedan-

ken zu fassen. Ich schlage vor, Sie schreiben Folgendes: *Liebe Carla* ...«
»Was? Sie kennen den Namen meiner Braut?«
»Halten Sie uns für Idioten?«, fragte Mehmet. »Los, schreiben Sie«, befahl er. »*Liebe Carla, es geht mir gut. Die türkische Regierung behandelt mich mit großer Zuvorkommenheit. Du musst Dir also keine Sorgen machen* ... Vorwärts! Worauf warten Sie?«
»Nie und nimmer werde ich das schreiben!«, protestierte Felix.
»Und ob Sie das tun werden!«, erwiderte Mehmet. »Entweder Sie schreiben den Brief, den ich Ihnen diktiere – oder Sie schreiben gar keinen.« Er klappte sein Taschenmesser zu und lächelte ihn an. »Haben wir uns verstanden?«

6

Elisa löste den Knoten, der ihren Schleier mit dem Kopftuch verband. Das Blut schoss ihr in die Adern, sie spürte, wie sie rot anlief, als rebelliere ihre Seele gegen die Blöße, der sie sich aussetzte. Nur selten hatte sie ihr Gesicht vor einer solchen Anzahl von Menschen gezeigt, und noch nie in Gegenwart so vieler Männer.
Ein ebenso befremdendes wie befreiendes Gefühl ergriff von ihr Besitz. Es war, als würde sie ein Haus verlassen, in dem sie gleichzeitig gefangen und geborgen war. Doch war das ein Grund, sich zu schämen?
Obwohl ihr das Herz bis zum Hals klopfte, hob sie den Kopf und schaute in die Runde. Wie ein scharfes Prickeln spürte sie die Blicke der vielen Menschen auf ihrer Haut. Fatima zögerte immer noch, ihren Schleier zu lüften.
»Jetzt mach schon«, flüsterte Elisa.
»Wozu? In unserem Dorf sind doch alle längst tot.«

»Und wenn nicht? Vielleicht hat außer uns doch noch jemand überlebt.«
Endlich löste auch Fatima den Knoten. Als ihr Schleier fiel, drehten sich alle Köpfe in ihre Richtung. Die Männer schauten sie mit unverhohlener Begierde an, manche sogar mit offenem Mund. Noch nie hatten sie eine so schöne Frau gesehen.
»Ich will nicht, dass sie mich so anstarren«, flüsterte sie. »Es ist, als würden sie mich mit den Händen berühren.«
»Du wirst es schon überleben. – Aber sieh nur, da drüben! Die fünfte Favoritin! Sie hat ihre Familie gefunden!«
Erschütternde Szenen spielten sich in dem Saal ab. Eltern erkannten ihre Töchter wieder, Brüder ihre Schwestern. Schluchzend fielen sie einander in die Arme, nach langen Jahren der Trennung, die ihnen endgültig erschienen war. Staunend hielten sie sich nun an den Händen, als könnten sie das Wunder nicht glauben. Die ersten Mädchen nahmen unter Tränen Abschied von ihren Freundinnen, um mit Angehörigen, die Fremde für sie waren, den Palast zu verlassen und aufzubrechen in ein neues, unbekanntes Leben.
Voller Neid blickte Elisa ihnen nach. War denn wirklich kein Mensch da, der sie oder Fatima kannte?
Während die Halle sich nach und nach leerte, kam manchmal ein Bauer und schaute sie an, doch immer nur, um sich mit einem Kopfschütteln wieder abzuwenden. Nein, außer ihnen hatte niemand das Massaker in ihrem Dorf überlebt.
Elisa spürte, wie die Verzweiflung immer fester ihr Herz umklammerte.
»Was meinst du – müssen wir jetzt für immer in diesem Grab bleiben?«
»Sei nicht traurig«, erwiderte Fatima. »Immerhin sorgt man hier für uns.«
Nadir beugte sich über sie. »Ich glaube, da will jemand mit Ihnen sprechen.«
Vom anderen Ende des Saals kam ein Mann auf sie zu, den sie

kannten, ein Offizier, der im Palast für die Sicherheit des Sultans zuständig gewesen war: Oberst Taifun.
»Sind Sie Fatma?«, fragte er. »Die Tochter des kurdischen Hirten Aras und seiner tscherkessischen Frau Hakidje aus Karaköy?«
Fatima schaute erst ihn an, dann Elisa, dann wieder ihn.
»Ja«, sagte sie unsicher. »Aber – woher wissen Sie das?«
»Allah sei gepriesen, dass ich Sie gefunden habe! Erinnern Sie sich noch an Baran?«
Fatima schüttelte den Kopf. »Nein, ich glaube nicht.«
»Aber Sie *müssen* sich an ihn erinnern! Er war der Schwager Ihres Onkels Devrim. Er hatte die Mühle draußen am Bach, hinter der Karawanserei. Seine gefleckte Kuh war im ganzen Tal bekannt.«
»Ja«, sagte Fatima, »jetzt erinnere ich mich. Sind Sie etwa Baran?«
»Nein, natürlich nicht. Ich bin sein Sohn.«
»Aber das würde ja heißen – wir sind verwandt?«
»Ja«, sagte er und lächelte sie an. »Wir haben die ganze Zeit hier im selben Palast gelebt und nichts davon gewusst. Ist das nicht verrückt?«
Fatima drehte sich zu Elisa herum. »Wusstest du, dass Baran einen Sohn hatte?«
Elisa zögerte. »Nein. Ich kann mich nur an drei Töchter erinnern. Shirin, Dilara und Narin.«
»Dafür gibt es eine einfache Erklärung«, sagte Taifun. »Ich war damals in Adana, in der Kadettenanstalt.« Mit ernstem Gesicht schaute er Fatima an. »Aber jetzt bin ich hier. Um Sie mitzunehmen!«
»Mitnehmen?«, fragte Fatima verwirrt. »Mich? Wohin?«
»Zu mir, zu Ihrer Familie – hier raus!«
Die Worte trafen Elisa mitten ins Herz. Wie glücklich wäre sie gewesen, wenn jemand das zu ihr gesagt hätte ... Doch Fatima drückte ihren Sohn an die Brust, als müsse sie sich vor dem Oberst schützen.

»Nein«, sagte sie. »Ich glaube Ihnen kein Wort.«
»Aber warum nicht?«
»Wenn wir wirklich verwandt wären, würden Sie du zu mir sagen.«
Elisa sah, wie Taifuns Miene sich verhärtete, und für eine Sekunde glaubte sie, er würde sich abwenden. Aber stattdessen beugte er sich vor, und so leise, dass sie ihn kaum verstehen konnte, flüsterte er Fatima ins Ohr: »Sie haben recht. Ich bin nicht Barans Sohn. Das habe ich nur gesagt, damit Sie keine Angst haben. Aber glauben Sie mir: Ich bin gekommen, um Sie hier rauszuholen!«
»Warum?«, fragte Fatima. »Sie haben dazu keinen Grund.«
»Ist die Schönheit einer Frau kein Grund, ihr zu helfen? Seit vielen Jahren verehre ich Sie. Jeden Ihrer Schritte habe ich verfolgt, seit Sie in den Harem kamen. Sie sind mir näher, als es eine Kusine je sein könnte. Ich kann nicht zulassen, dass Sie hier zugrunde gehen. Bitte vertrauen Sie mir, kommen Sie mit. Sie werden es nicht bereuen.«
Fatima öffnete den Mund, um etwas zu sagen. Aber Taifun sprach schon weiter.
»Was erwartet Sie hier? Nur Einsamkeit und Tränen. Schauen Sie doch selbst!«
Er deutete mit der Hand um sich.
In der Halle waren nur noch ein paar wenige Frauen zurückgeblieben. Mit verweinten Gesichtern saßen sie auf den Bänken und starrten zu Boden – wertlose Schmuckstücke, die keinen Käufer gefunden hatten.
»Entscheiden Sie sich!«, drängte Taifun. »Wenn Sie nicht mitkommen, bringt man Sie in ein paar Minuten zurück in Ihr Gefängnis.«
Fatima schaute Elisa an, dann Taifun, dann die Frauen, dann wieder Taifun.
»Unmöglich«, sagte sie schließlich. »Ich kann nicht.«
»Warum nicht? Ich biete Ihnen ein Heim, ein Zuhause. Ich

werde für Sie sorgen, Ihr Leben lang.« Er zog ein kleines grünes Buch aus seinem Rock und legte seine Hand darauf. »Ich schwöre es! Beim heiligen Buch des Propheten.«
»Und was wird aus meinem Kind?«, fragte Fatima.
»Machen Sie sich keine Sorgen, ich habe an alles gedacht. Ihr Kind wird vorläufig hierbleiben – als Sohn des Sultans ist er hier besser aufgehoben als draußen.«
»Ohne meinen Sohn gehe ich nirgendwohin!«
Taifun schüttelte den Kopf. »Wir müssen vorsichtig sein. Draußen wimmelt es noch immer von Gefolgsleuten des Ungeheuers. Man kann nie wissen, was sie im Schilde führen. Hier kann Ihrem Sohn nichts passieren, die Soldaten sorgen dafür, dass niemand herein kommt oder heraus. Der Serail ist so sicher wie eine Festung. Außerdem wird sich Ihre Freundin um ihn kümmern.«
»Was verlangen Sie von mir?«, protestierte Fatima, doch mit so schwacher Stimme, dass die Worte fast auf ihren Lippen erstarben.
»Es ist alles nur zu Ihrem Besten«, erwiderte Taifun. »Ich kommandiere zwei Wächter ab, die keine andere Aufgabe haben, als Ihr Kind und Ihre Freundin zu beschützen. Wir holen beide nach, sobald die Revolution gesiegt hat und der alte Spuk für immer der Vergangenheit angehört. Bis dahin werden die zwei es hier so gut haben, dass sie gar nicht mehr fortwollen. Ich veranlasse, dass man ihnen die beste Wohnung im ganzen Palast gibt, das ehemalige Sultans-Appartement. – Aber vielleicht möchten Sie sich ohne mich besprechen?«
Taifun steckte den Koran wieder ein und trat einen Schritt zur Seite.
»Was meinst du?«, sagte Fatima. »Was soll ich tun?«
»Das fragst du noch?«, erwiderte Elisa. »Diesen Mann hat uns der Himmel geschickt!«
»Aber wir haben uns doch versprochen, dass wir zusammenbleiben, egal, was passiert.«

»Konnten wir das denn ahnen? Bitte, Fatima, du musst es tun! Es ist unsere einzige Chance, hier rauszukommen.«
»Ich weiß ... Aber trotzdem, ich habe ein so ungutes Gefühl.«
»Wegen Mesut?«, fragte Elisa. Sie drückte Fatimas Hand. »Das brauchst du nicht. Du hast doch selbst gesagt, ich bin seine zweite Mutter.«
Nadir unterbrach sie. »Da ... da kommen sie schon!«, stotterte er. Soldaten marschierten in den Saal und forderten die übriggebliebenen Mädchen und Frauen auf, ihnen zu folgen, zurück in den Tränenpalast.
»Du musst es unbedingt tun«, wiederholte Elisa. »Bitte, ich flehe dich an ...«
Eine lange Weile rührte Fatima sich nicht, noch sprach sie ein einziges Wort. Dann hob sie ihren Sohn an ihr Gesicht, küsste ihn auf Stirn und Mund und gab ihn Elisa.
»Versprich mir, dass du ihn nie aus den Augen lässt, keine einzige Sekunde.«
»Natürlich verspreche ich dir das. Du kannst dich auf mich verlassen.«
»Er ist das Wertvollste, was ich habe. Ich würde es nicht überleben, wenn ihm was passiert.«
»Mach dir keine Sorgen. Ich werde mich um ihn kümmern, als wäre er mein eigener Sohn.«
Noch einmal küsste Fatima ihr Kind. Dann streifte sie ihre Perlenkette vom Handgelenk und wickelte sie um sein Ärmchen.
»Das soll dich immer beschützen«, flüsterte sie zärtlich. »Im Namen Allahs!«
»Und der Jungfrau Maria«, fügte Elisa hinzu.

7

Was hatte dieser Mann mit ihr vor?
Oberst Taifun führte Fatima aus dem Palast hinaus in den Hof. Ängstlich folgte sie ihm in ein paar Schritten Abstand, links und rechts flankiert von zwei Eunuchen. Wenigstens kannte sie ihre Gesichter, sie stammten beide aus dem Hofstaat der Sultan Valide. Ihr vertrauter Anblick war ihr einziger Halt auf ihrem Weg ins Ungewisse.
»Sind Sie schon mal in einem Automobil gefahren?«, fragte Taifun.
Vor dem Tor parkte ein Gefährt, das aussah wie eine Kutsche ohne Pferd.
»Nein«, sagte Fatima. »Aber ich habe schon mal eines gesehen, bei einem Ausflug.«
»Automobile sind ungeheuer praktisch«, sagte Taifun. »Sie sind immer einsatzbereit. Trotzdem braucht man sie nicht zu füttern, wenn sie nichts tun und im Stall stehen. – Steigen Sie ruhig ein«, sagte er, als er ihr Zögern sah. »Sie brauchen keine Angst zu haben. Ich bin sicher, es wird Ihnen Spaß machen.«
Er öffnete den Wagenschlag, und Fatima setzte sich auf eine lederbezogene Bank.
»Nein, ihr nicht«, wies er die Eunuchen ab, als diese folgen wollten. »Geht zurück in den Palast, ich brauche euch nicht mehr.«
Während die Eunuchen sich entfernten, nahm Taifun hinter dem Steuer Platz, direkt an Fatimas Seite. Ganz allein saß sie nun mit diesem fremden Mann in dem kleinen, engen Gefährt. Mit einem Kloß im Hals sah sie zu, wie die Eunuchen in dem Tor verschwanden. Am liebsten wäre sie aufgesprungen, um mit ihnen in den Palast zurückzukehren, aber sie traute sich nicht.
Als würde Taifun ihre Gefühle erraten, lächelte er ihr aufmunternd zu. Ohne die Augen von ihr zu lassen, nahm er seine Uniformmütze vom Kopf und setzte sich eine lederne Haube auf, an

der eine Brille befestigt war. Dann rief er einen Soldaten herbei, der vor dem Tor Posten stand. Der Soldat betätigte eine Kurbel, und das Automobil setzte sich laut knatternd in Bewegung.

»Halten Sie sich an dem Griff da fest!«, rief Taifun über den Lärm hinweg.

Holpernd und ruckelnd durchquerten sie den Palasthof. Fatima musste aufpassen, dass sie nicht noch näher an Taifuns Seite rutschte. Aber nachdem sie das Tor passiert hatten, hörten die Stöße auf und das Automobil glitt so sanft die Straße entlang wie eine Sänfte. Bald rollten sie so schnell den Berg hinunter, dass Fatimas Schleier im Wind wehte.

»Wie gefällt Ihnen das? Habe ich zu viel versprochen?«

Fatima war viel zu sehr damit beschäftigt, ihren Schleier zu bändigen und sich gleichzeitig festzuhalten, um ihm zu antworten. Aus den Augenwinkeln schaute sie Taifun an. Mit der Lederhaube sah er aus wie ein Krieger auf den alten Schlachtenbildern, die sie aus den Büchern der Haremsbibliothek kannte. Sie hatte sich die Bilder oft angeschaut und sich vorgestellt, wie es sein würde, auf einen solchen Mann zu warten, wenn er in die Schlacht zog ... Aber es war nicht nur das Aussehen, auch in seiner Art hatte Taifun etwas mit diesen Kriegern gemein. Er wirkte so entschlossen in allem, was er tat, und die Kraft, die er ausstrahlte, beruhigte sie irgendwie. Hatte ihn wirklich der Himmel geschickt, wie Elisa gesagt hatte? Fatima war so verwirrt, dass sie selber nicht wusste, was sie empfinden sollte.

»Möchten Sie, dass wir gleich nach Hause fahren, oder sollen wir einen Umweg machen?«

Vor lauter Aufregung brachte Fatima keinen Ton heraus. Als sie schwieg, gab Taifun selbst die Antwort.

»Dann schlage ich vor, wir machen einen Umweg. Damit Sie endlich sehen, wo Sie leben.«

Sie passierten zwei Moscheen, die sich groß und mächtig vor dem blauen Himmel erhoben, dann bog Taifun in eine Straße ein, die in weiten Schlangenlinien vom Hügel hinunter zum

Meer führte. Ein Dutzend Mal hatte Fatima den Harem bisher verlassen, auf Ausflügen, die sie mit den anderen Favoritinnen und Kadins zu den Prinzeninseln unternommen hatte, in Begleitung zahlloser Eunuchen und noch mehr Soldaten. Doch die Fenster der Pferdekutschen waren immer verhangen gewesen, damit kein Fremder einen Blick auf die Frauen des Sultans erhaschen konnte. Zum ersten Mal in ihrem Leben hatte sie nun einen freien Blick auf die Stadt. Wie unermesslich groß war Konstantinopel, und wie unvergleichlich schön … Über das Gewirr der Dächer hinweg sah Fatima das Goldene Horn. Glitzernd kräuselten sich die Wellen in der Sonne, in deren Schein sich die weißen Segel der Schiffe blähten. Es war, als hätte Allah selber einen Pinsel genommen, um dieses Bild zu malen.

»Sehen Sie?«, rief Taifun ihr von der Seite zu. »Um das alles haben diese Verbrecher Sie betrogen. Und jetzt sollten Sie für immer im Tränenpalast verschwinden.«

Fatima konnte sich kaum sattsehen. Was war all die Pracht und Herrlichkeit des Harems gegen das bunte und glitzernde Leben dieser Stadt? So viele Jahre hatte sie darin verbracht, doch durch dicke Mauern getrennt, ohne die leiseste Ahnung, was auf der anderen Seite war. Von den Hügeln des Yildiz-Palastes hatte sie zwar auch das Meer und einen Teil der Stadt sehen können, aber aus der Ferne war alles so unwirklich gewesen. Jetzt war die Stadt zum Greifen nahe. Sie konnte sie sehen, hören, riechen, schmecken. Sie spürte die Sonne auf ihrer Haut, den warmen Wind im Gesicht, atmete den Duft von Gewürzen ein, während ihr Automobil sich einem Marktplatz näherte, auf dem es von Menschen nur so wimmelte. Ihre Angst ließ allmählich nach, sie entspannte sich und lehnte sich zurück. Vielleicht würde sie bald schon alles vergessen, was hinter ihr lag, und ein neues Leben beginnen, zusammen mit Elisa und Mesut, ihrem Sohn.

Plötzlich spürte sie ein Stechen in der Brust. Seit Tagen hatte sie vergeblich darauf gewartet, und jetzt stellte es sich ein. Ausgerechnet.

»Bitte halten Sie an!«, rief sie.
»Möchten Sie etwas anschauen?«, fragte Taifun. »Wenn Sie wollen, steigen wir aus.«
Vor einem Brunnen, auf dessen Stufen ein Schuhputzer mit einem goldenen Putzkasten thronte, brachte Taifun den Wagen zum Stehen. Fatima spürte, wie die Milch einschoss und warm aus ihren Brüsten trat. Taifun betätigte einen Hebel, und der Lärm des Automobils verstummte.
»Nein«, sagte sie, als er ausstieg, um den Wagenschlag für sie zu öffnen. »Ich kann nicht. Ich muss zurück in den Palast.«
»Pardon, habe ich richtig verstanden?«, fragte er.
»Bitte kehren Sie zurück. Ich darf mein Kind nicht alleinlassen.«
Irritiert schaute er sie an. »Ich begreife«, sagte er schließlich und nickte. »Natürlich haben Sie das Recht, selbst zu bestimmen, was sie wollen, und wenn Sie es wirklich wünschen, drehe ich auf der Stelle um und bringe Sie zurück. Aber überlegen Sie es sich gut. Wenn Sie wieder im Palast sind, kann ich nicht mehr viel für Sie tun.«
»Trotzdem …«, erwiderte Fatima zögernd. »Ich muss zurück zu meinem Sohn.«
»Ganz sicher?« Taifun fasste nach ihrem Arm. Mit festem Griff umspannte er ihr Handgelenk. »Ich mache Ihnen einen Vorschlag«, sagte er. »Wir fahren jetzt zu meinem Haus. Dort schauen Sie sich erst mal alles an, und danach können Sie sich immer noch entscheiden.«
Erstaunt hörte Fatima ihm zu. Galten diese Worte wirklich ihr? So hatte noch nie ein Mann zu ihr gesprochen.
»Und ich kann wirklich selbst bestimmen?«, fragte sie ungläubig.
»Warum nicht? Weil Sie eine Frau sind? Die Zeiten sind vorbei! Machen Sie sich keine Sorgen. Was immer Ihr Wunsch sein wird – ich werde ihn respektieren. Das verspreche ich Ihnen.«

Wieder lächelte er sie an, ohne den Griff von ihrem Handgelenk zu lösen.
»Nun«, fragte er. »Sind Sie einverstanden?«
Fatima nickte.

8

Der Muezzin rief zum Abendgebet.
Während Elisa den kleinen Mesut gefüttert und gewickelt in sein Bettchen legte, rollte Nadir seinen Gebetsteppich aus. Außer am Freitag verrichtete er sein Gebet stets in Elisas Gemach, statt wie die meisten Eunuchen in der Eunuchen-Moschee des alten Harems. Er hatte ihr versprochen, nicht von ihrer Seite zu weichen, bis Fatima sie zu sich holen würde, und jetzt ließ er keinen Zweifel daran, sein Versprechen zu erfüllen. Mit erhobenen Händen begann er sein Gebet.
»Lob und Preis sei Dir, mein Gott! Gebenedeit sei Dein Name und erhaben Deine Herrlichkeit. Es gibt keinen Gott außer Dir!«
Auf Zehenspitzen verließ Elisa den Raum. Sie brauchte Bewegung, und jetzt war die beste Zeit, ein paar Schritte zu tun. Mesut war versorgt und wohlig eingeschlafen, und an der Tür hielten zwei Soldaten Wache. Oberst Taifun hatte Wort gehalten. Er hatte sowohl für ihre Unterkunft im ehemaligen Sultans-Appartement als auch für ihren Schutz gesorgt.
»Ich suche meine Zuflucht bei Gott vor dem gesteinigten Satan.«
Auf dem Gang hörte sie die Stimmen mehrerer Frauen, die irgendwo zusammen ihr Abendgebet sprachen. Elisa mied die Gemeinschaftsgebete, noch immer waren ihr die Rituale fremd. Sie hatte zwar wie alle Mädchen beim Eintritt in den Harem das muslimische Glaubensbekenntnis abgelegt, doch niemand hatte sie später gezwungen, nach dieser Religion zu leben. Sie wusste

selber nicht, an welchen Gott sie eigentlich glaubte. Wenn sie allein für sich betete, nannte sie ihn manchmal Allah und manchmal Jesus.

Die murmelnden Stimmen hielten eine Weile inne, dann fuhren sie mit der Eröffnungssure des Korans fort: »*Im Namen Gottes, des Erbarmers, des Barmherzigen. Lob sei Gott, dem Herrn der Welten, dem Erbarmer, dem Barmherzigen, der Gewalt besitzt über den Tag des Gerichts! Dir dienen wir, und Dich bitten wir um Hilfe. Führe uns den geraden Weg, den Weg derer, die Du begnadet hast, die nicht dem Zorn verfallen und nicht irregehen.*«

In Elisas Ohren klangen die Gebete eher wie eine Klage als ein Lobpreis. Aber war das ein Wunder? Anders als für sie selbst gab es für die meisten dieser Frauen keinen Weg mehr, den sie gehen konnten. Sie waren am Ende angekommen, hier im Tränenpalast, wo sie lebten wie in einem Totenhaus, wandelnde Mumien, die nicht sterben konnten. Bis vor kurzem waren sie noch Angehörige der Sultansfamilie gewesen. Jetzt wollte sie niemand mehr haben, niemand suchte mehr nach ihnen – allein die Tatsache, dass sie noch lebten, lastete wie eine Schuld auf ihnen. Sie bekamen halbverdorbene Mahlzeiten zu essen und mussten zu Dutzenden in einem Zimmer schlafen. Ohne jede Abwechslung, ohne jedes Ziel und ohne jeden Sinn fristeten sie ihre Tage in der Erwartung, dass es Nacht wurde und sie in den Schlaf sinken konnten.

»*Mein Gott, vergib mir, erbarme Dich meiner, leite mich recht, bewahre mich und gib mir, was ich zum Leben brauche.*«
Elisa eilte den Gang entlang, um den Klagelauten zu entfliehen. Sie wollte ins Freie, frische Luft atmen. Der Tränenpalast war düster wie ein Keller und so unheimlich wie ein Kerker. Überall roch es nach Moder und Verfall. Die Farben an den Wänden waren verblasst, die Spiegel erblindet, die Kacheln zersprungen. Die alte Pracht war zerfallen und zerfressen von der Fäulnis der Vergänglichkeit.

Als Elisa den Hof betrat, blinkten bereits die ersten Sterne am blassgrauen Himmel. Sie schaute hinauf in die Weite des Alls. Wie lange würde sie hier noch gefangen bleiben? Ein paar Tage? Ein paar Wochen?

Plötzlich hörte sie ein leises Stöhnen. Es stammte aus einer der Favoritinnen-Wohnungen, die das offene Karree begrenzten. Hier waren die jüngsten Mädchen untergebracht. Während die älteren Frauen Zuflucht im Gebet nahmen, suchten sie Trost in den Freuden, die ihre Körper ihnen verschafften. Manche fanden sie in den Armen ihrer Schicksalsgenossinnen, andere in den Armen ebenso einsamer Eunuchen und einige wenige sogar in den Armen der Soldaten, die sie bewachten. Elisa verstand die Versuchung, doch sie teilte sie nicht. Das war nicht die Liebe, die sie aus den Liedern und Romanen kannte, jene plötzliche Offenbarung und Beglückung, von der sie heimlich träumte, sondern der verzweifelte Versuch, für kurze Augenblicke der Trauer zu entrinnen, in der sie hier gefangen waren. Trotzdem irritierte sie das leise Stöhnen so sehr, dass sie den Hof verließ und in ihr Appartement zurückkehrte.

Als sie die Tür öffnete, wartete Nadir bereits auf sie. Er trug Mesut auf dem Arm und schien fürchterlich aufgeregt.

»Gott ... Gott sei Dank, dass Sie da sind!«

Mesut war aufgewacht und starrte Elisa mit seinen Knopfaugen vorwurfsvoll an. Mit einem Anflug von schlechtem Gewissen nahm sie den Kleinen auf den Arm.

»Was ist denn, mein süßer Liebling? Ich war doch kaum weg.«

»Ein ... ein Mann war eben hier«, stotterte Nadir.

»Ein Mann?«, fragte sie, während sie versuchte, Mesut zu beruhigen. »Wer war das?«

»Ein Offizier. Er hieß Leutnant ... Leutnant Mehmet und hatte einen großen Kasten dabei, mit einem schwarzen Tuch. Als er den Kopf unter das Tuch steckte, gab es ein flammendes Licht, ein ... ein Blitz wie vom Schwert des Propheten. Davon ist Prinz Mesut aufgewacht.«

»Ich verstehe kein Wort«, sagte Elisa. »Bist du etwa eingeschlafen und hast geträumt?«
Nadir hob seine Hand. »Ich ... ich schwöre bei Allah! Es war genau so, wie ich sage. Leutnant Mehmet hat behauptet, Oberst Taifun hätte ihn geschickt. Die Wächter kannten ihn. Da... darum ließ ich ihn rein.«
Mesut schrie jetzt so laut, dass Elisa sich um ihn kümmern musste. Warum hatte sie den Raum nur verlassen? Sie hätte sich ohrfeigen können. Sie hatte Fatima versprochen, den Kleinen keine Sekunde aus den Augen zu lassen, und kaum hatte sie es getan, war schon etwas passiert. Auf dem Tisch stand noch ein Rest von dem Brei, mit dem sie ihn vor dem Schlafen gefüttert hatte. Ob er vielleicht wieder Hunger hatte? Sie versuchte, ihm einen Löffel zu geben, doch er spuckte den Brei wieder aus und schrie noch lauter.
»Hunger hast du also nicht«, sagte sie. »Was möchtest du dann? Soll ich dir ein Lied vorsingen?«
Zärtlich schmiegte sie ihn an ihre Brust und begann leise zu summen. Das half normalerweise immer. Aber diesmal verfehlte der Gesang seine Wirkung – im Gegenteil. Je länger sie versuchte, den Kleinen zu beruhigen, umso heftiger protestierte er. Seltsam.
»Wie lange ist er schon wach?«, fragte sie Nadir.
»Sie waren kaum aus dem Zimmer, als Leutnant Mehmet kam.« Elisa betastete mit den Lippen Mesuts Stirn. Die Haut fühlte sich heiß an.
»Meinen Sie, er hat Fieber?«, fragte Nadir.
»Ich glaube fast ja.«
»Sie ... Sie können Fatima schreiben«, schlug er vor. »Ich bringe den Brief gleich zur Wache. Oberst Taifun schickt uns sicher den besten Arzt, den es in Konstantinopel gibt.«
Während er sprach, sah Elisa auf einmal das Gesicht des deutschen Arztes vor sich, und für einen Moment wurde ihr ganz merkwürdig zumute.

»Ich weiß nicht«, sagte sie. »Wenn ich ihr schreibe, macht sie sich bestimmt Sorgen.«

»Da … da haben Sie recht«, pflichtete Nadir ihr bei. »Aber besser, sie macht sich Sorgen, als dass Prinz Mesut krank ist. Soll ich Ihnen Schreibzeug holen?«

9

»Wann kann ich endlich mein Kind wiedersehen?«, fragte Fatima.

»Ihrem Sohn geht es gut«, erwiderte Taifun. »Machen Sie sich keine Sorgen.«

»Wie soll ich mir keine Sorgen machen? Zwei Wochen sind es jetzt her, und er ist immer noch nicht bei mir.«

»Sie müssen mir vertrauen. Es geschieht alles zu Ihrem Wohl. Und zum Wohl Ihres Kindes.«

Fatima wandte sich ab und schaute zum Fenster hinaus. War es ein Fehler gewesen, Taifun zu folgen, statt in den Tränenpalast zurückzukehren? Der Oberst hatte ihr versichert, Mesut und Elisa nachzuholen, sobald die Gefahr für ihren Sohn vorüber sei. Doch immer, wenn sie sich erkundigte, wann dies der Fall sein würde, wich er aus. Ihre Brüste hatten inzwischen aufgehört zu schmerzen, nur noch selten nässten die Spitzen ein wenig, als wollte ihr Körper sie in ihrer Entscheidung bestätigen, ihr beweisen, dass Mesut sie nicht brauchte. Aber je mehr Zeit verging, umso größer wurde ihre Unsicherheit. Hatte sie sich wirklich nur von der Sorge um ihr Kind leiten lassen, als sie bei Taifun geblieben war?

Sein Haus lag in der Grande Rue de Pera, im europäischen Teil der Stadt, unweit des Galata-Turms – ein großes, prächtiges Gebäude, das vormals ein Minister des Sultans mit seinem Harem bewohnt hatte. Zwei Dutzend Dienerinnen und Diener waren nötig, um es in Ordnung zu halten. Sie wurden von Taifuns Mutter Hülya regiert, einer großen, knochigen Frau von sechzig Jahren, die Fatima mit unverhohlener Abneigung begegnete. Das Regiment, mit dem sie den Haushalt führte, erinnerte auf seltsam vertraute Weise an das Regiment der Sultan Valide. Alles, was sie befahl oder tat, tat oder befahl sie für ihren Sohn. Taifun selbst schien nicht weniger beschäftigt als der Sultan, und niemand wagte, in seiner Gegenwart den Blick oder die Stimme zu erheben. Schon früh am Morgen verließ er das Haus und kehrte erst spät am Abend zurück. Und genauso wie der Sultan hatte er jede Menge von Frauen, obwohl er mit keiner verheiratet zu sein schien. Er brachte sie immer nur für eine Nacht mit ins Haus. Dann hörte man Lachen und Musik, und am nächsten Morgen waren sie wieder fort. Fatima hatte er bislang noch nicht zu sich gerufen, noch hatte er ihr irgendwelche Forderungen gestellt, weder als Sklavin noch als Dienerin oder als Konkubine. Die seltenen Male, da sie ihn zu sehen bekam, begegnete er ihr stets höflich und zuvorkommend, doch so reserviert, als sei er unentschlossen, was er überhaupt mit ihr anfangen wolle. War sie ihm wirklich so gleichgültig? Fast fühlte sie sich gekränkt.

Draußen auf der Straße fuhr eine Pferdebahn vorbei.

»Wie kann der Sultan meinem Sohn noch gefährlich werden?«, fragte Fatima. »Sie haben selbst gesagt, dass man Abdülhamid nach Saloniki verbannt hat.«

»Haben Sie vergessen, was er Ihnen antun wollte?«, erwiderte Taifun. »Das Ungeheuer hat Befehl gegeben, Sie zu töten. Sie und Ihren Sohn.«

»Aber er ist doch so weit weg.«

»Glauben Sie, er ist deshalb machtlos? Auf seinen Befehl hin sind Menschen gestorben, die Tausende Meilen entfernt lebten. Wir sind nicht sicher, wie weit sein Arm noch reicht. Wollen Sie es wirklich darauf ankommen lassen?«

Fatima verstummte. Nein, das wollte sie natürlich nicht.

»Sie müssen noch ein wenig Geduld haben«, sagte Taifun. »Aber damit Ihnen das Warten leichter fällt – hier, vielleicht hilft Ihnen das.«
Sie wandte sich zu Taifun herum. Er griff in seinen Uniformrock und reichte ihr eine goldene Kette, an der ein ebenfalls goldenes Medaillon hing.
»Für mich?«, fragte sie.
»Ja«, sagte er. »Eine Überraschung. Sie finden sie im Deckel des Anhängers. Sie müssen nur auf den Knopf an der Seite drücken.«
Als der Deckel aufsprang, schossen Fatima Tränen in die Augen. Vor sich sah sie das Bild ihres Sohnes. Sie erkannte jede Runzel in seinem Gesichtchen, jeden Finger seiner kleinen Hand, die er ihr entgegenstreckte – sogar das Armband erkannte sie, ihre Gebetskette, die sie ihm ums Handgelenk gewickelt hatte.
»Ich habe die Photographie anfertigen lassen, damit Sie sich selbst überzeugen können, dass es ihm gutgeht.«
Sie küsste das Medaillon und drückte es an sich. »Danke«, flüsterte sie.
Auf einmal hatte sie das Gefühl, Taifun bitter unrecht getan zu haben. Sie hatte geglaubt, er würde sie vertrösten, um irgendwelche Ziele zu verfolgen, die ihr verborgen waren. Dabei tat er offenbar alles, was in seiner Macht stand, um ihr das Leben zu erleichtern. Wie konnte sie ihm ihre Dankbarkeit zeigen? Sie rief sich all die Dinge in Erinnerung, die sie im Harem gelernt hatte, um ihrem Herrn zu dienen.
»Möchten Sie, dass ich einen Mokka für Sie koche?«
»Das ist sehr liebenswürdig, aber ich habe eben einen Kaffee mit meiner Mutter getrunken.«
»Soll ich Ihnen eine Wasserpfeife anzünden?«
»Ich rauche nur Zigaretten.«
»Darf ich Ihren Morgenmantel holen, damit Sie es sich bequem machen können?«
Wieder schüttelte er den Kopf. »Zu freundlich, aber ich fühle mich in meiner Uniform ausgesprochen wohl.«

Sie wagte kaum, ihn anzuschauen. Sie war so unsicher in seiner Gegenwart, und die Tatsache, dass er sie in keiner Weise bedrängte, verstärkte ihre Unsicherheit noch mehr. Nie hatte er gesagt, was er von ihr wollte. Dass er sich als Mann für sie interessierte, daraus hatte er kein Hehl gemacht, als er ihre Schönheit pries, aber er hatte kein einziges Mal versucht, sie zu berühren. Mochte er sie nicht? Oder scheute er vor ihr zurück, weil sie die Favoritin des Sultans gewesen war?

Sie schlug die Augen auf und sah seinen Blick. So hatte früher Abdülhamid sie angeschaut.

»Möchten Sie ... dass ich ... für Sie tanze?«

10

Mit einem Lächeln schloss Taifun die Tür und drehte an der Kurbel des Grammophons, zu dessen Klängen er abends manchmal eine Zigarette rauchte. Gleich darauf ertönte eine Melodie, die auch das Haremsorchester früher oft gespielt hatte.

Während Fatima versuchte, die Töne in sich aufzunehmen, legte er sich auf den Diwan, die Augen unverwandt auf sie gerichtet. Was lag in diesem Blick, was sie nicht kannte? Er machte ihr irgendwie Angst, doch je mehr Angst er ihr machte, desto weniger konnte sie von ihm lassen. Sie streifte ihre Pantoffeln von den Füßen und ordnete ihre Schleier. Dann schloss sie die Augen und ließ ihre Hüften kreisen, um in den Rhythmus der Musik zu finden.

Auf den Zehenspitzen bewegte sie sich in die Mitte des Raums. Sie hatte weder einen Plan noch eine Idee für ihren Tanz. Doch als ihre nackten Füße in den weichen, tiefen Teppichen versanken, war plötzlich alles wie früher. Nie hatte sie den Harem verlassen, nie etwas anderes getan. Ohne dass sie den Mann sah, der vor ihr lag, spürte sie seinen Blick, der durch das zarte Gewebe ihrer Schleier drang, sein Begehren auf ihrem Leib. Unzählige Male schon hatte sie dieses Begehren gespürt und mit ihm die Macht, die es ihr verlieh. Solange sie dieses Begehren schürte, war sie die Herrin und der Mann ihr Sklave.

Sie öffnete den Knoten eines Schleiers und tauchte ein in die Musik, ganz von allein fand sie in die Bewegung. Die Töne drangen in ihre Arme, in ihre Beine, die Musik wurde ihr Körper und ihr Körper die Musik, in ihren Schultern, in ihren Brüsten, in ihren Schenkeln. Immer schneller schlugen die Trommeln, immer schneller drehte sie sich im Kreise, um seine unsichtbaren Blicke zu bannen. Sie lockte ihn und wies ihn zurück, sie verhüllte sich und gab sich ihm preis, sie wog sich in seinem Verlangen, um ihm sofort wieder zu entschwinden. Bald pulsierte der ganze Raum von seiner Lust. Und je stärker sie seine Lust in ihrem Tanz spürte, umso mehr gewann sie ihre Sicherheit zurück. Mit jeder Drehung, mit jedem Schleier, mit jeder Bewegung ihres Körpers.

Erst als die Musik verstummte, schlug sie die Augen auf. Doch Taifun war nicht nackt, wie sie erwartet hatte, sondern trug noch seine Uniform. Nur die Wölbung seiner Hose verriet die Erregung, in die sie ihn versetzt hatte. Mit einer Sicherheit, die keiner Überlegung bedurfte, strich sie über die Wölbung, leicht und zart, fast ohne sie zu berühren. Ganz langsam öffnete sie die Knöpfe, einen nach dem anderen, und verharrte vor jedem für eine Sekunde, um seinen Genuss durch die Qual der Erwartung zu steigern.

Dann öffnete sie den letzten Knopf.

Wie ein junger, kraftvoller Baum, den man mit einem Seil zu Boden gebogen hatte, schnellte sein Glied in die Höhe, kaum dass es aus seinem Gefängnis befreit war. Der Anblick verschlug ihr den Atem. Nie hätte sie sich träumen lassen, dass es eine größere und erhabenere Männlichkeit als die des Sultans geben konnte. Doch was war Abdülhamids Rute gegen dieses kraftstrotzende Gewächs?

Fatima kniete nieder, um ihn zu küssen, wie der Sultan es liebte. Doch bevor sie ihn berühren konnte, packte Taifun sie beim Schopf und hielt sie zurück. Wie gebannt starrte sie auf seine Männlichkeit, die rot und feucht vor ihrem Auge pulsierte. Alles in ihr schrie danach, ihn in sich aufzunehmen. Sie wollte ihn überall spüren, seine glänzende Rute verschlingen, mit ihren Lippen, mit ihrem Schoß …
Doch er ließ es nicht zu, hielt sie fest an ihrem Haar, so dass sie fast starb vor Verlangen.
Er zwang sie, ihn anzuschauen. Sie erwiderte seinen Blick. Ein kleines, kaum sichtbares Lächeln spielte auf seinen Lippen. Plötzlich erkannte sie, was anders war in seinem Blick: ein irritierendes Versprechen, eine geheimnisvolle, unbekannte Verheißung. Voller Wucht fuhr ihr dieser Blick in die Glieder, und sie spürte eine Erregung, die sie bislang nur gegeben, selber aber nie empfangen hatte.
Ohne ein Wort zu sagen, fasste er sie im Genick, nahm sie in seine Arme und küsste sie, als wolle er sie mit seinem Kuss für immer zum Schweigen bringen. Ohne ein Wort erwiderte sie seinen Kuss, schlang ihre Arme um seinen Hals und ihre Schenkel um seine Hüften.
Mit festem Griff hielt er sie für einen Augenblick in der Schwebe, dann stieß er in sie hinein. Es war wie eine Unterwerfung. Ja, er war ein Krieger, und sie war das Land, das er bezwang, in ihr, der Frau des Herrschers … Welchen Taumel der Gefühle löste diese Eroberung in ihr aus. Ihr Leib war Schmerz und Lust zugleich. Sie tanzten, drehten sich im Kreise, um eins miteinander zu werden, in erdenloser Tiefe zu versinken … Zusammen stürzten sie in die Hölle, um zusammen gen Himmel zu fahren …
Erschöpft lagen sie auf dem Diwan. Taifun zündete sich eine Zigarette an. Beim Anblick der zitternden Flamme, die aus seinem Feuerzeug aufstieg, verspürte Fatima jene Scham, die ein Mensch nur vor sich selbst empfinden kann, in den geheimsten Kam-

mern seines Gewissens. Sie hatte Abdülhamid nie geliebt. Die Flamme, die sie einst für ihn entzündet hatte, war Täuschung und Betrug gewesen, an ihr selbst noch mehr als an ihm. Ihre Liebe hatte nicht dem Mann gegolten, sondern nur dem Padischah, auch wenn sie damals hatte glauben wollen, dass sie ihn tatsächlich liebte.

»Weißt du, wo das Ungeheuer sein Notizbuch versteckt hat?«, fragte Taifun in die Stille hinein.

Fatima blickte ihn verwundert an. »Was für ein Notizbuch?«

»Mit den Aufzeichnungen seiner Auslandskonten. Ich muss es haben. Unbedingt.«

»Ich habe ein solches Notizbuch nie gesehen. Wofür brauchen Sie es?«

»Nicht *ich* brauche es, sondern *du*.« Taifun richtete sich auf seine Ellbogen auf und erwiderte ihren Blick. »Erst wenn wir das Notizbuch haben, ist Abdülhamids Macht gebrochen. Erst dann kannst du dein Kind wiedersehen. Dein Kind und deine Freundin.« Sein Blick wurde plötzlich ganz hart, so hart wie seine Stimme. »Los! Denk nach! Wo kann es sein?«

11

»Was schreibt Fatima?«, wollte Nadir wissen. »Hat sie ein großes Haus?«

»Warte«, sagte Elisa. »Ich bin noch nicht fertig.«

»Wie viele Frauen hat der Oberst? Und wie viele Eunuchen?«

»Pssst! Jetzt sei doch mal still!«

Wohl oder übel hielt Nadir den Mund, während sie mit gerunzelter Stirn den Brief las, den die Palastwache gebracht hatte. Doch ihr Anblick entschädigte ihn für sein Schweigen. Wie gern schaute er in dieses Gesicht – gar nicht satt sehen konnte er sich daran. Ihr offenes Haar bedeckte ihre Schultern wie ein kost-

barer Schal. Wie schön musste es sein, sie zur Frau zu haben …
Er wusste, dass er nicht so empfinden sollte, schließlich war er
ein Eunuch. Aber hatte er darum keine Gefühle? Nein, in seinem Körper mochte der Mann ausgelöscht sein, doch in seinem
Herzen lebte er fort. Und er würde nicht eher ruhen, bis sie seine Frau sein würde, irgendeines schönen Tages.
Elisa ließ den Brief sinken. »Ich möchte, dass du für mich nach
Yildiz gehst«, sagte sie.
»Ich soll den Serail verlassen? Tun Sie mir das nicht an!«
»Es ist aber wichtig. Sehr wichtig sogar!« Sie schaute sich um,
ob jemand sie beobachtete. Dann flüsterte sie ihm ins Ohr: »Pass
gut auf, was ich dir jetzt sage …«
Aufmerksam hörte Nadir ihr zu. Mit jedem Wort, das sie sprach,
wuchs seine Aufregung.
»Aber ist das nicht Diebstahl? Das gehört doch dem Sultan!«
»Wenn du willst, dass wir ein neues Zuhause bekommen, musst
du mir helfen«, erwiderte sie.
Im Zwiespalt seiner Gefühle machte Nadir sich auf den Weg. Er
hasste es wie die Pest, den Serail zu verlassen. Seit der Sultan
gestürzt war, ging draußen alles drunter und drüber. Aber was
blieb ihm übrig, wenn Elisa ihn bat?
Kaum hatte Nadir das letzte Tor passiert, fand er sich in der Hölle wieder. Auf den Straßen liefen kaum verschleierte Frauen
umher und präsentierten sich den Blicken wildfremder Männer.
Genauso gut hätten sie nackt herumlaufen können! Noch schlimmer aber waren die Demütigungen, die er selbst erfuhr. Was für
ein Vergnügen war es früher gewesen, sich in der Öffentlichkeit
zu zeigen. Wo immer er in seinem schwarzen Stambulin-Mantel und dem roten Fez erschienen war, hatten die Menschen in
ihm einen Palasteunuchen erkannt und waren respektvoll beiseite getreten. Doch jetzt? Männer musterten ihn mit spöttischen Blicken, Weiber begannen in seiner Gegenwart zu kichern, und als er die Galata-Brücke überquerte, rief eine Horde
Kinder ihm Spottverse nach.

»*Seht euch den Eunuchen an!*
Ist ja gar kein echter Mann!«

Im Laufschritt legte er den restlichen Weg nach Yildiz zurück. Doch als er in der weißen Stadt ankam, hätte er am liebsten auf dem Absatz kehrtgemacht. Was für ein Paradies war der Ort einmal gewesen ... Hunderte von Gärtnern hatten den Park gepflegt, den Rasen geschoren, die Büsche beschnitten, die Kieswege geharkt. Jetzt sah er aus wie eine Wildnis. Die Beete waren voller Unkraut, auf den Rasenflächen weideten Kühe, Vögel nisteten in den Mauernischen, und auf den Wegen häuften sich die Exkremente streunender Hunde und Katzen. Angeekelt hielt Nadir sich die Nase zu. Millionen Fliegen summten um die Kothaufen herum. Nur die Pfauen stolzierten noch immer umher und schlugen ihr Rad, als wäre die Zeit spurlos an ihnen vorübergegangen.

Auf der Treppe vor dem Palast lungerten ein paar Soldaten, doch keiner stellte sich Nadir in den Weg, als er das Gebäude betrat. Drinnen sah es aus wie nach einer verlorenen Schlacht. In allen Räumen waren die Schränke aufgerissen, Schubladen lagen auf dem Boden verstreut, Betten und Polstermöbel waren aufgeschlitzt. Nadir bog gerade in den Flügel ein, in dem sich das Arbeitszimmer des Sultans befand, als er eine laute Stimme hörte.

»Und hier geht es zu der Höhle des Ungeheuers.«
Ein Offizier erklärte einer Gruppe Journalisten das Labyrinth von unterirdischen Gängen und Falltüren, in das Abdülhamid sich angeblich verkrochen habe, um die Gelder seines Volkes zu verprassen. Ohne dass sie von ihm Notiz nahmen, eilte Nadir weiter in das Arbeitszimmer. Auch hier war das Unterste zuoberst gekehrt. Wie sollte man in dem Durcheinander eine kleine, unscheinbare Tabatiere finden?

Umso größer war seine Überraschung, als er auf den ersten Blick sah, was er suchte. Mitten auf dem Schreibtisch, als hätte kein

Mensch sie seit Abdülhamids Zeiten berührt, stand die Blechdose, die Elisa ihm beschrieben hatte.
Vorsichtig öffnete Nadir den Deckel. Die Dose war leer, doch verströmte sie den süßlichen Duft von Opium. Er hob sie in die Höhe, um sie von allen Seiten zu inspizieren.
Da entdeckte er den Verschluss, mit dem sich der doppelte Deckel öffnen ließ.

12

Wenige Tage später besuchte Oberst Taifun den ehemaligen Sultan in Saloniki.
»Ich fordere Sie im Namen der Regierung auf, Ihre Auslandskonten freizugeben.«
Abdülhamid wich seinem Blick mit einem Grinsen aus, den Kopf zwischen die Schultern versenkt wie eine Schildkröte, die sich hinter ihren Panzer zurückzieht.
»Ich weiß gar nicht, von welchen Konten Sie reden.«
»Dann will ich Ihrer Erinnerung nachhelfen.« Taifun fasste in seinen Uniformrock und holte das Notizbuch hervor, das Fatima besorgt hatte. »Das sind Ihre eigenen Aufzeichnungen. Daraus geht hervor, dass Sie bei der Deutschen Bank sowie beim Crédit Lyonnais Wertpapiere im Gesamtwert von zwei Millionen Pfund deponiert haben.«
Abdülhamid zog seinen Kopf noch mehr ein, so dass sein Gesicht fast hinter dem Kragenspiegel verschwand.
»Haben Sie vergessen, dass wir Sie zum Oberst ernannt haben?«, zischte er. »Sie sind ein Verräter, ein ganz gemeiner, hinterhältiger Schuft, wie all die anderen Blutsauger auch, die sich jetzt an unserem Unglück weiden. Statt Sie mit unserer Gunst zu überhäufen, hätten wir Sie alle erschießen lassen sollen.«
Taifun musste sich beherrschen, um nicht die Fassung zu verlie-

ren. Die neue Regierung verwöhnte diesen alten Mann, der Tausende von Menschen auf dem Gewissen hatte, in einer Weise, die kaum noch zu verantworten war.

Nicht nur, dass sie Abdülhamid die prächtigste Villa von Saloniki zur Verfügung gestellt hatte, erfüllte sie ihm beinahe jeden Wunsch, den er äußerte. Er hatte sich über die Eier und Milch beklagt, und man hatte ihm Kühe und Hühner von seinem ehemaligen Landgut gebracht; er hatte sich nach seinen Angorakatzen gesehnt, und zwei Tage später waren sie da; er hatte mehr Personal verlangt, und man hatte ihm zusätzliche Eunuchen geschickt. Dabei benötigte die neue Regierung jeden Piaster. Die Staatskasse war leer. Der Abzug der Offiziere aus Mazedonien hatte blutige Unruhen ausgelöst und die Entsendung neuer Truppen in das Aufstandsgebiet erforderlich gemacht, und in Adana übertrugen die Armenier ihren Hass auf das alte Regime ungebrochen auf die neuen Machthaber, obwohl diese ihnen wohlgesinnt waren.

»Wir sind bereit, Ihnen Ihren Aufenthalt hier so bequem wie möglich zu machen «, sagte Taifun. »Ja, mehr noch. Wenn Sie kooperieren, muss Ihre Verbannung nicht von Dauer sein. Es ist nicht auszuschließen, dass Sie nach Ablauf einer gewissen Zeit nach Konstantinopel zurückkehren können. Aber dafür brauchen wir eine Geste Ihres guten Willens, ein Zeichen, dass Ihnen das Schicksal des türkischen Volkes wirklich am Herzen liegt.«
»Was für ein Zeichen soll das sein?« Abdülhamid lachte böse auf. »Lassen Sie mich raten! Vielleicht eine Unterschrift unter einen Scheck?«
»Wir können auch anders«, erwiderte Taifun. »Wenn Sie sich weigern, mit uns zusammenzuarbeiten, werden wir alle Vergünstigungen rückgängig machen. Einige Mitglieder des Komitees erwägen bereits, Anklage gegen Sie zu erheben.«
»Sie wollen mir den Prozess machen? Worauf soll die Anklage lauten?«
»Hochverrat – ich nehme an, Sie wissen, welche Strafe darauf

steht. Aber so weit muss es ja nicht kommen. Es liegt ganz in Ihrer Hand.«

Abdülhamid schaute ihn von der Seite an und machte dabei einen ebenso krummen Rücken wie die Katze auf seinem Schoß, das Gesicht voller Misstrauen.

»Und was passiert, wenn ich Ihnen mein Geld gebe?«, fragte er. »Wie kann ich sicher sein, dass Sie mich und meine Familie nicht verhungern lassen?«

»Sagen Sie uns, wie wir Ihr Vertrauen erlangen können, und wir werden alles daran setzen, um Ihre Zweifel auszuräumen.«

Abdülhamid steckte sich eine Zigarette an. Erst jetzt fiel Taifun auf, dass er geschminkt war – seine Wangen wiesen deutliche Spuren von Rouge auf, und die Augenbrauen waren so dunkel, dass sie gefärbt sein mussten.

»Nun?«, fragte er.

Bevor Abdülhamid eine Antwort geben konnte, ging eine Tür auf, und eine verschleierte Frau betrat den Raum. Obwohl ihr Gesicht verhüllt war, erkannte Taifun sie sofort: Saliha, die einzige Frau des kaiserlichen Harems, die Abdülhamid wirklich geliebt hatte.

»Ich kann Ihnen die Antwort geben«, sagte sie.

»Haben Sie unser Gespräch belauscht?«

Saliha überhörte die Frage. Mit leiser, brüchiger Stimme, als wäre sie den Tränen nah, sagte sie: »Schicken Sie Fatima hierher. Ewige Majestät wünscht seine Favoritin wiederzusehen.«

Noch während sie sprach, streckte Abdülhamid den Arm nach ihr aus und drückte ihr die Hand, als wolle er ihr danken. Nein, Taifun hatte nicht den geringsten Zweifel: Saliha hatte Abdülhamid aus dem Herzen gesprochen, der alte Mann war immer noch in Fatima verliebt. Eine Träne quoll aus seinen Augen und rann die rosa geschminkte Wange entlang.

Taifun biss sich auf die Lippen. Das war mehr, als er sich hatte erhoffen können – ein Wort genügte, und die Gelder würden sprudeln ... Doch während er zusah, wie die Träne an Abdül-

hamids Nase herunterrann und sich im Winkel seines welken Munds verfing, spürte er plötzlich, wie sich etwas Machtvolles in ihm sträubte.
»Nein«, hörte er sich zu seiner eigenen Überraschung sagen.
»Diese Bedingung können wir nicht erfüllen.«
»Weshalb nicht?«, fragte Saliha.
»Weil ... weil ... Fatima lebt nicht mehr. Sie ist an den Folgen des Giftes gestorben, mit dem man die Geburt ihres Kindes verhindern wollte.«
Abdülhamid schlug die Hände vors Gesicht, und sein kleiner Körper erbebte in einem lautlosen Schluchzen. Der Anblick war Taifun peinlich. Er wandte den Kopf ab und schaute hinaus auf das Meer, das draußen in der Sonne glänzte.
Eine lange Weile sprach niemand ein Wort. Saliha war die Erste, die ihre Stimme wiederfand. In die Stille hinein sagte sie: »Dann bringen Sie uns das Kind.«
Taifun drehte sich um. »Das Kind?«, wiederholte er.
»Ja«, sagte Saliha. »Fatimas Sohn. Er soll ewige Majestät über den Verlust trösten.«
Taifun war so verblüfft, dass er sich außerstande sah, eine vernünftige Antwort zu geben.
»Ich ... ich will darüber nachdenken«, sagte er und stand auf. »Aber dafür brauche ich ein wenig Zeit.«

13

Vorsichtig, damit niemand sie hörte, öffnete Fatima die Tür einen Spalt und lauschte in den dämmrigen Flur. Aus einem Nebenzimmer drang leises Stimmengemurmel: Taifuns Mutter Hülya und ihr Gast, ein Hodscha aus der Süleyman-Moschee, den sie wie einen Heiligen verehrte. War das endlich die Gelegenheit, für ein paar Stunden zu entwischen?

Fatima wollte in den Tränenpalast, um nach ihrem Kind zu schauen. Taifun hatte ihr verboten, das Haus zu verlassen, und seine Mutter bewachte sie wie eine Gefangene. Es dürfe keine Spur von ihr zu dem Sohn des Sultans führen, hatte er gesagt, bevor er nach Saloniki aufgebrochen war – in der Stadt wimmle es immer noch von Abdülhamids Spionen. Aber Fatimas Sehnsucht war zu groß. Sie hatte einen Brief von Elisa bekommen. Ihre Freundin hatte geschrieben, dass Mesut seit einer Woche Fieber habe. Fatima hatte Taifun gebeten, wenigstens einen Arzt in den Tränenpalast zu schicken, doch statt ihr eine Antwort zu geben, hatte er sie auf das Bett geworfen. Obwohl sie sich gegen seine Umarmung gewehrt hatte, war sie von Gefühlen überwältigt worden, die sie noch nie in ihrem Leben empfunden hatte. War sie eine schlechte Frau, eine schlechte Mutter?
Sie hielt die Unsicherheit nicht länger aus, sie musste ihr Kind sehen. Auf Zehenspitzen schlich sie hinaus auf den Flur.
»Ihr Sohn ist jetzt ein bedeutender Mann«, sagte der Hodscha. »Er soll ja sogar Aussichten haben, zum Pascha befördert zu werden.«
»Auf jeden Fall wird es höchste Zeit, dass er sich endlich eine Frau nimmt. Können Sie mir keine empfehlen? Ein ordentliches Mädchen aus einer anständigen, frommen Familie, die das Haus für ihn führen kann? Ich bin schon alt, meine Tage sind gezählt.«
»Ich dachte, er hätte schon eine Frau gefunden.«
»Meinen Sie die Hure aus dem Palast? Ich bete zu Allah, dass er sie bald satt hat.«
Fatima zuckte zusammen. Draußen ertönte die Stimme des Muczzins.
»Lassen Sie uns später weiterreden, meine Tochter«, sagte der Hodscha. »Jetzt ist es Zeit für das Gebet.«
Fatima musste sich beeilen. Die beiden konnten jeden Moment das Zimmer verlassen. Ohne länger zu zögern, huschte sie zur Tür und verließ das Haus.

Ihr Herz klopfte bis zum Hals, als sie die Straße betrat. Es war das erste Mal, dass sie sich ohne Begleitung ins Freie wagte. Zu ihrer Verwunderung schien ihr kein Mensch Beachtung zu schenken. Sie war nicht die einzige Frau auf der Straße. Die meisten waren in bodenlange Mäntel gehüllt, andere trugen europäische Kleider, mit hauchdünnen Schleiern, so dass man ihre Gesichter erkennen konnte. Auf der Treppe, die vom Galata-Turm zum Meer hinunterführte, begegnete ihr sogar eine Frau, die überhaupt keinen Schleier trug. Fatima staunte über ihren Mut. Was für ein Gefühl musste das sein? Bei der Vorstellung, sich selber so nackt in der Öffentlichkeit zu zeigen, bekam sie eine Gänsehaut. Fast wie in Taifuns Armen.

An der Galata-Brücke musste sie einen halben Piaster zahlen. Zum Glück hatte sie gewusst, dass für die Überquerung Wegzoll erhoben wurde, und ein paar Münzen eingesteckt, die sie neben dem Grammophon gefunden hatte. Auf der anderen Seite der Brücke blieb sie stehen und schaute sich um. Am liebsten hätte sie jemanden nach dem Weg gefragt, doch sie traute sich nicht. Hier, im alten Teil der Stadt, waren kaum noch Frauen auf der Straße, und die wenigen, die sie sah, huschten in ihren schwarzen Mänteln so eilig an den Häusern entlang, als wären sie auf der Flucht. Erst jetzt fiel Fatima auf, dass sie die einzige Frau war, die einen bunten Umhang trug. Im Harem hatten alle Frauen bunte Kleider getragen. Waren sie in der Stadt verboten?

Fatima wusste ungefähr, wo der Tränenpalast lag, sie hatte ihn ja täglich vom Fenster aus gesehen. Also beschloss sie, sich auf ihr Gefühl zu verlassen. Aber sie hatte kaum den halben Hügel erklommen, als sie in ein Labyrinth aus überdachten, halbdunklen Gassen geriet, in der sich eine wogende Menschenmenge drängte. Von den Wänden und Decken hallte der Lärm unzähliger Stimmen wider. Eingetaucht in ein schwankendes, unbestimmtes Licht, zwischen Säulen und Pfeilern, Bogen und Wölbungen sah sie überall Läden: Waren auf dem Boden, an den Wänden, an den Decken – Gemüse und Obst, Gewürze und

Süßigkeiten, Pfannen und Kessel, Stühle und Betten, Kleider und Mäntel, Stoffe und Leder, Gold und Geschmeide. Schon bald hatte sie sich vollkommen verirrt. Bei jeder Wendung erblickte sie neue Säulen, Bögen und Pfeiler, Brunnen, Wölbungen und Plätze, zwischen denen Händler und Lastenträger, Männer und Frauen, Kinder und Greise hin und her liefen. War das der Große Basar, von dem die Eunuchen im Palast erzählt hatten?

Ihr war von dem ohrenbetäubenden Durcheinander ganz schwindlig, als sie sich plötzlich im Freien wiederfand. Das Licht der Sonne leuchtete so hell, dass ihre Augen ein paar Sekunden brauchten, um sich daran zu gewöhnen. Als sie sich umdrehte, sah sie die mächtigen Kuppeln der Hagia Sophia vor dem dunkelblauen Himmel. Allah sei gepriesen – jetzt kannte sie sich wieder aus! Dieselbe Straße hatte auch Taifun genommen, als er sie mit seinem Automobil aus dem Tränenpalast geholt hatte. Sie brauchte nur noch um die Moschee herumzulaufen, und schon war sie am ersten Tor des Serails. In ein paar Minuten würde sie bei ihrem Sohn sein.

Kaum aber hatte sie die Straßenecke erreicht, erschrak sie. Auf dem Platz hinter der Moschee war eine Prügelei entbrannt. Männer mit weißen Turbanen fielen mit Knüppeln über Geldwechsler her, die dort ihre Buden hatten, schlugen sie zu Boden und traten sie mit den Füßen. Soldaten und Polizisten standen mit verschränkten Armen am Rand des Platzes und schauten tatenlos zu.

»Was ist hier los?«, fragte Fatima eine verschleierte Frau, die sich mit ihr hinter eine Mauer duckte.

»Knüppelleute«, sagte die andere. »Sie bestrafen die Armenier.«

»Wofür? Was haben sie getan?«

»Ich weiß nicht. Sie sollen irgendwas in Adana verbrochen haben.«

Fatima wollte gerade fragen, warum die Polizisten und Soldaten nicht eingriffen, als sie eine kreischende Stimme hörte, ganz in ihrer Nähe.

»Da! Seht! Eine Hure des Sultans!«
»Wo?«
»Dort! Hinter der Mauer! In dem bunten Umhang!«
Ein Mann mit weißem Turban zeigte auf Fatima mit ausgestrecktem Arm, und ein Dutzend anderer Männer kamen im Halbkreis auf sie zu, immer näher, immer bedrohlicher, mit böse funkelnden Augen, die Gesichter von fanatischer Wut verzerrt. Noch nie hatte Fatima so wütende Gesichter gesehen, noch nie so böse Augen.
»Packt sie!«, schrie der Mann mit dem weißen Turban.
Jemand riss ihr den Schleier vom Gesicht. Fatima hob die Hände, um die Männer abzuwehren. Doch vergeblich! Im nächsten Moment war sie umringt. Hände griffen nach ihren Armen, ihren Schultern, ihren Schenkeln. Fremde Leiber drängten sich an sie heran, fremde Gesichter und Münder, deren Atem sie spürte.
Da gellte ein Pfiff.

14

Wütend warf Taifun den Wagenschlag seines Automobils zu und marschierte mit knallenden Stiefelschritten zum Haus. Zwei volle Tage hatte die Fahrt von Saloniki gedauert, nachdem er in Kabala mit einem Achsenbruch liegen geblieben war. Aber der Grund seiner Wut war ein anderer. Er war wütend auf sich selbst, und noch wütender auf Fatima. Wie hatte er nur so idiotisch sein können, den Wunsch des Sultans auszuschlagen? Seine Dummheit konnte alle seine Träume zerstören.
War er etwa verliebt?
Das war das Letzte, was er jetzt brauchen konnte. Schon als Offiziersanwärter hatte er sich geschworen, sich nie in eine Frau zu verlieben. Liebe war eine lächerliche Verwirrung des Verstands,

eine Erfindung für Jünglinge oder Greise, die keine Kraft mehr in den Lenden hatten. Er war aus einem anderen Holz geschnitzt. Alles, was er bisher getan hatte in seinem Leben, hatte er für seinen Schwanz oder für seine Karriere getan. Er hatte nicht vor, daran etwas zu ändern.

Als er das Haus betrat, hörte er aufgebrachte Frauenstimmen. Fatima und seine Mutter schrien sich so laut an, dass trotz der verschlossenen Tür jedes Wort zu hören war.

»Verflucht sei der Tag, da du in dieses Haus gekommen bist!«

»Ich habe nur getan, was jede Mutter getan hätte! Verstehen Sie das nicht? Sie haben doch selber Kinder gehabt!«

Taifun riss die Zimmertür auf. Die beiden Frauen standen wie zwei Furien einander gegenüber.

»Was ist hier los?«

»Allah sei gelobt, dass du da bist!«, rief seine Mutter. »Dieses Weib bringt Schande über dich! Polizisten haben sie auf der Straße aufgelesen, mit einem zerrissenen Schleier! Außerdem hat sie dir Geld gestohlen!«

Bevor Fatima etwas erwidern konnte, packte Taifun sie am Arm und zerrte sie in sein Schlafzimmer. Mit dem Stiefelabsatz trat er die Tür zu und warf sie aufs Bett.

»Ich hatte dir verboten, das Haus zu verlassen! Hat man dir im Palast nicht beigebracht, was Gehorsam heißt?«

»Ich wollte nicht ungehorsam sein! Ich wollte nur mein Kind wiedersehen! Es ist krank!«

»Mein Kind, mein Kind«, äffte er sie nach. »Was geht mich dein Bastard an? Selbst wenn er im Sterben läge, hättest du kein Recht, meine Befehle zu verweigern!«

Er verpasste ihr eine Ohrfeige. Mit offenem Mund schaute sie ihn an, ohne ein Wort zu sagen – nur grenzenloses Staunen in ihren großen Mandelaugen. Der Anblick brachte ihn um den Verstand. Diese staunenden Augen, dieser offene Mund … Mit einem einzigen Ruck riss er ihre Kleider entzwei. Mit dem Rücken in den Polstern, lag sie vor ihm auf dem Bett, die Arme

hingen wehrlos herab, ohne ihre Scham zu bedecken. Diese weißen Brüste, diese rosa Lippen ... Den Blick fest auf sie gerichtet, öffnete er seinen Hosenbund.
»Versprich mir, dass du das nie wieder tun wirst!«, befahl er.
»Ich ... ich verspreche es«, flüsterte sie.
»Lauter!«
»Ich verspreche es!«
Er nahm ihre Hand und führte sie zum Sitz seiner Männlichkeit.
»Schwöre es!«
»Ich schwöre es!«
»Noch einmal!«
Er drückte ihr Handgelenk. Sie begriff und berührte sein Fleisch.
»Ich schwöre es!«
»Fester!«
Unter dem Druck ihrer Hand schwoll sein Schwanz machtvoll an. Plötzlich glaubte er, ein kurzes, heimliches Flackern in ihren Augen zu erkennen. Er verpasste ihr noch einen Schlag. Vor Schmerz schrie sie auf und hielt sich die Wange. Er packte ihren Schopf und riss ihren Kopf in den Nacken, damit sie ihn anschauen musste. Immer noch hielt sie seinen Schwanz umschlungen, ganz dicht vor ihrem Gesicht. Sein eigenes Begehren steigerte seine Wut noch mehr. Er wollte sich von ihr losreißen, aber er schaffte es nicht. Alles in ihm drängte danach, sie zu nehmen, sie zu durchbohren, wieder und wieder. Damit er endlich genug von ihr hatte.
Eine lange Weile sahen sie sich an, schweigend, voller Hass und Verlangen. Er war entschlossen, sie zu vernichten.
»Sag, dass du nur mich liebst!«, befahl er.
»Ich ... ich liebe Sie!«
»Falsch! Du sollst sagen: Ich liebe *nur* Sie. Sie sind mein Herr und Gebieter!«
»Ich ... ich liebe nur Sie. Sie sind mein Herr und Gebieter!«
»Und sonst liebe ich niemand.«

»Und sonst liebe ich niemand!«
»Auch nicht meinen Sohn!«
Fatima schlug die Augen nieder. Er riss an ihrem Schopf.
»Worauf wartest du?«
»Das ... das kann ich nicht sagen ...«
»Los! Sag es! Ich befehle es dir!«
»Ich kann nicht ...«
»Du sollst es sagen!«
Voller Angst schaute sie zu ihm auf, die Augen feucht von Tränen. Immer stärker pulsierte seine Lust in ihrer Hand.
»Los«, wiederholte er. »Sag es endlich.«
Eine Träne rann aus ihren Augen. Stumm schüttelte sie den Kopf. Ihr Widerstand trieb ihn zum Wahnsinn – und steigerte zugleich sein Verlangen. Er hielt es kaum noch aus. Gleich würde er explodieren.
»Du sollst es sagen ...«, zischte er.
Wieder tauschten sie einen Blick. Wieder glaubte er, dieses kleine Flackern in ihren Augen zu sehen. Ihre Lippen öffneten sich einen Spalt. Wie zu einem Kuss.
»Tu's endlich ...«, flüsterte er. »Bitte ...«
Als würde alle Kraft aus ihm weichen, ließ er ihren Schopf los. Sie beugte sich über ihn und umfing mit ihren Lippen sein Fleisch. Mit einem Seufzer schloss er die Augen, ohnmächtig vor Wut über ihren Ungehorsam. Und zugleich unendlich dankbar für die Erlösung ...

15

Als Taifun erwachte, war draußen dunkle Nacht. Er wollte aufstehen, aber er konnte es nicht. Bei anderen Frauen überkam ihn meist schon nach der ersten Befriedigung seines Verlangens das unwiderstehliche Bedürfnis, allein zu sein. Nicht selten floh er

regelrecht aus dem Bett, noch bevor seine Lust ganz verebbt war, weil er die Nähe der Person nicht länger ertrug, mit deren Körper sich zu vereinigen ihn zuvor alles gedrängt und genötigt hatte. Doch nicht bei dieser Frau. Fünfmal hatte er Fatimas Leib genossen, um sich von ihr zu kurieren, um durch den Genuss der Lust mit ihr das Verlangen in sich abzutöten, sich in ihr selber wiederzufinden – hatte alles mit ihr getan, was ein Mann mit einer Frau nur tun konnte, damit er endlich zur Ruhe fand. Jetzt war seine Begierde erloschen, sein Hunger gestillt. Trotzdem war er unfähig, sich von ihrer Seite zu erheben. Als könnte er sich gar nicht satt fühlen an ihrer Nähe.
Er versuchte zu schlafen, aber es gelang ihm nicht. Er war wie verhext von ihrer Gegenwart. Leise hörte er ihren Atem an seiner Seite, und im Dämmerlicht sah er ihren nackten Leib. Was war nur mit ihm los? Er kannte sich ja selbst nicht wieder. Er hatte diese Frau aus dem Tränenpalast geholt, damit sie ihm das Notizbuch des Sultans verschaffte. Sie hatte es getan. Er hatte sie begehrt, weil sie die kostbarste Perle des kaiserlichen Harems gewesen war. Sie war ihm in sein Haus gefolgt. Er hatte sie genommen, um mit ihrer Eroberung alle seine früheren Eroberungen zu krönen. Sie war ihm zu Willen gewesen.
Was wollte er noch von ihr? Sie hatte ihm doch alles gegeben, was eine Frau einem Mann nur geben konnte.
»Wo bist du?«, flüsterte sie.
Im Halbschlaf drehte sie sich zu ihm um, und ihre Hand tastete über das Lager, als würde sie ihn suchen. Der Anblick fuhr ihm mitten ins Herz.
Aus ihrer kleinen Geste sprach ein solches Vertrauen, wie er es noch von keiner Frau je erfahren hatte. Nackt und bloß lag sie da, ihm vollkommen ausgeliefert. Und trotzdem schien sie keine Angst vor ihm zu haben. Im Gegenteil. Auch sie wollte ihm nahe sein.
War es möglich, dass sie ihn liebte? Ihn oder etwas in ihm, das er selbst nicht kannte?

Mit einem Ruck richtete er sich auf und setzte sich auf die Bettkante, den Rücken ihr zugewandt. Auf dem Nachttisch lag das kleine grüne Buch, das seine Mutter ihm geschenkt hatte und in dem er vor dem Schlafen immer ein paar Verse las: der Koran, die heiligen Worte des Propheten. Wie stand darin geschrieben? *Ich hinterlasse den Männern keine schädlichere Quelle der Zwistigkeiten und Ränke als die Frauen.* Die Erinnerung des Verses stärkte seine Willenskraft. Nein, er würde sich nicht von einer Frau beirren lassen. Er musste die Sache, die er begonnen hatte, zu Ende führen. Fatima war nicht der Zweck, sondern das Mittel seiner Mission. Er würde sie nach Saloniki schicken und dem Sultan erklären, dass man ihn falsch informiert habe. Abdülhamid würde keine Fragen stellen. Er würde glücklich sein, seine Favoritin wieder in die Arme zu schließen, er war ja noch immer in sie verliebt wie ein Straßenköter. Dann würde er seinen Widerstand beenden und die Konten freigeben, und er, Oberst Taifun, würde zum Pascha befördert, zum General.

In seinem Rücken hörte er ein Rascheln. Er drehte sich um. Fatima hatte das Bett verlassen und stand in der Tür, die in das angrenzende Bad führte.

»Was hast du vor?«, fragte er.

»Ich möchte mich waschen. Darf ich?«

»Warum fragst du? Was sollte ich dagegen haben?«

»Ich weiß nicht«, erwiderte sie. »Ich hatte nur Angst, ungehorsam zu sein.«

Wie Milch schimmerte ihr Leib im Mondlicht, das durchs Fenster fiel. Taifun hielt den Blick gesenkt, er wollte ihr nicht in die Augen schauen. Sie machte einen zögernden Schritt. Er sah ihre nackte, unbehaarte Scham. Ihre fleischigen Lippen waren von der genossenen Lust noch immer geschwollen.

Plötzlich durchzuckte ihn ein fürchterlicher Gedanke. Das Glück, das er in Fatimas Armen genossen hatte – sollte es sich nie mehr wiederholen? Hatte er diese Frau in dieser Nacht zum letzten Mal gehabt? Die Vorstellung, dass bald schon Abdülhamids wel-

ker Schwanz sich in den Aufbruch ihrer süßen, saftigen Feige hineinwinden würde wie ein Wurm, machte ihn fast krank. Nein, er wollte diese Frau ganz für sich allein, niemand sonst sollte von dieser Frucht kosten, weder Abdülhamid noch sonst irgendein Mann.
»Ich … ich liebe dich«, sagte er, ohne zu wissen, wie ihm geschah.
»Was sagen Sie da?«, fragte sie ungläubig.
»Ja«, wiederholte er, »ich liebe dich.«
Er hob die Augen und erwiderte ihren Blick. Nichts in ihrem Gesicht ließ darauf schließen, dass sie ihm vertraute. Im Gegenteil. Unsicher machte sie einen Schritt zurück, fort von ihm, als habe sie Angst, ihm nahe zu sein. Wie ein Ertrinkender streckte er den Arm nach ihr aus.
»Was kann ich tun, damit du mir glaubst?«, fragte er.

16

Ein Schlüssel klapperte im Schloss. Quietschend öffnete sich die Zellentür.
»Mitkommen!«, befahl Leutnant Mehmet.
Felix nahm seine Jacke und stand von seiner Pritsche auf.
»Wohin bringen Sie mich?«
»*Maalesef. Anlamiyorum.*«
Leutnant Mehmet hatte mal wieder beschlossen, kein Deutsch zu verstehen. Felix folgte ihm auf den Zellengang hinaus, wo es nach Fäkalien und gekochtem Hammelfleisch stank. Einmal am Tag hatte er Hofgang, meistens nach dem Mittagessen. Heute hatten sie es sich offenbar anders überlegt.
Doch statt in den Hof führte Leutnant Mehmet ihn in einen Waschraum. Felix traute seinen Augen nicht. Einen solchen Luxus hatte er seit einer Ewigkeit nicht mehr gesehen. Der Boden

und die Wände waren weiß gekachelt, und in einer Ecke war eine hochmoderne Dusche installiert, mit einem halben Dutzend Armaturen zum Mischen des Wassers.
»Sie können sich jetzt waschen«, sagte Mehmet. »Anschließend ziehen Sie sich das da an!« Er wies mit dem Kinn auf einen Badetisch, auf dem ein Stapel Wäsche und ein Straßenanzug bereitlagen. »Ich lasse Sie so lange allein.«
Felix wartete, bis sich die Tür hinter dem Leutnant schloss. Ohne sich zu fragen, was das alles zu bedeuten hatte, riss er sich die dreckigen Kleider vom Leib und betätigte die Hähne. Die Dusche war eine solche Wohltat, dass er nur noch den Wunsch hatte, für immer darunter zu bleiben. Seit Wochen hatte er nur tropfenweise Wasser bekommen, um sich zu waschen. Er drehte die Leitungen bis zum Anschlag auf, als es draußen an der Tür hämmerte.
»Los! Beeilung!«
Nur widerwillig verließ Felix die Dusche und trocknete sich ab. Trotz der wenigen Zeit, die man ihm gelassen hatte, fühlte er sich wie neugeboren. Die Wäschestücke waren alle frisch gewaschen, der Anzug neu und ungetragen, das Hemd gebügelt und gestärkt. Was für ein Genuss!
Während er sich anzog, hörte er auf dem Gang leise Stimmen türkisch miteinander reden. Jemand lachte laut auf, zwei andere Männer fielen ein. Im selben Moment knallte irgendwo eine Gewehrsalve. Plötzlich kam Felix ein fürchterlicher Verdacht. War der ganze Luxus nur die Vorbereitung auf das Ende? Der neue Anzug seine Kleidung für den letzten Gang? Seine Hände zitterten auf einmal so stark, dass er kaum imstande war, das Hemd zuzuknöpfen.
Er schloss die Augen und atmete tief durch, um sich zu beruhigen, bevor er auf den Flur trat. Draußen wartete Leutnant Mehmet schon voller Ungeduld auf ihn.
»Vorwärts!«, befahl er und stieß ihm den Gewehrkolben in den Rücken. »Marsch, marsch!«

Felix stolperte den Gang entlang. Am Ende befand sich eine graugestrichene Tür. Vor Angst knickten ihm die Knie ein. Was erwartete ihn hinter dieser Tür? Irgendein anderer Offizier, der ihm das Todesurteil überbrachte? Oder das Schafott? Als die Tür aufging, sah Felix einen Mann, bei dessen Anblick ihm vor Erleichterung die Tränen kamen.

»Baron von Wangenheim!«

»Dr. Möbius«, erwiderte der Botschafter. »Wie schön, Sie wohlbehalten wiederzusehen.«

»Die Freude ist ganz meinerseits!«

»Das glaube ich Ihnen, mein Bester. Aber gut sehen Sie aus. Offenbar hat man Sie korrekt behandelt.«

»Na ja«, sagte Felix, »um ehrlich zu sein ...«

Bevor er den Satz zu Ende sprechen konnte, unterbrach ihn eine Stimme in seinem Rücken.

»Die türkische Regierung hält sich strikt an international geltendes Recht. Oder haben Sie einen Grund, sich zu beklagen, Dr. Möbius? Wenn ja, zögern Sie bitte nicht, ihn zu äußern.«

Felix drehte sich um. Am Fenster stand ein weiterer Bekannter.

»Oberst Taifun? Mein Gott, wo sind Sie nur die ganze Zeit gewesen? Ich bin fast gestorben vor Angst.«

»Bitte verzeihen Sie, dass ich mich nicht früher für Sie einsetzen konnte. Aber die Mannigfaltigkeit meiner Obliegenheiten ...«

»Verstehe, verstehe«, fiel Felix ihm ins Wort. »Hauptsache, Sie sind jetzt da.«

»Umso mehr freut es mich«, erwiderte Taifun mit einem Lächeln, »Ihnen gute Nachrichten übermitteln zu können. Die zuständigen Stellen haben Ihren Fall überprüft und sind zu dem Schluss gekommen, dass offenbar ein Irrtum vorliegt.«

Felix glaubte ein lautes Poltern zu hören – so groß waren die Steine, die ihm vom Herzen fielen.

»Dann ist meine Unschuld also erwiesen?«

Taifuns Gesicht wurde ernst. »So einfach sind die Dinge leider nicht.«

»Was soll das heißen?«, rief Felix. »Wollen Sie mich etwa noch länger hierbehalten?«
»Eins nach dem anderen«, sagte Taifun. »Wie Leutnant Mehmet mir berichtet, haben Sie die Rückgabe Ihres Honorars verlangt.«
»Ich kann Ihnen gar nicht sagen, wie egal mir das Honorar inzwischen ist! Wenn Sie mich nur endlich wieder hier rauslassen.«
»Das kann unmöglich Ihr Ernst sein, Dr. Möbius. Ihr Honorar betrug ein Vermögen. Viele Menschen wären bereit, Jahre ihres Lebens dafür zu opfern.«
»Mir haben die letzten Wochen gereicht.«
»Die konfiszierten Diamanten müssen natürlich Staatseigentum bleiben«, fuhr Taifun unbeirrt fort. »Aber wenn Sie zur Kooperation bereit sind, verpflichtet sich die neue Regierung, Sie in angemessener Weise für den erlittenen Verlust zu entschädigen.«
»Kooperation? Entschädigen?«, fragte Felix verwirrt. »Tut mir leid, aber ich habe keine Ahnung, wovon Sie sprechen. Und wenn ich ehrlich bin, will ich es auch gar nicht wissen.«
»Das wäre aber ein großer Fehler«, sagte Baron von Wangenheim. »Oberst Taifun möchte Ihnen nämlich einen interessanten Vorschlag machen. Ich würde Ihnen dringend empfehlen, ihn anzuhören. Sie würden es sonst später vermutlich bereuen.«
Felix wusste nicht, was er darauf antworten sollte.
»Darf ich?«, fragte Taifun.
»Ich bitte darum.«
Felix versuchte, ein höfliches Gesicht zu ziehen. Das Einzige, was ihn interessierte, war seine Ausreise aus diesem verfluchten Land. Doch wenn er sich weigerte, den Vorschlag anzuhören, lief er Gefahr, Taifun zu beleidigen. Also schickte er sich ins Unvermeidliche und hörte dem Oberst zu, der beim Reden auf und ab zu gehen begann.
»Die neue Regierung hat Abdülhamid zum Teufel gejagt, um

dem Volk, das während der Herrschaft der letzten Sultane so viele Demütigungen hat hinnehmen müssen, seinen Stolz und seine Ehre zurückzugeben und ihm einen Weg in die Zukunft zu weisen. Das alte Regime hat versucht zu retten, was nicht mehr zu retten war: einen Vielvölkerstaat, der nur noch mit Gewalt und Unterdrückung zusammengehalten wurde, ein heillos zerstrittenes Babylon von Arabern und Albanern, Juden und Armeniern, Kurden und Wahabiten, Griechen und Tscherkessen, Drusen und Bulgaren. Nur ein Volk wurde immer verschmäht, das türkische, obwohl es sein Herzblut für den Erhalt des Reiches hingegeben hat. *Die Türkei den Türken!*, lautet darum heute die Parole. Wir wollen dieses Land endlich in die Verantwortung jener Menschen stellen, die es im Schweiße ihres Angesichtes bearbeiten und denen allein es seinen Reichtum und seine Größe verdankt.«

»Das ist gewiss aller Ehren wert«, sagte Felix. »Nur – was habe ich damit zu tun?«

»Das will ich Ihnen erklären.« Taifun blieb stehen und blickte Felix an. »Um unser Ziel zu erreichen, werden wir das Land von Grund auf umgestalten. Wir werden Schulen und Universitäten bauen, Straßen und Eisenbahnen, Forschungslabore und Krankenhäuser. Aber das können wir nicht alleine, dazu brauchen wir Hilfe – *Ihre* Hilfe, Dr. Möbius.«

Felix war ehrlich beeindruckt. Doch kein Argument der Welt reichte aus, um ihn einen Tag länger in diesem Land zu halten.

»Ich weiß«, sagte Taifun, als er schwieg, »die Ereignisse der letzten Wochen haben Sie irritiert, niemand versteht das besser als ich. Aber solche Vorkommnisse sind in Zeiten epochaler Umwälzungen, wie wir sie gerade erleben, leider unvermeidlich. Lassen Sie sich davon nicht verwirren. Wir sehen herrlichen Zeiten entgegen. Die neue Türkei ist ein moderner Rechtsstaat, mit einer Verfassung und einem unabhängigen Parlament. Glauben Sie mir, wir sind keine Ungeheuer, vor denen Sie Angst haben müssen. Die Mitglieder der neuen Regierung sind aufge-

klärte Akademiker, die meisten haben in Europa studiert, in Paris und Berlin. Sie sind Männer wie ich: türkischer Rasse, muslimischen Glaubens und europäischer Kultur!« Wieder blieb er vor Felix stehen und blickte ihn an. »Sagen Sie ehrlich, mein Freund, gibt es einen Grund, solchen Männern zu misstrauen?«
Felix schüttelte den Kopf. Was um Himmels willen sollte er darauf erwidern?
»Nein«, sagte er schließlich, »von Misstrauen kann keine Rede sein. Es ist nur, ich ... ich habe in Berlin eine Verlobte, die seit Monaten auf mich wartet. Eigentlich hätte die Hochzeit längst stattfinden sollen.«
»Ich weiß, ich weiß«, fiel Taifun ihm ins Wort. »Wir haben uns deshalb erlaubt, Ihre Braut von unseren Plänen telegraphisch zu benachrichtigen, mit freundlicher Hilfe des Herrn Botschafters. Fräulein Carla hat uns bereits ein Kabel zurückgesandt.«
Er reichte ihm einen verschlossenen Umschlag. Felix war so verblüfft, dass ihm die Worte fehlten. Hilfesuchend blickte er den Botschafter an. Wangenheim nickte ihm aufmunternd zu.
»Lesen Sie nur, wir haben Zeit.«
Felix öffnete das Kuvert und überflog den Brief. Doch bereits nach wenigen Zeilen begann er wieder von vorne. Was schrieb Carla da? Statt ihn zur Rückkehr nach Berlin zu drängen, wie er erwartet hatte, forderte sie ihn auf, den Vorschlag der türkischen Regierung anzunehmen – »auch im Namen von Papa. Er wäre von Dir sehr enttäuscht, wenn Du ohne erkennbare Resultate Deine Zelte dort abbrechen würdest. Wir hatten doch so schöne Pläne. Außerdem wünscht Papa sich im Interesse der Stahl- und Elektricitätswerke August Rossmann & Cie. unbedingt eine Fortsetzung der bewährten deutsch-türkischen Freundschaft, und er wäre sehr stolz auf Dich, wenn Du aktiv dazu beitragen könntest ...«
Verstört ließ Felix den Brief sinken. Waren das die Worte einer liebenden Braut?

»Nun, Dr. Möbius«, fragte Oberst Taifun. »Sind Sie bereit, mit uns zu kooperieren?«
Felix musste sich zweimal räuspern, bevor ihm die Antwort über die Lippen kam.
»Nun ja«, sagte er schließlich, »wenn ... wenn Sie so großen Wert darauf legen ...«
Mit strahlendem Lächeln reichte Taifun ihm die Hand. Zögernd schlug Felix ein.
»Großartig!«, sagte Taifun. »Ab sofort sind Sie ein freier Mann!«

17

»La, lala, lah-lah-lah ...«, sang Elisa.
»Bra, brabra, brah-brah-brah ...«, wiederholte Mesut auf ihrem Arm und strahlte sie an.
»La, lala, lah-lah-lah ...«
»Bra, brabra, brah-brah-brah ...«
»Was bist du nur für ein talentierter kleiner Mann!« Vor Freude gab sie ihm einen Kuss auf die winzige Stupsnase. »Wenn du groß bist, wirst du bestimmt ein berühmter Musiker.«
Elisa war so froh, dass sie den Kleinen bei sich hatte. Sie hätte sonst nicht gewusst, wie sie die Tage im Tränenpalast herumbringen sollte. Zäh wie alter, harziger Honig verging hier die Zeit. Von morgens bis abends täuschten die Frauen sich Beschäftigungen vor, machten einander Besuche, wühlten in Kleidern und Schleiern oder verbrachten endlos lange Stunden in dem modrigen, von Schimmel befallenen Bad, um ihre Körper zu pflegen, die kein Mann mehr begehrte. Manche betäubten die Langeweile sogar mit Geisterbeschwörungen, ließen Möbel rücken und Mokkatassen über Tische wandern, um mit entschwundenen Freundinnen oder verstorbenen Verwandten Kontakt

aufzunehmen. Am schlimmsten aber waren die Nächte. Wenn die Riegel vor die Türen der Gemächer und Säle geschoben wurden, um den Tag zu beenden, wenn sich die Soldaten und Eunuchen zurückzogen und in dem riesigen, leeren Palast nur noch die Frauen zurückblieben, brachte die einsetzende Dunkelheit beißende Sehnsucht. Und so verschieden sie in ihrem früheren Leben gewesen sein mochten, so waren sie nun alle gleich, miteinander verbunden durch dieselben Wünsche und Hoffnungen, durch dasselbe quälende Begehren und Verlangen, das nie wieder befriedigt werden sollte.

»Da ist Besuch für Sie!«

Elisa hatte gar nicht gehört, dass Nadir hereingekommen war. Die Arme vor der Brust übereinandergelegt, stand er in der Tür.

»Besuch? Für mich?«

Das konnte nur Oberst Taifun sein. Er war der einzige Fremde, der sie je hier aufgesucht hatte. Vor ein paar Wochen war er gekommen, um das Notizbuch zu holen, das Nadir im Arbeitszimmer des Sultans gefunden hatte. Was wollte er heute im Tränenpalast? Würde er ihr endlich die Botschaft bringen, dass ihre Leidenszeit ein Ende hatte?

Sie legte Mesut in die Wiege und befestigte den Schleier vor ihrem Gesicht.

»Ich bin bereit.«

Als Nadir beiseite trat, um den Gast hereinzulassen, machte ihr Herz vor Freude einen Sprung. Gleichzeitig wurde ihr so flau, als hätte sie den ganzen Tag nichts gegessen. Denn anstelle des Obersten betrat ein Mann den Raum, der ihr einerseits vollkommen fremd und doch gleichzeitig auf geheimnisvolle Weise so vertraut war wie kein anderer.

»Elisa«, sagte er und streckte ihr die Hand entgegen.

In seinem Gefolge betraten die zwei Soldaten den Raum, die zu Mesuts Bewachung abgestellt waren. Sie blickten Elisa so streng an, dass sie unwillkürlich den Sitz ihres Schleiers überprüfte,

und statt die Hand des deutschen Arztes zu ergreifen, beschränkte sie sich darauf, eine Verbeugung anzudeuten. Er zog ein Gesicht, als hätte man ihm etwas genommen, worauf er sich sehr gefreut hatte.
»Sie ... Sie sind doch Elisa, oder?«, fragte er, um sich dann selber vorzustellen: »Dr. Felix Möbius.«
»Ich weiß, wer Sie sind«, antwortete sie leise. »Sie haben uns Frauen damals geimpft.«
»Wie schön, Ihre Stimme zu hören«, erwiderte er mit leuchtenden Augen. »Oberst Taifun hat mich geschickt. Ich soll nach Fatimas Kind schauen. Mesut, nicht wahr? Man hat mir gesagt, er habe Fieber.«
»Aber das war vor zwei Wochen«, sagte sie irritiert. »Inzwischen ...«
»Tut mir leid, dass ich so spät komme, aber man hat mir erst jetzt Bescheid gesagt. Wie geht es dem Kleinen?«
»Das Fieber ist zurückgegangen. Wir haben ihm Kräutertees gegeben.«
»Darf ich ihn mir mal anschauen?«
Mit sicherem Griff hob er das schlafende Kind aus der Wiege und legte es auf einen Tisch. Behutsam packte er den kleinen Leib aus den Windeln und tastete ihn aufmerksam ab. Dann holte er aus seiner Tasche ein Hörrohr und lauschte in ihn hinein. Obwohl Elisa wusste, dass es unschicklich war, beobachtete sie jede seiner Bewegungen. Nie hätte sie gedacht, dass sie diesen Mann je wiedersehen würde.
Als Felix das Hörrohr ablegte, trafen sich ihre Blicke. Elisa spürte, wie sie unter ihrem Schleier errötete. Sie wollte die Augen niederschlagen, doch sie schaffte es nicht. Auch er schaute sie an, und sie glaubte, einen rosa Schimmer auf seinen Wangen zu erkennen. Der eine, kostbare Augenblick, den sie vor Monaten miteinander geteilt hatten, hielt sie immer noch in seinem Bann.
»Bra, brabra, brah-brah-brah ...«

Mesut war aufgewacht. Felix lachte laut auf und hob ihn vom Tisch.
»Es geht ihm gut«, sagte er. »Er ist vielleicht ein bisschen schwächlich, aber auf jeden Fall gesund. Ich lasse Ihnen ein Pulver zur Stärkung da. Sie müssen es nur in den Brei rühren. Nehmen Sie ihn mir ab?«
Er gab ihr den Kleinen auf den Arm. Für eine Sekunde spürte sie seine Hand auf ihrer Haut. Auch er hielt in der Bewegung inne, und einen Atemzug lang, der eine Ewigkeit zu dauern schien, gab es nur diese Berührung, eine heiße, brennende Wunde, während sie ihm in die Augen schaute, wie damals. Und plötzlich war es wieder da, dieses Gefühl der Offenbarung, dieses unverhoffte, strahlende Geschenk. Mit einer Intensität, die sie selbst erschreckte, wünschte sie, dass diese Berührung nie mehr aufhören würde.
Ein lautes Räuspern brach den Zauber.
»Er hat vergessen, ihm die Windeln wieder anzulegen.« Vorwurfsvoll schaute Nadir sie an. Erst jetzt fiel Elisa auf, dass Mesut noch nackt war. Während Felix seine Instrumente verstaute, wickelte sie den Kleinen und legte ihn zurück in die Wiege.
Felix schloss seine Tasche und verabschiedete sich.
»Kommen Sie noch mal wieder, um nach ihm zu schauen?« Die Frage war ganz von allein über ihre Lippen gekommen. Felix lächelte sie an, genauso verlegen und rot im Gesicht wie sie.
»Gern, wenn Sie möchten.«
Elisa nickte mit dem Kopf.
»Ja«, flüsterte sie.

18

»Du brauchst dir keine Sorgen zu machen. Deinem Kind geht es gut.«
»Waren Sie im Tränenpalast? Haben Sie meinen Sohn gesehen?«
»Ich habe einen Arzt zu ihm geschickt. Er hat ihn untersucht. Es ist alles in Ordnung.«
Fatima nahm Taifuns Hand und küsste sie voller Dankbarkeit. Er hatte versprochen, ihr zu helfen, und er hatte sein Wort gehalten. Gab es noch einen Grund, diesem Mann nicht zu trauen? Sie wollte alles wissen, was er von ihrem Sohn zu berichten hatte.
»Was für ein Arzt hat ihn untersucht? Kenne ich ihn?«
»Ja. Obwohl ich nicht weiß, ob du dich an ihn erinnerst.«
»Ein Arzt aus dem Harem?«
»Nein, ein Deutscher.«
»Ein Deutscher?«
»Ja, derselbe, der auch dich geheilt hat.«
»Das ... das haben Sie gewusst?«, fragte Fatima überrascht.
»Ich habe alles gewusst, was im Harem passierte. Auch dass Elisa den deutschen Arzt dorthin gelockt hat, damit er dir hilft. Ich habe damals den Wachen befohlen, nicht einzugreifen.«
Fatima war für einen Moment sprachlos.
»Warum haben Sie das getan?«, fragte sie.
»Ich wollte, dass du lebst.«
Ungläubig schaute sie ihn an. »Aber, wenn Abdülhamid das erfahren hätte – hätte er Sie dann nicht umgebracht?«
Ohne eine Antwort zu geben, erwiderte er ihren Blick. Doch sein Schweigen sagte alles. Vor Scham schlug Fatima die Augen nieder.
In manchen dunklen Nächten, in denen sie nicht hatte schlafen können, hatte sich der Zweifel in ihre Seele gefressen, der Ver-

dacht, dass Taifun sie täuschte, dass er sie nur von ihrem Sohn und ihrer Freundin getrennt hatte, um sie für sich allein zu haben. Aber das war ein Irrtum gewesen.
Er nahm das Medaillon, das um ihren Hals hing, und öffnete den Deckel.
»Wenn du möchtest, lasse ich eine neue Photographie machen. Damit du siehst, wie groß dein Sohn schon ist.« Er zögerte einen Moment, dann fuhr er fort: »Allerdings – vielleicht könnte es sein, dass wir schon bald kein Bild mehr brauchen.«
»Weshalb?«, fragte Fatima, halb hoffend, halb bangend.
»Kannst du dir das nicht denken?«
Fatima traute sich kaum, den Gedanken auszusprechen.
»Sie ... Sie meinen, ich darf ihn bald wiedersehen?«
Taifun lächelte sie an. »Aber nur, wenn du mir eines versprichst.«
»Was immer Sie von mir verlangen!«
Er nahm ihre Hand und führte sie an seine Lippen.
»Du sollst nicht mehr *Sie* zu mir sagen. Bitte. Ich bin dein Mann.«
Das Lächeln verschwand von seinen Lippen, sein Gesicht war plötzlich ganz ernst. Als Fatima dieses Gesicht sah, erfasste sie ein Gefühl, das sie noch nie empfunden hatte.
Taifun liebte sie, liebte sie wirklich!
Ihr Mund trocknete aus, und ihre Hände wurden feucht. Sie griff nach seinem Hosenbund und zog ihn zu sich, ganz dicht an ihren Körper.
»Komm, komm her zu mir«, flüsterte sie, während sie sein Gesicht mit Küssen bedeckte und gleichzeitig die Knöpfe seiner Hose öffnete. »Bitte! Ich brauche dich, ich muss dich spüren – schnell, jetzt gleich ...«

19

Verwundert schaute Felix sich um. Das Haus, vor dem Oberst Taifun sein Automobil parkte, befand sich am Ende einer ungepflasterten, engen Straße, die durch ein Elendsgebiet führte, und unterschied sich in nichts von den kleinen, ärmlichen Gebäuden in der Nachbarschaft. Hier sollte der Mann wohnen, der angeblich einer der mächtigsten Männer im ganzen Land war? Der Eindruck veränderte sich kaum, als sie das Haus betraten. Der Empfangsraum war ein mit billigen Möbeln eingerichtetes Zimmer, dessen Schmuck aus ein paar verblichenen Drucken an den Wänden und einem abgenutzten Läufer auf dem Boden bestand.

Sie hatten noch nicht Platz genommen, als der Hausherr erschien, ein dunkelhäutiger Hüne, der aussah wie ein Zigeuner in Generalsuniform. Taifun stellte ihn als Talaat Pascha vor – bei der Begrüßung zerquetschte er Felix beinahe die Hand. Ihm zur Seite stand ein weiterer, unglaublich junger General, Enver Pascha, der stark nach Rasierwasser duftete. Sein zartes, fast weibliches Gesicht wies keine einzige Falte auf, und seine Oberlippe zierte ein nach oben gezwirbelter Schnurrbart, der Felix an Kaiser Wilhelm erinnerte.

Diese beiden Männer hatten Abdülhamid vom Thron gestoßen, und obwohl sie kein Regierungsamt innehatten, waren sie es, die als Anführer des »Komitees für Einheit und Fortschritt« die Geschicke des Landes in Wahrheit lenkten. Sie hatten Felix zu sich bestellt, um mit ihm ein Vorhaben zu besprechen, für das sie seine Hilfe brauchten.

»Ich nehme an«, eröffnete Talaat das Gespräch auf Deutsch, »Sie kennen das Hospital, das Abdülhamid sich als Denkmal seiner angeblichen Mildtätigkeit errichtet hat?«

»Allerdings«, bestätigte Felix, »ich unterhielt dort ein Labor, um Tuberkulin herzustellen.«

»Wir möchten, dass Sie es in ein modernes Seuchenkrankenhaus umbauen – nicht für ein paar Privilegierte wie unter dem alten Regime, für Palasteunuchen und Haremsdamen, sondern als eine wirksame Einrichtung zur Erhaltung und Mehrung der Volksgesundheit.«

»Wir haben unsere Lektion gelernt«, fügte Enver in ebenso fließendem Deutsch hinzu. »Die Volksgesundheit ist ein zentrales Anliegen unserer Politik, praktischer Ausdruck unserer sozialen Gesinnung. Wir ersetzen Willkür durch Demokratie, Unterdrückung durch Gerechtigkeit, vor allem aber Terror durch Humanität. Sagt Ihnen der Begriff Turanismus etwas?«

Felix schüttelte den Kopf. »Ich bedaure.«

»Er geht auf das alte Königreich Turan zurück, das einst in der anatolischen Steppe lag. Für unsere Bewegung ist es das Sinnbild des sozialen und staatlichen Fortschritts. Das türkische Volk kehrt zu seinen tiefsten Wurzeln zurück, um sich selbst wieder zu finden, um seine edelsten Fähigkeiten, die durch lange Fremdherrschaft geschwächt und entstellt worden sind, wieder zu stärken und in alter Reinheit herzustellen. Dabei geht es uns nicht darum, längst Verlorenes zu restaurieren. Vielmehr wollen wir dem türkischen Volk ermöglichen, auf der Grundlage des eigenen Wesens seinen Fortschritt zu bewerkstelligen, nicht anders, als dies die europäischen Völker getan haben, um sich zu einem Volk von schönster Menschlichkeit und Brüderlichkeit zu entwickeln. Die Verwirklichung der Menschenrechte ist unser erklärtes Ziel, genauso wie die Gleichberechtigung der Frau.«

»Als Arzt und Wissenschaftler werden Sie unschwer verstehen«, fügte Talaat hinzu, »welche herausragende Rolle dabei die Volksgesundheit spielt. Unter Abdülhamid war Gesundheit das Vorrecht einer kleinen Clique, für uns ist sie ein Menschenrecht, auf das jeder Mann und jede Frau Anspruch hat, vor allem aber jedes Kind. Darum ist uns der Bau dieses Krankenhauses so wichtig. Hier soll ein Zentrum der Volksgesundheit entstehen, wie Ihre Regierung es mit dem Königlich-Preußischen Institut für Infektionskrankheiten schon vor einigen Jahren geschaffen hat.«

Felix war beeindruckt. Diese Männer schienen wirklich entschlossen, Anschluss an die neue Zeit zu gewinnen. Ihr Idealismus imponierte ihm umso mehr, als er durch das bescheidene Ambiente in unwiderlegbarer Weise beglaubigt wurde. Sie wollten alles für ihr Volk, nichts für sich selbst ... Aus dem Stegreif entwarf Felix Pläne, wie bei der Errichtung eines modernen Seuchenhospitals vorzugehen sei, welche medizinischen Geräte man bräuchte, welche Labors, wie die Krankensäle eingerichtet werden müssten, die Quarantänestationen – alles nach neuesten Erkenntnissen der europäischen Wissenschaft.

»Glauben Sie, uns bei der Beschaffung der Apparate helfen zu können?«, fragte Taifun.

»Aber gewiss«, erwiderte Felix. »Mein künftiger Schwiegervater verfügt über alle nötigen Kontakte. Es ist nur eine Frage des Geldes.«

Bei der letzten Bemerkung verdüsterten sich die Mienen der beiden Generäle, und wenig später reichten sie Felix die Hand, um ihn zu verabschieden.

»Habe ich irgendwas falsch gemacht?«, fragte er Taifun, als sie das Haus verließen.

»Geld ist ein heikles Thema«, erwiderte der Oberst. »Abdülhamid hortet noch immer Unsummen auf ausländischen Konten.«

»Hat man keine Handhabe, ihn zur Herausgabe zu zwingen?«

»Das ist eine komplizierte Geschichte«, seufzte Taifun und bestieg sein Automobil. »Aber haben Sie vielen Dank für Ihre Kooperationsbereitschaft. Sie haben uns sehr geholfen.« Er reichte ihm Kappe und Brille für die Fahrt. »Übrigens, wie hat es Ihnen im Serail gefallen?«

»Sie meinen im Tränenpalast?«, fragte Felix. »Um ehrlich zu sein, die Frauen tun mir leid. Sie leben ja wie in einem Gefängnis. Ohne Ihren Passierschein wäre ich gar nicht hineingelangt.«

Taifun schaute ihn aufmerksam an. »Das klingt ja fast so, als möchten Sie Ihren Besuch dort wiederholen?«
Felix wich seinem fragenden Blick aus. Um seine Verlegenheit zu verbergen, befestigte er rasch die Brille vor seinem Gesicht.
Taifun nickte. »Ich glaube, wir verstehen uns«, sagte er mit einem Lächeln. »Machen Sie sich keine Sorgen. Ich werde Ihnen einen unbefristeten Passierschein ausstellen. Damit haben Sie jederzeit Zutritt zum Serail, wann immer Sie wollen.«

20

Nadir zog ein so säuerliches Gesicht, dass Elisa ihre Freude kaum verbergen konnte.
»Willst du mir vielleicht etwas sagen?«, fragte sie so unschuldig wie möglich.
»Sie brauchen gar nicht so zu tun«, erwiderte der Eunuch. »Sie wissen ganz genau, warum ich da bin.«
»Ich habe nicht die geringste Ahnung.«
»So? Und warum haben Sie dann wieder den ganzen Vormittag Kleider ausgesucht? Das haben Sie doch früher nie getan. Wenn das Fatima erfährt, wozu Sie Prinz Mesut missbrauchen. Verhüllen Sie wenigstens Ihr Gesicht!«
Elisa hatte kaum den Schleier befestigt, als Dr. Möbius das Appartement betrat. Er kam jetzt täglich in den Tränenpalast, um nach Fatimas Sohn zu schauen. Jedes Mal untersuchte er den Kleinen mit ernster Miene, um jedes Mal festzustellen, dass es ihm noch ein wenig besser gehe als am Tag zuvor. Nein, es konnte kein Zweifel bestehen, dass die ärztliche Versorgung nicht der wirkliche Grund für seine Besuche war. Das durchschaute niemand besser als Nadir. Die Arme vor der Brust verschränkt, baute er sich auch heute wieder neben der Tür auf und verfolgte jede Bewegung des Eindringlings mit bösen Blicken. Elisa war

nur froh, dass er genauso wenig Französisch oder Deutsch verstand wie die beiden Soldaten, die Taifun immer noch zu Mesuts Bewachung abgestellt hatte. Obwohl sie sich für nichts, worüber sie mit dem Arzt redete, hätte schämen müssen, wollte sie nicht, dass jemand ihre Gespräche belauschte. Diese Gespräche waren Kostbarkeiten, denen sie täglich entgegenfieberte, Lichtblicke, die ihr ganzes Dasein aufhellten. Sie entführten sie in eine Welt, die sie nur aus Romanen kannte, aber noch nie mit eigenen Augen gesehen hatte.

»Und warum arbeiten die Menschen in Deutschland so viel?«, fragte sie. »Haben sie keine Sklaven?«

»Sklaven gibt es bei uns nicht. Jeder Mensch sollte arbeiten, um sich sein Leben selber zu verdienen. Arbeit macht frei!«

»Soll das heißen, in Deutschland arbeiten auch die Reichen?«

»Natürlich, oft noch mehr als die Armen. Darum sind sie ja reich. Nur am Sonntag arbeitet niemand.«

»Aber dann sind in Deutschland ja alle Menschen Sklaven! Egal, ob sie reich sind oder arm!«

»Wie bitte?« Felix lachte. »Also, das ist ein Missverständnis. Obwohl ich im Moment nicht genau sagen kann, wo der Fehler liegt.«

»Dann erzählen Sie mir, was die Menschen am Sonntag tun. Wenn sie nicht arbeiten.«

»Vormittags besuchen sie die Kirchen, so heißen bei uns die Moscheen, und nachmittags gehen sie wandern. Vorausgesetzt, es gibt keinen Regen.«

»Wandern? Warum? Wo wollen sie denn hin?«

»Nirgendwohin. Sie wollen sich einfach nur erholen.«

»Und dafür laufen sie zu Fuß, statt eine Sänfte zu nehmen?«, staunte Elisa. »Obwohl sie die ganze Woche schon gearbeitet haben?«

»Nichts ist erholsamer als Bewegung in der frischen Luft!«

Elisa schüttelte den Kopf. Wozu hatten die Deutschen das Automobil erfunden, wenn sie sich so gerne bewegten? Doch statt sich danach zu erkundigen, fragte sie nach etwas anderem, etwas, das sie noch viel mehr interessierte.

»Nehmen die Männer beim Wandern auch ihre Frauen mit?«

»Sicher. Warum nicht?«

»Und die Frauen tragen wirklich keine Schleier, wie in den Romanen?«

»Nein. Wozu?«

»Aber dann können die anderen Männer ja ihre Gesichter sehen.«

»Ja und?«, fragte er. »Wäre das wirklich so schlimm?«

Obwohl seine blauen Augen ein einziges Lächeln waren, wirkte er plötzlich sehr ernst. Dachte er an dasselbe, woran sie selber gerade dachte? An den nächtlichen Augenblick, in dem er ihr Gesicht gesehen hatte? Auch er schien verlegen, sein Lippenbart zitterte leicht, doch hielt er diese ernsten lächelnden Augen unverwandt auf sie gerichtet.

Zum Glück wechselte er das Thema.

»Durften Sie den Harem nie verlassen?«, fragte er.

»Doch. Ab und zu gab es Ausflüge, vor allem im Sommer, zu den Prinzeninseln und den süßen Wassern. Aber ich habe nie daran teilgenommen.«

»Warum nicht? Sie müssen doch geplatzt sein in diesem Gefängnis.«

»Aus Angst vor der Rückkehr. Ich hatte Angst, dass danach, wenn ich erst einmal draußen gewesen wäre, alles noch schlimmer sein würde als vorher.«

»Aber dann kennen Sie ja nicht mal die Stadt, in der Sie die ganze Zeit schon leben! Nichts! Gar nichts!«

»Nein, das ist nicht wahr«, widersprach sie. »Ein wenig kenne ich schon.«

Sie zögerte, weiterzusprechen. Sollte sie ihm erzählen, wie sie sich beholfen hatte? Vielleicht würde er sie ja auslachen. Doch als sie sein Gesicht sah, wusste sie, dass er das nicht tun würde.

»Ich habe mir fremde Augen geliehen. Damit konnte ich alles sehen, was auf der anderen Seite der Haremsmauern passierte.«
»Fremde Augen? Wem gehörten sie? Einem Eunuchen?«
»Nein. Einer Giraffe.«
»Einer Giraffe?«
»Ja, immer wenn sie über die Mauer schaute, stellte ich mir vor, was drüben wohl geschah. Ich sah alles ganz deutlich vor mir. Die Häuser, die Straßen, die Menschen. Dabei halfen mir auch die Töne, die ich hörte.«
Eine lange Weile schaute er sie an, ohne ein Wort zu sagen. Dann nahm er ihre Hand und fragte: »Wonach haben Sie auf der anderen Seite gesucht? Was wollten Sie dort finden?«

21

Bis tief in die Nacht wirkte die Begegnung in Elisa nach. Nicht nur die Worte, die sie getauscht hatten, auch die Blicke ... Warum hatte die Vorstellung, keinen Schleier zu tragen, sie in seiner Gegenwart so irritiert? Sie hatte doch keine Scheu gehabt, ihr Gesicht vor den Angehörigen der Haremsfrauen zu zeigen, den kurdischen und tscherkessischen Bauern, die in den Tränenpalast gekommen waren.

Fatimas Worte fielen ihr ein, Worte, die sie vor langer Zeit einmal gesagt hatte: *Was weißt du schon von Liebe? Hast du jemals gespürt, wie dein Herz zu klopfen anfängt, nur weil ER den Raum betritt? Wie es sich vor Schmerz verkrampft, nur weil ER dich für eine Stunde verlässt? Kennst du die Nächte, in denen du glaubst, vor Sehnsucht zu sterben, und du dir nichts inniger wünschst, als einen Blick auf den Saum seines Mantels zu erhaschen? Nein, nichts weißt du, gar nichts! Du hast ja noch nie solche Gefühle gehabt...*

Jetzt wusste Elisa, was Fatima gemeint hatte, begriff es mit Schmerzen, die fürchterlich weh taten und gleichzeitig schöner waren als alle Gefühle, die sie je empfunden hatte. Diese Gefühle stauten und drängten sich in ihrer Seele, in ihrem Leib, suchten nach Erlösung. Würde sie je erfahren, wie es war, wenn solche Gefühle sich entluden? Sie schaute hinaus in die Nacht, durch die Gitterstäbe, die sie umklammert hielt, hinauf zum Himmel, wo verloren in der Unendlichkeit Millionen einsamer Sterne blinkten.

Als Felix sie am nächsten Morgen besuchte, hatte er ein kleines Päckchen dabei.

»Was ist das?«, fragte sie.

»Machen Sie es doch auf.«

Behutsam öffnete sie die Verpackung. Unter dem Papier kam ein Buch zum Vorschein, ein Buch voller Photographien.

»Das ist Konstantinopel«, sagte er, »die Stadt, in der Sie leben. Weil sie doch keine Giraffe mehr haben, die Ihnen ihre Augen leiht.«

Ungläubig blickte Elisa auf den Schatz, den sie da in ihren Händen hielt.

»Woher haben Sie das?«, fragte sie.

»Oberst Taifun hat das Buch für mich besorgt. Raten Sie mal, wer die Photographien in Auftrag gegeben hat? Ich wette, darauf kommen Sie nie!«

»Dann verraten Sie's mir!«

»Abdülhamid! Er hat sie machen lassen, um eine Vorstellung von der Hauptstadt seines Reiches zu haben. Offenbar kannte er sie so wenig wie seine Frauen. Taifun sagt, er hat den Palast zuletzt kaum noch verlassen. Was für ein Armutszeugnis – der Herrscher traut sich nicht mehr unter sein eigenes Volk und kann das Land nicht sehen, das er regiert. Darf ich mich zu Ihnen setzen?«

Felix rückte einen Schemel an ihre Seite, und zusammen beugten sie sich über die Bilder. Es war, als würden sie Seite an Seite durch die Straßen und Gassen ziehen, um eine Welt zu erkunden, die sich schon bald für Elisa öffnen würde. Sie liefen den Hügel hinunter zum Bosporus, überquerten die Galata-Brücke und stiegen auf der anderen Seite hinauf zu dem großen, mächtigen Turm, der seit Jahrhunderten über die Meerenge wachte. Sie fuhren mit einer Droschke und mit einer Pferdebahn, sogar in eine elektrische Trambahn wagten sie sich hinein. Sie tranken Tee in einem Kaffeehaus, aßen Börek und Pirzola und Imam Bayilde in einem Restaurant und schlenderten am Ufer des Meeres entlang, um den Schiffen zuzusehen, die vom Hafen aus in See stachen, ins Offene, ins Freie. Mit einem Raddampfer fuhren sie das Goldene Horn hinauf, bis zu den Fischerdörfern im Norden, und kehrten mit der Eisenbahn wieder nach Stambul zurück, wo sie die großen Gotteshäuser besichtigten, Sultan Ahmed und die Hagia Sophia und die Blaue Moschee und die Süleyman Cami. Sie schlenderten durch Geschäftsstraßen und Wohnviertel. Hinter jedem Fenster, hinter jeder Tür, die sie passierten, lebten Menschen, die alle ihr eigenes Schicksal hatten, ihr besonderes Geheimnis. Sie betraten fremde Häuser und Paläste, schauten sich um, wie die Wohnungen eingerichtet waren, wo alte Paschas mit ihren Harems oder kleine moderne Familien lebten und ihren Alltag bestritten.

»Woran denken Sie gerade?«, wollte Felix wissen, als Elisa einen Moment schwieg.

»Ich bin mir nicht sicher«, erklärte sie zögernd, »ob man das eigentlich darf, was wir tun.«

»Was? Photographien anschauen? Warum soll das verboten sein?«

»Ich weiß nicht«, sagte sie. »All die Menschen auf den Bildern leben doch wirklich. Aber wir tun so, als würden sie uns gehören, als hätten wir mit ihren Photographien ihre Gesichter in Besitz genommen. Ist das nicht Diebstahl?«

»Auf die Idee bin ich noch nie gekommen«, erwiderte Felix. »Aber stellen Sie sich die Sache doch mal umgekehrt vor – viel-

leicht würde es den Leuten ja selber Spaß machen, dass wir sie zu einem anderen Leben erwecken.«
»Meinen Sie?«
»Bestimmt! Für mich wäre es jedenfalls ein Mordsspaß. Und ich wäre furchtbar neugierig, was für Geschichten andere über mich erfinden würden. Sie etwa nicht?«
»Doch«, sagte sie. »Sehr neugierig sogar.«
Sie beugten sich wieder über das Buch, um ihre Entdeckungsreise fortzusetzen.
Wie viele Kinder hatte die Frau, die in ihrem schwarzen Mantel den Platz überquerte? Was würde der Junge da mit dem Apfel in der Hand gleich tun – noch einmal hineinbeißen oder nach dem Hund an der Straßenecke werfen? Warum hatte der Barbier den Kopf seines Kunden so weit in den Nacken gedreht – wollte er ihm die Kehle durchschneiden? Der Metzger vor seinem Laden, der seine Jacke verkehrt zugeknöpft hatte – hatte er zu viel Raki getrunken? Und der Bauer, der mit einem Regenschirm durch den Sonnenschein spazierte – hatte er Angst, dass ihm der Himmel auf den Kopf fiel? Manchmal musste Elisa lachen, so laut, dass Nadir ihr von der Tür aus böse Blicke zuwarf. Ja, dieses Spiel machte auch ihr Spaß, noch mehr Spaß als früher das Spiel mit der Giraffe. Ob es wohl daran lag, dass sie es zu zweit spielten?
»Haben Sie auch ein Bild von dem Haus, in dem Sie wohnen?«, fragte sie irgendwann.
»Von meinem Hotel?«, fragte Felix zurück. »Das wollen Sie sehen? Einen Moment!«
Eilig blätterte er ein paar Seiten weiter. Dann zeigte er mit dem Finger auf ein modernes großes Gebäude.
»Hier. Das Pera Palace. Da wohne ich.«
»Welches ist Ihr Zimmer?«
»Das da.« Er deutete auf ein Fenster in der zweiten Etage. »Man kann von dort über das Meer sehen, auf den anderen Teil der Stadt. Bis hierher, zum alten Serail.«

»Wirklich?«, staunte sie. »Und«, fragte sie dann, »schauen Sie manchmal herüber?«
»O ja, sehr oft sogar, weil …« Auf einmal geriet er ins Stocken, genauso wie sie. »Weil ich finde, die Aussicht ist so schön.«
»Ich auch«, sagte sie leise. »Ich meine, die Aussicht auf das Meer. Ich genieße sie immer wieder.«
»Dann sind sich unsere Blicke ja vielleicht schon mal begegnet«, sagte er mit einem Lächeln.
»Nein, das glaube ich nicht«, erwiderte Elisa und wich seinem Blick aus.
Oder vielleicht doch? Zu gern hätte sie gewusst, ob sie sein Hotel von ihrer Wohnung aus sehen konnte. Am liebsten wäre sie gleich zum Fenster gegangen, um es herauszufinden. Doch aus irgendeinem Grund tat sie es nicht. Warum? Weil sie Angst hatte, der Zauber könnte vergehen, wenn sie die Wirklichkeit mit der Photographie verglich?
»Hat Ihnen schon mal jemand gesagt, dass Sie wunderschöne Augen haben?«, fragte Felix.
Elisa spürte, wie ihr das Blut ins Gesicht schoss.
»Bitte sprechen Sie nicht so mit mir«, flüsterte sie.
»Aber warum? Es ist doch die Wahrheit!« Er hob ihr Kinn, so dass sie ihn anschauen musste. »Ihre Augen sind wie der Grund eines Sees, doch manchmal strahlen sie wie zwei Sterne. Ich würde Ihnen so gern die ganze Welt zeigen. Konstantinopel, London, Berlin!«
»Hören Sie auf«, sagte sie. »Bitte. Sie dürfen nicht so reden. Es … es ist nicht gut.«
Schweigend sah er sie an, ohne ihr Kinn loszulassen. Sie war nur froh, dass sie einen Schleier trug und er nicht sehen konnte, wie verlegen sie war, wie durcheinander.
»Was werden Sie tun, wenn Sie diese alten Gemäuer endlich verlassen dürfen?«
Seine Frage traf sie so unverhofft, dass sie gar nicht wusste, was sie zuerst sagen sollte. So viele Male hatte sie davon geträumt,

dem Harem zu entfliehen, diesem Gefängnis, in dem sie so lange eingesperrt gewesen war. Tausend Antworten fielen ihr gleichzeitig ein, doch keine schien ihr die richtige zu sein.
»Ich hoffe, dass Fatima mich bald zu sich holt«, sagte sie schließlich nur.
»Und dann?«, fragte er. »Es muss doch noch etwas anderes geben, was Sie tun wollen, wenn Sie frei sind. Irgendein Ziel oder Wunsch! Etwas, das Sie aus sich und Ihrem Leben machen wollen?«
Ohne eine Antwort schlug sie die Augen nieder. Seine Fragen verwirrten sie – noch nie hatte ihr jemand solche Fragen gestellt, geschweige denn ein Mann. Vor ihr auf dem Tisch sah sie ein Bild vom Großen Basar, ein Gewirr von Gassen und Gängen, von Bögen und Pfeilern, von Läden und Waren – ein einziger großer, verwirrender Irrgarten.
»Ich … ich habe keine Ahnung«, sagte sie leise.
»Doch, die haben Sie«, erwiderte er. »Ich weiß es ganz genau.«
»Dann wissen Sie mehr als ich. Was … was soll das denn sein?«
»Sie brauchen nur die Frage zu beantworten, die ich Ihnen gestern stellte.«
»Welche Frage?«
»Haben Sie das wirklich vergessen? Sie hatten von Ihrer Giraffe erzählt, und ich wollte wissen, wonach Sie damals suchten, auf der anderen Seite der Mauer.«
Elisa erinnerte sich. Ja, jetzt wusste auch sie die Antwort, die einzig richtige auf alle seine Fragen. Trotzdem zögerte sie, sie auszusprechen.
»Warum sagen Sie es nicht?«, fragte Felix. »Wovor haben Sie Angst?«
»Ich habe keine Angst«, erwiderte sie. »Es ist nur, weil …«
Sie verstummte.
»Dann sagen Sie doch einfach, was es war. Bitte. Sonst erfinde ich eine eigene Geschichte.«
»Um Gottes willen, nein«, lachte sie. Dann wurde sie wieder

ernst.« Aber nur, wenn Sie versprechen, dass Sie mich nicht verspotten.«
»Ehrenwort!«
»Also gut«, sagte sie. »Es ... es war eine Flöte. Sie spielte eine Zeitlang jeden Tag in Yildiz. Eine kleine, einfache Melodie. Sie war schöner als alles, was ich kannte. Ich weiß nicht warum, aber damals wollte ich unbedingt wissen, wer die Flöte spielte.« Als sie den Kopf hob, sah sie seine hellen blauen Augen.
»Können Sie sich noch an die Melodie erinnern?«, fragte er.
Sie nickte.
»Würden Sie sie für mich singen?«
Elisa musste schlucken. Die Frage berührte sie wie eine halbvergessene Erinnerung.
»Möchten Sie sie denn hören?«, flüsterte sie.
»Ja«, sagte er, so leise, dass sie die Antwort nur ahnte.
Das Bärtchen auf seiner Lippe zitterte ganz leicht, während ihre Blicke miteinander verschmolzen.
Es war wie eine Eingebung.
Ohne zu überlegen, was sie tat, lüftete sie ihren Schleier. Dann nahm sie sein Gesicht zwischen die Hände und versank mit ihm in einem Kuss.

22

Die Besprechung fand im Büro von Enver Pascha statt. An der Wand hingen drei in Öl gemalte Bilder, in denen sich das militärische, politische und persönliche Selbstverständnis des Amtschefs ausdrückte: ein Bild von Napoleon Bonaparte, eines von Friedrich dem Großen und eins von Enver Pascha selbst – in Uniform und mit hochgezwirbeltem Schnurrbart.
»Sie wollen doch General werden, oder irre ich mich?«, fragte er.

»Wenn Sie meinen, dass ich einer solchen Aufgabe gewachsen bin«, erwiderte Taifun.
»Ja, das meine ich durchaus. Aber Sie müssen sich entscheiden. Und zwar jetzt.«
»Pardon, ich fürchte, ich verstehe nicht ganz ...«
»Halten Sie uns für Idioten?«, fiel Talaat Pascha ihm ins Wort. »Wir können es uns nicht länger leisten, für Ihre Sentimentalitäten die Erreichung unserer Ziele zu gefährden. Wir brauchen Abdülhamids Geld, es fehlt uns hinten und vorne, für Straßen, für Schulen, für Krankenhäuser, und es liegt allein an Ihnen, dass er seine Auslandskonten endlich freigibt. Worauf warten Sie also noch?«
Taifun ließ seinen Blick zwischen den beiden Generälen hin und her wandern. Talaat war ein Riese, dessen Handgelenke doppelt so groß waren wie die eines normalen Mannes, vor lauter Muskeln spannte sein Uniformrock bei jeder Bewegung. Neben ihm wirkte Enver mit seiner zarten Gestalt und dem feinen Gesicht fast wie ein schüchterner Jüngling. Doch wenn es darauf ankam, konnte er unerbittliche Härte zeigen. Er hatte eine elende Jugend hinter sich, seine Mutter hatte die niedrigste Arbeit verrichtet, die es überhaupt gab: Sie war Leichenwäscherin gewesen. Kein Mann im ganzen Land war so gefürchtet wie er.
»Ich tue, was ich kann«, sagte Taifun. »Aber die Sache gestaltet sich leider schwieriger, als ich ursprünglich annehmen konnte.«
»Von welcher Sache sprechen Sie?«, fragte Enver mit seinem berühmten Lächeln. »Von den Bedingungen, die der alte Mann in Saloniki stellt? Oder von Ihren kleinmütigen, engherzigen Skrupeln, diese Bedingungen zu erfüllen?«
Taifun biss sich auf die Lippe. Wenn Enver dieses Lächeln aufsetzte, war höchste Gefahr in Verzug. Keine Frage, er wusste über seine Situation so gut Bescheid, wie er selbst früher über das Privatleben des Sultans Bescheid gewusst hatte.
»Nun? Wir warten auf Ihre Antwort.«
Taifun überlegte fieberhaft. Es hatte sich alles so perfekt ange-

lassen … Er hatte Abdülhamids letzte Favoritin in sein Haus geholt, um Druck auf das Ungeheuer auszuüben, ja, es war ihm sogar gelungen, diese wertvolle Geisel ohne ihren Bastard in die Hand zu bekommen, dank dieser kleinen Armenierin. Doch dann … Niemals hätte er sich träumen lassen, dass ausgerechnet ihm so was passierte. Wenn er Abdülhamids Bedingungen erfüllte und die Gelder flossen, gab es für seine Karriere keine Grenzen. Doch wenn ihm dabei der geringste Fehler unterlief, riskierte er, die Frau zu verlieren, deren Liebe er inzwischen so nötig brauchte wie die Luft zum Atmen. Alles lief auf eine einzige Frage hinaus: Wie konnte er Abdülhamid zufriedenstellen, ohne dass Fatima davon erfuhr?

»Geben Sie mir eine Woche Zeit«, sagte er schließlich. »Dann ist die Sache erledigt.«

»Sicher?«, fragte Enver mit seinem Lächeln.

Taifun tastete nach dem kleinen Koran, den er in der Brusttasche seiner Uniform trug.

»Ganz sicher«, erklärte er mit fester Stimme. »Sie können sich auf mich verlassen.«

23

Am Abend dieses Tages geschahen merkwürdige Dinge im Tränenpalast. Nadir kam gerade mit einem Krug Schlummertee für Elisa aus der Küche, die Frauen und Mädchen hatten sich schon in ihre Schlafgemächer zurückgezogen, da tauchte plötzlich Murat auf, der Spaßmacher des Sultans. Sogleich scharten sich die Wachsoldaten um ihn, in der Hoffnung, dass er ihnen die Langeweile vertrieb. Für eine Handvoll Zigaretten vollführte er bereitwillig ein paar Kunststückchen und erzählte, wohin es ihn nach der Auflösung des Yildiz-Serails verschlagen hatte. Er war in einem Palast am Bosporus untergekommen, im Hofstaat der

Sultansmutter, die dort vergeblich auf die Rückkehr ihres Sohnes wartete und den Zwerg für jede noch so winzige Nachricht von Abdülhamid mit einem Piaster belohnte. Umso größer war Nadirs Verwunderung über sein plötzliches Erscheinen. Warum war Murat in den Tränenpalast zurückgekehrt? Er hatte sich doch nie zuvor hier blicken lassen … Auf beklemmende Weise fühlte Nadir sich an jene Nacht erinnert, als der Zwerg in Taifuns Auftrag die Wachen abgelenkt hatte, damit der deutsche Arzt in den Harem gelangte.

Bei dem Gedanken an den Arzt füllten sich Nadirs Augen mit Tränen. Er stellte den Krug auf einem Mauersims ab und ging hinaus in den Hof der Favoritinnen. Um sich zu beruhigen, schaute er auf das Meer. Über dem schwarzen Wasser war bereits der Mond aufgegangen. Gleichgültig schien die gelbe Sichel auf die Erde herab, ohne sich um das Unglück eines Eunuchen zu kümmern.

Was für ein Narr war er gewesen! Mit seinen eigenen Händen hatte er dem Ungläubigen das Tor zum kaiserlichen Harem geöffnet. Und Elisa hatte diesen fremden Mann geküsst, vor seinen Augen, als wäre er Luft gewesen, als hätte er gar nicht existiert … Nichts hätte es ihm ausgemacht, hätte er sie in den Armen des Sultans gefunden. Jede Frau musste dem Herrn des Harems zu Willen sein, so wollte es das Gesetz. Doch der Kuss mit diesem Eindringling war etwas anderes gewesen, ein Kuss, der aus der Tiefe ihres Herzens kam – ein Kuss der Liebe. Wie konnte sie ihm so etwas antun? Ahnte sie denn nicht, was er für sie empfand? In welche Hölle der Eifersucht sie ihn stürzte? War er denn kein Mann, kein Mensch? Oder war sie so grausam, dass sie seine Gefühle ignorierte? Ach, was hätte er dafür gegeben, einen solchen Kuss mit ihr zu tauschen. Alles, alles wäre er bereit gewesen dafür zu tun. Warum hatte er sich ihr nie offenbart, ihr nie gesagt, welche Liebe er für sie empfand?

Auf seinen Lippen schmeckte Nadir das Salz seiner Tränen. Wie hasste er seinen Körper, der ihn zum ewigen Sklaven machte!

Wie hasste er seine Ohnmacht, niemals diesem Körper zu entrinnen! Und wie hasste er diesen fremden Mann, der eine Liebe genoss, nach der er selbst sich sehnte und verzehrte. Was für ein quälender, entsetzlicher Gedanke, dass dieser Mann Elisa in seine Arme schließen durfte, dass sie seine Umarmung erwiderte, um sein Gesicht mit ihren Lippen zu bedecken, seinen Mund mit ihrem zärtlichem Kuss ...

Die Erinnerung brannte in Nadirs Seele wie der Wüstensand, in den man ihn bei seiner Entmannung vergraben hatte, vor vielen, vielen Jahren ...

Sein Kopf glühte vor Fieber, und zwischen seinen Schenkeln pulsierte ein dumpfer, heißer Schmerz. Doch erst heute begriff er, was damals mit ihm geschehen war, begriff es nicht nur mit seinem Leib, sondern auch mit seiner Seele, begriff die unwiderruflichen Folgen des Verbrechens, das man an ihm verübt hatte: dass er für immer ein Krüppel war, ein Verschnittener, ein absonderlich groteskes Wesen, das Spottbild eines Mannes – ein Eunuch.

»Ist Elisa in ihrer Wohnung?«

Nadir drehte sich um. In der Dunkelheit erkannte er Leutnant Mehmet, Oberst Taifuns Adjutanten. An seiner Seite stand der deutsche Arzt.

»Antworte!«, befahl der Leutnant. »Ich habe dich was gefragt!«

Nadir brachte keinen Ton heraus. Der pulsierende Schmerz in seinem Unterleib wich plötzlich einem fürchterlichen Druck. Verzweifelt spannte er seine Schließmuskeln an, aber sie waren zu schwach, um diesem Druck standzuhalten – jeden Moment konnte das Unglück passieren.

Nadir geriet in Panik. Nein, nicht diese Blöße, nicht vor diesem Deutschen! Ohne ein Wort stolperte er an dem Arzt vorbei, zurück in den Palast.

Mit knapper Not schaffte er es bis zum Quartier der schwarzen Eunuchen. Im Laufen noch zog er das silberne Röhrchen aus seinem Fez, das er immer bei sich trug, streifte sich die Hose von

den Hüften, kaum dass er die Toilette erreicht hatte, und führte es in die vernarbte Wunde seines Unterleibs ein, an eben jener Stelle, wo bei anderen, unversehrten, richtigen Männern sich der Sitz der Männlichkeit befand.
Am ganzen Körper von Schluchzern geschüttelt, ließ Nadir sein Wasser.

24

Elisa verließ gerade das Zimmer, in dem sie Mesut zum Schlafen gebracht hatte, als plötzlich Felix vor ihr stand.
»Du?«, fragte sie und griff nach ihrem Schleier.
Felix hielt sie am Handgelenk zurück.
»Lass mich dich anschauen, bitte, noch einmal.«
Er hielt sie so fest, als wolle er sie nie wieder loslassen. Für eine Sekunde gab es keine Zeit. Dieser Griff um ihren Arm, dieser Blick aus seinen blauen Augen …
Den ganzen Tag hatte sie auf ihn gewartet, war alle zwei Minuten auf den Gang hinausgelaufen, um auf seine Schritte zu hören. Jetzt war er endlich da. Am liebsten hätte sie die Arme um ihn geschlungen und ihn geküsst. Doch das ging nicht, sie waren nicht allein. Die zwei Soldaten an Mesuts Bett konnten jeden Moment aus dem Nebenraum kommen. Obwohl sich alles in ihr dagegen wehrte, machte sie sich von ihm los und befestigte ihren Schleier.
»Wer hat Sie herein gelassen? Zu dieser Stunde? Mitten in der Nacht?«
»Leutnant Mehmet.«
»Leutnant Mehmet? Wieso? War Nadir nicht da?«
»Das ist jetzt nicht wichtig.« Mit ernstem Gesicht schaute er sie an. »Ich … ich bin heute zum letzten Mal hier.«
»Um Gottes willen! Was ist passiert?«

»Ich weiß es nicht. Oberst Taifun hat es mir mitgeteilt. Er war selber überrascht – irgendeine Anordnung von oben. Kein Fremder darf mehr in den Palast. Allein dem Oberst habe ich zu verdanken, dass ich diese Nacht noch einmal zu Ihnen durfte.«
»Das heißt, Sie sind gekommen, um sich – zu verabschieden?«
Felix nickte.
Elisa griff nach einer Konsole, um sich festzuhalten. Die Vorstellung, diesen Mann nie mehr wiederzusehen, war mehr, als sie verkraftete. Er war die Offenbarung gewesen, von der sie geträumt, jenes strahlende Geschenk, das endlich Besitz von ihr ergriffen hatte, die Melodie, die sie in sich trug, seit sie fühlen konnte.
»Bitte warten Sie hier, nur einen Augenblick.«
Sie ging hinaus, um Nadir zu suchen. Der Eunuch wartete draußen auf dem Gang. Er sah aus, als hätte er geweint. Aber sie hatte jetzt keine Zeit, sich darum zu kümmern.
»Du musst mir helfen!«
Nadir legte die Hände vor der Brust übereinander und verbeugte sich.
»Was immer Sie befehlen.«
»Schick die Wachen fort.«
»Welche Wachen?«
»In Mesuts Zimmer. Ich will allein sein.«
»Aber die Wachen stören doch nicht. Sie sind doch nebenan.«
»Trotzdem, ich will es.«
Nadir schaute sie verständnislos an. Elisa zögerte. Wie sollte sie es ihm sagen? Es gab nur noch diese eine Nacht, diese wenigen kostbaren Stunden.
»Ich ... ich habe einen Gast«, sagte sie schließlich.
»Einen Gast?« Nadirs Gesicht zuckte. »Wer ist es? Der deutsche Arzt?«
Elisa nickte.
»Warum müssen Sie mit ihm allein sein?«, fragte Nadir. »Es war immer jemand dabei, wenn er Prinz Mesut untersuchte.«

»Er ist nicht gekommen, um Mesut zu untersuchen.«
Nadirs Gesicht war wie versteinert.
»Weshalb verstehst du mich denn nicht?«, fragte sie verzweifelt.
»Ich muss mit ihm allein sein. *Muss!*«
»Warum?«
»Weil ... weil ich ... weil wir ...« Sie verstummte.
»Geben Sie sich keine Mühe«, sagte Nadir. »Sie sind ja nicht die erste Frau im Harem, die versucht, sich den Anordnungen zu widersetzen.« Er machte eine Pause, bevor er weitersprach. »Aber ich kann es nicht zulassen, ich bin für Sie verantwortlich. Für Sie und Prinz Mesut. Ich darf die Wachen nicht fortschicken.«
»Bitte Nadir, nur für ein paar Stunden. Nur für diese eine Nacht.«
»Wenn Sie darauf bestehen, müssen Sie es selber tun.«
»Aber mir werden sie nicht gehorchen. Sie hören nicht auf eine Frau.«
Nadir schüttelte den Kopf. »Haben Sie vergessen, was Sie Fatima versprochen haben? Sie haben gesagt, Sie sind Prinz Mesuts zweite Mutter. Keinen Augenblick wollten Sie ihn allein lassen.«
Elisa starrte ihn ohnmächtig an. Jedes Wort, das er sagte, hatte sie ja selbst gesagt, um Fatima den Entschluss zu erleichtern, Taifun zu folgen. Aber wie hätte sie damals wissen können, was in dieser Nacht passierte?
»Ich hätte nicht gedacht, dass du so undankbar bist«, sagte sie bitter. »Ich habe dir das Leben gerettet, und du weigerst dich, mir diesen kleinen Gefallen zu tun?«
Kaum hatte sie die Worte ausgesprochen, hasste sie sich dafür. Doch an Nadirs Gesicht sah sie, dass sie die Mauer seiner Abwehr durchbrochen hatte.
»Wenn es dich beruhigt«, fügte sie eilig hinzu, »kannst du ja selber bei Mesut bleiben, solange die Wachen fort sind. Damit du ganz sicher bist, dass ihm nichts passiert.«

Nadir schaute sie ungläubig an. »Sie meinen – *ich* störe Sie nicht?«
»Aber nein«, rief sie, »vor dir habe ich keine Geheimnisse! Du bist doch wie ein Bruder für mich, wie eine Freundin.«
Wie ein Schwerhöriger stand Nadir da, mit offenem Mund und leeren Augen.
»Bitte«, sagte sie noch einmal. »Es ist mein größter Wunsch. Wenn du ihn erfüllst, kannst du alles von mir haben, was immer du willst!«
Sie streckte die Hand nach ihm aus, um sein Gesicht zu berühren. Doch mit einer brüsken Kopfbewegung entzog er sich ihr. Mit aller Würde, zu der er fähig war, wandte er sich ab. In der Tür, die zu Mesuts Schlafzimmer führte, drehte er sich noch einmal um.
»Ich werde die Wachen fortschicken«, sagte er. »Damit Sie ungestört sind. Sie – und …«
Er sprach den Satz nicht zu Ende. Eine lange Weile schaute er sie schweigend an, dann verbeugte er sich ein letztes Mal vor ihr, die beiden Hände zum Zeichen seiner Ergebenheit vor der Brust übereinander gelegt, wie es das Zeremoniell verlangte.
»Danke, Nadir«, flüsterte sie, als er in dem dunklen Raum verschwand. »Das werde ich dir nie vergessen.«

25

Endlich waren sie allein. Felix stand am Fenster und blickte sie voller Erwartung an. Aus dem Nebenzimmer drangen leise Geräusche: Nadirs Stimme, die Schritte der Soldaten, die sich entfernten, das Schlagen einer Tür. Dann herrschte lautlose Stille rings um sie her.
Plötzlich glaubte Elisa ihr eigenes Herz klopfen zu hören, das Rauschen ihres Blutes, den Hauch ihres Atems. Der ganze Raum

war nur noch ihre eigene Gegenwart, und alles in ihr drängte danach, diese Gegenwart mit diesem Mann, den sie nach dieser Nacht nie mehr wiedersehen würde, zu teilen. Ein einziges Sichgeben-Wollen, Sich-nehmen-Wollen ergriff von ihr Besitz, die Sehnsucht, die Einsamkeit in ihrem Herzen, die sie stärker empfand als je zuvor, zu überwinden, herauszutreten aus dem Gefängnis ihrer selbst, aus dem Gefängnis ihres Leibes. Wie konnte sie die Ketten sprengen? Sie war befangen, traurig – und gleichzeitig so glücklich wie noch nie in ihrem Leben, allein durch seine Nähe.

Sie suchte nach Worten, fand aber keine.

»Psst«, machte Felix, »die Zeit ist zu kostbar zum Reden.« Er winkte sie zu sich. »Riech nur, wie das duftet.«

Sie trat zu ihm ans Fenster. Leise blähten sich die Vorhänge im Wind. Durch die Gitterstäbe wehte die schwere, süße Luft der Nacht herein, die geschwängert war vom Geruch unzähliger Blüten.

Felix nahm ihre Hand, und während Elisa das dunkle Parfüm in sich aufsog, schauten sie zusammen hinaus in den Garten. Wie betäubt von den tausend Aromen, konnte sie kaum unterscheiden, was sie sah. War dies wirklich der Garten, der ihre Wohnung umgab? Oder war es ein Traum, ein Bild in ihrem Herzen? Im silbernen Licht des Mondes blühten Orangenbäume und säumten einen Weg, den sie noch nie beschritten hatte.

Felix wandte sich zu ihr um und schaute sie an. Ohne die Augen von ihr zu lassen, führte er ihre Hand an seine Lippen und küsste die Spitzen ihrer Finger. Dann löste er den Schleier von ihrem Gesicht.

»Danke«, flüsterte sie.

Er war genauso befangen wie sie, sein Adamsapfel ruckte, während er sie mit den Augen liebkoste, so zärtlich wie die Brise der Nacht, ihre entblößte Haut, ihre Wangen, ihren Hals. Elisa spürte, wie sein Blick sie erregte, die ernste Aufmerksamkeit, mit der er sie betrachtete, sich in ihren Anblick versenkte. Ein Schauer rieselte über ihren Rücken. Auf einmal war ihr alles zu viel, jedes Stück Stoff, jede Faser, die sie am Leib trug. Sie wollte nackt vor ihm sein, sich vor ihm entblößen, ganz und gar, nicht nur ihr Gesicht, sich ihm preisgeben, mit allem, was sie war.

»Ich liebe dich … Ich liebe dich …«

Immer wieder flüsterte sie ihm diese Worte ins Ohr, die alles und nichts bedeuteten, nur diesen einen Drang nach Vereinigung, Verschmelzung, diese stärkste und zwingendste Regung des Lebens, diesen unstillbaren, unwiderstehlichen Hunger der Sinnlichkeit, der keine Sättigung begehrt. Er war die Begierde, die sich selbst zum Leben erweckt, der Wunsch, der sich aus eigenem Drang gebiert, die Glut, die sich von allein entfacht. Noch nie hatte Elisa ein solches Sehnen empfunden. Es sammelte alle knisternden Funken, alle züngelnden Flammen, um den Brand am Leben zu erhalten, plünderte den Duft dieser Nacht, das Klopfen ihrer Herzen, bestahl ihre Erinnerung um nie gesprochene Worte, raubte aus den verborgensten Tiefen ihres rauschenden Blutes die Leidenschaft, grub sich ein in ihre Leiber, mit wachem, stetigem Pulsieren, durchstreifte und durchwühlte die Kammern ihrer Seelen, bis sie auf dem tiefsten, dunklen Grund ein zehrendes Begehren fand, das es allein nur stillen konnte …

»Ich liebe dich … Ich liebe dich …«

Wie das Echo ihres eigenen Geständnisses kehrten die Worte zu Elisa zurück. Sie spürte mit ihren Lippen seinen Mund. Ein Tor tat sich auf, und nichts von dem, was nun geschah, war willkürliche Handlung mehr oder ausgeführter Vorsatz, sondern ein Wunder, das aus sich selbst heraus geschah. Er nahm ihre Hand und führte sie durch das Tor, das sie mit ihren Küssen geöffnet hatten. Ohne sich zu wehren, folgte sie ihm. Es gab kein Zögern, keinen Zweifel. Sie fühlte nur noch diese Hand in ihrer Hand, während sie an seiner Seite durch den hellen klaren Schein ging, diesen Weg, den sie noch nie beschritten, in dieses Land, das sie noch nie gesehen hatte. Sie war so wach wie in einem Traum, wollte immer so gehen, immer weiter und weiter, durch diesen betörenden süßen Duft, durch diesen hellen Mond, bis ans Ende der Welt, bis ans Ende ihres Lebens. Heiß wallte ihr Blut, ihre Haut brannte. Sie war nicht länger allein, sie hatte die Ketten gesprengt, die Einsamkeit überwunden, das Gefängnis in ihrem Innern verlassen. Endlich, endlich war sie zu zweit, ihre Seele und ihr Körper, war sie zu zweit und eins zugleich, beseelt von der fiebrigen Ahnung ewigen Ungenügens und der bestürzenden Gewissheit, je reicher zu empfangen, desto großzügiger sie sich verschenkte, sich umso sicherer zu finden, je unwiderruflicher sie sich verlor ...

26

»Aufwachen! Hörst du nicht? Du musst aufwachen!«
Fatima öffnete blinzelnd die Augen. Um sie herum war dunkle Nacht. Nur der Mond schien durchs Fenster. Über ihr war ein großer, mächtiger Schatten.
»Taifun?«, fragte sie. »Was ist?«
Ihr nackter Leib war noch warm und schwer vom Schlaf. Wohlig rekelte sie sich unter ihrem Laken. Noch immer spürte sie seine Erregung zwischen ihren Schenkeln, der ganze Raum atmete noch den Geruch ihrer Lust. Begehrte er sie schon wieder? Sie schlug das Laken zur Seite und streckte die Arme nach ihm aus. Sie wollte ihn küssen, ihn noch einmal in sich spüren – jetzt gleich, sofort! Doch er hielt sie an der Schulter fest, schüttelte sie.
»Los, steh auf! Du musst dich anziehen!«
Der Mond beschien sein Gesicht. Als sie seine Augen sah, erschrak sie. »Was ist passiert?«
»Dein Kind ist verschwunden! Jemand hat es aus der Wiege gestohlen!«

Sein Automobil stand mit laufendem Motor vor der Tür bereit. Kühl wehte der Nachtwind in Fatimas Gesicht, als sie den Hügel hinabrasten in Richtung Galata-Brücke. Die Häuser waren noch dunkel, die Straßen menschenleer. Nur hier und da lugten verschlafene Gesichter aus einem Fenster hervor, ein paar Bäckerjungen eilten zur Arbeit. *Dein Kind ist verschwunden … Dein Kind ist verschwunden …* Immer wieder kreisten die wenigen Worte durch ihren Kopf, ohne Wirklichkeit zu erlangen, während sich vor ihr die schwarze Fläche des Meeres öffnete. Am Ufer trat ein Wachtposten aus seinem Häuschen, mit hochgestelltem Kragen und einer brennenden Zigarette zwischen den Lippen. Taifun trat auf die Bremse, warf dem Mann eine Münze zu und gab wieder Gas. Wie die Gipfel einer Gebirgskette ragten die Kuppeln der großen Moscheen in den Himmel empor, an dem die letzten Sterne erloschen.

»Aus dem Weg!«

Vor dem Hof der Schwarzen Eunuchen sprang Taifun aus dem Wagen und schob den Soldaten beiseite, der den Eingang bewachte. Unfähig, irgendetwas zu begreifen, nahm Fatima die Dinge wahr, wie aus weiter Ferne, als wäre sie in einem fremden Körper zu Gast, während sie Taifun folgte. Die Flure und Gänge waren taghell erleuchtet, an allen Ecken brannten Fackeln, in deren flackerndem Schein die Soldaten sich wie Gespenster vermehrten. Aus den Schatten und Winkeln traten sie hervor, strömten durch unsichtbare Türen herbei, und die niedrigen Decken hallten von ihren Rufen wider. Alles war in Auflösung, die Grenze zwischen innen und außen aufgehoben, als gäbe es keine Trennung mehr zwischen dem Harem und der übrigen Welt.

In einem kleinen, überdachten Hof, von dem aus mehrere Korridore abzweigten, blieb Taifun stehen.

»Alle Tore doppelt besetzen!«, befahl er. »Die Geheimgänge abriegeln! Niemand verlässt das Gebäude!«

Mit ruhiger, sicherer Stimme gab er seine Kommandos. Abgezählte Trupps formierten sich und strömten aus, um das alte

Labyrinth systematisch zu durchsuchen. Fatima sah es und sah es nicht. *Dein Kind ist verschwunden ... Dein Kind ist verschwunden ...*
Ein Leutnant trat auf Taifun zu und reichte ihm einen Gegenstand.
»Hier, wie Sie befohlen hatten«, sagte er.
»Danke, Mehmet.« Im Schein der Fackeln glitzerte es für eine Sekunde wie von Glasperlen, als Taifun den Gegenstand in seiner Uniformjacke verschwinden ließ. »Und sorgen Sie dafür, dass auch meine übrigen Anweisungen befolgt werden.«
Während der Leutnant salutierte, starrte Fatima auf Taifuns Rocktasche. War das nicht die Kette, die sie selbst ... *Dein Kind ist verschwunden ... Dein Kind ist verschwunden ...* Vergeblich versuchte sie, gegen diese gemeinen, unbegreiflichen Wörter ihren Gedanken zu Ende zu denken, als zwei Soldaten Nadir herbeischleppten. Der Eunuch schlotterte am ganzen Körper vor Angst. Seine Hände waren mit Stricken zusammengebunden.
»Den haben wir im Hof der Konkubinen erwischt. Er wollte gerade über die Mauer klettern.«
»Irgendeine Spur von dem Kind?«
»Leider nein!«
»Abführen!«, befahl Taifun. »Sperrt ihn in den Keller und lasst ihn nicht aus den Augen. Ich knöpfe ihn mir später vor.«
Die Soldaten nahmen den Eunuchen zwischen sich. Plötzlich sah Fatima sein Gesicht. Es war von Tränen überströmt.
»Prinz ... Prinz Mesut ...«, stotterte er, »Elisa ... sie ... sie kann nichts dafür ...«
Als Fatima diese Worte hörte, erwachte sie endlich aus ihrer Betäubung.

27

»Wo ist mein Kind?«
Elisa stand vor der leeren Wiege, als Fatima ins Zimmer stürzte. Noch nie hatte sie ihre Freundin in einem solchen Zustand gesehen. Fatima trug ein französisches Kleid über einer türkischen Hose, ihr Haar war aufgelöst, der Schleier hing nur lose um ihren Kopf.
»Wo ist mein Kind?«
»Ich weiß es nicht.«
»Du weißt es nicht? Was soll das heißen?«
»Ich ... ich habe keine Ahnung. Ich bin genauso entsetzt wie du.«
»Ich habe dir mein Kind anvertraut, das Wertvollste, was ich habe. Und du – du ...« Fatima packte sie an den Schultern und schüttelte sie. »Wie konnte das geschehen? Was ist passiert?«
»Ich hatte ihn gefüttert und ins Bett gebracht, wie jeden Abend, und dann ...«
Elisa verstummte.
»Warum sagst du nichts? Rede! Was war dann? Sag mir die Wahrheit!«
Elisa brachte keinen Ton über die Lippen. Die Wahrheit war so erbärmlich, dass es unmöglich war, sie auszusprechen. Sie hatte die Wachen fortgeschickt, um mit Felix allein zu sein, und als sie zurückgekommen war, hatte sie eine leere Wiege vorgefunden. Das war alles. Aber wie sollte sie das sagen? Zu tief saß die Scham.
Plötzlich veränderte sich Fatimas Gesicht. Ihr Mund, ihre Nase zitterten, als würde sie jeden Moment in Tränen ausbrechen, und aus ihren Augen verschwand die Wut. Nur noch Angst und Verzweiflung blieben darin übrig.
»Bitte hilf mir«, schluchzte sie und klammerte sich an Elisa. »Halt mich fest, bitte, ganz fest. Ich brauche dich.«

Elisa wollte sie trösten, doch sie konnte es nicht. Sie schaffte es nicht einmal, ihr über den Rücken zu streichen, der immer wieder von Schluchzern geschüttelt wurde.

»Ich hätte nie von hier fortgehen dürfen. Wie konnte ich das nur tun? Ohne mein Kind ...«

Elisa schnürte es die Kehle zu. Wie erstarrt spürte sie das Leid ihrer Freundin unter ihren Händen. Lieber hätte sie Fatimas Vorwürfe ertragen als diese Selbstanklagen.

»Ich habe ihn im Stich gelassen, meinen eigenen Sohn. Alles ist meine Schuld ...«

Elisa wünschte sich, dass Fatima sie schlug, ihr ins Gesicht spuckte, ihr alle Schande antat, die sie verdiente. Aber stattdessen schluchzte sie nur in ihrem Arm, hilflos wie ein Kind.

Elisa nahm ihren ganzen Mut zusammen. »Ich ... ich muss dir etwas sagen. Gestern Abend, als es passierte, war ich nicht ...«

Sie hatte den Satz noch nicht zu Ende gesprochen, da flog die Tür auf, und Taifun betrat den Raum.

»Wir haben ein paar Zeugen vernommen.«

Fatima löste sich aus Elisas Armen. »Und? Weiß jemand, wo mein Kinde ist?«

Taifun schüttelte den Kopf. »Nein. Aber wir haben etwas anderes herausgefunden.« Er machte eine Pause. »Elisa hat die Wachen weggeschickt, die auf deinen Sohn aufpassen sollten.«

»Was sagst du da?«, rief Fatima.

»Ja, ich konnte es auch nicht glauben. Aber frag sie nur selbst.«

Mit Tränen in den Augen schaute Fatima sie an. Unter ihrem Blick schwand Elisas ganzer Mut. Es war zu spät – zu spät für ein Geständnis. Voller Scham schlug sie die Augen nieder.

»Bitte«, flüsterte Fatima, »sag, dass das nicht wahr ist ... Du bist meine Freundin. Ich habe dir immer vertraut.«

Taifun schnippte mit den Fingern in Richtung Tür. »Holt ihn herein!«

Leutnant Mehmet und ein Soldat führten Nadir in das Zimmer. Der Eunuch hatte ein geschwollenes Auge, und aus einer Platz-

wunde rann ein Streifen Blut über seine Schläfe. Seine Hände waren auf dem Rücken gefesselt.
Taifun trat auf ihn zu. »Willst du uns helfen, die Sache aufzuklären?«, fragte er ihn mit sanfter, freundlicher Stimme.
Nadir nickte.
»Dann sag uns, warum wolltest du fliehen?«
Der Eunuch schwieg.
»Hab keine Angst. Niemand wird dir etwas tun.«
Nadir wandte sich zu Elisa um, als suche er Hilfe bei ihr. Dann blickte er wieder den Oberst an. »Ich ... ich wollte, dass Sie denken, ich ... ich hätte Prinz Mesut entführt.«
»So? Und warum wolltest du das?«
»Ich hatte A... Angst, dass Sie sonst was ... was Falsches denken.«
»Etwas Falsches? Was meinst du damit?«
Nadir gab keine Antwort.
»Hörst du nicht? Ich habe dich was gefragt!«
In den Augen des Eunuchen flackerte Panik. »Sie ... sie hat keine Schuld«, rief er, »sie hat nichts ... nichts getan!«
»Wer hat keine Schuld?«, fragte Taifun. »Wer hat nichts getan? Elisa?«
Nadir nickte so heftig, dass sein Kopf gar nicht mehr aufhörte zu wackeln.
»Sehr schön.« Taifun lächelte zufrieden. »Jetzt sag uns nur noch eins. Hat sie die Wachen fortgeschickt?«
Voller Entsetzen starrte Nadir ihn an. Die Arme auf dem Rücken, klafften die Schöße seines Stambulin-Mantels weit auseinander. Obwohl er vor Angst am ganzen Leib zitterte, schüttelte er heftig den Kopf.
»Mach den Mund auf, Neger!«, herrschte Taifun ihn an.
»Bitte ... bitte lassen Sie mich gehen.«
Taifun schlug ihm ins Gesicht. »Erst die Antwort!«
»Bitte ... bitte«, stammelte er. »Ich ... ich ... La... lassen Sie mich ...«

Taifun schlug ihn noch einmal.
»Heraus damit! Hat sie die Wachen fortgeschickt? Ja oder nein?«
Nadir riss die Augen so weit auf, dass sie fast aus ihren Höhlen traten, während er in panischer Verzweiflung Elisa anblickte. Plötzlich schloss er die Augen und wandte sein Gesicht ab. Im selben Moment sah Elisa, wie sich auf Nadirs Hose, zwischen den klaffenden Schößen seines Mantels, ein nasser, dunkler Fleck ausbreitete, der immer größer und größer wurde.
»Hören Sie auf!«
Taifun fuhr zu ihr herum. »So?«, fragte er. »Warum? Wollen Sie es uns selber sagen?«
»Ja«, rief sie, »ich habe es getan! Ich habe die Wachen fortgeschickt!«
»Na also«, sagte er und ließ von Nadir ab. »Warum nicht gleich? Statt einen armen Eunuchen so leiden zu lassen.«
Fatimas Gesicht verlor jede Fassung. »Dann ist es also wirklich wahr ...«
Schweigend ertrug Elisa ihren leeren, entgeisterten Blick.
»Warum? Wie konntest du das nur tun?«
Elisa musste ihre ganze Kraft aufbringen, um ihr zu antworten. »Ich weiß, wie furchtbar das klingt, aber – ich hätte nie gedacht, dass so etwas passiert. Der ganze Palast wird doch bewacht, und außerdem war Nadir in Mesuts Zimmer, anstelle der Soldaten.«
»Warum?«, wiederholte Fatima. »Ich will wissen, warum?«
Elisa biss sich auf die Lippen. Taifun ergriff an ihrer Stelle das Wort.
»Ich glaube, das kann uns keiner so gut erklären wie Nadir.« Noch einmal wandte er sich an den Eunuchen. »Was hat Elisa gemacht, nachdem die Wachen fort waren?«
Nadir hatte die Augen immer noch vor Scham geschlossen. »Das weiß ich nicht«, sagte er leise. »Weil, ich ... ich bin dann auch gegangen.«

»Aber du warst doch nebenan!«, rief Elisa. »Bei der Wiege! Das hattest du versprochen!«
Nadir schlug die Augen auf. Sie waren blank von Tränen. »Nein«, sagte er, »das war ich nicht. Weil, ich ... ich hab es nicht ausgehalten. Ich konnte es nicht ertragen. Ich ... ich musste ja alles mit anhören, jedes Wort, das Sie geredet haben, Sie und der Arzt.«
Es entstand ein unheilvolles Schweigen. Draußen von den Gängen hallten die Rufe der Suchtrupps wider.
»Allah, was habe ich gesagt?«, murmelte Nadir. »Möge der Himmel mich strafen.«
Taifun schnippte mit den Fingern. »Wegbringen!«
Leutnant Mehmet packte den Eunuchen und führte ihn ab.
»Bitte, verzeihen Sie mir«, rief Nadir Elisa zu. »Ich ... ich wollte Sie nicht verraten.«
Mehmet stieß ihn zur Tür hinaus. Dann schlug das Schweigen wieder über ihnen zusammen.
»Was für ein Arzt?«, fragte Fatima in die Stille hinein. »Der Deutsche?«
Elisa nickte stumm.
»Er war bei dir? Ein Mann? Mitten in der Nacht?« Fatima unterbrach sich, als brauche sie eine Weile, um die wenigen Worte selber zu begreifen, bevor sie weitersprechen konnte. »Dafür hast du mein Kind geopfert?«
Taifun griff nach ihrer Hand. »Komm«, sagte er, »ich glaube, es ist besser, wir gehen.«
»Nein. Ich will die Wahrheit wissen.« Sie machte sich von ihm los und trat auf Elisa zu. »Ist er dein Geliebter? Hast du darum die Wachen weggeschickt? Um mit ihm allein zu sein?« Wieder machte sie eine Pause. »Weil du seine Hure bist?«
Ihr leerer Blick begann sich allmählich zu füllen. Alles, was Elisa darin sah, war Hass. Sie öffnete den Mund, aber es kam kein Ton heraus. Die Wahrheit steckte in ihrem Hals fest wie eine Kröte, die sie weder hinunterschlucken noch ausspucken konnte.

»Ist es so gewesen?«, fragte Fatima noch einmal. »Bist du seine Hure?«
Elisa räusperte sich. Doch es war nur ein Flüstern, das zwischen ihren Lippen hervorkam. »Er war da, um sich von mir zu verabschieden. Für immer. Deshalb ist er in den Serail gekommen.«
»Bist du wahnsinnig?«
»Taifun hat es gewusst, er hat ihm die Erlaubnis gegeben.« Sie blickte den Oberst an. »Bitte, sagen Sie ihr, dass es so war. Ich konnte doch nicht wissen, dass ...«
Fatima spuckte ihr ins Gesicht. »Wie konntest du das nur tun?«
Elisa wollte sich den Speichel fortwischen, aber ihr Arm war gelähmt.
»Und ich habe dir vertraut«, sagte Fatima voller Verachtung. »Wie habe ich nur so dumm sein können? Du hast ja immer nur an dich gedacht, solange ich denken kann. Immer hast du alles so eingerichtet, wie es für dich am besten war.«
»Es tut mir so unendlich leid«, flüsterte Elisa, während der Speichel an ihrer Wange herunterrann. »Ich wollte, ich könnte es irgendwie wiedergutmachen.«
»Halt den Mund! Du hattest einen Plan, von Anfang an. Ich wollte hier bleiben, bei meinem Kind, aber Du hast keine Ruhe gegeben, bis ich es verließ. Weil du nicht abwarten konntest, hier rauszukommen.«
»Aber das hatte doch nichts damit zu tun!«
»Und ob! Was hat der Arzt dir versprochen? Wollte er dich mit nach Deutschland nehmen?«
»Fatima, glaub mir, so war es nicht – ich flehe dich an!«
»Und dafür hast du mein Kind geopfert ...« Plötzlich fiel sie über Elisa her, schlug mit beiden Händen auf sie ein. »Du Hure, du Drecksstück! Du schamlose, ungläubige Hure!«
Taifun hielt sie zurück. »Nicht, Fatima! Sie ist es nicht wert.«
Er legte seinen Arm um sie und führte sie fort. Mit erhobenen Armen sah Elisa sie an. Doch Fatima schenkte ihr keinen Blick, während sie wie ein Kind dem Oberst folgte, der mit leiser, zärt-

licher Stimme auf sie einsprach und ihr immer wieder besänftigend über den Kopf strich.
»Bitte, Taifun«, rief Elisa, »Sie müssen ihr sagen, wie es war! Sie haben doch alles gewusst! Sie haben es doch erlaubt!«
In der Tür blieb Fatima noch einmal stehen und drehte sich um. Eine lange Weile starrte sie die leere Wiege an. Der Vorhang über dem Körbchen war zurückgeschlagen, ein Kissen lag auf dem Boden. Als fiele es ihr unendlich schwer, hob sie schließlich den Kopf, um Elisa anzuschauen. Ihre großen Mandelaugen waren zu zwei schmalen Schlitzen verengt.
»Ich hoffe nur, dass mein Kind noch lebt. Oder ich verfluche dich – für alle Zeit!«
Dann wandte sie sich ab und trat hinaus auf den Gang. Mit einem Kopfschütteln folgte Taifun ihr nach.
Elisa blieb allein bei der Wiege zurück.
Irgendwo in dem alten Palast krachte ein Schuss.
Elisa zuckte nicht mal zusammen.

28

Ein Wunder, ein Wunder war geschehen!
Als hätte Allah der Allmächtige die schweren grauen Wolken beiseite geschoben, die so lange über Saloniki gehangen hatten, schien die Sonne von einem weißblauen Himmel herab, um in verschwenderischer Fülle die Stadt, in der Abdülhamid sein trauriges Exil verbrachte, mit goldenen Strahlen zu überfluten. Verflogen waren die düsteren Gedanken! Das Leben war ein Fest! Von morgens bis abends war auf dem Hügel über dem Meer Musik zu hören, und die Kadins und Favoritinnen tanzten im Garten. Sogar Abdülhamid, der noch keinen Schritt vor die Schwelle des Hauses gesetzt hatte, seit er in der Verbannung lebte, trat ins Freie, um das herrliche Frühsommerwetter und die

frischen Seewinde zu genießen. Gut gelaunt erging er sich im Garten, wo die Rosen fast so schön blühten wie in Yildiz, war leutselig zu seinen Wärtern und freundlich zu seinen Frauen. Denn der verlorene Sohn war gefunden, der letzte Spross der Osmanen zu seinem Vater zurückgekehrt, ihm gleichsam ein zweites Mal geboren.

In der Villa herrschte eine solche Hochstimmung, dass nicht einmal die Ankunft Enver Paschas, der als Vertreter der neuen Regierung nach Saloniki gekommen war, um eine wichtige Formalität zu erledigen, sie trüben konnte. Ohne sich um seinen Gast zu kümmern, spielte Abdülhamid mit seinem Sohn, hob ihn in die Höhe und warf ihn in die Luft, bis der Kleine vor Vergnügen quietschte. Nur die weißen Angorakatzen strichen mit krummem Rücken und aufgestelltem Haar zwischen den Chintz-Vorhängen und den Mahagoni-Möbeln umher und beäugten den fremden General, der voller Ungeduld seinen Schnurrbart zwirbelte, während er dem Spiel von Vater und Sohn zusah.

»Bra, brabra, brah-brah-brah …«, brabbelte der kleine Mesut.

»La, lala, lah-lah-lah …«, machte Abdülhamid ihn nach.

Saliha, die verschleiert in einer Ecke des Salons über eine Stickerei saß, konnte die Wandlung kaum fassen. Abdülhamid schien um Jahre verjüngt. Seine Wangen schimmerten von einem zarten natürlichen Rosa, und seine Augen strahlten hell und wach. Es war, als hätte er eine Zukunft wiedergefunden, die er längst verloren glaubte, in Gestalt dieses kleinen brabbelnden Kindes. Der Anblick dieser Wandlung erfüllte sie mit einem Glück, das sie seit der Geburt ihres eigenen Sohnes nicht mehr empfunden hatte.

»Wenn wir uns jetzt den geschäftlichen Dingen zuwenden könnten«, sagte Enver schließlich.

Abdülhamid winkte Saliha zu sich und gab ihr das Kind.

»Passen Sie gut auf ihn auf«, sagte er. »Sie sind nun seine Mutter.«

»Machen Sie sich keine Sorge, ewige Majestät. Es wird ihm so gut bei mir gehen, wie es dem Sohn ewiger Majestät gebührt.« Während Saliha ihm den Kleinen abnahm, öffnete Enver Pascha einen Aktendeckel.
»Wir haben zwei Briefe für Sie vorbereitet.«
»Zeigen Sie her!«
Die beiden Männer traten an einen Schreibtisch, wo Enver die Dokumente ausbreitete.
»Ein Schreiben an den Crédit Lyonnais, sowie eines an die Deutsche Bank. Damit geben Sie Anweisung, sämtliche auf Ihren Namen deponierten Wertpapiere an die Niederlassungen beider Institute hier in Saloniki zu transferieren.«
»Und welche Gegenleistung garantieren Sie?«, fragte Abdülhamid, dessen Miene sich wieder verdüsterte.
»Die Regierung verpflichtet sich, Ihnen eine monatliche Apanage von eintausend türkischen Pfund auszuzahlen. Wenn Sie bitte hier und hier unterschreiben würden?«
Saliha untersuchte gerade eine kleine Rötung an Mesuts Arm, die sich um sein Handgelenk wand wie ein Armband oder eine Kette, als sie plötzlich den Blick des Sultans auf sich spürte. Abdülhamid hatte am Schreibtisch Platz genommen, mit einer Füllfeder in der Hand. Fragend blickte er sie an, Misstrauen im zerfurchten Gesicht.
»Bra, brabra, brah-brah-brah ...«, machte der kleine Mesut. Die eine Regung seines Sohnes genügte, um das Lächeln auf Abdülhamids Gesicht zurückzuzaubern. Ohne länger zu zögern, tauchte er die Feder in ein Tintenfass und unterschrieb die Papiere. Saliha atmete auf. Was nützte ihm sein Vermögen im Ausland, wenn er in seinem Innern ein Gefangener blieb?
»Danke«, flüsterte sie und gab dem kleinen Mesut einen Kuss auf die Stirn.
Der kräuselte einmal sein Näschen, dann strahlte er sie in seiner ganzen seligen Unschuld an.
»Bra, brabra, brah-brah-brah ...«

29

»Ich habe Sie heute hergebeten, Dr. Möbius, um Ihnen im Namen meiner Regierung für die außerordentliche Hilfe zu danken, die Sie beim Aufbau des Gesundheitswesens in unserem Land geleistet haben. Ihre Mission ist erfüllt. Sie dürfen in Ihre Heimat zurück.«

»Ich verstehe nicht recht«, erwiderte Felix irritiert. »Bis jetzt gibt es doch nur Pläne. Wir haben noch nicht einmal mit dem Umbau des Krankenhauses begonnen, von weiteren Maßnahmen ganz zu schweigen.«

Taifun, der auf der Kante seines Büroschreibtischs saß, strich mit der Hand über die Epauletten seiner neuen Uniform, die er sich nach der Beförderung zum General hatte schneidern lassen, und nahm einen Zug von seiner Zigarette.

»Ich hätte gerne die Zusammenarbeit mit Ihnen fortgesetzt«, sagte er, während der Rauch zwischen seinen Lippen hervorquoll, »aber leider haben zurzeit andere Aufgaben Vorrang, dringende Aufgaben, die das alte Regime nicht zu Ende geführt hat. Vielleicht haben Sie von den Aufständen der Armenier in Adana gehört? Üble Sache. Man hat mich beauftragt, die Situation dort zu klären.«

»Aber was hat das mit meiner Arbeit zu tun?«, fragte Felix.

»Außerdem«, fuhr Taifun fort, als hätte er den Einwand gar nicht gehört, »wartet in Berlin sehnsüchtig Ihre Braut auf Sie. Ich denke, wir sollten ihre Geduld nicht länger strapazieren.«

»Mit Verlaub, General, aber offen gestanden fällt es mir schwer, Ihrer Argumentation zu folgen. Erst setzen Sie alles daran, mich in Ihrem Land zu behalten, und jetzt …«

»Ich hatte erwartet, dass Sie so reagieren würden«, sagte Taifun mit einem Lächeln. »Nun gut, ich will Ihnen die Wahrheit nicht vorenthalten.« Er verließ seinen Schreibtisch und schloss die Tür. »Die Sache ist die«, erklärte er mit leiser Stimme, »Fatimas

Sohn wurde entführt, am selben Tag, an dem Sie zum letzten Mal im Serail waren.«

»Aber das ist ja entsetzlich!«, rief Felix.

»Bitte nicht so laut!« Taifun legte einen Finger an die Lippen. »Die Sache hat viel Staub aufgewirbelt, schließlich handelt es sich um einen Sohn des ehemaligen Sultans. Es wird Ermittlungen geben. Regierungen werden sich erkundigen, womöglich auch die deutsche ...«

»Wollen Sie damit vielleicht andeuten, dass etwa ich ...?«

»Um Himmels willen, nein! Ich weiß, Sie haben nichts damit zu tun. Aber man wird Sie verdächtigen, keine Frage. Sie waren in der fraglichen Nacht am Tatort. Wenn das die zuständigen Ermittlungsorgane erfahren, kommen Sie in des Teufels Küche, und es wird womöglich etwas losgetreten, vor dem auch ich Sie nicht mehr schützen kann. Falls ich Ihnen einen Rat geben darf: Verlassen Sie dieses Land, so schnell Sie können!«

»Aber vielleicht kann ich ja helfen! Wenn die Polizei mich als Zeuge hören möchte, ich stehe jederzeit bereit. Ich ... ich habe mir nichts vorzuwerfen.«

»Wirklich?« Taifun drückte seine Zigarette aus und schaute ihn vielsagend an.

Felix spürte, wie ihm das Blut ins Gesicht stieg. »Haben ... haben Sie daran etwa Zweifel?«, stammelte er.

»Natürlich nicht«, erwiderte Taifun mit einem Lächeln. »Ihr Gewissen ist rein. Trotzdem würde ich an Ihrer Stelle nicht auf einem Verhör bestehen. Oder haben Sie Ihre Inhaftierung vergessen? Damals handelte es sich ja auch nur um ein Missverständnis. So etwas ist nie ganz auszuschließen.« Er griff in seine Brusttasche und reichte Felix ein Kuvert. »Hier habe ich etwas, was Ihnen den Abschied hoffentlich etwas erleichtern wird.«

»Was ist das?«, fragte Felix und nahm den Umschlag.

»Ihr Honorar, ein Scheck der Deutschen Bank. Wir haben ihn in Goldmark ausgestellt. Ich denke, das wird für Sie am bequemsten sein.«

Felix öffnete das Kuvert. Als er die vielen Nullen auf dem Papier sah, traute er seinen Augen nicht.
»Wofür?«, fragte er. »Womit habe ich das verdient?«
»Sie unterschätzen, was Sie getan haben, Dr. Möbius. Ihre Pläne sind für uns Gold wert. Aber weitere Hilfe dürfen wir nicht in Anspruch nehmen. Den Rest müssen wir selbst schaffen, aus eigener Kraft und mit eigenen Mitteln, wenn wir vor der Zukunft bestehen wollen. Würden Sie mir bitte den Empfang bestätigen?«
Felix nahm den Füllfederhalter, den Taifun ihm reichte, und unterschrieb die Quittung. Dann stand er auf. Doch statt das Büro zu verlassen, blieb er unschlüssig vor seinem Stuhl stehen.
»Haben Sie noch etwas auf dem Herzen?«, fragte Taifun.
»Eigentlich nicht«, sagte Felix. »Allerdings – wenn ich Ihnen noch eine persönliche Frage stellen darf?«
»Nur zu!«
»Wissen Sie vielleicht, wie es Elisa geht?«
Taifun zog ein ernstes Gesicht. »Den Umständen entsprechend. Die ganze Sache hat sie natürlich sehr mitgenommen, wie Sie sich denken können.« Er schaute Felix prüfend an. »Möchten Sie, dass wir ihr etwas ausrichten?«
Felix zögerte einen Moment, dann schüttelte er den Kopf.
»Nun, so trennen sich wohl vorerst unsere Wege, mein Freund.« Taifun legte ihm eine Hand auf die Schulter und führte ihn zur Tür. »Entschuldigen Sie, wenn ich mich schon hier von Ihnen verabschiede, aber Sie wissen ja, die Arbeit.« Er öffnete die Tür und drückte Felix noch einmal die Hand. »Wann immer Sie unser Land besuchen – bitte melden Sie sich. Sie sind mir stets herzlich willkommen!«

30

Wie betäubt stolperte Felix die Treppe des Regierungsgebäudes hinunter. Am Aufgang stand Taifuns Fahrer mit dem Automobil bereit, um ihn zum Hotel zu bringen. Doch Felix schickte ihn fort. Er wollte allein sein, um seine Gedanken zu ordnen. Außerdem waren es bis zum Pera Palace nur wenige Minuten zu Fuß.

Auf der Straße umfing ihn der ohrenbetäubende Lärm, der in dieser Stadt scheinbar nie aufhörte. Wie sehr hatte ihn das bunte und laute Leben hier anfangs befremdet, die Rufe der Händler und Muezzins, das Gewimmel auf den Plätzen und in den Gassen, die Gerüche der Märkte und Basare, und wie vertraut war ihm dies alles inzwischen geworden. Aber jetzt hieß es Abschied nehmen, so plötzlich und unverhofft dieser Abschied auch über ihn gekommen war. Taifun hatte ihm unmissverständlich klargemacht, welche Gefahr ihm drohte, wenn er sich entschloss, noch länger zu bleiben. Nein, der Abschied war unausweichlich, er würde keine zwei weitere Wochen im Gefängnis überleben.

In seiner Rocktasche knisterte der Umschlag mit dem Scheck. Sollte er jetzt gleich die Deutsche Bank aufsuchen, um ihn auf sein Konto gutschreiben zu lassen? Oder sollte er warten, bis er wieder in Berlin war? Carla würde mehr als zufrieden sein. Von dem Betrag konnte er eine Villa in den besten Wohngegenden der Hauptstadt bauen, in Dahlem oder Charlottenburg – vielleicht bliebe sogar noch Geld für ein Automobil. Er griff in die Tasche, um sich zu vergewissern, dass er nicht träumte. Doch als er den Umschlag zwischen seinen Fingern spürte, kam er sich vor wie ein Judas, der für ein paar Silberlinge alles verraten hatte, was ihm lieb und teuer gewesen war.

Nein, er konnte Konstantinopel nicht verlassen, ohne Elisa noch einmal zu sehen. Nur wenn sie ihn nach Deutschland zurückschickte, würde er Taifuns Rat folgen.

Ohne zu überlegen, was er tat, winkte Felix eine Droschke herbei.

»Zum Topkapi-Serail!«

Das Haupttor des Palastes wurde von zwei Doppelposten bewacht. Felix präsentierte seinen Passierschein, doch die Soldaten verweigerten ihm den Zutritt. Er redete auf Deutsch und Französisch auf sie ein, benutzte sogar ein paar türkische Worte, die er inzwischen kannte, um sie von seinem Recht zu überzeugen. Aber es war, als spräche er gegen eine Wand. Mit versteinerten Mienen standen die Posten da, die Gewehre mit den aufgepflanzten Bajonetten vor der Brust, um sich ihm sofort in den Weg zu stellen, sobald er einen Schritt in Richtung Tor machte.

»Was wünschen Sie, Dr. Möbius?«

Leutnant Mehmet stand plötzlich vor ihm.

»Ich möchte mit Elisa sprechen. Ich habe ihr etwas überaus Wichtiges mitzuteilen. General Taifun hat mich autorisiert, den Palast jederzeit zu betreten.«

Felix zeigte seinen Passierschein, doch der Leutnant schüttelte den Kopf.

»Das ist nicht das Problem«, sagte er und nahm Felix beiseite. »Elisa selbst weigert sich, Sie zu sehen. Sie hat persönlich Anweisung gegeben, Sie von ihr fernzuhalten.«

»Das möchte ich von ihr selber hören«, erwiderte Felix.

»Ich fürchte, das wird nicht möglich sein. Eigentlich übertrete ich meine Befugnisse, wenn ich Ihnen das sage – aber sie will Sie auf keinen Fall empfangen. Sie ist der Überzeugung, dass es allen nur noch mehr Unglück bringen würde.«

»Das kann ich nicht glauben!«

»Wollen Sie einen Beweis?«

»Ich bestehe darauf!«

Leutnant Mehmet händigte ihm einen Karton aus. Als Felix den Inhalt sah, musste er schlucken. Der Karton enthielt die zerrissenen Überreste des Bildbandes, den er Elisa geschenkt hatte, die Photographien, mit deren Hilfe sie zusammen die Stadt durchstreift hatten – alle ihre gemeinsamen Träume. Ganz oben auf den Schnipseln erkannte Felix das zerstörte Bild seines Hotels, mit seiner Wohnung und dem Fenster, von dem aus er jene ersten Blicke mit Elisa getauscht hatte, über das Meer hinweg, schon vor ihrem ersten Kuss.

»Glauben Sie mir jetzt?«, fragte Leutnant Mehmet.

Felix nickte, ohne den Blick von den Schnipseln zu lassen. Es war, als wollte sie mit diesem Akt der Zerstörung alle Gefühle aufkündigen, die sie je für ihn empfunden hatte, um einer Wut oder Trauer oder Verletzung Ausdruck zu verleihen, die er nicht verstand. Er war maßlos enttäuscht – so enttäuscht wie noch nie zuvor in seinem Leben.

»Haben Sie vielleicht etwas zu schreiben?«, fragte er.

»Aber gewiss doch, Dr. Möbius.«

Leutnant Mehmet gab einen Befehl, und gleich darauf brachte ein Soldat Papier und Stift. Felix dachte kurz nach, dann schrieb er ein paar Zeilen, faltete den Bogen und reichte ihn dem Offizier.

»Würden Sie ihr das bitte von mir geben?«

31

Einem roten Feuerball gleich sank die Sonne ins Meer und zog ihr Licht mit sich hinab in den Abgrund, während die Dämmerung ihr graues Tuch über die Welt ausbreitete, um sie in nächtliches Schweigen zu hüllen. Auf den Gängen und Fluren des Tränenpalasts zündeten Eunuchen Kerzen an, und bald traten an die Stelle lebender Seelen deren flackernde Schatten, die lautlos zwischen den halbverfallenen Mauern umherhuschten.

Unberührt vom Wechsel der Tageszeiten, stand Elisa in ihrem Appartement und starrte auf die leere Wiege, wie gebannt von dem Fluch, den Fatima über sie ausgesprochen hatte. Wann war das gewesen? Vor einem Tag? Vor einer Woche? Vor einer Ewigkeit?

»Kommen Sie mit!«

Zwei Soldaten nahmen sie in die Mitte und führten sie in den Wachraum, wo Leutnant Mehmet an einem Schreibtisch auf sie wartete.

»Für Sie!«, sagte er und gab ihr einen Brief.

Mit unsicheren Händen faltete sie den Bogen auseinander. Darauf standen nur wenige Zeilen. Sie waren auf Französisch geschrieben.

Liebe Elisa,
Sie haben mir den schönsten Augenblick meines Lebens geschenkt. Keinem Mann kann größeres Glück zuteil werden, als ich es durch Sie erfahren habe.
Umso schmerzlicher trifft mich Ihre Entscheidung, mich nicht mehr zu empfangen. Auch wenn ich Ihre Beweggründe nicht kenne, werde ich sie respektieren und mich Ihrem Willen beugen.
So bleibt mir nur noch, Ihnen ein letztes Adieu zuzurufen und Konstantinopel zu verlassen.
Leben Sie wohl! Ich werde Ihrer stets voller Dankbarkeit gedenken.

F.

Während die Buchstaben vor ihren Augen verschwammen, ließ Elisa den Brief sinken. »Liebe ist stärker als Kismet«, hatte sie einmal geglaubt …

»Wenn ich Sie um Ihre Aufmerksamkeit bitten darf?«

Leutnant Mehmet winkte sie zu sich heran. Als sie an seinen Tisch trat, hielt er ihr ein Blatt vors Gesicht, auf dem Dutzende von Zahlenkolonnen tanzten.

»Was ist das?«

»Eine Aufstellung der Kosten, die Sie verursacht haben und der

Regierung schulden. Der Einfachheit halber haben wir uns erlaubt, sie von Ihren früheren Einkünften abzuziehen.«
»Welchen Einkünften?«
»Ihrem Pantoffelgeld.« Er öffnete eine Kassette und reichte ihr ein paar Geldscheine sowie eine Handvoll Münzen. »Das ist der Betrag, der Ihnen nach Abzug aller Unkosten zusteht. Würden Sie bitte nachzählen? Damit alles seine Richtigkeit hat?«
»Was ... was soll ich damit?«, fragte Elisa und schaute auf das Geld in ihrer Hand.
»Ihr Leben bestreiten, was sonst?« Er schloss die Kassette und stand von seinem Schreibtisch auf. »Man hat entschieden, Sie aus dem Serail zu entfernen. Sie sind nicht würdig, weiter den Schutz des Staates zu genießen.«
»Ich ... ich soll den Palast verlassen?«, fragte Elisa.
»So ist es.«
»Aber – wo soll ich denn hin?«
»Ihre Angelegenheit«, erwiderte der Leutnant. »Sie haben eine Stunde Zeit, um Ihre Sachen zu packen.«

32

Mit einem langgezogenen Tuten verließ die *Hopeful Enterprise*, ein Dampfschiff der englischen Reederei Cunard, den Hafen von Konstantinopel.

Felix trat an die Reling und blickte hinauf zum Topkapi-Serail, der mit seinen im Mondschein glänzenden Kuppeln wie ein Palast aus Tausendundeiner Nacht an ihm vorüberzog. Er hatte die erstbeste Passage gebucht, die ihn nach Europa zurückbringen würde. Nicht nur, weil Taifun ihm geraten hatte, das Land so schnell wie möglich zu verlassen – auch wegen Elisa. Die Vorstellung, noch einen Tag länger in dieser Stadt zu bleiben, ohne sie zu sehen, war ihm unerträglich gewesen.

Über dem Turm der Gerechtigkeit, der mit seinem spitzen Giebel alle anderen Gebäude des Serails überragte, leuchteten am Himmel zwei Sterne. So hatten auch ihre Augen geleuchtet, als sie zusammen träumten ... Wäre es besser gewesen, er hätte diese Augen nie gesehen? Er hatte sich bei seiner Ankunft ein kleines, harmloses Abenteuer erhofft, einen flüchtigen Blick in den kaiserlichen Harem, um zu schauen, ob die Welt hinter dem Schleier wirklich so war, wie er sie aus den Museen kannte, von den Bildern der großen europäischen Maler. Doch statt eine fremde Welt zu entdecken, hatte er sich in seiner eigenen Seele verirrt. Ihre Stimme hatte einen längst verschütteten Traum in ihm wachgerufen, den Traum von einem anderen Leben, das er nie gelebt hatte.

Kühl wehte der Nachtwind über das Meer, die *Enterprise* nahm Fahrt auf. »Und warum arbeiten die Menschen in Deutschland so viel? Haben sie keine Sklaven?« Felix musste lächeln. Nie würde er die Fragen vergessen, die Elisa ihm gestellt hatte, um etwas über sein Land und sein Leben zu erfahren, ihr grenzenloses Staunen über all die Dinge seines Alltags, die ihm bis zu der Begegnung mit ihr so natürlich und selbstverständlich erschienen waren wie der Wechsel der Jahreszeiten. »Aber dann sind in Deutschland ja alle Menschen Sklaven! Egal, ob sie reich sind oder arm!« Er wischte sich die Gischt aus dem Gesicht, die vom Kiel zu ihm heraufspritzte. Würde er sich je wieder in dieses Leben einfügen können? In einen Alltag, aus dem die Träume verschwunden waren? Noch immer hatte er Elisas Melodie in sich, den Kuss, den sie getauscht hatten.

»Wissen Sie, worauf ich mich am meisten in der Heimat freue?«, fragte plötzlich jemand hinter ihm in seiner Sprache. Felix drehte sich um. Zwei Landsleute schlenderten in einiger Entfernung über das Deck.

»Auf ein frisch gezapftes deutsches Bier!«

Die beiden Männer lachten. Während sie in Richtung Heck verschwanden, blickte Felix wieder hinauf zu dem Hügel mit dem

schwarzen Palast. Immer größer wurde die Entfernung, die ihn von Elisa trennte, kaum konnte er noch die Gebäude erkennen. Was tat sie wohl in diesem Augenblick? Schlief sie? Oder schaute sie wie er über das Wasser, um seinen Blick zu suchen, irgendwo in einer Wirklichkeit, die nicht mehr die ihre war? Nein, das würde sie nicht tun, sie hatte ihn zurückgewiesen, ihn aus ihrem Leben verbannt. Weil sie klüger war als er.
Eine Wolke zog auf und verdeckte die zwei Sterne über dem Turm der Gerechtigkeit. Felix öffnete den Karton, den Leutnant Mehmet ihm gegeben hatte. Und während Tränen seine Wangen herunterrannen, streute er die Schnipsel hinaus aufs Meer, die letzten Überreste ihrer Träume.

33

Elisa hatte das Notdürftigste, was sie zum Leben brauchte, in zwei Taschen gepackt. Nur ein Teil fehlte: das Buch mit den Photographien, das Felix ihr geschenkt hatte. Obwohl sie sich genau erinnerte, wo sie es abgelegt hatte, war es nirgendwo mehr zu finden. Hatte es jemand entwendet? Ihr blieb keine Zeit, um danach zu suchen. In der Tür wartete schon ein Soldat.
»Sind Sie bereit?«
Elisa nickte.
Der Soldat führte sie zum Ausgang des Tränenpalasts. Noch einmal durchschritt sie das halbverfallene Labyrinth mit seinen spärlich erleuchteten Gängen, dieses Grab aller in Ungnade gefallenen Sklavinnen.
Suchend schaute sie sich um, in der Hoffnung, eine der Frauen zu sehen, mit denen sie hier gelebt hatte. Aber keine ließ sich blicken, um ihr Lebewohl zu sagen. Sogar die Eunuchen wichen bei ihrem Erscheinen zurück, um lautlos zu verschwinden, bevor sie ein Wort an sie richten konnte. Dabei ahnte sie

hinter den vergitterten Fenstern überall forschende Augen, die sie auf ihrem Weg verfolgten, hörte sie aufgeregt flüsternde Stimmen.

Im Hof der Schwarzen Eunuchen, dem Vorhof zur Außenwelt, wurde sie noch einmal aufgehalten. Sie hatte erwartet, Leutnant Mehmet hier anzutreffen, aber ein älterer Offizier, den sie nicht kannte, vertrat ihn.

»Wo ist Nadir?«, fragte sie. »Ich möchte mich von ihm verabschieden.«

»Nadir ist tot«, erwiderte der Offizier. »Er wurde erschossen, gleich nach seinem Verhör. Zur Strafe für seine Mittäterschaft.«

»Um Gottes willen – was sagen Sie da?«

Bevor sie den Sinn der Worte begreifen konnte, stieß jemand sie in den Rücken. Vor ihr öffnete sich das Tor, und sie fand sich im Freien wieder.

»Und lassen Sie sich hier nie wieder blicken!«

Draußen herrschte finstere Nacht. Knarrend fiel hinter ihr das Tor ins Schloss, und ein Riegel wurde vorgeschoben. Elisa holte tief Luft. Kein Mensch war weit und breit zu sehen, nur die Bäume ragten wie bedrohliche Riesen in den dunklen Himmel empor. Sie durchquerte den Park, bis zu dem großen, von zwei Türmen begrenzten Außentor, hinter dem eine fremde, unbekannte Welt auf sie wartete.

Ein Gefängnis der Gläubigen und ein Paradies der Ungläubigen, hatte Nadir diese Welt genannt.

Erst jetzt begriff Elisa, was der Offizier gesagt hatte. Nadir war nicht mehr da … Sie hatten ihn umgebracht … Weil er versucht hatte, sie zu beschützen …

Mit beiden Händen umklammerte sie die Taschen, die ihren ganzen Besitz enthielten, und trat durch das letzte große Tor. Kein Wachtposten hielt sie auf. In der Ferne sah sie die Lichter der Stadt, die Fenster in den Häusern, kleine, erleuchtete Vierecke, hinter denen überall Menschen lebten, Männer und Frauen, Schwestern und Brüder, Eltern und Kinder … Sie alle gehörten zusammen, waren geborgen in ihren Familien, in ihren Häusern, in ihren Heimen ...

Elisa stellte ihre Taschen ab, um den Schleier vor ihrem Gesicht fester zu knoten. Trotz der lauen Nachtluft fröstelte sie. Wie viele Jahre hatte sie davon geträumt, durch dieses Tor zu gehen, um die Welt auf der anderen Seite zu sehen, das Leben jenseits der Mauern, hinter denen sie so lange gefangen gewesen war, um all die Straßen und Wege zu erkunden, all die Möglichkeiten und Verheißungen, die die Freiheit für sie bedeutet hatte. Doch jetzt, da ihr Traum sich erfüllte, da der Harem sie entließ, war dieser Traum schlimmer als jede Strafe, schlimmer als jeder Fluch. Freiheit bedeutete, kein Dach über dem Kopf zu haben, keinen Ort, wo sie unterkommen konnte. Sie war so allein auf der Welt wie kein zweiter Mensch.

Wohin sollte sie sich wenden?

Sie konnte gehen, wohin sie wollte. Doch noch nie in ihrem Leben hatte sie auch nur einen Schritt ohne fremde Führung getan. Diese Erkenntnis ließ sie erstarren. Und sie sehnte sich mit solcher Macht zurück in den Harem, dass die Beine ihr den Dienst versagten.

Irgendwo schrie ein Käuzchen, und gleich darauf antwortete ein jaulender Hund. Plötzlich begann Elisa am ganzen Körper zu zittern, erfüllt von einer Angst, wie sie noch keine Angst je empfunden hatte.

Diese Angst saß tiefer als die Angst vor irgendeinem Menschen, tiefer sogar als die Angst vor Gott, dem Teufel oder dem Tod.

Es war die Angst vor dem Leben selbst.

Viertes Buch
Der Goldschmied
1909

1

Trommeln dröhnten in der Nacht. Auf einem Hügel über dem Goldenen Horn, der seit kurzem den Namen »Freiheitshügel« trug, war im Lichtschein hunderter Fackeln eine Kompanie Soldaten angetreten. Die Männer nahmen Haltung an und salutierten, um fünfzig toten Kameraden, die vor ihnen aufgebahrt lagen, die letzte Ehre zu erweisen: den Gefallenen der Dritten Armee, die mit ihrem Marsch von Saloniki nach Konstantinopel das Osmanische Reich vom Joch des alten Regimes befreit hatte. Ihre mit der Mondsichelfahne der neuen Regierung geschmückten Särge waren ausnahmslos nach Osten ausgerichtet, nach Mekka.

Als die Trommeln verstummten, trat Enver Pascha an das kreisförmige Ehrengrab, das auf der Kuppe des kargen Hügels ausgehoben worden war, um das Wort an die schweigenden Soldaten zu richten.

»Meine Brüder! Hier liegen Männer aus allen Nationen des Reiches, Türken und Armenier, Juden und Kurden, Griechen und Bulgaren, Araber und Albaner. Doch zusammen haben sie ihr Leben gelassen, am selben Tag, gemeinsam kämpfend unter ein und derselben Fahne, für die Zukunft unseres Landes und unserer Kinder. Auch wir, die wir hier versammelt sind, sind von unterschiedlicher Herkunft, Muslime und Christen und Juden. Und auch wir haben eine gemeinsame Fahne und beten zu demselben Gott.« Er machte eine Pause und senkte seine Stimme. »Ich werde nun ein Gebet sprechen, und während ich bete, sollt auch ihr beten, ein jeder von euch in seiner Sprache und auf seine Art.«

Enver verstummte und hob nach muslimischer Weise die Hände. Seine Glaubensbrüder folgten seinem Beispiel, die Juden klopften sich an die Brust, die Christen nahmen ihre Kopfbedeckungen ab und schlugen das Zeichen des Kreuzes. Und während in der Dunkelheit nur das leise, ferne Rauschen des Meeres zu hören war, stiegen ihre Gebete zum Himmel auf, in Dutzenden von Sprachen und Formeln, um die Fürbitten der Soldaten für ihre toten Kameraden vor den Richterstuhl des einen allmächtigen Gottes zu tragen.

»Amen!«, rief Enver nach einer langen Weile der Andacht in die Stille. Und alle Soldaten, gleichgültig, welchen Glaubens sie waren, fielen ein in dieses eine, alles versöhnende Wort, das wie eine gemeinsame Botschaft des Friedens und der Vergebung über dem Hügel erschallte: »Amen!«

2

Fatima saß am Erkerfenster ihres Zimmers und schaute hinaus in die Nacht. Die ganze Stadt schien in Schlaf gesunken. Nur irgendwo in der Ferne, jenseits des Meeres, erhellte unruhiger Fackelschein einen Hügel. Taifun hatte ihr den Hügel gezeigt, bevor er das Haus verlassen hatte. Damit sie wusste, wo er war und sie sich nicht so einsam fühlte.

Obwohl sie unendlich müde war, konnte sie nicht schlafen. Der Erker war ihre Zuflucht, wenn Taifun nicht bei ihr war, zahllose Stunden hatte sie hier schon verbracht. Genauso wie die Frauen der früheren Hausbesitzer, die seit Generationen hier gesessen hatten, um mit ihren Blicken am Leben draußen teilzunehmen. Durch das Schiebegitter sah man bei Tage die Pferdebahn, die am Haus vorüberfuhr, und den Strom der Straßenpassanten, die die Geschäfte und Läden in der Nachbarschaft besuchten. Vor allem aber sah man von hier aus den Tränenpalast, den alten Serail auf der anderen Seite des Wassers, wo Mesut gelebt hatte, ihr Sohn.

Irgendwann in der Nacht, die Fackeln waren längst erloschen, hörte Fatima Schritte. Die Tür ging auf, und Taifun kam herein, in seiner Uniform.
»Bist du noch wach?« Er beugte sich über sie und küsste ihre Stirn. »Entschuldige, dass ich nicht früher kommen konnte.«
Fatima schaute zu ihm auf, einen winzigen Funken Hoffnung im Herzen. »Gibt es etwas Neues? Hast du etwas von ihm gehört?«
Taifun nahm die Mütze ab und schüttelte den Kopf. »Wir glauben, dass er in Saloniki ist, bei Abdülhamid. Alle Hinweise deuten darauf hin.«
»Aber kann denn niemand dorthin fahren? Damit ich endlich Gewissheit habe?«
»Es würde nichts nützen. Das Ungeheuer würde ihn nur vor uns verstecken.« Taifun griff nach ihrer Hand. »Mach dir nicht so viel Sorgen. Ich bin sicher, es geht ihm gut, Abdülhamid ist ja sein Vater.«
»Wann werde ich ihn wieder bei mir haben?«
»Es ist nur eine Frage der Zeit. Du musst mir vertrauen, ich werde alles tun, was in meiner Macht steht. Die Zeit arbeitet für uns. Oder hast du den Glauben an dein Kismet verloren?«
»Kismet?«, fragte sie bitter. »Nein – was mit meinem Sohn passiert ist, hat mit Kismet nichts zu tun. Das war kein Schicksal, das war Elisa. Es ist allein ihre Schuld.«
Taifun runzelte die Stirn. »Willst du damit sagen, dass sie womöglich an der Entführung beteiligt war? Zusammen mit ihrem Liebhaber, dem deutschen Arzt?« Er ließ ihre Hand los, aus seinem Gesicht sprach Entsetzen. »Wäre ihr das wirklich zuzutrauen?«
Fatima schüttelte den Kopf. »Nein, das glaube ich nicht. Sie hat es nicht mit Absicht getan. Es … es war nur … weil … es ist ja nicht ihr Kind … und sie und der Arzt …« Die Verzweiflung überkam sie mit solcher Macht, dass sie nicht weitersprechen konnte. Sie schlug die Hände vors Gesicht und überließ sich ihren Tränen.

Als sie sich ein wenig beruhigt hatte, nahm Taifun ihre Hand und führte sie zu dem Diwan.
»Leg dich hin. Ich bin sofort wieder da.«
Er verließ das Zimmer. Gleich darauf kehrte er mit einer Flasche und einem Glas zurück. Er füllte das Glas und reichte es ihr.
»Was ist das?«
»Wein. Trink einen Schluck. Es wird dir guttun.«
Vorsichtig nippte sie an dem Glas. Es war das erste Mal in ihrem Leben, dass sie Alkohol trank. Schon beim ersten Schluck spürte sie die Wirkung. Eine sanfte, weiche Wärme breitete sich in ihr aus. Sie nahm noch einen Schluck. Ein wohliges Kribbeln stieg ihr in den Kopf und kroch ihr gleichzeitig bis in die Fingerspitzen und Zehen. Sie leerte das ganze Glas in einem Zug. Taifun schenkte ihr nach. Wieder trank sie, in großen, ruhigen Schlucken. Dann schloss sie die Augen und lehnte sich zurück. Sie fühlte sich auf einmal ganz leicht, wie auf einer Wolke, als würde der Diwan unter ihr schweben.
»Geht es dir besser, mein armer Liebling?«, fragte Taifun.
Statt einer Antwort nickte sie nur. Es war wie ein Wunder. Die kribbelnde Wärme schien ihre Sorgen und Ängste wie ein Schwamm in sich aufzusaugen. Die bösen Gedanken, die sie seit so vielen Tagen quälten, sie waren alle noch da, aber sie taten nicht mehr weh. Die ganze Welt, das ganze Leben, schien auf einmal wieder sanft und freundlich zu ihr zu sein.
»Komm, ich bringe dich ins Bett.«
Taifun hob sie behutsam von dem Diwan. Ohne die Augen zu öffnen, ließ sie es einfach geschehen.
»Danke«, flüsterte sie und schmiegte sich wie ein Kind an seine Brust.
Noch bevor sie die Treppe erreicht hatten, war sie auf seinem Arm eingeschlafen.

3

Nur einen Steinwurf von Taifuns Haus entfernt stand Elisa im Schatten eines Baumes und beobachtete den Eingang des Pera Palace. Obwohl Mitternacht längst vorüber war, hielten noch immer Droschken vor dem hell erleuchteten Portal, und Menschen, wie Elisa sie nur aus europäischen Zeitschriften kannte, verschwanden lachend durch die gläserne Drehtür, Männer mit Frack und Zylinder, die unverschleierte Frauen in eleganten Roben am Arm führten.

Sollte sie es wagen, diesen fremden Palast zu betreten? Vielleicht war ja ein Wunder geschehen und Felix noch nicht abgereist.

Das Hotel war die einzige Adresse in ganz Konstantinopel, die Elisa kannte. Sie wusste kaum, wie sie überhaupt hierhergefunden hatte. Sie wusste nur, es war viel leichter gewesen, als sie erwartet hatte. Nachdem sie den Serail verlassen hatte, waren ihre Knie vor Angst so weich gewesen, dass sie kaum hatte laufen können. Doch auf der anderen Seite des Meeres, im alten Stambul, waren Gott sei Dank fast keine Menschen mehr auf der Straße gewesen, so dass sie sich nicht hatte fürchten müssen, und hier in Pera, dem europäischen Teil der Stadt, schien niemand auf sie zu achten. Den Weg zum Hotel hatte ihr der Wächter an der Galata-Brücke beschrieben. Er hatte ihr sogar den Wegzoll für die Überquerung erlassen.

Ein Hund, der aussah wie ein Wolf, strich an ihr vorbei und beschnupperte ihre Hand. Elisa fasste es als eine Aufforderung auf. Ohne länger zu zögern, betrat sie das Hotel. In der Halle empfing sie ein Mann, der in einer goldbetressten Uniform hinter einer polierten Holztheke thronte. Auf seiner Mütze stand ein Wort, das sie schon einmal in einem Roman gelesen hatte: *Portier*. Mit dem Ausdruck größter Verwunderung schaute er sie an.

»Was wünschen Sie?«

»Ich suche den deutschen Arzt Dr. Möbius. Er wohnt in diesem Hotel. Kann ich ihn bitte sprechen?«
»Einen Moment.« Immer noch mit erhobenen Brauen blätterte der Portier in einem großen, ledergebundenen Buch. »Zimmer Nr. 36. Soll ich ihn rufen lassen?«
Elisa schickte ein Dankgebet zum Himmel. Das Wunder, auf das sie gehofft hatte, hatte sich erfüllt! Doch bevor sie antworten konnte, blickte der Portier noch einmal in sein Buch.
»O pardon, da sehe ich gerade, Dr. Möbius ist bereits abgereist.«
»Aber Sie haben doch gesagt ...«
»Tut mir leid, ich hatte die Austragung übersehen.« Er klappte sein Buch wieder zu. Die Verwunderung in seinem Gesicht wich Ungeduld. »Kann ich sonst noch etwas für Sie tun?«
Elisa musste schlucken. Die winzig kleine Hoffnung, die sich in ihr für eine Sekunde geregt hatte, war schneller verglommen als ein Glühwürmchen in der Finsternis.
»Kann ich hier vielleicht übernachten?«, fragte sie schließlich.
»Selbstverständlich«, erwiderte der Portier. »Was wünschen Sie? Ein Zimmer oder ein Appartement? Das Zimmer kostet drei, das Appartement fünf englische Schilling.«
Während er mit den Fingern auf der Theke trommelte, blickte Elisa sich hilfesuchend um. Wie viel war ein Schilling wert? Beim Kamin saß eine auffallend hübsche Frau, die, obwohl sie ein französisches Kleid und keinen Schleier trug, aussah wie eine Türkin. Ihr Gesicht war so kunstvoll geschminkt wie das einer Favoritin, die der Sultan für die Nacht zu sich gerufen hatte. Offenbar sah sie ihre Not. Sie erhob sich aus ihrem Sessel und kam an den Tresen.
»Wie viel Geld hast du denn, Schwester?«, fragte sie.
Elisa zeigte ihr die Scheine und Münzen, die von ihrem Pantoffelgeld übrig geblieben waren.
Die Fremde schüttelte den Kopf. »Damit kannst du keine zwei Tage hier wohnen, vom Essen ganz zu schweigen.«

Elisa spürte, wie die Angst wieder in ihr aufstieg. »Es gibt niemanden in der Stadt, den ich kenne«, sagte sie leise. »Könnten Sie mir einen Rat geben, wo ich heute Nacht unterkommen kann?«
Der Portier räusperte sich mit einem strengen Blick. »Wenn die Damen bitte woanders das Gespräch fortsetzen wollen?«
Die Fremde fasste Elisa am Arm und zog sie hinaus auf die Straße. Vor dem Eingang strich wieder der Wolfshund umher. Die Fremde scheuchte ihn fort, damit er sie nicht berührte.
»Warum hast du kein Zuhause?«, fragte sie. »Wo hast du denn bis jetzt gewohnt?«
»Im Harem des Sultans«, sagte Elisa.
»Und ich bin die Prinzessin von Frankreich!«, platzte die andere heraus. »Also, ich kenne ja viele Mädchen, und jede hat ihr besonderes Märchen, um sich interessant zu machen. Aber das ist wirklich die tollste Lüge, die ich je gehört habe.«
Sie lachte so laut, dass zwei Männer, die gerade aus einer Droschke stiegen, sich neugierig nach ihr umdrehten. Obwohl die Frau auch hier draußen keinen Schleier trug, schienen ihr die Blicke nichts auszumachen. Das alles war so verwirrend, dass Elisa die Tränen kamen.
»Das ist keine Lüge«, sagte sie leise.
»Allah! Allah! Aus dem Harem des Sultans – das glaubst du doch selber nicht!« Plötzlich stutzte sie. »Aber sag mal, du weinst ja? Solltest du am Ende etwa wirklich …?« Sie war so verblüfft, dass sie den Satz nicht zu Ende sprach.
Elisa nickte.
»Hör auf zu weinen, Schwester«, sagte die andere und legte ihren Arm um sie. »Mein Gott, wie ich dich beneide.«
»Beneiden? Warum?«
»Ja, weißt du denn nicht, was für ein Glück du hast? Wenn das wirklich stimmt, was du da behauptest, kannst du ein Vermögen verdienen! Vor allem bei den Europäern. Wenn die das hören, muss ich dich vor ihnen verstecken, so verrückt werden die auf dich sein.«

Elisa erwiderte ihren Blick. Im Lichtkegel der Laterne wirkte die Frau viel älter – vor lauter Schminke war von ihrem Gesicht kaum etwas zu erkennen.

»Meinen Sie«, fragte Elisa unsicher, »ich könnte für sie arbeiten?«

»Und ob, Schwester!«

»Aber ich habe nicht viel gelernt. Ich kann eigentlich nur singen.«

»Darauf kommt es überhaupt nicht an. Pass mal auf, ich werde es dir beweisen.« Sie ließ Elisa stehen und wandte sich an die zwei Männer, die den Kutscher inzwischen bezahlt hatten und auf das Hotel zugingen. »*Bon soir, messieurs*«, sagte sie in gebrochenem Französisch. »Möchten Sie vielleicht eine Dame aus dem Harem des Sultans kennenlernen?«

»Aus dem Harem des Sultans?«, erwiderte der kleinere von beiden und schob mit dem Knauf seines Stocks den Zylinder in den Nacken. »*Oh, là, là!*«

»Deine Freundin mit dem Schleier?«, fragte der andere. »Was kostet denn das Vergnügen?«

»Drei englische Schilling!«

»Für eine Nacht?«

»Für eine Stunde!«

»Ein stolzer Preis! Aber gut, lass mal sehen. Kommt rüber, ihr zwei Hübschen!«

Die Fremde stieß Elisa in die Seite. »Na, siehst du? Los, wir wollen die Herren begrüßen.« Sie zwinkerte ihr verschwörerisch zu.

Auf einmal begriff Elisa, was hier geschah. Sie sollte mit diesen fremden Männern … Auf dem Absatz machte sie kehrt und rannte davon.

»Aber wo willst du denn hin?«, rief die andere ihr nach. »Komm zurück!«

Doch Elisa hörte nicht auf sie. Nur weg von hier! So schnell und weit wie möglich!

»Sei nicht dumm! Die Herren warten!«
So rasch sie konnte, stolperte sie eine Treppe hinunter, die zwischen den Häusern zum Meer führte, so dass sie nur noch Fetzen von den Rufen verstand. Immer enger, immer dunkler wurde die Gasse – sie sah kaum noch die Hand vor Augen. Plötzlich hörte sie leise Stimmen. Voller Angst blieb sie stehen. Während sich eine Wolke vor den Mond schob, starrte sie in die Finsternis. Vom unteren Ende der Treppe näherten sich zwei Männer, sie kamen direkt auf sie zu. Bevor sie ihren Weg kreuzten, schlüpfte sie durch einen Torbogen.
Angelehnt an eine Mauer, hielt sie den Atem an und lauschte auf die Schritte. Gott sei Dank – die beiden hatten sie nicht gesehen und gingen vorbei … Vorsichtig schaute Elisa sich um. Rings um sich her erkannte sie Häuser, offenbar war sie in einen Hof geraten. Erst jetzt merkte sie, dass es hier fürchterlich stank, nach Kot und Urin.
Da raschelte etwas in ihrem Rücken. Sie zuckte zusammen. Ganz langsam trat der Mond hinter den Wolken hervor und beschien den Hof.
Elisa stockte der Atem. Es war, als blicke sie in die Hölle. In Lumpen gekleidete Gespenster krochen aus den Schatten hervor, überall, wohin sie schaute, aus allen Ecken kamen sie auf sie zu …
Was waren das für Gestalten? Bettler? Kranke?
Augen aus schwarzen Gesichtern starrten sie an, grinsende Münder, Arme, die sich ihr entgegenstreckten … Eine Hand griff nach ihr.
»Komm her, mein Täubchen! Komm her zu uns …«
Sie hatte solche Angst, dass der Schrei ihr im Hals stecken blieb. Das Einzige, was sie spürte, war Panik. Ohne zu überlegen, was sie tat, riss sie sich los und lief zurück durch das Tor, die Treppe hinunter, hinunter zum Meer, immer weiter und weiter und weiter …
Erst als sie völlig außer Atem war, blieb sie stehen. Ihre Knie

zitterten so sehr, dass sie auf einen Stein niedersank. Wie durch ein Wunder hielt sie noch immer ihre Taschen in der Hand. Erschöpft schloss sie die Augen, am ganzen Körper zitternd vor Angst.
Was sollte sie jetzt tun?
»Geben Sie sich keine Mühe«, hatte Nadir gesagt. »Sie sind ja nicht die erste Frau im Harem, die versucht, sich den Anordnungen zu widersetzen.«
Elisa wusste nicht, wie lange sie so gesessen hatte, als auf einmal etwas Feuchtes sie an der Hand berührte.
Sie schlug die Augen auf.
Vor ihr hockte der Wolfshund und schaute sie an.

4

Als Fatima am nächsten Morgen aufwachte, fühlte sie sich, als hätte jemand in der Nacht ihren Kopf in eine Zwinge gepresst. Die Glieder waren schwer wie Blei, der Nacken schmerzte so sehr, dass sie kaum den Hals drehen konnte, und obwohl sie die Augen geschlossen hielt, blendete sie das Sonnenlicht in unerträglicher Weise.
»Mein Liebling, bist du schon wach?«
Wie durch eine Wolkenwand drang Taifuns Stimme an ihr Ohr. Sie bedeckte mit der Hand ihre Stirn und blinzelte ihn an. Er saß auf der Bettkante und schüttete ein weißes Pulver in ein Glas Wasser.
»Was ist das?«, flüsterte sie, als er ihr das Glas reichte.
»Aspirin. Ein Mittel aus Deutschland.« Er half ihr, sich im Bett aufzurichten. »Du wirst sehen, gleich fühlst du dich wie neugeboren.«
Er hatte nicht zu viel versprochen. Kaum hatte sie das Pulver eingenommen, waren alle Schmerzen wie weggeblasen, und

nach einem Frühstück mit frischem Joghurt und Orangensaft, den Taifun eigenhändig für sie gepresst hatte, machte ihr auch das helle Sonnenlicht nichts mehr aus, als er sie hinaus auf die Straße führte, wo das Automobil schon bereitstand. Er öffnete den Wagenschlag und half ihr beim Einsteigen.
»Wo fahren wir hin?«
»Das ist eine Überraschung. Wir haben den ganzen Tag für uns.«
»Hast du denn Zeit?«
»Eigentlich nicht«, sagte er, während er sich die Lederhaube mit der Brille aufsetzte. »Aber ich habe dich schon gestern allein gelassen. Da muss ich etwas gutmachen.«
Fatima drückte schweigend seinen Arm. Kein Mensch außer ihr würde ahnen, dass sich hinter seinem Kriegergesicht so viel Fürsorge und Mitgefühl verbargen.
»Bist du bereit?«
Sie nickte.
Es war ein wunderbarer Frühsommertag. Die Luft war wie Seide, und die Schleier streichelten im Fahrtwind ihr Gesicht, während sie am Bosporus entlang die Küstenstraße nach Norden fuhren. Fatima zwang sich, nicht an Mesut zu denken. Wie schön konnte das Leben sein, wenn die Gedanken schwiegen. In der Ferne sah sie die weiße Stadt von Yildiz. Dort oben, in der vergitterten, eingesperrten Pracht lag ihre Vergangenheit begraben. Hinter den dicken Mauern, wo alle Gebäude und Gärten nur ihrer Gefangenschaft gedient, wo Legionen schwarzer Eunuchen zu ihrer Bewachung gelebt hatten – dort hatte sie die bleierne Schwere ihrer Gefangenschaft getragen, ohne auch nur einmal aufzubegehren. Sie hatte es nicht anders gewusst, sich in demselben Wahn gewiegt, in dem schon so viele Frauen zuvor befangen gewesen waren – in all den Jahrzehnten und Jahrhunderten, seit es den Harem des Sultans gab. Aber wenige Wochen an Taifuns Seite hatten genügt, um ihre künstlich erblindeten Augen sehend zu machen, um jahrelang zurückgedrängtem Verlangen

Leben zu schenken und in ihr Wünsche zu wecken, von denen sie nie geahnt hatte, dass es sie überhaupt gab.

War das die Freiheit, von der Elisa immer geredet hatte? Taifun verließ die Landstraße. Vor ihnen öffnete sich eine Bucht, und bewaldete Hänge umfingen das blaue Meer wie einen See. In einem kleinen Hafen lagen weiße Segelyachten vor Anker, während sich auf der Landseite des Kais, auf grünen Rasenflächen und eingerahmt von rosa erblühten Magnolienbäumen, zweistöckige Holzhäuser erhoben, die vor Wind und Sonne silbrig zu schimmern schienen. Dazwischen flanierten europäische Menschen, Männer in weißen Anzügen und unverschleierte Frauen mit Sonnenschirmen, die Eis aßen und die Auslagen der Geschäfte anschauten.

»Das ist Tarabya«, sagte Taifun. »Hier haben die ausländischen Botschafter ihre Sommerresidenzen.«

»Sind wir wegen Mesut hier?«, fragte Fatima. Für eine Sekunde dachte sie, dass die Fahrt vielleicht ihrem Sohn gelten könnte. Doch Taifun schüttelte den Kopf. »Nein, die Botschafter können uns nicht helfen. Aber ich hoffe, dass ich dir trotzdem eine Freude machen kann.«

Er parkte das Automobil direkt vor dem Schaufenster des größten Geschäfts am Platz. Offenbar wurden sie schon erwartet, denn der Besitzer und zwei Gehilfen kamen herbeigeeilt, um ihnen unter Bücklingen aus dem Wagen zu helfen. Obwohl der Besitzer türkisch sprach, hatte er eine Art zu reden, die Fatima vollkommen fremd war.

»General Taifun, welches Vergnügen, Sie zu sehen. Gnädige Frau, es ist uns eine Ehre!«

Mit weiteren Verbeugungen komplimentierte er sie in sein Geschäft, dessen Wände und Decken ganz mit Holzschnitzereien verkleidet waren und in dessen Mitte ein Marmorbrunnen plätscherte. Hier verbrachten sie die nächsten Stunden damit, Kleider und Pelze, Mieder und Mäntel, Gürtel und Schnallen, Schuhe und Strümpfe auszusuchen. Immer wieder klatschte der

Ladenbesitzer in die Hände, und seine Gehilfen schleppten immer neue Berge herbei.

»Wie eine echte Pariserin!«, rief Taifun voller Begeisterung aus, als Fatima sich ihm in einem Kleid aus tausend Rüschen präsentierte. »Die Leute werden dich für eine Französin halten!« Fatima betrachtete sich im Spiegel. Nie hätte sie gedacht, dass sie so aussehen konnte. Das Bild, das sie da von sich sah, gefiel ihr mehr, als sie sich selber eingestand.

»Kann ich denn so auf die Straße gehen?«, fragte sie unsicher. »Ganz ohne Schleier?«

»Was willst du mit einem Schleier? Er ist nur das Zeichen einer Unterdrückung, die wir abgeschafft haben. Es gibt keinen Unterschied zwischen Mann und Frau. Warum sollen sich also die einen verhüllen, wenn die anderen offen ihre Gesichter zeigen?«

»Meinst du wirklich?«

»Ja!«, rief Taifun, und seine dunklen Augen strahlten. »Du sollst nie wieder einen Schleier tragen. Jeder soll sehen, was für eine schöne Frau ich habe!«

Vor Jahren hatte Fatima sich einmal nachts in den Park von Yildiz geschlichen und sich ausgezogen, um nackt im Teich zu baden, ganz allein im Mondschein. Dasselbe erregende Gefühl erfasste sie nun wieder, als sie an Taifuns Seite unverschleiert in ihrem neuen Kleid den Laden verließ. Neidvolle Blicke begleiteten sie auf dem Weg zum Automobil. Als sie den Stolz in Taifuns Gesicht sah, war sie beinahe glücklich.

»Du bist meine Favoritin«, flüsterte er ihr zärtlich ins Ohr, als sie sich später an diesem Tag in einem Boot den Kiathane-Fluss entlangtreiben ließen.

Wie ein glitzerndes Band schlängelte sich der Fluss durch das grüne Tal, während die Abendsonne über den Hügeln verschwand und die Wiesen in ein goldenes, fast unwirkliches Licht tauchte. Fatima richtete sich von Taifuns Schoß auf und erwiderte seinen Kuss.

»Du bist so gut zu mir«, sagte sie. »Ach, wenn nur mein Sohn bei uns wäre ...«
Für eine Sekunde verhärtete sich seine Miene – aber nur für eine Sekunde. »Pssst«, machte er und legte einen Finger auf ihre Lippen. »Wir wollen jetzt einfach glücklich sein.«

5

»Möchten Sie jetzt eine Fahrkarte kaufen? Ja oder nein?«
»Gibt es denn keine billigere Möglichkeit?«, fragte Elisa verzweifelt.
Der Beamte in dem Schalterhäuschen zuckte gleichgültig die Achseln. »Sie können sich auch einer Karawane anschließen. Am Samstag soll wieder eine nach Adana gehen. Aber ich weiß nicht, ob die auch Frauen mitnehmen. Frauen machen nur Ärger.«
»Und der Zug fährt morgen früh?«
»Punkt sieben. Können Sie überhaupt die Uhrzeit lesen?«
Elisa nickte.
»Nun gut. Bis dahin können Sie es sich ja noch überlegen.«
Sie wandte sich ab, um dem Nächsten in der Reihe Platz zu machen. Sieben Kurus, mehr als eine warme Mahlzeit kostete, hatte sie für die Fähre bezahlt, nur um über den Bosporus nach Skutari zu gelangen, von wo aus die Züge in Richtung Asien fuhren. Wenn sie die Fahrkarte kaufte, reichte ihr Geld nur noch für höchstens drei Tage. Dabei hatte sie keine Ahnung, ob es in ihrer Heimat überhaupt noch einen Menschen gab, der sie kannte. Aber wenn sie nicht in ihr Dorf zurückkehrte – wohin sollte sie dann?
Seit vier Tagen lebte sie auf der Straße, und diese vier Tage waren die schlimmsten gewesen, seit sie ihre Eltern verloren hatte.

Nichts war mehr wie zuvor. Die einfachsten Dinge waren plötzlich so schwer, dass sie nicht wusste, wie sie sie bewerkstelligen sollte.

Noch nie hatte sie sich so einsam gefühlt wie in dieser riesigen Stadt, die von Menschen überzuquellen schien. Kaum eine Frau verließ das Haus ohne männlichen Begleiter. Jeder Fremde, dem Elisa begegnete, jeder Blick flößte ihr Angst ein. Obwohl sie ihr Gesicht stets verschleiert hielt, gafften die Männer sie an, als wäre sie nackt, und halbwüchsige Jungen forderten sie auf, mit ihnen zu gehen. Sie trug immer noch dieselben Kleider, mit denen sie den Harem verlassen hatte. Sie rochen nach Schweiß und waren so verdreckt, dass die bunten Muster kaum noch zu erkennen waren. Aber es gab keinen Ort, wo sie sich umziehen und waschen konnte.

Nur der Hund, der ihr in Pera zugelaufen war, wich nicht von ihrer Seite. Ihm war sie in der ersten Nacht in einen Hof gefolgt, wo Hunderte von streunenden Hunden sich in der Dunkelheit zusammenrotteten. Seitdem suchte sie dort jeden Abend Zuflucht. Hunde waren unrein – jeder Muslim mied ihre Nähe. In ihrem Schutz gelang es ihr, die Nächte in einem von Alpträumen geplagten Dämmerzustand zu überstehen. Bis sie am Morgen wieder aufwachte, um in den viel schlimmeren Alptraum der Wirklichkeit zurückzukehren.

»Frische Leber! Frische Nieren!«

Ihr Hund schnupperte winselnd in der Luft. Vor ihnen überquerte ein albanischer Straßenhändler den Weg, über der Schulter trug er eine Eisenstange, an der gebratene Innereien hingen. Die Fleischstücke waren von Fliegen umschwirrt, doch sie verströmten einen solchen Duft, dass Elisas Magen sich schmerzhaft zusammenzog. Sollte sie sich eine Portion Leber kaufen? Um Geld zu sparen, gönnte sie sich nur eine Mahlzeit am Abend, und ihr war fast übel vor Hunger. Aber es war erst Nachmittag, und wenn sie jetzt schon etwas äße, würde die ganze Nacht ihr Magen knurren.

Am ersten Tag hatte sie sich noch drei Mahlzeiten gegönnt. Dabei war ihr jedoch das Geld wie Wasser zwischen den Fingern zerronnen. Sie hatte keine Ahnung von den Preisen, und die Straßenhändler hatten sie so sehr betrogen, dass bis zum Abend ihr Geld auf die Hälfte zusammengeschmolzen war. Woher sollte sie auch wissen, was die Dinge kosteten? Sie hatte nie gelernt, mit Geld umzugehen. Im Palast hatte sie zwar welches verdient, doch sich nie etwas dafür gekauft. Alles, was sie zum Leben brauchte, war ja in Hülle und Fülle vorhanden gewesen. In der Stadt dagegen war Geld so nötig wie die Luft zum Atmen. Man brauchte Geld, um zu essen und zu trinken, um Brücken zu überqueren oder eine Fähre zu nehmen. Sogar der weiße Mastix, den Elisa kaute, um sich die Zähne zu reinigen, kostete Geld, genauso wie ein Schluck Wasser. Aber wenn sie jetzt all ihr Geld für solche Dinge ausgab, wie sollte sie dann je in ihre Heimat gelangen?

Obwohl ihr der Speichel im Munde zusammenlief, verzichtete sie auf die Leber. Nein, sie würde bis zum Abend warten, und wenn sie umfiel vor Hunger. Sie verließ den Bahnhofsplatz und ging in die Richtung der Karawanserei, die nach der Beschreibung des Beamten hinter der Moschee liegen musste. Mit einer Karawane zu reisen kostete nur ein Zehntel so viel wie eine Zugfahrkarte, und vielleicht nahmen sie ja Frauen mit.

Sie passierte gerade den Eingang der Moschee, als jemand an ihrem Arm zerrte.

»Eine milde Gabe! Bitte! Nur eine milde Gabe.«

Ihr Hund knurrte eine Bettlerin an, eine schwarzgelockte Frau, die kaum so alt war wie Elisa. Ohne Schleier hockte sie auf der Treppe der Moschee und streckte ihr die Arme entgegen. Wütend wandte Elisa sich ab. Sie hatte selber kein Geld! Ein Bäckerjunge lief mit einem Tablett frischer Sesambrezeln an ihr vorbei. Wie eine Verführung stieg ihr der Duft in die Nase. Doch eine Brezel kostete zwei Kurus … Bei der Vorstellung, dass sie noch Stunden aushalten musste, ohne etwas zu essen, wurde ihr ganz

flau. Sie blieb stehen und drehte sich um. Noch immer starrte die Bettlerin ihr nach.
Warum war sie gestern nicht der fremden Frau gefolgt, um die zwei Europäer zu begrüßen? Sie hätte doch nur getan, was alle Frauen im Harem taten. Wäre es ein so großer Unterschied gewesen? Endlich entdeckte sie die Karawanserei – vor dem Tor wurden ein paar Kamele gefüttert. Sie beschleunigte ihre Schritte, doch sie hatte das Tor noch nicht erreicht, da streifte sie der Geruch von Olivenöl und gebratenen Auberginen. Er kam aus einem Küchenhof, wo zwei alte Männer in den Abfällen suchten, die ein Küchenjunge gerade aus einem Kübel leerte. Elisa musste an die üppigen Mahlzeiten denken, die man ihr im Palast aufgetischt hatte, all die Berge von Fleisch und Gemüse, von Fisch und Reis, von Obst und Konfekt. Wie oft hatte sie die Speisen zurückgehen lassen, ohne sie anzurühren. Die beiden Männer stritten sich um einen Knochen wie zwei Hunde. Elisa war entsetzt. Ob sie eines Tages wohl auch in Abfällen nach Essen wühlen würde? Bei dem Gedanken drehte sich ihr der Magen um.
Sie wollte gerade den Hof der Karawanserei betreten, da sah sie plötzlich etwas, was jede Frage in ihr verstummen ließ. In einem offenen Fenster, keine Armlänge entfernt, stand ein Backblech mit dampfenden Krapfen. Ihr Magen knurrte vor Hunger, als säße eine Ratte darin. Und niemand war da, um aufzupassen. War sie es selbst, oder war es ihr Hunger? Plötzlich hatte sie einen Krapfen in der Hand, und ehe sie sich's versah, war er in ihrem Mund verschwunden.
»He, du da! Was machst du da?«
Elisa kaute noch den warmen, süßen Teig, da trat ein Bäcker aus der Tür. Im selben Moment machte sie kehrt und rannte davon.
»Sie hat meine Krapfen gestohlen!«
»Eine Diebin!«
»Haltet sie!«
Im Laufen blickte Elisa sich um. Zusammen mit dem Bäcker

hatte sich ein Dutzend Verfolger an ihre Fersen geheftet. Sie schrien und riefen und drohten mit den Fäusten. Elisa trat auf den Saum ihres Umhangs und geriet ins Straucheln. Der Bäcker stürzte auf sie zu, mit einem Knüppel in der Hand. Da schoss ein grauer Blitz aus dem Nichts hervor, knurrend und mit gefletschten Zähnen, und sprang dem Mann an die Brust. Der Bäcker schlug lang auf die Straße. Elisa raffte ihre Kleider und verschwand in eine schmale Gasse.
»Hier entlang!«
Eine verschleierte Frau öffnete vor ihr eine Tür, die in einen dunklen Flur führte. Am Ende des Tunnels schimmerte Licht. Ohne zu überlegen, lief Elisa hinein. Auf der anderen Seite des Hauses fand sie sich auf einem Töpfermarkt wieder, auf dem es von Menschen nur so wimmelte. Im Schatten einer Bude, die voll gestopft war mit Krügen und Geschirr, blieb sie stehen und lugte zurück in den Gang. Die Frau hielt ein kleines Mädchen an der Hand, zusammen versperrten sie den Eingang. Über dem Kopf des Mädchens sah Elisa das rote Gesicht des Bäckers. Irgendwo in der Nähe läutete eine Glocke. Erst jetzt sah Elisa die kleine armenische Kirche, die sich am unteren Ende des Platzes befand. Bei dem Anblick kamen ihr die Tränen. Seit ihrer Kindheit hatte sie keine Kirche mehr gesehen.
Eine dämmrige Kühle umfing sie, als sie das Gotteshaus betrat. Die Kirche war so klein, dass nur fünf Bankreihen den weiß getünchten Innenraum füllten. Keine Menschenseele außer ihr war da. Nur eine einsame Kerze brannte am Altar.
Ein wunderbar vertrautes Gefühl aus fernster Zeit erfüllte ihr Herz. Sie tauchte ihre Hand in das Weihwasserbecken und trat in eine Bank, um niederzuknien.
»*Vater unser, der Du bist im Himmel. Geheiligt werde Dein Name. Dein Reich komme ...*«
Wie von allein fanden die alten Worte über ihre Lippen. Sie schloss die Augen, um sich ganz in die Geborgenheit des Gebetes zu begeben.

»… *Dein Wille geschehe, wie im Himmel, also auch auf Erden. Unser tägliches Brot gib uns heute …*«
Noch immer schmeckte sie den süßen Krapfen auf ihrer Zunge, doch bitter stieß er ihr auf. Keine Woche lebte sie in Freiheit, und was war aus ihr geworden?
»… *und vergib uns unsere Schuld, wie auch wir vergeben unsern Schuldigern. Und führe uns nicht in Versuchung, sondern erlöse uns von dem Übel …*«
Erst jetzt merkte sie, dass sie ihre Gebetskette vom Handgelenk gestreift hatte und die Perlen zwischen den Fingern hielt. War es ihre eigene oder die Fatimas? Sie wusste es nicht – sie hatten die Kränze so oft getauscht.
»… *Amen!*«
Noch lange blieb sie vor dem Altar knien. Sie hatte Angst, den Schutz des Gotteshauses zu verlassen, Angst, ins Freie zu treten, Angst, dass jemand sie sah. Doch sie konnte sich nicht für immer hier verkriechen – sie musste zu der Karawanserei. Mit einem Seufzer führte sie den Kette an ihre Lippen, schlug das Kreuzzeichen und erhob sich aus der Bank.
Am Ausgang tauchte sie noch einmal ihre Hand in das Weihwasser. Dann öffnete sie das Kirchentor.
Draußen warteten die verschleierte Frau und das Mädchen auf sie.
»Warum hast du den Krapfen gestohlen?«, wollte die Frau wissen.
Elisa zögerte, ihre Geschichte zu erzählen – sie hatte sie schon einmal erzählt.
»Hast du keinen Mund? Entweder du redest, oder ich sage dem Bäcker Bescheid! Du bist mir sowieso noch was schuldig. Ich habe dir einen Gefallen getan.«
Das Mädchen ersparte Elisa die Antwort.
»Was hast du für einen komischen Mantel an?«, fragte die Kleine und zupfte an ihrem Umhang. »Ich dachte, so bunte Mäntel hätten nur die Frauen des Sultans?«

»Tatsächlich, du hast recht ...«, staunte die Frau. Sie trat an Elisa heran, um sie durch den Schlitz ihres Schleiers zu mustern. »Ist das wahr? Kommst du wirklich aus dem Serail?«
»Weshalb fragen Sie?«, erwiderte Elisa. »Ich ... ich ...«
»Lüg mich nicht an«, sagte die andere. »Der Mantel verrät dich. Nur im Harem des Sultans haben die Frauen solche Kleider getragen. Aber weshalb machst du daraus ein Geheimnis? Das ist doch kein Verbrechen! Du kannst doch nichts dafür, dass Abdülhamid, dieses Ungeheuer, Gott möge ihn verfluchen ...« Sie unterbrach sich mitten im Satz, die Runzeln verschwanden von ihrer Stirn, und ihr harter, strenger Blick wurde plötzlich ganz weich. »Gütiger Himmel! Gehörst du etwa zu den armen Geschöpfen, die keine Verwandten gefunden haben?«
Elisa nickte.
»Na, dann ist es kein Wunder, dass du stehlen musst.« Voller Mitleid tätschelte die Frau ihre Wange. »Komm, mein Kind. Heute Nacht bist du unser Gast.«

6

»Du brauchst keine Angst mehr zu haben«, sagte Tereza. »Wir sind Christen, genauso wie du. Jetzt kann dir nichts mehr passieren, du bist in Sicherheit.«
»Unsere Familie stammt aus Bulgarien«, fügte Boris, ihr Mann, hinzu. »Meine Großmutter hatte sogar denselben Namen.«
»Wie ich?«, fragte Elisa überrascht.
»Ja, viele Frauen heißen in Bulgarien so. Aber iss! Damit du satt wirst!«
Elisa nahm den Laib Brot, den Tereza ihr reichte, und schnitt ein Stück ab. Es war, als hätte Gott ihr Gebet erhört. Wie eine Tochter hatte Tereza sie aufgenommen, obwohl ihr Haus bis unters Dach mit Angehörigen vollgestopft war. Nachdem Elisa sich nach

Tagen zum ersten Mal wieder gewaschen und ihre Kleider gewechselt hatte, saß sie nun mit lauter fremden, aber freundlichen Menschen an einem riesigen Holztisch. Als Christen nahmen sie zusammen die Mahlzeiten ein, die Männer mit ihren Frauen. Tereza hatte alles aufgetragen, was die Vorratskammer hergab: Oliven und Käse, Brot und Wurst und sogar ein Stück Schweineschinken. Den hatte Elisa seit ihrer Kindheit nicht mehr gegessen. Sie fühlte sich fast wie früher daheim, bei ihren Eltern, wenn ihre Onkel und Tanten und Vettern und Kusinen zu Besuch waren. Nur ihr Hund hatte nicht mit ins Haus gedurft.
»Und jetzt willst du zurück in dein Dorf?«, fragte Boris mit vollem Mund kauend.
»Ja, mein Geld reicht gerade für die Zugfahrt.«
»Bist du denn schon mal mit einem Zug gefahren?«
»Ja, als Kind. Mit dem Sklavenhändler, der mich verschleppt hat …«
»Was für ein Sklavenhändler?«, wollte Boris wissen.
»Wann fährt denn der Zug?«, fragte Tereza, bevor Elisa antworten konnte.
»Um sieben.«
»Dann musst du aber früh aufstehen. Morgen brechen die Pilger nach Mekka auf, da ist kein Durchkommen in der Stadt. Aber sag mal – willst du wirklich schon fort? Bleib doch noch ein paar Tage bei uns.« Tereza schaute ihren Mann an, der gerade einen Schluck Milch trank. »Das kann sie doch, oder?«
»Sicher«, nickte Boris und wischte sich den Mund ab. »Sie kann in der Töpferei mithelfen. Und auf dem Markt verkaufen kann sie auch. Arbeit gibt es genug.«
»Ich weiß gar nicht, wie ich euch danken soll«, sagte Elisa. »Aber ich möchte zurück in mein Dorf. Damit ich weiß, ob von meiner Familie noch jemand lebt.«
Tereza drückte ihren Arm. »Das kann ich verstehen, jeder will zu seiner Familie.«
Elisa zögerte, sie wusste nicht, wie sie es sagen sollte. »Viel Geld

habe ich nicht«, erklärte sie schließlich, »aber ich würde euch gern etwas geben, für das Essen und die Nacht.«
»Willst du uns beleidigen?« Tereza schüttelte den Kopf. »Du weißt wirklich nicht, wie man mit Geld umgeht. Wo verwahrst du es eigentlich auf?«
»Bei meinen Sachen, unter der Wäsche.«
»Dann soll Boris deine Taschen nehmen, er kann darauf aufpassen. Aber müde siehst du aus, Elisa. Du gähnst ja schon.« Tereza erhob sich vom Tisch. »Komm, ich zeige dir dein Bett.«
Sie führte sie in eine Kammer, wo ein paar Kinder auf sauberen Strohlagern schliefen. Unter dem einzigen Fenster im Raum, durch das der sanfte Schein des Mondes fiel, war noch ein Lager frei. Tereza hatte es frisch für sie aufgeschüttet.
»Das ist dein Platz. Ich lasse dich jetzt allein.«
»Gute Nacht, Tereza. Und danke für alles.«
Erst als sie auf dem Strohsack lag, spürte Elisa, wie müde sie war. Wohlig streckte sie sich aus. Was für eine Wohltat, ohne Angst einschlafen zu dürfen … In den vergangenen Nächten war sie bei jedem Geräusch aus dem Schlaf geschreckt, bei jedem Schritt, den sie hörte, bei jedem Winseln ihres Hundes. Die Geräusche hingegen, die hier an ihr Ohr drangen, vermehrten nur ihr Gefühl der Geborgenheit. Die leisen Stimmen aus der Küche nebenan, der gleichmäßige Atem der Kinder …
Sie schloss die Augen und horchte in sich hinein. Zum ersten Mal seit einer Ewigkeit konnte sie wieder an Felix denken. Warum hatte er ihr diesen Brief geschrieben? *Sie haben mir den schönsten Augenblick meines Lebens geschenkt. Keinem Mann kann größeres Glück zuteil werden, als ich es durch Sie erfahren habe* … Er hatte geglaubt, sie wolle ihn nicht mehr sehen, und hatte die Stadt verlassen. Würde sie den Grund je erfahren? In der Dunkelheit sah sie sein Gesicht, die blauen Augen, das feine Lächeln, das leise Zittern seines Barts. Die Bilder hatten sich für immer in ihre Seele eingebrannt, genauso wie seine Worte und Küsse. Und wo diese Bilder, wo diese Worte und diese Küsse wa-

ren, da blieben sie beide eins, ganz gleich, was je passieren würde. Sie schmiegte ihre Wange an den Strohsack. Ja, er war bei ihr, in ihrem Herzen, auch wenn er in sein Land zurückgekehrt war, Tausende von Meilen entfernt. Alles, was sie je miteinander geteilt hatten, lebte weiter in ihr fort, unauslöschlich, für alle Zeit ...

»Möchtest du Raki oder Tee?«

»Raki.«

Plötzlich hörte Elisa Männerstimmen. Sie öffnete die Augen und stützte sich auf die Ellbogen. Hatte sie schon geschlafen? Groß und hell stand draußen der Mond am Himmel. In seinem gelben Licht schlummerten die Kinder, als könne nichts auf der Welt sie erreichen.

»Sie ist übrigens Armenierin«, sagte jemand in der Küche.

»Ja und?«

»Nur damit du nicht zu viel erwartest. Eine Schönheit ist sie nicht.«

Elisa stutzte. Sprachen die Männer von ihr? Leise stand sie auf und ging zur Tür. Durch den Spalt sah sie Boris am Küchentisch, zusammen mit einem fremden Mann, der einen reich bestickten Burnus trug. Auf dem Tisch war der Inhalt ihrer Taschen ausgebreitet. »Und besitzen tut sie auch nichts, nur ein bisschen Geld«, sagte er. »Aber macht nichts – Hauptsache, sie stammt wirklich aus Abdülhamids Harem.«

»Worauf du einen lassen kannst«, sagte Boris.

»Wenn du mich bescheißen willst – ich warne dich! Hinter der Süleyman-Moschee haben sich Abdülhamids Eunuchen in einem Teehaus eingenistet. Ich brauche bloß hingehen und nach ihr fragen.«

»Von mir aus – nur zu! Aber ich hab eine bessere Idee. Wie wär's, wenn wir sie zusammen mit einem Kastraten anbieten! Dann bekommen wir einen besseren Preis.«

Während die beiden Männer lachten, kam Tereza mit einer Flasche herein.

»Wie viel, glaubst du, kriegen wir für sie?«, fragte sie und stellte die Flasche auf den Tisch.

»Kommt darauf an, ob ich sie an ein Theater oder an einen privaten Harem verkaufe. Ein Harem wäre besser. Da kann ich zehn Goldlira verlangen. Aber dafür brauche ich Zeit, die Sache ist nicht ungefährlich. Wie lange könnt ihr sie hier behalten?«

Elisa spürte, wie ihr der kalte Schweiß ausbrach. Es gab keinen Zweifel – Tereza und Boris hatten sie verraten! Dabei waren sie Christen wie sie! In dem Moment, als sie das begriff, waren all die Bilder ihrer Kindheit wieder da. Der Sklavenhändler mit seinem Esel, der Marsch durch den knietiefen Schnee, die Nächte in den stinkenden Herbergen, die Fahrt mit dem Zug, der Pascha und seine Söhne ...

Nein, Gott hatte ihr Gebet nicht erhört – er war so wenig bei ihr wie Felix.

Elisa warf einen letzten Blick auf ihre paar Habseligkeiten, die die Männer vor sich ausgebreitet hatten. So leise sie konnte, zog sie sich an. Sie musste alles zurücklassen. Außer ihrem Leben konnte sie nur retten, was sie am Leibe trug.

Auf Zehenspitzen schlich sie zum Fenster und kletterte hinaus.

7

Der Motor des Automobils knallte wie ein Gewehr. In immer neuen, immer engeren Serpentinen, von denen die Felswände senkrecht in den Abgrund stürzten, zog sich die Staubstraße den Pass hinauf, den seit Jahrhunderten Bauern mit Eseln und Ochsenkarren, Kaufleute mit Pferden oder Kamelkarawanen und Soldaten mit Geschützen überquert hatten, um durch den Taurus in die Provinzhauptstadt Adana zu gelangen. Taifun schaltete zurück in den ersten Gang. Wann hatten sie endlich die Anhöhe erreicht? Hinter jeder Kurve kam eine weitere Kurve zum

Vorschein, als würde die Straße bis in den Himmel hinaufführen, der sich blau und wolkenlos über dem mächtigen Gebirge wölbte. Hoffentlich reichte das Benzin bis zum Militärposten im Tal. Der Apotheker im letzten Dorf vor dem Pass hatte nur noch zehn Liter vorrätig gehabt, und die letzte Flasche hatte Taifun vor wenigen Minuten in den Tank gefüllt.

»Warum sind wir nicht in Konstantinopel geblieben?«, fragte Fatima. »Vielleicht gibt es ja eine Nachricht von Mesut, und wir sind nicht da, um etwas zu unternehmen.«

Taifun musste sich beherrschen, um nicht zu explodieren. Während der ganzen Reise hatte sie kaum ein Wort gesagt, drei volle Tage lang. Er hatte ihr die schönsten Städte des Landes gezeigt, die herrlichsten Landschaften, die atemberaubendsten Aussichten, doch nichts konnte ihr eine Regung entlocken. Sie schwieg, während sie die endlos langen Straßen entlangfuhren, sie schwieg, wenn sie am Abend in eine Herberge einkehrten, sie schwieg, wenn sie beim Essen saßen, sie schwieg, wenn er sie liebte. Und falls sie doch einmal den Mund aufmachte, dann nur, um nach ihrem Kind zu fragen – jede Frage ein Vorwurf, auf den er nichts erwidern konnte.

Diese Fragen erfüllten ihn mit böser Wut. Längst waren die Zeiten vorbei, da er alles, was er tat, für seinen Schwanz oder seine Karriere getan hatte. Er liebte Fatima, liebte sie bis an die Grenze des Erträglichen: Sie war die einzige Frau in seinem Leben, von der er hoffte, dass sie ihn liebte. Ihr Glaube an ihn gab ihm die Kraft, an sich selber zu glauben. Außerdem war sie der Garant seines Erfolgs – seit er sie in sein Haus geholt hatte, war sein Aufstieg unwiderstehlich. Er hatte darum nur den einen Wunsch, sie glücklich zu machen. Er hatte ihr Kleider und Pelze geschenkt, damit sie den Verlust ihres Kindes überwand. Er verbrachte jede freie Stunde bei ihr und vernachlässigte seinen Dienst, um sie von ihrem Kummer abzulenken. Ja, er hatte sich sogar über alle Bedenken hinweggesetzt und sie mit auf diese Reise genommen, die über seine Zukunft entschied, damit er sie nicht in Konstantinopel zurücklassen musste. Doch statt ihm zu danken, statt seine Liebe zu erwidern, diese bedingungslose, ihn bis in den Wahnsinn treibende Liebe, die sein ganzes Verhalten diktierte, redete sie nur von Mesut, ihrem Sohn. Allmählich fing er an, dieses Kind zu hassen. Obwohl es nicht da war, mischte es sich immer ein, machte ihm den Platz in Fatimas Herzen streitig, breitete sich in ihrer Seele aus, als ob es allein darin wäre, wurde immer größer, immer mächtiger, wuchs zu einem Riesen heran, um ihn, Taifun, immer weiter zu verdrängen, aus ihrem Herzen und ihrer Seele.

Endlich erreichten sie den Pass, und vor ihnen öffnete sich das Tal. Eingebettet von Wiesen und Feldern sahen sie am Horizont die Stadt. Der Motor hörte auf zu knallen und schnurrte bald wie eine Nähmaschine, während sie die holprige Straße hinunterrollten.

»Am Abend sind wir im Hotel«, sagte Taifun. »Ich habe die schönsten Zimmer reservieren lassen. Dort hat schon Enver Pascha übernachtet.«

»Wir wären besser nach Saloniki gefahren«, erwiderte Fatima.

»Abdülhamid würde es nicht wagen, mir ins Gesicht zu lügen.«

»Du darfst nicht immer daran denken, mein Liebling. Es frisst dich sonst auf.«

»Aber wenn ich doch an nichts anderes denken kann?«

»Jetzt ist es aber genug!«

»Warum schreist du mich an? Habe ich was falsch gemacht?«

»Nein, um Himmels willen. Natürlich nicht. Wie kommst du darauf?«, stammelte er. »Bitte verzeih mir. Ich ... ich bin nur etwas gereizt.«

Taifun konnte sich selbst nicht begreifen. War er verrückt geworden? Vor ihm lag die schwierigste Mission seiner ganzen Karriere, und er hatte keine andere Sorge, als diese Frau zu besänftigen. Aus den Augenwinkeln schielte er zur Seite. Fatima schien nicht einmal zu registrieren, dass er aufgehört hatte zu reden, so weit war sie in ihrem Innern von ihm entfernt. Mit leeren

Augen schaute sie in das Tal. Taifun wusste, dass sie hier irgendwo aufgewachsen war, und unternahm einen neuen Versuch. »Möchtest du, dass wir in dein Dorf fahren?«, fragte er. »Ich habe mich erkundigt, wo es liegt. Es muss ganz in der Nähe sein. Es heißt Karaköy, nicht wahr?«
»Ja«, sagte Fatima, »aber was soll ich da? Von meinen Verwandten lebt keiner mehr.«
»Trotzdem. Vielleicht macht es dir ja doch Freude.«
»Wenn Mesut bei uns wäre, das wäre etwas anderes, dann könnte ich ihm alles zeigen. Aber so ...«
Taifun biss sich auf die Lippe. Jedes Wort, das er sagte, nahm sie zum Anlass, um von ihrem verfluchten Sohn zu reden. Wie lange konnte er das noch ertragen? Um einen Wutausbruch zu vermeiden, beschloss er zu schweigen.
Wortlos setzten sie die Fahrt fort. Die schroffen Hänge gingen allmählich in eine sanfte Hügellandschaft über, und an die Stelle der kargen Felsschluchten traten grüne Wiesen, auf denen Kirschbäume wuchsen. Die Zweige waren so schwer mit blutroten Früchten behangen, dass sie unter der Last zusammenzubrechen schienen.
Der Militärposten, auf den Taifun gewartet hatte, kam gerade in Sicht, als Fatima plötzlich ihre Hand auf seinen Arm legte.
»Bitte halt an!«
»Warum?«, fragte er und trat auf die Bremse.
Statt einer Antwort sprang sie aus dem Wagen und lief eine kleine Anhöhe hinauf. Taifun folgte ihr. Als er die Kuppe erreichte, saß Fatima auf einem Baumstumpf, der sich wie ein Thron aus dem Boden erhob. Rings herum quoll Wasser aus dem felsigen Boden, um sich in der Senke zu einem Bach zu vereinen. Sonst gab es nichts Besonderes zu sehen. Ein bisschen Wald, ein bisschen Steppe, ein einzelnes Dorf, und in der Ferne eine Karawanserei. »Weshalb bist du ausgestiegen?«, fragte er. Fatima griff nach seiner Hand. »Hier habe ich damals mit Elisa gesessen«, sagte sie. »Vor vielen, vielen Jahren. Wir waren noch

Kinder. Es war in der Kadir-Nacht, mitten im Winter und bitter kalt. Wir hatten uns heimlich hergeschlichen, um das Wunder zu erleben.«

Ihre Stimme klang so ernst, dass es Taifun fast unheimlich war. »Was für ein Wunder?«, fragte er.

»Das Wunder der Kadir-Nacht«, sagte Fatima. »Wir wollten sehen, wie sich die Schöpfung vor Allah verneigte. Damit endlich der Krieg aufhörte, der in unserem Dorf herrschte ...«

8

Eine Fanfare ertönte, und angeführt von Trompetern und Kavalleristen setzte sich die riesige Prozession in Bewegung, die schon seit dem frühen Morgen die Straßen verstopfte. Wie jedes Jahr brachen die Pilger zur Wallfahrt nach Mekka auf, der heiligsten Stätte des islamischen Glaubens, und ganz Konstantinopel strömte zum Hafen, um sie zu verabschieden. Prächtig geschmückte Kamele trugen auf schwankenden Höckern die in kostbare Seidenstoffe gehüllten Geschenke der neuen Regierung. Sie waren umringt von Hofbeamten mit silbernen Rauchgefäßen, aus denen die erlesensten Wohlgerüche sich in die Morgenluft erhoben. Auf Pferden, deren Zaumzeug und Sättel mit Goldknöpfen und Edelsteinen verziert waren, folgten der »Oberaufseher« und der »Überbringer der guten Botschaft«, der das Schreiben des Kalifen an den Scheich von Mekka in seinen Händen hielt. Würdenträger in glitzernden Uniformen und bunten Gewändern führten drei Maultiere mit reichbestickten Zelten auf dem Rücken am Zügel, bevor in ihrem Gefolge die Prozession sich in einer endlosen Schar einfacher Pilger verlor. Während die Spitze des Zuges sich allmählich der Anlegestelle näherte, wo die Schiffe zum Auslaufen bereitlagen, bahnte Elisa sich einen Weg durch das Gewühl, gegen den Strom der immer

noch zum Meer drängenden Menschen, den Hügel hinauf zur Süleyman-Moschee. Sie hatte Glück gehabt, an diesem Festtag hatte man kein Fahrgeld auf der Fähre erhoben, so dass sie ohne einen Kurus über das Meer von Skutari nach Stambul gelangt war. Sie wollte das Teehaus suchen, in dem angeblich die Eunuchen aus dem Harem wohnten. Sie waren die einzigen Menschen, an die sie sich noch wenden konnte.
Als sie die Moschee erblickte, lag das Gotteshaus so verlassen im gleißenden Sonnenschein da, als wäre die ganze Stadt ausgestorben. Der Platz war menschenleer, nur ein paar Tauben suchten mit ruckenden Köpfen nach Brotkrumen im Staub. Diese Leere machte Elisa noch mehr Angst als zuvor das Gedränge inmitten der vielen fremden Menschen. Wenn wenigstens der Hund noch bei ihr wäre. Als sie aus Terezas Haus geflohen war, hatte sie gehofft, dass er draußen auf sie wartete. Doch er war und blieb verschwunden.
Ratlos schaute sie sich um. Wo sollte sie das Teehaus suchen? Wenn sie die Eunuchen nicht fand, wusste sie nicht, wie sie überleben sollte. Sie streifte ihre Perlenkette vom Handgelenk, um zu beten. Doch hatte es Sinn, Gott um Hilfe zu bitten? Christen hatten sie verraten, Menschen, die an denselben Gott glaubten wie sie, und dieser Gott hatte es erlaubt. Während die Perlen durch ihre Finger glitten, überkam sie solche Angst, dass sie in die erstbeste Gasse lief, die vom Platz in das Wohnviertel führte.
Plötzlich stand sie vor einem Teehaus. Die Tür war verschlossen. Sie trat ans Fenster und schaute in den Schankraum. Und wenn der Sklavenhändler gelogen hatte und die Eunuchen gar nicht hier wohnten? Der Schankraum war so leer und verlassen wie der Platz vor der Moschee, kein einziger Gast saß auf den Polstern, die die Wände säumten. Trotzdem, sie musste es versuchen. Mit unsicherer Hand betätigte sie den Türklopfer.
Wenig später hörte sie Schritte. Sie schloss die Augen und betete ein Ave-Maria.
»Elisa? Sie?«

Vor ihr stand ein schwarzer Zwerg. Als sie das faltige Greisengesicht sah, wäre sie ihm am liebsten um den Hals gefallen. »Murat! Gott sei Dank, dass du da bist!« Sie war so glücklich, dass sie ihn tatsächlich an sich drückte. »Du kannst dir gar nicht vorstellen, was für eine Angst ich hatte. Aber jetzt habe ich euch gefunden, jetzt wird alles gut. – Oh, verzeih mir«, sagte sie, als sie seine verstörte Miene sah, und ließ ihn los. »Ich habe mich nur so gefreut, dich wiederzusehen.«

Murat trat einen Schritt zurück und musterte sie von Kopf bis Fuß. »Was wollen Sie hier?«, fragte er so kalt, als wäre sie eine Fremde.

»Ach, das ist eine lange Geschichte«, sagte Elisa. »Sie haben mich aus dem Tränenpalast verjagt, und jetzt weiß ich nicht, wohin. Aber als ich hörte, dass ihr hier wohnt, da dachte ich, dass ich vielleicht, wenn ihr mich aufnehmen würdet, dass ich dann womöglich bei euch ...«

Während sie sprach, kamen immer mehr Eunuchen zur Tür. Wie eine Wand bauten sie sich hinter dem Zwerg auf. Elisa kannte die meisten Gesichter. Doch sie alle drückten dieselbe stumme, kalte Abwehr aus.

»Dass Sie dann *was* bei uns?«, fragte Murat.

»Dass ich vielleicht bei euch unterkommen könnte, vorläufig, für eine Weile ...«

Der Zwerg schüttelte den Kopf. »Nein, das geht nicht. Wir wollen Sie hier nicht haben.«

»Aber warum nicht?«, rief Elisa. »Was habe ich euch getan?«

Ein alter Eunuch mit grauen Haaren, der zum Hofstaat der ersten Kadin gehört hatte, trat vor sie hin. »Wissen Sie das wirklich nicht?«, fragte er.

Sie schüttelte den Kopf.

»Dann will ich es Ihnen sagen.« In seinen alten Augen schimmerten Tränen. »Sie sind schuld, dass Nadir tot ist. Er war unser Freund, wir haben ihn alle geliebt wie einen Bruder. Wegen Ihnen haben wir ihn verloren. Ohne Sie würde er noch leben.«

Elisa war so entsetzt, dass die Worte ihr im Hals stecken blieben. Was sollte sie auf diese Anschuldigung erwidern? Bevor sie die Sprache wiederfand, schloss sich vor ihr die Tür. Leise verklangen dahinter die Schritte.

Eine lange Weile starrte Elisa die Tür an, unfähig, einen Gedanken zu fassen. Dann wandte sie sich ab. Ohne irgendetwas zu denken oder zu wollen, ohne eine Richtung oder ein Ziel, begann sie zu laufen. Einförmig setzte sie einen Schritt vor den anderen, mit blinden Augen und tauben Ohren, als hätten ihre Beine für sie entschieden, ging sie durch die leeren Straßen und Gassen, um alles hinter sich zu lassen, ihr Leben und ihre Erinnerungen, einsam in der Mittagshitze, ohne einen Laut oder Schatten, der sie begleitete, immer weiter fort von den Menschen, hinaus aus der großen, fremden Stadt, bis irgendwann die Häuser aufhörten und sie nur noch das weite öde Land vor sich sah, die ausgedörrte, unendliche Steppe, in der sie sich verlor wie ein Sandkorn in der Wüste …

9

Wie eine europäische Frau an der Seite ihres Mannes, ging Fatima an Taifuns Arm die alte Dorfstraße von Karaköy entlang. Nur der Schleier vor ihrem Gesicht verband sie mit den übrigen Frauen, die in der Nachmittagshitze ihre Besorgungen machten. Sie hatte nicht herkommen wollen, aus Angst, dass die Heimkehr noch schmerzhafter sein würde als das Vergessen. Als sie aber die Stelle wiedererkannt hatte, wo ihr die Geister der Kadir-Nacht erschienen waren, die Quelle, den kleinen Wald, den Baumstumpf, auf dem sie einmal gesessen hatte, vor vielen, vielen Jahren, war ihr Herz stärker gewesen. Taifun hatte gespürt, was in ihr vorgegangen war, und hatte ein paar Kommandos gegeben, damit er sie herbringen konnte. Wie dankbar war sie ihm dafür!

Ganz fest hielt sie sich nun an seinem Arm, während sie durch den Schlitz ihres Schleiers in den Gesichtern der Menschen forschte. Sie sah alte und junge Gesichter, runde und längliche, runzlige und glatte, hübsche und hässliche, bedrohliche und freundliche, ernste und lächelnde, hochmütige und bescheidene, ehrliche und verschlagene. Einige wenige waren hell und blass; andere hatten geschlitzte Augen; viele waren dunkelbraun, manche fast schwarz. Doch alle zeugten von einem schweren, arbeitsamen Leben, und ihre Haut sah aus wie Leder.

»Erkennst du jemanden wieder?«, fragte Taifun.

Fatima schüttelte den Kopf. Selbst die Gebäude links und rechts der Straße waren ihr fremd, kaum eines hatte die Verwüstung überstanden. An der Stelle, wo einmal das Haus ihrer Eltern gewesen sein musste, erhob sich eine neue, weißgekalkte Moschee. Die kleine armenische Kirche war ganz verschwunden. Doch dann, zwischen einer Bäckerei und einem Schuppen, entdeckte sie plötzlich eine Werkstatt, die unversehrt geblieben war.

»Der Goldschmied!«

Ihr Herz begann zu klopfen, als sie den dämmrigen Laden betrat, wo sie das leise Ticken und Rasseln von Uhren empfing. Fatima schaute sich um. In den Auslagen befanden sich nur wenige Schmuckstücke. Die meisten waren Gebetskränze. Sie sahen immer noch genauso aus wie früher.

»Ist hier jemand?«, rief Taifun in die Stille hinein.

Fatima hörte schlurfende Schritte, dann öffnete sich ein Vorhang aus bunten Baumwollschnüren, der den Laden von der angrenzenden Werkstatt trennte, und ein kleiner, gebeugter, alter Mann mit einem Kneifer auf der Nase und einem Fez auf den grauen Haaren trat herein.

»Willkommen, die hohen Herrschaften«, sagte er und steckte sein Werkzeug in die Schürze. »Welche Ehre, Sie in meinem Haus zu empfangen. Womit kann ich Ihnen dienen?«

Fatima nahm einen Gebetskranz aus der Auslage und zeigte ihn

dem Goldschmied. »Für wen machen Sie diese Kränze?«, fragte sie.
»Für niemand Bestimmten«, erwiderte der Mann. »Jeder, der einen kaufen will, kann ihn haben. Soll ich Ihnen einen guten Preis machen?«
»Was willst du denn damit?«, fragte Taifun. »Wenn du ein Andenken möchtest, gibt es doch sicher etwas Schöneres.«
Fatima überhörte seinen Einwand. »Das sind doch Gebetskränze, nicht wahr?«
Der Goldschmied nickte.
»Und wer soll damit beten? Armenier oder Kurden?«
»Was für eine große Frage für so eine kleine Kette«, sagte der Goldschmied. »Vielleicht wäre es besser, man würde sie gar nicht stellen. Sie richtet nur Schaden an.«
»Aber man muss doch wissen, womit man betet!«
»Muss man das wirklich?« Der Goldschmied schaute sie mit einem geheimnisvollen Lächeln an. »Viele Menschen meinen, beim Beten wäre die Kette das Wichtigste. Als müssten sie nur die Perlen durch die Finger gleiten lassen, damit ihre Gebete zum Himmel gelangen. Doch glaub mir, meine Tochter, die Kette allein vermag gar nichts, viel wichtiger ist das Herz. Nur wenn die Gebete aus einem reinen Herzen kommen, kann die Kette helfen, dass der Himmel sie erhört. Und dann ist es gleichgültig, ob jemand Armenier oder Kurde ist, Muslim oder Christ. Die einen sagen *Bismillahrirahmanirahim*, während sie die Perlen zählen, die anderen *Vater unser, der du bist im Himmel*... Doch sie meinen beide dasselbe.«
Während der alte Mann sprach, stiegen die Erinnerungen wie Tränen in Fatima auf. »Ich habe auch einmal eine solche Kette gehabt«, sagte sie leise, »und ich habe so fest daran geglaubt, von ganzem Herzen. Trotzdem hat sie mir nicht geholfen. Im Gegenteil.«
Der Goldschmied nahm den Kneifer von der Nase und richtete seine müden Augen auf sie. Fast wünschte Fatima, sie hätte

Taifuns Wunsch befolgt und bei ihrer Heimkehr auf den Schleier verzichtet, damit der alte Mann sie erkannte. Umso größer war ihr Erstaunen, als er plötzlich ihren Namen sagte.

»Du bist Fatma, nicht wahr? Die Tochter des kurdischen Hirten Aras und seiner Frau Hakidje?«

Tränen quollen ihr aus den Augen, und ihre Stimme versagte. Der alte Mann nahm ihre beiden Hände und drückte sie an seine Brust.

»Wie schön, dass du wieder da bist, meine Tochter«, sagte er, und auch seine Augen schimmerten feucht. »Ich hätte nicht geglaubt, dass ich dich noch einmal sehen würde.«

Er führte sie und Taifun durch die Werkstatt in einen Wohnraum, der mit Teppichen und Decken angefüllt war. Auf einem Kupfergestell brodelte Wasser in einem Samowar. Während seine Gäste sich auf den Polstern niederließen, bereitete er einen Tee. Zusammen mit den Gläsern reichte er ihnen ein Schälchen Kirschen, die sie in den Tee tunken sollten.

»Aber jetzt musst du erzählen«, forderte er Fatima auf, nachdem sie den ersten Schluck genommen hatten. »Was ist aus deiner Freundin geworden? Geht es ihr gut? Ihr zwei wart ja damals zusammen verschwunden. Wie hieß sie noch mal? An ihren Namen kann ich mich nicht mehr erinnern, so wenig wie an ihr Gesicht, aber sie hatte eine wunderschöne Stimme.«

Seine Fragen stachen wie Dornen in Fatimas Herz. Wie sollte sie dem alten Mann erklären, was passiert war? Sie konnte es ja selbst nicht begreifen. Sie tunkte eine Kirsche in den Tee, doch ohne sie in den Mund zu stecken. Noch immer hielt sie in ihrer Hand die Kette, die sie aus der Auslage genommen hatte.

»Wir ... wir wurden voneinander getrennt«, sagte sie schließlich. »Unser Kismet hat es so gewollt.«

»*Allah ekber*«, sagte der Goldschmied und hob die Arme. »Gott ist groß.«

Fatima zögerte, den Blick auf die bunten Perlen gerichtet, die in

dem Dämmerlicht wie Edelsteine glänzten. »Ich habe noch eine Frage«, sagte sie dann.
»Nur zu, meine Tochter.«
»Warum haben Sie immer nur diese eine Art von Gebetskränzen gemacht? Ich kann mich an keine anderen erinnern.« Sie beugte sich vor und gab ihm die Kette zurück. »Sogar heute noch. Sie sind genauso wie früher.«
»Ja, warum?« Der Goldschmied nahm die Kette und betrachtete die Perlen. »Die meisten Leute glauben, ich könnte keine anderen, und ich habe sie in dem Glauben gelassen. Aber das ist nicht der wirkliche Grund. Ich habe nur diese eine Art gemacht, weil ich immer hoffte, dadurch ein bisschen Frieden im Dorf zu stiften. Ich dachte, wenn die Kurden und Armenier mit denselben Perlenkränzen beten, die einen die Suren des Korans, die anderen die Gesätze des Rosenkranzes, dann würden sie sich nicht totschlagen. Aber das war wohl ein frommer Wunsch. Deine Eltern und die Eltern deiner Freundin hatten ja auch dieselben Kränze, und trotzdem ...« Er schüttelte den grauen Kopf. »Aber ich bin nun mal ein alter störrischer Esel und kann nicht aufhören damit. Vielleicht auch, weil heute die Hoffnung noch wichtiger ist als damals.« Er machte eine Pause und sah sie an. »Warst du in Adana? Dort müssen schreckliche Dinge passiert sein.«
»Das wird bald ein Ende haben«, sagte Taifun und stand auf. »Komm, Fatima, ich glaube, wir sollten langsam gehen.«
Doch Fatima blieb sitzen. »Warte bitte, nur noch einen Augenblick«, sagte sie. Dann wandte sie sich wieder an den Goldschmied. »Was ist damals mit meinen Eltern geschehen?«
»Willst du das wirklich wissen, meine Tochter?«
Fatima nickte.
Der Goldschmied holte tief Luft. »Es war eine fürchterliche Geschichte. Es hat einen Anschlag gegeben, auf das Waffendepot, das die Kurden am Dorfrand hatten. Die ganze Scheune ist in die Luft geflogen. Danach gab es eine Schießerei auf den Straßen. Und noch in derselben Nacht kamen die Soldaten, um Rache zu

nehmen. Sie haben alles niedergebrannt. Außer mir haben nur zwei Frauen und ein paar Kinder überlebt.«
Fatima stellte ihr Teeglas ab und betrachtete die blutrote Kirsche in ihrer Hand.
Sie hatte noch eine letzte Frage, die sie stellen musste. Obwohl sie vor der Antwort unsägliche Angst hatte.
»Und wer hat den Anschlag verübt?«
»Ganz genau weiß man es nicht«, sagte der Goldschmied. »Aber man fand bei der Scheune die Leiche eines Mannes, der vielleicht ...« Er verstummte.
»Wer war der Mann?«, fragte Fatima.
Der Goldschmied senkte den Kopf, um ihrem Blick auszuweichen. »Der armenische Schulmeister«, sagte er so leise, dass seine Stimme kaum zu hören war. »Der Vater deiner Freundin.«
In der Werkstatt rasselte eine Uhr, und gleich darauf fing sie an zu schlagen. Fatima schloss die Augen. Sie fühlte sich, als hätte jemand den Boden unter ihr weggezogen.
»Die Armenier«, sagte Taifun. »Immer wieder. Diese gottlosen Schweine ...«
Wie ein Echo hallten seine Worte in ihrem Herzen wider, während ihre Hand sich zur Faust ballte. Jetzt wusste sie die ganze Geschichte. Doch sie wünschte, sie hätte sie nie erfahren.
Es dauerte eine Weile, bis sie es schaffte, die Augen wieder zu heben. Taifun stand in der Tür und wartete auf sie. So mühsam, als hingen Gewichte an ihrem Körper, erhob sie sich von dem Polster, um sich von dem Goldschmied zu verabschieden.
»Eins musst du mir noch sagen, meine Tochter«, sagte der alte Mann. »Soll ich weiter meine Kränze machen? Trotz allem, was passiert ist?«
»Das fragen Sie mich?«
Der Goldschmied nickte. Die Hoffnung in seinen Augen zitterte wie ein kaum noch sichtbarer Funke, der hinter den Gläsern seiner Brille verschwamm. Als Fatima diese Augen sah, wollte sie

etwas sagen, damit der Funke nicht erlosch. Aber bevor sie den Mund aufmachen konnte, griff Taifun nach ihrem Arm.
»Um Himmels willen – was hast du gemacht? Du blutest ja!«
Fatima öffnete die Faust und blickte in ihre Hand. Sie sah aus wie eine klaffende rote Wunde.

10

Glühend rot stand die Sonne am wolkenlosen Himmel und brannte auf das Land herab, eine braune Wüste aus Stein und Staub, die sich bis an den Horizont erstreckte. Die Luft flimmerte vor Hitze, und nur das Zirpen der Zikaden erfüllte die endlose Leere, während Elisa den Stein aufhob, den sie als Waffe benutzen wollte. Ein paar Schritte von ihr entfernt befand sich ein Lagerplatz, wo vor kurzem eine Karawane Rast gemacht hatte, vermutlich erst letzte Nacht, die Spuren waren noch frisch. Jetzt schnupperte ein Hund in den Abfällen, die rings um die Feuerstelle verstreut lagen.

Vor Wochen hatte Elisa schon Konstantinopel verlassen, aber noch immer wanderte sie ohne Richtung und Ziel durch das Land. Längst waren ihre Schuhe zerschlissen, an ihrer Stelle trug sie Lappen an den Füßen. Ihre Haut war trotz der Seidentücher, die sie bedeckten, von der Sonne verbrannt und von Mücken zerstochen.

An Dutzenden von Dörfern und Bauernhöfen war sie vorübergekommen. Überall hatte sie angeklopft, aber niemand wollte etwas mit ihr zu tun haben. Sie hatte gelernt, zu betteln und zu stehlen. Sie ernährte sich von dem, was am Wegrand wuchs, von Beeren und Gräsern und Wurzeln, und manchmal, wenn sie Glück hatte, von Früchten und Obst. Sie grub Knollen aus dem Boden und pflückte Pilze im Wald, um sie roh zu essen. Dabei musste sie sich auf Beschreibungen verlassen, die sie früher in

Büchern gelesen hatte. Nachts kletterte sie auf Bäume, um sich vor fremden Menschen und wilden Tieren zu verstecken, und nur wenn sie einen unbewachten Schuppen oder eine leere Scheune fand, konnte sie unter einem Dach schlafen statt unter freiem Himmel.

Ohne den Hund aus den Augen zu lassen, nahm Elisa den Stein, holte aus und schleuderte ihn durch die Luft. Der Hund jaulte vor Schmerz auf. Während er mit eingeklemmtem Schwanz davonlief, stürzte sie zu dem Rastplatz, um in den Abfällen nach Essbarem zu suchen. In der Feuerasche fand sie ein paar angesengte Knochen. Doch sie waren vollkommen abgenagt, so dass sie kaum etwas zwischen die Zähne bekam, als sie die letzten Fasern absuchte.

Enttäuscht wandte sie sich ab. Hinter einem Baum hatten die Leute, die hier gerastet hatten, ihre Notdurft verrichtet, ein Schwarm von blauen Fliegen markierte die Stelle. Doch plötzlich stutzte Elisa. Unter einem Haufen vertrockneter Maisblätter, direkt vor ihren Füßen, lugte etwas Dunkelrotes hervor. Sah sie wirklich, was sie zu sehen glaubte? Tatsächlich – als sie sich bückte, hielt sie ein Stück Pastirma in Händen, einen mit Tomatenmark eingeriebenen Rinderschinken. Sie konnte ihr Glück kaum fassen. Wann hatte sie so etwas zum letzten Mal gegessen? Andächtig roch sie an ihrem Schatz. Wie vertraut der Duft war. Im Palast hatten sie das Pastirma immer mit Knoblauch, Paprika und Kümmel sowie einer Prise Zimt gewürzt. Dieses roch ein wenig süßlicher, als sie es kannte.

Gierig biss sie ein großes Stück ab. Mit vollen Backen kauend, schaute sie auf den Schinken. Für wie viele Mahlzeiten würde er reichen? Sie würde genügsam damit umgehen, wer weiß, wann sie wieder einen solchen Fund machen würde. Doch plötzlich zog sich ihr Magen zusammen. Das Fleisch in ihrer Hand lebte, aus tausend Poren quollen weißliche Maden hervor. Angeekelt ließ sie den Brocken zu Boden fallen, und bevor sie den Bissen ausspucken konnte, drehte sich ihr der Magen um und sie er-

brach sich in einem solchen Schwall, dass sie ihre Hände und Arme bis zu den Ellbogen besudelte.
Gleich hinter der Feuerstelle war eine Holzbrücke. Elisa eilte die Böschung hinunter. Ein Bach, kaum breiter als ein Rinnsal, verlor sich in dem ausgetrockneten Flussbett. Immerhin reichte das Wasser, damit sie sich die Hände und Arme reinigen und den Mund ausspülen konnte. Am liebsten hätte sie sich nackt ausgezogen, um sich am ganzen Körper zu waschen, so schmutzig fühlte sie sich. Aber sie traute sich nicht. Wo es einen Weg und eine Brücke gab, gab es auch Menschen.
Nachdem sie sich notdürftig gesäubert hatte, setzte sie sich auf einen Felsen, um sich im Schatten der Brücke auszuruhen und ihre wunden Füße im Wasser zu kühlen. Nach dem Stand der Sonne musste es Mittag sein. Wenn die schlimmste Hitze vorüber war, würde sie wieder ihre Füße in die Lappen einwickeln und sich auf den Weg machen. Bis zum Abend würde sie bestimmt noch ein Dorf erreichen, und vielleicht würde sie dort endlich Arbeit finden. Sie versuchte, ganz fest daran zu glauben, um nicht zu verzweifeln, doch sie schaffte es nicht. Vorgestern hatte sie bei drei Bauern nach Arbeit gefragt, gestern bei vieren, und an diesem Morgen ebenfalls bei zweien – jedes Mal ohne Erfolg. Sanft und kühl umspielte das Wasser ihre Füße, die größte Wohltat, die sie seit langem verspürt hatte. Unmerklich sank sie in einen dämmrigen Halbschlaf, in dem sie nichts anderes wahrnahm als ihre Füße und die Kühlung.
Warum sollte sie weitergehen? Warum blieb sie nicht einfach hier sitzen, bis sie irgendwann starb?
Ein Karren rumpelte über die Brücke. Bei dem Geräusch über ihrem Kopf schrak Elisa hoch. Sie raffte ihre Kleider und lief die Böschung hinauf.
Ein Greis mit einem Gesicht wie aus Lehm trieb zwei Ochsen vor sich her, die einen von weißen Baumwollflocken überquellenden Wagen zogen.
»Woher stammt die Wolle?«, fragte Elisa.

Der Alte zeigte mit seinem Knüppel flussaufwärts, wo der Umriss einer Hügelkette in der Hitze flimmerte. »Das Land dahinter gehört Mikis, dem Griechen«, sagte er mit zahnlosem Mund. »Er ist der reichste Bauer weit und breit.«
»Glauben Sie, dass er Arbeit für mich hat?«
»Mikis braucht immer Leute«, sagte der Alte. »Da kannst du es auf jeden Fall versuchen. Aber pass auf, dass du ihm nicht allein begegnest. Er hat so seine Eigenarten.«
»Eigenarten?«
»Na, du wirst schon sehen«, kicherte der Alte und trieb seine Ochsen weiter.

Die Sonne ging bereits unter, als Elisa die Hügelkette erreichte. Während sie in das Tal hinabschaute, schöpfte sie seit langer Zeit zum ersten Mal Hoffnung. Es war, als hätte Gott erst hier sein wahres Werk vollbracht. Anstelle der Wüste breitete sich ein Paradies vor ihr aus. Der Fluss nahm die ganze Breite seines Bettes ein, am Ufer weideten wohlgenährte Kühe, und die andere Flussseite säumte ein riesiges Baumwollfeld. Dutzende Frauen und Kinder bückten sich über endlos lange Sträucherreihen, von denen sie die weißen Flocken in ihre Körbe zupften. Nur einen Steinwurf von dem Feld entfernt erhob sich ein Gutshof.

Der Bauer saß unter einem Maulbeerbaum und aß Kürbiskerne, und eine unverschleierte Frau mit einer schwarzen Warze auf der Wange brachte ihm gerade ein Glas Tee, als Elisa auf ihn zuging. Eine zweite Frau pumpte aus dem Hofbrunnen Wasser und schaute neugierig herüber.

»Sind Sie Mikis, der Grieche?«, fragte Elisa.
»Ja. Was willst du?«
»Ich suche Arbeit.«
»Dann zeig mal deine Hände.«
Elisa streckte ihre Arme vor. Doch als Mikis ihre Hände sah, schüttelte er den Kopf. Wie alle Bauern, bei denen Elisa bisher vorgesprochen hatte.

»Solche Hände kann ich nicht brauchen«, sagte er. »Verschwinde.«

Elisa rührte sich nicht vom Fleck. Er knackte mit den Zähnen einen Kürbiskern, ohne sie eines weiteren Blickes zu würdigen. Während sie fieberhaft überlegte, wie sie ihn umstimmen konnte, kam ein barfüßiger Junge vom Feld angerannt.

»Was ist jetzt schon wieder?«, wollte Mikis wissen.

»Oya hat ihr Kind gekriegt.«

»Na und? Sie soll den Balg in den Schatten legen und weiterarbeiten.«

»Das kann sie nicht.«

»Warum nicht?«

»Sie ist verblutet – sie ist tot.«

»Tot? Verflucht sei ihr Schoß!« Mikis spuckte die Schale aus.

»Und was wird jetzt mit meiner Ernte?«

Elisa schickte ein Dankgebet zum Himmel, dass Gott diese Frau hatte sterben lassen. Es war das erste Mal seit ihrer Vertreibung aus dem Serail, dass er ihr half.

»Wenn Sie erlauben«, sagte sie, »kann ich ja ihren Platz einnehmen.«

»Du?« Der Bauer schaute voller Verachtung zu ihr auf. »Du hast doch dein Lebtag noch nicht gearbeitet. Wo kommst du überhaupt her? Hat dein Mann dich verstoßen?«

»Bitte«, sagte Elisa. »Lassen Sie es mich versuchen. Nur einen Tag. Wenn Sie unzufrieden sind, können Sie mich ja wieder fortschicken.«

Mikis knackte eine weitere Schale, kaute den Kern und spuckte den Rest aus. »Na gut«, sagte er endlich. »Aber nur für einen Tag.« Dabei kratzte er sich zwischen den Beinen und musterte sie mit einem Blick, dass Elisa trotz der Hitze eine Gänsehaut bekam.

11

Ein Dutzend Kanonenschüsse wurden von der Spitze des Serails abgefeuert, und eine Menschenmenge, die den riesigen Platz zwischen dem Topkapi-Palast und der Sultan-Ahmed-Moschee füllte wie ein einziges, wogendes Meer, brach in Jubel aus.

Der Boden bebte noch von den Donnerschlägen, da ertönte eine Militärkapelle: Hunderte von Schalmeien, die von noch mehr Trommeln und Becken begleitet wurden, und die Parade, mit der die neue Regierung die Befreiung des Volkes vom Joch des alten Regimes feierte, setzte sich in Bewegung. Taifun verzog das Gesicht. Die Marschmusik hörte sich an, als würden betrunkene Janitscharen die Ouvertüre einer Operette spielen. Trotzdem war er heilfroh über das ohrenbetäubende Tschingderassabum. Denn auf der Ehrentribüne waren nicht nur die Generäle des »Komitees für Einheit und Fortschritt« versammelt, man hatte auch eine Reihe von Frauen eingeladen, um öffentlich zu demonstrieren, dass sie von nun gleichberechtigt an der Seite der Männer ihren Platz in der türkischen Gesellschaft einnehmen sollten. Und eine dieser Frauen war Fatima.

Enver Pascha hatte darauf bestanden, sie persönlich kennenzulernen. Nach der Rückkehr aus Adana hatte Taifun den Führer des Komitees um Erlaubnis gebeten, ihren Sohn aus Saloniki zurückzuholen, damit sie sich nicht länger nach ihm verzehrte. Doch Enver hatte die Bitte abgeschlagen. Wenn man Abdülhamid von seinem Sohn trenne, so seine Auskunft, drohten nur Komplikationen. Nein, Taifun könne froh sein, dass man seine Liaison mit der Konkubine des Sultans überhaupt toleriere ...

Jetzt saß Fatima zwei Reihen vor ihm auf der Tribüne an Envers Seite. Wenn sie dem General missfiel, konnte das Taifuns Karriere mit einem Schlag beenden. Er hatte sie darum auf diese Begegnung vorbereitet wie einen Kadettenschüler auf das Examen. Würde sie die Prüfung bestehen?

Taifun schaute unauffällig zu ihr hinüber. Sie trug das Rüschenkleid, das er in Tarabya für sie gekauft hatte, und statt eines Schleiers schmückte ein ausladender Hut, auf dessen Krempe ein ganzes Blumenbeet arrangiert war, ihren Kopf. Mit dem Champagnerglas in der Hand war sie die perfekte Pariserin. Selbst General Cemal, von dem es hieß, dass er einst der fügsame Page eines Paschas gewesen sei und sich nun selber lieber mit Pagen als mit Frauen vergnüge, warf ihr immer wieder bewundernde Blicke zu.

Als die Musik leiser wurde, wandte Enver sich zur Seite, um das Wort an Fatima zu richten. Das Examen begann! Taifun beugte sich vor, um besser zu hören.

»Sie wissen, was wir hier feiern?«, fragte Enver.

»Aber gewiss«, sagte Fatima mit einem bezaubernden Lächeln. »Wir feiern den Sieg der neuen Zeit. Dafür habe auch ich Ihnen zu danken. Sie haben mich aus dem Gefängnis des Ungeheuers befreit.«

»Ihre Worte freuen mich außerordentlich, Madame. Ich wollte, das ganze Volk würde so denken wie Sie.«

»Das Volk liegt Ihnen zu Füßen, Enver Pascha. Sie sehen doch, wie die Menschen jubeln.«

»Eine Regierung darf niemals ihrer eigenen Propaganda glauben«, erwiderte er mit gespielter Bescheidenheit. »Aber im Ernst, nicht alle zeigen so viel Einsicht wie Sie. Ich habe gehört, Sie waren kürzlich in Adana? Die Region bereitet uns große Probleme.«

Taifun beugte sich noch ein Stückchen weiter vor. Fatima hatte keine Ahnung, weshalb man ihn in die Provinz geschickt hatte. Er hatte ihr gegenüber nur vage Andeutungen von den Aufständen dort gemacht, seinen wahren Auftrag aber verschwiegen, aus Angst, sie zu verlieren, wenn sie erfuhr, was er getan hatte. Ihr Hass auf Elisa und deren Landsleute war noch jung, und man konnte nicht wissen, was die frühere Freundschaft der beiden Frauen vielleicht noch bewirkte.

»Sie meinen die Armenier, nicht wahr?«, fragte Fatima.
Enver nickte. »Wir haben ihnen die Hand gereicht und sie aufgerufen, beim Aufbau der Gesellschaft mitzuhelfen, im Zeichen einer neuen Brüderlichkeit. Es war und ist unser Ziel, die Unterschiede zwischen den Völkern und Rassen in diesem Land zu überwinden. Doch was tun diese Teufel? Sie bringen Bilder von ihren alten Königen in Umlauf. Sie führen Theaterstücke aus der Zeit der Kreuzzüge auf. Sie nutzen unsere Großzügigkeit, um Waffen zu kaufen. Und das alles zu einem einzigen Zweck: Sie wollen die Türken aus der Provinz verdrängen, um ihr kilikisches Königreich wieder zu errichten.«
»Ich kenne die Armenier«, sagte Fatima. »Ich weiß, wie sie sind. Sie haben das Dorf zerstört, aus dem ich stamme. Durch sie habe ich meine Eltern verloren.«
Taifun beobachtete ängstlich ihr Gesicht. Nach dem Gespräch mit dem Goldschmied hatte sie lange in seinen Armen geweint, und jetzt zuckte es bedrohlich um ihre Augen. Doch sie bestand auch diese Prüfung. Statt in Tränen auszubrechen, leerte sie ihr Glas.
»Sie sind eine tapfere Frau«, sagte Enver. »Möchten Sie noch einen Schluck Champagner?« Er schnippte mit den Fingern, und während ein Adjutant ihr Glas nachfüllte, fuhr er fort: »Dem Schicksal sei Dank, dass es einen Mann wie General Taifun in unsere Reihen gestellt hat. Er hat in der Provinz aufgeräumt und die Ordnung wiederhergestellt.«
Fatima hob ihr Glas und prostete ihm zu. »Die Türkei den Türken!«
»Wie charmant, unsere Losung aus Ihrem Mund zu hören, Madame.«
Taifun atmete auf. Fatima hatte keinen einzigen Fehler gemacht! Auch Enver konnte seine Bewunderung nicht verhehlen. Er nahm ihre Hand und führte sie an seine Lippen. Für einen Moment verspürte Taifun Eifersucht, und obwohl sie zwei Reihen auseinander saßen, glaubte er, Envers Rasierwasser zu riechen.

Doch als die zwei miteinander anstießen und Fatima über den Rand ihres Glases blickte, schaute sie nicht den berühmten Politiker an, sondern ihn, Taifun, und schenkte ihm ein Lächeln, das nur er verstand – dasselbe Lächeln, mit dem sie ihn ansah, wenn er in sie eindrang.
Allah, wie liebte er diese Frau!
Plötzlich veränderte sich die Musik. Statt der martialischen Klänge ertönte eine so fröhliche Melodie, als würden tausend bunte Luftballons in den blauen Sommerhimmel aufsteigen.
»Ah, der Höhepunkt der Parade!«, rief Enver.
Hunderte von Kindern, in schwarze Schuluniformen gekleidet, marschierten an der Tribüne vorbei und schwenkten lachend rotweiße Mondsichelfähnchen. Enver sprang auf und winkte den Kindern zu. Auch Taifun erhob sich von seinem Platz, zusammen mit den übrigen Ehrengästen. Nur Fatima blieb sitzen. Wie versteinert starrte sie auf die Kinderparade.
»Was haben Sie?«, fragte Enver. »Ist Ihnen nicht gut?«
Er ließ ihr erneut nachschenken. Ohne ihm zu danken, die Augen auf die Kinder gerichtet, als schaue sie durch sie hindurch, trank Fatima auch dieses Glas in einem Zug leer.
Taifun wusste, was in ihr vorging. Wenn sie jetzt den Mund aufmachte, würde alles vergebens sein. Was konnte er tun, um sie daran zu hindern?
Doch zu spät! Fatima begann schon zu reden.
»Wenn ich diese glücklichen Kinder sehe«, sagte sie mit schwerer Zunge, »muss ich an meinen eigenen Sohn denken. Und dass er nicht bei mir sein kann.«
Envers Miene verdüsterte sich. »Sie meinen den Sohn Abdülhamids?«
»Ja«, sagte Fatima. »Das Ungeheuer hat ihn entführt. Bitte, helfen Sie mir – Sie sind ein mächtiger Mann. Können Sie nicht dafür sorgen, dass ...«
Noch während sie sprach, drängte Taifun sich nach vorn zum Tribünenrand.

»Verzeihen Sie, Enver Pascha«, fiel er Fatima ins Wort. »Aber wollten Sie nicht die Kindergeneräle begrüßen?«
Enver schaute ihn irritiert an. »Wir hatten davon gesprochen, dass wir sie unten auf dem Platz antreten lassen und Sie ein paar Worte an sie richten.«
Noch immer verwundert, erwiderte Enver seinen Blick. Dann schien er endlich zu begreifen. »Ich kann mich zwar nicht erinnern, Taifun Pascha, aber trotzdem – eine gute Idee. Die Jugend ist unsere Zukunft!« Er tippte sich an den Rand seiner Mütze, um sich von Fatima zu verabschieden. »Madame, meine Empfehlung!«

12

»Wie konntest du nur so die Fassung verlieren? Vor dem wichtigsten Mann im Staat! Um ein Haar hättest du alles verdorben!«
Taifun war so erregt, dass er im Zimmer auf und ab marschierte. Fatima lehnte am Fenster und schaute hinaus auf die Straße. Wie durch einen Nebel sah sie die Pferdebahn, die an der Haltestelle zum Stehen kam. Sie brauchte ein Glas Wein, traute sich aber nicht, darum zu bitten, obwohl eine angebrochene Flasche auf dem Tisch stand. Noch immer trug Taifun Uniform und Reitstiefel, und in der Hand hielt er eine Gerte, mit der er sich beim Reden immer wieder gegen den Stiefelschaft schlug.
»Kannst du das denn nicht verstehen?«, fragte sie. »All die glücklichen, winkenden Kinder ... während mein Sohn ...« Ihre Zunge war so schwer, dass sie den Satz nicht zu Ende brachte.
»Natürlich kann ich das verstehen. Ich bin ja nicht blöd. Trotzdem hast du kein Recht, dich so gehen zu lassen!«
»Du hast mir versprochen, Mesut zurückzubringen.«
»Und ich habe dir gesagt, dass so etwas Zeit braucht. Du musst

Geduld haben, verdammt noch mal! Geduld! Geduld! Geduld!«
Fatima fuhr herum. »Ich habe aber keine Geduld mehr!«, rief sie. »Seit Wochen sagst du immer dasselbe! Aber nichts passiert! Nur leere Versprechungen!«
»Soll das heißen, dass du mir nicht vertraust?«
»Wie soll ich dir vertrauen? Ach, wären wir bloß nach Saloniki gefahren und nicht nach Adana!«
»Wie oft soll ich dir noch sagen, dass Saloniki keinen Zweck hat?«
»Woher willst du das wissen? Wir haben es ja gar nicht probiert!«
»Woher ich das wissen will? Das kann ich dir verflucht noch mal sagen. Sehr genau sogar, wenn du darauf bestehst.«
Er hatte sich in der Mitte des Raumes vor ihr aufgebaut und die Arme in die Hüften gestemmt. Sein Gesicht war blass vor Wut, und seine Augen funkelten.
»Dann sag es mir – bitte! Damit ich es begreife.«
Er machte den Mund auf und holte tief Luft. Doch bevor er nur einen einzigen Laut von sich gab, presste er die Lippen wieder zusammen, als wolle er die Worte hinunterwürgen. Plötzlich ließ er die Arme sinken, die Wut verschwand aus seinem Gesicht, und er wurde so ernst, wie Fatima ihn noch nie gesehen hatte. Schweigend nahm er seinen Weg durch das Zimmer wieder auf, die Hände auf dem Rücken. Eine lange Weile war nichts anderes zu hören als das Knarren seiner Lederstiefel.
»Jetzt sag doch etwas. Du machst mir Angst.«
Endlich fasste er einen Entschluss. Er warf die Gerte auf den Tisch und nahm ihre Hand.
»Du musst jetzt stark sein«, sagte er. »Ich … ich habe etwas erfahren, was deine ganze Kraft erfordert. Etwas Fürchterliches.«
Das Sprechen fiel ihm so schwer, dass er sich mehrmals räuspern musste, bevor er weiterreden konnte. »Schon seit Tagen will ich es dir sagen, aber ich wusste nicht, wie es anfangen soll …«

Er verstummte. Fatima spürte nur den Druck seiner Hand.

»Ist etwas mit meinem Sohn?«

Taifun nickte. »Ja«, sagte er. »Er ... er ist tot.«

»Nein!«, rief sie und stieß ihn von sich. »Das glaube ich nicht! Ich weiß, dass er noch lebt!« Sie stürzte sich auf ihn, trommelte mit beiden Fäusten gegen seine Brust. »Mein Sohn lebt! Wie kannst du nur so lügen? Warum tust du mir das an?«

»Weil es die Wahrheit ist.« Er packte sie so fest am Arm, dass sie vor Schmerz die Faust öffnete. »Hier, damit du mir glaubst. Das ist das Einzige, was wir von ihm gefunden haben.«

Er drückte ihr etwas in die Hand. Als sie sah, was es war, wurde ihr schwindlig.

Es war ihr Perlenkranz, die Gebetskette, die sie Mesut ums Handgelenk gewickelt hatte, im Tränenpalast. Halb ohnmächtig sank sie auf einen Stuhl.

»Trink das.«

Taifun reichte ihr ein Glas. Sie nahm es mit beiden Händen und führte es an die Lippen, doch sie zitterte so stark, dass sie die Hälfte verschüttete.

»Wer hat das getan?«, flüsterte sie, während ihr der Wein am Mund herablief.

»Wir wissen es nicht genau«, sagte Taifun, »aber wir haben eine Vermutung.«

»Dann sag es mir. Ich will jetzt alles wissen. Die ganze Wahrheit.«

»Die Anzeichen deuten auf eine armenische Verschwörung hin.«

»Eine armenische Verschwörung?«, wiederholte sie. »Was haben Armenier mit meinem Kind zu tun?«

»Dein Kind ist Abdülhamids Sohn. Wahrscheinlich wollten sie Rache nehmen. Es gab Aufstände in Adana, sie reichen noch in die alte Zeit zurück, Aufstände von Armeniern gegen den Sultan. Sie hassen Abdülhamid, er hat sie jahrzehntelang unterdrückt.«

Fatima verstand kein einziges Wort von dem, was Taifun sagte. Sie sah nur ihr Kind vor sich, ihren kleinen, unschuldigen Sohn, wie sie Abschied von ihm genommen hatte. Wie sie ihm den Perlenkranz übergestreift und ihn gesegnet hatte. Wie sie ihn zum letzten Mal geküsst hatte, das winzige rosige Gesicht mit den vielen tausend Falten. Und wie sie ihn schließlich Elisa auf den Arm gegeben hatte.

»Wie konnte ich ihr nur vertrauen ... einer Ungläubigen ... einer Armenierin ...«

Sie barg ihr Gesicht in den Händen und überließ sich ihren Tränen. Auch Taifun schwieg. Statt zu erklären, was nicht zu erklären war, legte er wortlos seine Hand auf ihre Schulter, strich über ihren Rücken, um sie zu besänftigen, und gab ihr so das Einzige, was er ihr geben konnte – seine Nähe und sein Mitgefühl.

Erst als sie aufhörte zu weinen, begann er wieder zu sprechen.

»Ich weiß, wie sehr du leidest«, sagte er leise. »Und es gibt nichts, was den Verlust wettmachen kann, den du erlitten hast. Aber du sollst wissen, dass ich für dich da bin.«

Sie schaute zu ihm auf. Durch den Schleier ihrer Tränen sah sie sein Gesicht.

Unendliche Liebe sprach aus seinen dunklen Augen. Er schien genauso zu leiden wie sie.

Plötzlich sank er vor ihr auf die Knie, nahm ihre beiden Hände und führte sie an die Lippen.

»Heirate mich«, flüsterte er, ihre Hände wieder und wieder küssend. »Werde meine Frau! Bitte! Damit ich immer bei dir sein kann. Als dein Mann. Für immer und ewig ...«

13

Herbst zog über das Land. Alles Grün der Erde, alles Wasser aus den Bächen und Flüssen hatte der Sommer mit seiner Glut verzehrt. Nun brannte die Sonne nicht mehr ganz so heiß, und mit der Glut verlor das Flimmern der Luft sich in den täglich länger werdenden Schatten. Die meisten Felder waren abgeerntet, das Obst von den Bäumen gepflückt, die Früchte eingefahren. Und während Berge von Baumwolle und Getreide, Melonen und Kürbissen, Mandeln und Nüssen, Oliven und Granatäpfeln auf Ochsenkarren und Eseln den Hof verließen, füllten sich die Taschen von Mikis dem Griechen mit silbernen Piastern und goldenen Liramünzen.

Der Geruch von Holzteer, der in großen Kübeln auf dem Hof gekocht wurde, wehte zu Elisa herüber, während sie die letzten Süßholzwurzeln aus dem staubigen Erdreich hackte. Längst hatte sie sich an die schwere Arbeit gewöhnt, ihre Hände waren voller Schwielen, hart und braun wie Leder, und ihre Arme hatten Muskeln angesetzt. Wie die anderen Frauen hatte sie ihren Kopf mit einem Tuch bedeckt, um sich gegen die immer noch sengende Mittagssonne zu schützen, doch einen Schleier trug sie nicht mehr vor dem Gesicht – auf dem Feld waren sie alle eine Familie.

Bald würde die Erntezeit zu Ende gehen. Sobald die Süßholzwurzeln ausgegraben waren, gab es auf dem Hof so gut wie nichts mehr zu tun. Die Tabakblätter waren schon getrocknet und lagerten in der Scheune, und die Weintrauben waren zu Rosinen verdörrt. Lediglich die Egel, die den Sommer über in den Zuchtteichen mit dem Blut geschlachteter Tiere gemästet worden waren, mussten noch für den Winter in Bottiche umgesetzt werden.

Elisa wischte sich mit dem Handrücken den Schweiß von der Stirn. Was würde sie in den nächsten Monaten tun? Mikis hatte ihr gesagt, dass er sie nur noch eine Woche brauchte. Sollte sie in die Stadt zurückkehren? Oder sollte sie weiter über das Land wandern, um Arbeit zu suchen? Sie hatte von einer Gegend im Osten gehört, ein paar hundert Meilen entfernt, wo man angeblich auch im Winter Leute brauchte, um den Saft von Mohnkapseln zu Opium zu verarbeiten, als Arznei für Europa. Vielleicht würde sie dort ihr Glück versuchen. Von dem Geld, das sie im Sommer und Herbst gespart hatte, konnte sie nur wenige Tage leben.

Sie nahm ihren Korb, um die Wurzeln in die Scheune zu bringen. Bis unter das Dach türmten sich dort die Erntefrüchte. In einer Ecke, wo der Tabak lagerte, erkannte sie im Dämmerlicht den Bauern. Er gab gerade zwei Männern, die die Tabakblätter zu großen Paketen bündelten, irgendwelche Anweisungen.

»Verschwindet«, sagte er, als er Elisa bemerkte.

Während die Männer die Scheune verließen, leerte Elisa hastig ihren Korb.

Sie wollte nicht mit Mikis allein sein. Sobald er eine Frau allein erwischte, bedrängte er sie. Fast alle Kinder auf dem Hof stammten von ihm.

»Halt«, sagte er und packte sie am Arm, als sie zum Tor zurücklief. »Wohin so eilig?«

»Ich muss meine Reihe fertig machen, bevor es dunkel wird.«

»Das hat Zeit«, sagte Mikis. »Stell deinen Korb ab. Ich will dir einen Vorschlag machen.«

»Wie Sie befehlen, Herr«, sagte Elisa und gehorchte.

»Du bist eine gute Arbeiterin«, sagte er, ohne ihren Arm loszulassen. »Ich habe es mir darum anders überlegt. Wenn du willst, kannst du über den Winter bleiben. Ich brauche ein paar Leute für das Vieh, und außerdem kannst du meiner Frau im Haus helfen.«

Elisas Herz machte vor Freude einen Sprung. »Ich danke Ihnen, Herr«, sagte sie. »Ich ... ich werde alles tun, was Ihre Frau mir befiehlt.«

»Du sollst nicht meiner Frau gehorchen«, erwiderte er, »sondern mir. Und wenn du dich bedanken willst«, fügte er mit einem Grinsen hinzu, »kannst du jetzt gleich damit anfangen.«
Noch während er sprach, packte er auch ihren zweiten Arm und presste sie mit seinem Körper gegen die Wand. Sein Gesicht war so nah, dass sie seinen Atem spürte. Er roch nach Alkohol und Knoblauch.
»Bitte, Herr«, sagte Elisa, »lassen Sie mich gehen.«
»Erst wenn du dich bedankt hast!«
Er presste seinen Mund auf ihre Lippen und versuchte sie zu küssen. Sie entwand ihm ihr Gesicht, doch immer wieder spürte sie seine Lippen auf ihrer Haut, während er sie mit seinem Körper gefangen hielt und sie überall berührte.
»Nicht, Herr! Ich … ich bin unrein! Ich … ich habe meine Blutung!«
»Ja und?«, keuchte er. »Das ist mir scheißegal. Ich bin doch kein Moslem!«
Er hielt ihr mit der einen Hand den Mund zu und quetschte sie gegen die Wand, während er mit der anderen Hand in ihre Hose griff und zwischen ihren Schenkeln grapschte. Elisa glaubte zu sterben. Nur ein Mann hatte sie jemals dort berührt – Felix.
»Du hast wohl geglaubt, du kannst mir entwischen? Aber da hast du dich geschnitten! Keine, die bei mir arbeitet, kommt mir davon!«
Sie biss in seine Hand, trat mit den Füßen und Knien, aber Mikis war viel zu stark. Immer weiter tastete er sich vor, bis seine Finger ihr Ziel erreichten.
»Du hast mich angelogen, du Biest! Da ist ja gar kein Blut. Im Gegenteil. Du bist so trocken wie Sandpapier.«
Ohne sie aus seiner Umklammerung zu entlassen, steckte er sich einen Daumen in den Mund, um ihn zu befeuchten. Dann schob er wieder seine Hand in ihre Hose. Als sein Daumen in sie drang, schrie sie auf vor Schmerz.
»Stell dich nicht so an! Es wird dir schon noch Spaß machen!«

Immer tiefer bohrte sich sein Daumen in sie hinein. »Aber was ist das denn?«, staunte er. »Da war ja schon mal jemand zu Besuch. Na, umso besser, du Luder!«

Er versetzte ihr einen so schweren Schlag, dass sie zu Boden fiel. Für eine Sekunde wusste sie nicht, wo oben und unten war. Als sie aufschaute, sah sie über sich sein pralles Glied. »Hast du so was Schönes schon mal gesehen?« Er fasste sie am Haar und zerrte sie zu sich. Sein Glied war so nah vor ihrem Gesicht, dass sie es fast berührte. Es stank wie alter, fauler Fisch. »Los! Komm schon! Gib ihm einen Kuss!«

Elisa starrte dieses rote, zuckende, stinkende Stück Fleisch an, unfähig, sich zu rühren.

»Erinnerst du dich an Oya, die Frau, die bei deiner Ankunft verreckt ist?«, fragte Mikis.

Elisa verstand sofort, wen er meinte. Die Frau war bei der Geburt ihres Kindes verblutet, sie selbst hatte Gott dafür gedankt.

»Ja, Kinderkriegen ist kein Spaß«, lachte Mikis. Er fasste sein Glied und führte es noch näher an Elisas Gesicht. »Wenn du ihn küsst, lasse ich dich vielleicht in Ruhe. Von einem Kuss ist noch keine schwanger geworden.«

Elisa musste würgen, so sehr ekelte sie sich. Sie schloss die Augen, um nichts mehr zu sehen, hörte auf zu atmen, um nichts mehr zu riechen ...

»Na, wird's bald?«

Elisa spürte schon sein Fleisch an ihrem Gesicht – da wurden plötzlich draußen Rufe laut, und aus der Ferne ertönte eine Trommel.

»Zum Teufel, was ist da los?«

Mikis trat einen Schritt zurück und schaute zum Tor. Die Trommel wurde immer lauter.

»Wo ist der Bauer?«, rief jemand ganz nahe bei der Scheune.

»Keine Ahnung!«, antwortete eine andere Stimme.

»Dann geh und such ihn!«

»Verdammte Scheiße«, fluchte Mikis und schloss eilig seine

Hose, während er zum Tor stolperte. »Freu dich nicht zu früh«, rief er über die Schulter. »Du kommst später dran!«
Dann war er verschwunden. Elisa atmete auf. Doch sie wartete noch eine Weile, bis sie sich beruhigt hatte. Erst dann ging auch sie zum Tor und schaute hinaus.

Auf dem Feldweg, der aus dem Tal zum Hof führte, rumpelte ein bunt bemalter Ochsenkarren heran, der umringt war von Menschen in abenteuerlichen Gewändern.

Was waren das für Leute? Zigeuner?

Von allen Feldern liefen Männer und Frauen herbei, um die Fremden zu bestaunen.

Als Elisa sich aus der Scheune wagte, stand der Karren schon unter dem Maulbeerbaum im Hof. Ein alter Mann mit einer schwarzen Kappe spielte auf einem Dudelsack, ein paar Jungen schlugen dazu mit Handtrommeln den Takt, während zwei Frauen mit braunen, wilden Gesichtern sich zu der Musik im Kreis drehten wie tanzende Derwische. Mikis klopfte einem der Zugochsen auf die Flanke und sprach mit dem Wagenlenker auf dem Bock.

»Soll ich dir die Zukunft aus der Hand lesen?«

Elisa drehte sich um. »Meinen Sie mich?«

Eine Zigeunerin, mit einer Pfeife im Mund, nickte ihr aufmunternd zu. Bei ihrem Anblick durchzuckte es Elisa wie ein Blitz. Hatte der Himmel ihr diese Leute geschickt? Aus den Augenwinkeln sah sie, wie Mikis sie beobachtete. Doch statt sich einschüchtern zu lassen, nahm sie ihren ganzen Mut zusammen und trat auf die Alte zu.

»Ich suche Arbeit für den Winter«, sagte sie leise. »Könnt ihr noch jemand gebrauchen?«

Die Zigeunerin nahm ihre Pfeife aus dem Mund. »Kommt darauf an, was du kannst«, sagte sie. »Feldarbeiterinnen brauchen wir jedenfalls nicht.«

»Ich kann mehr als auf dem Feld arbeiten.«

»So? Was denn zum Beispiel?«

»Ich kann lesen und schreiben, und außerdem kann ich fremde Sprachen.«

»Kannst du auch singen?«

Ein junger Mann mit einer Augenklappe, der gerade hinter einem Baum auftauchte, hatte die Frage gestellt.

Elisa nickte. »Ja, ich habe früher viel gesungen. Allerdings ist das schon ziemlich lange her.«

»Na, dann lass mal hören!«

Er zog eine Flöte aus der Tasche seiner Pluderhose und fing an zu spielen. Als Elisa die ersten Töne hörte, traute sie ihren Ohren nicht. Die Melodie war ihr so vertraut wie der Klang ihrer eigenen Stimme. Konnte das wirklich sein? Oder bildete sie sich das nur ein? Nein, sie hatte sich nicht geirrt. Es war dieselbe Melodie, die sie früher so oft gehört hatte, ein wenig schneller vielleicht, doch ganz bestimmt dieselbe.

Sie schloss die Augen, um zu lauschen. Da geschah etwas Seltsames. Während sie lauschte, verwandelte sich in ihrem Innern die Melodie in Bilder. Sie sah das kleine Haus, in dem sie gelebt hatte, sah das Gesicht ihrer Mutter und das Gesicht ihres Vaters, sah sie zum ersten Mal wieder, nach vielen, vielen Jahren, sah, wie ihre Eltern sich an den Händen hielten und sangen, ein altes armenisches Lied. Und plötzlich war alles wieder da, wie von allein kamen die Worte über Elisas Lippen, die Worte, die ihr so lange entschwunden waren, die Worte des Liedes, die verschüttet gewesen waren in ihrer Seele, verloren und begraben unter den Trümmern der Erinnerung, genauso wie die Gesichter ihrer Eltern.

Hinter dem Hügel – kennst du die Wiese?
Eine Wiese so prächtig und grün.
Man glaubt sich fast im Paradiese,
Weil dort die Blumen unsrer Liebe blühn ...

Als Elisa den letzten Ton gesungen hatte, war sie von Zuhörern umringt. Mit offenen Mündern gafften sie sie an. Sogar Mikis hatte sein Gespräch mit dem Wagenlenker unterbrochen und schaute voller Verwunderung zu ihr herüber.
»Was für eine wunderschöne Stimme!« Der Flötenspieler kam auf sie zu und reichte ihr die Hand. »Ich heiße Aram. Und wie heißt du?«
»Elisa.«
»Elisa? Wirklich?« Er strahlte vor Freude über das ganze Gesicht. »Aber dann bist du ja eine Armenierin!«

14

»Wir werden die armenische Frage lösen müssen, so oder so«, schnarrte Enver Pascha durchs Telefon. »Keine türkische Regierung kann sich davor drücken. Was schlagen Sie vor?«
Taifun dachte gründlich nach, bevor er seine Antwort in den Hörer sprach. Sein Auftrag in Adana war die schwierigste Mission seiner bisherigen Karriere gewesen. Noch vor dem Sturz Abdülhamids hatte das jungtürkische Komitee im ganzen Reich seine Anhänger aufgerufen, jedem Widerstand gegen die Einführung der Verfassung entgegenzutreten.
Doch dieser Aufruf zur Verfassungstreue hatte unter den Armeniern ein Echo gefunden, mit dem niemand hatte rechnen können. Ihr Hass auf den Sultan hatte sich nach dessen Entmachtung in einen Hass auf alles Türkische verwandelt. In Adana war ein Aufstand ausgebrochen, der die ganze Provinz in den Abgrund zu stürzen drohte, und die Truppen der neuen Regierung hatten sich gezwungen gesehen, das noch von Abdülhamids Vasallen begonnene Werk fortzusetzen, um dem Chaos Einhalt zu gebieten. Die Maßnahmen hatten im Ausland zu empörten Protesten geführt, vor allem auf englischer und franzö-

sischer Seite – Protesten, die sich die neue Regierung in ihrem Bemühen, Anschluss an das moderne Europa zu finden, nicht leisten konnte.

»Alles kommt darauf an«, sagte Taifun schließlich, »die Ereignisse in Adana als einen Betriebsunfall darzustellen, als eine Art Erblast Abdülhamids. Um unseren Willen zur Versöhnung zu beweisen, sollten wir uns von eventuellen Unregelmäßigkeiten offiziell distanzieren und dem Ausland versprechen, mit äußerster Strenge gegen alle Elemente vorgehen, die an den fraglichen Massakern beteiligt waren.«

»Aber dann müssen wir womöglich muslimische Offiziere für die Tötung von Christen verurteilen. Das wäre das erste Mal in der Geschichte.«

»Ich fürchte, diesen Preis müssen wir zahlen. Zugleich aber sollten wir Vorsorge tragen, um jeden künftigen Widerstand ethnischer Minderheiten bereits im Keim zu ersticken.«

»Und wie sollen wir das anstellen?«

»Durch ein Gesetz zur Verhinderung von Bandentum und Separatismus. Außerdem könnten wir spezielle Jagdbataillone innerhalb der Armee bilden, um sie bei Bedarf gegen bewaffnete Minoritäten einzusetzen.«

»Also eine Doppelstrategie?«, fragte Enver, und selbst durch die rauschende Telefonleitung war der Respekt in seiner Stimme zu hören. »Gratulation, eine glänzende Idee. Bei der Lösung der armenischen Frage sind Sie von heute an unser Mann.«

Als Taifun den Hörer auf die Gabel hängte, durchflutete ihn das Glück wie eine Woge. So hatte der Führer des Komitees noch nie mit ihm gesprochen.

Wie immer, wenn es gute Nachrichten gab, hatte Taifun ein unwiderstehliches Bedürfnis nach Fatimas Nähe. Auch wenn er sie in die politischen Entscheidungen nicht einweihen durfte, wollte er sie wenigstens in die Arme schließen, um sein Glück mit ihr zu teilen.

Doch als er sich zur Tür wandte, stand seine Mutter vor ihm.

Mit bösen Augen funkelte sie ihn an. »Bist du wirklich entschlossen, die Hure des Sultans zu heiraten?«
Die Worte trafen ihn wie ein Guss kaltes Wasser. »Ich verbiete Ihnen, so von meiner künftigen Frau zu reden!«
»Du hast mir gar nichts zu verbieten. Dieses Weib wird nur Schimpf und Schande über dich bringen. Mit so einer vergnügt man sich vielleicht, aber man macht sie nicht zur Mutter seiner Kinder! Ach, wenn dein Vater noch leben würde. Nie und nimmer hätte er das erlaubt.«
Die wenigen Sätze reichten aus, um Taifuns Glück von Grund auf zu vergällen. Er liebte seine Mutter, liebte sie, wie jeder Türke seine Mutter liebte. Ein Mann mochte noch so viele Frauen haben, aber solange er lebte, hatte er immer nur eine Mutter. Trotzdem – seine Liebe zu Fatima war größer.
»Mein Vater ist tot«, erklärte er mit fester Stimme. »Jetzt bin ich der Herr im Haus!«
»Du – der Herr im Haus? Dass ich nicht lache! Ein verliebter Idiot bist du, sonst gar nichts!«
»Sagen Sie, was Sie wollen. Mein Entschluss steht fest. Ich werde Fatima heiraten.«
»Mein Gott, du meinst es also wirklich ernst?« Kopfschüttelnd tätschelte sie seine Wange. »Allah, Allah! Was ist nur aus meinem Löwen geworden ...«

15

Über den Wassern des Goldenen Horns breiteten sich in der Dämmerung Nebelschwaden aus, krochen ans Ufer und wälzten sich die Hügel hinauf, um Pera und Stambul mit ihrem grauen Mantel zu bedecken, bis nur noch die weißen Kuppeln der Moscheen sich aus dem wabernden Gewölk erhoben. Doch während das Licht, aus dem die Stadt geboren war, sich in den alles verzehrenden Schwaden auflöste, erwachte darunter die Nacht, in den engen Gassen am Hafen, wo Dockarbeiter und Seeleute Raki tranken und wo es nach Fisch und Knoblauch roch. Hier, in einem der alten, baufälligen Holzhäuser, die sich in einem schmalen Gürtel aus Dreck und Gestank am Meeresufer aneinanderdrängten, hatte Elisa Zuflucht gefunden. Seit sie in die große Stadt zurückgekehrt war, sang sie jeden Abend im *Cabaret*, einem kleinen Theater am Hafen, das mit den Kaffeehäusern der Nachbarschaft um die Gunst der Gäste buhlte. Aram begleitete sie bei ihrem Gesang. Das Theater gehörte seinem Onkel Narek, und zusammen traten sie im Anschluss an einen syrischen Märchenerzähler auf, der mit untergeschlagenen Beinen seine Zuhörer in Welten entführte, die es gar nicht gab, bevor sie die Bühne einer Gruppe mazedonischer Tanzknaben überließen, die für ein paar Kurus bereit waren, einsame Matrosen mit hinauf in die Dachkammern zu nehmen, wo auch Elisa und die anderen Mitglieder der Schaustellertruppe für die Wintermonate Quartier bezogen hatten.

Hinter dem Hügel – kennst du die Wiese?
Eine Wiese so prächtig und grün.

Hell und zart wie der Klang einer gläsernen Glocke erhob sich der Refrain in der vom Rauch der Wasserpfeifen blauen Luft. Elisa griff in die Saiten ihres Saz' und nickte mit dem Kopf, um Aram das Zeichen für seinen Einsatz zu geben. Mit der Flöte am Mund trat er hinter dem hölzernen Gitter hervor, das den Rückraum der Bühne begrenzte, und variierte das Thema ihrer Melodie mit einem so frechen Triller, dass Elisa zwei schnäbelnde Spatzen vor sich sah. Aram bemerkte ihr Lächeln und zwinkerte ihr zu. Sie brauchten ihre Stücke kaum zu proben, so gut verstanden sie sich, als würden sie seit Jahren schon zusammen musizieren. Aram war Ende zwanzig, aber mit seinem schmalen, hellen Gesicht, den schwarzen Locken und dem lachenden grünen Auge, das manchmal so plötzlich aufflackern konnte, als würde er sich vor etwas erschrecken, sah er immer noch aus wie ein Student. Er hatte Philosophie studiert, bevor er in seine Heimat zurückgekehrt war, um in Adana als Journalist zu arbeiten. Die Augenklappe trug er, weil man bei einem Verhör eine Zigarette in seinem rechten Auge ausgedrückt hatte. Elisa mochte ihn wie einen Bruder, den sie nie gehabt hatte.

Man glaubt sich fast im Paradiese,
Weil dort die Blumen unsrer Liebe blühn ...

Als die zwei sich verbeugten, tröpfelte der Applaus so spärlich, dass man sogar das Gurgeln der Wasserpfeifen hörte. Die meisten Gäste merken nicht einmal, dass sie aufgehört hatten zu spielen, plauderten einfach weiter und tranken ihren Raki. Erst als Elisa und Aram hinter der Gitterwand verschwanden und die Tanzknaben auf die Bühne sprangen, unterbrachen sie ihre Gespräche.

»Wollt ihr mich ruinieren?«, empfing der Direktor sie in der Garderobe. »Die Leute schlafen ja bei eurem Gesäusel ein. Entweder, ihr lasst euch was einfallen, oder ihr könnt euch ein anderes Lokal suchen!«

»Ich habe ja schon immer gewusst, dass du ein Banause bist, Onkel Narek«, erwiderte Aram.

»Komm mir ja nicht frech! Wer in einem Kabarett solche Schlaflieder spielt wie du, gehört ausgepeitscht!«

»Dann weiß ich jetzt endlich, warum ich mein Auge verloren habe. Dem Sultan hat meine Musik nicht gefallen! Was meinst du, Elisa? Du musst es ja wissen.«

»Was faselst du vom Sultan? Und was hat Elisa damit zu tun?«

»Wusstest du das nicht, Onkel? Sie war Abdülhamids Vorleserin.«

»Hör endlich auf, dummes Zeug zu reden!« Verärgert wollte Narek sich abwenden. Da sah er Elisas Gesicht. »Oder – ist das etwa kein dummes Zeug?«

Sie blickte Aram wütend an. »Warum kannst du den Mund nicht halten? Du hattest mir versprochen, es keinem zu sagen.«
»Beim heiligen Ararat – mich laust der Affe!« Mit einem Gesicht so blöd wie eine Kartoffel kratzte Narek sich die Glatze. Doch plötzlich leuchteten seine kleinen Schweinsaugen auf. »Ich glaube, ich habe eine Idee ...«

16

Geschlossene Gesellschaft. Zutritt nur für geladene Gäste. Während im Hinterhof des eleganten Gebäudes ein Hammel geschlachtet und das Fleisch an Arme verteilt wurde, wie die religiöse Pflicht es verlangte, baumelte ein kleines, dezentes Messingschild am Eingang des Pera Palace, des modernsten und luxuriösesten Hotels der Stadt, um jeden Fremden abzuweisen. Schon seit drei Tagen war das ganze Haus ausgebucht, für eine einzige Feier: die Hochzeit von Taifun Pascha und seiner Braut Fatima, der letzten Favoritin des entmachteten Sultans.
Enver Pascha, der mächtigste Mann im neuen Staat, hatte die Feier ausgerichtet. Während die Gäste über den roten Teppich defilierten, drang aus allen Räumen Musik. Man hatte türkische Sänger, ägyptische Tänzerinnen und ein italienisches Kammerorchester engagiert.
Ein Raunen ging durch die Menge, als zu den Klängen eines Hochzeitsmarschs das Brautpaar den blumengeschmückten Festsaal betrat. Unverschleiert, in einem bodenlangen weißen Kleid voller Juwelen, schritt Fatima nach europäischer Sitte an Taifuns Arm. Mit einem Lächeln, das ihre ganze Kraft erforderte, nickte sie den zahllosen Gästen zu, von denen sie keinen einzigen kannte, während Taifun, der zu seinem schwarzen Frack einen roten Fez aufgesetzt hatte, nach links und rechts grüßte. Wie eine Königin trug sie ein altes, orientalisches Diadem, von

dem goldene Fäden bis zum Boden herunterrieselten, wo sie eine endlose Schleppe hinter sich herzog. Würden sie je das Kopfende der Tafel erreichen? Auf dem langen Weg dorthin streuten ihnen Kinder Ähren, alte Frauen murmelten Beschwörungen gegen den bösen Blick und schätzten neidisch den Wert ihres Schmuckes, während junge Mädchen mit vor Aufregung zitternden Händen nach den goldenen Fäden griffen, deren Besitz ihnen Glück bringen sollte.

Endlich hatte Fatima das Spalier abgeschritten und konnte an Taifuns Seite Platz nehmen. Als alle Gäste saßen, schlug Enver Pascha mit einem Messer sachte an sein Glas.

»Erlauben Sie mir, einen Toast auf das Brautpaar auszubringen!« In seiner Galauniform erhob er sich von seinem Stuhl und hielt eine Rede, von der Fatima so gut wie nichts verstand. Er sprach von der Vergangenheit und von der Zukunft, von der Begegnung zwischen Morgenland und Abendland, von muslimischer Religion und deutschen Dichtern. Irgendwann hob er sein Champagnerglas und prostete dem Brautpaar zu. »Orient und Okzident sind nicht mehr zu trennen!«

Damit war der Reigen der Ansprachen und Segenswünsche eröffnet. Über hundert Gäste, darunter Spitzen des Militärs und der Regierung, waren an der Tafel versammelt, die im Glanz unzähliger Kronleuchter, Lampen und Lüster erstrahlte. Doch mit jeder Minute, die verging, mit jeder Rede, die gehalten wurde, fühlte Fatima sich schlechter, und das Lächeln auf ihren Lippen gefror zu einer Grimasse. Sie wusste, dies sollte der glücklichste Tag ihres Lebens sein – ein Mann nahm sie auf in sein Haus, um ihr einen Platz im Leben zu geben. Aber während sie in all die fremden Gesichter sah, musste sie immer wieder an die zwei Menschen denken, die nicht bei ihr waren, die ihr so sehr fehlten, dass sie sie mit Gewalt aus ihrem Bewusstsein verdrängen musste, um nicht fortwährend an sie denken zu müssen – ihr Sohn und Elisa.

»Noch ein wenig Champagner?«

Ein Kellner füllte ihr Glas. Fatima nahm einen Schluck, dankbar für die wohltuende Wirkung des Alkohols. Das Orchester begann leise zu spielen, man griff zum Besteck. Eine Unmenge kleiner und großer Silberschüsseln bedeckte den Tisch, mit europäischen und orientalischen Speisen. Immer wieder erhob Fatima ihr Glas, trank in immer größeren Schlucken, um diesen Tag zu überstehen. An ihren Ohren hingen so schwere Diamanten, dass ihre Ohrläppchen schmerzten, und das Diadem drückte auf ihrer Stirn, doch unter dem strengen Blick ihrer Schwiegermutter Hülya, die sie keine Sekunde aus den Augen ließ, traute sie sich nicht einmal, den Sitz ihres Schmucks zu korrigieren. Zum Glück musste sie den Kopf nur ein wenig zur Seite drehen, und sofort schwebte ein Kellner herbei, um ihr nachzuschenken.
»*Maschallah!*«
Während der Kaffee gereicht wurde, bestaunte man die Geschenke der Braut: kostbare Schleier und Schals, golddurchwirkte Hausmäntel, perlenverzierte Pantoffeln, fein gewobene Gebetsteppiche, Berge von Handarbeitskunst und Leinwandpracht, in einer Fülle, die mit dem Großen Basar konkurrieren konnte. Bei jedem neuen Tässchen Mokka richteten sich alle Blicke auf Fatima – die Etikette verlangte, dass sie den ersten Schluck nahm. Doch sobald die Wirkung des Kaffees die Wirkung des Alkohols zu verdrängen drohte, kehrte sie zum Champagner zurück. Um sich wenigstens die Illusion eines Glücks zu verschaffen, zu dem die Gäste ihr ohne Unterlass gratulierten.
Plötzlich verstummte das Orchester, und an seiner Stelle ertönten Trommeln und Schalmeien.
»*Oh, là, là!*«
Die Männer schnalzten mit der Zunge, und die Augen der Frauen blitzten auf. Die ägyptischen Tänzerinnen kamen! Die starren Blicke auf ein unsichtbares Ziel geheftet, wanden sie sich zu den Klängen der Musik. Ein Zittern durchlief die fast nackten Leiber. Mit schlangenartigen Bewegungen näherten sie sich

ihren Zuschauern. Immer schneller gingen die Trommeln, immer höher jaulten die Schalmeien, während die Tänzerinnen die Köpfe in den Nacken warfen und sich mit über der Brust kreisenden Armen rückwärts auf die Tische zubewegten, wo man ihnen mit Ausrufen der Begeisterung Geldscheine auf die Stirne klebte.

»Ich kann es gar nicht erwarten, mit dir allein zu sein«, flüsterte Taifun Fatima ins Ohr.

Sie wusste nicht, wie viel Uhr es war, noch, wie viele Gläser Champagner sie getrunken hatte, als irgendwann ihre Schwiegermutter sie ins Brautzimmer führte, um sie auf einen uralten Brauch vorzubereiten, auf dessen Erfüllung Hülyas geistlicher Vertrauter, der Hodscha der Süleyman-Moschee, bestanden hatte.

Mitten im Raum stand das Brautbett, eine gold und silbern glänzende Pracht, bereit, all die Träume einzufangen, die ein Mann und eine Frau miteinander teilen konnten. Auf der bestickten Atlasdecke lag ein kostbarer, hauchzarter Schleier.

»Was haben Sie mit mir vor?«, fragte Fatima.

»Hast du denn gar nichts gelernt in deinem Harem?«, erwiderte Hülya. »Hauptsache, mein Sohn weiß, was er zu tun hat. Ihm wirst du gehorchen. Er ist dein Mann.«

Sie nahm den Schleier vom Bett und hüllte Fatima von Kopf bis Fuß darin ein. Fatima ließ es wortlos geschehen. Hülya verknotete die Enden des Schleiers miteinander, bis Fatima wie in einem Sack darin verschwunden war. Dann verließ ihre Schwiegermutter das Zimmer, und sie war allein.

Wenig später kam Taifun herein. Fatima sah durch die Gaze sein Gesicht, die hohe Stirn, die dunklen Augen, die glattrasierten Wangen. Sein Anblick fuhr ihr wie ein Blitz zwischen die Schenkel. Mit einem Mal war sie nüchtern und hellwach. Dieser Mann war alles, was sie hatte auf dieser Welt: ihr einziger Halt, ihr einziger Schutz, ihr einziges Glück.

»Vor der Tür steht der Hodscha und betet das Bismillah«, sagte

Taifun. »Bis er fertig ist, muss ich die Knoten geöffnet und dich befreit haben.«
»Und was passiert, wenn du es nicht schaffst?«, fragte sie.
»Dann muss ich wieder gehen und dich unverrichteter Dinge verlassen«, erwiderte er.
»Das möge Allah verhüten! Warte, ich helfe dir.« Ihre Finger waren viel geschickter als seine, und noch bevor das Murmeln des Geistlichen verklungen war, fiel die Umhüllung von ihr ab.
»Mein Gott, bist du schön!« Taifun nahm ihr Gesicht in die Hände. »Ich möchte dir noch ein letztes Geschenk machen.«
»Noch ein Geschenk? Du hast mich doch schon zu deiner Frau gemacht! Etwas Schöneres kann es für mich gar nicht geben.«
»Vielleicht doch.« Feierlich, fast andächtig schaute er sie an. »Ich werde auf mein Recht verzichten und keine andere Frau außer dir heiraten.«
Fatima schluckte. »Das willst du wirklich tun? Obwohl der Prophet dir vier Frauen erlaubt?«
»Ja, das will ich«, sagte Taifun, so ernst, als spräche er ein Gebet. »Du bist die einzige Frau, die ich liebe. Ich will keine andere mehr.«
Dann schloss er die Augen, um sein Versprechen mit einem Kuss zu besiegeln.

17

»Ausverkauftes Haus!«
Onkel Narek, Direktor des *Cabaret*, rieb sich die Hände. »Im Harem des Sultans« hieß das neue Programm, das er sich ausgedacht hatte, und in der ganzen Stadt hingen Plakate, um dafür zu werben. »Es tanzt Elisa, leibhaftige Favoritin aus Abdülhamids Serail.« Der Erfolg war überwältigend. Seit die Dunkelheit

eingesetzt hatte, strömten die Leute in solchen Massen in das kleine Theaterlokal, dass der Direktor sogar die Tische hatte entfernen müssen, um zusätzlichen Platz für Stühle zu schaffen.
»Von wegen Banause!«
Während er sich den Turban für seinen Auftritt aufsetzte, stimmten im Orchestergraben die Musiker ihre Instrumente. Elisa trat an den Vorhang, wo Aram schon durch den Spalt spähte, um gleichfalls einen Blick in den Zuschauerraum zu werfen. Der Saal war zum Bersten voll. Eingehüllt in Tabaksqualm, zwängten sich die Zuschauer auf dem Balkon und im Parkett und starrten erwartungsvoll auf die Bühne, wo in wenigen Minuten die Vorstellung anfangen sollte.
Nur zwei Plätze in der ersten Reihe waren noch frei. Ein Soldat brüllte sich die Kehle heiser, um sie gegen den Ansturm der Massen zu verteidigen, die von den hinteren Rängen nach vorne drängten.
»Harem«, brummte Aram, »auf so einen Mist fallen sie rein.«
Er schloss den Vorhang und drehte sich um. »Bist du nervös?«
Elisa nickte. »Und ob! Ich kann doch gar nicht tanzen.«
Sie trug bereits ihr Kostüm.
Das Kleid, das der Direktor ihr verpasst hatte, bestand aus ein paar Fetzen Stoff, die notdürftig ihre Brust und die Hüften bedeckten. Nur ihr Gesicht war verschleiert. In ihrem Bauchnabel juckte ein falscher Diamant, und an ihren nackten Fußgelenken klingelten silberne Kettchen.
»Denk nicht ans Tanzen«, sagte Aram. »Verlass dich ganz auf deine Stimme. Der Rest kommt von allein.«
Das Orchester im Graben begann mit der Ouvertüre, die Aram komponiert hatte.
»Wo bleiben die Eunuchen?«
Der Direktor klatschte ungeduldig in die Hände. Zwei Schauspieler mit geschwärzten Gesichtern stürzten aus der Garderobe, um mit ihm auf die Bühne zu eilen. Das Publikum tobte vor Begeisterung.

Als der Applaus verebbte, war die Ouvertüre verklungen. Nur noch ein einsamer Saz spielte im Graben.

»Jetzt bist du dran!« Aram spuckte Elisa auf die Schulter. »Viel Glück!«

Während er den Vorhang öffnete, atmete sie durch und schloss die Augen. In ihrem Innern sah sie den nächtlichen Haremspark, die Wege im Mondschein, die Schatten der Bäume ... Schon bei den ersten Tönen, die sie sang, verstummte das Publikum. Die ganze Welt draußen hörte auf zu existieren, es gab nur noch ihre Stimme.

Eingesponnen in den Kokon ihrer Töne, trat sie hinaus auf die Bühne. Am liebsten hätte sie immer so weiter gesungen, doch nur noch wenige Takte, dann begann ihr Tanz. Sie öffnete die Augen. Die beiden Eunuchen hatten sich schon links und rechts am Bühnenrand postiert, die Hände vor der Brust übereinander gefaltet, und der Direktor lag im Sultanskostüm auf dem Diwan und rauchte eine Wasserpfeife.

Denk nicht ans Tanzen. Verlass dich ganz auf deine Stimme.

Der Saz wiederholte das Leitmotiv, dann fiel das ganze Orchester ein. Ohne ihren Gesang zu unterbrechen, machte Elisa eine Drehung in Richtung Bühnenrand. Hunderte von Augen waren auf sie gerichtet.

Denk nicht ans Tanzen. Verlass dich ganz auf deine Stimme.

Sie ließ ihre Hüfte zum ersten Mal schwingen, da traf sie aus der Dunkelheit der Blick zweier großer, mandelformiger Augen. Elisas Stimme versagte, und sie erstarrte mitten in der Bewegung.

In der ersten Reihe sah sie ein Gesicht, das ihr so vertraut war wie ihr eigenes Spiegelbild.

18

Fatima stockte der Atem.
»Sie hat dich gesehen«, flüsterte Taifun an ihrer Seite.
Kein Zweifel, das hatte sie. Das also war die Überraschung, die er ihr versprochen hatte ... Schon beim ersten Ton, der hinter der Bühne erklungen war, hatte Fatima sie erkannt, diese Stimme, die sie so oft gehört, zu der sie so oft getanzt hatte, und ein Schauer war ihr über den Rücken gelaufen.

In der Hochzeitsnacht, in einem Augenblick böser Lust, hatte sie den Wunsch geäußert, dass Elisa sie in ihrem Glück einmal sehe, als Strafe für das Leid, das sie ihr angetan hatte. Und Taifun hatte tatsächlich dafür gesorgt, dass ihr Wunsch in Erfüllung ging.

Was würde nun geschehen?

Die Musik spielte weiter, das ganze Orchester hatte die Melodie aufgegriffen, die Elisa angestimmt hatte, aber sie selbst war verstummt. Ein dicker Mensch mit einem Turban, der auf einem Diwan lag und wohl den Sultan verkörpern sollte, zischte ihr aufgeregt etwas zu.

»Los! Worauf wartest du? Mach weiter!«

Doch Elisas Mund blieb verschlossen, kein Ton drang über ihre Lippen. Wie angewurzelt stand sie da, halb nackt in ihrem lächerlichen Kostüm.

»Fang an zu tanzen! *Tanz*, verflucht noch mal!«

Der falsche Sultan fuchtelte mit den Armen, und im Publikum wurden die ersten Rufe laut. Aber Elisa rührte sich nicht vom Fleck. Vor lauter Aufregung stieß der dicke Mann sich den Turban vom Kopf. Ein Eunuch stolperte herbei, um ihn vom Boden aufzuheben.

Fatima schaute Taifun an. Der lachte über das ganze Gesicht.

»Sieh nur!«, rief er und zeigte auf die Bühne.

Dem Eunuchen war der Umhang heruntergerutscht, so dass

man seine weiße Schulter sah. Die Schminke reichte ihm nur bis zum Hals. Das Publikum johlte und schrie.

»Na, habe ich zu viel versprochen?«

Immer mehr Zuschauer lachten, andere pfiffen, während die Schauspieler verzweifelt versuchten, sich wieder herzurichten. Und mitten auf der Bühne stand Elisa, so einsam und hilflos, als wäre sie der einzige Mensch auf der Welt. Obwohl sie verschleiert war, glaubte Fatima ihr Gesicht zu sehen. Nur ein paar wenige Schritte trennten sie voneinander. Noch nie hatte Fatima sich ihr so nahe gefühlt, und gleichzeitig so fern. Dasselbe Leben, das sie einst wie zwei Schwestern verbunden hatte, lag wie ein Graben zwischen ihnen.

Plötzlich flog etwas durch die Luft, dann noch etwas. Ein paar Zuschauer waren von ihren Plätzen aufgestanden und warfen faules Obst auf die Bühne. Eine Tomate traf Elisa am Arm und zerplatzte auf ihrer Haut. Der Anblick tat Fatima so weh, als wäre sie selber das Opfer. So viele Jahre hatte Elisa davon geträumt, den Harem zu verlassen, und jetzt stand sie da, in diesem falschen Haremskostüm, den Blicken fremder Menschen ausgesetzt, ihrem Spott und ihrem Hohn. Fatima wusste, ein Wort von Taifun würde genügen, um sie aus dieser Hölle zu erlösen.

»Hast du etwa Mitleid mit ihr?« Als hätte er ihre Gedanken erraten, blickte Taifun sie an. »Wozu? Denk an den Goldschmied. Diese armenische Hure hat es nicht anders verdient.«

Während auf der Bühne ein Flötenspieler erschien, reichte Taifun ihr ein Glas und prostete ihr zu. Doch Fatima zögerte.

»Komm schon – auf uns zwei! Du wolltest doch, dass sie sieht, wie glücklich wir sind.«

Allmählich sickerten seine Worte in ihre Seele, lösten darin die Gefühle wie Zitronenwasser die Flecken von einem Leinentuch, bis nur die reine, unverfälschte Wahrheit übrig blieb. Ja, Taifun hatte recht – Elisa war eine Hure, die sie für eine Liebesnacht verraten und um ihr ganzes Glück gebracht hatte. Warum sie also bedauern? Und während der Flötenspieler vor der fremden Frau, die einmal ihre Freundin gewesen war, wie ein Liebhaber niederkniete, warf Fatima den Kopf in den Nacken, erwiderte den Toast ihres Mannes und trank.

Eine zweite Tomate traf Elisa, diesmal auf der bloßen Brust. Die Zuschauer sprangen von den Sitzen und applaudierten. Doch erst als der Flötenspieler ihre Hand nahm, erwachte Elisa aus ihrer Erstarrung, und unter den Rufen und Pfiffen des Publikums stolperte sie zurück hinter den Vorhang.

Fatima aber lachte – lachte und lachte und lachte, bis sie sich an dem Champagner verschluckte und keine Luft mehr bekam.

Fünftes Buch
Der Flötenspieler
1914 / 1915

1

Krieg! Krieg! Krieg!
Wie ein Pulverfass, an dem seit Jahrzehnten eine unsichtbare Lunte geschwelt hatte, explodierte Europa im Sommer 1914. Ein einziger Schuss, abgefeuert von einem serbischen Attentäter, durch den der österreichische Thronfolger zu Tode kam, sollte genügen, um die Explosion auszulösen. Endlich war Gelegenheit, uralte Rechnungen zwischen den Völkern zu begleichen! Ultimaten wurden gestellt, Bündnisse aktiviert, Panzer und Maschinengewehre, Flugzeuge und Giftgas für den Einsatz gerüstet. Krieg war die Fortsetzung der Politik mit anderen Mitteln, und noch nie zuvor hatte der menschliche Erfindungsgeist so wirksame Waffen ersonnen, um mit militärischer Gewalt die politischen Konflikte zu lösen, die sich zwischen den europäischen Herrschern und ihren Nationen aufgestaut hatten. Der deutsche und österreichische Kaiser schworen einander Nibelungentreue, Engländer und Franzosen überwanden ihre abgrundtiefe Abneigung, um sich gemeinsam an die Seite Serbiens und des russischen Zaren zu stellen. Die Regierungen machten mobil, und als hätten sie nur darauf gewartet, warfen Millionen junger, waffenfähiger Männer die Arbeit hin, verließen Schulen und Fabriken und Universitäten, um singend in die Schlacht zu ziehen, durchglüht vom Glauben an die Vorsehung Gottes und die Ehre ihres Vaterlands.
Es dauerte keine vier Wochen, bis die Schockwelle auch Konstantinopel erreichte, die Hauptstadt der Türkei. Plötzlich sah sich die junge Regierung, die gerade erst zwei Kriege auf dem Balkan geführt hatte, vor ihre bislang schwerste Entscheidung gestellt: Auf welche Seite sollte sie sich schlagen? Auf die Seite der »Mittelmächte« – der Deutschen und Österreicher? Oder

auf die Seite der »Entente« – der Franzosen, Engländer und Russen? Zur Erörterung der heiklen Frage hatte sich der innerste Zirkel des »Komitees für Einheit und Fortschritt« im Büro von Enver Pascha eingefunden, dem kürzlich ernannten Militärminister.

»Das Wesen des Politischen«, dozierte der Führer des Komitees unter seinem eigenen Ölporträt, »ist die Unterscheidung zwischen Freund und Feind. Wir müssen uns entscheiden.«

»Müssen wir das wirklich?«, erwiderte Talaat und ließ die Knöchel seiner gewaltigen Hände knacken. »Wenn wir eines von Abdülhamid lernen können, dann die Kunst der Balance.«

»Sie plädieren also für Neutralität?«, fragte Enver mit erhobenen Brauen.

Talaat nickte. »Die Engländer bilden unsere Marine aus, die Franzosen unsere Gendarmerie und die Deutschen unser Heer. Dieses Gleichgewicht hat sich in Jahrzehnten bewährt. Warum sollten wir es durcheinanderbringen?«

»Um zu den Siegern zu gehören«, erwiderte Enver und zwirbelte seinen Bart. »In den letzten Jahrzehnten haben wir riesige Gebiete verloren, auf dem Balkan und auf der Krim. Jetzt haben wir die Möglichkeit, die Verluste wettzumachen. Ich gehe von einem Sieg der Mittelmächte aus. Als Militärattaché konnte ich mich in Berlin vom Stand der deutschen Rüstung überzeugen. Sie ist der englischen und französischen haushoch überlegen.«

»Keine Frage«, pflichtete Talaat bei, »wir wären Idioten, wenn wir es uns mit den Deutschen verderben würden. Aber müssen wir darum die Franzosen und Engländer gegen uns aufbringen? Auf sie sind wir genauso angewiesen. In der Verwaltung, bei der Erneuerung unserer Flotte, bei der Entwicklung unserer Schwerindustrie – von den laufenden Krediten ganz zu schweigen. Wenn sie uns den Geldhahn zudrehen, sind wir bankrott.«

»Und was ist mit den Armeniern?« Alle Augen richteten sich auf Taifun, der die Frage gestellt hatte. »Der Zar hat ihnen versprochen, ihnen im Fall eines russischen Sieges einen eigenen

Staat zu schenken. Wenn wir uns mit den Verbündeten Russlands, mit den Engländern und Franzosen zusammenschließen, leisten wir dem Widerstand unserer inneren Feinde Vorschub.«
»Sehr richtig«, sagte Enver. »Die Armenier werden alles dafür tun, den Russen zum Sieg zu verhelfen. Sie werden uns sabotieren und schädigen, wo sie nur können – sie werden eine zweite Front in unserem eigenen Land errichten.«
»Die armenische Frage«, erklärte Talaat, »schafft man am besten aus der Welt, indem man die Armenier aus der Welt schafft. Das war schon zu Abdülhamids Zeiten so. Das heißt aber nicht, dass wir dafür selber Kopf und Kragen riskieren müssen. Seit Jahrzehnten führen wir irgendwo Krieg, und keinen einzigen haben wir gewonnen. Wir brauchen dringend eine Periode des Friedens, um das Land aufzubauen.«
Die Tür flog auf, und ein Adjutant trat herein.
»Was ist los?«, fragte Enver.
Der Adjutant salutierte und überreichte ihm eine Depesche. Enver brach das Siegel und überflog den Inhalt. Als er zu Ende gelesen hatte, schien sein Gesicht noch blasser als sonst.
»Die Engländer haben unsere Kanonenboote beschlagnahmt«, erklärte er.
»Die *Osman* und *Reschadiye*?«, rief Talaat entsetzt. »Das muss ein Irrtum sein!«
Enver schüttelte den Kopf. »Ein Irrtum ist ausgeschlossen. Der britische Kriegsminister Churchill hat den Befehl persönlich erteilt – im Interesse der nationalen Sicherheit.«
»Aber ... aber das heißt ...«
Talaat verstummte. Auch ohne Worte wusste jeder im Raum, was die Nachricht bedeutete. Die *Osman* und *Reschadiye* waren zwei Kriegsschiffe, die die Türkei auf einer britischen Werft in Auftrag gegeben hatte. Der Kauf war ein nationaler Kraftakt gewesen, zu der jeder Patriot seinen Beitrag geleistet hatte. Am Eingang jeder Moschee hatten Sammelbüchsen gestanden, ebenso auf der Galata-Brücke und im Großen Basar, um die Gel-

der aufzubringen. Man hatte Wohltätigkeitsabende und Dorffeste veranstaltet, Beauftragte waren von Haus zu Haus gezogen und hatten um Spenden gebeten, Frauen hatten ihr Haar an Perückenmacher verkauft. Die zwei Schiffe gehörten dem türkischen Volk, und türkische Matrosen befanden sich bereits in England, um sie übers Meer nach Konstantinopel zu bringen. Die Beschlagnahme war nicht nur Vertragsbruch, sondern ein Angriff auf den Stolz der Nation, auf die Ehre eines jeden einzelnen Türken.

»Und jetzt?«, fragte Talaat.

Statt einer Antwort nahm Enver ein Feuerzeug und zündete die Depesche an. »Bedarf das noch einer Frage?«, sagte er, während die Flamme das Papier auffraß. Geduldig wartete er ab, bis nur noch ein wenig Asche in seiner Hand übrig war. »Meine Herren«, sagte er dann und blickte mit ernstem Gesicht in die Runde, »die Würfel sind gefallen!«

2

»Deutschland, Deutschland über Allah!«

Mit einer Flasche in der Hand, verließ Elisa die englische Apotheke, die der Zollstation gegenüberlag. Sie musste sich beeilen, in ein paar Minuten fing im Theater die nächste Vorstellung an. Doch am Hafen war kaum ein Durchkommen. Deutsche Matrosen krakeelten am Kai. Sie gehörten zur Besatzung zweier Kanonenboote, der *Goeben* und der *Breslau*, die Kaiser Wilhelm als Ersatz für die englischen Kriegsschiffe nach Konstantinopel geschickt hatte. Seit drei Monaten lagen sie am Bosporus vor Anker, und seitdem konnte man meinen, die Deutschen hätten die Hauptstadt des Osmanischen Reiches erobert. Deutsche Automobile mit dem Adler auf der Haube fuhren die verschlungenen Straßen auf und ab, und preußische Matrosen trugen anstelle

ihrer Mützen einen Fez, zum Zeichen, dass nun sie in der türkischen Marine das Kommando hatten. Um ihren Blicken auszuweichen, senkte Elisa den Kopf. Seit sie in der Stadt lebte, hatte sie den Schleier abgelegt. Erstens, weil Aram die Verschleierung als Unsinn verlachte, und zweitens, weil die neue Regierung die Frauen von dieser Pflicht entbunden hatte. Aber das war wahrscheinlich das Einzige, worin Aram mit der Regierung einverstanden war.
Ein Stein flog durch die Luft und landete direkt hinter Elisa im Schaufenster der Apotheke.
»Nieder mit England! Tod den Ungläubigen!«
Eine Horde türkischer Demonstranten mit der grünen Fahne des Propheten stürmte über den Kai und zertrümmerte die Fensterscheiben aller Gebäude, die mit dem Union Jack beflaggt waren. Elisa barg die Flasche an ihrer Brust. Sie hatte sie im Auftrag Arams gekauft, der seit dem Tod seines Onkels das Theater leitete. Die Flasche enthielt Glycerin, und Aram hatte Elisa extra zu der englischen Apotheke geschickt, weil diese die einzige in der Stadt war, die Glycerin vorrätig hatte. Elisa hatte keine Ahnung, was für ein Zeug das war, noch wozu Aram es brauchte.
»Extrablatt! Kalif verkündet Dschihad! Aufruf zum heiligen Krieg!«
Ein Junge mit einem Stapel Zeitungen auf dem Arm schrie die Meldung heraus. Von allen Seiten fielen die Passanten über ihn her und rissen ihm das Blatt aus den Händen. Auch Elisa kaufte ein Exemplar, um den Aufruf des Kalifen zu lesen.

Unsere Feinde unterdrücken Millionen von Muslimen. Zur Verteidigung ihrer Interessen sind wir gezwungen, die Waffen im Bund mit Deutschland und Österreich-Ungarn zu ergreifen. Russland hat unserem erhabenen Staat seit Jahrhunderten Schaden zugefügt. Darum erklären wir dem Zaren und seinen Verbündeten den heiligen Krieg. Der Tag der Abrechnung ist gekommen! Muslime in aller Welt, in russischen, englischen und französischen Ländern – erhebt euch! Kämpft mit allen Kräften, mit Klauen und Zähnen, Körper, Seele und Geist! Straft die Ungläubigen, nehmt sie gefangen und tötet sie, wo immer ihr sie findet!

Elisa ließ die Zeitung sinken und blickte hinaus auf das offene Meer. Obwohl schon November war, wölbte sich immer noch ein dunkelblauer Himmel über den Bosporus. Die Wellen glitzerten in der warmen Herbstsonne, und die Boote und Schiffe kreuzten auf der alten Wasserstraße, wie sie es schon immer getan hatten. Alles sah so friedlich aus, dass man sich gar nicht vorstellen konnte, was das Wort Krieg bedeutete.

Der Muezzin rief zum Gebet. Elisa klemmte die Zeitung unter den Arm und machte sich auf den Weg.

Obwohl es bis zum Theater nur ein paar hundert Schritte waren, brauchte sie über eine halbe Stunde, so verstopft waren die Straßen und Plätze. Überall verbrüderten sich die fahnenschwenkenden Demonstranten mit den deutschen Matrosen, um den Dschihad zu feiern. Als Elisa endlich ankam, war die Vorstellung längst im Gange.

»Zugabe! Zugabe!« Im Theater war die Hölle los. Die Zuschauer stampften vor Begeisterung mit den Füßen. Aram marschierte über die Bühne, in einer Uniform der jungtürkischen Armee, vor dem Gesicht trug er eine Maske Abdülhamids. Während er mit einer Holzpistole auf russische Soldaten schoss, fielen links und rechts von ihm als armenische Bauern verkleidete Schauspieler um. Elisa brauchte keine Sekunde, um die Botschaft zu begreifen.

»Bist du verrückt?«, fragte sie, als Aram nach dem Applaus in der Garderobe erschien. »Der Kalif ruft den heiligen Krieg aus, und du erklärst die Regierung zu Verbrechern? Willst du, dass sie dich einsperren?«

»So – der Krieg ist jetzt sogar heilig? Dann brauchen sie sich ja keinen Zwang mehr anzutun. Du wirst sehen, sie werden die Armenier genauso abschlachten wie zur Zeit des Sultans.«

»Gar nichts werde ich sehen! Außer, dass du damit aufhörst. Sei froh, dass sie dich nicht zum Militär eingezogen haben.«

»Du meinst wegen meinem Auge? Wie schade! Dabei bin ich der perfekte Scharfschütze. Andere müssen beim Zielen extra ein Auge zukneifen – ich nicht! Dank ihnen!«

»Wenn du so weiterredest, höre ich dir gar nicht mehr zu. Mein Gott – wie kannst du nur so dumm sein! Du riskierst dein Leben mit solchen Auftritten!«

Aram lächelte sie an, mit seinem unschuldigen Jungenlächeln, das sie an ihm so sehr mochte – und das sie gleichzeitig hasste. Fünf Jahre lebten sie nun zusammen, nicht mehr wie Bruder und Schwester, sondern als Mann und Frau, und Elisa kannte ihn inzwischen gut genug, um zu wissen, dass er ihr meistens etwas verbarg, wenn er ihr dieses Lächeln schenkte.

»Warum machen wir nicht einfach Musik?«, fragte sie.

Sein Lächeln wurde noch eine Spur unschuldiger. »Meinst du Musik? Oder meinst du das?«

Ohne ihre Antwort abzuwarten, nahm er ihr Gesicht zwischen die Hände und küsste sie.

Wie immer, wenn er sie küsste, war es, als höre sie eine alte vertraute Melodie, die auf einem falschen Instrument gespielt wurde. Nein, es war nicht die große Liebe, die sie mit Aram verband, nicht jene plötzliche Offenbarung, die wie ein Geschenk über einen kam. Diese Liebe hatte sie nur einmal erfahren, vor langer, langer Zeit, und sie war über das Meer entschwunden, ans andere Ende der Welt, um niemals wiederzukehren … Trotzdem schloss sie die Augen, um den Kuss zu erwidern. Aram war ihr Freund, der Mann, der sie gerettet hatte und mit dem sie nun das Leben teilte.

»Mach so etwas nie wieder«, flüsterte sie. »Bitte! Ich will nicht, dass wir das bisschen verlieren, was wir haben.«

»Ich verspreche es dir«, erwiderte er. »Beim heiligen Ararat!« Wieder lächelte er sie an. »Aber sag – hast du das Glyzerin bekommen?«

3

Wan war die alte Hauptstadt des armenischen Königs Tigranes des Großen. Ein Jahrhundert vor Christus hatte er sich am Ufer des gleichnamigen Sees in Anatolien niedergelassen, um hier sein Volk zu regieren. Umgeben von mächtigen Bergen, wurde die ummauerte Stadt von der Felsenburg bekrönt, einer riesigen, zinnenbewehrten Festungsanlage, die steil aus dem Gebirge über der Hochebene emporragte und die auf ihrer dem See zugewandten Flanke uralte Keilschriften aufwies.

Obwohl das äußere Bild der Stadt über zweitausend Jahre erhalten geblieben war, hatte sich ihr Charakter im Verlauf der letzten Jahrzehnte von Grund auf verändert. Im Frühjahr 1915 war Wan eine europäische Insel im fernen Osten des Osmanischen Reiches. Auf den Straßen herrschte westliche Kleidung vor, überall sah man Fahrräder und Automobile, es gab Zeitungen und ein funktionierendes Telefonnetz. Fünfzigtausend Einwohner lebten hier, davon drei Fünftel Armenier und zwei Fünftel Türken.

»Du solltest nicht so viel trinken«, sagte Taifun.

»Warum nicht?«, fragte Fatima. »Was sonst soll ich hier tun? Ich langweile mich zu Tode.«

»Du hast in Konstantinopel Französisch gelernt. Warum machst du nicht weiter! Ich kann dir eine Lehrerin besorgen.«

»*Non, monsieur. Merci …*«

»Außerdem – Wan ist eine der schönsten Städte der Türkei. Du musst nur rausgehen und sie dir anschauen! Aber nein, du sitzt den ganzen Tag im verdunkelten Zimmer und brütest vor dich hin!«

Fatima nahm einen Schluck Wein. Die Gärten unter ihrem Fenster standen in voller Blüte, und die Weinberge und Obstwiesen erstreckten sich von der Stadtmauer meilenweit hinaus auf das Land. Aber eher würde sie sich die Zunge abbeißen als Taifun recht geben.

»Ich will zurück nach Konstantinopel. Es ist kalt hier und ärmlich und alles auf dem Stand von vor hundert Jahren.«

»Unsinn! In Konstantinopel gibt es nichts, was es hier nicht auch gibt. Kaffee- und Teehäuser, Basare und Geschäfte, Kinos, Theater und Kabaretts. Sogar ein Mädchenlyzeum und einen Kindergarten haben sie hier.«

»Was soll ich mit einem Kindergarten? Kannst du mir das verraten?«

»Verzeihung, das hätte ich nicht sagen sollen. Wie dumm von mir.« Taifun küsste ihre Hand. »Versteh doch, mein Liebling. Ich kann nicht zurück in die Hauptstadt. Du weißt ja, weshalb ich hier bin.«

Natürlich wusste sie das. Nur wenige Wochen nach Kriegsbeginn hatte Militärminister Enver ihren Mann zum Gouverneur der Provinz ernannt, damit er den verdammten Armeniern das Handwerk legte. Dieser Auftrag war das Einzige, was ihren Aufenthalt hier halbwegs rechtfertigen konnte. Die Provinz war Aufmarschgebiet der türkischen Armee vor der russischen Grenze. Taifun sollte das gottlose Armenierpack entwaffnen und unschädlich machen, um die eigenen Truppen vor Sabotageakten zu schützen. Dazu hatte man ihm sogar die in Wan stationierten Teskilati Mahsusa unterstellt, ein Totenkopfkommando von Selbstaufopferungskämpfern, die nur dem Komitee verpflichtet waren und jeden Befehl bedingungslos befolgten. Aber war das ein Trost, wenn man unglücklich war?

Fatima entzog ihm ihre Hand. »Warum ist nichts mehr so wie früher?«, fragte sie.

»Vielleicht darum?«, erwiderte Taifun und deutete mit dem Kopf auf ihr Glas.

»Nein«, sagte sie, »das ist nicht der Grund. Der wahre Grund ist: Du liebst mich nicht mehr.«

»Wie kannst du so etwas behaupten? Ich liebe dich mehr als je zuvor!«

»Vielleicht. Aber du ziehst dabei ein Gesicht, als würdest du es

gleichzeitig bereuen.« Sie wandte sich ab und fasste sich mit dem Handrücken an die Stirn. »Ich habe fürchterliche Kopfschmerzen. Warst du endlich in der Apotheke?«
Taifun biss sich auf die Lippe. »Aspirin ist gerade aus. Sie bekommen erst nächste Woche wieder welches.«
Fatima warf ihm einen verächtlichen Blick zu. »Siehst du? Nicht mal das haben sie hier!«
»Jetzt beruhige dich doch, es ist ja nicht für immer, dass wir hier leben. Möchtest du noch etwas Wein?«
Sie nickte. Er nahm die Flasche und schenkte ihr nach.
»Wenn du irgendeinen Wunsch hast – sag es mir. Ich werde alles tun, um ihn zu erfüllen.«
Sie trank einen Schluck und dachte nach. »Ich möchte eine Jazzkapelle«, sagte sie schließlich. »In Konstantinopel spielen sie jetzt überall Jazz. Mit einer Jazzkapelle könnten wir Gäste einladen, Feste feiern, einen Ball geben. Hauptsache, ich komme unter Leute!«
»Wenn es das ist, was dich glücklich macht …« Taifun zögerte. Dann zog er einen Brief aus seinem Uniformrock und reichte ihn ihr. »Vielleicht freust du dich darüber. Ein alter Bekannter, der seinen Besuch angekündigt hat.«
»Gib her!« Fatima riss ihm den Brief aus der Hand. Doch als sie den Absender las, wurde sie blass. Zitternd vor Erregung zerknüllte sie das Kuvert und warf es zu Boden. »Auf gar keinen Fall! Ich will diesen Menschen nicht wiedersehen! Hörst du? Niemals!«

4

»Dr. Möbius! Wie schön, Sie wieder hier zu begrüßen!«
»Die Freude ist ganz meinerseits, Baron von Wangenheim.«
Als Felix dem deutschen Botschafter die Hand schüttelte, ver-

spürte er fast so etwas wie heimatliche Gefühle, so vertraut war ihm dieser Mann. Lange Zeit hatte er sich dagegen gewehrt, nach Konstantinopel zurückzukehren – fünf Jahre hatten nicht gereicht, um die Wunden zu heilen, die sein erster Aufenthalt in diesem Land bei ihm hinterlassen hatte. Doch am Ende hatte er sich nicht den Argumenten verschließen können, mit denen man ihn gleich von mehreren Seiten zu dieser Reise gedrängt hatte.

»Wie ich sehe, tragen Sie inzwischen einen Ehering?«, sagte Wangenheim. »Fräulein Rossmann heißt nun also Frau Dr. Möbius?«

»Frau *Professor* Möbius, um ganz korrekt zu sein.«

»Gratuliere, gratuliere! Und Nachwuchs hat sich auch schon eingestellt?«

»Ja, ein Mädchen.« Felix öffnete seine Brieftasche und zeigte dem Botschafter eine Photographie. »Elisabeth, sie wird in einem Monat drei.«

»Was für ein schöner Name! Und das Gesicht – allerliebst! Ganz der Papa!« Wangenheim warf einen flüchtigen Blick auf das Bild, dann forderte er Felix auf, Platz zu nehmen. »Ihr Herr Schwiegervater hat ja in Berlin Himmel und Hölle in Bewegung gesetzt, um Sie hierherzuexpedieren. Wie ich höre, hat er sogar bei Seiner Majestät interveniert.«

»Allerdings«, seufzte Felix. »Wenn es ums Geschäft geht, schreckt er vor nichts zurück. Ich fürchte jedoch, er überschätzt meine türkischen Kontakte gewaltig.«

»Na, da wäre ich mir nicht so sicher. Sie genießen hier nach wie vor einen ausgezeichneten Ruf.«

»Tatsächlich?«

Wangenheim nickte. »Außerdem hat Ihr Herr Schwiegervater vollkommen recht, sich in diesem schönen Land so energisch zu engagieren. Nach dem Bruch der Türken mit den Franzosen und Briten gibt es hier Millionen für uns zu verdienen, vor allem im Petrolgeschäft. Militärminister Enver hat die kaspischen Ölfelder gerade erst zum Kriegsziel erklärt. Und die Bergung der Petroleumschätze von Mosul gehört ebenfalls zu den Pfändern, auf die das Reich nach Kriegsende mit einiger Berechtigung hoffen darf, von möglichen Aufträgen im Bergbau und Verkehrswesen ganz zu schweigen. Die Deutsche Bank verdient sich an der Bagdad-Bahn schon jetzt dumm und dämlich.«

»Mag sein. Trotzdem ist mir schleierhaft, welchen Beitrag ich bei alledem leisten kann.«

»Sie unterschätzen sich schon wieder, mein Bester. Geschäfte werden hier immer noch wie auf dem Basar getätigt. Ich gebe dir zwei Kamele, du schützt die Ehre meiner Frau ... Das eine muss nicht unbedingt was mit dem anderen zu tun haben. Doch apropos: Was sagt eigentlich Ihre werte Frau Gemahlin zu Ihrer Reise? Ich kann mir kaum vorstellen, dass sie Sie freiwillig hat gehen lassen.«

Die Frage versetzte Felix einen Stich. Er hatte gehofft, dass Carla sich dem Drängen ihres Vaters widersetzen würde. Doch das Gegenteil war der Fall gewesen. Obwohl sie erst vor einem halben Jahr die Villa in Charlottenburg bezogen hatten, hatte sie sich mit ihrem Vater verbündet und keine Ruhe gegeben, bis Felix endlich nachgab. Das Wachstum der Stahl- und Elektricitätswerke August Rossmann & Cie. schien ihr mehr am Herzen zu liegen als die Geburt eines Sohnes, den Felix sich so sehr wünschte.

»Meine Frau«, sagte er schließlich, »zeichnet sich durch ein außergewöhnlich hohes Maß an Pflichtgefühl aus. Und als dann Seine Majestät höchstselbst die Ernennung zum Oberstabsarzt aussprach ...« Felix hob ohnmächtig die Arme.

Wangenheims Blick drückte Verständnis aus. »Ich bin jedenfalls froh, dass Sie hier sind«, sagte er. »Und wenn Sie mir eine persönliche Bemerkung erlauben – die Uniform steht Ihnen ausgezeichnet, Herr Major!«

»Um ehrlich zu sein, komme ich mir darin ziemlich lächerlich vor. Ich war ja nie beim Militär, und jetzt soll ich unseren türkischen Waffenbrüdern beim Aufbau des Sanitätswesens helfen. Aber spannen Sie mich nicht länger auf die Folter. Wie lautet mein Kommando? Man hat mir in Berlin gesagt, Sie würden mir meinen Marschbefehl aushändigen.«

»Richtig«, sagte der Botschafter und reichte ihm das Papier. »Ich bin sicher, das Kommando wird Ihnen gefallen. Eine durch und durch humanitäre Aufgabe.«

»Wan?«, fragte Felix, nachdem er einen Blick auf das Schreiben geworfen hatte. »Noch nie gehört. Wo liegt das?«

»Ein paar tausend Kilometer weiter im Osten«, erwiderte Wangenheim. »Aber keine Angst«, fügte er hinzu, als er Felix' Gesicht sah, »dafür haben wir ja unsere Bagdad-Bahn. Außerdem – ein junger Mann wie Sie, der ist doch immer für ein kleines Abenteuer zu haben. Oder etwa nicht?«

5

Wenige Monate nach Ausbruch des Krieges durchlebte das Osmanische Reich die schwerste Krise seit der Machtergreifung der neuen Regierung. An allen Fronten war die Lage katastrophal. Enver Pascha, der von napoleonischen Feldzügen bis nach Afghanistan und Indien träumte, hatte auf dem Höhepunkt des Winters den Befehl zu einer türkischen Großoffensive gegeben, um Russland ein für alle Mal zu besiegen. Doch die Schlacht im Kaukasus endete mit einer vernichtenden Niederlage. Fünfundsiebzigtausend türkische Soldaten fanden bei Sarikamis in eisiger Kälte den Tod. Zur selben Zeit gelangten die Briten nach einem Vorstoß durch den Schatt al-Arab in den Besitz von Basra, während die eigenen Pläne eines schnellen Vorstoßes durch den Sinai nach Ägypten scheiterten. Und als im Frühjahr die feindlichen Alliierten einen Angriff auf die Dardanellen vorbereiteten, um Konstantinopel vom Meer abzuschneiden, machten

apokalyptische Prophezeiungen die Runde, wonach Allah zur Strafe seines Volkes nun den Ungläubigen die Weltmacht übertragen wolle. »Die Christen werden sich auf dem Wasser vereinigen«, raunten die Hodschas in den Moscheen. »Dann werden sie kommen und uns vernichten ...«
Noch schneller als die Angst vor dem Untergang des Reiches aber breitete sich der Hunger in Konstantinopel aus. Die Hauptstadt war auf Getreidelieferungen aus Russland angewiesen, um ihre Einwohner zu ernähren. Jetzt fielen diese Lieferungen aus, und seit Einbruch des Winters herrschte bitterer Mangel – Hunger und Elend, wohin man schaute. Die Not wurde verschärft durch einen riesigen Zustrom an Flüchtlingen aus allen Teilen des Landes, so dass sich immer mehr Menschen immer weniger Nahrungsmittel teilen mussten. Typhus grassierte in der Stadt, und die Preise für die einfachsten Dinge kletterten ins Unerschwingliche.
Während Schleichhändler, Betrüger und korrupte Beamte sich die Taschen füllten, kämpfte das Volk ums Überleben. Kaum jemand hatte noch Geld fürs Theater, immer weniger Zuschauer verloren sich in Arams *Cabaret* am Hafen, und bald sah Elisa sich gezwungen, alles zu verkaufen, was sie irgendwie erübrigen konnte, um ein paar Kurus fürs Essen zu haben.
Sollte sie ihre Gebetskette ins Pfandhaus bringen? Sie streifte sie vom Handgelenk und betrachtete im Schein der Petroleumlampe die Perlen. Viel waren sie nicht wert, man würde gerade mal so viel dafür bekommen, dass es für ein paar Laibe Brot reichte. Aber was war mit Arams Flöte? Das Instrument war aus echtem Silber, und er hatte seit Monaten nicht mehr darauf gespielt. Er würde sie wahrscheinlich weniger vermissen als sie ihre Kette.
Elisa beschloss, ihn bei seiner Rückkehr danach zu fragen. Nach der Abendvorstellung, die wieder nur ein Dutzend Zuschauer besucht hatten, war er noch mal fortgegangen, um sich mit irgendwelchen Freunden zu treffen, die Elisa nicht kannte – wie

so oft in letzter Zeit. Mit einem Seufzer öffnete sie den Schrank, in dem er die Flöte aufbewahrte. Es konnte ja nicht schaden, sie schon mal ein wenig zu polieren. Sie bückte sich und schob die Kleider beiseite – da entdeckte sie in einer Ecke einen schwarzen Kasten, der wie ein Instrumentenkasten aussah. Nanu, sie hatte ja gar nicht gewusst, dass Aram noch ein Instrument besaß ... Als sie den Kasten aufklappte, traute sie ihren Augen nicht. In dem roten Samtfutteral lag weder eine Flöte oder sonst ein Musikinstrument, sondern eine Pistole.
»Willst du uns umbringen?«, schrie sie ihn an, als er endlich zurückkam.
»Wie kommst du dazu, in meinen Sachen herumzuschnüffeln?«, schrie er zurück.
»Die Regierung steckt die Armenier in Arbeitsbataillone – und du? Statt froh und dankbar zu sein, dass sie uns in Ruhe lassen, versteckst du eine Pistole!«
Aram hielt ihr den Mund zu. »Willst du, dass die Polizei uns hört?«, zischte er.
Elisa biss in seine Hand. Doch er ließ sie nicht los.
»Versprich, dass du aufhörst zu schreien. Versprichst du das?«
Erst als sie nickte, nahm er die Hand von ihrem Mund. Mit dem Fuß stieß er die Tür zu und führte sie in die hinterste Ecke des Raums, damit niemand sie hörte.
»Wofür brauchst du eine Pistole?«, wollte sie wissen.
»Begreifst du denn nicht? Gewalt ist die einzige Sprache, die diese Schweine verstehen.« Er riss sich die Klappe vom Gesicht und zeigte auf die Wunde. »Ich war in Adana dabei. Mir haben sie nur ein Auge ausgestochen. Anderen haben sie Nasen und Ohren abgeschnitten, Hände und Arme und Füße und Beine. Schwangere Frauen haben sie bei lebendigem Leib aufgeschlitzt und ihnen die ungeborenen Kinder rausgerissen, Mädchen vergewaltigt und Jungen kastriert. Die Straßen waren rot von Blut. In den Fluss haben sie die Leichen geworfen, wie totes Vieh. Und da fragst du, was ich mit der Pistole will?«

»Die Regierung hat die Massaker damals nicht gewollt. Die Verbrecher wurden verurteilt und hingerichtet! Das weißt du ganz genau!«
»Das waren Scheinprozesse, in Friedenszeiten, um das Ausland zu beruhigen, die Engländer und Franzosen. Aber jetzt haben wir Krieg, und sie brauchen keine Rücksicht mehr zu nehmen! Wenn wir uns nicht wehren, werden sie unser ganzes Volk ausrotten.«
»Und das willst du mit deiner Pistole verhindern? Du bist ja wahnsinnig!«
»Wir haben nicht nur Pistolen. Wir haben auch Sprengstoff. Du hast das Glycerin dafür selbst besorgt. Erinnerst du dich?«
Elisa spürte, wie ihr Mund trocken wurde. »Was habt ihr vor?«, fragte sie.
Aram setzte sich die Augenklappe wieder auf. »Kannst du schweigen?«
Elisa nickte.
»Also gut«, sagte er leise. »Wir werden die Osmanische Bank stürmen und so viele Geiseln nehmen, wie wir kriegen können. Wahrscheinlich schon nächste Woche.«
»Und was wollt ihr damit bezwecken?«
»Die Weltöffentlichkeit wachrütteln. Die Deutschen sollen sehen, was für Verbrecher ihre Verbündeten sind. Das ist unsere einzige Chance.«
»Ihr seid wirklich wahnsinnig!« Elisa konnte es nicht fassen. »Die Deutschen werden nur sehen, was für Verbrecher manche Armenier sind. Ihr macht alles nur noch schlimmer!«
Aram schüttelte den Kopf. »Außerdem brauchen wir Geld«, sagte er. »Für unsere Widerstandsgruppen in Anatolien. Sie unterstützen die Russen im Aufmarschgebiet mit Attentaten und Sabotageakten. Die Russen sind unsere Hoffnung. Wenn sie den Krieg gewinnen, sind wir frei. Dann bekommen wir endlich wieder unser eigenes Land.«
»Unser eigenes Grab bekommen wir«, sagte Elisa. Sie nahm

Arams Gesicht in die Hände und schaute ihn flehentlich an.
»Bitte! Tu das nicht! Gewalt führt immer nur zu noch mehr Gewalt! Ich habe es als Kind erlebt. Ich will das nicht mehr. Nie, nie wieder! Hörst du?«
»Psssst!« Aram legte einen Finger auf die Lippen. Im Haus waren Rufe und Stiefelschritte zu hören.
»Wer ist das?«, fragte Elisa voller Angst.
»Keine Ahnung«, flüsterte Aram, genauso ängstlich wie sie.
»Die Pistole!«
Die Waffe lag auf dem Tisch. Ohne zu überlegen, nahm Elisa sie aus dem Futteral und ließ sie unter ihren Kleidern verschwinden, während Aram den Kasten aus dem Fenster warf.
Da flog die Tür auf, und im nächsten Moment stürmten Gendarmen in den Raum.

6

Draußen stand ein vergitterter Wagen bereit. Betrunkene Matrosen grölten in der Dunkelheit deutsche Parolen am Kai, als die Gendarmen Elisa und Aram in den Käfig stießen, in dem schon so viele Gefangene zusammengepfercht waren, dass sie nur im Stehen Platz fanden. Offenbar hatte es am Abend eine Großrazzia gegeben. Ein bewaffneter Gendarm kletterte mit in den Käfig, bevor die Stahltüren von außen verriegelt wurden.
»Was haben wir verbrochen?«, fragte Aram, als der Wagen sich in Bewegung setzte.
»Maul halten!«, erwiderte der Gendarm. »Oder soll ich dir die Fresse polieren?«
»Ich bestehe auf meinem Recht! Ich will wissen, was man uns vorwirft…«
»Jetzt sei doch endlich still!«, zischte Elisa, die den kalten Stahl der Pistole zwischen ihren Schenkeln spürte. »Bitte!«

Ungefähr eine halbe Stunde dauerte die Fahrt, dann hielt der Wagen vor einem großen, hell erleuchteten Gebäude. Die Türen wurden geöffnet, und der Gendarm forderte die Gefangenen auf, auszusteigen.

»Weißt du, wo wir sind?«, flüsterte Elisa.

»Sirkeci«, flüsterte Aram zurück. »Das Zentralgefängnis.«

Auf den Gängen und Fluren wimmelte es nur so von Häftlingen. Fast alle waren Armenier. Aram erkannte einige wieder und raunte Elisa die Namen zu. Es war, als hätte man alle wichtigen Armenier der Hauptstadt hier zusammengetrieben: Abgeordnete, Journalisten, Ärzte, Bankiers, Schriftsteller, Musiker, Professoren, Kaufleute, Apotheker, Schauspieler, Lehrer … Manche hatte man anscheinend mitten aus dem Schlaf heraus verhaftet. In Nachtgewändern, Bademänteln und Hausschuhen hockten sie auf den Bänken, die Gesichter in banger Erwartung, was nun mit ihnen geschah.

»Hier rein!«

Die Nacht verbrachten Elisa und Aram mit einem Dutzend anderer Häftlinge in einer winzigen Zelle, in der zwei Stockbetten für nur vier Personen standen.

»Was mache ich mit der Pistole?«, flüsterte Elisa Aram ins Ohr.

»Hab keine Angst«, erwiderte er. »Du bist das beste Versteck. Sie können uns nicht alle durchsuchen, wir sind viel zu viele.«

»Und wenn doch?«

»Dann höchstens die Männer.« Er legte den Arm um sie und drückte sie an sich. »Versuch zu schlafen. Wer weiß, wann wir wieder dazu kommen.«

Elisa schmiegte sich an seine Schulter. Doch an Schlaf war nicht zu denken. Elektrische Glühlampen leuchteten auf sie herab, und wenn ihr trotz der Helligkeit und Angst für einen Moment die Augen zufielen, schrak sie immer wieder durch das Knarren und Schlagen der Eisentüren draußen auf den Gängen auf. Auch die anderen Zelleninsassen zuckten jedes Mal zusammen. Wahrscheinlich dachten sie dasselbe wie sie.

»Was haben sie mit uns vor?«

»Möchten Sie das wirklich wissen?«, erwiderte ein Mann mit einer Nickelbrille und dünnem, schwarzem Haar. »Wenn Sie mich fragen – ich lieber nicht.«

»Wieso nicht? Wer sind Sie?«

»Krikoris Balkakian«, stellte er sich vor. »Redakteur der *Asadamart*.«

Elisa kannte die Zeitung – sie war das größte armenische Blatt in der Stadt. »Wenn Sie etwas wissen, müssen Sie es uns sagen.«

»Ich kann auch nur spekulieren«, sagte der Redakteur. »Aber ich fürchte, das ist mehr als einer der üblichen Einschüchterungsversuche. Jetzt wird es ernst.«

»Warum? Was ist passiert?«

»Die Regierung macht uns für ihre Niederlage im Kaukasus verantwortlich. Erst gestern hat Talaat in einer öffentlichen Rede behauptet, armenische Verräter wären den türkischen Truppen bei Sarikamis in den Rücken gefallen und hätten ihnen den Dolchstoß verpasst. Außerdem haben sie armenische Soldaten gefangenen genommen, die als Freiwillige auf russischer Seite gekämpft haben.«

»Aber was haben wir damit zu tun?«, fragte Elisa.

»Nichts!« Der Redakteur zuckte die Achseln. »Außer dass wir dafür büßen müssen. Kurz vor meiner Verhaftung bekam ich eine Liste mit den Namen von zweiundzwanzig armenischen Politikern, die angeblich auf Befehl der Regierung ermordet werden sollten. Aber das ist noch nicht alles. Es gibt Gerüchte von einem Erlass, der die Ausschaltung sämtlicher Armenier anordnet. Sie wollen die armenische Frage ein für alle Mal lösen. Am Ende des Krieges wird es keine Christen in Konstantinopel mehr geben, so wenig wie in Mekka!«

»Wie können Sie so etwas Schreckliches behaupten?«, protestierte Mariam, die einzige Frau außer Elisa in der Zelle, eine grauhaarige Lehrerin. »Das ist unerhört! Leute wie Sie hetzen Türken und Armenier gegeneinander auf!«

»Ich gebe nur wieder, was ich weiß.«
»Gar nichts wissen Sie! Das ist doch alles nur ein fürchterliches Missverständnis. Sie werden sehen – morgen früh lassen sie uns wieder frei. Ganz sicher! Die neue Regierung weiß, dass wir ihre treuesten Anhänger sind. Wir haben ihnen geholfen, Abdülhamid zu stürzen!«
»Ich bete zum Himmel, dass Sie recht haben«, sagte der Redakteur. »Nur habe ich Zweifel, dass Gott auf unserer Seite ist. Gestern Morgen sind die Engländer auf Gallipoli gelandet.«
»Gallipoli? Wo ist das denn?«
»Eine Halbinsel am Eingang der Dardanellen. Sie wollen die Meerenge schließen, damit kein deutsches oder türkisches Schiff mehr nach Konstantinopel gelangt.«
»Das wäre ja großartig!«, rief Aram. »Wenn sie die Hauptstadt verlieren, verlieren sie auch den Krieg!«
»Großartig?«, fragte der Redakteur. »Mein Gott, nicht auszudenken wäre das! Sie werden so wütend sein, dass …«
Ein Schlüssel rasselte, und die Zellentür ging auf. Zwei Gendarmen standen auf dem Gang.
»Alle mitkommen!«
Man brachte sie in einen gekachelten Saal, der wie ein großes Bad aussah. Elisa wusste sofort: Jetzt wurden sie doch durchsucht, egal, wie viele sie waren … Mit gleichgültiger, gründlicher Geduld tasteten die Gendarmen sie ab und forderten sie auf, ihre Taschen zu leeren. Alles, was einer Waffe glich – Taschenmesser, Stifte, sogar Schirme und Spazierstöcke –, wurde konfisziert. Elisa klopfte das Herz bis zum Hals. Was würde geschehen, wenn sie die Pistole fanden? Verzweifelt suchte sie Arams blick zu erhaschen, aber der schlug die Augen nieder.
Da zeigte der jüngere Gendarm mit dem Finger auf sie. »Du da!«
Elisa trat einen Schritt vor. Sie war auf alles gefasst. Der Gendarm bückte sich, um mit der Untersuchung zu beginnen. Doch er hatte sie noch nicht berührt, da wurde er von seinem Kollegen unterbrochen.

»Halt! Nicht die Frauen!«
Elisa atmete auf. Aram warf ihr einen erleichterten Blick zu, während sie zusammen mit Mariam in einen Nebenraum geführt wurde, wo eine weibliche Polizistin sie empfing.
»Beide mit dem Rücken zur Wand und die Hände in den Nacken!«
Mariam gehorchte. Elisa rührte sich nicht. Gerade noch hatte sie geglaubt, der Gefahr entronnen zu sein, und jetzt …
»Hast du keine Ohren?«
Die Polizistin trat so dicht an sie heran, dass Elisa jede Pore ihrer Haut sehen konnte. Am Kinn hatte die Frau einen Leberfleck, aus dem drei schwarze Barthaare wuchsen.
»Was ist das?«, fragte sie, als ihre Hand die Pistole ertastete.
Elisa zitterte am ganzen Körper. Vor Angst brachte sie keinen Ton heraus.
»Bist du wahnsinnig?«
Die Polizistin griff Elisa zwischen die Schenkel und zog die Pistole hervor.
Elisa wagte nicht, ihren Blick zu erwidern. Was würde jetzt geschehen? Würde man sie schlagen? Foltern? Erschießen? Mariams Gesicht war starr vor Entsetzen.
»Weißt du, dass darauf die Todesstrafe steht?«, fragte die Polizistin.
Elisa blieb stumm, ihr Mund war wie zugenäht. Die Polizistin steckte die Pistole ein. Dann stieß sie Elisa so heftig gegen die Schulter, dass sie mit dem Kopf gegen die Wand schlug.
»Los! Raus hier!«, befahl sie. »Alle beide! Zurück zu den anderen!«
Während Mariam zur Tür eilte, blieb Elisa wie versteinert stehen.
»Verschwinde!«, zischte die Polizistin ihr zu. »Bevor ich es mir anders überlege.«
Endlich begriff Elisa. Ungläubig schaute sie die Frau an.
»Da… danke«, stammelte sie und stolperte hinaus.

Auf dem Gang waren Hunderte von Gefangenen in Zweierreihen angetreten. Der Platz neben Aram war noch frei.
»Gott sei Dank«, flüsterte er, als sie sich an seiner Seite einreihte. »Ich dachte schon, du würdest nicht mehr ...«
»Schnauze!«, schrie jemand. »Im Laufschritt Marsch!«
Draußen dämmerte bereits der neue Tag. Unter der Aufsicht bewaffneter Soldaten, die Schäferhunde an der Leine führten, wurden sie in einem Konvoi von Militärlastwagen auf ein Schiff gebracht, das sie über das Meer nach Haider Pascha übersetzte. Auf dem Bahnhof der Anatolischen Eisenbahn erwartete sie ein verdunkelter und scharfbewachter Sonderzug. Die Lokomotive stand schon unter Dampf.
»Abzählen!«
In Gruppen zu hundert wurden sie auf die Waggons verteilt.
»... achtundachtzig, neunundachtzig ...«
Elisa griff nach Arams Hand und drückte sie so fest, wie sie nur konnte. Sie würde seine Hand nicht loslassen, und wenn man mit einer Axt zwischen sie fuhr.
»... fünfundneunzig, sechsundneunzig ...«
Sie hatten Glück, sie wurden in denselben Waggon gestoßen. Im Innern gab es keine Abteile, nur hölzerne Sitzbänke, die aber alle schon besetzt waren. Elisa und Aram quetschten sich im Stehen in eine Ecke, die Hände ineinander verschränkt.
Die Türen wurden zugeschlagen, dann war es dunkel wie die Nacht.
»Wohin bringen sie uns?«, fragte Elisa.
»Ich weiß es nicht«, erwiderte Aram. »Genauso wenig wie du.«
Draußen gellte ein Pfiff. Ein Ruck – und der Zug setzte sich in Bewegung.

7

Über hundert Fenster, so hieß es, habe der Gouverneurspalast in Wan, und jedes einzelne war in dieser Nacht erleuchtet. Wie ein riesiger Kristall erstrahlte das Gebäude in der anatolischen Finsternis, doch die Musik, die aus dem Innern ins Freie drang, war so fremd und unerhört, dass in den Straßen und Gassen die Menschen sich die Hälse verdrehten, um zu sehen, woher sie kam. Die Musik klang, als würde eine Horde wilder Tiere durch die Steppe toben. Nein, solche Töne bekam man vielleicht in Amerika zu hören, vielleicht auch in Konstantinopel – aber hier?

Taifun Pascha, der Provinzgouverneur, hatte die Notablen der Stadt in den Palast geladen, dazu sämtliche Offiziere der in Wan stationierten Truppen mit ihren Frauen, und niemand hatte es gewagt, die Einladung auszuschlagen. Der Festsaal war ein einziges Meer aus weißen und rosa Nelken, die einen süßen, schweren Duft verströmten, während eine zwölfköpfige Jazzkapelle, bestehend aus den besten Musikern der Garnison, die neuesten Ragtime-Songs spielten, deren Noten der Gouverneur extra aus New York hatte besorgen lassen, um seiner Frau eine Freude zu machen.

Mit ihnen am Tisch, als Ehrengast des Abends, saß Professor Dr. Felix Möbius. Gekleidet in einer tadellos sitzenden Majorsuniform, versuchte er den Lärm der Kapelle zu ignorieren. Er war erst vor wenigen Stunden mit dem Zug hier angekommen und noch erschlagen von der Reise. Vier endlos lange Tage hatte die Bagdad-Bahn ihn durchgerüttelt, und noch immer spürte er jeden einzelnen der über dreitausend Kilometer in seinen Knochen.

Unauffällig blickte er zu Fatima hinüber, die im Halbschatten saß. Sie sah so verführerisch aus, dass er nicht wagte, sie richtig anzuschauen – bei einem türkischen Ehemann konnte man nie

wissen. Ihr volles, kastanienbraunes Haar fiel ihr in offenen Locken auf die Schultern, und sie trug ein Abendkleid, das mit seinem tiefen Dekolleté nur aus einem Pariser Modeatelier stammen konnte. Jetzt hob sie ihr Glas und prostete ihm zu.
»Auf Ihr Wohl, Dr. Möbius!«, rief sie in gebrochenem Französisch.
»Zu freundlich, gnädige Frau«, brüllte er zurück. »Ein wunderbares Fest!«
»Finden Sie? Ich dachte, Sie sind in Berlin Besseres gewöhnt.«
»Auf gar keinen Fall! Ich kann mich nicht erinnern, je einen großartigeren Ball erlebt zu haben.«
Felix musste so laut schreien, dass seine Stimme überschnappte. Taifun hatte Erbarmen und gab der Kapelle ein Zeichen. Im selben Moment sank der Geräuschpegel auf ein erträgliches Maß.
»Besser so?«
Felix warf ihm einen dankbaren Blick zu.
»Schade nur, dass Sie Ihre Frau nicht mitgebracht haben«, sagte Fatima, während ein elegant livrierter Kellner ihr Glas nachfüllte. »Ich nehme doch an, Sie sind verheiratet?«
Felix nickte.
»Und sicher haben Sie eine Menge reizender Kinder, nicht wahr?« Wieder sprach sie weiter, bevor er auch nur den Mund aufmachen konnte. »Na, dieses Schicksal blieb mir wenigstens erspart. Gott sei Dank!«
»Pardon? Welches Schicksal?«, fragte Felix.
»Kinder«, erwiderte sie mit schrillem Lachen. »Ich bin heilfroh, dass ich keine habe. Für Männer mögen Kinder ja ganz niedlich sein – aber für uns Frauen? Sie ruinieren uns nur die Figur.« Wieder hob sie ihr Glas und lachte, als würde sie sich köstlich amüsieren. »Auf Salihas Wohl!«
Als sie sich vorbeugte, trat ihr Oberkörper aus dem Halbschatten hervor. Erst jetzt konnte Felix sie erkennen, und das Entsetzen, das ihr Anblick in ihm auslöste, war so groß, dass er es nur mit Mühe verbergen konnte. Mein Gott, so sahen Alkoholiker

aus ... Ihr einstmals so hübsches Gesicht war teigig aufgedunsen, die dicke Schminke vermochte die Falten und Tränensäcke kaum zu kaschieren, und die Finger mit den blutrot lackierten Krallen, mit denen sie ihr Glas umklammert hielt, waren so stark geschwollen, dass die dicken goldenen Ringe sich vermutlich gar nicht mehr davon lösen ließen. Das Schlimmste aber waren ihre Augen. Obwohl Fatima in einem fort lachte, blickten sie so traurig, als habe sie gerade vom Tod eines nahen Angehörigen erfahren.

»Es tut mir so leid, was damals passiert ist«, sagte Felix. Die Worte waren ihm ganz von allein herausgerutscht, und er hätte sie am liebsten wieder hinuntergeschluckt.

»Aber das ist doch kein Grund, rot zu werden!« Wieder stieß Fatima ihr Lachen aus, noch lauter und schriller als zuvor. »Soll ich Ihnen ein Geheimnis anvertrauen? Ein kleines, süßes Geheimnis, das niemand wissen darf?«

»Bitte nicht«, sagte Taifun und legte seine Hand auf ihren Arm. »Ich fürchte, unser Gast langweilt sich.«

»Den Eindruck habe ich nicht.« Ohne den Blick von Felix abzuwenden, entzog sie Taifun ihren Arm. »Als mein Mann mir erzählte, dass Sie nach Wan kommen würden, wollte ich Sie zuerst gar nicht sehen. Aber am Ende hat er mich doch dazu gebracht, Sie zu empfangen. Und wissen Sie, womit er mich rumgekriegt hat?«

»Ich habe nicht die geringste Ahnung.« Aus den Augenwinkeln beobachtete Felix, wie Taifun einen Offizier heranwinkte.

»Dann will ich es Ihnen sagen.« Sie beugte sich so weit zu ihm vor, dass er sogar die roten Äderchen in ihren Augäpfeln sah, während sie mit verschwörerischer Stimme erklärte: »Er hat mir verraten, dass Sie uns helfen, die wahren Verbrecher zu entlarven.«

»Ich fürchte, ich verstehe nicht ganz.«

»Die Armenier«, rief Fatima, »dieses Pack, und ihre gottverdammten Lügen. Ich kann Ihnen gar nicht sagen, wie sehr ich sie hasse. Sie sind es nicht wert, diesem wunderbaren Land anzugehören. Alles hat die Regierung für sie getan, aber sie fallen uns in den Rücken, wo sie nur können.«

Der Offizier trat mit einer Verbeugung an den Tisch. »Darf ich bitten?«, fragte er Fatima.

Vor Schreck zuckte sie zusammen, und alle Überlegenheit fiel von ihr ab. Mit einem scheuen, fast ängstlichen Blick schaute sie Taifun an. Doch der nickte ihr aufmunternd zu.

»Nimm auf mich keine Rücksicht, mein Liebling. Geh nur und amüsier dich.«

»Meinst du wirklich?«

»Aber ja! Warum nicht? Ich habe sowieso noch etwas mit Professor Möbius zu besprechen.«

Fast unwillig stand sie auf, und noch während sie an der Seite des Offiziers in Richtung Tanzfläche verschwand, drehte sie sich mehrmals um. Felix hatte den Eindruck, dass sie leicht schwankte.

»Bitte wundern Sie sich nicht, wenn meine Frau manchmal ein wenig exaltiert erscheint«, sagte Taifun. »Sie leidet immer noch unter dem Verlust ihres Sohnes. Ich nehme an, Sie erinnern sich?«

»Natürlich.« Felix zögerte einen Augenblick. »Erlauben Sie mir eine persönliche Frage?«

»Bitte, nur zu.«

»Weshalb haben Sie und Ihre Frau ...«

»Keine weiteren Kinder?« Taifun schüttelte den Kopf, und seinem Gesicht war anzusehen, wie sehr ihn die Antwort bedrückte. »Wir haben alles versucht, aber ...«

Felix verstand. »Eine Folge des Gifts?«

»Vermutlich. Zumindest behaupten das die Ärzte.«

Felix verstummte. Waren das wirklich Tränen, die da in Taifuns Augen schimmerten? Um irgendetwas zu tun, steckte Felix sich eine Zigarette an und schaute zur Tanzfläche. Mit schnellen, marschartigen Schritten bewegten sich die Paare über das Parkett. Er kannte diese neue Art zu tanzen bereits aus Berlin, im Wintergarten waren sie ganz verrückt darauf. Nur hieß der Tanz dort nicht *Onestep* wie hier, sondern *Schieber*.

»Hat unser Freund Wangenheim Sie schon instruiert?«, fragte Taifun nach einer Weile.

»Nur sehr allgemein«, erwiderte Felix, froh über den Themenwechsel. »Der Botschafter sprach von einem humanitären Auftrag.«

»Ja, so kann man es nennen, in der Tat«, sagte Taifun, und während er sich gleichfalls eine Zigarette anzündete, fügte er hinzu: »Wissen Sie, mein Freund, wir haben Sie zwar als Militärarzt angefordert, um mit Ihrer Hilfe die medizinische Versorgung unserer Truppen zu verbessern. Aber das ist nicht das eigentliche Problem, zu dessen Lösung wir Sie brauchen – das Problem ist vielmehr die internationale Presse.«

»Die Presse?«

»Allerdings. Wie Sie vielleicht wissen, werden im Ausland üble Lügen über uns verbreitet, die fatale Folgen für unser Land nach sich ziehen könnten. Dieser Propaganda zufolge misshandelt die türkische Regierung die armenische Bevölkerung in völkerrechtswidriger Weise. Sie können sich leicht vorstellen, wie solche Meldungen auf die Nationen wirken, die jetzt noch Neutralität wahren – zum Beispiel die Amerikaner. Um es kurz zu machen: Wir sehen uns gezwungen, den Verleumdungen auf das Schärfste entgegenzutreten. Und ich hoffe, Sie werden uns dabei unterstützen.«

»Offen gestanden«, erwiderte Felix, »kann ich mir nicht vorstellen, was ausgerechnet ich ...«

Johlen und rhythmisches Klatschen unterbrach ihr Gespräch. Felix drehte sich um. Die Paare auf dem Parkett hatten sich voneinander gelöst und bildeten einen Kreis, in dessen Mitte nur noch Fatima tanzte. Doch was war das für ein Auftritt! Eine Champagnerflasche in der Hand, ließ sie ihre Hüften in schweren, langsamen Bewegungen kreisen, während ein Zittern ihren

ganzen Oberkörper durchlief, von ihrem halbnackten, überquellenden Busen bis zur Taille. Ohne ihren Tanz zu unterbrechen, führte sie die Flasche an die Lippen. Schäumend rann der Champagner an ihren Mundwinkeln herab.
Taifun war blass vor Entsetzen. »Bitte entschuldigen Sie mich!«, sagte er und sprang auf.

8

Mit kreischenden Rädern kam der Zug zum Stehen. Ein letzter, langgezogener Pfiff, ein letztes Rucken, dann war die Fahrt zu Ende.
»Glaubst du, wir sind am Ziel?«, fragte Elisa. »Oder ist das wieder nur ein Zwischenhalt?«
»Woher soll ich das wissen?«, fragte Aram zurück.
Fünf Tage hatte die Fahrt gedauert, fünf Tage und vier Nächte, die sie zu hundert in einem verdunkelten Waggon verbracht hatten, in dem es nur dreißig Sitzplätze gab. Alle zwei Stunden hatten sie abgewechselt, so dass jeder immer zwei Stunden im Stehen, zwei Stunden auf dem Boden und zwei Stunden im Sitzen verbracht hatte. Nur um Essen zu fassen und ihre Notdurft zu verrichten, hatten sie dreimal am Tag für Minuten den Waggon verlassen dürfen.
Draußen bellten Hunde, Befehle wurden gerufen. Stiefelschritte näherten sich, Eisen rieb auf Eisen, dann öffnete sich die Waggontür.
»Gott sei Dank!«
Das gleißende Licht von Scheinwerfern fiel herein und hielt die Häftlinge wie eine Schranke zurück. Zum ersten Mal seit vielen Stunden konnte Elisa die Gesichter wieder richtig erkennen. Erschöpft und verschwitzt sahen sie aus, wie Schatten aus dem Geisterreich.

Draußen waren Soldaten mit Gewehren im Anschlag postiert.
»Alle aussteigen! Aber langsam! Immer nur zwei auf einmal!«
Elisa griff nach Arams Hand, und mit steifen Gliedern kletterten sie ins Freie. Die Luft war so kalt, dass ihr Atem in weißen Wölkchen zerstob.
»Was denkst du, wo wir sind?«, fragte Elisa.
»Keine Ahnung«, sagte Aram. »Der Kälte nach irgendwo im Gebirge.«
»Auf jeden Fall weit, weit weg von Konstantinopel«, fügte Krikoris, der Redakteur, hinzu.
»Unsere Leute sind überall«, sagte Aram grimmig. »Sie werden versuchen, uns zu befreien.«
»Gott bewahre!«, sagte der Redakteur. »Dann sind wir die ersten, die dran glauben werden.«
»Na, und?«, erwiderte Aram. »Lieber will ich krepieren als den Türken ausgeliefert sein.«
»Sei endlich still«, zischte Elisa. »Oder möchtest du, dass sie uns jetzt gleich erschießen?«
Auf dem Bahnsteig standen überall Soldaten mit Gewehren, manche hielten Hunde an den Leinen. Elisa schaute sich um, in der Hoffnung, irgendeinen Hinweis zu entdecken, wo sie angekommen waren. Doch nirgendwo gab es ein Schild, das den Namen des Ortes verriet. Sie mussten sich in einer großen Stadt befinden, sonst würde es keinen Bahnhof geben. Aber in welcher? Der Himmel war von dichten Wolken verhangen. Jenseits der Scheinwerferkegel waren in der Dunkelheit nur die undeutlichen Umrisse von Bergen zu erkennen.
»Die Männer nach links! Die Frauen nach rechts!«
In zwei getrennten Kolonnen wurden sie in Lagerhallen gebracht, die sich am Ende des Bahnhofsgeländes befanden. Uniformierte Wärterinnen empfingen die Frauen in einem Waschsaal und forderten sie auf, die Kleider abzulegen. Elisa zitterte vor Kälte am ganzen Leib, als sie sich auszog, doch zu ihrer großen Überraschung strömte dampfendes, warmes Wasser aus

den Brausen. Was für eine Wohltat! Zusammen mit all den nackten Frauen, die sich überall in den Wasserschwaden rekelten, fühlte sie sich für eine paar kostbare Minuten wie früher im Harem.

Was würde nun mit ihnen geschehen? Statt zu einem Schlafplatz, wie Elisa erwartet hatte, führte man sie nach dem Bad in einen Speisesaal, wo die Männer bereits versammelt waren – an gedeckten Tischen! Erst jetzt spürte sie, wie hungrig sie war. Während der Fahrt hatten sie nichts anderes als weiße Bohnen zu essen bekommen, zweimal am Tag, mit winzigen Stückchen Hammelfleisch, die so eklig schmeckten, dass man sie kaum herunterbekam. In den Schüsseln aber, die jetzt vor ihnen standen, dampfte ein köstlich duftendes Güvec mit Gemüse und Hühnchenteilen.

Mit ungläubigem Staunen probierte Elisa einen Bissen. »So etwas Gutes habe ich seit einer Ewigkeit nicht mehr gegessen.«

»Habe ich es nicht gleich gesagt?«, erwiderte Mariam, die Lehrerin. »Die Türken haben nichts gegen uns. Sie wollen sich nur selber schützen. Schließlich ist Krieg!«

»Vielleicht haben Sie recht«, sagte der Redakteur und tunkte sein Brot in den Eintopf. »Vielleicht stecken sie uns wirklich nur in ein Arbeitslager, bis alles vorbei ist.«

Aram aber schüttelte den Kopf. »Ich traue den Türken keinen Schritt über den Weg. Die warmen Duschen, das gute Essen ... Irgendwas ist hier faul, ich weiß nur noch nicht was.«

9

Major Dr. Felix Möbius war zutiefst beeindruckt. Donnerwetter – wenn es darauf ankam, konnten die Türken fast so gut organisieren wie die Preußen!

Taifun hatte Himmel und Hölle in Bewegung gesetzt, um die

internationale Pressekonferenz, zu der er auf Kosten seiner Regierung Journalisten aus ganz Europa und Amerika eingeladen hatte, möglichst perfekt zu inszenieren. Jetzt sah das Bahnhofsgelände von Wan aus wie ein gigantisches Freilufttheater, größer noch als die Waldbühne in Berlin! An den Bahnsteigen waren wie in einem Feldlazarett überall moderne Behandlungstische aufgebaut, an denen armenische Männer und Frauen, in sauberen Kleidern und wohlgenährt, Dutzenden von Ärzten vorgeführt wurden, unter aufmerksamer Beobachtung zahlreicher Vertreter des Internationalen Roten Kreuzes. Scharen von Reportern waren gekommen und machten sich Notizen, Photographen hatten ihre Kameras aufgebaut und verschwanden unter den schwarzen Tüchern ihrer sperrigen Holzkästen, um das Ereignis für die Nachwelt in Bildern festzuhalten, während Taifun von einem Podium herab den Sinn der Aktion erklärte und geduldig alle Fragen beantwortete, die man ihm stellte, sowohl auf Deutsch als auch auf Französisch, ohne sich im Geringsten von den Magnesiumblitzen irritieren zu lassen, die immer wieder links und rechts vor ihm aufflammten. Nach jeder Antwort zeigte er mit dem Finger auf den Reporter, der die nächste Frage stellen durfte.

Ein Journalist aus Italien meldete sich zu Wort. »Gibt es irgendwelche Gründe, mit denen die türkische Regierung ihre Zwangsmaßnahmen gegen die armenische Bevölkerung rechtfertigen kann?«

»Die Ursachen liegen in unserer schmerzreichen Beziehung zu Ihrem Kontinent«, erwiderte Taifun. »Durch die Wegnahme von Griechenland und Rumänien hat Europa dem türkischen Staat die Füße abgehackt. Der Verlust von Bulgarien, Serbien und Ägypten hat ihm die Hände genommen. Nun will man durch die Agitation in Armenien an unsere lebenswichtigen Organe und uns die Eingeweide herausreißen. Das wäre der Anfang der totalen Vernichtung, und dagegen müssen wir uns mit unserer ganzen Kraft wehren.«

»Sie geben also zu«, fragte ein schwedischer Reporter, »dass Armenier verschleppt werden?«

»Davon kann keine Rede sein. Unsere armenischen Landsleute, die eine der osmanischen Rassen darstellen, haben falsche Ideen übernommen, die die öffentliche Ordnung stören und das Ergebnis langjähriger Einflüsse sind. Außerdem haben sie Blut vergossen und jetzt zu allem Überfluss auch noch gewagt, sich mit den Feinden unseres Landes zu verbünden. Angesichts dieser zunehmenden Bedrohung sieht sich die türkische Regierung zu ihrem Bedauern gezwungen, Teile der armenischen Bevölkerung bis zum Ende des Krieges in sogenannte Sicherheitszonen zu deportieren. Dies geschieht nicht zuletzt zu ihrem eigenen Schutz vor möglichen unkontrollierbaren Übergriffen. Eine unangenehme, doch notwendige Maßnahme, damit die Sicherheit des Landes ebenso wie das Leben und Wohlergehen der armenischen Gemeinden erhalten bleibt.«

»Mir liegen Informationen über Misshandlungen vor! Was sagen Sie dazu?«

»Entgegen gewisser Verleumdungen von interessierter Seite legt die türkische Regierung größten Wert auf die Feststellung, dass alles, was im Zuge dieser notwendigen Maßnahme geschieht, den höchsten humanitären Anforderungen der internationalen Staatengemeinschaft entspricht. Wir haben Sie eingeladen, damit Sie sich hier und heute mit eigenen Augen davon überzeugen können.«

»Wozu der medizinische Aufwand? Haben Ihre Maßnahmen die Menschen krank gemacht?«

»Im Gegenteil. Um die Gesundheit der Deportierten sicherzustellen, wird jeder Mann und jede Frau vor der Weiterfahrt in modernen Eisenbahnzügen gründlich untersucht und gegen Seuchen geimpft, die womöglich in den Sicherheitszonen auftreten könnten. Die Leitung dieser Aktion haben wir einem international renommierten Arzt für Infektionskrankheiten übertragen, Professor Dr. Möbius! Aber bitte, fragen Sie ihn doch selbst!«

Alle Journalisten drehten sich zu Felix um, der bereits mit seiner Arbeit begonnen hatte, und die Photographen richteten ihre Kameras auf ihn aus.
»Was ist Ihr Eindruck, Professor?«, fragte ein Amerikaner.
»Können Sie die Aussagen des Generals bestätigen?«
»Durchaus«, sagte Felix. »Die Anstrengungen, die hier unternommen werden, sind ein erstaunlicher Beweis für die humanitäre Haltung der türkischen Regierung. Manche europäische Regierung könnte sich daran ein Beispiel nehmen. Gerade in Zeiten des Krieges.«
»Was hat Krieg mit Humanität zu tun?«
»Ich denke, wahre Humanität erweist sich erst im Krieg. Wir Europäer sind zu Recht stolz darauf, dass aus unserem Geist die Idee der Menschenrechte hervorgegangen ist, als Beitrag unserer Kultur zur Zivilisation der Menschheit. Doch darüber dürfen wir nicht vergessen, was wir selbst einander auf den Schlachtfeldern unseres Kontinents in der Vergangenheit angetan haben. Wie oft haben wir unsere eigenen Werte verletzt und gegen unsere eigenen Prinzipien verstoßen! Ich meine, im Vergleich dazu werden hier Menschenrecht und Menschenwürde in vorbildlicher Weise gewahrt.«
»Von wem werden Sie bezahlt?«, fragte der Amerikaner. »Von der türkischen oder von der deutschen Regierung?«
»Ich verstehe den Sinn Ihrer Frage nicht«, erwiderte Felix, irritiert von den Magnesiumblitzen, die überall vor ihm aufflammten. »Sie sehen doch meine Uniform. Ich bin deutscher Militärarzt im Rang eines Majors und habe den Auftrag, unseren türkischen Waffenbrüdern beim Aufbau ihres Sanitätswesens behilflich zu sein. Aber bitte entschuldigen Sie mich jetzt«, fügte er hinzu, als der Amerikaner noch eine Frage stellen wollte, »ich habe zu tun.«
Verärgert kehrte er den Reportern den Rücken. Hunderte von Männern und Frauen, die bereits die Oberarme frei gemacht hatten, warteten darauf, dass sie an die Reihe kamen. Rotkreuz-

Schwestern, unterstützt von türkischen Kolleginnen, nahmen die Impfungen vor. Felix führte die Oberaufsicht. Er versuchte, den Amerikaner zu vergessen und sich auf seine Arbeit zu konzentrieren, doch dessen bohrende Fragen hatten sich in seinem Gehirn eingenistet wie Würmer in einem faulen Apfel. Hatte er vielleicht doch zu vorschnell geurteilt, als er die Haltung der Türken so ausdrücklich lobte? Immerhin war nicht auszuschließen, dass sie ihn missbrauchten, um sich vor der Weltöffentlichkeit für irgendwelche Dinge reinzuwaschen, von denen er keine Ahnung hatte.

Aufmerksam beobachtete Felix den langen Strom von Menschen, der an ihm vorüberzog, fest entschlossen, jede Unregelmäßigkeit sofort publik zu machen, gleichgültig, welche Interessen sein alter Freund Taifun hier verfolgte. Als Arzt war er an den hippokratischen Eid gebunden, und der zählte mehr als jede soldatische Pflicht.

Doch je mehr Armenier er sah, desto mehr beruhigte er sich. Die Deportierten machten einen völlig normalen Eindruck, nur ein paar wenige Männer wiesen Verletzungen auf, die möglicherweise von Misshandlungen herrühren konnten. Aber das waren Ausnahmen, und die gab es überall auf der Welt, auch in Berlin.

»Haben wir genügend Impfstoff?«, fragte er Leutnant Willschütz, einen Militärberater, der für die Organisation des Nachschubs zuständig war und mit dem er sich ausgezeichnet verstand.

»Keine Sorge, Professor! Wir haben so viel von dem Zeug, dass wir darin baden können!«

Eine Rotkreuz-Schwester wandte sich an Felix. »An Gleis drei ist ein Mann mit einem ausgeschlagenen Zahn.«

Felix folgte ihr, um den Fall anzuschauen. Der Mann war vielleicht Ende zwanzig. Aber er hatte nicht nur einen abgebrochenen Zahn, sondern an beiden Armen und Schultern auch dunkelblaue Flecken, die von Schlägen stammen konnten. Au-

ßerdem fehlte ihm ein Daumennagel, die Wunde war noch ganz frisch.
Was war mit diesem Mann geschehen?
Felix wollte ihn gerade befragen, der Mann sah aus, als würde er Fremdsprachen verstehen – da schaute er in zwei Augen, deren Anblick ihn erstarren ließ. Nur wenige Schritte entfernt, auf der anderen Seite des Gleises, stand Elisa, in einer Reihe von Frauen, die zur Impfung vorbereitet wurden. Sie machte gerade den Oberarm frei.
Felix ließ den Mann stehen und sprang hinüber auf den anderen Bahnsteig.
»Mein Gott! Was machst du hier?«
»Felix? Bist du es wirklich?«
Für einen Moment verschlug es ihm die Sprache. Wie Musik berührte ihn der Klang ihrer Stimme, genauso wie früher, und auch ihr Gesicht hatte sich kaum verändert.
Noch immer umfing dieser melancholische Schleier ihren Blick.
»Bist ... bist du allein?«, stammelte er. Bevor sie antworten konnte, packte er einen türkischen Offizier am Arm. »Nehmen Sie diese Frau sofort aus dem Transport! Sie ist eine persönliche Bekannte von mir! Hier liegt ein Irrtum vor!«
Der Offizier schaute ihn verständnislos an.
»Willschütz!«, schrie Felix. »Ich brauche Sie!«
Der Leutnant, der fließend Türkisch sprach, eilte im Laufschritt herbei. Felix erklärte ihm die Lage, und zwischen den Offizieren entwickelte sich ein kurzer, heftiger Wortwechsel, von dem Felix kein Wort verstand. Doch je länger die beiden Soldaten aufeinander einredeten, desto verbiesterter wurde das Gesicht des Türken. Schließlich stieß er Willschütz einfach beiseite und führte Elisa ab.
»Was zum Teufel hat er gesagt?«, fragte Felix.
»Der Kommandant soll entscheiden.«
»Taifun Pascha?«

Felix schaute hinüber zu dem Podium, wo sein Freund gesprochen hatte. Doch das Podium war leer.

10

Fatima wusste nicht, wie lange sie schon in diesem halbwachen Zustand verbracht hatte – unfähig, wieder einzuschlafen, und ebenso unfähig, das Bett zu verlassen. Wahrscheinlich war es längst Mittag, durch die goldenen Chintz-Vorhänge drang heller Sonnenschein. Unwillig drehte sie den Kopf zur Seite. Sie hatte Migräne, ihr Schädel war eine tiefe dunkle Höhle, von deren Wänden die Schmerzen mit lautem Dröhnen widerhallten. Sie beschloss, bis hundert zu zählen und dann aufzustehen. Aber schon bei dreiundzwanzig brach sie ab. Sie würde es ja doch nicht tun ... Schon das Liegen fiel ihr so schwer, dass an Aufstehen nicht zu denken war. Weshalb hatte sie so viel getrunken? Wie eine trübe Woge überkam sie die Erinnerung an den Abend, ihren Auftritt auf der Tanzfläche, das Klatschen und Johlen der Gäste, Taifuns rasende Eifersucht ... Obwohl sie betrunken gewesen war, hatte sie genau gewusst, wie sehr sie ihn mit ihrem Tanz verletzte. Warum musste sie ihn immer wieder provozieren? Sie wollte es doch gar nicht. Er war so wütend gewesen, dass er sie am liebsten geschlagen hätte. Fast wünschte sie, dass er einmal die Beherrschung verlor und sie tatsächlich schlug – sie hatte es mehr als verdient. Aber er tat es nicht. Weil er sie liebte.

War sie ein schlechter Mensch?

Jemand klopfte an der Tür.

Unter Aufbietung ihrer ganzen Willenskraft stand Fatima auf und zog ihren Morgenmantel über, ein Seidenmodell aus Paris.

»*Entrez!*«

Suna, ihr Dienstmädchen, kam herein, mit einem Tablett, auf

dem nur ein Glas stand. Sie war ein rotwangiges hübsches Mädchen aus irgendeinem Dorf in der Gegend. In der Stadt gab es fast nur Armenierinnen, und Taifun hatte lange suchen müssen, bis er eine Türkin gefunden hatte, die Fatimas Ansprüchen halbwegs genügte. Die meisten dieser Dorftrampel schämten sich immer noch, ihre Gesichter ohne Schleier zu zeigen. Außerdem konnten sie kaum ihren eigenen Namen schreiben, geschweige ein französisches Wort aussprechen.

»Ihr Frühstück, *Madame!*« Mit einem europäischen Knicks stellte Suna das Tablett auf den Frisiertisch.

»Das wurde auch Zeit!«

Fatima nahm das Glas und nippte daran. Der erste Schluck war immer entsetzlich, ein Gemisch von Wein und Aspirin, das sie jeden Tag als Erstes zu sich nahm, bevor sie sich überhaupt aus dem Zimmer wagte. Doch noch während sie trank, fiel ihr ein, dass Taifun den deutschen Arzt zum Essen eingeladen hatte. Bei der Vorstellung begann sie so sehr zu zittern, dass sie Mühe hatte, ihr Glas in der Hand zu halten. Nein, sie konnte die Gegenwart dieses Menschen unmöglich noch einmal ertragen! Der gestrige Abend war mehr als genug! Sie würde sich entschuldigen lassen und den Rest des Tages in ihrem Zimmer verbringen. Im Schrank hatte sie zum Glück noch zwei Flaschen Wein versteckt.

»Soll ich das Fenster aufmachen?«, fragte Suna.

»Tu, was du nicht lassen kannst.«

Von draußen drang lautes Stimmengewirr zu ihr herauf.

»Was ist das für ein Lärm?«

»Wissen Sie das denn nicht? Heute ist doch Taifun Paschas großer Tag!«

Fatima versuchte sich zu erinnern. Was für ein großer Tag? Taifun hatte immer irgendeinen großen Tag, sie konnte sich unmöglich jeden einzelnen merken. Trotzdem hatte sie ein schlechtes Gewissen, bestimmt hatte er ihr davon erzählt. Ein Ausflug mit Dr. Möbius? Oder vielleicht eine Truppenparade?

Ach ja, die Armenier ... Sie trat ans Fenster und blinzelte hinaus.

Unten auf dem Bahnhofsgelände herrschte emsige Betriebsamkeit. Hunderte von Männern und Frauen standen in langen Schlangen zwischen den Gleisen und warteten darauf, dass sie von Krankenschwestern irgendwelche Spritzen bekamen. Der Anblick erfüllte Fatima mit einem Widerwillen, als blicke sie in eine Grube voller Ungeziefer. Dieses verfluchte Pack.... Sie hatten es gar nicht verdient, dass man sich so um sie bemühte ...

»Haben Sie noch einen Wunsch, *Madame?*«

»Nein, lass mich allein.«

Wieder machte Suna einen Knicks und verließ den Raum. Kaum hatte sie die Tür hinter sich geschlossen, wandte Fatima sich vom Fenster ab, um sich zu vergewissern, dass die zwei Flaschen Wein wirklich im Schrank auf sie warteten.

Da erblickte sie unter ihrem Fenster eine Frau, die genauso aussah wie Elisa. Zwei Soldaten trieben sie an einem Bahngleis vor sich her, in die Richtung eines offenen Waggons.

Fatima schloss die Augen. War es schon so weit mit ihr gekommen? Dass sie Dinge sah, die es überhaupt nicht gab?

Eine lange Weile stand sie so da, voller Angst vor der Wahrheit. Was würde schlimmer sein? Wenn sie sich getäuscht – oder wenn sie sich nicht getäuscht hatte?

Endlich öffnete sie wieder die Augen.

Nein, es gab keinen Zweifel. Die Frau da unten, die Frau, die jetzt gerade von zwei Soldaten in einen Waggon gestoßen wurde, war Elisa.

Der Hass fuhr ihr wie ein Blitz in den Leib. Diese Frau bedeutete das ganze Unglück ihres Lebens.

Vor Erregung krallte Fatima ihre Nägel ins Fensterbrett. Aber noch bevor die Waggontür sich hinter Elisa schloss, erstarb Fatimas Hass in einer Woge der Sehnsucht.

Diese Frau war ihre Schwester – der Mensch, der ihr einmal so nahe gewesen war, als wäre er ein Stück von ihr.

11

Kaum hatten die zwei Soldaten Elisa in den Waggon gestoßen, wurde die Tür von außen zugesperrt und verriegelt.
Für einen Moment verlor Elisa die Orientierung. Im Innern war es stockdunkel, das Einzige, was sie wahrnahm, war ein fürchterlicher Gestank, wie in einem Schafstall.
Dann spürte sie, dass sie nicht allein war. Um sie herum bewegte es sich überall, sie hörte Stimmen, die leise fluchten und beteten und stöhnten und weinten, doch sie konnte niemanden erkennen.
Allmählich gewöhnten sich ihre Augen an die Finsternis, und sie begriff. Man hatte sie in einen Viehwaggon gesteckt, zusammen mit Dutzenden von anderen Gefangenen. Manche lehnten an den Wänden, die meisten aber hockten oder lagen auf dem Boden, der nur mit Stroh bedeckt war.
»Aram? Aram! Bist du hier?«
Sie schaute sich um, aber es kam keine Antwort. Ein schmaler, heller Streifen Sonnenlicht markierte die einzige Öffnung. Elisa drängte zurück zur Tür, lugte durch den Spalt nach draußen, ins Freie.
An den Bahnsteigen ging alles weiter seinen Gang, als wäre nichts geschehen. Hunderte von Gefangenen warteten geduldig ab, dass weißgekleidete Schwestern ihnen ihre Impfungen verabreichten, eine stumme, endlose Prozession, die sich an allen Bahngleisen wiederholte.
Plötzlich sah sie in der Ferne einen Mann, der im Laufschritt über das Gelände eilte.
»Felix!«, rief sie, so laut sie konnte. »Hier! Hier bin ich! In dem Waggon!«
Doch er war zu weit entfernt, um sie zu hören. Ohne sich umzudrehen, eilte er weiter, immer weiter von ihr fort, auf einen großen, prachtvollen Palast zu, der sich auf der anderen Seite

eines sonnenüberfluteten Platzes an das Bahnhofsgelände anschloss. Als sie sah, wie er einem Wachtposten vor der Freitreppe etwas zurief und in dem Portal verschwand, war es, als verschwinde mit ihm ihre ganze Hoffnung.

»Machen Sie sich keine Sorgen, es wird schon alles wieder gut.«

Elisa drehte sich um. Mariam stand vor ihr und nickte ihr zu.

»Das ist sicher nur vorübergehend. Sie können uns unmöglich hier festhalten. Wie sind doch kein Vieh!«

»Haben Sie Aram gesehen?«

»Nein. Aber ich bin sicher, er kann nicht weit sein. Sie haben die Männer und Frauen nur getrennt, damit alles seine Ordnung hat. Sie werden sehen, bald ...«

»Pssst!«, machte Elisa.

Sie hatte ihren Namen gehört, ganz in der Nähe. Jetzt hörte sie ihn wieder.

»Elisa?«

Es war wie ein Ruf aus längst vergangenen Zeiten, so vertraut war ihr die Stimme.

»Ich bin's! Fatima! Antworte! Bist du hier irgendwo?«

»Ja!«, rief sie. »Hier bin ich!«

Sie ließ Mariam stehen und drängte eine andere Frau beiseite, die ihr den Weg versperrte.

Im nächsten Augenblick sah sie ihre Freundin, die suchend an den Gleisen entlangirrte – sie lief gerade an der großen Anschlagtafel vorbei, auf der die Abfahrtszeiten der Züge standen. Elisa streckte ihre Hände durch den Türspalt, um irgendwie auf sich aufmerksam zu machen.

»Hier bin ich, Fatima! Hier!«

Endlich hörte ihre Freundin sie. Auf dem Absatz machte sie kehrt. Elisa sah ihr Gesicht, keine Armlänge von ihr entfernt, und für eine Sekunde berührten sich ihre Hände.

Doch nur für eine Sekunde.

»Weg da! Weg von dem Waggon!«, bellte jemand.
Ein Soldat mit Gewehr im Anschlag drängte Fatima beiseite.
Noch einmal hörte Elisa ihre Stimme.
»Hab keine Angst, ich helfe dir ... Ich ... ich hole dich da raus!«
Im selben Moment ging ein so heftiger Ruck durch den Wagen, dass Elisa zu Boden stürzte.

12

Zwei Stufen auf einmal nehmend, stürmte Felix die Treppe des Gouverneurspalasts hinauf. Wenn jemand helfen konnte, dann Taifun! Ohne anzuklopfen, betrat er das Büro.
Sein Freund schien ihn schon zu erwarten.
»Was fällt Ihnen ein, in Entscheidungen unserer Regierung einzugreifen?«, fuhr er ihn an, bevor Felix auch nur den Mund aufmachen konnte.
»Sie ... Sie wissen also Bescheid?«
»Natürlich! Wofür halten Sie mich?«
»Aber warum unternehmen Sie dann nichts?«
»Was sollte ich denn Ihrer Meinung nach tun?«
»Das fragen Sie?«, rief Felix. »Nehmen Sie Elisa aus dem Transport! Auf der Stelle!«
»Weshalb?«, fragte Taifun kühl. »Ich sehe dazu nicht die geringste Veranlassung.«
»Wie bitte? Ihre Deportation kann doch nur ein Missverständnis sein!«
»Wollen Sie die Richtigkeit meiner Anordnungen in Frage stellen?«
»Wie kommen Sie darauf? Nein! Aber ... aber ...«
»Aber was?«
»Sie kennen Elisa! Sie ist die Freundin Ihrer Frau!«

»Was hat das eine mit dem anderen zu tun?«, erwiderte Taifun. »In Berlin habe ich einen Satz gehört, den ich mir für mein ganzes Leben gemerkt habe: Dienst ist Dienst, und Schnaps ist Schnaps. Hüten wir uns, die Dinge durcheinanderzubringen. Wo kommen wir hin, wenn wir kriegswichtige Entscheidungen nach persönlichen Gesichtspunkten treffen? Nein«, sagte er und hob die Hände, als Felix widersprechen wollte. »Alles hat seine Richtigkeit. Und falls Sie daran zweifeln, möchte ich Sie daran erinnern, was Sie heute Morgen selbst vor aller Welt erklärt haben. Dass unsere Aktion ein erstaunlicher Beweis für die humanitäre Haltung meiner Regierung sei, an der sich manche europäische Regierung ein Beispiel nehmen könnte. Haben Sie das schon vergessen? Oder haben Sie etwa ein persönliches Interesse an dieser Frau, Herr Professor Dr. Möbius?«

Während Felix nach Luft schnappte, ging die Tür auf, und Fatima kam herein, aufgelöst und außer Atem. Taifun ließ Felix stehen, um sie mit einem Handkuss zu begrüßen.

»Was führt dich her, meine Liebe? Zu dieser Zeit?«

»Elisa«, keuchte sie. »Sie ist da unten, in einem Waggon.«

»Ich weiß. Unser Freund und ich sprachen gerade darüber.«

»Du musst deinen Leuten befehlen, dass sie den Zug aufhalten!«

»Das muss ich keineswegs«, erwiderte Taifun. »Mit ihr geschieht nichts weiter, als was mit Tausenden ihrer Landsleute geschieht. Ein Beschluss des Kriegsministeriums, den ich durchzuführen habe.«

»Und wenn ich dich darum bitte? Der Zug fährt gleich ab!«

»Um Himmels willen!«, rief Felix. »Handeln Sie, General, bevor es zu spät ist!«

Taifun hörte nicht auf ihn. »Deine Bitte rührt mich zutiefst, meine Liebe«, sprach er weiter zu Fatima, als wäre Felix gar nicht da, »und sie beweist mir einmal mehr, was für ein großes Herz du hast. Aber sag, hat diese Armenierin dein Mitgefühl wirklich verdient? Oder muss ich dich daran erinnern, was sie dir angetan hat?« Er nahm ihre Hand und führte sie erneut an die Lippen. »Denk nicht länger an sie, sie ist es nicht wert. Sie ist nichts weiter als der lebende Beweis für die Hinterhältigkeit ihres ganzen Volkes. Wenn jemand die Deportation verdient hat, dann sie …«

Fatima entzog ihm ihre Hand und machte einen Schritt zurück.

»Wenn du mich liebst, musst du ihr helfen«, sagte sie.

»Was ist denn in dich gefahren? Du hast doch immer selbst gesagt …«

»*Musst* du ihr helfen!«, wiederholte Fatima.

Taifun sah sie mit erhobenen Brauen an. »Und wenn nicht?« Sie hielt seinem Blick stand, brachte aber nur ein Stammeln hervor. »Dann … dann … will ich dich nicht mehr … dann werde ich …« Statt den Satz zu Ende zu sprechen, brach sie in Tränen aus.

Felix wollte etwas sagen, doch Taifun kam ihm zuvor.

»Nun gut, meine Liebe«, seufzte er. »Da es dir ein solches Anliegen ist, sollst du deinen Willen haben. – Ordonanz!«

Während er ein Blatt Papier unterschrieb, betrat ein Offizier den Raum und salutierte.

»Erledigen Sie das«, sagte er und reichte dem Offizier den Wisch.

13

Im Laufschritt eilte Fatima mit dem Offizier zum Bahnhof zurück. Dort standen immer noch Hunderte von Frauen und Männern vor den Behandlungstischen an, in geduldiger Erwartung, dass sie an die Reihe kamen, während die Presseleute und Rotkreuz-Vertreter ihre Beobachtungen notierten. Doch auf den Gleisen herrschte inzwischen hektische Betriebsamkeit. Lokomotiven rangierten hin und her, Waggons wurden auseinander-

gekoppelt, Züge neu zusammengestellt, und überall wurden Armenier, die bereits behandelt worden waren, abgezählt und auf die Wagen verteilt.
»An welchem Gleis stand der Zug?«, fragte der Offizier.
Panisch schaute Fatima sich um. Die Bahnsteige sahen einer aus wie der andere. Überall dieselben Menschenschlangen, überall dieselben Krankenschwestern, überall ... Plötzlich entdeckte sie die große Anschlagtafel mit den Abfahrtzeiten der Züge.
»Da! Da drüben muss es sein!«
Zwischen rangierenden Zügen überquerten sie die Gleise, doch als sie den Bahnsteig erreichten, befand sich an der Stelle, wo vor wenigen Minuten noch Elisas Waggon gestanden hatte, nur noch eine einsame Lok.
»Elisa! Elisa! Wo bist du?«
Kalter Schweiß brach Fatima aus, strömte ihr aus allen Poren, so dass die Kleider ihr wie eine zweite Haut am Körper klebten. Verzweifelt machte sie sich auf die Suche, lief zwischen den Gleisen und Zügen hin und her, ohne Richtung oder Plan, rief den Namen ihrer Freundin, rüttelte an jeder Waggontür, an der sie vorüberkam. Für eine Sekunde wurde ihr schwarz vor Augen, und sie glaubte in Ohnmacht zu fallen.
Wein! Sie brauchte ein Glas Wein ... Aber wo sollte sie das jetzt bekommen?
Sie riss sich zusammen, wie sie sich noch nie zusammengerissen hatte. Nein, sie durfte nicht schwach werden! Sie hatte Elisa schon einmal im Stich gelassen, als sie ihr hätte helfen können, damals im Theater. Während sie sich auf einem Geländer aufstützte, um einen Schwindelanfall zu überwinden, sah sie ihre Freundin vor sich, wie sie mit faulem Obst beworfen wurde, unter dem Gejohle des Publikums. Ein Wort von ihr hätte damals genügt, aber sie hatte keinen Finger gerührt, nur gelacht und getrunken und gelacht ... Sie musste Elisa finden, musste ihr helfen – und koste es ihr eigenes Leben.
»Elisa! Elisa! Wo bist du?«

Plötzlich hörte sie eine Antwort, ganz in ihrer Nähe.
»Fatima? Hier! Hier bin ich!«
Das war ihre Stimme! Unter Tausenden würde sie sie wiedererkennen.
Fatima fuhr herum. »Elisa?«
Endlich sah sie ihre Freundin, der Waggon stand keinen Steinwurf entfernt. Durch einen Spalt in der Wand streckte sie ihr Hände und Arme entgegen.
»Elisa! Warte! Ich komme!«
Es ging um jede Sekunde. Die Lokomotive stand schon unter Dampf, ein Schaffner wartete mit erhobener Kelle am Bahnsteig. Ohne auf die rangierenden Züge zu achten, sprang Fatima über die Gleise, zusammen mit dem Offizier.
»Machen Sie die Tür auf!«
»Zu Befehl!«
Der Offizier packte mit beiden Händen den Riegel, doch der ließ sich nicht bewegen. Er rief einen Soldaten herbei, ihm zu helfen. Zusammen stemmten sie sich gegen das Eisen. Fatima hielt den Atem an, starrte auf die Männer und die Tür und gelobte, nie wieder einen Schluck Wein zu trinken, wenn nur …
Der Riegel knarrte, ruckte – und gab nach.
»Allah sei Dank!«
Fatima konnte Elisa sehen, sie stand direkt hinter dem Türspalt.
»Nur noch einen Augenblick! Gleich bist du frei!«
In dem Moment gab es einen fürchterlichen Knall. Wie von einem Faustschlag getroffen, wirbelte Fatima herum, und im Fallen sah sie, wie ein Eisenbahnwaggon vor ihren Augen explodierte. Balken und Metallteile flogen wie Spielzeuge durch die Luft, Menschen quollen aus dem Wagen hervor, strauchelten und stürzten zu Boden, während Soldaten das Feuer auf die schreienden Männer und Frauen eröffneten.
»Hilfe …«, röchelte eine Stimme neben Fatima, und eine Hand griff nach ihrem Arm.
Sie brauchte eine Sekunde, um die Orientierung wieder zu er-

langen. Dann erkannte sie neben sich den Offizier. Es war seine Hand, die ihren Arm umklammert hielt – ein Balken war auf ihn gefallen und hatte ihn unter sich begraben. Aus seinem Mund quoll ein feiner Streifen Blut.
»Hilfe ...«, röchelte er noch einmal.
Dann brachen seine Augen, aber noch immer hielt er Fatima so fest, dass sie beide Hände brauchte, um sich von seinem Griff zu lösen.
Vor Angst und Schwäche taumelnd, rappelte sie sich auf, während links und rechts von ihr die Hölle tobte.
Wo war Elisa?
Als Fatima sich umdrehte, gellte ein Pfiff durch die Luft, so laut und durchschneidend, dass er allen Lärm übertönte.
Fatima erstarrte, nur ein Schrei entwand sich ihrer Brust.
»Nein!«
Fauchend und stampfend setzte sich der Zug in Bewegung.

14

»Ich hoffe, Sie sind zufrieden?«, sagte Taifun.
»Ich weiß Ihr Entgegenkommen außerordentlich zu schätzen«, erwiderte Felix und griff nach der Türklinke. »Aber wenn Sie mich entschuldigen, ich sollte jetzt zurück zu ...«
»Noch einen Augenblick!«, fiel Taifun ihm ins Wort.
Felix fühlte sich wie auf Kohlen. Er wollte endlich hier raus, zu Elisa. Aber die Miene des Generals duldete keinen Widerspruch. Felix ahnte, warum Taifun immer wieder einen neuen Grund fand, ihn am Gehen zu hindern. Der Gouverneur war ein ebenso eitler wie intelligenter Mann – wahrscheinlich wollte er bei seinen Untergebenen den Eindruck vermeiden, dass er seine Befehle auf Anweisung eines Deutschen korrigierte.
»Gewiss«, sagte Felix, ohne die Klinke loszulassen. »Allerdings,

die Reporter werden mich vielleicht vermissen, wenn ich nicht bald ...«

Da explodierte die Bombe, mit solcher Wucht, dass der Gouverneurspalast in seinen Grundmauern erbebte.

Eine Sekunde starrten die beiden Männer sich an. Dann stürmten sie zusammen die Treppe hinunter.

Auf dem Bahnhofsgelände sah es aus wie auf einem Schlachtfeld. Alles rannte und schrie durcheinander – Soldaten, Journalisten, Rotkreuz-Schwestern. Und überall wurde geschossen. Wie fliehende Tiere suchten die Armenier zwischen den Bahnsteigen das Weite.

Während Taifun seinen Männern auf Türkisch irgendwelche Befehle zurief, lief Felix über den Platz zu den Gleisen.

Wo war Elisa? Wo war ihr Zug?

Da hörte er einen Pfiff.

Im nächsten Moment sah er Fatima – und eine Lokomotive, die fauchend und dampfend aus dem Bahnhof fuhr. Ohne zu überlegen, lief Felix los, aber er hatte noch nicht das Ende des Bahnsteigs erreicht, da musste er begreifen, dass es sinnlos war. Der Zug war schon viel zu weit fort. Völlig außer Atem, mit pumpenden Lungen, sah er ohnmächtig zu, wie die Lok sich mit den Waggons weiter und weiter entfernte.

»Gott sei Dank! Da sind Sie ja!« Wie aus dem Nichts tauchte Leutnant Willschütz vor ihm auf. »Ich hatte schon Angst, dass Sie ...«

»Was ist hier passiert?«, unterbrach ihn Felix.

Willschütz zuckte die Achseln. »Keine Ahnung. Wahrscheinlich ein armenisches Attentat. Hier fliegt dauernd was in die Luft, und meistens stecken diese krummnasigen Teufel dahinter.«

Felix zeigte auf den Zug, der immer mehr Fahrt aufnahm. »Wohin geht der?«

Willschütz schaute ihn verwundert an. »Wissen Sie das denn nicht?«

»Nein, zum Teufel! Würde ich Sie sonst fragen?«

Statt einer Antwort strich Willschütz mit der flachen Hand quer über seine Kehle, als wolle er sich die Gurgel durchschneiden. Als Felix diese Handbewegung sah, wurde er blass. »Was ... was wollen Sie damit sagen?«

»Na, was wohl?« Willschütz wurde sichtlich verlegen. »Ich dachte, ich meine, ich ging davon aus, dass Sie Bescheid wissen ... Ja, Himmel, Arsch und Zwirn, hat Sie denn kein Mensch informiert?«

Felix schüttelte den Kopf.

»Gottverdammte Schweinerei!«, fluchte Willschütz.

Felix war wie vor den Kopf geschlagen. Was er ahnte, war so fürchterlich, dass sein Verstand sich weigerte, es in sich aufzunehmen. »Und ... und«, stammelte er wie ein Idiot, »wozu dann die ganze Aktion? Die Untersuchungen? Die Impfungen? Die Presseleute?«

Der Leutnant nahm Haltung an. »Unsere Aufgabe ist es«, schnarrte er wie beim Rapport, »die Weltpresse zum Schweigen zu bringen. Es gibt keine Menschenrechtsverletzungen in diesem Land, die Türken sind unsere Waffenbrüder. Keine Nation hat das Recht, ihnen irgendetwas vorzuwerfen ...«

Endlich drang die Wahrheit in Felix ein, sickerte durch die Fugen und Ritzen der Mauer, mit der sich sein Verstand gewappnet hatte.

»Von wem werden Sie bezahlt?«, hatte der amerikanische Reporter ihn gefragt. »Von der deutschen oder von der türkischen Regierung?« Die Frage traf ihn jetzt mitten ins Mark. Ja, man hatte ihn benutzt, um der zivilisierten Welt eine Farce vorzuspielen, ein widerwärtiges, scheußliches Spektakel vermeintlicher Humanität, und er war so dumm gewesen, dass er ...

Er ließ Leutnant Willschütz stehen und rannte zu einem Rotkreuz-Lastwagen, der auf dem Platz vor dem Gouverneurspalast parkte.

»Los! Fahren Sie!«, rief er dem Soldaten am Lenkrad zu.

»Jawohl, Herr Major! Wohin?«

Felix zeigte in die Richtung der Bahngleise, die zur Stadt hinausführten.
»Folgen Sie dem Zug da! Wir müssen ihn einholen!«, rief er. »Vorwärts! Worauf warten Sie, Mann? Geben Sie Gas! Tempo! Tempo!«

15

Die Felsenburg von Wan war ein Labyrinth von Gebäuden, Kasernen und Pulvermagazinen, die aus dem lebenden Stein herausgehauen waren. Auf der Kuppe befand sich eine weiße Moschee, in die der Provinzgouverneur und militärische Führer der Garnison, Taifun Pascha, nach dem Attentat sein Hauptquartier verlegt hatte, um sicher vor Anschlägen zu sein. Von dem Minarett, das einer Marmornadel gleich in den Himmel aufragte, sah man auf die Stadt und die umliegenden Dörfer wie auf eine Landkarte hinab. Etliche Meilen westwärts säumten die weißen Häuser von Ekeleköy wie eine Schar Tauben den See, während nach Osten auf dunklem Gelände sich die Siedlungen Artschak, Hazeran und Susans erstreckten, eine Kette brauner Flecken, die in Form eines Halbmonds die Hauptstadt umschlossen.
Kein Anblick konnte friedlicher sein als dieser. Tatsächlich aber tobte hier die Hölle.
Jeden Morgen, den Gott werden ließ, rief ein Signalhorn zur Rache an den armenischen Aufrührern, die einen großen Teil der ummauerten Stadt in ihren Besitz gebracht hatten, während die Soldaten der Regierung und ihre deutschen Verbündeten nur noch die Herren der Burg sowie der Umgebung waren. Ohne Unterlass feuerten Kanonen von der Felsenburg auf die darunter liegenden Gebäude, und berittene Truppen rückten aus, um einen eisernen Ring um die christlich besetzten Viertel zu ziehen, steckten Häuser in Brand und schossen auf alles, was

sich in den Straßen und Gassen bewegte. Panisch vor Angst liefen die Armenier hin und her, ohne eine Möglichkeit, zu entkommen. Nur wenige junge Männer verteidigten sich mit dem Mut der Verzweiflung, bis sie unter Kolbenstößen und Messerstichen zusammenbrachen. Manche setzten sich einfach auf die Erde und warteten ergeben und stumpfsinnig auf ihren Tod, wie an den Altar gefesselte Opfertiere. Taifuns Soldaten schlugen verschlossene Türen ein, sprangen über Zäune und drangen in jeden Unterschlupf, wo sie einen Aufrührer vermuteten. Sie suchten Brunnen und Erdlöcher nach Versteckten ab, und fanden sie welche, spalteten sie ihnen den Schädel oder schnitten ihnen die Kehle durch. Ohne Gnade schlachteten sie ihre Opfer ab und zwangen deren Frauen, Mütter und Töchter, die Leichname auf die Straße zu schleifen. Plünderer rissen den Toten die Kleider vom Leib und ließen die nackten, reglosen Leiber einfach irgendwo liegen. Immer höher wuchsen die Leichenhaufen an, während flatternde, krächzende Scharen schwarzer Raben versuchten, die verwesende Beute streunenden Hunden abzujagen.

Bis tief in die Nacht krachten die Salven der Artillerie vom Burgfelsen auf die Stadt nieder. Aus allen Vierteln stiegen Rauchsäulen und Flammen auf. Rot glühte in ihrem Widerschein der nächtliche Himmel, der vom Donner der Geschütze erbebte. Längst stand die christliche Kathedrale in Flammen, ein lodernder, Glut und Asche speiender Vulkan inmitten eines Feuermeers, das alles rings um sich her verschlang. Wie riesige Schlangen erhoben die Feuergarben ihre Häupter zwischen den brennenden Trümmern des Gotteshauses, in dem Tausende von Menschen, die hier ihre letzte Zuflucht genommen hatten, im Angesicht ihres Gottes bei lebendigem Leibe verbrannten.

Ihre Schreie hallten vom Himmel wider wie die Schreie der Verdammten am Tag des Jüngsten Gerichts. Doch Fatima hörte sie nicht, so wenig wie das dumpfe Donnern der Kanonen oder das unaufhörliche Knattern der Infanteriegewehre. Sie stand an einem Fenster der Felsenburg und schaute hinab auf die Verwüstung. Ganze Straßenzüge gingen vor ihren Augen in Flammen auf, Menschen stürzten als brennende Fackeln aus den Häusern, während sie trank, um sich zu betäuben, trank und trank und trank, doch ohne auch nur einen Augenblick vergessen zu können, was sich unauslöschlich ihrem Herzen eingebrannt hatte: Das alles war Taifuns Werk. Und während ihre Augen in dem Flammenmeer ertranken, war es, als würde sie in die Seele ihres Mannes schauen.

Plötzlich spürte sie eine Berührung. Sie drehte sich um. Vor ihr stand Taifun. Seine Augen glühten wie dunkle Kohlen. Voller Abscheu sah sie ihn an.

»Was hast du getan?«

Er erwiderte ihren Blick, lächelte sie an.

»Allah ist mit uns ...«

Mehr sagte er nicht. Immer noch lächelnd, beugte er sich über sie.

»Nein! bitte nicht!«

Mit einem Ruck riss er ihr Kleid auf, packte ihre Hinterbacken und presste sie an sich. Als wolle er sie pfählen, drang er in sie ein. Wie Hunderte, Tausende Male zuvor, ließ sie es geschehen, unfähig, sich seinem Willen zu widersetzen. Und während sie sein Fleisch in sich spürte, seine Lust, die sich in ihrem Schoß ergoss, schaute sie hinaus auf die brennende Stadt. Wie einen roten, tanzenden Nebel sah sie das Flammenmeer, das er entfacht hatte, in der fürchterlichen Gewissheit, dass diesem Teufel, dieser Hölle auch Elisa ausgesetzt war, ihre Schwester, irgendwo da draußen jenseits der Mauern, irgendwo in der Nacht, irgendwo in der Wüste ...

16

Es stank nach Kot und Urin.
»Kannst du etwas erkennen?«, fragte Elisa.
»Nichts«, sagte Mariam, die durch einen Spalt nach draußen lugte. »Keine Häuser, keinen Bahnhof. Rein gar nichts. Nur ein paar Sträucher.«
»Seltsam. Was hat das zu bedeuten?«
In dem Waggon befanden sich ausschließlich Frauen. Eine Woche dauerte schon ihre Irrfahrt. Alle paar Stunden hielt der Zug irgendwo an, um noch mehr Gefangene aufzunehmen, so dass es in dem Wagen immer enger und stickiger geworden war. Die Frauen stammten aus allen möglichen Dörfern und Städten aus ganz Anatolien. Viele waren zu Hause verhaftet worden, wie Elisa und Mariam, andere hatte man zum Rathaus bestellt, um ihnen mitzuteilen, dass sie in den Süden des Landes deportiert werden sollten – oft mit nur einer Stunde Zeit bis zum Aufbruch. Sie hatten weder ihren Besitz verkaufen noch sich mit irgendwelchen Dingen für die Reise versorgen dürfen. In den meisten Orten waren die armenischen Geschäfte und Magazine versiegelt und das Eigentum der Vertriebenen der Regierung unterstellt worden – wer sich den Anordnungen widersetzte, wurde erschossen. Manche der Frauen hatten tagelange Fußmärsche hinter sich gebracht, bis sie einen Bahnhof erreicht hatten, wo sie in den Transport eingliedert worden waren. Mariam hatte versucht, am Stand der Himmelskörper zu erkennen, in welche Richtung der Transport führte, aber vergebens. Mal ging die Fahrt wirklich nach Süden, dann nach Norden, dann nach Osten oder Westen, um schließlich wieder in den Süden zurückzukehren. Nur zweimal am Tag durften sie den Zug verlassen, um ihre Notdurft zu verrichten. Wenn irgendwo draußen Schüsse knallten, war die Angst manchmal größer als die Scham.
Plötzlich wurde die Waggontür aufgeschoben.

»Alle raus hier! Hopp, hopp!«
Draußen graute ein neuer Tag. Der Zug hatte mitten in der Steppe angehalten, wo die Eisenbahnschienen irgendwo im Sand endeten, wie ein Fluss, der in der Wüste versickerte. Überall wurden laute Befehle gebrüllt. In endlosen Reihen traten die Gefangenen vor den Waggons an, Männer und Frauen getrennt.
»Siehst du Aram irgendwo?«, fragte Elisa Mariam, die neben ihr stand.
Unzählig viele Menschen quollen aus den Eisenbahnwaggons hervor. Doch so sehr Elisa sich den Hals verrenkte – von Aram war weit und breit keine Spur. Plötzlich spürte sie Mariams Hand, die sich um ihren Arm krampfte.
»Um Gottes willen! Sieh nur! Dahinten!«
Über die Steppe kamen Horden von Reitern herangaloppiert. Seit ihrer Kindheit hatte Elisa solche Männer nicht mehr gesehen. In abenteuerliche, bunte Gewänder gehüllt und bis an die Zähne bewaffnet, schienen sie mit ihren Pferden verwachsen, während sie im Höllentempo immer näher kamen, Säbel und Gewehre über ihren Köpfen schwenkend. Für eine Sekunde sah sie wieder die alten Bilder, die schwarzen Ruinen, die verstümmelten Leichen …
»Kurden«, flüsterte sie.
Sie griff nach ihrem Perlenkranz und schickte ein Stoßgebet zum Himmel, dass diese Reiter nicht ihretwegen hier waren. Die Pferde scheuten vor der noch dampfenden Lokomotive und bäumten sich auf, doch mit Gewalt zwangen die Reiter sie an den Zug heran. Als sie die offenen Waggons erreichten, sprangen sie aus den Sätteln und begrüßten die türkischen Offiziere, die sie offenbar erwartet hatten. Ein großes Palaver begann, von dem nur ein paar Fetzen zu den Frauen herüberwehten.
»Worüber reden sie?«, fragte Mariam.
»Ich weiß nicht«, erwiderte Elisa. »Ich glaube, sie wollen Geld.«
Sie hatte sich nicht verhört. Nach einer Weile trat einer der Of-

fiziere vor die Reihen der armenischen Männer. Als Elisa sein Gesicht sah, erschrak sie zu Tode. Sie kannte diesen Mann, kannte ihn seit vielen Jahren ... Aus den Augenwinkeln spähte sie zu ihm herüber. Nein, kein Zweifel, der Offizier war niemand anderer als – Taifun ... Aus Angst, dass er sie erkennen könnte, bedeckte sie ihr Gesicht mit einem Schleier.

»Ich fordere Sie auf, eine Sammlung durchzuführen!«, rief er den Gefangenen zu. »Unsere kurdischen Freunde bekommen dreitausend Pfund! Als Schutzgeld für Ihre Sicherheit! Damit Sie unversehrt ihr Land durchqueren können!«

»Nein!«, protestierte ein Gefangener. »Das werden wir nicht tun, nie und nimmer ...«

Er hatte noch nicht ausgesprochen, da zückte Taifun seine Pistole und knallte ihn ab wie einen tollwütigen Hund. Verängstigt schreckten die anderen Männer zurück. Die Köpfe zu Boden gesenkt, wagten sie kaum mehr zu atmen.

»Sonst noch irgendwelche Wünsche?«

Wenige Minuten später war das Geld eingesammelt und abgeliefert.

»Na also!«

Zu zweit mussten die Männer antreten, dann setzten sie sich in Bewegung. Taifun ritt an der Spitze des Zugs. Mit schleppenden Schritten entfernte sich der Trupp, begleitet von den türkischen Soldaten, in Richtung Osten, wo ein heller Streifen vom baldigen Aufgang der Sonne kündete. Ohnmächtig schaute Elisa den Männern nach. Einer von ihnen musste Aram sein, irgendeine dieser müden, gedemütigten Gestalten ...

»Pass auf!«, flüsterte Mariam. »Jetzt kommen sie zu uns.«

Ein baumgroßer Kurde mit gelbroter Schärpe um den Kopf, offenbar der Anführer der Bande, schritt die Reihen der Armenierinnen ab. Ein Dutzend Männer folgten ihm in einigem Abstand. Elisa knüllte die Geldscheine, die sie im Ärmel ihrer Bluse versteckt hatte, eilig zusammen und ließ sie im Mund verschwinden.

»Tu das nicht!«, zischte Mariam. »Wenn sie merken, dass du sie betrügst, dann ...«
Doch den Kurden ging es nicht mehr ums Geld, jetzt ging es ihnen um die Frauen selbst.
»Du!« Der Anführer zeigte auf ein Mädchen, das höchsten zwölf Jahre alt war. »Mitkommen! Und du da hinten auch!«
Wie in einem Basar begutachtete er die Frauen und wählte die hübschesten aus. Elisa würdigte er mit keinem Blick, und vor Mariam spuckte er voller Verachtung aus.
»Gott sei Dank!«
Dann waren seine Gefolgsleute an der Reihe.
»Na, mein Täubchen? Warum versteckst du dich?«
Ein Mann mit einer Kartoffelnase und einem gewaltigen Bart riss Elisa den Schleier herunter. Als er ihr Gesicht sah, lächelte er. »Willst du meine Frau werden?«, fragte er und tätschelte ihre Wange.
Elisa roch seinen stinkenden Atem, sah seine braunen, faulen Zähne, während sie Mühe hatte, sich nicht an den Geldscheinen in ihrem Mund zu verschlucken.
»Na, was sagst du? Ich bin reich. Ich habe zweihundert Schafe.«
Er fasste an ihre Brust. Elisa erstarrte, unfähig, die Augen von seinem Mund zu lassen, von dem riesigen Bart, den braunen Zähnen, den wulstigen Lippen, die mit Speichel und Schleim verklebt waren. Sie hielt den Atem an, um nicht die faulig stinkende Wolke zu riechen, die ihr aus seinem Mund entgegenquoll. Doch als er sich vorbeugte, um sie zu küssen, als sie die Spitzen seines Bartes auf ihrer Haut zu spüren glaubte, würgte es sie vor Ekel im Hals. Sie musste husten, und im hohen Bogen spuckte sie ihm ihr Geld ins Gesicht.
Die Augen des Kurden wurden so groß, als würden sie aus ihren Höhlen springen. Er holte aus, um sie zu schlagen. Doch dann fiel sein Blick auf die zerknüllten Scheine. Verwundert hob er sie auf. Als er erkannte, was er da in seinen schwieligen Händen hielt, verzog sich sein Mund zu einem breiten Grinsen.

»Na, so was! Du bist ja ein Goldeselchen! Komm her zu mir, meine Süße.« Er fasste sie um die Hüfte und drückte sie an sich.
»Was willst du denn mit der?«, rief ihm der Hauptmann zu. »Die ist doch viel zu alt! Da, nimm lieber die!« Er zerrte ein verschüchtertes Mädchen herbei und stieß sie in seine Richtung.
»Was für ein Prachtarsch! Mit der kannst du viele Kinder machen!«
Der Kurde guckte für einen Augenblick so dumm, als hätte es ihm die Sprache verschlagen. Dann streckte er Elisa die Geldscheine entgegen.
»Ist das alles, was du hast?«, fragte er.
Sie nickte, am ganzen Körper zitternd vor Angst.
»Da, nimm!« Er drückte ihr das Geld in die Hand. »Behalt es, ich brauche es nicht. Ich bin reich.«
Er brach in so lautes Gelächter aus, dass es wie ein Brüllen klang. Während Elisa das Geld in ihrem Ärmel verschwinden ließ, nahm er das andere Mädchen, hob es auf sein Pferd und schwang sich selber in den Sattel.
»Hüh!«, rief er und galoppierte davon.
Elisa schloss die Augen und küsste die Perlenkette in ihrer Hand.

17

»Es lebe der Pascha!«, rief Taifun.
»Es lebe der Pascha!«, wiederholten die Frauen im Chor.
Nach dem Mittagsgebet hatte Taifun sie gezwungen, auf die Knie zu sinken, um Enver Pascha, dem Führer des »Komitees für Einheit und Fortschritt« im fernen Konstantinopel, zu danken, dass sie noch am Leben waren. Wie immer, wenn Taifun in der Nähe war, hatte Elisa ihr Gesicht verschleiert. Der General

war erst vor wenigen Stunden wieder aufgetaucht. Was war mit den Männern geschehen?

»Los! Aufstehen! Weiter!«

Unter dem Peitschenknallen der Aufseher erhoben sich die Frauen. Während die türkischen Offiziere die Spitze der Kolonne übernahmen, sicherten kurdische Reiter die Flanken und die Nachhut. Elisa war so erschöpft, dass sie kaum wusste, wie sie einen Fuß vor den anderen setzen sollte. Anderthalb Tage waren verstrichen, seit der kurdische Hauptmann mit den erbeuteten Frauen in den Bergen verschwunden war, und in diesen anderthalb Tagen hatten sie weder zu essen noch zu trinken bekommen, nicht einmal in der Nacht, die sie unter freiem Himmel verbracht hatten.

Gnadenlos brannte die Sonne auf die Frauen herab, während sie sich durch den Wüstensand schleppten. Sie hatten keine Ahnung, was das Ziel ihres Marsches war. Es kursierten die widersprüchlichsten Gerüchte. Vom armenischen Taurus war die Rede, dass sie dort in den Bergen eine neue Heimat bekommen sollten ... Dann wieder hieß es, sie zögen in Richtung der syrischen Grenze, nach Aleppo, wo man sie in der Wüste aussetzen wollte ...

»Willst du dich ihm nicht zu erkennen geben?«, fragte Mariam.

»Wem?«, erwiderte Elisa. »Taifun?«

»Ja! Wenn er weiß, wer du bist, gibt er uns vielleicht Wasser!«

»Dieser Teufel? Niemals!«

Sie verstummte. Nur wenige Schritte vor ihr waren zwei Frauen zusammengebrochen, ein Kurde zwang sie mit seinem Stock wieder in die Höhe. Ein junges Mädchen, fast noch ein Kind, sank zu Boden, zwei Männer schlugen auf sie ein, und sie raffte sich wieder auf. Neben ihr ging eine Mutter mit einem Säugling auf dem Arm. Etwas weiter stolperte eine Greisin und fiel in den Sand. Einer der Aufpasser stieß sie mit seinem Knüppel in die Seite. Sie rührte sich nicht. Wütend trat er mit dem Stiefel nach ihr, einmal, zweimal, immer wieder, bis sie wie ein Stück Fleisch in einen Graben rollte. Elisa hatte weder die Kraft noch den Mut, ihr zu helfen. Sie hoffte nur, dass die Frau tot war und nichts mehr spürte. Voller Scham passierte sie den Graben. Als ein Soldat ihr einen Schlag versetzte, war sie fast dankbar. Als hätte sie die Strafe verdient.

Immer tiefer sank die Sonne am Himmel herab, um mit der Wüste zu verschmelzen, während sie schweigend an Mariams Seite weiterging, zu schwach, um Worte zu wechseln. Noch immer ließ die Hitze nicht nach. Wie in einem Backofen staute sich die Luft, ohne einen Hauch, der Kühlung brachte. Die Kleider klebten Elisa am Leib, und ihre Füße waren wund. Mit der Zunge leckte sie über die ausgedörrten Lippen. Von Stunde zu Stunde war der Durst unerträglicher geworden, doch ihr Weg hatte sie an einem einzigen Brunnen vorbeigeführt, der aber längst versiegt war. Inzwischen fühlte ihr Mund sich an wie trockenes Leder.

Immer wieder musste Elisa an Felix denken. Sie hatte sein Gesicht gesehen, seine Stimme gehört, seine Hände berührt – genauso wie Fatima. Wann war das gewesen? ... Wenn sie versuchte, sich die Gesichter der beiden vorzustellen, begannen sie vor ihren Augen zu tanzen wie eine flirrende Fata Morgana, ihre Züge verschwammen ineinander und lösten sich auf, und sie sah nichts anderes vor sich als die unendliche Weite der Wüste, unsicher, ob sie diese zwei Menschen, deren Namen ihr eben noch Halt und Hoffnung gegeben hatten, überhaupt kannte oder ob sie nur von ihnen geträumt hatte. Nur Aram war wirklich, der einzige Mensch, auf den sie hoffen durfte, der einzige Mensch, der ihr Halt geben konnte. Allein der Gedanke, ihn wieder in die Arme zu schließen, gab ihr die Kraft, einen Fuß vor den anderen zu setzen.

»Wasser! Wasser!«

Wie eine Erlösung ertönte der Ruf in der Wüste. Elisa schaute auf. Die Sonne war untergegangen, in grauer Dämmerung lag die Steppe da – doch vor ihr, keine Viertel Meile entfernt, wand sich ein Bach durch die Landschaft, die am Horizont in ein Gebirge überging.

»Gott sei gelobt!« Ganz von allein beschleunigten die Frauen ihre Schritte. »Wasser! Wasser!«

Auch Elisa spürte plötzlich neue Kraft. Alle Erschöpfung fiel von ihr ab. Doch als sie den Bach erreichte, erstarrte sie. In einer Senke sah sie Taifun – und Hunderte von Männern, *ihre* Männer, die vorausgegangen waren und nun zum Wasser drängten. Am Ufer stand ein Soldat, der einen Becher in die Höhe hielt.

»Trinken kostet eine Lira!«, rief Taifun. »Wer nicht zahlt, wird erschossen!«

»Aber womit sollen wir zahlen?«, rief jemand. »Wir haben kein Geld mehr!«

»Ja! Ihr habt uns doch alles abgenommen!«

»Ruhe! Keiner trinkt einen Schluck, ohne zu zahlen!«

Ein paar Soldaten traten an seine Seite, mit Gewehren im Anschlag, um Taifuns Befehl Nachdruck zu verleihen. Die Männer verharrten wie vor einer unsichtbaren Wand, Wut und Verzweiflung in den geschundenen Gesichtern.

Da brachen zwei Gestalten aus der Reihe hervor und stürzten ans Ufer.

»Aram!«, schrie Elisa. »Nein!«

Im selben Moment krachte ein Schuss, und einer der Männer sackte zu Boden. Es war Krikoris, der Redakteur. Aram stand mit erhobenen Armen neben seiner Leiche.

»Da«, sagte Elisa und gab Taifun das Geld. »Für ihn und für mich.«

Als Taifun den Schein nahm, musterte er sie mit zusammengekniffenen Augen, und für einen entsetzlichen Moment hatte sie das Gefühl, er würde sie trotz des Schleiers erkennen. Doch dann ließ er sie mit einem Wink passieren.

»Na also! Warum nicht gleich?«

Elisa schaute Aram nicht einmal an. Statt ihn zu umarmen oder zu küssen, sank sie am Bach auf die Knie und trank, gierig und in großen Schlucken, wie ein verdurstendes Tier, als würde nichts auf der Welt zählen außer dem nächsten Schluck, den sie trank, das Wasser, das ihre Lippen benetzte, ihre Zunge, ihren Gaumen, ihren Schlund ...

18

»Offen gestanden, da sehe ich schwarz«, sagte Konsul Scheubner. »Da findet man ja leichter eine Nadel im Heuhaufen.«
»Hier handelt es sich um eine militärische Operation!«, erwiderte Felix. »Da wird man wohl noch feststellen können, welche Person sich in welchem Transport befindet! Es muss doch Listen geben, Akten!«
Seit Tagen jagte er kreuz und quer durch Anatolien, auf der Suche nach Elisa. Ihr Zug war vor seinen Augen in einem Tunnel verschwunden, und als er mit dem Rotkreuz-Lastwagen endlich die Passstraße hinter sich hatte und das Tal auf der anderen Seite des Berges erreichte, war der Zug längst fort gewesen. Seitdem schickte man ihn von Pontius zu Pilatus, aber niemand schien zu wissen, wohin man Elisa gebracht hatte, weder türkische noch deutsche Dienststellen konnten ihm Auskunft geben. Jetzt war er beim deutschen Konsul in Urfa gelandet, einem preußischen Major, wie er preußischer nicht sein konnte, mit Monokel und Kaiser-Wilhelm-Bart. Angeblich hatte Scheubner früher für den Geheimdienst gearbeitet und kannte die türkischen Verhältnisse besser als jeder andere deutsche Offizier. Wenn jemand helfen konnte, dann er.
Doch der Konsul schüttelte den Kopf. »Sie täuschen sich, Professor. Hier handelt es sich um keine militärische, sondern um eine rein zivile Operation. Darum liegen weder Akten noch Listen vor.«

»Aber ich habe selbst gesehen, wie türkische Soldaten ...«
»Ich habe auch Augen im Kopf«, unterbrach ihn Scheubner und klemmte sich sein Monokel in die Augenhöhle. »Allein auf unserem Bahnhof werden täglich über tausend Menschen auf den Transport geschickt. Trotzdem, die Deportation der Armenier ist und bleibt eine innere Angelegenheit der Türkei. Außerdem«, fuhr er mit erhobener Stimme fort, als Felix etwas einwenden wollte, »man muss auch ihre Sicht der Dinge verstehen. Die Armenier spielen unseren russischen Feinden in die Hände, wo sie nur können. Sie verstecken in ihren Kirchen Dynamit und Waffen, überall gehen ihre Bomben hoch. Und in mehreren Armeedepots haben sie angeblich sogar Brot vergiftet.«
»Aber hier werden Menschen verschleppt, ganze Zugladungen – Sie haben es selbst gesagt! Ich kann nicht verstehen, wie Deutschland eine solche Schweinerei zulassen kann. Es ist unsere verdammte Pflicht, alles zu unternehmen, um diese unschuldigen Menschen zu retten, aber stattdessen ...«
»Ich bewundere Ihren Edelmut, Herr Professor. Pfarrer Lepsius wäre begeistert.«
»Pfarrer Lepsius? Wer ist das? Kann er mir vielleicht helfen?«
»Das glaube ich kaum. Ein selbsternannter Weltverbesserer, der hier nur die Pferde scheu macht. Hat das Schicksal der Armenier zu seinem eigenen gemacht, schon seit Abdülhamids Zeiten. Aber verzeihen Sie, wenn ich mich irre, haben Sie nicht selbst kürzlich in Wan erklärt, dass viele europäische Regierungen sich an der moralischen Integrität unserer türkischen Freunde ein Beispiel nehmen könnten? Ich meine davon gehört zu haben. Woher der plötzliche Sinneswandel?«
»Man hat mich hinters Licht geführt, mir Dinge vorgespielt, die sich bei näherer Betrachtung ...«
»Ja, ja, eine Fata Morgana.« Scheubner strich sich über den Bart. »Unter uns gesagt, mein Bester, mir passt diese ganze unappetitliche Aktion auch nicht. Was meinen Sie, wie unsere Militärs fluchen! General von der Golz ist entsetzt über die Verschwen-

dung der Züge. Die könnten wir weiß Gott für sinnvollere Dinge brauchen. Wir haben auch schon mehrfach interveniert. Aber die Türken haben uns abblitzen lassen. Jedes Mal mit demselben Argument – dass es sich um einen rein zivilen Auftrag handelt.« Er hob die Hände in die Höhe. »Glauben Sie mir, wir tun, was wir können, aber ich fürchte, wir müssen uns ins Unabänderliche fügen.«

Felix verstummte. Unter dem Fenster zog eine Karawane von Armeniern vorbei, die Gendarmen mit Peitschen vor sich hertrieben. Die Männer waren mit Stricken aneinander gebunden, die Frauen folgten in einigem Abstand mit den Kindern. Aus einem Haus gegenüber, dessen Tür mit einem weißen »A« markiert war, zerrten gerade zwei Polizisten eine schwangere Frau auf die Straße.

Felix drehte sich um. »Sie müssen mir helfen, Herr Konsul«, sagte er. »Sie sind meine letzte Hoffnung.«

Scheubner rückte sein Monokel zurecht, um ihn zu fixieren. »Gestatten Sie mir eine Frage? Von Mann zu Mann?«

»Ja ... sicher ...«

»Handelt es sich um eine Frau?«

Felix nickte.

»Warum haben Sie das nicht gleich gesagt, mein Lieber? Ich bin lange genug verheiratet, um zu wissen, dass wir alle keine Engel sind.« Scheubner stand vom Schreibtisch auf und ging zum Telefon, das an der Wand neben der Tür hing. »Die Türken haben ihr Deportationsbüro nach Aleppo verlagert, da will ich mich erkundigen. Vielleicht wissen die was.« Er nahm den Hörer von der Gabel, drehte die Kurbel und brüllte ein paar türkische Sätze in die Muschel.

Felix steckte sich eine Zigarette an.

»Warum haben Sie sich eigentlich nicht an Ort und Stelle erkundigt?«, fragte der Konsul, während er auf die Verbindung wartete. »Das Deportationsbüro war doch bis vor kurzem in Wan, mit dem dortigen Gouverneur als Chef.«

»Wie bitte? General Taifun ist …«

»… der Chef des Deportationsbüros, ja. Aber jetzt ist es zu spät. Wan ist in russischer Hand.«

»Seit wann?«

»Seit zwei Tagen. Die Türken hatten den Aufstand schon fast niedergeschlagen, da sind die Russen einmarschiert, auf Betreiben der Armenier. Verstehen Sie jetzt? Die Befürchtungen unserer Waffenbrüder kommen nicht von ungefähr. – Aber still, ich habe eine Verbindung!«

Wieder brüllte Scheubner irgendwelche türkischen Sätze in die Leitung. Dann verstummte er und machte sich auf einem Zettel Notizen. Felix drückte seine Zigarette aus. Wenn das stimmte, was Scheubner sagte, dann war Taifun persönlich verantwortlich für all die Dinge, die hier geschahen … Draußen auf der Straße schlitzte ein Soldat die schwangere Frau mit seinem Bajonett auf. Der Staub färbte sich rot von ihrem Blut. Felix flüsterte ein *Vaterunser*.

»Sie haben Glück, Professor«, sagte Scheubner.

Felix wandte sich vom Fenster ab. »Haben Sie etwas erfahren?«

»Allerdings.« Der Konsul legte den Hörer zurück auf die Gabel. »Sagt Ihnen der Name Gaziantep etwas?«

»Tut mir leid – nie gehört. Ist das eine Stadt?«

»Ja, ungefähr zweihundert Meilen westlich von hier. Allem Anschein nach wurde der Transport, den Sie suchen, dort registriert.«

19

Wie ein Glutball brannte die Sonne auf die Karawane herab: Hunderte von Menschen, die stumpfsinnig einen Fuß vor den anderen setzten, halb verhungert und verdurstet, verschwitzt und verdreckt – Spottgestalten der Schöpfung. Elisa trottete schweigend an Mariams Seite. Die Zunge klebte vertrocknet an ihrem Gaumen. Seit einer Ewigkeit hatte sie nichts mehr zu trinken bekommen, und an nichts anderes als an Wasser konnte sie denken, nicht einmal an Aram, der irgendwo in dem endlosen Tross verschwunden war. Ob er überhaupt noch lebte? Immer wieder geriet jemand ins Straucheln und stürzte zu Boden, und nur wenige schafften es, sich unter den Peitschenhieben und Stockschlägen ihrer Aufpasser zu erheben, um den Weg ins Nirgendwo fortzusetzen. Die meisten blieben reglos am Straßenrand liegen, schon tot oder ohne den Willen, noch weiterzuleben.

Allmählich veränderte sich die Landschaft, und das Gebirge, das sich seit Tagen wie eine falsche Hoffnung am Horizont erhob, ohne näher zu rücken, wurde endlich Wirklichkeit. Die Steppe ging in ein Tal über, Büsche und Sträucher wuchsen aus dem Sand empor, während links und rechts die Berge sich immer höher in den Himmel wölbten, um kühlenden Schatten zu spenden, zusammen mit den Bäumen, die bald überall die Strecke säumten, bis das Tal sich schließlich in eine Schlucht verwandelte. In Serpentinen ging es den Engpass hinauf, der sich mehr und mehr verjüngte, so dass die Felsen irgendwann fast senkrecht in den Abgrund fielen.

»Hörst du das?«, fragte Mariam.

»Ja«, antwortete Elisa. »Wasser!«

Auf einem bewaldeten Plateau kam die Karawane zum Stehen. Unter ihnen, in schwindelerregender Tiefe, rauschte ein Fluss, der sich vor einer Felsenge zu einer Stromschnelle zusammenballte, um schäumend durch den Spalt zu schießen. War das der Euphrat? Elisa hatte keine Ahnung. Sie hörte nur das rauschende Wasser, wie eine Verheißung.

Plötzlich trat Taifun vor die Frauen. Während Elisa eilig ihr Gesicht bedeckte, befahl er ihnen, ihre Wertsachen abzugeben.

»Gold, Geld, Schmuck!«

Er schickte seine Männer aus, um für die Durchführung seines Befehls zu sorgen. Seit seinem Auftauchen fragten sich die Gefangenen, warum er persönlich die Aktion leitete. Er war doch ein General, und solche Leute machten sich normalerweise nicht die Finger schmutzig. Lag es daran, dass er keine regulären Truppen befehligte? Sondern Soldaten der Teskilati Mahsusa, ein berüchtigtes Totenkopfkommando, das im ganzen Land Angst und Schrecken verbreitete?

»Wir werden alles einsammeln«, erklärte Taifun, »und mit der Post nach Aleppo schicken, wo wir es Ihnen bei unserer Ankunft wieder aushändigen.«

Niemand schenkte ihm Glauben. Wo sollte hier eine Post sein? Es gab ja weit und breit kein einziges Dorf, geschweige eine Stadt! Trotzdem wurde kaum Protest laut, als die Soldaten anfingen, die Frauen und Mädchen zu durchsuchen. Hauptsache, man ließ sie endlich trinken.

Ein junger Leutnant forderte Elisa auf, ihre Taschen zu leeren. Während sie nach Aram Ausschau hielt, gab sie ihm alles Geld, das sie bei sich trug, froh, dass Taifun die Durchsuchung seinen Untergebenen überließ.

»Das ist alles, was ich habe«, sagte sie. »Aber bitte, lassen Sie uns dafür trinken!«

»Worauf du dich verlassen kannst!«, erwiderte der Offizier und lachte, als hätte er einen Witz gemacht. »Wenn wir hiermit fertig sind, dürft ihr saufen, soviel ihr wollt! Mein Ehrenwort! – Aber was ist das?«, fragte er und streckte die Hand nach ihrem Perlenkranz aus. »Das ist doch ein Armband! Her damit!«

»Nein«, erwiderte sie. »Das ist kein Schmuck Das ist ein Rosenkranz – zum Beten.«

Der Soldat zuckte zurück, als hätte er Angst, die Kette zu berühren. Elisa trat wieder in ihre Reihe, bevor er es sich anders überlegte. Während eine Frau nach der anderen durchsucht wurde, wandte Taifun sich den Männern zu. Elisa verfolgte ihn mit ihren Blicken, in der Hoffnung, irgendwo Aram zu entdecken. Sie fühlte sich so entsetzlich allein, und die Sorge, dass er vielleicht schon tot war, nahm wie ein Gespenst von ihrer Seele Besitz. Sie

versuchte, den Gedanken zu verdrängen, indem sie sich auf das Rauschen des Wassers konzentrierte, das unablässig aus der Schlucht heraufdrang. Wann machten die Soldaten ihr Versprechen wahr, dass sie trinken durften? Sie war fast wahnsinnig vor Durst, und je länger sie das rauschende Wasser hörte, umso schlimmer wurde es. Der letzte Brunnen, an dem sie vorbeigekommen waren, war übergequollen von nackten, blutenden Frauenleibern, denen man die Köpfe abgeschlagen hatte.
Wo war Aram?
Gelangweilt schlenderte Taifun an den Reihen der Männer entlang, wie ein Flaneur auf der Suche nach Unterhaltung. Schließlich blieb er vor einem graubärtigen Greis stehen.
»Was haben wir denn da?«, fragte er. »Ist das etwa eine Bibel?« Der alte Mann trug eine schwarze Tunika und ein lila Barett auf dem Kopf – er musste ein Priester oder Bischof sein. Vor der Brust hielt er mit beiden Händen ein Buch umklammert.
»Darf ich die mal haben?«, fragte Taifun. »Es gibt darin die Geschichte einer Frau, die mich schon immer fasziniert hat – Magdalena heißt sie, glaube ich. War die nun eine Heilige oder eine Hure?«
»Ich möchte Sie bitten, mir das Buch zu lassen«, sagte der Priester mit höflicher, aber fester Stimme. »Es ist das Buch meines Glaubens.«
Taifun nickte einem Soldaten zu. Der verstand und riss dem Priester das Buch aus den Händen. »Das ist ja ein Prachtexemplar, sogar mit Goldschnitt«, sagte Taifun, als der Soldat ihm die Bibel reichte. »Aber ich glaube, die sollten wir mal richtig einweihen.«
Er gab dem Soldaten das Buch zurück und raunte ihm ein paar Worte zu. Mit einem Grinsen verschwand der Mann hinter einem Gebüsch, während Taifun ein paar Distelzweige flocht.
»Um Gottes willen«, flüsterte Elisa, als der Soldat zurückkam. Die Bibel war über und über mit Kot verschmiert.
»Worauf warten Sie?«, drängte Taifun den Priester, als der zö-

gerte, das Buch zurückzunehmen. »Das ist doch Ihre heilige Schrift. Wollen Sie sie nicht wiederhaben?«
Der alte Mann schlug ein Kreuzzeichen, und mit einer Würde, als zelebriere er die Messe, kam er schließlich der Aufforderung nach. »Sie können vielleicht die Seiten dieses Buchs besudeln«, sagte er, »nicht aber die Wahrheit, die sie enthalten.«
In Taifuns Augen flackerte es böse auf, doch im nächsten Moment lächelte er wieder sein Lächeln. »Respekt, Hochwürden«, sagte er. »Darf ich?« Ohne die Antwort abzuwarten, stieß er dem alten Mann das Barett vom Kopf und drückte ihm die Distelkrone in die Stirn. »Geh, mein Sohn, und wandle«, sagte er und hob die Hände wie zum Segen. »Aber was sehe ich da? Sie haben ja gar keine Schuhe! Nein, das kann ich nicht dulden. Ein Priester darf nicht barfuß gehen. Wo ist der Schmied?«
Ein Kurde mit einer Lederschürze meldete sich.
»Ja, Herr?«
»Hast du ein Paar Schuhe für diesen Mann?«
Der Schmied schaute Taifun verständnislos an und kratzte seinen struppigen Bart. Dann ging ein Leuchten über sein Gesicht.
»Wie damals in Malatia?«
»Genau!«
Elisa konnte nicht glauben, was nun geschah. Vor ihren Augen nagelte der Schmied zwei Hufeisen unter die Füße des Priesters, wie bei einem Pferd. Kein einziger Schrei entwand sich der Brust des Greises. Mit zusammengepressten Lippen, im Gesicht weiß wie Kreide, ertrug er stumm die Schmerzen. Nur die Blutstropfen, die unter der Dornenkrone aus seiner Stirn quollen, zeugten von seinem unsäglichen Leid. Während die Tropfen über seine bleichen Wangen rannen, schienen sie sich in Tränen zu verwandeln.
Elisa wandte den Kopf ab – sie hatte Angst, ohnmächtig zu werden. Taifun stand nur wenige Schritte von ihr entfernt. In der einen Hand eine Zigarette, die andere in der Hosentasche, betrachtete er den Priester und den Schmied, als wäre er im Thea-

ter. Dieser Mensch hatte mit ihr im Palast gelebt, war für ihre Sicherheit verantwortlich gewesen ... Verängstigt wie Tiere, wichen die männlichen Gefangenen vor ihm zurück, obwohl er nicht einmal eine Waffe trug. Warum stürzten sie sich nicht auf ihn und erschlugen ihn? Sie waren doch in der Überzahl! Hunderte armenische Männer gegen eine Handvoll Soldaten und ein Dutzend Kurden ... Doch kein Einziger rührte sich oder hob die Hand.

Plötzlich verlor Elisa allen Mut. Eine fürchterliche Gewissheit überkam sie, eine Gewissheit, die schlimmer war als alle Angst. Nein, Aram lebte nicht mehr. Nie und nimmer hätte er hingenommen, was hier geschah. Und wenn es ihn sein eigenes Leben gekostet hätte.

Da erscholl ein verzweifelter Ruf in ihrem Rücken.

»*Laillahillalah!*«

Elisa fuhr herum. Mariam kniete auf dem Boden, die Hände zum Himmel erhoben wie eine Muslimin beim Gebet.

»*Laillahillalah!*«

Um Gottes willen, hatte sie den Verstand verloren?

Taifun schien genauso verwundert wie Elisa. Er kehrte dem Schmied den Rücken, wie ein Theaterbesucher, der lange genug ein mäßiges Schauspiel genossen hat, um sich einem neuen, interessanteren Spektakel zuzuwenden.

»Was sagt die Ungläubige da?«, fragte er einen Soldaten. »Habe ich richtig gehört?«

»Jawohl«, bestätigte der Mann. »Sie bekennt sich zum wahren Glauben. Aber ich fürchte, das tut sie nur, um sich bei uns einzuschmeicheln.«

»Meinst du? Na, dann wollen wir mal sehen.«

Taifun reichte Mariam die Hand. »Willkommen im Paradies«, sagte er und half ihr beim Aufstehen. »Sie haben einen langen Weg hinter sich. Bestimmt hat die Reise Sie ermüdet.«

Mariam schaute ihn unsicher an. Freundlich erwiderte er ihren Blick.

»Sie brauchen keine Angst zu haben«, sagte er. »Ich möchte Ihnen helfen. Sie sind doch jetzt meine Schwester. Vorausgesetzt natürlich, Sie meinen es ernst mit Ihrem Bekenntnis.«
»*Laillahillalah!*«, wiederholte Mariam leise.
»Ich kann Ihnen gar nicht sagen, wie sehr ich mich freue«, sagte Taifun. »Was soll ich für Sie tun? Haben Sie vielleicht Durst? Möchten Sie etwas trinken?«
Mariam nickte, mit einem Anflug von Hoffnung im Gesicht.
»Dann sollen Sie nicht länger leiden. Sie werden staunen, was für Wunder der wahre Glaube bewirkt.« Taifun schnippte mit dem Finger nach einem Kurden. »Bring sie an die Quelle. Auf dass Allah sie erlöse!«
»Mit dem größten Vergnügen, Herr.«
Der Kurde stieß Mariam in den Rücken und trieb sie vor sich her, zum Rand des Plateaus. Plötzlich begriff Elisa.
»Nein!«, rief sie und sprang vor, um Mariam aufzuhalten.
Der Mann schlug sie mit der Faust zu Boden, ohne auch nur einen Moment stehenzubleiben, während er Mariam weiter in die Richtung des Abgrunds zerrte.
»*Laillahillalah!*«
Noch einmal rief Mariam ihr Glaubensbekenntnis, mit solcher Verzweiflung, dass Elisa das Blut in den Adern gefror. Der Kurde brüllte vor Lachen, als könne es keinen größeren Spaß geben. Dann ließ er sein Opfer los. »So, jetzt darfst du trinken.«
Ein Tritt mit seinem Stiefel – und Mariam stürzte in die Tiefe. Ihr Schrei ging im Gebrüll der Männer unter.
Taifun schnippte seine Zigarette fort. »Sehr gut!«, sagte er und stieg auf sein Pferd. Während seine Soldaten gleichfalls aufsaßen, richtete er sich im Sattel auf und rief den Kurden zu: »Den Rest überlasse ich euch. Ihr wisst, was ihr zu tun habt!«
Statt einer Antwort griffen die Kurden zu ihren Waffen. Als Elisa ihre Gesichter sah, überkam sie Panik. Das waren dieselben Horden, die ihre Eltern umgebracht hatten … Verzweifelt sah sie sich um. Wo war Aram? Doch sie sah nur den Leutnant, der

ihr das Geld abgenommen hatte. »Wenn wir hiermit fertig sind, dürft ihr saufen, soviel ihr wollt! Mein Ehrenwort!« Elisa wurde schwindlig vor Angst. Sobald Taifun fort war, würden die Kurden sie alle ertränken.

Ohne zu wissen, was sie tat, stürzte sie zu seinem Pferd und umklammerte seinen Stiefel. »Bitte, bleiben Sie!«, flehte sie. »Lassen Sie uns nicht allein! Ich bin's! Elisa!«

»Elisa?« Verwundert schaute er zu ihr herab.

»Erkennen Sie mich nicht?« Sie riss sich den Schleier vom Gesicht. »Elisa, Abdülhamids Koranleserin – Fatimas Freundin ...«

»Allah, Allah!« Ungläubig schüttelte Taifun den Kopf. »Ja, tatsächlich, Sie sind es.«

»Dem Himmel sei Dank!«, flüsterte Elisa und küsste seinen Stiefel.

»Was für ein erstaunliches Wiedersehen. Wann und wo hat man Sie verhaftet?«

»Am 24. April, in Konstantinopel.«

»Ah, beim Großreinemachen?«

Mit erhobenen Brauen erwiderte er ihren Blick.

»Bitte!«, flüsterte sie. »Lassen Sie mich nicht allein mit diesen Männern!«

Ein böses Lächeln spielte auf seinen Lippen. »Was haben Sie gegen Gesellschaft? Jeder Mensch braucht andere Menschen, die sich um ihn kümmern.« Plötzlich verschwand sein Lächeln und wich einem nachdenklichen Ausdruck. »Oder soll ich Sie vielleicht mitnehmen?«, sagte er, mehr zu sich selbst als zu ihr.

»Mich mitnehmen? Zu Fatima?« Elisa schossen Tränen in die Augen. »Ich weiß nicht, wie ich Ihnen danken soll.« Wieder küsste sie seinen Stiefel. »Ich ... ich werde alles für Sie tun ... Ich ... ich ...«

Noch während sie sprach, verwandelte sich seine Miene abermals. Seine Augen wurden hart, die Gesichtszüge strafften sich. »Ach was, wozu?«, sagte er und nahm die Zügel auf. »Es würde doch nur wieder Ärger geben.«

Er trat ihr mit dem Stiefel so heftig gegen die Brust, dass sie zurücktaumelte. Dann gab er seinem Pferd die Sporen und galoppierte davon.

20

Ein sternenklarer Himmel spannte sich über die nächtliche Steppe. Jeder Strauch, jeder Baum zeichnete sich wie ein Scherenschnitt im Mondlicht ab. Irgendwo jaulte ein Schakal, und ein Uhu antwortete mit langgezogenem, dunklem Ruf.
»Himmelherrgottsakrament!« In einer Mischung aus Ohnmacht und Wut trat Felix gegen den Lastwagen. »So eine gottverdammte Scheiße!«
Die Nacht war bitterkalt, und Felix fror entsetzlich in seiner dünnen Uniformjacke. Immer wieder schlug er sich mit den Armen auf den Rücken, trippelte auf der Stelle, um sich aufzuwärmen. Vor allem aber um sich abzulenken.
Vor über drei Stunden war der Rotkreuz-Wagen mit einem Achsenbruch liegen geblieben, nur wenige Kilometer von der Stelle entfernt, wo die Schienenstränge der Eisenbahn sich im Sand verliefen. Den Zug der Karawane von dort aus zu verfolgen war ebenso einfach wie schaurig gewesen. Alle paar hundert Meter markierten Leichen den Weg. Bei jeder einzelnen war Felix zusammengezuckt. Aus Angst, es könnte Elisa sein.
Wo blieb nur der Fahrer?
Felix kletterte auf den Wagen, um Ausschau nach dem Mann zu halten. Irgendwo am Horizont blinkten ein paar einsame Lichter. Dort musste das Dorf sein. Sie hatten sich entscheiden müssen: Wer von ihnen sollte gehen? Und wer beim Wagen bleiben?
Felix hatte den Fahrer losgeschickt, in der Hoffnung, in der Steppe irgendwelche Hinweise zu finden. Jetzt verfluchte er seine Entscheidung. Nichts war schlimmer als diese untätige Warte-

rei. Einen Steinwurf entfernt huschten die Schatten zweier Tiere vorbei. Sie sahen aus wie große Hunde. Felix versuchte, sie zu erkennen. Waren das Hyänen? Mit zu Boden gesenkten Schnauzen kreisten sie umeinander. Bei der Vorstellung, was sie in der Wüste suchten, würgte es ihn im Hals.
Seine Taschenuhr schnurrte leise in seinem Rock. Schon wieder war eine Stunde vergangen. Um nicht verrückt zu werden, wollte er sich eine Zigarette anzünden, doch die Packung war leer. Wütend knüllte er sie zusammen und warf sie fort. Hoffentlich gab es in dem winzigen Kaff überhaupt einen Schmied. Wenn nicht, hatte der Fahrer sich umsonst auf den Weg gemacht, und wertvolle Zeit war vertan ... Wären sie vielleicht besser nach Gaziantep zurückgekehrt? Mit seiner Majorsuniform hätte er dort bestimmt einen neuen Wagen auftreiben können. Wahrscheinlich ... vielleicht ... bestimmt ... hätte ... wenn ... aber ...
Jetzt gingen in dem Dorf auch noch die Lichter aus. Felix schloss die Augen. Die Stille, die ihn umgab, war so schwarz wie die Nacht. Seine Lippen flüsterten nur ein Wort: »Elisa ...« Plötzlich sah er ihr Gesicht vor sich, wie aus einer anderen Welt lächelte sie ihm zu. Sie schien ihm so nah, er brauchte nur den Arm auszustrecken, um sie zu berühren. Er sah die Züge ihres Gesichts, ihre grauen, melancholischen Augen, glaubte ihre Stimme zu hören, diese wunderbare Stimme, deren Klang ihn immer wieder so tief berührt hatte, in den tiefsten Tiefen seiner Seele ... Wenn sie über eine Bemerkung von ihm lachte ... Wenn sie ihm zärtliche Worte ins Ohr flüsterte ... Worte, die so feierlich sein konnten wie ein Gebet und gleichzeitig so leicht und schwerelos wie eine Melodie von Mozart ...
Tränen quollen aus seinen Augen. Vielleicht würde er Elisa niemals wieder sehen, niemals wieder ihre Stimme hören. Der Gedanke schmerzte ihn wie ein Messer, das in seinem Herzen wühlte. Warum war er damals nach Deutschland zurückgekehrt? Warum hatte er nicht um Elisa gekämpft? Sie war doch

die Frau, die zu lieben er geboren war – der einzige Grund, warum er überhaupt lebte …
Plötzlich hörte er in der Ferne ein Geräusch, ein leises, rhythmisches Trappeln. Felix öffnete die Augen. Vom Horizont her, aus der Richtung des Dorfes, bewegten sich zwei, drei schwarze Punkte auf ihn zu.
Er wischte sich die Tränen fort. Mit zusammengekniffenen Augen starrte er in die Nacht, bis die Punkte allmählich Gestalt annahmen.
Ein Schauer lief Felix über den Rücken. So mussten die Reiter der Apokalypse ausgesehen haben.

21

Wie kann es sein, dass einige wenige Verbrecher solche Macht in einem Volk erlangen, dass sie in dessen Namen Taten begehen können, für die sich ihre Kinder und Kindeskinder noch schämen? Wie kann es sein, dass sie in Menschen, die seit Generationen in Eintracht und Frieden miteinander leben, solchen Hass entzünden, dass Nachbarn ihre Nachbarn verraten, Freunde ihre Freunde erschlagen, nur weil sie unterschiedlichen Glaubens sind? Wie kann es sein, dass sie, obwohl in verschwindender Minderzahl, Scharen anderer Menschen dazu verleiten, alles zu vergessen und außer Kraft zu setzen, was sie mit dem Göttlichen verbindet, bis nur noch die Dämonen in ihnen übrig bleiben? Und wie kann es sein, dass sich dieses Verhängnis wieder und wieder ereignet, zu allen Zeiten, in allen Völkern und Kulturen der Menschheit, die in diesen Schreckensmomenten der Geschichte sich selbst ins Antlitz speit …
Unsäglich war das Grauen, das die kurdischen Reiter entfachten, nachdem Taifun mit seinen Soldaten abgezogen war. Vom Sonnenaufgang bis zum Sonnenuntergang dauerte das Werk der

Vernichtung, Stunde um Stunde, Minute um Minute hallten die Wände der Felsenschlucht vom Gebrüll der Schlächter und den Schreien ihrer Opfer wider, ohne dass der Himmel sich verfinsterte oder ein Sturmwind sich erhob, um dem Stechen und Würgen ein Ende zu bereiten. Ungehindert von allen irdischen und himmlischen Mächten, raubten und plünderten die entfesselten Horden Hunderte von Menschen aus, bevor sie sie erschossen oder erschlugen. Berge von toten und halbtoten Körpern schleuderten sie in den gähnenden Abgrund hinab, wo das Krachen zerschmetterter Menschenleiber sich mit den Klagen der noch Lebenden vermischte, die auf ihre Hinrichtung warteten. Viele verloren in dem Höllenspuk den Verstand und retteten sich in den Wahn. Männer und Frauen sahen mit an, wie ihre Kinder aufgeschlitzt und in Stücke gehackt wurden, bevor sie verbluteten oder ihre Leichen an den Felskanten zerschellten. Mütter, von dem Anblick rasend geworden, sprangen ihren Kindern freiwillig in die tödliche Tiefe nach oder warfen sie selbst in den Fluss, um ihr Leiden abzukürzen. Männer bettelten um Erbarmen und boten ihre eigenen Frauen den Schlächtern an im Tausch für ihr Leben. Wie um das Grauen zu vermehren, gingen die Peiniger manchmal auf den Handel ein und ließen ein paar von ihren Opfern entkommen. Und während das Wasser im Fluss sich vom Blut der Hingeschlachteten rot färbte und an den Ufervorsprüngen sich die Leichen zu Barrieren aus Fleisch auftürmten, knieten verzweifelte Menschenwesen, die nicht mehr wussten, wer sie waren, als hätten sie niemals einen Namen getragen, vor ihren bluttriefenden Henkern und flehten darum, nur endlich getötet zu werden.

»Wer Allah und den Propheten liebt, der möge mir helfen!«, rief der Anführer in einer Pause seinen Männern zu, die sich im Schatten eines Baumes von ihrer Arbeit erholten. »Mir sind die Arme schwer, ich kann mich kaum noch rühren.«

Die Männer schüttelten die Köpfe, stumm vor Erschöpfung, und rauchten Zigaretten.

»Wenn ihr uns alle töten wollt«, sagte Elisa, »warum habt ihr es nicht gleich getan? Warum schleppt ihr uns erst durch das halbe Land hierher?«
Man hatte sie bislang verschont – doch nicht, um ihr Leid zu ersparen, sondern um sie noch mehr als die anderen Opfer zu quälen. Als Taifuns »Ehrengast« sollte sie das Massaker bis zum Ende mit ansehen. Mehrere Male war sie in Ohnmacht gefallen, aber ihre Peiniger hatten sie immer wieder in ihre Hölle zurückgeholt. Man hatte ihr sogar zu trinken und zu essen gegeben, damit sie zu Kräften kam.
»Und was hätten wir mit euren Leichen gemacht?«, erwiderte der Hauptmann. »Die würden doch nur stinken und die Luft in unseren Dörfern verpesten!« Er rieb sich seinen müden Arm. »Aber warum sollen wir die ganze Arbeit allein erledigen? Los!«, befahl er und zeigte auf einen Haufen toter und halbtoter Körper am Boden. »Pack mit an!«
Elisa starrte ihn ungläubig an. »Nein«, sagte sie, als sie begriff, was er von ihr verlangte. »Das werde ich nicht tun.«
»Willst du, dass ich dich an ihrer Stelle in den Fluss schmeiße?«
»Ich bete zu Gott, dass Sie es endlich tun.«
»Einen Teufel werde ich!« Er packte sie im Genick und riss ihr die Kleider vom Leib. »Na, freust du dich schon?«, fragte er dann und öffnete seine Hose, ohne sie loszulassen.
Die anderen Kurden schauten lachend herüber. Mit beiden Händen versuchte Elisa ihre Blöße zu bedecken. Wie ein Speer reckte sich ihr das Glied des Hauptmanns entgegen.
»Bück dich, du Hure!«
Er schleuderte sie herum, so dass sie mit dem Rücken vor ihm zu stehen kam. Im nächsten Moment spürte sie sein Fleisch zwischen ihren Schenkeln. Ohnmächtig schloss sie die Augen. In ihr war alles schwarz und leer. Nein, sie war gar nicht da, sie war nicht Elisa, sie hatte keinen Namen, sie war kein Mensch und keine Frau, sie war ein anderes Wesen, ein Baum, an dem sich ein Hund rieb, mehr nicht ...

»Gefällt dir das?« Der Kurde spuckte sich in die Hand und fuhr ihr zwischen die Beine. »Du sollst doch einmal das Paradies erleben, bevor du für immer zur Hölle ...«
Er verstummte mitten im Satz.
»Nein ...«, schrie er plötzlich auf..
Im selben Augenblick sank er zu Boden.
Als Elisa die Augen hob, war sie bei den Toten. Vor ihr stand Aram, umgeben von einem Dutzend schwarzer Engel. Sein Gesicht war weiß wie Schnee, und sein Auge glühte wie ein brennendes Stück Kohle.
In der Hand hielt er einen Stein, der rot war von Blut.

22

Die Stute schnaubte und tänzelte auf der Stelle. Felix trieb sie energisch voran, doch sie verharrte mit ängstlich geblähten Nüstern vor einem Gebüsch und wollte keinen Schritt weiter. Vor irgendetwas scheute sie zurück, vor irgendetwas Unsichtbarem – Felix konnte es nicht erkennen.
»Hoho, hoho«, machte er und klopfte ihr auf den Hals, »ganz brav, meine Gute, ganz brav ...«
Der Fahrer des Rotkreuz-Lastwagens hatte niemanden gefunden, der die gebrochene Achse hätte reparieren können, und statt mit einem Schmied war er mit zwei Pferden aus dem Dorf zurückgekehrt.
Zum Glück war Felix ein geübter Reiter, so dass sie ihre Suche im Sattel hatten fortsetzen können. Inzwischen stellte sich ihr Missgeschick sogar als Vorteil heraus. In der Schlucht, in die die Steppe übergegangen war, wären sie mit dem Wagen unmöglich weitergekommen.
Plötzlich spürte Felix, wie sich jeder Muskel des Tiers unter ihm verspannte. Die Stute wurde ganz schmal, schrumpfte förmlich

zwischen seinen Schenkeln zusammen, um im nächsten Moment senkrecht in die Luft zu steigen.
»Hohoho ... Hohohoo ... Ist ja gut ...«
Nur mit Mühe gelang es ihm, sich im Sattel zu halten. Er stellte sich in die Bügel, schmiegte sich mit dem Oberkörper an den Hals der Stute, damit sie sich nicht überschlugen, und gab ihr die Peitsche. Mit einem Riesensatz sprang sie voran, mitten durch das Gebüsch hindurch.
Plötzlich war Felix auf einem Plateau, das sich über einem Abgrund erhob. Scharf parierte er sein Pferd durch, damit sie nicht über die Felskante schossen, wo in der Tiefe ein tosender Fluss rauschte.
Als er in den Abgrund blickte, wurde ihm schwindlig. Zu seinen Füßen, in wild schäumenden Wassern, schwammen überall Leichen – Hunderte von Toten ... Wie Treibholz waren sie ineinander verkeilt, ganze Menschenbündel, verstümmelt oder zerschmettert, wirbelten sie auf eine Stromschnelle zu, wo sie sich vor einer Felsenge auftürmten oder ans Ufer schwemmten.
Entsetzt machte Felix mit seiner Stute kehrt. Doch ein zweites Mal gefror ihm das Blut in den Adern. Es war, als hätte Gott die sieben Schalen seines Zornes über diesen Fleck Erde ausgegossen. Der Boden war von Leichen übersät, in den Mulden, unter den Bäumen, zwischen den Büschen lagen leblose Körper, wie menschliche Abfälle nach einem makabren Fest: vergewaltigte Frauen in zerrissenen Kleidern, aufgeschlitzte Männerleiber, dazwischen zerstückelte Leichname von Greisen und Kindern. Ein Mädchen mit einer Puppe im Arm starrte mit offenen, glasigen Augen in den Himmel, als suche sie dort Erlösung. Nur einen Schritt von ihr entfernt lag eine Bibel im Gras, neben der Leiche eines Kurden mit eingeschlagenem Schädel. Der Einband war über und über mit Exkrementen verschmiert, golden schimmerte das Kreuz zwischen den braunen Streifen hindurch.
Felix stieg ab und übergab die Zügel seinem Begleiter, der inzwischen gleichfalls das Plateau erreicht hatte.

»Bleiben Sie bei den Pferden. Ich schaue mich um.«
»Soll ich nicht lieber mitkommen? Wir können die Tiere anbinden.«
»Nein«, sagte Felix. »Das muss ich allein tun.«
Ein infernalischer Gestank hing in der Luft. Felix zog sich der Magen zusammen, vor Übelkeit und Angst ... War es nicht besser, in Unwissenheit zu bleiben und hoffen zu dürfen, als eine Gewissheit zu erlangen, die fürchterlicher war als jede noch so große Furcht? Am liebsten wäre er fortgelaufen, aber wenn er das tat, wie sollte er dann die Bilder, die er hier sah, je verwinden? Nein, er hatte keine Wahl. Er musste Elisa finden, musste wissen, was mit ihr geschehen war. So oder so ...
Obwohl es ihn übermenschliche Kraft kostete, begann er seine Suche. Wie viel Not, wie viel menschliches Leid er als Arzt auch schon gesehen hatte – es war nichts im Vergleich zu der Hölle, die sich ihm hier bot. Bei jedem weiblichen Gesicht, das er entdeckte, bei jedem Frauenkörper, den er auf den Rücken drehte, überfiel ihn aufs Neue die Angst. Die Angst, einer Wahrheit ins Antlitz zu schauen, die stärker war als er.
»Mein Gott – nein!«
Er hatte Dutzende von Leichnamen untersucht, als er sie plötzlich sah: nackt, in einer Grube, wie ein verendetes Tier. Er bückte sich zu ihr, bettete sie auf seinem Schoß, flüsterte ihren Namen.
»Elisa ...«
Sie rührte sich nicht, reglos ruhte ihr Kopf in seinem Arm. Er streichelte ihr Gesicht, sagte ihren Namen, wieder und wieder, wie eine Beschwörung, als könne er sie so ins Leben zurückrufen. Sie hatte die Augen geschlossen, ihre Lippen waren einen Spalt weit geöffnet, wie um ihm etwas zu sagen, ein letztes, allerletztes Mal. Fast glaubte Felix, ihre Stimme zu hören, und eine Trauer überkam ihn, umspannte sein Herz mit solcher Macht, dass er unfähig war zu weinen.
»Verzeih mir«, stammelte er, so sinnlos wie das Leben, »bitte

verzeih mir ... wo immer du bist ... ich liebe dich ... für immer und alle Zeit ...«

Da zuckte es in ihrem Gesicht, ein Blinzeln nur. Dann schlug sie die Augen auf und schaute ihn an. Ihre Lippen bewegten sich, flüsterten einzelne Laute, Silben, Worte.

»Felix ... bist ... bist du das ...? Wirklich ...?«

Sie sprach so leise, dass er sie kaum verstand. Und doch gab es keinen Zweifel: Sie lebte – ja, sie lebte! Tränen schossen ihm in die Augen, rannen seine Wangen hinab, während er sich über sie beugte, um ihr Gesicht mit Küssen zu bedecken.

»Ja, Elisa ... ich bin's ... mein Gott, ja ... Elisa ... mein Engel ...«

Immer wieder stammelte er diese Worte, Worte der Erlösung und des Glücks.

Plötzlich hörte er eine Stimme.

»*Kimsiniz?*«

Felix drehte sich um. Über ihm stand ein Mann, der aussah, als wäre er dem Reich der Toten entstiegen. Sein bleiches, ausgehöhltes Gesicht war eine Grimasse aus Schmerz und Trauer und Wut. Sein rechtes Auge fehlte, an seiner Stelle klaffte eine Falte welker Haut.

»Wer sind Sie?«, fragte Felix auf Französisch.

Der Fremde starrte ihn mit seinem einen Auge an wie ein Gespenst. Hatte er die Frage verstanden?

Statt einer Antwort wandte er sich ab und ging davon.

»Felix«, flüsterte Elisa und lächelte.

Sechstes Buch
Der Sohn
1918

1

Lautlos rieselte der Schnee auf die sieben Hügel Konstantinopels herab und bedeckte die Häuser und Straßen der Stadt mit einer feinen, weißen Firnis, während sich auf dem Friedhof von Sultanahmet eine Trauergemeinde vor einem frisch ausgehobenen Grab versammelte. Kahl ragten die Bäume in den grauen Winterhimmel empor, stumme Boten des Todes, der inmitten des großen Sterbens auch Abdülhamid zu sich gerufen hatte. Ja, der letzte allmächtige Kaiser der Osmanen, »der Schatten Gottes auf Erden, Sultan der Sultane, Beherrscher der Gläubigen, Herr zweier Erdteile und zweier Meere, Schutzherr der heiligen Städte« – er hatte für immer diese Welt verlassen.

Schon beim Ausbruch des Balkankrieges hatten die neuen Machthaber Abdülhamid von Saloniki in die Hauptstadt zurückgeholt, um ihn vor der heranrückenden Front in Sicherheit zu bringen, und ihn im Beylerbeyi-Palast einquartiert, dem einstigen Gästehaus der Regierung auf der asiatischen Seite der Stadt, wo früher die ausländischen Staatsoberhäupter logierten, wenn sie dem Sultan ihre Aufwartung machten. Von hier aus, der letzten Station seiner Verbannung, hatte er ohnmächtig mit ansehen müssen, wie sein Land von immer wieder neuen Prüfungen heimgesucht wurde, wie sein einst so unermesslich großes Reich Stück für Stück in die Hände seiner Feinde fiel. Niemand wusste besser als er, wie wenig sein Land durch diesen Krieg zu gewinnen, wie viel es zu verlieren hatte, doch niemand fragte ihn, den alten, kranken Mann am Bosporus, nach seiner Meinung. Mit ihrem Hasardspiel hatten die Führer des »Komitees für Einheit und Fortschritt« die Zukunft des Osmanischen Reiches verspielt, sein Lebenswerk lag für immer in Trümmern. Aber der Tod, den er seit seiner Rückkehr in die Hauptstadt ersehnte, ließ ihn noch vier lange Jahre warten. Erdrückt von der Last seiner Gedanken, verbrachte er sie in einem kargen Zimmer, das zur Landseite hinaus lag, damit ihm der Anblick der weißen Paläste von Yildiz erspart blieb, während man in den europäischen Kanzleien bereits die Frage zu erörtern begann, wem Konstantinopel wohl einst zufallen würde, wenn das große Sterben erst vorüber war.

»*Allah ekber*«, ertönte es über den Friedhof, »*Gott ist groß!*«

Nur eine von Abdülhamids Frauen hatte bis zuletzt mit ihm in der Verbannung ausgeharrt, Saliha, die einzige unter Hunderten von Frauen, die ihn wirklich geliebt hatte. Sie hatte die Blüte ihrer Jahre geopfert, um ihn zu pflegen und ihm Trost zu spenden in seiner Verzweiflung. Doch der Zutritt zu seinem Grab war ihr verwehrt. Frierend wartete sie vor dem Friedhofstor, in Begleitung zweier Eunuchen, bis die Beisetzung vorüber war. An der Zeremonie durften nur Männer teilnehmen – die Gegenwart von Frauen würde die Engel vertreiben, die das Grab umschwebten, um die Seele des Verstorbenen ins Paradies zu geleiten.

»*Preis sei dem, in dessen Hand die Herrschaft über alle Dinge ist und zu dem ihr zurückgebracht werdet!*«

In Salihas Armen hatte Abdülhamid sein Leben ausgehaucht, und nur wenige Stunden waren vergangen, dass sie ihm den Schweiß von der Stirn gewischt und seine Lippen benetzt hatte. Auf dem Sterbebett hatte sie sein Gesicht in Richtung Mekka gewandt, wie beim fünfmaligen täglichen Gebet, zum Zeichen, dass er im Tod wie zuvor im Leben all sein Streben auf Gott ausrichtete. Sie hatte ihm die Hand gehalten und ihm das Bekenntnis von Gottes Einzigartigkeit vorgesprochen, auf dass er es ihr nachsprach und es seine letzten Worte waren, bevor der Todesengel ihm den Lebensatem nahm.

»*Es gibt keinen Gott außer Gott!*«

Sie hatte seinen Leichnam entkleidet und seinen nackten Leib mit einem Tuch bedeckt. Sie hatte ihm die Augen geschlossen und seinen Kopf mit einer Binde umwickelt. Sie hatte seinen Mund und seine Nasenlöcher gereinigt, seine Hände und Füße gewaschen, sein Gesicht, seinen Kopf und schließlich den ganzen Körper, damit er vollkommen rein vor Gott hintreten konnte, um ihn schließlich in weiße, parfümierte Tücher zu wickeln, in denen die Männer ihn nun, im Innern der Friedhofsmauern, zu Grabe ließen.

»*Daraus haben wir euch erschaffen. Dazu lassen wir euch zurückkehren. Und daraus werden wir euch ein zweites Mal hervorbringen.*«

Während die Worte über dem Friedhof verhallten, glaubte Saliha die Lehmklumpen fallen zu hören, mit denen das Grab bedeckt wurde. Jetzt war der Augenblick des Strafgerichts gekommen, da die Engel dem Toten in der Gruft eine Schriftrolle um den Hals hängten, auf der alle seine guten und schlechten Taten verzeichnet waren, und ihn nach seinem Gott und seinem Propheten fragten, nach seinem Glauben und nach seiner Gebetsrichtung. Und konnte er die richtigen Antworten sagen, so verhießen sie ihm Erlösung und Belohnung im Paradies.

»*Es wird die Trompete geblasen, und dann eilen sie aus ihren Grüften zu ihrem Herrn.*«

Saliha schloss die Augen. Vor sich sah sie Abdülhamid, wie er in Begleitung der Engel eine Brücke betrat, einen schmalen, gefährlichen Steg, der in schwindelnder Höhe über das Höllenfeuer zum Paradiesgarten führte. Behutsam setzte er seine Schritte. Würde er die andere Seite erreichen? Während nur wenige Gerechte unbeschadet in den Garten gelangten, stürzten die Verdammten zu Hunderten hinab in die Tiefe, in die wütend lodernden Flammen.

»Und was soll jetzt aus uns werden?«

Als Saliha die Augen hob, stand Mesut vor ihr, Abdülhamids neunjähriger Sohn.

Die ganze Einsamkeit seiner Seele sprach aus seinem Gesicht. Tränen liefen über seine Wangen, wo sie sich mit den schmelzenden Schneeflocken auf seiner hellen, kindlich reinen Haut vermischten.

Sein Anblick zerriss ihr das Herz.

»Komm zu deiner Mutter«, sagte sie.

Mit lautem Schluchzen warf er sich in ihre weitgeöffneten Arme. Und während er seinen Kopf an ihrer Brust barg und Saliha tröstend über sein feuchtes Haar strich, näherte sich aus der Ferne bedrohliches Motorengebrumm.

Ohne den Jungen aus ihren schützenden Armen zu lassen, wandte Saliha sich um. Übergroßen eisernen Vögeln gleich, stieg ein Geschwader Flugzeuge am Himmel von Konstantinopel auf, mit dem Zeichen des türkischen Halbmonds.

2

Im Juli flogen britische Kampfflugzeuge die ersten Angriffe auf Konstantinopel, und im Laufe des Sommers wurde die Angst der Bevölkerung so groß, dass darunter alle Begeisterung für den Krieg endgültig erstickte. Die Menschen sehnten nur noch den Frieden herbei, wie immer er ausfallen mochte. Während die Versorgungslage in der Hauptstadt sich mit jedem Tag verschlechterte, erstarkten im »Komitee für Einheit und Fortschritt« die zivilen Kräfte, die im Herbst immer mehr die Oberhand gewannen, bis im September tatsächlich das schier Unvorstellbare geschah: Enver Pascha, der Kriegsminister und scheinbar allmächtige Führer des jungtürkischen Regimes, wurde als Oberkommandierender der Streitkräfte seines Amtes enthoben. Das Spiel war aus. Die Regierung hatte auf das falsche Pferd gesetzt – die Niederlage an der Seite Deutschlands war nicht mehr abzuwenden.

In einer geheimen Krisensitzung trafen Enver und Talaat mit ihren getreuesten Mitstreitern zusammen, um Maßnahmen für die Zeit nach der Kapitulation zu ergreifen. Niemand im Raum

hatte den geringsten Zweifel, wie die Sieger mit ihnen verfahren würden. Die große Abrechnung stand unmittelbar bevor.
»Und was ist mit der armenischen Frage?«, erkundigte sich Taifun.
»Es gibt keine armenische Frage mehr«, erwiderte Talaat trotzig. »Wir haben zu ihrer Lösung in drei Monaten mehr geleistet als Abdülhamid in dreißig Jahren. Wir haben das Reich von den christlichen Mikroben vollständig gesäubert. Mekka kann nicht sauberer sein.«
»Ich weiß, Herr Ministerpräsident, und was die Situation in unserem Land angeht, pflichte ich Ihnen vollkommen bei. Aber bei allem Respekt – die äußere Lage hat sich dramatisch verändert. Seit Mai gibt es eine armenische Republik. Die Regierung in Eriwan wird alles daran setzen, uns für die Deportation zur Rechenschaft zu ziehen. Wenn unsere Feinde erst unsere Hauptstadt besetzen, werden sie uns vor ein internationales Tribunal zerren.«
»Wir waren nicht allein. Die Deutschen haben uns geholfen. Weder die Engländer noch die Franzosen werden so verrückt sein, wegen ein paar toter Armenier Kaiser Wilhelm ...«
»Verzeihen Sie, wenn ich nochmals widerspreche. Die Deutschen haben nur den Vorhang gehalten, hinter dem eine Million Menschen verschwunden sind – hier, in unserem Land.«
»Eine Million?«, fragte General Cemal. »Waren es wirklich so viele?« Aus den dunklen Augen in seinem Pagengesicht flackerte nackte Lebensangst.
»Was spielt das für eine Rolle?«, erwiderte Enver. »Entscheidend ist jetzt, dass wir die nötigen Vorkehrungen zu unserer Sicherheit treffen. Was ist mit dem Deportationsbüro?«
Taifun nahm Haltung an. »Es wurde wie besprochen aufgelöst.«
»Sehr gut.« Enver wandte sich an Talaat. »Wie sieht es auf der politischen Seite aus?«
»Wir bereiten zurzeit einen Gnadenerlass für alle armenischen

Aufrührer vor. Die Zensur ist aufgehoben, es herrscht Pressefreiheit. Außerdem haben wir die politischen Verbannten aufgefordert, ins Land zurückzukehren, um beim Wiederaufbau unserer Gesellschaft mitzuwirken.«
»Aber wird das reichen, um unsere Haut zu retten?«, fragte General Cemal.
Eine bedrückende Stille trat ein, in der nur das Knacken von Talaats Händen zu hören war. Alle Augen waren auf Enver gerichtet. Der General senkte den Blick. Er wirkte plötzlich so müde und erschöpft, als wäre er ein alter Mann.
Als Taifun seinen Führer in diesem Zustand sah, bekam er Angst – zum allerersten Mal, seit er unter Enver diente. Ein Kloß würgte in seinem Hals, seine Hände wurden feucht, und sein Herz, das seine Arbeit bislang so kaltblütig verrichtet hatte, all die Jahre hindurch, in denen er jeden Befehl ausgeführt hatte, den man ihm auftrug, begann mit einem Mal unkontrolliert zu schlagen.
Mein Gott, was hatten sie getan?
Nach einer endlos langen Weile schüttelte Enver den Kopf.
»Nein, natürlich nicht«, sagte er mit einem Seufzer. »Wir werden das Land verlassen müssen. Aber wir haben noch ein paar Wochen Zeit, um die Dinge zu erledigen, die erledigt werden müssen.« Seine Miene straffte sich wieder, er zwirbelte seinen Bart und blickte Taifun an. »Haben Sie die amerikanischen Versicherungen kontaktiert?«
Taifun räusperte sich, um den Kloß in seinem Hals loszuwerden.
»Ich habe veranlasst, dass wir eine lückenlose Liste von allen Armeniern bekommen, die eine Police abgeschlossen haben. Die betroffenen Personen haben keine Erben, die auf die fälligen Gelder Anspruch erheben könnten. Die Regierung ist also der rechtliche Nutznießer.«
Envers Miene hellte sich auf. »Und die Handelsorganisationen?«
»Wir haben die erforderlichen Waren beschlagnahmt und wer-

den sie in unseren Magazinen so lange zurückhalten, bis die Preise ausreichend gestiegen sind. Die Maßnahme zeigt eine erfreuliche Wirkung. Die meisten Lebensmittel kosten bereits das Zwanzigfache ihres ursprünglichen Preises, Medikamente sogar das Fünfzigfache.«
»Bleibt also nur die Frage der Flucht.« Enver dachte einen Augenblick nach, bevor er erneut das Wort an Taifun richtete. »Kümmern Sie sich darum?«
»Ganz wie Sie befehlen.«
»Dann schlage ich vor, Sie sprechen möglichst bald mit unseren deutschen Freunden. Ich denke an ein Kanonenboot.« Er trat so dicht an ihn heran, dass Taifun sein Rasierwasser roch, und legte ihm eine Hand auf die Schulter. »Ich verlasse mich auf Sie. Sie sind mein bester Mann.«

3

»Schnell, schnell! Alles fertig machen zur OP!«
Während die Sanitäter einen blutenden Mann auf den Tisch legten, streifte Felix sich den Kittel über.
»Äther?«, fragte Elisa.
»Nein, Chloroform. Wir müssen uns beeilen.«
Der Verwundete war ein junger türkischer Soldat. Elisa setzte ihm die Anästhesierungsmaske auf. Während sie das Narkotikum auf den weißen Mull tröpfeln ließ, betrachtete sie sein Gesicht. Es hatte noch keine einzige Falte. Zwei stumme grüne Augen starrten sie daraus an, als wäre sie seine einzige Hoffnung.
»Sind wir bereit?«, fragte Felix.
Elisa überprüfte noch einmal Puls und Atmung, dann nickte sie und reichte ihm das Skalpell. Eine Explosion hatte sie im Morgengrauen aus dem Schlaf gerissen, wie so oft in den letzten Wochen. Niemand wusste, was die Ursache war. Ein armenisches

Attentat? Ein Vergeltungsschlag der Armee? Oder eine Aktion der Kurden? Es spielte keine Rolle. Die Opfer waren immer dieselben: leidende, unschuldige Menschen, die nicht das Geringste mit der Tat zu tun hatten. Mal Soldaten, mal Frauen und Kinder – mal Türken, mal Kurden, mal Armenier.
»Wie ist der Puls?«
»Stabil.«
»Wir müssen die Blutung stoppen. Tupfer!«
Der Bauch des Soldaten sah aus wie eine aufgeplatzte Tomate. Zwei Granatsplitter waren schon entfernt, aber einer steckte noch im Unterleib. Ruhig und konzentriert operierte Felix weiter. Noch immer musste Elisa staunen, wie sehr er sich in den letzten Jahren verändert hatte. Aus dem unbekümmerten jungen Mann, den ein Zufall nach Konstantinopel geführt hatte, war ein ernster und gewissenhafter Arzt geworden, der sich von niemandem mehr etwas vorschreiben ließ, sondern aus eigenem Entschluss seine Entscheidungen traf. Gegen den Willen seines Schwiegervaters hatte er sich in dieses Krankenhaus versetzen lassen, um seinen Beitrag gegen das Elend des Kriegs zu leisten. Und während Elisa von ihm alles gelernt hatte, was eine Krankenschwester lernen musste, hatte er sich von ihr sogar ein wenig Türkisch beibringen lassen, damit er mit seinen Patienten reden konnte.
Ein Ordonanzoffizier betrat den Operationssaal. »Ein Telegramm für Sie, Herr Professor.«
Felix schüttelte den Kopf. »Nicht jetzt!«
Ohne aufzuschauen, setzte er seine Arbeit fort. Während Elisa das Telegramm einsteckte, wurde auf dem Nebentisch bereits der nächste Patient zur Operation vorbereitet. Das Krankenhaus befand sich in Harput, einer Provinzhauptstadt am Fuße des Taurusgebirges, und hier, im tiefsten Anatolien, war von einem baldigen Kriegsende noch nichts zu spüren. Im Gegenteil. Seit die Republik Armenien ausgerufen worden war, hetzte die Regierung die Kurden in der Region gegen die wenigen noch hier

lebenden Armenier auf, indem sie Angst vor einem großarmenischen Staat schürte, der alle Kurden vertreiben würde. Fast tägliche Anschläge von beiden Seiten waren die Folge, und Felix und Elisa standen von morgens bis abends im Operationssaal, um die Verletzten zu versorgen.
»Na, endlich!«, sagte Felix und hielt mit einer Zange den letzten Granatsplitter in die Höhe.
Als Elisa ihm Nadel und Faden reichte, damit er die Wunde zunähen konnte, kreuzten sich für einen Moment ihre Blicke. Wie eine zärtliche Liebkosung berührte sie sein Lächeln, und ein so wunderbares Gefühl durchströmte sie, dass sie sich beinahe dafür schämte. Seit sie hier zusammenlebten, waren sie von Tod und Zerstörung umgeben, und doch war Elisa noch nie so glücklich gewesen. In einem Nebengebäude des Hospitals hatten Felix und sie eine kleine Wohnung bezogen, die kaum genügend Platz für Tisch, Bett und Schrank bot, aber ihr kam sie vor wie ein Palast. Konnte es sein, dass es doch so etwas wie Kismet gab? Früher hatte sie sich stets geweigert, daran zu glauben, aus Angst, darin gefangen zu sein. Inzwischen war sie sich nicht mehr so sicher. Wenn es ein Kismet gab, dann hatte es in Felix Gestalt angenommen – er war die Erfüllung, die das Schicksal für sie vorgesehen hatte, die Melodie, die sie schon immer in sich trug, von allem Anfang an. Nur manchmal, wenn sie an das Ende des Krieges dachte, beschlich sie heimliche Angst. Sie hatte keine Ahnung, was danach mit ihnen geschehen würde – Felix vermied genauso wie sie, darüber zu sprechen. Manchmal wünschte sie sich fast, dass der Krieg niemals aufhören würde. Er war der Hüter ihrer Liebe.
»Was war das eigentlich für ein Telegramm heute Morgen?«, fragte Felix, als sie spät in der Nacht das Hospital verließen.
»Hier«, sagte Elisa und reichte ihm das Kuvert. »Es ist an dich adressiert.«
Er blieb im Licht der Laterne stehen, die die Freitreppe vor dem Eingang beschien.

»Aus Berlin«, sagte er mit gerunzelter Stirn, als er den Absender las.
»Von deinem Regiment?«
»Nein. Von meinem Schwiegervater.«
Elisa spürte, wie ihr Magen sich zusammenzog. Musste Felix zurück nach Deutschland? Auch er schien zu zögern. Statt den Umschlag zu öffnen, schaute er sie mit erhobenen Brauen an und holte tief Luft, als müsse er Mut fassen.
»Nun mach schon!«
Sie hatte noch nicht ausgesprochen, da hörte sie, wie hinter ihr jemand leise ihren Namen rief.
»Elisa!«
Als hätte ein Gespenst nach ihr gegriffen, fuhr sie herum. Sie hatte diese Stimme schon unzählige Male gehört.
»Du?«, fragte sie ungläubig. Angestrengt starrte sie in die Finsternis, doch ohne etwas zu erkennen. »Wo … wo bist du?«
»Hier!«, zischte die Stimme. »Hier bin ich!«
Nur wenige Schritte vor ihr raschelte es in einem Gebüsch, und gleich darauf trat ein Schatten zwischen den Zweigen hervor.

4

»Aram!«
Als Elisa ihn sah, wusste sie sofort, was geschehen war. Sein Gesicht war blutüberströmt, in der Hand hielt er eine Pistole.
»Raus aus dem Licht! Hier wimmelt es von Soldaten!«
Sie drängte ihn zurück in den Schatten. Zum Glück begriff auch Felix ohne jede Erklärung.
»Ich gehe vor«, sagte er leise. »Wenn die Luft rein ist, gebe ich euch ein Zeichen.«
Schweigend wartete Elisa mit Aram in der Dunkelheit. Seit drei Jahren war es das erste Mal, dass sie einander wiedersahen. Nach

dem Massaker in der Schlucht war er in den Untergrund abgetaucht, um sich den »Avengern« anzuschließen, den armenischen Widerstandskämpfern.
»Der Anschlag heute Morgen – das warst du, nicht wahr?«
»Pssst!«
Ein Offizier trat aus dem Gebäude. Auf der Treppe blieb er stehen und steckte sich eine Zigarette an. In einem Fenster des Seitenflügels erschien eine Gestalt und winkte ihnen zu. Das musste Felix sein.
»Komm«, sagte Elisa, als der Offizier die Straße hinunter verschwand.
Im Schatten des Krankenhauses huschten sie in den Gebäudetrakt, in dem die Ärzte und Krankenschwestern untergebracht waren.
Felix wartete schon in der kleinen Wohnung auf sie. Das Verbandszeug lag auf dem Tisch bereit.
»Was ist es?«, fragte Elisa.
»Nur eine Platzwunde«, sagte Felix. »Sieht schlimmer aus, als es ist.«
Während er das Blut stillte und einen Stirnverband anlegte, sprachen die Männer kein Wort. Elisa wünschte, sie würden miteinander reden. Stattdessen belauerten sie sich nur aus den Augenwinkeln. Wenn sich ihre Blicke begegneten, versuchte Felix zu lächeln, aber er konnte es nicht, seine Miene verzog sich jedes Mal zu einer Grimasse.
Auf dem Flur wurden Schritte laut.
»Ich gehe mal raus und schaue nach«, sagte Felix.
Er übergab Elisa den Verband und verließ das Zimmer. Als die Tür sich schloss, war sie mit Aram allein.
»Jetzt sag endlich, warst du das heute Morgen? Ja oder nein?«
»Wozu fragst du, wenn du die Antwort selber weißt?«
Während sie den Mull um seine Stirn wickelte, versuchte sie, einen Blick von ihm zu erhaschen. Aber sein Gesicht verriet nicht die geringste Regung. Mit zusammengepressten Lippen

saß er da und wartete stumm darauf, dass sie mit dem Verbinden fertig wurde. »Ich wollte, du wärst für immer verschwunden, statt hier aufzutauchen.«

»Das wollte ich auch. Aber ich hatte keine Wahl.«

»Warum nicht?«, fragte Elisa. »Wegen ... mir?«

Ihre Hände zitterten leicht, während sie den Verband mit einer Klammer befestigte.

»Ich brauche Geld«, sagte er. »Ich muss fliehen, nach Russland oder Eriwan, je nachdem, wie weit ich komme. Auf jeden Fall über die Grenze.«

»Und dabei soll ich dir helfen?«, fragte Elisa. »Nach allem, was du hier angerichtet hast?«

»Habe ich dir nicht auch geholfen?«, fragte Aram zurück.

»Ja, das hast du«, sagte sie. »Und das werde ich dir nie vergessen.« Für eine Sekunde war sie wieder in der Schlucht, zusammen mit ihren Leidensgenossen, sah die sterbenden Menschen, hörte das Krachen der Knochen, spürte den Körper des Kurden, der sich an ihr rieb. Bis Aram vor ihr stand, mit einem blutroten Stein in der Hand. »Wie könnt ihr nur tun, was ihr tut? Ihr richtet so viel Unglück an.«

»Uns bleibt nichts anderes übrig. Wir tun nur, was wir tun müssen.«

»Ihr seid genauso grausam wie die Türken! Begreifst du das nicht?«

»Wir haben das Recht auf unserer Seite«, erwiderte er.

»Und was ist mit euren Opfern? Wir haben heute den ganzen Tag Menschen operiert, die bei dem Anschlag verletzt wurden. Nicht nur Soldaten, auch Zivilisten. Was um Himmels willen haben sie verbrochen?«

»Es ist nicht unsere Schuld. Wir haben den Krieg nicht angefangen. Die Unterdrücker sind die Verbrecher, nicht die Unterdrückten.«

»Hör damit auf, bitte. Werft die Waffen weg. Gewalt erzeugt immer nur noch mehr Gewalt.«

Sie schaute ihn an, doch wieder wich er ihrem Blick aus.
»Bitte«, flüsterte sie. »Mir zuliebe.«
Als würde er sie gar nicht hören, verhärtete sich seine Miene noch mehr. Eine Falte, so scharf wie die Klinge eines Messers, furchte sich senkrecht auf seiner Stirn.
Plötzlich hob er den Kopf und blickte sie an. »Weißt du noch – früher? Onkel Narek und die mazedonischen Tanzknaben?«
Ein unsicheres Lächeln huschte über sein Gesicht, und so leise, dass sie ihn kaum hörte, flüsterte er ihr altes Lied.

>»Hinter dem Hügel – kennst du die Wiese?
>Eine Wiese so prächtig und grün.
>Man glaubt sich fast im Paradiese,
>Weil dort die Blumen unsrer Liebe blühn ...«

Elisa musste schlucken. Mit der Augenklappe sah er aus wie ein Verbrecher, doch aus dem gesunden Auge sprach plötzlich solche Wehmut, dass sich ihr das Herz zusammenzog.
»Hör auf«, flüsterte sie. »Bitte. Du ... du hast die Melodie noch nie richtig singen können.«
Die Tür ging auf und Felix kam herein. »Das waren nur Dorothee und Gabriele, die zwei neuen Schwestern. Sie hatten sich verlaufen. Ich habe ihnen ihr Zimmer gezeigt.«
Elisa schaute ihn an, ohne zu verstehen, wovon er überhaupt sprach. »Wie viel Geld haben wir?«, fragte sie.
»Geld?«, erwiderte Felix. »Wozu?«
»Bitte frag nicht.«
Er zögerte einen Augenblick, während er einmal Aram, einmal Elisa ansah. Dann öffnete er sein Portemonnaie und reichte ihr ein Bündel Scheine. »Das ist alles, was ich im Moment habe. Aber wenn es nicht reicht, kann ich morgen auf der Bank fragen, ob sie ...«
Noch während er sprach, riss Aram ihm das Geld aus der Hand. »Danke«, sagte er, ohne Felix anzusehen. Er stand auf und ging

zur Tür. Die Klinke schon in der Hand, drehte er sich noch einmal um. »Ich habe dich wirklich geliebt, Elisa. Soweit ich jemanden lieben kann.«
Für einen langen, stummen Moment schauten sie sich an. Elisa spürte, wie ihr die Tränen kamen. Sie wollte ihn umarmen, ihn noch einmal küssen, aber sie war außerstande, sich zu rühren.
»Pass gut auf dich auf«, flüsterte sie nur.
Aram nickte. Dann wandte er sein Gesicht mit einem Ruck von ihr ab. »Wollen Sie nicht wissen, wofür ich das Geld brauche?«, fragte er Felix.
Felix schüttelte den Kopf. »Nein«, sagte er. »Ich glaube, ich stehe in Ihrer Schuld.«

5

Nachdem Aram fort war, war es so still im Raum, dass Felix das Schweigen wie ein Echo in den Ohren dröhnte. Dieser Mann hatte Elisa geliebt. Hatte sie seine Liebe erwidert?
»Jetzt mach schon endlich das Telegramm auf«, sagte Elisa.
»Was für ein Telegramm?«, fragte Felix.
»Das aus Berlin natürlich. Von deinem Schwiegervater.«
»Ach ja, sicher – verzeih!«
Er nahm den Umschlag aus der Tasche und riss ihn auf. Nur mit Mühe gelang es ihm, sich auf die wenigen Zeilen zu konzentrieren.
»Und – was steht drin?«
»Ich soll nach Konstantinopel fahren.«
»In die Hauptstadt? Weshalb?«
»Um Gespräche mit der Regierung zu führen. Im Auftrag der Stahl- und Elektricitätswerke August Rossmann & Cie. Vermutlich geht es um ein Geschäft. Die Ratten verlassen das sinkende Schiff, da muss man sich beeilen.«

»Und? Was wirst du tun?«
Felix zögerte mit der Antwort. Wie immer er sich entschied, entschied er sich falsch. Es war fast unmöglich, sich der Aufforderung seines Schwiegervaters zu widersetzen. Die Interessen der Firma zu vertreten, war in den Augen seiner Frau und seiner Familie der einzige Grund, der seinen Aufenthalt in der Türkei überhaupt noch rechtfertigte. Wenn er sich weigerte, nach Konstantinopel zu fahren, konnte er gleich die Scheidung einreichen. Warum hatte er das nicht schon längst getan? Weil er zu feige war? Er liebte Elisa, wie er noch keine Frau je geliebt hatte, und seine Ehe mit Carla war nur noch eine Farce. Doch wenn er den Bruch öffentlich machte, würde man ihn mit Sicherheit aus Harput abberufen – August Rossmanns Verbindungen reichten bis in die Spitzen der Obersten Heereskommandos. Der Dienst in dem Krankenhaus aber war Felix' Versuch, wenigstens einen Teil der Schuld abzutragen, die auch er an den Grausamkeiten dieses Krieges trug. Er hatte sich korrumpieren lassen, vor Gott und der Welt die Türken vom Blut der Armenier reingewaschen. Seitdem betrachtete er es als seine Pflicht, das Leid der Menschen hier zu lindern, wo immer er konnte. Als 1917 die amerikanischen Betreiber des Hospitals des Landes verwiesen worden waren, hatte er darum keinen Moment gezögert, die Leitung des Krankenhauses zu übernehmen, obwohl sein Schwiegervater ihn zu den Ölfedern nach Mosul hatte schicken wollen. Pfarrer Lepsius, der Anwalt der Armenier, hatte für Felix den Kontakt zum »Hülfsbund« hergestellt, dem evangelischen Missionswerk, das mit Duldung der türkischen Regierung das Hospital inzwischen führte. Jetzt war er verantwortlich für die medizinische Versorgung einer ganzen Region. Durfte er sich dieser Verantwortung entziehen, nur um seine privaten Verhältnisse noch eine Weile in der Schwebe zu halten?
»Was würdest du an meiner Stelle tun?«, fragte er Elisa.
»Ich weiß es nicht«, erwiderte sie. »Aber vielleicht ist das Telegramm ein Wink des Schicksals.«

»Ein Wink des Schicksals? Warum?«
»Nur ein Gefühl«, sagte Elisa und griff nach ihrer Perlenkette.
Felix verstand. »Du hast die Hoffnung immer noch nicht aufgegeben, nicht wahr?«
Elisa schüttelte den Kopf. »Ich bin sicher, sie lebt in Konstantinopel. Und die Vorstellung, dass sie dort mit diesem Teufel ...« Sie sprach den Satz nicht zu Ende.
Felix strich ihr zärtlich über die Wange. »Ich weiß, wie sehr du Fatima vermisst. Aber wie sollen wir sie finden? Seit die Türken das Deportationsbüro in Aleppo aufgelöst haben, gibt es von Taifun keine Spur. Und dabei wissen wir nicht mal, ob sie überhaupt noch bei ihm ist.« Er nahm ihr Gesicht in die Hände und schaute sie an. »Soll ich dafür meine Patienten hier im Stich lassen?«
Elisa erwiderte seinen Blick. In ihren Augen standen Tränen.
»Ich habe solche Angst um sie. So entsetzliche Angst.«

6

»Wir verlassen das Land!«, erklärte Taifun.
»*Pourquoi, monsieur?*«, fragte Fatima. »*Je n'en ai pas envie.*«
»Tut mir leid, wenn du keine Lust dazu hast, aber ich fürchte, darauf kann ich keine Rücksicht nehmen.«
»Wozu sollte ich dein wunderbares Dreckland verlassen? Solange es hier noch Wein und Aspirin gibt, sehe ich dazu keinen Grund.« Sie prostete ihm zu. »Wenn ich überhaupt jemanden verlasse, dann dich, *mon chéri.*«
Taifun biss sich auf die Lippe. »Mein Entschluss steht fest«, sagte er. »Wir reisen nach Deutschland. Und ich möchte, dass du voraus fährst. Dein Schiff geht in drei Tagen. Du solltest anfangen, die Koffer zu packen.«
»Einen Teufel werde ich tun! Ich will nicht nach Deutschland,

ich will nirgendwohin. Also lass mich bitte mit deinem Unsinn in Ruhe.«

Ohne ihn anzuschauen, nahm sie einen großen Schluck. Taifun verfluchte den Tag, an dem er ihr das erste Glas Wein gegeben hatte. Mein Gott, was war nur aus ihr geworden? Sie war die schönste Frau des kaiserlichen Harems gewesen, eine so strahlende Erscheinung, dass selbst die Eunuchen sich vor Leidenschaft nach ihr verzehrten – und jetzt? Ihre Schönheit war verwelkt wie eine Engelstrompete am Morgen, und ihre Seele war hinter einer unsichtbaren Wand verschwunden, mit jedem Schluck, mit jedem Glas ein Stückchen weiter. Und doch konnte er nicht leben ohne sie.

»Jetzt nimm endlich Vernunft an«, sagte er.

»Vernunft«, wiederholte sie verächtlich. »Ich bin einmal im Leben vernünftig gewesen – an dem Tag, als ich mein Kind verließ, um dir zu folgen.«

»Jetzt lass doch die alten Geschichten. Ich habe alles arrangiert. In Berlin steht ein Haus für uns bereit, eine Villa mit vierundzwanzig Zimmern.«

»Du meinst – ein anderes Gefängnis, in das du mich einsperren willst? Und wer passt dann auf mich auf? Nein, lass mich raten!«, sagte sie mit schwerer Zunge, als er etwas einwenden wollte. »Deine Mutter – stimmt's? Die alte Krähe lässt mich ja nie aus den Augen.«

Jedes Wort traf Taifun wie eine Ohrfeige. Doch wieder beherrschte er sich. »Sei nicht dumm, mein Liebling. Du weißt nicht, was dir entgeht! Die Reise wird dir Spaß machen. Ich habe den modernsten Luxusliner der Hapag Lloyd für dich ausgesucht, die *Gloria Borussiae*. Du wirst dich prächtig amüsieren an Bord. Jeden Abend Captain's Dinner und Tanz.«

»Ich hasse Gesellschaft. Sie hält mich nur vom Trinken ab.«

»Bitte Fatima, pack deine Koffer. Ich habe hier noch ein paar wichtige Dinge zu erledigen, aber es dauert nicht lange. Sobald ich fertig bin, komme ich nach.« Er machte eine Pause, um die richtigen Worte zu finden. »Bitte, Liebling, es muss sein. Wenn wir hier bleiben, werden wir massive Probleme bekommen.« Zum ersten Mal erwiderte sie seinen Blick. Hatte sie endlich begriffen, wie dringlich die Sache war? Sie zog die Stirn so angestrengt in Falten, dass Taifun fast zu hören glaubte, wie es dahinter arbeitete.

Doch als sie schließlich den Mund aufmachte, zerstob seine Hoffnung wie ein Häufchen Staub im Wind.

»Ah, schnappt die Falle also zu?«, fragte sie böse. »Du kannst dir gar nicht vorstellen, wie sehr ich mir das wünsche. Seit drei Jahren träume ich davon, dass sie euch endlich kriegen. Nein, das Schauspiel werde ich mir nicht entgehen lassen. Das wird ein Fest – besser als jedes Captain's Dinner!«

Aus ihrem Gesicht sprach solcher Hass, dass Taifun verstummte. Sie durfte seinen Stolz verletzen, sogar die Ehre seines Landes und seiner Mutter – das alles nahm er hin. Nur nicht diesen Hass. Denn dieser Hass traf ihn dort, wo er am verletzlichsten war: in seiner Liebe ... Ja, er liebte sie immer noch, konnte nicht aufhören, sie zu lieben, obwohl er sich selbst dafür verachtete. Doch was konnte er dagegen tun? Sie war seine Glücksbringerin, der einzige Mensch, der an ihn geglaubt hatte – wenn sie ihn verließ, wäre sein Scheitern vollkommen. Nein, es war nicht seine Entscheidung, er war nicht Herr seiner selbst. Wenn sie litt, litt er noch mehr als sie, wenn sie traurig war, konnte er keinen Gedanken fassen, und wenn sie ihn hasste, hasste er sich selbst doppelt und dreifach dafür. Hunderte Male hatte er sich geschworen, mit ihr zu brechen, und Hunderte Male war er zu ihr zurückgekrochen wie ein Hund, nur um sich erneut von ihr erniedrigen zu lassen. Am Fenster der Felsenburg, hoch über dem brennenden Wan, war sie zum letzten Mal seine Frau gewesen. Seitdem hatte er sie nicht mehr berührt. Mit jedem Blick, mit jeder Geste verriet sie ihm, welchen Abscheu er ihr einflößte, und allein dem Alkohol hatte er zu verdanken, dass sie ihn nicht verließ.

»Du bist zu schwach, um allein zu leben«, sagte er. »Du *musst* mit mir kommen. Dir bleibt nichts anderes übrig.«
»So, muss ich das?« Sie nahm einen Schluck. »Ja, vielleicht bin ich zu schwach, um allein zu leben. Aber das heißt nicht, dass ich nicht allein sterben kann.« Sie stellte ihr Glas ab. »Nein, ich werde dieses Land nicht verlassen, niemals! Und wenn ich verrecke.«
»Aber warum, zum Teufel? Was hält dich hier zurück?«
»Das weißt du genau – Elisa!«
Als Taifun diesen Namen hörte, war es mit seiner Beherrschung vorbei. »Elisa! Elisa!«, schrie er. »Immer wieder fängst du mit diesem Miststück an. Dabei ist sie an allem schuld! Sie hat unsere Liebe auf dem Gewissen! Wäre sie nicht in Wan aufgetaucht, wäre alles noch wie früher.«
Fatima achtete gar nicht auf ihn. »Wenn du Elisa findest«, sagte sie mit der Beharrlichkeit, die der Alkohol ihr gab, »komme ich mit. Nur dann. Sonst nicht.«
»Verdammt noch mal, wie stellst du dir das vor? Wir haben Krieg! Und Elisa ist eine Armenierin! Sie ist in die verfluchte Deportation geraten, der Himmel weiß wie! Ich habe keine Ahnung, wo sie steckt. Ich weiß nicht einmal, ob sie überhaupt noch lebt.«
»Das soll ich dir glauben? Du warst der Chef des Deportationsbüros!«
»Trotzdem, Fatima. Ich weiß es nicht – wirklich. Das schwöre ich dir, bei Allah und beim Propheten! Wenn ich es wüsste, dann ...«
»Dann was?«
Statt einer Antwort schlug er die Augen nieder. Er hatte wirklich keine Ahnung, was mit Elisa geschehen war. Er hatte sie bei den Kurden zurückgelassen, in der Hoffnung, dass sie ganze Arbeit leisteten. Das war drei Jahre her. Aber konnte er sicher sein, dass sie tot war? Nein, täglich lebte er in der Angst, dass Elisa plötzlich wieder auftauchte. Aus diesem Grund hielt er Fatima in einem Palast auf der anderen Seite des Goldenen Horns ver-

steckt, in der Obhut seiner Mutter. Niemand außer ihnen beiden wusste, wo sie lebte, nicht mal seine Vorgesetzten. Damit niemand sie finden konnte, der sie von ihm trennen wollte.
Er griff nach Fatimas Hand. »Bitte, Liebling, komm mit nach Berlin. Wir lassen alles hinter uns und fangen ein neues Leben an. In Berlin werden wir uns wieder lieben, genauso wie früher. Weißt du noch? Ich werde dich auf Händen tragen und verwöhnen, wie noch kein Mann eine Frau verwöhnt hat. Ich werde immer nur für dich da sein. Für immer und ewig!«
Mit Tränen in den Augen blickte er sie an. Doch Fatima schüttelte den Kopf.
»Sag mir nur eins: Habt ihr sie umgebracht?«
Als Taifun ihr Gesicht sah, den Hass in ihrer Miene, der keinen Zweifel übrig ließ, packte ihn solche Wut, dass er nur noch den Wunsch in sich spürte, sie zu töten. Ohne zu überlegen, was er tat, stürzte er sich auf sie. Mit beiden Händen umklammerte er ihren Hals und drückte zu, spürte das weiche Fleisch unter der Haut, die sich verhärtenden Sehnen, das klopfende Blut in ihren Adern.
Ungläubig starrte Fatima ihn an, die Augen plötzlich voller Todesangst.
»Taifun? Was tust du?«
Eine selige Ohnmacht erfüllte ihn, als sie unter seinen Händen zu röcheln begann. Das Blut schoss ihm in die Lenden, sein Glied schwoll an, dass es eine Lust war. Endlich hatte er wieder Macht über sie! Endlich war er wieder ein Mann!
»Taifun? Was ... was tust du ... da?«
Sie wehrte sich nach Kräften, sie wand und schüttelte sich. Aber er drückte nur noch fester zu, entschlossen, sie erst loszulassen, wenn sie sich nicht mehr rührte. Nie mehr würde sie ihn erniedrigen – nie, nie wieder!
Da fiel sein Blick auf das Medaillon an ihrem Hals. Der Deckel war aufgesprungen. Aus dem Innern schaute ihn ein Säugling an – Fatimas Sohn.

Es war wie eine Erleuchtung.
Mein Gott, es gab noch eine Möglichkeit, Fatima zurückzugewinnen!
Im selben Moment erschlaffte sein Glied, und seine Wut wich einer grenzenlosen Erleichterung. Wie von allein löste sich sein Griff, ließen seine Hände von ihr ab.
»Wa... warum nicht?«, fragte Fatima verstört und berührte ihren Hals. »Ich ... ich wollte, du hättest es getan ...«
»Mein Liebling, mein Engel«, flüsterte er und bedeckte ihr Gesicht mit Küssen. »Ich liebe dich doch, ich liebe dich! Glaub mir! Ich werde dich glücklich machen, schon bald! Jetzt wird alles wieder gut ...«

7

Es war ein wunderbarer Spätsommertag, als Elisa und Felix in Skutari den Zug verließen, der sie nach Konstantinopel gebracht hatte. Während sie in einer Fähre über den Bosporus setzten, spannte sich der Himmel in einem warmen, dunklen Blau über die Hügel der Stadt und das Meer. Golden schimmerten die Kuppeln der Moscheen in der Sonne, und auf dem Wasser kräuselten sich die weißen Schaumkronen der Wellen.
Doch das Bild des Friedens trog. Als sie in Pera an Land gingen, sah Elisa nur Chaos und Elend. Wo waren der Reichtum, die überbordende Fülle geblieben, an der Konstantinopel früher zu ersticken schien? Während sie mit einer Kutsche den Hügel von Pera hinauffuhren, starrte die Not sie aus allen Winkeln und Gassen, aus allen Fenstern und Türen an. Männer und Frauen, zu Skeletten abgemagert, hockten auf den Bürgersteigen und verkauften ihren Hausrat, endlose Schlangen halbverhungerter Menschen standen vor den Bäckereien um ein Stück Brot an, und verlauste, in Lumpen gehüllte Kinder stritten sich mit Bett-

lern um essbare Abfälle. Nur die Straßen schienen irgendwie sauberer und gepflegter als früher. Man hatte die Schlaglöcher ausgebessert, die französischen Hinweisschilder, die jahrzehntelang neben den türkischen gehangen hatten, durch deutsche ersetzt, und die Hunde, von denen die Straßen und Plätze nur so gewimmelt hatten, waren wie vom Erdboden verschwunden. Die jungtürkische Regierung hatte sie, erklärte der Kutscher, von Gendarmen einfangen lassen, um die Stadt von den unreinen Tieren zu befreien, und zu Tausenden auf einer Insel des Bosporus ausgesetzt, wo sie sich nun gegenseitig auffraßen. Elisa musste an den Wolfshund denken, der ihr damals zugelaufen war. Ob er wohl noch lebte?

Ihr Herz begann leicht zu klopfen, als sie an Felix' Seite das Pera Palace betrat. Mit welchem Hochmut hatte der Portier sie behandelt, als sie nach ihrer Vertreibung aus dem Tränenpalast sich in dem Hotel nach einer Unterkunft erkundigt hatte. Sie konnte sich nicht mehr an sein Gesicht erinnern, doch der Mann, der sie jetzt an der Rezeption empfing, überschlug sich beinahe vor Höflichkeit. Auf einem Sofa saß eine einsame, auffallend geschminkte Frau. Aber sie trug kein französisches Kleid, sondern ein bayrisches Dirndl, und ihr Haar war zu zwei Zöpfen geflochten.

»Page! Das Gepäck der Herrschaften auf Zimmer Nr. 36!«
Elisa wandte sich vom Tresen ab, um die Treppe hinaufzugehen. Da sah sie plötzlich in ein uraltes, vertrautes Greisengesicht.
»Murat – du?«
Der Page wackelte mit dem Kopf, der viel zu groß auf seinem kleinen Körper saß, ein Ausdruck des Entsetzens flackerte durch sein verschrumpeltes Gesicht, doch nur für eine Sekunde. Dann strahlte er sie an.
»Elisa!«, sagte er mit seiner hohen Fistelstimme. »Was bin ich froh, Sie wiederzusehen!«
Sie war so verblüfft, dass es ihr die Sprache verschlug. Als sie den Zwerg zum letzten Mal gesehen hatte, hatte er ihr die Tür

gewiesen – im dem Teehaus, wo die Eunuchen wohnten. Danach hatte sie Konstantinopel verlassen.
»Wie lange bist du schon hier?«, fragte sie, um irgendwas zu sagen.
»Schon fünf Jahre, seit dem Tod der Sultansmutter. Man hat mich hier genommen, damit die Hotelgäste etwas zu lachen haben.« Die Falten in seinem Gesicht wurden noch tiefer, die dünnen Lippen begannen zu zittern, und seine Augen schimmerten feucht. »Es tut mir so leid, was damals geschah. Ich wollte, ich könnte es rückgängig machen. Wir Eunuchen trauerten doch um Nadir, es war, als hätten wir einen Bruder verloren, und die anderen behaupteten alle, dass Sie …« Die Stimme versagte ihm. »Können Sie mir verzeihen?«
Tränen rannen aus seinen Augen. Elisa wusste nicht, ob sie echt waren. Murat konnte nicht nur zaubern, er konnte auch auf Kommando weinen – das hatte er im Serail oft vorgemacht. Aber kam es jetzt darauf an? Er war der einzige Mensch, den sie noch von früher kannte.
»Weißt du vielleicht, wo Fatima lebt?«
Mit banger Hoffnung schaute sie den Zwerg an, doch der schüttelte seinen riesigen Kopf. »Nein«, sagte er leise. »Ich habe sie nie wiedergesehen.«
»Aber vielleicht hast du etwas von ihr gehört?«
»Auch das nicht, leider. Aber … aber wenn Sie wollen, kann ich mich erkundigen. Ich kenne immer noch eine Menge Leute.« Plötzlich warf er sich zu Boden und küsste den Saum ihres Kleides. »Glauben Sie mir, ich werde Fatima für Sie finden. Ich will alles tun, um meinen Fehler wiedergutzumachen. Wenn Sie mir nur verzeihen.«
Während Elisa versuchte, Murat zum Aufstehen zu bewegen, betrat eine deutsche Krankenschwester das Foyer, zusammen mit einem Sanitäter.
»Ist das nicht allerliebst!«, rief die Frau entzückt, als sie die beiden sah. »Wie ein Märchen aus Tausendundeiner Nacht …«

8

Am nächsten Morgen suchten Felix und Elisa die deutsche Botschaft auf. Baron von Wangenheim erwartete sie im Audienzsaal, zusammen mit zwei Männern, die trotz des absehbaren Kriegsendes immer noch zu den wichtigsten und einflussreichsten Politikern des Landes gehörten. Der eine war ein Riese und sah aus wie ein Zigeuner, der andere war von eher zarter, schmächtiger Gestalt und wirkte mit dem auffallend hübschen Gesicht und dem Zwirbelbart wie ein französischer Lebemann. Felix erkannte sie auf den ersten Blick wieder: Talaat und Enver. Obwohl die beiden Männer Zivil trugen, waren sie von Elisas Gegenwart sichtlich überrascht. Enver war der erste, der sich fing. Mit vollendeter Eleganz beugte er sich über ihre Hand.
»Was für eine wunderbare Idee, in so charmanter Begleitung zu kommen«, sagte er. »Ich beneide Sie, Professor Möbius.«
Felix roch das Rasierwasser, in dem der ehemalige Kriegsminister gebadet haben musste – es stach wie Nadelspitzen in seiner Nase. Talaat begrüßte Elisa gleichfalls mit einem Handkuss. Felix konnte es nicht fassen: Diese beiden Männer hatten Tausende von Menschenleben auf dem Gewissen, doch sie wirkten so unbefangen, als begegneten sie einander im Foyer eines Opernhauses. Auch Elisa konnte ihre Gefühle kaum verbergen. Wangenheim registrierte ihr Missbehagen und forderte sie auf, Platz zu nehmen.
»Ich schlage vor, wir reden nicht lange um den heißen Brei herum«, eröffnete er das Gespräch. »Herr Ministerpräsident, wenn Sie vielleicht den Anfang machen wollen?«
Talaat verschränkte seine Hände, die so groß waren wie zwei Koteletts, und ließ die Finger knacken. »Brot gegen Öl«, sagte er. »Das ist unsere Idee. Die Bevölkerung leidet, unsere Vorräte an Lebensmitteln gehen zur Neige. Brot, Getreide, Medikamente – es fehlt an allem. Doch die Türkei hat immer noch gewaltige

Vorkommen an Bodenschätzen, um die alle europäischen Staaten uns beneiden.«
»Wenn Sie sich vielleicht etwas deutlicher ausdrücken könnten?«, sagte Felix.
Enver ergriff das Wort. »Wir bieten Ihnen beziehungsweise Ihrem Herrn Schwiegervater folgenden Handel an: Sie finanzieren ein Lebensmittelprogramm, mit dem wir den Hunger in unserer Hauptstadt bekämpfen. Im Gegenzug erteilt die türkische Regierung den Stahl- und Elektricitätswerken August Rossmann & Cie. die Konzession zur Ausbeutung noch näher zu bestimmender Ölfelder, bevor die Alliierten das Land besetzen. Ich denke, ein solcher Handel wäre nicht nur ein gutes Geschäft für beide Seiten, sondern auch ein Akt der Humanität.«
»Ein Akt der Humanität?« Felix wurde fast übel, als er die Phrase erneut zu hören bekam. Am liebsten hätte er dem parfümierten Schönling links und rechts ins Gesicht geschlagen. »Ich habe leider erfahren müssen«, sagte er mit mühsamer Beherrschung, »wie Ihre Regierung Humanität interpretiert. Ich war bei dem Schmierentheater in Wan dabei, als Ihre Leute …«
»Ich weiß, ich weiß!«, unterbrach ihn Enver. »Was dort geschah, ist nicht zu entschuldigen. Das waren Verbrechen, und diese müssen als solche gebrandmarkt werden. Doch seien Sie versichert, verehrter Professor Möbius, dass es sich dabei in keiner Weise um Maßnahmen handelte, die durch irgendwelche Anordnungen oder Befehle der Regierung gedeckt gewesen wären. Diese abscheulichen Vorkommnisse waren vielmehr unkontrollierte Auswüchse, Amtsanmaßungen einzelner Provinzfürsten, und ich schwöre Ihnen, dass wir alles Menschenmögliche tun werden, um die Verantwortlichen zur Rechenschaft zu ziehen.«
Er lehnte sich im Sessel zurück und steckte sich eine Zigarette an. Felix wusste nicht, was er tun sollte. Musste er nicht aufstehen und gehen? Talaat betrachtete mit ernster Miene seine riesigen Pranken, während Baron von Wangenheim die Hände vor dem Bauch gefaltet hatte und mit seinen Daumen drehte.

»Dann erbringen Sie den Beweis!«
Alle Köpfe drehten sich zu Elisa um, die in die Stille hineingesprochen hatte.
»Verhaften Sie Taifun Pascha, und stellen Sie ihn vor Gericht. Er hat die Deportation geleitet. Ich habe es mit eigenen Augen gesehen.«
Talaat starrte sie an wie eine Erscheinung. Wangenheim holte einmal tief Luft.
»Pardon, Madame«, erwiderte Enver, »aber ich fürchte, ganz so einfach liegen die Dinge nicht.«
»Allerdings«, pflichtete Talaat ihm bei. »Wohin kommen wir, wenn wir unsere Soldaten vor Gericht zerren? Das hätte katastrophale Folgen für die Moral der kämpfenden Truppe.«
»Auch ich muss um Ihr Verständnis bitten«, fuhr Enver fort, »General Taifun ist sicher ein Mann mit persönlichen Fehlern. Doch er ist auch ein glänzender Offizier und ein überaus fähiger Organisator. Man kann sich leider die Menschen nicht aussuchen, deren Hilfe man braucht – nicht in diesen schweren Zeiten.«
»Werden Sie ihn verhaften?«, erwiderte Elisa. »Ja oder nein?«
Enver zog an seiner Zigarette und sagte eine lange Weile nichts. Dann warf er plötzlich die Kippe in den Aschenbecher und erhob sich aus seinem Sessel.
»Was wäre die moderne Türkei ohne ihre wunderbaren Frauen?«, sagte er mit seinem charmantesten Lächeln. »Sie haben sich solche Verdienste um den Aufbau des Landes erworben. – Nun gut, Sie sollen Ihren Willen haben.« Er setzte sich an den Schreibtisch des Botschafters und schraubte eine Füllfeder auf. »Da wir uns nun einig sind, Herr Professor, sollten wir vielleicht eine kleine Vereinbarung aufsetzen, nicht wahr?«
»Das können Sie gerne tun«, erwiderte Felix. »Aber ich werde sie erst unterschreiben, wenn unsere Forderung erfüllt ist.«
Envers Augen blitzten einmal gefährlich auf, doch eine Sekunde später zeigte sein Gesicht wieder die gewohnte Zuvorkommen-

heit. »Nun gut«, sagte er mit einem Seufzer. »Allerdings muss ich Sie um etwas Geduld bitten. Ich bin nicht sicher, ob General Taifun sich zurzeit überhaupt in Konstantinopel aufhält. Wir brauchen vielleicht ein paar Tage, um seiner habhaft zu werden.« Mit einem Lächeln, das seine strahlend weißen Zähne sehen ließ, wandte er sich noch einmal an Elisa. »Können wir Ihnen das zumuten, Madame?«

9

»Du hast deinem Mann zu gehorchen!«, sagte Hülya. »*Die Männer stehen über den Frauen, und die Frauen sind ihnen demütig ergeben.* So will es der Prophet.«
»Und deshalb soll ich nach Deutschland fahren?«, fragte Fatima. »Ich kann mich nicht erinnern, dass der Prophet das irgendwo geschrieben hat.«
»Mein Sohn hat dir tausend Wohltaten erwiesen. Er hat dich aus dem Bordell des Sultans befreit, und wie dankst du es ihm? Es wird Zeit, dass er dich bestraft. *Wenn die Frauen sich auflehnen, dann ermahnt sie und meidet sie im Ehebett und schlagt sie!*«
Statt ihr zu antworten, füllte Fatima ihr Glas. Wie verabscheute sie dieses Weib, dessen Gefangene sie seit drei Jahren war! Taifuns Mutter war inzwischen siebzig, und mit ihrer Hakennase, dem groben knochigen Gesicht und den silbergrauen Haaren sah sie aus wie eine Hexe.
Fatima hob ihr Glas und prostete ihr zu. »Auf das Wohl des Propheten!«
Wie eine Furie stürzte Hülya sich auf sie und riss ihr das Glas aus der Hand. »Du trinkst Wein wie eine Christenhure!«, schrie sie. »Du versündigst dich am Willen Allahs! *Wenn der Diener Gottes Wein trinkt, kann er nicht trinken und dabei gläubig bleiben.*« Wütend schleuderte sie das Glas gegen die Wand.

Im selben Augenblick ging die Tür auf, und herein kam Taifun. Fatima sah ihn wie durch einen Schleier. Hatte sie zu viel getrunken oder sah sie wirklich, was sie zu sehen glaubte? Hinter ihrem Mann betrat ein Eunuch den Raum, ein pechschwarzer Neger mit Stambulin-Mantel und Fez, als wäre er dem Harem des Sultans entsprungen. An der Hand hielt er ein Kind, einen Jungen von höchstens zehn Jahren, der so vornehm gekleidet war wie ein Prinz.

»Ich will zu meiner Mutter«, jammerte der Kleine und zerrte an dem Eunuchen.

Taifun schob ihn in Fatimas Richtung. »Das ist deine Mutter. Los, sag ihr deinen Namen.«

Der Junge weinte nur noch mehr.

»Was ... was hat das zu bedeuten?«, fragte Fatima.

»Das ist dein Sohn, mein Liebling.« Taifun lächelte sie zärtlich an. »Ich habe ihn wiedergefunden. Für dich. Er wird jetzt immer bei dir bleiben. Das verspreche ich dir.«

Fatima war wie vor den Kopf geschlagen. Obwohl sie jedes von Taifuns Worten verstand, war es, als rede er in einer fremden Sprache zu ihr.

»Wie kannst du nur so grausam sein?«, flüsterte sie und griff nach der Flasche auf dem Tisch. »Mein Sohn ist tot. Die Armenier haben ihn umgebracht. Hast du das vergessen?« Sie setzte die Flasche an die Lippen, um zu trinken.

Doch ihre Hand zitterte so sehr, dass sie die Hälfte des Weins verschüttete.

Taifun nahm ihr die Flasche weg. »Nein«, sagte er. »Dein Sohn lebt. Sein Tod war eine Lüge, eine Intrige der Sultansclique, um ihn nach Saloniki zu entführen. Aber jetzt ist Abdülhamid tot, Allah sei gepriesen, und er kann endlich zurück zu seiner Mutter – zu dir!«

Fatima blickte erst Taifun, dann den Jungen an. Das Kind war ihr vollkommen fremd. Nichts an ihm erinnerte sie an den Säugling, den sie vor neun Jahren geboren hatte. Ängstlich klammerte sich der Junge an den Eunuchen, die Augen voller Entsetzen auf sie gerichtet.

»Ich glaube dir kein Wort«, sagte Fatima und wandte sich ab, angewidert von dem ekelhaften Versuch, sie mit einem fremden Kind zurückzuerobern.

»Du musst mir glauben!« Taifun zerrte den Jungen zu ihr. Mit der anderen Hand packte er sie im Nacken und zwang sie, das Kind anzuschauen. »Das ist Mesut – dein Sohn! Du hast ihn selbst zur Welt gebracht, dein eigenes Fleisch und Blut.«

Der Junge schrie vor Angst laut auf und floh zurück zu dem Eunuchen.

»Bitte, glaub mir«, sagte Taifun. »Es ist die Wahrheit. Dieser Junge ist dein Kind.«

Fatima spuckte ihm ins Gesicht. Er zuckte zurück, wütend blitzten seine Augen, und für eine Sekunde glaubte sie, er würde sie schlagen. Doch er hob nur die Hand, um sich den Speichel wegzuwischen.

»Warte hier auf mich«, sagte er. »Ich bin gleich wieder zurück. Dann wirst du sehen. – Und du«, wandte er sich an den Eunuchen, »du passt auf den Jungen auf. Dass du ihn keine Sekunde aus den Augen lässt!«

10

Noch bevor die Sonne untergegangen war, kehrte Taifun mit einer verschleierten Frau zurück. Obwohl Fatima nur ihre Augen sah, erkannte sie sie sofort.

»Saliha?«

Nein, sie hatte sich nicht getäuscht. Vor ihr stand ihre alte Rivalin, die vierte Kadin aus dem kaiserlichen Harem, Abdülhamids letzte rechtmäßige Ehefrau. Aber wie sah sie aus? Salihas Augen waren ganz verquollen, und aus ihrem Blick sprachen Verzweiflung und Angst. Als würde sie gegen ihren Willen zu etwas gezwungen.

»Bitte, Saliha«, forderte Taifun sie mit sanfter Stimme auf, »sagen Sie jetzt noch einmal, was Sie mir bereits gesagt haben.«

Saliha zögerte. Mehrmals holte sie Luft, als wolle sie sprechen, doch etwas hielt sie zurück. Eine böse, unbestimmte Ahnung überkam Fatima, und sie betete zu Allah, dass sie das alles nur träumte. Doch da hob Saliha den Blick und schaute sie an.

»Ja«, sagte sie mit tränenerstickter Stimme, »er ist dein Sohn. Ich habe ihn an deiner Stelle aufgezogen, in Saloniki, in Abdülhamids Exil.«

Taifun griff nach Fatimas Hand, das Gesicht voll banger Erwartung. »Glaubst du mir jetzt, mein Liebling?«

Bevor sie etwas sagen konnte, kam der fremde Junge hereingestürmt und fiel Saliha um den Hals.

»Mama, Mama«, rief er schluchzend. »Wo warst du? Wo bist du so lange gewesen?«

Saliha schlang die Arme um ihn und barg ihn an ihrer Brust. In diesem Moment wusste Fatima, dass Taifun die Wahrheit sagte: Ja, dieser Junge war ihr Sohn, das Kind, das sie geboren hatte ... Wie oft hatte sie von diesem Augenblick geträumt, wie oft sich vorgestellt, wie sie Mesut in die Arme schließen würde, um sein Gesicht mit Küssen zu bedecken. Doch jetzt, da dieser Augenblick gekommen war, blieb ihr Herz kalt und leer. Wie erstarrt schaute sie auf Saliha und dieses Kind, ohne irgendein Bedürfnis in sich zu spüren.

»Das ist dein Sohn«, sagte Taifun. »Ich habe ihn dir zurückgebracht. Willst du ihn nicht begrüßen?«

Voll zärtlicher Liebe nickte er ihr zu. Ein Schauer lief ihr den Rücken hinunter, und als hätte sie etwas Unreines berührt, zog sie ihre Hand zurück. Taifuns warmes Lächeln, die mitfühlende Aufmunterung in seinem Blick, das alles verriet ihr nur, was für ein Monster er war, dieser Mann, in dessen Haus, an dessen Seite sie seit zehn Jahren lebte. Eine kalte, schneidende Vernunft

ergriff von ihr Besitz, eine Klarheit des Denkens, die schlimmer war als jeder Rausch, in den der Alkohol sie stürzen konnte.
»Du bist es also gewesen«, sagte sie. »Nicht der Sultan und seine Clique, wie du immer behauptet hast.«
»Was … was redest du da?«, stammelte Taifun.
»Das weißt du ganz genau. Die Entführung … Nadirs Ermordung … Elisas angebliche Schuld … Alles war deine Tat. Weil du mein Kind nicht wolltest, weil du es gehasst hast, genauso wie Elisa. Weil du mich für dich allein haben wolltest.«
»Aber das ist ja verrückt, was du da sagst! Warum hätte ich das tun sollen? Wie kannst du nur so was behaupten?« Er nahm eine Flasche und schenkte ihr ein Glas ein. »Komm«, sagte er und reichte ihr den Wein, »trink einen Schluck. Das wird dich beruhigen. Das ist alles zu viel für dich – dein Sohn, das Glück, ihn endlich wieder …«
Sie schlug ihm das Glas aus der Hand und fuhr zu Saliha herum.
»Sag mir die Wahrheit. Ist es so gewesen?«
Saliha wich ihrem Blick aus. »Ich … ich weiß nicht, was damals war«, sagte sie leise. »Ich wollte nur, dass Abdülhamid glücklich ist. Und als er den Wunsch hatte, seinen Sohn zu sehen … Er war doch das Einzige, was ihn am Leben hielt. Wir … wir glaubten ja, du wärst tot …«
Mehr brachte sie nicht hervor. Doch ihr Schweigen war beredter als alle Worte der Welt.
»Dann ist es also wahr …«
Obwohl Fatima nur geflüstert hatte, wirkten ihre Worte wie die Lunte an einem Pulverfass.
»Ja! Ja! Ja!«, schrie Taifun plötzlich auf. »Was dachtest du denn, wie es war, du dummes Stück? Warst du wirklich so blöd, meine Geschichte zu glauben? Was hätte ich denn sonst tun sollen? Der Staat brauchte Abdülhamids Geld, und der Staat ging vor! Der Staat geht immer vor! Er ist wichtiger als du und dein verdammter Bastard! Wichtiger als dein kleines erbärmliches Schicksal! Er ist die Nation! Er ist die Zukunft der Türkei!«

Fatima war plötzlich so nüchtern wie schon seit Jahren nicht mehr.

»Ich werde dich verlassen«, sagte sie.

Sie hatte noch nicht ausgesprochen, da wich seine Wut blanker Verzweiflung. Sein Gesicht zersprang wie ein Spiegel, in den eine Kugel eingeschlagen war.

»Bitte, Fatima, tu mir das nicht an! Mein Liebling! Mein Engel! Mein Leben!« Er kniete vor ihr nieder, nahm ihre Hände und führte sie an die Stirn. »Du darfst mich nicht verlassen! Du bist alles, was ich habe«, flehte er sie an, während er ihre Hände mit Küssen bedeckte. »Bleib bei mir! Jetzt ist doch alles wieder gut! Wir werden zusammen glücklich sein! Du und ich und dein Sohn! Alles, was ich getan habe, habe ich aus Liebe getan! Aus Liebe zu dir! Du musst mir verzeihen! Glaub mir! Bitte!«

Seine Stimme wurde übertönt vom Poltern eiliger Stiefelschritte. Die Tür flog auf, und im nächsten Moment standen ein Offizier und mehrere Soldaten im Raum, mit Pistolen im Anschlag.

»Taifun Pascha?«

»Ja – was ist?«, stammelte er, noch auf den Knien. »Was ... was wollen Sie von mir?«

»Im Namen des Gesetzes«, erwiderte der Offizier, »Sie sind verhaftet!«

11

Nur eine Woche nach seiner Verhaftung wurde der Prozess gegen General Taifun, vormals Gouverneur der Provinz Wan, im Justizpalast von Konstantinopel eröffnet. Die Anklage warf dem Beschuldigten vor, eigenmächtig und ohne jeden Befehl der Regierung Staatsbürger armenischer Herkunft, die ihm zur geordneten Deportation in sogenannte Sicherheitszonen anvertraut worden waren, in unmenschlicher Weise misshandelt und ermordet zu haben.

Elisa verfolgte den Prozess im Gerichtssaal, zusammen mit Felix sowie Reportern aus dem In- und Ausland. Der Richter eröffnete die Verhandlung mit der Ankündigung, alle erhobenen Vorwürfe schonungslos aufzuklären und sich dabei allein von den Prinzipien moderner Rechtsstaatlichkeit leiten zu lassen, ohne Rücksicht auf den militärischen oder politischen Rang des Angeklagten sowie sonstiger möglicher Beteiligter.

»Die Augen der Welt sind auf uns gerichtet, und wir werden der Welt beweisen, dass wir den Weg, den wir mit der Einsetzung der Verfassung, der Aufhebung der Pressezensur sowie der Gewährung der Freiheits- und Grundrechte eingeschlagen haben, konsequent weiterverfolgen werden, ohne davon auch nur einen Millimeter abzuweichen …«

Mit konzentrierter Aufmerksamkeit hörte Taifun den Ausführungen zu. In seinem modernen, europäischen Anzug, den er anstelle der Uniform trug, wirkte er beinahe wie ein neutraler Prozessbeobachter. In ungezwungener Haltung saß er auf der Anklagebank, sprach hin und wieder mit seinem Verteidiger und machte sich Notizen. Nur die Blässe in seinem ohnehin hellen Gesicht sowie ein nervöses Zucken um die Augen zeugten von seiner Anspannung.

Elisa vermied es, ihn anzusehen. Sie hatte Angst vor einem Blickkontakt, Angst, diesem Menschen in die Augen zu schauen, der auf so perfekte Weise das Ideal des modernen, aufgeklärten Türken zu verkörpern schien, doch der in Wirklichkeit ein Teufel war, eine Ausgeburt der Hölle. Würde dieses Gericht ihn verurteilen? Oder war die ganze Verhandlung nur ein Schauprozess, eine Farce, wie die »humanitäre Aktion« auf dem Bahnhof von Wan?

Felix schien ihre Gefühle zu ahnen. Dankbar erwiderte sie den Druck seiner Hand. Sie hatte lange gezögert, überhaupt an dem Prozess teilzunehmen, und erst als der Staatsanwalt erklärt hatte, auf ihre Vernehmung als Zeugin verzichten zu können, hatte sie sich dazu entschlossen. Sie wollte mit der Aufarbeitung des Vergangenen nichts zu tun haben. Kein Urteil der Welt konnte die Verbrechen, die geschehen waren, wiedergutmachen. Doch sie wollte sicher sein, dass Taifun nicht entkam, wollte sehen, wie er verurteilt und abgeführt wurde und Fatima für immer vor ihm sicher war. Nur für diese Gewissheit ließ sie die Tortur der Verhandlung über sich ergehen, die Tortur der Erinnerung, in der die Bilder des Massakers ihr wieder so deutlich vor Augen traten, dass sie wirklicher schienen als die Realität, die Tortur der Nächte zwischen den Verhandlungstagen, in denen sie immer wieder schweißgebadet aus dem Schlaf auffuhr, mit den Schreien der Opfer im Ohr, dem Krachen der Knochen, wenn sie in den Abgrund stürzten … All diese Qualen ertrug sie, damit dieses Monster hinter Schloss und Riegel kam. Und damit sie selber endlich Fatima finden konnte, ihre Schwester, die irgendwo in dieser riesigen Stadt lebte. Wenn sie überhaupt noch am Leben war …

General Enver hatte Elisa die Adresse genannt, wo Taifun in Konstantinopel wohnte, aber Felix hatte ihr geraten, Fatima erst aufzusuchen, wenn ihr Mann unschädlich war, um nicht in letzter Minute selbst ihr Leben zu gefährden. Zwei Tage hatte es gedauert, bis Taifun verhaftet worden war, doch als sie seinen Palast aufsuchten, hatten sie eine verlassene Höhle vorgefunden. Nur ein paar Angestellte hausten dort, und die hatten Fatima seit Jahren nicht mehr gesehen. Wo konnte sie sein? Enver hatte versprochen, ihr Versteck herauszufinden, doch bis jetzt hatte er sein Versprechen nicht gehalten. Angeblich war Taifun in jeder anderen Frage zur Kooperation bereit, nur nicht in dieser – und wenn man ihn foltern würde. Elisa wusste nicht, ob sie dem Politiker trauen durfte. Sie hatte darum Murat fünfzig türkische Pfund mit dem Auftrag gegeben, sich nach Fatima zu erkundigen. Und ihm weitere fünfzig Pfund versprochen, wenn er sie fand.

»Im Namen des Volkes!«
Es war, als würde sie aus einem schweren, bleiernen Traum erwachen, als der Richter sich am Ende des dritten Prozesstages erhob, um das Urteil zu verkünden. Als Elisa mit den anderen Zuschauern von ihrem Platz aufstand, spürte sie, dass ihre Hände vor Nervosität nass waren.
»… Das Gericht sieht es als erwiesen an, dass der Angeklagte die ihm zur Last gelegten Verbrechen gegen die Menschlichkeit mit außergewöhnlicher Grausamkeit verübt hat. Dafür spricht schon die Tatsache, dass er trotz seines hohen militärischen Ranges persönlich die Vernichtungsmaßnahmen leitete. Dabei hat er zu keiner Zeit im Auftrag der Regierung gehandelt; die von ihm kommandierte Einheit, die sogenannte Teskilati Mahsusa, ist nichts weiter als eine rechtlose Horde von Banditen. Der Angeklagte wird darum in vollem Umfang für schuldig befunden und gemäß Paragraph 17, Absatz fünf des Strafgesetzbuchs zu lebenslanger Haft verurteilt. Der verdienten Todesstrafe entgeht er nur, damit nicht Unrecht mit Unrecht vergolten wird …«
Als das Urteil verkündet war, schloss Elisa die Augen. Tatsächlich, sie hatten ihn bestraft, Taifun würde für immer verschwinden … Endlich war es vorbei, endlich konnte sie sich auf die Suche nach ihrer Schwester machen, ohne Angst vor diesem Teufel … Zu ihrem eigenen Erstaunen empfand sie nicht nur Erleichterung, sondern auch so etwas wie Genugtuung. Das war mehr, als sie erwartet hatte.
An Felix' Arm verließ sie den Gerichtssaal. Sie wollte so schnell wie möglich zurück ins Hotel. Vielleicht hatte Murat schon etwas in Erfahrung gebracht.
Auf dem Gang wartete Enver Pascha auf sie. Er trug immer noch seine Generalsuniform.
»Glauben Sie uns jetzt, dass diese Greueltaten nur unkontrollierbare Auswüchse einzelner Provinzfürsten waren?«
Statt einer Antwort unterschrieb Felix den Vertrag, in dem er sich im Namen der Stahl- und Elektrizitätswerke August Ross-

mann & Cie. zur Zahlung von einer Million Reichsmark an das »Komitee für Einheit und Fortschritt« verpflichtete. Im Gegenzug erhielt die deutsche Firma von der türkischen Regierung die Lizenz zur Ausbeutung sämtlicher Ölfelder von Mosul.
Während Enver den unterschriebenen Vertrag entgegennahm, entstand plötzlich Unruhe auf dem Gang.
Elisa drehte sich um.
Magnesiumblitze flammten auf. An beiden Händen gefesselt, begleitet von vier Gendarmen, trat Taifun aus dem Gerichtssaal. Während Enver demonstrativ mit dem Finger auf ihn zeigte, machten die Reporter Photographien von ihm, für die Presse der Welt.
Elisa wollte sich abwenden. Doch sie konnte es nicht. Zum ersten Mal seit Beginn des Prozesses sah sie Taifun in die Augen. Eine endlose Sekunde waren ihre Blicke ineinander verkantet, wie die gekreuzten Klingen zweier Schwerter. Dann senkte Taifun den Kopf und biss sich auf die Lippe, so fest, dass ein Blutstropfen daraus hervorquoll.
Auf einmal spürte Elisa einen Hass in sich wie noch nie zuvor in ihrem Leben, mit jeder Faser ihres Leibes, mit jeder Windung ihres Hirns. Wie unter einem Bann starrte sie Taifun an, erfüllt von einem einzigen Wunsch.
Wäre sie imstande, diesen Menschen zu töten?
Da krachte ein Schuss.
Im selben Moment sank Taifun zu Boden. Während die Menge schreiend auseinanderstrebte, rannte ein Mann in abgerissenen Kleidern den Gang hinunter.
Ein Name schoss Elisa durch den Kopf, so grell wie ein Blitz, ein Name, der zugleich eine Frage war.
Aram?

12

»Der Krieg ist aus! Der Krieg ist aus!«
»Extrablatt! Extrablatt!«
»Waffenstillstand unterzeichnet!«
Es war der 30. Oktober des Jahres 1918. Eine goldene Herbstsonne schien auf die Stadt und ihre sieben Hügel herab, doch ein kühler Wind vom Bosporus kündigte schon den nahenden Winter an, als die Zeitungsjungen die Vereinbarungen von Mudros ausriefen, mit denen die Niederlage der Türkei besiegelt war. Zusammen mit der Nachricht breitete sich eine seltsame Stimmung in der Bevölkerung aus. Die Menschen waren erleichtert über das Ende des großen Sterbens. Und zugleich waren sie bedrückt über die Kapitulation.
Würde sich das Land je wieder von dieser Schmach erholen?
Trauben von Männern, die über das Ende des Kriegs debattierten, standen vor dem Palast, an dessen Portal Elisa und Felix an diesem Nachmittag läuteten. Das prächtige Gebäude, das sich unweit der Süleyman-Moschee erhob, gehörte einer alten, einsamen Witwe: Taifuns Mutter. Murat hatte Elisa hierhergeschickt. Von einem Eunuchen, den er noch aus dem Serail des Sultans kannte, hatte er erfahren, dass Taifun hier angeblich seine Frau untergebracht hatte, im Gewahrsam seiner Mutter, um sie vor der Welt zu verstecken.
Aus dem Innern des Hauses näherten sich Schritte. Elisa tastete nach ihrem Perlenkranz.
»Was meinst du?«, fragte sie Felix. »Werde ich Fatima wiedersehen?«
Die Tür öffnete sich, und ein Diener in Pluderhosen und mit einem altmodischen Turban auf dem Kopf führte sie in den Palast. In einem Salon, dessen Wände bis zur Decke mit reich geschnitztem Holzwerk verziert waren, wurden sie von einer hageren, grobknochigen Alten empfangen, die ihr Gesicht hin-

ter einem Schleier verbarg. Als Elisa ihre Augen sah, glaubte sie für einen Moment, vor der Sultansmutter zu stehen.

»Wer sind Sie?«, fragte die Alte. »Was wollen Sie in meinem Haus?«

»Ich suche Fatima, die Frau Ihres Sohnes.«

Als die Alte den Namen hörte, verengten sich ihre Augen zu zwei Schlitzen.

»Verflucht sei der Tag, an dem dieses Weib in sein Leben trat!«

»Dann ist sie also hier?«, fragte Elisa.

»Verflucht sei die Stunde, da er sie zum Weib nahm! Sie hat nur Unglück über ihn gebracht. Möge Allah sie mit ewiger Verdammnis strafen!«

»Bitte! Lassen Sie mich zu ihr! Oder rufen Sie sie her!«

Die Alte schüttelte den Kopf. »Nein«, sagte sie. »Die, die du Fatima nennst, ist fort. Allah sei gepriesen!«

Ihr Blick verriet, dass sie die Wahrheit sagte. Elisa war so entsetzt, dass sie verstummte.

»Können Sie uns sagen«, fragte Felix in gebrochenem Türkisch, »wo wir sie finden?«

Statt einer Antwort hob die Alte ihre Hände zum Himmel und schloss die Augen, um mit leiser, klagender Stimme eine Sure des Korans zu rezitieren.

»*Diejenigen aber, die ungläubig sind, tragen Kleider aus Höllenfeuer, und über ihre Köpfe ergießt sich kochendes Wasser. Dadurch wird zum Schmelzen gebracht, was sie in ihren Bäuchen haben, und ebenso die Haut ...*«

»So hören Sie doch!«, rief Elisa. »Wenn sie nicht hier ist, wo ist sie dann? Ich muss sie finden! Sie ist meine Schwester!«

»Sehen Sie nicht, dass ich bete?«, erwiderte die Alte, ohne die Augen zu öffnen. Dann senkte sie wieder die Stimme, um in ihrem Klageton fortzufahren. »*Und Stöcke aus Eisen sind für sie da, mit denen man sie ins Feuer treibt. Und sooft sie fliehen wollen, werden sie mit Schlägen zurückgebracht, und man ruft ihnen zu: ›Kostet die Pein des Höllenbrandes‹ ...*«

Elisa schaute Felix verzweifelt an.
Er machte noch einen Versuch.
»Wenn Sie uns etwas mitteilen möchten«, sagte er und legte seine Karte auf einen Tisch, »hier ist unsere Adresse. Wir wohnen im Pera Palace.«
»Lassen Sie mich allein«, zischte die Alte. »Ich spreche mit meinem Gott!«
Elisa wollte noch etwas sagen.
Aber Felix schüttelte den Kopf. Nein, von dieser Frau würden sie nie erfahren, wo Fatima war.
Derselbe Diener, der ihnen geöffnet hatte, begleitete sie hinaus.
»Können Sie uns nicht helfen?«, fragte Elisa.
Der Diener öffnete stumm die Haustür.
»Bitte«, sagte Felix und drückte ihm ein Geldstück in die Hand. »Es ist sehr wichtig.«
Der Diener nahm die Münze und blickte sich ängstlich um.
»Meine Herrin hat die Wahrheit gesagt – Fatima ist verschwunden«, flüsterte er. »Am selben Tag, an dem Taifun Pascha verhaftet wurde. Zusammen mit einer fremden Frau. Seitdem ist sie nie wieder hier gewesen.«
»Was für eine fremde Frau war das?«
»Ich weiß es nicht. Ich hatte sie noch nie gesehen.«
»Wie heißt sie? Wie sah sie aus? Wo wohnt sie?«
Felix öffnete sein Portemonnaie und nahm einen großen Schein heraus. »Hier! Das ist für Sie! Wenn Sie uns nur irgendeinen Hinweis geben.«
Doch der Diener zuckte die Achseln.

13

Es war schon dunkel, als sie zum Hotel zurückkehrten.
»Gib die Hoffnung nicht auf«, sagte Felix. »Wir werden diese fremde Frau finden.«
»Wie denn?«, erwiderte Elisa. »Wir haben nicht den geringsten Anhaltspunkt.«
»Vielleicht hat Murat eine Idee. Er kennt alle Palasteunuchen, die noch in der Stadt sind. Ich könnte mir denken, dass die Frau aus dem Harem stammt.«
»Wie kommst du darauf?«
»Ich weiß nicht, nur ein Gefühl. Wenn Fatima mit ihr gegangen ist, muss sie sie kennen.«
»Das kann ich mir nicht vorstellen. Im Harem gab es keine Freundinnen, nur Rivalinnen.«
»Und was ist mit euch beiden?«
»Wir waren eine Ausnahme. Und du weißt ja, was aus uns geworden ist.«
»Außerdem, die Fremde ist nicht unsere einzige Chance.«
»Was für eine Chance haben wir noch?«
»Enver Pascha.«
»Dem traue ich keinen Schritt über den Weg.«
»Ich auch nicht. Aber er bekommt noch eine Menge Geld. Und das gebe ich ihm erst, wenn er uns hilft.« Zusammen schritten sie durch die gläserne Drehtür. »Hab keine Angst, Elisa. Wir werden sie finden, das verspreche ich dir. Enver wird alles tun, nur um das Geld … Aber was ist denn hier los?«, unterbrach Felix sich plötzlich.
In der hellerleuchteten Hotelhalle drängten sich aufgeregt gestikulierende Menschen um einen untersetzten Mann, den Elisa als Baron von Wangenheim erkannte.
»Ich kann nur wiederholen, was ich Ihnen schon mehrmals gesagt habe«, rief der Botschafter. »Alle deutschen Staatsbürger

müssen das Land innerhalb eines Monats verlassen. Das gilt nicht nur für die Militärs, sondern auch für sämtliche Zivilpersonen. Eine Anordnung der alliierten Siegermächte. Jede Zuwiderhandlung wird auf das Strengste bestraft. Ich muss Ihnen darum dringend raten ...«

Die folgenden Worte gingen im Tumult unter. Jeder bestürmte den Botschafter mit Fragen.

Elisa blickte Felix ängstlich an. »Und was wird jetzt?«

Felix zögerte, dann griff er nach ihrer Hand.

»Komm mit mir nach Deutschland«, sagte er.

»Was sagst du da?« Elisa war so überrascht, dass sie ihm ihre Hand entzog.

Doch Felix hielt sie fest. »Ich will mich nicht noch einmal von dir trennen«, sagte er. »Ich möchte, dass du mit mir fährst. Damit wir für immer zusammenbleiben.«

»Wie stellst du dir das vor? Du bist verheiratet, du hast eine Frau in Berlin.«

»Ich werde mich scheiden lassen.« Mit beiden Händen hielt er ihre Hand und schaute ihr in die Augen. »Bitte, Elisa. Sag ja.«

Sie erwiderte seinen Blick, spürte den Druck seiner Hände, während in der Halle all die Militärberater und Ingenieure und Kaufleute immer lauter auf den deutschen Botschafter einsprachen. Doch weder der Lärm noch die Aufregung konnten Elisa erreichen.

Sie sah nur noch diese beiden Augen, zwei helle blaue Augen, und ein Lächeln, das sie wie eine Melodie berührte.

»Ja, Felix«, flüsterte sie. »Nur – was ist mit Fatima?«

14

Eine feuchte Kälte kroch durch die Fensterritzen in die verwaisten Gemächer des Beylerbeyi-Palasts.
»*O Gott, ich suche Zuflucht bei dir vor meinen Verfehlungen ...*«
Während Fatima die Perlen ihres Gebetskranzes durch die Finger gleiten ließ, zitterte sie so sehr, dass sie die Kette fast zerriss. Am Morgen hatte Saliha angeordnet, die Zentralheizung anzustellen. Doch nach dem Tod Abdülhamids hatten bis auf das Küchenpersonal und zwei Eunuchen alle Angestellten den Palast verlassen, und jetzt war niemand mehr da, der die moderne Kesselanlage im Keller befeuern konnte. Schließlich hatte Bülent, Salihas siebzehn Jahre alter Sohn, den Kamin im Empfangssaal angezündet, damit sie in der kalten Pracht nicht frieren mussten.
»*O Gott, ich suche Zuflucht bei dir vor der Verführung des Lebens und des Todes ...*«
Nein, die Kälte war nicht der Grund für Fatimas Zustand. Während sie mit den Zähnen klapperte, war sie am ganzen Leib in Schweiß gebadet. Seit sie bei Saliha wohnte, hatte sie keinen Tropfen Alkohol mehr getrunken, und bis jetzt hatte sie es jedes Mal mit ihrer ganzen Willenskraft geschafft, diese Anfälle zu überwinden, ohne schwach zu werden. Sie wollte nüchtern sein, Herr ihrer selbst und ihrer Sinne, bevor sie es wagte, Mesut unter die Augen zu treten, ihrem Sohn. Wann würde sie endlich so weit sein?
»*O Gott, ich suche Zuflucht bei dir vor der Sünde und dem Übel ...*«
Mehrmals hatte sie den Versuch gemacht, sich dem Jungen zu nähern. Doch jedes Mal, wenn sie ihn sah, hatte der Mut sie verlassen. Dieses Kind war ihr Sohn, aber sie wusste nicht, wie sie ihn ansprechen, wie sie ihn berühren sollte. Sobald sie den

Raum betrat, in dem Mesut war, floh er zu Saliha, um sich an sie zu klammern. Als habe er Angst vor seiner Mutter und suche Schutz vor ihr … Ob es im Keller noch Wein oder Champagner gab? In dem Palast hatten früher ausländische Staatsgäste gewohnt, und denen hatte man bestimmt nicht nur Tee und Mokka zu trinken gegeben.

»*O Gott, ich bitte dich um Festigkeit im Gehorsam vor deinem Willen und Entschlossenheit, das Richtige zu tun …*«

Fatima öffnete das Medaillon an ihrem Hals. Nein, sie wollte nicht mehr trinken – nie, nie wieder! Um Kraft zu schöpfen, schaute sie auf die Photographie, die im Deckel ihres Schmuckstücks eingelassen war. Wie alt war Mesut damals gewesen? Zwei Wochen? Zwei Monate? Unzählige Male hatte sie in den Jahren der Trennung sein Bild angeschaut, und nie hatte er sich verändert. Ihr Sohn war immer dasselbe winzige Wesen geblieben, ein Säugling mit zwei runden Knopfaugen und einer Stupsnase … Aber das war eine Täuschung. In Wirklichkeit war Mesut größer geworden und hatte sich verändert, Tag für Tag, Woche für Woche, Monat für Monat, wie jedes andere Kind auf der Welt auch. Jetzt war er neun Jahre, genauso alt, wie sie selbst gewesen war, als sie ihre Eltern verloren hatte, vor langer, langer Zeit, in einem anderen Leben. Würde sie je wieder seine Mutter sein?

»*O Gott, ich bitte dich um Dankbarkeit für deine Gnade und um das Gute, das du kennst …*«

Endlich ließ das Zittern ihrer Hände nach, und ihre Muskeln entspannten sich. Eine fast wohlige Mattigkeit überkam sie. Allah sei Dank, der Anfall war vorüber. Sie küsste ihren Perlenkranz und wartete ab, bis ihr Körper sich vollständig beruhigt hatte.

Dann erhob sie sich von ihrer Ottomane und verließ das Appartement, das Saliha ihr gegeben hatte. Obwohl es draußen zu regnen begonnen hatte, wollte sie ein wenig in den Garten gehen. Die frische Luft würde ihr gut tun.

Sie betrat gerade die Galerie, die oberhalb des Empfangssaals die Gemächer der ersten Etage miteinander verband, da hörte sie ein leises, helles Brummen. Sie blickte über die Brüstung hinab. Unten in der Halle brannte der Kamin. Davor spielte Mesut. Über dem Kopf hielt er ein Papierflugzeug, und während er mit seiner Kinderstimme das Geräusch von Motoren nachmachte, umkreiste er einen Marmorbrunnen, in dessen Becken eine Flotte von Papierschiffen trieb. Fatimas Herz begann zu klopfen. Mesut war ganz allein in der Halle, weder Saliha noch Bülent waren irgendwo zu sehen.

War das ein Wink des Schicksals? Ein Zeichen, dass der Moment gekommen war?

Sie nahm ihren ganzen Mut zusammen und ging die Treppe hinunter. Mesut war so sehr in sein Spiel vertieft, dass er sie gar nicht bemerkte. Während er mit immer lauterem Brummen zum Tiefflug ansetzte, beobachtete sie sein Gesicht. Wie hatte sie bei ihrem Wiedersehen nur verkennen können, dass er ihr Sohn war? Von seinem Vater hatte er lediglich die große Nase und die schweren Augenlider geerbt, alles andere aber stammte von ihr: die helle Haut, die rosafarbenen Wangen, die vollen Lippen, die großen Mandelaugen, die kastanienbraunen Locken …

Ein so warmes, inniges Gefühl durchströmte ihre Brust, wie sie es seit einer Ewigkeit nicht mehr gespürt hatte.

Plötzlich begegneten sich ihre Blicke. Im selben Moment erstarrte Mesut, die Augen voller Angst.

»Ich bin's, mein Liebling«, sagte sie zärtlich. »Du brauchst dich nicht zu erschrecken.«

Als wäre sie ein Ungeheuer, blickte er sie an. Fatima spürte, wie seine Angst sich auf sie übertrug. Obwohl ihr am ganzen Körper erneut der Schweiß ausbrach, zwang sie sich, ihn anzulächeln.

»Was spielst du denn da?«, fragte sie. »Verrätst du mir das?«

»Das ist kein Spiel.«

»Sondern?«

»Krieg!«

»Krieg? Um Gottes willen!«
Mesut nickte. »Ich zerstöre die Schiffe der Feinde.«
»Ach so.« Fatima war erleichtert. »Wer ... wer sind denn die Feinde?«
»Alle.«
»Willst du dann vielleicht, dass ich dir helfe?«
Er schüttelte den Kopf.
»Aber wenn es so viele sind, brauchst du doch Hilfe.«
»Nein. Es ist ja nur ein Spiel.«
»Aber ich dachte ...«
»Außerdem ist der Krieg aus, und wir haben verloren.«
Wie um das Gespräch zu beenden, legte er den Papierflieger auf einen Stuhl. Fatima nahm das Flugzeug in die Hand.
»Hast du das selbst gemacht?«, fragte sie.
Er sah sie nur misstrauisch an.
»Kann das auch allein fliegen?«
Er zuckte die Schultern.
»Ganz bestimmt, du hast es ja gebaut.« Sie warf das Flugzeug in die Luft. Es schwebte einmal im Kreis über den Brunnen, verharrte für eine Sekunde in der Schwebe, dann senkte es die Nase und schoss schnurgerade in den Kamin, wo es in Flammen aufging.
»Jetzt hast du es kaputt gemacht«, sagte Mesut.
»Um Gottes willen, das wollte ich nicht!«
»Du hast es trotzdem kaputt gemacht.«
»Ja, aber doch nicht mit Absicht! Es war ein Versehen! Kannst du mir nicht verzeihen?«
Sie kniete vor ihm hin, um ihn zu umarmen, doch er trat nur einen großen Schritt zurück. Ihre Nähe machte ihn panisch, und er brauchte seinen ganzen Mut, um seine Angst zu überwinden und nicht vor ihr davonzulaufen.
Fatima war verzweifelt. Was konnte sie nur tun, um sein Vertrauen zu gewinnen? Sie hatte doch keine Ahnung, was Kinder mochten, keine Ahnung, was sie fürchteten. Sie hatte dieses

Kind geboren, vor über neun Jahren, aber sie hatte nie ein Kind gehabt ... Der Schweiß floss ihr die Achseln hinunter, und ihre Hände zitterten wie Espenlaub.
Da sah sie ein Buch auf dem Tisch: *Märchen aus Tausendundeiner Nacht.*
»Soll ich dir etwas vorlesen?«
»Nein. Ich kann selber lesen.«
»Natürlich. Wie dumm von mir. Du bist ja schon groß.«
Während sie aufstand, wandte er sich zur Treppe.
»Wohin gehst du?«, rief sie.
»In mein Zimmer.«
»Warte! Ich komme mit! Ich möchte dein Zimmer sehen! Zeigst du es mir?«
Auf dem Treppenabsatz blieb er stehen und drehte sich noch einmal um.
»Nein«, sagte er. »In mein Zimmer dürfen keine Fremden. Du bist böse. Du machst mir Angst!«
»Wie kannst du nur so was sagen? Ich bin keine Fremde! Du darfst keine Angst vor mir haben!« Entsetzt eilte sie ihm nach.
»Ich hab dich lieb! Ich bin doch deine Mutter!«
»Nein«, erwiderte er. »Das bist du nicht! Du lügst! Saliha ist meine Mutter – nicht du!«
Er sprach mit so kalter Entschiedenheit, dass es sie fröstelte. Plötzlich wurde ihr schwindlig, es schüttelte sie am ganzen Leib. Sie blieb auf halber Treppe stehen, und während sie nach dem Geländer griff, um nicht zu fallen, verzerrte sich Mesuts Gesicht zu einer Grimasse. Mit einem bösen Ausdruck in den Augen lächelte er sie an.
Als Fatima diese Augen sah, kehrten ihre Kräfte zurück, und eine solche Wut packte sie, dass sie alles andere vergaß. Für diesen Teufel hatte sie so viele Jahre gelitten, für diesen Teufel war sie bereit gewesen, auf den Alkohol zu verzichten, die einzige Wohltat, die ihr geblieben war ...
»Du wirst mir jetzt dein Zimmer zeigen!«, schrie sie. »Hörst du!

Ich will dein Zimmer sehen! Los! Zeig es mir! Entweder du gehorchst jetzt, oder ...«

Sie stürzte sich auf ihn, zerrte an seiner Jacke, riss an seinem Arm, doch er wehrte sich mit aller Kraft, zu der sein kleiner Körper fähig war, klammerte sich kreischend ans Geländer, trat mit den Füßen nach ihr und biss sie in die Hand.

Da flog über ihnen eine Tür auf.

»Bist du wahnsinnig?«

Wie ein Racheengel fiel Saliha über sie her, mit ausgebreiteten Armen und wehenden Gewändern.

Für eine Sekunde war alles schwarz. Dann zerschnitt ein Schrei die Finsternis.

Fatima fuhr herum.

Irgendetwas wirbelte durch die Luft.

»Nein ...«

Während das Wort auf ihren Lippen erstarb, war es, als würde jemand die Zeit anhalten. Alle Bewegung zerfiel vor ihren Augen in einzelne Bilder, wie beim Blättern in einem Buch reihten sie sich aneinander. Sie sah, wie Mesut gegen das Geländer taumelte, Augen und Mund aufgerissen, wie Saliha nach seinem Arm griff, doch nur seine Schulter traf und ihm einen Stoß versetzte.

Eine endlose Sekunde schwankte Mesut auf dem Absatz, fasste in die Luft, als könne er dort einen Halt finden.

Dann stürzte er die Treppe hinab, Stufe um Stufe, während er sich einmal, zweimal, dreimal überschlug, bis er mit dumpfem Aufprall auf dem Marmorboden in der Halle liegen blieb.

15

Unheimliches Schweigen erfüllte den Beylerbeyi-Palast. Als wäre der Serail nicht länger von Menschen bewohnt, sondern von unsichtbaren Dämonen, die aus dem Wasser des Bosporus gestiegen waren, um die Behausung in Besitz zu nehmen, war in dem großen leeren Gebäude nur das leise Plätschern des Brunnens aus der Eingangshalle zu hören.

»Wird er überleben?«, fragte Saliha den Arzt.

Sie hatte ihn gleich nach dem Unfall rufen lassen, doch es hatte mehrere Stunden gedauert, bis er gekommen war. Die Zeit hatte sie voller Bangen verbracht, ohne eine Sekunde von Mesuts Bett zu weichen. Sie hatte ihm die Stirn gekühlt und ihn immer wieder gefragt, ob er Schmerzen habe. Aber er hatte keinen Ton von sich gegeben, weder geweint noch gesprochen, sondern sie nur mit großen Augen angestarrt, als würde er sie weder hören noch sehen.

Der Arzt nahm sein Hörgerät ab und erhob sich von dem Krankenbett. Hinter den dicken Gläsern seiner Brille wirkten seine Augen wie zwei Stecknadelköpfe.

»Körperlich ist ihm nichts passiert«, sagte er. »Aber ich fürchte, er hat einen Schock erlitten.«

»Einen Schock?«, fragte sie. »Was ist das?«

»Tja, wenn wir das wüssten«, erwiderte er. »Ein Zustand des menschlichen Gemüts, den wir nicht wirklich begreifen. Eine verzweifelte Reaktion, mit der sich die Seele gegen eine Erschütterung schützt, die sie nicht verkraftet.«

»Und was kann man dagegen tun?«

»Nichts«, sagte der Arzt und packte seine Instrumente in die Tasche. »Die Seele kann man nicht zwingen, sie muss selber entscheiden, wann sie wieder zurückkehren will. Wir brauchen vor allem Geduld.«

Tage vergingen. Jeden Morgen kam der Arzt in den Palast, um

nach Mesut zu schauen, aber sein Befund blieb stets derselbe. Der Sturz hatte keine sichtbaren Spuren an dem kleinen Körper hinterlassen. Mesut hatte sich nichts gebrochen, noch war er verletzt. Er konnte aufstehen und seine Toilette verrichten, er brauchte nicht gefüttert zu werden, sondern nahm die Speisen und Getränke, die man ihm reichte, selbständig zu sich, ja er spielte sogar wie früher, las in seinen Büchern, kletterte im Garten auf die Bäume und warf Steine ins Wasser. Doch bei allem, was er tat, blieb er stumm. Er hatte sich ganz und gar in sein Inneres zurückgezogen, sich in sein Schweigen eingesponnen wie eine Raupe in ihren Kokon.
Wie konnte man ihn aus diesem Kokon, aus diesem Gefängnis seiner Seele befreien?
Saliha glaubte zu ahnen, was in Mesut vorging. Neun Jahre lang war sie seine Mutter gewesen, hatte ihn gefüttert und gewaschen, ihn abends in den Schlaf gesungen und am Morgen geweckt. Sie hatte mit ihm gebetet und gesungen, ihm das Lesen und Schreiben beigebracht, ihn gelobt und gestraft. Doch dann war Fatima plötzlich wieder in sein Leben getreten, nur wenige Monate nachdem sein Vater gestorben war. Taifun hatte Saliha nicht nur erpresst, dieses Kind, das sie geliebt hatte wie ihren eigenen Sohn, für Fatima herzugeben, er hatte sie auch gezwungen, Mesut zu sagen, dass sie nicht seine wirkliche Mutter war. Seitdem verstand er die Welt nicht mehr, fühlte sich von ihr verraten wie von allen anderen Menschen, die er je geliebt hatte. Sie hatte geglaubt, ihm eine Brücke zu bauen, von einer Familie, von einer Mutter zur anderen, indem sie ihn zusammen mit Fatima in ihrem Palast aufnahm. Doch bei dem Streit war sie selbst es gewesen, die ihm den letzten Stoß versetzt hatte, bevor er die Treppe hinuntergestürzt war. Wie sollte er das alles nur begreifen?
»Ihre Illustrierte, Herrin.«
Es war am Morgen des fünften Tags, der Arzt war soeben gegangen, als ein Eunuch ihr die Monatszeitschrift brachte, auf die sie

sonst so ungeduldig wartete. Aber heute stand ihr nicht der Sinn nach Modenachrichten oder Klatsch.

»Danke. Ich brauche sie nicht. Du kannst sie wieder mitnehmen.«

Sie wandte sich ab, um Fatima aufzusuchen, die seit dem Unfall ihre Gemächer nicht mehr verlassen hatte – da sah sie das Photo auf der Titelseite. Es zeigte Taifun im Justizpalast, mit Handschellen gefesselt, an seiner Seite der ehemalige Kriegsminister und Führer des Komitees, General Enver, der wie ein Volkstribun auf ihn zeigte.

Saliha griff nach dem Journal und begann zu lesen: von dem Prozess, den man Taifun gemacht hatte; von den fürchterlichen Morden, wegen deren er angeklagt worden war; von seinem widerlichen Versuch, sich noch über den Tod hinaus an seinen Opfern zu bereichern, indem er ihre Lebensversicherungen amerikanischen Gesellschaften in Rechnung stellte. Und von dem Attentat, dem er schließlich zum Opfer gefallen war – allem Anschein nach ein armenischer Racheakt, ausgeübt von einem »Avenger«, der ihn noch im Justizpalast erschossen hatte.

Sie ließ die Zeitschrift sinken und schaute aus dem Fenster. Grau waren die Wolken am Himmel, grau die Wogen des Meeres, nur der Yildiz-Palast erhob sich strahlend weiß am anderen Ufer des Bosporus.

Sollte sie Fatima den Artikel zeigen?

Sie legte die Zeitschrift auf den Tisch. Nein, Fatima würde den Inhalt nicht verkraften, nicht in dem Zustand, in dem sie seit dem Unfall war. Saliha spürte zwei dunkle Augen auf sich gerichtet – Taifun blickte sie von der Titelseite unverwandt an. Er trug einen modernen, maßgeschneiderten Anzug, und mit seinen feinen Gesichtszügen und dem gepflegten Oberlippenbart sah er aus wie einer der eleganten europäischen Lebemänner, die Saliha aus ihren Modejournalen kannte. Wie konnte ein Mensch sich nur so verstellen …

Plötzlich stutzte sie. Im Hintergrund des Bildes, neben einer

Säule, hatte sie zwei Gesichter entdeckt, die ihr vertraut vorkamen. Irritiert nahm sie die Zeitschrift vom Tisch, um die Photographie genauer zu betrachten.
Nein, kein Zweifel. Die unverschleierte Frau war Elisa, und der Mann an ihrer Seite war der deutsche Arzt.
Auf einmal war alles wieder da. Der Harem Abdülhamids, die Rivalität der Frauen, der Kampf um die Liebe und Thronfolge des Sultans ... Saliha starrte auf die Photographie, doch in Wirklichkeit sah sie die alten Gesichter. Die beiden hatten damals Fatima gerettet, ohne sie wäre Mesut niemals zur Welt gekommen.
Konnte das ein Zufall sein?
Saliha sprang auf und rief nach ihrem Sohn. Sie hatte eine Idee, nur eine vage, unbestimmte Hoffnung, die sie selber kaum in Worte fassen konnte, und um sie auszuführen, brauchte sie Bülents Hilfe.

16

Der Waffenstillstand von Mudros sah keine Besetzung Konstantinopels vor, noch schränkte er die Souveränität des türkischen Staates ein. Doch bis zum Abschluss eines Friedensvertrags musste die Armee demobilisieren, mit Ausnahme der Einheiten, die zur Aufrechterhaltung der inneren Ordnung nötig waren; die Regierung wich einer Militärverwaltung, ausländische Kommissare kontrollierten die Eisenbahnen, und vom Goldenen Horn zog sich eine endlos lange Kette alliierter Kriegsschiffe bis zum Marmarameer, um keinen Zweifel daran zu lassen, welche Mächte den großen Krieg gewonnen und welche ihn verloren hatten.
Als Felix mit einem Koffer voll Geld die deutsche Botschaft betrat, sah es in dem Gebäude aus wie beim überstürzten Umzug

einer Großfamilie. In der Eingangshalle, auf den Gängen und Fluren – überall standen Kisten und Truhen zum Abtransport bereit, und im Treppenhaus rannten sich die Menschen vor lauter Eile gegenseitig über den Haufen. Felix schickte ein Stoßgebet zum Himmel, dass der Mann, mit dem er hier verabredet war, nicht schon das Weite gesucht hatte. Er war fast drei Stunden verspätet. In letzter Sekunde hatte er noch ein Bestätigungskabel aus Berlin anfordern müssen, damit der Direktor der Deutschen Bank in Konstantinopel sich endlich bereit erklärte, ihm die benötigte Summe auszuzahlen.

»Gott sei Dank, da sind Sie ja!« Baron von Wangenheim empfing ihn mit sichtlicher Erleichterung. »Wir hatten schon Angst, Sie hätten es nicht mehr geschafft.«

»Wo ist General Enver?«, fragte Felix.

»Er lässt sich entschuldigen«, erwiderte Talaat, der am Fenster gestanden hatte und nun mit ausgestrecktem Arm auf Felix zukam. »Enver Pascha ist leider verhindert und hat mich gebeten, ihn zu vertreten. Ich hoffe, Sie nehmen auch mit mir vorlieb.«

Felix fühlte sich überrumpelt. Warum hatte man ihn von einer so wichtigen Veränderung nicht vorher in Kenntnis gesetzt? Jetzt blieb ihm nichts anderes übrig, als die neue Situation zu akzeptieren. Oder aber er lief Gefahr, sein eigenes Anliegen zu gefährden.

»Sicher, gewiss, Herr Ministerpräsident«, stammelte er, während seine Hand in Talaats riesiger Pranke verschwand. »Allerdings muss ich zugeben, dass ich eigentlich ...«

»Bitte keine falsche Förmlichkeit, Professor. Meine Regierung ist zurückgetreten, ich bin nur noch ein einfacher General. Aber machen Sie sich keine Sorge«, fügte er hinzu, als er Felix' Gesicht sah. »Unser Abkommen bleibt davon unberührt. Die Militärverwaltung hat mich autorisiert, die Dinge wie besprochen abzuwickeln. Ich denke, wir sollten uns gleich an die Arbeit machen. Wenn ich Sie vielleicht bitten darf?«

Ohne dass Felix den Satz zu Ende gesprochen hatte, war klar,

was er meinte. Doch Felix zögerte, der Aufforderung nachzukommen, sein Unbehagen wuchs mit jeder Sekunde. Dass er es plötzlich mit diesem Zigeuner zu tun hatte, passte ihm ganz und gar nicht. Enver konnte er vertrauen – der Führer des Komitees hatte Wort gehalten und Taifun vor Gericht gebracht. Aber Talaat? Der Kerl war ihm von Anfang an unsympathisch gewesen, und die Art und Weise, wie er jetzt auf den Geldkoffer stierte, war alles andere als vertrauenserweckend.
Felix warf dem Botschafter einen fragenden Blick zu, aber Wangenheim nickte aufmunternd mit dem Kopf. Also überwand er seinen Widerwillen, stellte den Koffer auf den Tisch und ließ den Deckel aufspringen.
»Sehr schön«, sagte Talaat.
Mit sichtlicher Befriedigung begann er, die gebündelten Scheine zu zählen. Um sich abzulenken, sah Felix hinaus aufs Meer, wo die feindlichen Schiffe vor Anker lagen.
»Ein schrecklicher Anblick, nicht wahr?«, sagte Talaat, ohne von seiner Tätigkeit aufzuschauen. »Ich kann gar nicht mehr aus dem Fenster sehen. – Eine Million, wie vereinbart.« Er hob den Kopf und schenkte Felix ein schmieriges Lächeln. »Ich danke Ihnen im Namen der notleidenden türkischen Bevölkerung. Und hier«, er reichte ihm ein engbeschriebenes Dokument, »wie vereinbart die Bohrlizenz für die Stahl- und Elektricitätswerke August Rossmann. Sie gilt für sämtliche Ölfelder von Mosul.«
Nur widerwillig nahm Felix die Urkunde entgegen. Mit den verschnörkelten Unterschriften und knallbunten Siegeln sah sie aus wie von einem Karnevalsverein. Hatte die Lizenz überhaupt einen reellen Wert? Noch waren die Briten nicht bis Mosul vorgedrungen, aber nach allem, was man hörte, war es nur eine Frage von Tagen, dass sie das Gebiet besetzten. Sobald dies der Fall war, war die Million seines Schwiegervaters verloren. Aber darauf kam es jetzt nicht an. Der eigentliche Sinn des Geschäfts war ein anderer. Felix war nicht hier, um seinen Schwiegervater glücklich zu machen, sondern Elisa.

»Dann sind wir uns also einig?«, fragte Talaat.
»Nicht ganz«, erwiderte Felix. »Eine Bedingung haben Sie noch nicht erfüllt.«
Talaat schaute ihn mit einem Stirnrunzeln an.
»General Enver hat mir eine Adresse versprochen. Sie ist wesentlicher Teil unserer Vereinbarung.«
»Tut mir leid, aber davon weiß ich nichts.«
Es war offensichtlich, dass er log – Talaat gab sich nicht einmal die Mühe, sein spöttisches Grinsen zu unterdrücken. Felix spürte, dass sein Puls zu rasen anfing. Was sollte er jetzt tun? Die Million war sein einziger Trumpf, wenn er sie aus der Hand gab, konnte er keinen Druck mehr auf diese Ganoven ausüben, und Elisa würde Fatima niemals finden.
»Dann ist das Bedauern meinerseits«, erklärte er und klappte den Koffer zu. »Ich kann Ihnen das Geld erst aushändigen, wenn ich die Adresse habe.« Er nahm den Koffer und wandte sich zur Tür. »Bitte geben Sie mir Bescheid, sobald Sie im Besitz der nötigen Informationen sind. Sie wissen ja, wo Sie mich erreichen. Meine Herren!«
Er nickte ihnen einmal zu, dann kehrte er den beiden den Rücken. Obwohl er keine Zeit hatte, spielte er auf Zeit. Während er versuchte, in möglichst selbstsicherer Haltung den Weg bis zur Tür zurückzulegen, waren seine Knie so weich, dass er fast einknickte. Trotz der wenigen Schritte kam ihm die Strecke unendlich weit vor.
»Einen Moment!«
Die Aufforderung löste in Felix ein Triumphgefühl aus. Er hatte den Mistkerl tatsächlich besiegt! Um seinen Sieg auszukosten, ging er fast bis zur Tür. Doch als er sich umdrehte, verschlug es ihm den Atem.
Talaat stand keine zwei Armlängen vor ihm. In der Hand hielt er einen Revolver und zielte direkt auf seinen Kopf.
»Haben Sie wirklich angenommen, wir lassen uns auf so etwas ein, Herr Professor? Dass wir unsere Geschäfte von Ihren lä-

cherlichen Liebschaften abhängig machen? Wie naiv sind Sie eigentlich in Deutschland?«

Wortlos starrte Felix in die Mündung der Waffe. Talaat schüttelte den Kopf, wie ein Lehrer, der gerade einen Pennäler bei einer Dummheit ertappt hat. Doch noch beängstigender als sein Gesichtsausdruck war die riesige Hand, mit der er den Revolver hielt. Sie war ganz ruhig, frei von jedem Zittern.

Felix spürte, wie sein Mund trocken wurde. Er hatte nicht den geringsten Zweifel, dass Talaat bereit war, abzudrücken.

»Nun – worauf warten Sie?« Der General machte einen Schritt auf ihn zu und streckte seine freie Hand nach dem Koffer aus. »Wenn Sie bitte so freundlich sein wollen, Dr. Möbius?«

17

Wo war er? Ringsumher war schwarze Nacht. Der ganze Raum schwankte und schaukelte, ein unruhiges, abgehacktes Rumpeln, das ihm fürchterliche Schmerzen bereitete. Bei jedem Stoß stöhnte er laut auf. Irgendjemand hatte ihn auf eine schmale, harte Pritsche geschnallt, an Armen und Beinen festgebunden, so dass er sich kaum regen konnte, während ein unsichtbarer Riese versuchte, seinen Körper in Stücke zu reißen. Wie lange hielt er das noch aus? Die Schmerzen waren so unerträglich, dass sie das Bewusstsein immer wieder betäubten und er für kurze Momente in dumpfe, finstere Fühllosigkeit sank. Aber mit jedem neuen Stoß, der ihm in die Glieder fuhr, flammte sein Bewusstsein für einen blitzartigen Augenblick auf, und er sah Menschen vor sich, Gesichter, Fratzen – Spukgestalten, die aus der Hölle selbst zu kommen schienen … Eine wunderschöne Frau, deren Augen vor Hass Funken sprühten … Voller Verachtung spuckte sie ihm ins Gesicht … Eine Krähe in schwarzer Robe, die sich vor ihm aufplusterte und dabei in die Höhe wuchs,

immer größer und größer wurde, bis sie den ganzen Raum zu füllen schien ... Von Angst und Entsetzen gequält, wand er sich in seinen Fesseln ... Nein, er war kein Verbrecher, er hatte alles nur für sein Land getan, für die Zukunft des Reiches ... Die Türkei den Türken! ... Er blickte in die Mündung eines Revolvers ... Verzweifelt versuchte er, sich wegzuducken, aber er war wie gelähmt ...
Da krachte der Schuss.
Gleißendes Licht überflutete ihn. Taifun schlug die Augen auf. Er brauchte eine Weile, bis er sich an die Helligkeit gewöhnte. Eine Lampe schien ihm direkt ins Gesicht.
»Vorsicht, er ist aufgewacht.«
Die Stimme war ganz nah und klang seltsam vertraut, als hätte er sie schon früher gehört. Blinzelnd versuchte er etwas zu erkennen.
»Los, bringt ihn an Bord. Aber schnell! Wir haben nur fünf Minuten Zeit! Keiner darf uns sehen!«
Endlich erkannte Taifun seine Umgebung – er befand sich in einem Krankenwagen. Zugleich begriff er, woher die fürchterlichen Schmerzen stammten. Sein ganzer Oberkörper steckte in einem Verband.
Was war mit ihm geschehen? Wo hatte er sich so schwer verletzt?
Zwei Männer beugten sich zu ihm ins Innere des Wagens und zogen ihn auf seiner Pritsche ins Freie. Jede Bewegung verursachte ihm Höllenqualen, und nur mit Mühe konnte er die Schmerzensschreie unterdrücken.
Draußen ragten Schornsteine und Masten in einen von Wolken verhangenen Nachthimmel empor. Offenbar waren sie am Hafen.
»Halten Sie es noch aus?«, fragte die vertraute Stimme.
Im nächsten Moment sah er über sich das Gesicht des Mannes.
»Leutnant Mehmet«, flüsterte Taifun. »Was ... was hat das alles zu bedeuten?«

»Pssst – nicht jetzt. Wir müssen uns beeilen!«
Unter der Aufsicht seines alten Adjutanten trugen die zwei Männer Taifun über eine Gangway. Das Schiff sah seltsam aus, wie eine riesengroße, überdimensionierte Zigarre. Taifun erinnerte sich dunkel, dass er irgendwann aus irgendeinem Grund bei irgendjemandem ein Schiff angefordert hatte.
Wann war das gewesen? Vor einem Tag? Vor einem Jahr?
Man schnallte ihn von der Pritsche und ließ ihn behutsam durch eine Röhre in das Innere des Boots hinab. Trotz aller Vorsicht waren die Schmerzen so stark, dass sie wie Flammen vor seinen Augen auflöderten. Unten wurde er von zwei Matrosen in Empfang genommen, die ihn auf eine Koje betteten. Es roch nach Metall und Öl – und nach süßlichem Rasierwasser.
»Willkommen an Bord!«
Im dämmrigen Licht der Kabine saßen Enver und Talaat an einem Tisch. Vor ihnen lag ein geöffneter Koffer voller Geld.
»Wo ... wo bin ich?«, fragte Taifun.
»Wir haben Sie herbringen lassen«, sagte Enver. »Oder glauben Sie, wir lassen einen alten Kameraden im Stich?«
»Herbringen? Auf ein Schiff? Ich ... ich verstehe nicht.«
»Wir müssen fliehen. Die Briten und Franzosen ...«
Er sprach den Satz nicht zu Ende. Ein Matrose zwängte sich durch den engen Raum und drehte wie verrückt an einem Rad. Während überall Befehle gebrüllt wurden, begann das Boot am ganzen Rumpf zu zittern und zu beben.
»Endlich!«, rief Talaat. »Wir tauchen ab!«
»Tauchen?«, fragte Taifun.
»Wangenheim hat ein U-Boot für uns aufgetrieben, damit wir unter der feindlichen Blockade hindurch aufs offene Meer hinausgelangen. Mit einem Kanonenboot hätten wir keine Chance gehabt.«
»Wo fahren wir hin?«
»Haben Sie das vergessen?«, erwiderte Enver. »Nach Deutschland natürlich – Sie haben doch selbst mit dem Botschafter ver-

handelt. Aber machen Sie sich keine Sorgen. Jetzt können Sie sich in Ruhe auskurieren. Sie haben es nötig. Sie hatten tagelang Wundfieber.«

»Dann ... dann war es also kein Traum?«, fragte Taifun, der alles nur wie aus weiter Ferne wahrnahm. »Der Prozess? Der Schuss?«

»Danken Sie Allah, dass er Sie beschützt hat«, sagte Talaat. »Oder genauer gesagt, Ihrem Attentäter. Der beste Scharfschütze, den wir hatten. Er hat alles perfekt ausgeführt.«

»Soll das heißen – Sie haben befohlen, dass er auf mich schießt?«

Enver nickte. »Es war ein hohes Risiko, und die Entscheidung ist uns nicht leicht gefallen. Aber wir hatten keine andere Wahl. Wir mussten ein paar misstrauische Gemüter beruhigen. Ohne das Attentat hätten wir Sie da nie wieder rausgekriegt.«

Taifun konnte nicht glauben, was er da hörte.

»Dann ... dann war alles also – nur eine Farce?«

»So ziemlich, bis auf das hier! *Brot für Öl!*« Talaat brüllte vor Lachen. Mit beiden Händen griff er in den Koffer und hob einen Packen Geldscheine in die Höhe. »Ihr Anteil, Taifun Pascha! Mit freundlichen Grüßen der Stahl- und Elektricitätswerke August Rossmann!«

18

Die Nachricht von der Flucht Enver Paschas und seiner Komplizen verbreitete sich wie ein Lauffeuer in Konstantinopel. Das U-Boot der Flüchtlinge hatte noch nicht die Dardanellen erreicht, da verkündeten es schon die Spatzen von den Dächern. Unter den Deutschen, die noch in der Stadt waren, breitete sich Panik aus. Wenn der Führer des Komitees sich in diesem Land seines Lebens nicht mehr sicher war – was zählte dann hier noch ihr eigenes Leben?

Als Elisa und Felix am nächsten Morgen den Frühstücksraum

des Hotels aufsuchten, herrschte in der Halle ein solches Tohuwabohu, dass kaum ein Durchkommen war. Alles schrie und rief durcheinander. Die Gäste reisten Hals über Kopf ab, bezahlten unbesehen ihre Rechnungen, erkundigten sich nach den schnellstmöglichen Schiffs- und Bahnverbindungen, egal wohin, und verlangten auf der Stelle Auskunft.
»Und wir?«, fragte Elisa.
»Der letzte Zug vor Ablauf des Ultimatums fährt morgen Abend«, sagte Felix. »Ich weiß, was du denkst«, fügte er hinzu, »aber wie sollen wir Fatima jetzt noch finden? Das ist wie eine Nadel im Heuhaufen! Enver war unsere letzte Chance.«
»Ich kann ohne sie nicht mit dir nach Berlin kommen.«
»Aber das ist Wahnsinn! Du siehst doch, was hier los ist!«
»Du hast mir selbst gesagt, ich soll die Hoffnung nicht aufgeben. Vielleicht hat Murat ja ...«
»Glaubst du das wirklich? Er ist seit gestern Abend verschwunden, und nach allem, was du von ihm erzählt hast, würde ich mich nicht wundern, wenn er selber Dreck am Stecken und sich aus dem Staub gemacht hat. Mein Gott, wenn ich mir vorstelle, dass ich dieser Mörderbande auch noch bei der Flucht geholfen habe. Ohne die Million ...« Mitten im Satz brach er ab. »Baron von Wangenheim?«
Wie aus dem Nichts war der Botschafter in der Halle aufgetaucht. Trotz des frühen Morgens schwitzte er so stark, dass Schweißperlen auf seiner Stirn standen.
Als Elisa ihn sah, erfasste sie eine aberwitzige Hoffnung.
»Haben Sie eine Nachricht von Fatima?«
Wangenheim holte tief schnaufend Luft, dann schüttelte er den Kopf.
»Nein?«, rief Felix empört. »Und da wagen Sie es, uns noch unter die Augen zu treten?«
»Ich verstehe Ihren Unmut, Herr Professor, aber was sollte ich machen? Mir waren die Hände gebunden. Die Türken sind unsere Waffenbrüder. Eine Frage der Ehre – Nibelungentreue!«

Wangenheim wischte sich mit einem Taschentuch den Schweiß von der Stirn. »Aber nicht darum bin ich gekommen.«
»Sondern?«
»Um Sie zu warnen! Reisen Sie ab, Dr. Möbius. Ich beschwöre Sie! Die Alliierten kennen kein Pardon! Wenn die Sie hier nach Ablauf des Ultimatums antreffen, dann Gnade Ihnen Gott!«
»Scheren Sie sich zum Teufel!«
»Bitte, Herr Professor, hören Sie auf mich! Ich meine es gut! Sie *müssen* abreisen! So schnell Sie können!«
»Sie sollen sich zum Teufel scheren!«
Der Botschafter hob beschwörend die Arme. »Zum Kuckuck noch mal! Sie sind Major des deutschen Reichs – ein feindlicher Offizier!«
Felix erwidert nur stumm und böse seinen Blick.
»Nun gut, ich habe Sie gewarnt!« Resigniert steckte Wangenheim sein Taschentuch ein. »Wenn etwas passiert – ich lehne jede Verantwortung ab.«
Auf dem Absatz machte er kehrt und verließ schnaufend das Hotel. Durch die Glasfront sah Elisa, wie er sich draußen in ein bereitstehendes Automobil warf. Im nächsten Moment fuhr der Wagen mit einer Staubwolke davon.
»Möchtest du noch frühstücken?«, fragte Felix.
Elisa schüttelte den Kopf. »Nein«, sagte sie, »ich würde keinen Bissen runterbekommen.«
»Dann mache ich dir einen Vorschlag. Wir nehmen morgen zusammen den Zug.«
»Aber du weißt doch, dass ich nicht ohne Fatima …«
»Kein Aber! Im Moment können wir hier nichts ausrichten, und ob du in Konstantinopel bist oder in Berlin, ist vollkommen egal. Sobald sich die Lage hier normalisiert hat, kommen wir zurück und suchen deine Freundin.« Er nahm ihre Hand und schaute sie an. »Das verspreche ich dir.«
Elisa musste schlucken. »Das willst du für mich tun?«
»Ich wollte, es wäre mehr«, sagte er und küsste ihre Hand.

»Manchmal glaube ich, du hast nicht die geringste Ahnung, wie sehr ich dich liebe.«

Während Felix sich zwischen die Hotelgäste drängte, die an der Rezeption den Portier bestürmten, kehrte Elisa auf ihr Zimmer zurück. Obwohl sie wusste, dass Felix' Vorschlag das Vernünftigste war, was sie tun konnten, fühlten ihre Arme sich an wie Blei, als sie den Koffer auf die Stellage hob, um ihre Sachen zu packen.

War es nicht trotz allem Verrat, wenn sie ohne Fatima das Land verließ?

Mit schwerem Herzen nahm sie einen Stapel gefalteter Tücher aus dem Schrank: Ein Dutzend Schleier, die sie erst vor wenigen Tagen gekauft hatte. Sie waren für ihre Freundin bestimmt. Fatima war ihr Leben lang eine schöne Frau gewesen – sie würde sich fürchten, ihr Gesicht unverhüllt in einem fremden Land zu zeigen, sich den Blicken der Männer auszusetzen, der Begierde in ihren Augen. Schon damals im Tränenpalast hatte sie sich dagegen gesträubt, den Schleier abzulegen, als sie den Bauern gegenübersaßen, die die Regierung aus Anatolien in die Hauptstadt gerufen hatte ...

Mit einem wehmütigen Lächeln strich Elisa über den Stapel. Sie hatte die Schleier im Großen Basar gefunden, es waren dieselben, die sie früher im Harem getragen hatten. Wie vertraut fühlte sich die Berührung mit dem zarten Gewebe an. In den weichen, nachgiebigen Falten lagen so viele Jahre ihres Lebens, verwoben mit den seidigen Fasern, eingefangen in den luftigen, durchsichtigen Maschen ...

Würde sie Fatima jemals wiedersehen?

Mit Tränen in den Augen legte sie den Stapel in den Koffer.

Da klopfte es an der Tür.

»Herein.«

Als sie sich umdrehte, stand Murat vor ihr. Die Runzeln in seinem Greisengesicht zuckten in einer Grimasse zwischen Lachen und Weinen.

»Da ist jemand, der Sie sprechen möchte«, sagte er mit seiner Fistelstimme.
Der Zwerg trat beiseite, um einem jungen Mann Platz zu machen, den Elisa noch nie gesehen hatte.
»Wer sind Sie?«, fragte sie.
»Ich heiße Bülent«, erwiderte er. »Meine Mutter hat mich geschickt – Saliha.«

19

Vor dem Hotel stand eine alte, schwarzlackierte Palastkutsche, mit einem mageren Schimmel im Geschirr, der mit seinem dünnen Schweif versuchte, die Fliegen auf seinem stumpfen Fell zu vertreiben. Auf dem Kutschbock saß ein Eunuch.
»Nach Hause«, rief Bülent.
Während der Eunuch die Zügel aufnahm, bestieg Elisa die Kutsche. In dem blättrigen Lack auf dem Wagenschlag erkannte sie Abdülhamids goldenes Schriftzeichen wieder, verblichenes Sinnbild seiner einstigen Allmacht. Die roten Lederpolster im Fond waren zerschlissen, an manchen Stellen schauten bereits die Sprungfedern hervor.
»Hüh!«
Nur langsam setzte sich der Schimmel in Trab. Elisa war so aufgeregt, dass sie die ersten Minuten der Fahrt kein einziges Wort sprach. Felix hatte ihr angeboten, sie zu begleiten, aber sie hatte sein Angebot abgelehnt. Sie wollte allein mit Fatima sein, wenn sie sich nach so vielen Jahren zum ersten Mal wiedersahen. Es war eine Sache, die nur sie beide betraf.
»Wie hast du mich überhaupt gefunden?«, fragte sie, als die Kutsche auf die Fähre rollte, die sie über den Bosporus nach Skutari brachte.
»Meine Mutter hat Ihr Bild in einer Zeitschrift gesehen«, sagte

Bülent. »Danach habe ich in allen Hotels, in denen Europäer wohnen, nach Ihnen gefragt. Weil«, fügte er mit rotem Kopf hinzu, »auf dem Bild war auch ein Deutscher, direkt neben Ihnen.«
Eine blasse Novembersonne schien auf das Meer, doch ihre Strahlen waren so schwach, dass sie sich kaum noch in den Wellen brachen.
»Und du bist sicher, dass wir wirklich dieselbe Fatima meinen?«
»Ganz sicher«, erwiderte Bülent. »Die Favoritin des Sultans – das hat meine Mutter gesagt.«
»Und ihr Sohn lebt und ist wieder bei ihr?«
»Mesut ist mein Bruder. Wir haben alle geweint, als Taifun Pascha ihn geholt hat. Aber jetzt ist er wieder bei uns, zusammen mit Fatima. Allah sei gepriesen!«
Es dauerte eine Ewigkeit, bis sie die asiatische Seite erreichten. Elisa hielt es vor Ungeduld kaum noch aus. Der winzige Hoffnungsfunke, der sich in ihr entzündet hatte, als Bülent im Pera Palace erschienen war, schlug inzwischen so große Flammen, dass ihr fast die Brust davon schmerzte. Jetzt würde Fatima doch noch die Schleier tragen, die sie im Großen Basar gekauft hatte. Sie würde mit ihnen den Zug besteigen, mit ihnen nach Deutschland fahren – Fatima und ihr Sohn. Felix hatte versprochen, dass er sie beide in sein Haus aufnehmen würde. Was würde das für ein Glück sein, wenn sie erst alle zusammen in Berlin lebten …
Umso größer war Elisas Entsetzen, als sie wenig später im Beylerbeyi-Palast eintraf. Fast hätte sie ihre Freundin nicht wiedererkannt. Fatimas Gesicht war eine Ruine, von der einstigen Schönheit, mit der sie die Menschen verzaubert hatte, waren nur noch Falten und Furchen übrig geblieben. Jeglicher Ausdruck war daraus gewichen. Sie saß einfach da und starrte gegen die Wand, ohne irgendetwas zu registrieren.
Elisa schloss einmal kurz die Augen, bevor sie fähig war, das Wort an sie zu richten.
»Guten Tag, Fatima«, sagte sie leise.

Keine Regung in Fatimas Miene verriet, ob sie überhaupt etwas hörte.

»Ich bin's – Elisa. Deine Schwester.« Sie nahm ihr Gesicht in ihre Hände. »Bitte, schau mich an! Erkennst du mich nicht?«

Fatima blickte sie an, doch ohne sie zu sehen.

»Sag etwas! Hörst du meine Stimme?«

Sie schüttelte nicht einmal den Kopf.

»Ich bin gekommen, um dich zu holen! Dich und deinen Sohn! Wir werden wieder zusammen sein. Du und Mesut und ich.«

Für eine Sekunde weiteten sich ihre Augen, ging so etwas wie ein Staunen durch ihr Gesicht. Dann fiel sie wieder in ihre Starre zurück.

»Fatima!« Elisa nahm sie in den Arm, drückte sie an sich, streichelte sie, küsste sie, flüsterte und sagte und rief ihren Namen, wieder und wieder. Aber ohne Erfolg.

»Es hat keinen Sinn«, sagte Saliha. »Sie will nicht sprechen. Mit niemandem.«

Fatimas Blick war so kalt und leer, dass Elisa sie losließ. Wie bei einer Puppe verharrte ihr Kopf in der einmal eingenommenen Stellung. Elisa kniete vor ihr nieder und nahm ihre Hände. Wie schön waren diese Hände einmal gewesen. Jetzt waren die Nägel bis aufs Fleisch abgenagt. An ihrem Armgelenk trug sie immer noch den alten Perlenkranz.

»Hier!«, sagte Elisa und streifte Fatima ihre eigene Gebetskette über. »Erinnerst du dich? Die haben wir immer getauscht, wenn wir in Not waren! Im Namen Allahs ...«

Erwartungsvoll schaute sie Fatima an, in der Hoffnung, dass ihre Freundin die Formel ergänzte, die sie so oft zusammen ausgesprochen hatten.

»Komm, bitte – sag es! Im Namen Allahs und ...«

Aber Fatima brachte keinen Ton über die Lippen. Nichts in ihrer Seele schien Anteil zu nehmen an dem, was um sie her geschah. Als hätte sie mit dem Leben abgeschlossen, wie eine lebende Tote.

»... und der Jungfrau Maria«, flüsterte Elisa und schlug ein Kreuzzeichen.
Saliha reichte ihr die Hand, um ihr vom Boden aufzuhelfen.
»Ich glaube, wir lassen sie lieber in Ruhe«, sagte sie und führte Elisa an einen Tisch. »Möchtest du etwas trinken? Mokka? Tee?«
Elisa schüttelte den Kopf. »Seit wann ist sie schon so?«, fragte sie.
»Schon seit vielen Tagen«, sagte Saliha. »Ich glaube, es war einfach alles zu viel für sie. Erst Mesuts Weigerung, sie als Mutter anzuerkennen, dann seine Angst vor ihr und schließlich auch noch der Sturz von der Treppe. Seitdem reagiert sie auf nichts mehr. Sie sagt kaum noch was, und wenn, dann nur fürchterliche Dinge. Dass sie nicht hätte zurückkommen dürfen. Dass sie kein Recht dazu hatte, ihr Kind zu sehen. Dass sie ein Fluch für ihren eigenen Sohn ist. Ansonsten starrt sie den ganzen Tag vor sich hin, so wie jetzt. Dabei tut sie kein Auge zu, nicht mal nachts, weil sie nicht schlafen kann. Sie rührt sich nicht vom Fleck, egal, wohin man sie setzt. Sie isst nichts und trinkt nichts, nagt nur manchmal plötzlich an den Nägeln, bis sie blutig sind, wie eine Verrückte, die einen Anfall hat.« Saliha machte eine Pause, bevor sie weitersprach. »Obwohl sie noch atmet, glaube ich manchmal, dass sie gar nicht mehr lebt.«
Elisa nickte. Aus den Augenwinkeln sah sie zu Fatima hinüber. Sie saß immer noch in derselben Stellung da, in der sie sie verlassen hatten, den Blick in einem unbekannten Nirgendwo verloren. Ob sie dort ihren Sohn sah? Mit ihm sprach und mit ihm spielte? Ihn in die Arme schloss und ihn liebkoste?
Plötzlich glaubte Elisa, eine Regung in Fatimas Gesicht zu erkennen, eine leichte, kaum sichtbare Bewegung der Lippen. Sie sprang auf und eilte zu ihr.
»Willst du etwas sagen?«
Sie nahm ihre Hand und schaute sie an. Endlich erwiderte Fatima ihren Blick. Ihre großen Mandelaugen waren immer noch weit geöffnet, doch sie schien sie zu erkennen.

Wieder bewegten sich ihre Lippen. Elisa beugte sich zu ihr, damit ihr kein Laut entging.
»Sag es mir – bitte!«
Fatima öffnete den Mund, und dann sprach sie aus, was aus ihrer Seele drang, nur ein einziges Wort, das all ihr Denken und Fühlen in sich begriff, ihr ganzes Leben und Schicksal, ein Wort, so groß und erbärmlich wie Gottes Wort am Tag des Jüngsten Gerichts.
»Kismet ...«

20

Saliha begleitete Elisa hinaus.
»Ist es hier passiert?«, fragte Elisa, als sie die Treppe hinuntergingen.
Saliha nickte.
Elisa berührte ihren Arm. »Danke, dass du sie aufgenommen hast. – Nein«, fügte sie hinzu, als Saliha widersprechen wollte, »das ist keine Selbstverständlichkeit. Fatima war deine Rivalin.«
»Was bedeutet das noch?«, sagte Saliha. »Jetzt sind wir beide Mütter. Es ... es muss schrecklich sein, was sie gerade erlebt. Außerdem habe ich ihren Sohn großgezogen.«
In der Halle plätscherte leise der Brunnen.
»Wo ist Mesut jetzt?«, fragte Elisa.
»Möchtest du mit ihm sprechen?«
»Lieber nicht. Ich habe Angst, alles noch schlimmer zu machen. Aber ich würde ihn gerne sehen. Wäre das möglich? Ohne dass er mich sieht?«
Saliha führte sie am Brunnen vorbei zu einem Fenster.
»Da ist er«, sagte sie und zeigte hinaus in den Garten. »Dort drüben!«

Elisa wusste nicht, was sie erwartet hatte – aber bestimmt nicht das. Wie ein ganz normaler Junge, der keinerlei Sorgen kannte, saß Mesut auf dem Ast eines Baums und ließ die Beine in der Luft baumeln. Kein Kind seines Alters konnte zufriedener wirken.

»Das ist sein Lieblingsplatz«, sagte Saliha. »Er verbringt fast den ganzen Tag dort.«

Zu seinen Füßen stolzierte gerade ein Pfau über den Rasen. Mesut beugte sich vor, um seinen Weg zu verfolgen.

Plötzlich wandte er den Kopf über die Schulter und blickte in die Richtung des Palasts.

Elisa traute ihren Augen nicht, als sie sein Gesicht sah. Es war, als würde sie das Kindergesicht ihrer Freundin sehen, jener Fatima, die es nur noch in ihrer Erinnerung gab. Mesut hielt die Hände wie einen Trichter an den Mund und schien etwas zu rufen.

»Was tut er da?«

»Er macht den Pfau nach.« Saliha öffnete das Fenster. »Hörst du?«

Der Pfau stand jetzt in der Mitte des Parks und schlug ein Rad.

»Uuuuhwijaaaaaa«, kreischte er.

»Uuuuhwijaaaaaa«, antwortete Mesut.

Elisa spürte einen Stich. Schon als Säugling hatte er auf ihrem Arm versucht, sie nachzuahmen, wenn sie ihm zum Einschlafen ein Lied vorsang. »Bra, brabra, brah-brah-brah«, hatte er immer gemacht und sie dabei mit leuchtenden Augen angestrahlt. Damals hatte sie gedacht, dass er später einmal Musiker werden würde.

»Er kann alle Vogelstimmen nachmachen«, sagte Saliha. »Tauben, Enten, Möwen – sogar die Nachtigall, die abends im Garten singt. Aber«, fügte sie traurig hinzu, »das sind die einzigen Töne, die er von sich gibt. Immer nur Vogelstimmen.«

Erst in diesem Augenblick begriff Elisa das ganze Ausmaß des Verbrechens, das Taifun ihrer Freundin angetan hatte. Er hatte

Fatima den Jungen genommen und für tot erklärt. Und als er ihn ihr wiedergegeben hatte, war nur noch sein Körper von ihm da. Seine Seele gehörte nur noch ihm allein, sie war seine Zuflucht, die Schutzburg, in die er sich zurückgezogen hatte, und aus ihr hatte er alle anderen Menschen ausgeschlossen. Vor allem seine Mutter.

»Uuuuhwijaaaaaa«, kreischte der Pfau.

»Uuuuhwijaaaaaa«, antwortete Mesut.

Plötzlich hatte Elisa eine Idee.

»Was ist seine Lieblingsspeise?«, fragte sie.

»Seine Lieblingsspeise?«, erwiderte Saliha. »Wozu willst du das wissen?«

»Das kann ich jetzt noch nicht sagen«, antwortete Elisa. »Vielleicht ist es auch vollkommen verrückt. Aber vielleicht ist es eine Möglichkeit, ihn zum Sprechen zu bringen.«

»Ich verstehe kein Wort.«

»Ich weiß. Es ist auch nur eine winzige Möglichkeit. Aber kannst du dich noch an die kleine Leyla in Yildiz erinnern? Die Saz-Spielerin aus dem Kinderorchester?«

21

Felix war entsetzt.

»Soll das heißen, du willst nicht mit nach Deutschland kommen?«

»Ich kann nicht«, sagte Elisa. »Ich würde niemals glücklich mit dir sein, wenn ich Fatima hier zurücklasse. Sie ist meine Schwester. Und … und es war doch auch mein Fehler.«

»Dann glaubst du also immer noch, du warst schuld an dem, was damals geschah? Das ist doch völliger Unsinn!«

»Ich weiß nicht, ob Schuld das richtige Wort ist. In jener Nacht habe ich weder an Fatima noch an ihr Kind gedacht, nur an dich und mich. Unsere Liebe war mir wichtiger als alles andere. Und wenn ich Fatima jetzt wieder im Stich lasse, um mit dir glücklich zu sein ...«

»Aber was kannst du denn überhaupt für sie tun? Deine Freundin und ihr Kind gehören in ärztliche Behandlung. In Berlin gibt es hervorragende Fachleute für solche Fälle, Nervenärzte, die sich nur mit Gemütskrankheiten beschäftigen.«

»Wie soll das gehen?«, fragte Elisa. »In Deutschland können die zwei sich nicht mal verständigen, kein Arzt kann mit ihnen reden.«

»Fatima spricht ausreichend Französisch, und in Wien kenne ich einen Kollegen, einen Spezialisten, Dr. Freud.«

»Und was ist mit Mesut? Nein, wenn ich damals Wort gehalten hätte, hätte Fatima ihn nie verloren. Sie hat ihn mir anvertraut, als seine zweite Mutter. Und wenn ich jetzt die Möglichkeit habe, ihr zu helfen, muss ich es versuchen. Egal, wie gering die Chancen sind.«

Felix griff nach ihrer Hand. »Nimm doch Vernunft an«, sagte er. »Fatima hat selbst gesagt, dass es Kismet war, und ich glaube fast, sie hat recht. Das Ganze war Schicksal, Gottes Wille, Vorsehung – nenn es, wie du willst! Es gibt einfach Dinge, die wir nicht beeinflussen können. Das müssen wir akzeptieren, ohne uns dagegen aufzulehnen. Das tun auch wir Christen.«

»Mag sein«, erwiderte Elisa. »Aber glaubst du wirklich, ich würde mich darauf verlassen? Wenn ich auch nur die geringste Möglichkeit habe, meinen Fehler wiedergutzumachen?« Sie entzog ihm ihre Hand. »Kennst du die Geschichte von dem alten Mann und dem Großen Regen?«

Felix schüttelte den Kopf.

»Abdülhamid hat sie mir einmal erzählt«, sagte Elisa, »als ich noch seine Koranleserin war. Die Liebesgeschichte seiner Mutter. Möchtest du sie hören?«

»Wenn du glaubst, dass es was nützt?«

Aus irgendeinem Grund hoffte er, dass Elisa die Geschichte nicht erzählen würde. Doch an ihrem Gesicht sah er, dass sie fest entschlossen war.

Mit einem Seufzer trat er ans Fenster. Draußen verschwammen Himmel und Meer zu einer grauen Wüste.

Elisa räusperte sich, bevor sie zu reden begann.

»Es war einmal ein alter Mann. Dem hatte Allah versprochen, dass er hundert Jahre alt würde. In dieser Zuversicht lebte er glücklich und zufrieden in seinem Haus am Nil, bis eines Tages der Große Regen kam. Es war, als ob der Himmel alle Schleusen geöffnet hätte. Bald trat der Fluss über das Ufer, das Wasser stieg und stieg, und nach einer Woche war das Haus des alten Mannes von den Fluten vollständig umspült. Der alte Mann aber saß auf der Treppe vor seiner Tür und rührte sich nicht. Und als ein Nachbar mit einem Boot zu ihm gefahren kam, um ihn in Sicherheit zu bringen, blieb er ruhig sitzen und sagte: ›Ich geh nicht fort von hier, mir kann nichts passieren. Allah hat mir versprochen, dass ich hundert Jahre alt werde.‹ Das Wasser aber stieg weiter, es überflutete die Treppe und den Eingang, drang in den ersten Stock und bald auch in den zweiten. Ohne zu murren, zog der alte Mann in den dritten Stock, dann auf den Dachboden, und als die Fluten über seinem Haus zusammenschlugen, kletterte er auf den Schornstein, der einsam aus den Wassermassen ragte. Da kam ein riesiger Greifvogel herangeflogen, um ihn zu retten. Doch der alte Mann schickte ihn fort: ›Ich brauche deine Hilfe nicht, mir kann nichts passieren. Allah hat mir versprochen, dass ich hundert Jahre alt werde.‹ Kaum hatte er die Worte gesagt, da ertrank der alte Mann in den Fluten. Mit triefenden Kleidern trat er vor Allah. ›Hattest du mir nicht versprochen, dass ich hundert Jahre alt werde?‹, zürnte er. ›Wie konntest du dann zulassen, dass ich ertrank, obwohl ich erst fünfundneunzig bin?‹ Allah runzelte die Stirn. ›Das verstehe ich nicht‹, sagte er. ›Als der Große Regen kam, hatte ich doch befohlen, dass man dir ein Boot und einen Greif schickt. Warum bist du dann hier?‹«

Elisa verstummte. Doch ihre Worte füllten das Schweigen wie ein dunkler Schatten.
Nein, Felix hatte sich nicht umsonst vor der Geschichte gefürchtet.
»Verstehst du, was ich damit meine?«, fragte Elisa leise. »Allah hat dem alten Mann zweimal ein Angebot gemacht, aber zweimal hat er sich geweigert, es anzunehmen. Darum ist er ertrunken. – Ich … ich will nicht ertrinken. Ich will meinen Fehler wiedergutmachen.«
Felix drehte sich um. Elisa stand neben dem Bett und schaute ihn an. Mein Gott, wie sehr hatte sie sich verändert. Aus dem scheuen, verschleierten, armenischen Mädchen, das er vor Jahren im Harem des Sultans kennengelernt hatte, war eine selbstbewusste Frau geworden, die unverhüllt und ohne Scheu der Welt ihr Gesicht zeigte. Nur die grauen, melancholischen Augen, mit denen sie seinen Blick erwiderte, waren immer noch dieselben, die schon bei ihrer ersten Begegnung mitten in sein Herz gesehen hatten.
Er liebte sie so sehr, dass es fast schmerzte.
»Und auf welche Weise willst du Fatima helfen?«, fragte er mit rauher Stimme.
»Das weiß ich noch nicht«, sagte Elisa. »Ich weiß nur, es muss einen Weg geben, dass Mesut sie in seine Seele lässt. Das ist das Einzige, was ihr helfen kann. Er hat seine Seele vor ihr versperrt, darum ist sie krank. Vielleicht finde ich einen Schlüssel, eine Tür …«
»Egal, wie lange das dauert?«
»Egal, wie lange das dauert.«
Felix schluckte.
»Du bist dir bewusst, was das für uns bedeutet?«
Elisa nickte.

22

Und dann war die Stunde des Abschieds gekommen. Ein letztes Mal verließen sie zusammen das Pera Palace. Vor dem Hotel wartete schon die Droschke, die sie zum Bahnhof bringen sollte, nach Sirkeci, von wo aus der Orient-Express ins ferne Deutschland fuhr.
»*Au revoir, monsieur dame.*« Murat, der sie zum Wagen begleitete, hatte sich schon ganz auf die künftige Klientel eingestellt. »*Have a nice journey.*«
Der Zwerg winkte ihnen nach, bis die Droschke in eine Seitenstraße abbog. Felix schloss das Verdeck. Es war ein unfreundlicher Novembertag, und vom Schwarzen Meer her wehte ein kühler, feuchter Wind. Die Sonne war vollständig hinter den Wolken verschwunden, und die Kuppeln von Stambul schienen mit bleiernem Gewicht die Stadt zu erdrücken, während die Zypressenhaine ein schwarzes Bahrtuch über die Friedhöfe breiteten, die sich zum Goldenen Horn hinab erstreckten. Elisa fröstelte in ihrem Mantel, als der Wagen durch die schmalen, gepflasterten Straßen rasselte, die hinunter zur Galata-Brücke führten. Still und verlassen lagen die Gärten zwischen den Häusern da, nur der Wind bewegte die welken Blätter, die wegzufegen sich niemand die Mühe gemacht hatte, und strich durch die Gassen, an deren Mauern verblühte Rosenbüsche wucherten.
Während der Fahrt sprachen Elisa und Felix kein einziges Wort. Sie hatten schon im Hotel voneinander Abschied genommen. Noch einmal hatten sie sich in der Nacht unter Tränen geliebt, noch einmal waren sie nebeneinander eingeschlafen, Arm in Arm, ohne ein Stück Stoff zwischen sich, um noch einmal am Morgen im selben Bett aufzuwachen ... Ihre Zeit war abgelaufen. Sie hatten sich all die Worte gesagt, die sie sagen konnten. Schweigend hielten sie nun einander die Hand, nur ab und zu tauschten sie einen Blick. Mit all ihren Sinnen versuchte Elisa

jede einzelne Sekunde zu erfassen, als könne sie so die Zeit anhalten. Wie wunderbar vertraut, wie grausam vertraut das alles war ... So viele Male hatte sie den Druck seiner Hand gespürt, so viele Male in seine Augen gesehen, in diese hellen, blauen Augen, die immer etwas zu suchen oder zu fragen schienen, während das Bärtchen auf seiner Oberlippe ganz leise zitterte. Die Vorstellung, diese Vertrautheit nur noch wenige Minuten erleben zu dürfen, die Nähe, das gewohnte, so selbstverständliche Zusammensein mit diesem Mann, schnürte ihr die Kehle zu. Wie sollte sie leben ohne ihn? Ohne seine Berührungen? Ohne seinen Atem? Ohne seine Stimme? Ohne sein Lachen? Ohne seine Zweifel? Er war doch ein Teil von ihr, so wie sie ein Teil war von ihm. Wenn sie sich trennten, würden sie beide nie wieder ganz sein. Ihr Leben würde sein wie ein Fluss ohne Wasser, wie ein Lied ohne Melodie, wie ein Herzschlag ohne Empfindung. Sie wussten beide, sie waren für einander bestimmt, doch die Umstände hatten ihre Liebe nicht erlaubt. Sie hatten sich zur falschen Zeit am falschen Ort kennengelernt. Das war ihr ganzes Unglück, so einfach und banal, dass es kaum zu ertragen war.
Die Kaffeehäuser an der Galata-Brücke waren überfüllt von siegreichen englischen und französischen Soldaten, die mit lachenden Gesichtern Zigeunermusik hörten und dabei schwarzäugige Armenierinnen in den Armen hielten. Sie waren die Befreier der Stadt, genauso wie die Italiener, die in ihren eleganten Uniformen am Bahnhof das Kommando führten.
Der Orient-Express stand an Gleis eins zur Abfahrt bereit. Während Lastenträger mit Bergen von Gepäck auf den Schultern zu den Abteilen eilten, versorgten sich die Fahrgäste bei den Brezel- und Obstverkäufern am Bahnsteig mit dem letzten Reiseproviant. Und überall nahmen Menschen voneinander Abschied.
»Was wirst du nach deiner Rückkehr tun?«, fragte Elisa.
»Arbeiten«, sagte Felix. »Wenn ich arbeite, brauche ich nicht zu denken. Wahrscheinlich werde ich eine Menge Geld verdienen,

vielleicht werde ich sogar berühmt.« Er versuchte zu lächeln. »Auf jeden Fall werde ich der unglücklichste Mensch sein von ganz Berlin.«
Elisa strich über seine Wange. »Ich bin so glücklich, dass ich dir begegnet bin. Du bist das schönste Geschenk, das ich je bekam.«
Er wollte etwas erwidern, doch er brachte keinen Ton heraus.
»Achtung an Gleis eins! Der Orientexpress fährt in wenigen Minuten ab!«
Am Ende des Bahnsteigs hob der Schaffner seine Kelle und steckte sich die Trillerpfeife in den Mund. Felix öffnete die Tür zu seinem Coupé.
»Hast du je bereut, dass Taifun dich damals hier zurückhielt?«, fragte Elisa.
»Du meinst bei meinem ersten Besuch? Als ich fliehen wollte?« Er schüttelte den Kopf. »Nein«, sagte er. »Im Gegenteil. Ich wollte, es käme wieder jemand, der mir die Hand auf die Schulter legt.«
Schweigend schaute ihn Elisa an. Aus seinen Augen sprach eine solche Zärtlichkeit, dass sich ihr das Herz zusammenkrampfte.
»Eins musst du noch wissen«, flüsterte sie. »Du … du hast dich neulich geirrt.«
»Wann?«
»Als du sagtest, ich wüsste nicht, wie sehr du mich liebst.«
»Das sagst du mir jetzt? Ausgerechnet?«
»Weil ich es noch nie so sehr gespürt habe wie in diesem Augenblick. Nur weil du mich liebst, hast du mir die Freiheit gelassen, hierzubleiben. Nur weil du mich liebst, lässt du mich tun, was ich tun muss.« Sie stockte, denn ihre Stimme erstickte. »Würdest du mich weniger lieben, hättest du mich gezwungen, mit dir zu fahren.«
Plötzlich wurde der Schmerz so groß, dass alle Worte versagten. Sie nahm sein Gesicht in ihre Hände, um ihn ein letztes Mal zu küssen.

»Mein Kismet …«
Noch einmal fanden sich ihre Lippen, noch einmal versanken sie zusammen in jener Melodie, die schöner war als alle Musik und die seit Anbeginn der Zeiten in ihnen war.
»Leb wohl!«, flüsterte Elisa.
»Leb wohl!«, sagte Felix.
Eine letzte Berührung, ein letzter Augenblick.
Dann riss sie sich los und ging davon, in großen, schnellen Schritten, ohne sich noch einmal umzudrehen, eilte sie durch die Menge fremder Menschen, fremder Gesichter, schob und drängte jeden beiseite, der ihr in den Weg kam, nur um fortzukommen, fort von ihm, bis sie sicher war, dass es keine Rückkehr mehr gab.
»Alles einsteigen! Abfahrt!«
Ein Pfiff gellte durch die Halle, Türen wurden zugeschlagen, fauchend und dampfend verließ der Zug den Perron.
Erst jetzt blieb Elisa stehen.
»Was ist mit Ihnen?«, fragte eine Passantin. »Brauchen Sie Hilfe?«
Elisa schüttelte den Kopf. Dann barg sie ihr Gesicht in den Händen und überließ sich ihren Tränen.

23

Vom Minarett der Neuen Moschee rief der Muezzin zum Abendgebet, als Elisa endlich den Bahnhof verließ und wieder ins Freie trat. Wie ein Verhängnis senkte der Novemberhimmel sich in der Dämmerung auf den Bosporus herab. Ohne Gesichter eilten die Menschen an Elisa vorbei, rufend und lärmend, lachend und streitend. Sie alle waren auf dem Weg zu irgendeinem Ziel, manche hatten einander untergehakt, andere hielten sich an den Händen. Aber kein Mensch war ihr vertraut, keiner schaute sie an – kein Blick, der ihr galt, kein Wort, das an sie gerichtet wurde …

Ein kühler Wind strich vom Meer über das Ufer. Fröstelnd schlug sie den Mantelkragen hoch und überquerte den Bahnhofsplatz. Die Luft schmeckte wie gefrorenes Wasser. Dieser Winter war der erste Winter ohne Felix seit drei Jahren. Er würde so kalt sein wie die Einsamkeit in ihrem Herzen.
Die klagenden, langgedehnten Laute des Muezzins vermischten sich mit den Klängen einer Jazzkapelle, die in irgendeiner Hafenkneipe spielte. Elisa wandte sich in die Richtung der Galata-Brücke. Während unten auf der Straße die Händler ihre Waren ausriefen, schaukelten oben von den Fenstern geflochtene Körbe an Stricken herab, mit denen die Hausfrauen ihre Abendeinkäufe besorgten. Baufällige, von der Sonne ausgesogene Holzpaläste grenzten an moderne, solide Mietshäuser, alte an neue Gebäude, verlassene an bewohnte, als wollten das Nutzlose und das Brauchbare einander durchdringen, so wie das Geschrei auf den Straßen sich mit den flüsternden Traumstimmen verwob, die in den wabernden Nebelschwaden über dem nachtgrauen Meer von anderen Welten erzählten. Mit jeder Faser ihres Wesens hatte Elisa sich einst nach der Wirklichkeit gesehnt, nach dem Leben jenseits aller Mauern … Jetzt, da sie dieser Wirklichkeit ausgesetzt war, fühlte sie sich wie eine unmaskierte Gestalt, die sich zufällig und unvorbereitet auf einen Maskenball verirrt hatte, eingefangen in Einsamkeit und Fremdheit, und sie sehnte sich zurück in die Zuflucht des Harems, in die Umfriedung ihrer eigenen Träume, wo sie gegen die Gefahren der Welt gefeit und wo die Sehnsucht das einzige Wirkliche war.
Hatte sie nicht alles falsch gemacht, was sie nur falsch machen konnte?
Ein Lastenträger, mit einem Gebirge von Ballen und Säcken auf den schmalen Schultern, stolperte keuchend und schwitzend über die löchrige Straße. Obwohl sein ausgemergelter Körper unter der viel zu großen Bürde zusammenzubrechen drohte, drückte sein Gesicht nur gleichgültige Ergebenheit aus. Er schien die Last auf seinem Rücken gar nicht zu spüren, ohne Murren

und Hadern hatte er sich in das Elend seines Schicksals gefügt. Zum ersten Mal in ihrem Leben beneidete Elisa die Muslime um die Gewissheit, die ihnen der Glaube an Allahs Vorsehung verlieh, und in ihrer Verzweiflung wünschte sie sich, dass alles, was mit ihr in den vergangenen Stunden geschehen war, Kismet sei, ihr von Gott oder einer sonstigen Macht vorherbestimmtes Schicksal. Aber der Abschied, der ihr das Herz zerriss, die Trennung von dem Menschen, für den sie geboren war, war weder Kismet noch Schicksal oder Gottes Wille, sondern ihre eigene Entscheidung, die sie ohne jeden Zwang, allein aus ihrer Freiheit heraus getroffen hatte. Wie hasste sie diese Freiheit, die doch nichts anderes war als der Zwang, sich entscheiden zu müssen – zwischen Felix und Fatima, zwischen dem Mann, den sie mehr liebte als ihr eigenes Leben, und der Frau, die ihre Schwester war. Nie wieder wollte sie frei sein.

Gaslaternen wurden angezündet, die Ufer des Bosporus erhellten sich in einem bläulich-gelblichen Surren. Ein Licht nach dem anderen leuchtete auf, bis die schimmernde Kette geschlossen war. Eine Sirene tutete, wie Feueraugen glühten rote Schiffssignale in der Dämmerung – die Fähre lief in wenigen Minuten aus. Plötzlich nahm das ungeordnete Gedränge auf der Uferstraße Formen an, jeder eilte zur Anlegestelle, weinende Kinder, hastende Männer und Frauen, an Limonadenverkäufern vorbei, unter hochbeladenen Kuchen- und Teetabletts hindurch, die auf schweißtriefenden Köpfen schwankten.

Ein Blick aus dunklen, lang bewimperten Augen traf Elisa, das Gesicht einer jungen, unverschleierten Frau, die sich mit zärtlicher Verliebtheit einem Mann an ihrer Seite zuwandte: zwei Schultern, die sich aneinander schmiegten, zwei Hände, die sich heimlich berührten. Wie oft waren Elisa und Felix mit dieser Fähre, die das Paar gerade betrat, über den Bosporus gefahren … Wie oft hatten sie zusammen auf dem schaukelnden Wasser in die Nacht geschaut und die würzige Brise geatmet … Noch einmal drehte die junge Frau sich um, noch einmal trafen sich ihre

Blicke. Fast war es, als ob dieses Gesicht zu ihr sprach: Sieh her, so glücklich hättest auch du sein können, aber du hast es nicht gewollt ...
Mit einem Seufzer wandte Elisa sich ab. Sie hatte keine Sehnsucht mehr, um diese Fremde auf das Meer hinauszubegleiten. Felix war nun schon über eine Stunde fort, sein Zug würde bald Edirne erreichen ... Bei der Vorstellung senkte die Leere in ihr sich zu tiefer, schwarzer Bodenlosigkeit. Die Träume vergingen, nur man selber blieb zurück. Und während das Schiff vom Ufer ablegte, wuchs das Nichts in ihr immer weiter an, bedrückender als jede noch so schwere Last, die ein Mensch auf seine Schultern bürden konnte ...
Wie sollte sie das Leben ohne Felix ertragen?
Als sie in die Gasse neben der Neuen Moschee einbog, sah sie eine alte, schwarzverhüllte Frau, die Zigaretten rauchend auf einer Türschwelle hockte. Bei jedem Zug lüftete die Alte den Schleier gerade so weit, dass sie den Rauch inhalieren konnte. Die dunkle Silhouette wirkte wie ein längst vergessenes Stück Vergangenheit: eine verrunzelte Stirn, zwei müde Augen, die wie eine Anklage aus der schwarzseidenen Umrahmung blickten – Pergament gewordene Geschichte. Mitleidig lächelnd eilten zwei junge Mädchen an ihr vorbei. Sie hatten den Harem hinter sich gelassen und kannten die Freiheit. Keine vergitterten Fenster, keine abschließenden Mauern, keine bewachten Türen schränkten sie mehr ein. Doch waren ihre Gesichter schöner, nur weil sie keine Schleier mehr trugen? Elisa wusste es nicht. Vielleicht hatte die Alte recht, vielleicht lag die einzige Zuflucht, die es gab, in einem selbst. Vielleicht sollte auch sie wieder den Schleier tragen.
Da flog eine Tür vor ihr auf, und aus einem Lokal sprangen drei Musiker auf die Straße – ein Trommler, ein Geiger und ein Schalmeienspieler. Zusammen machten sie eine fürchterliche Katzenmusik – die Schalmei spielte eine orientalische Melodie, die der Geiger mit schmachtenden Zigeunerklängen verzierte

und der Trommler mit einem dröhnenden Jazzrhythmus begleitete. Doch während sie ihren Höllenlärm entfachten, schauten die Musiker sich mit strahlenden Augen an, wie Menschen, die einfach glücklich sind, einander zu verstehen, auch wenn sie kein einziges Wort sagten.
Unwillkürlich blieb Elisa stehen. Hatte der Himmel ihr die Musiker geschickt? Oder hatte sie sie selbst gesucht?
Ohne sein Spiel zu unterbrechen, tanzte der Trommler um sie herum. Obwohl ihr nicht danach zumute war, musste Elisa lächeln, und als sie weiterging, übertrug sich der Rhythmus der Trommel auf ihren Schritt, ganz von allein. Ja, sie hatte die Wahl: Entweder würde sie wieder ihr Gesicht verhüllen wie einst, oder sie würde auch die letzten unsichtbaren Fäden durchschneiden, die immer noch an ihr zogen und zerrten.
»Arbeiten«, hatte Felix gesagt. »Wenn ich arbeite, brauche ich nicht zu denken.«
Als Elisa den Kopf hob, sah sie von ferne die erleuchteten Gassen des Großen Basars. Wie Schatzkammern funkelten die Vitrinen in der Dunkelheit. Der Anblick rief ihr in Erinnerung, warum sie Felix hatte fahren lassen. Dort würde sie das Instrument kaufen, das sie brauchte, um Mesuts Seele zu öffnen. Das würde ihre Arbeit sein – vielleicht für Wochen, vielleicht für Monate. Doch gleichgültig, wie lange sie dafür brauchen würde, diese Aufgabe, den Jungen mit seiner Mutter zu versöhnen, war der Grund, weshalb sie hier zurückgeblieben war, der einzige Trost, den es für sie gab, um nicht an ihrer Entscheidung irre zu werden, der einzige Sinn ihres Opfers. Dafür würde sie alles tun, was in ihren Kräften lag. Fast freute sie sich darauf.
Vom Meer tutete ein Schiff.
Elisa beschleunigte ihren Schritt. Wenn sie sich beeilte, erreichte sie vielleicht noch die nächste Fähre, die nach Skutari übersetzte, auf die andere, asiatische Seite, an dessen Ufer der Beylerbeyi-Palast sich erhob und wo Fatima auf sie wartete.
Fatima und ihr Sohn.

24

Dicke Regentropfen klatschten gegen die Fensterscheiben, doch Fatima nahm sie nicht wahr. Wieder und wieder biss sie in ihre Fingerkuppen, nagte an den Nägeln, riss mit den Zähnen an ihrer Haut und dem Fleisch. Sie konnte nicht anders, es war ein Zwang – ein innerer Befehl, dem sie gehorchen musste. Kurz und heftig ging ihr Atem, wie beim Liebesakt, während der Schmerz sich ins Unerträgliche steigerte. Aber erst als sie das Blut auf ihren Lippen spürte, den warmen süßlichen Geschmack auf ihrer Zunge, der sich ausbreitete, konnte sie aufhören und die Hände von den Lippen nehmen.

Allmählich beruhigte sich ihr Atem, der Trieb, sich zu zerstören, hatte sich erschöpft, und für einen kurzen Augenblick zwischen Schmerz und Zwang empfand sie so etwas wie Erlösung – ein Zustand fühlloser Ohnmacht, in der die Verzweiflung sich selbst betäubte.

Draußen mischten sich wässrige Schneeflocken zwischen die Regentropfen, in breiten Schlieren zerflossen sie an den Fensterscheiben. Seit Fatima die Angst in Mesuts Augen gesehen hatte, die Angst, die ihre Gegenwart in seine Seele senkte, war ihr Leben nur noch ein Warten auf den Tod. Wie lange ertrug sie dieses unerträgliche Leben schon? Wie lange war sie verdammt, es noch zu ertragen? Nicht einmal weinen konnte sie mehr, alle Tränen in ihr waren versiegt – allein die Hoffnung, dass Allah sie aus dem Leben entließ, erhielt sie am Leben. Aber Allah verweigerte ihr seine Hilfe, verweigerte ihr den einzigen Ausweg, der ihr noch blieb.

Hatte er sie vergessen? Oder weidete er sich an ihrer Qual?

Während ihre Brust sich hob und senkte, hörte sie überdeutlich das Geräusch ihres Atems. Sie sehnte sich nach den goldenen Kugeln, die Abdülhamid ihr einst gegeben hatte, nach Opium und Vergessen. Doch lautlos schwebten die schwarzen Eunuchen an ihr vorüber, ohne dass sie die Kraft besaß, sich aus ihrer Apathie zu erheben und sie um diese Gnade zu bitten.

»Fatima?«

Wie durch eine Wand erreichte sie die Stimme. Ganz langsam, ohne Willen, allein der Nennung ihres Namens folgend, wandte sie den Kopf in die Richtung, aus der die Stimme kam.

Saliha stand in der Tür und lächelte ihr zu.

»Komm, steh auf, ich möchte dir etwas zeigen.«

Fatima hörte die Aufforderung, aber sie rührte sich nicht. Obwohl sie die Wörter verstand, lösten sie nichts in ihr aus, verhallten ohne Echo in ihrer Seele. Sie hatten jede Lebenskraft verloren, genauso wie sie selbst.

»Komm! Das *musst* du sehen. Es wird dich freuen.«

Saliha nahm ihre Hand und führte sie auf die Galerie. Fatima ließ es geschehen. Was machte es aus, ob sie in ihrem Zimmer blieb oder Saliha folgte? Es war so gleichgültig wie das Plätschern des Brunnens oder das leise Klimpern, das irgendwo im Palast ertönte.

»Da! Sieh nur! Die beiden haben eine Überraschung für dich.«

Unten in der Halle waren Elisa und Mesut. Mit untergeschlagenen Beinen hockten sie auf dem Marmorboden, beide mit einem Saz auf dem Schoß. Mesuts Arme reichten kaum aus, das große Saiteninstrument zu halten. Er war so sehr in sein Spiel vertieft, dass er Fatima gar nicht bemerkte.

Elisa beugte sich über ihren Sohn und strich ihm über den Kopf.

»Du brauchst nicht zu reden«, sagte sie, »das tut der Saz ganz allein. Er ist unser Freund. Er verrät mir alles, was du sagen willst.«

Eine dunkle Erinnerung überkam Fatima: Elisa und ein kleines Mädchen, irgendwo im Yildiz-Palast ... Wann war das gewesen? ... Sie waren in Eile, auf dem Weg zum Theater, wo sie vor dem Sultan tanzen sollte, zum allerersten Mal ... Wie aufgeregt sie gewesen war ... Sie kamen an der Haremsschule vorbei, da

hockte das Mädchen auf dem Gang, Leyla hatte sie geheißen, sie hielt einen Saz in der Hand und weinte ... Elisa hatte sich über sie gebeugt, um sie zu trösten ... Ja, es war alles genauso wie damals, nur war jetzt Mesut Elisas Schüler ... Er schien so vertraut mit dem Instrument, als würde er schon lange darauf spielen ... Beinahe sah er glücklich aus.
Fatima trat einen Schritt von der Brüstung zurück. Warum zeigte man ihr das? Um sie noch mehr zu quälen?
Wieder beugte Elisa sich über ihren Sohn.
»Schließ einfach die Augen«, sagte sie, »und stell dir vor, wie der Pfau durch den Park stolziert. Siehst du ihn?«
Mesut griff in die Saiten, wie von allein wanderte seine Hand über das Griffbrett, und auf einmal kamen nicht nur Töne aus seinem Instrument, sondern richtige Bilder. Majestätisch überquerte der Pfau den Rasen, eine Kaskade von Tönen perlte in der Luft, so prächtig war das Rad, das er schlug.
»Uuuuhwijaaaaaa«, machte Mesut.
»Uuuuhwijaaaaaa«, wiederholte Elisa. »Und jetzt«, sagte sie nach einer Weile, in der sie Mesut sich selbst überließ, »erinnere dich an heute Mittag. Was gab es da zum Nachtisch? Weißt du das noch?«
Mit geschlossenen Augen spielte Mesut weiter, verwob die Töne zu dichten Akkorden. Doch allmählich veränderte sich die Musik, immer langsamer, immer schleppender wurde der Rhythmus, die Akkorde lösten sich wieder in einzelne Töne auf, um sich wie zähe, klebrige Sirupfäden in die Länge zu ziehen.
»Bak-la-wa«, sang Mesut leise, »Baaaaakla-baaaaakla-baklawaaaaaah ...«
Wie aus einer fremden, verbotenen Welt, zu der sie keinen Zutritt hatte, drangen die Worte an Fatimas Ohr. Wie konnte es sein, dass Mesut sang? Er war doch verstummt, hatte aufgehört zu reden ... Ein altes, längst verlorenes Gefühl regte sich in ihr, kaum mehr als eine Ahnung.
Es war, als müsste sie weinen, aber sie konnte es nicht.

Wieder begann Elisa zu sprechen.
»Ich würde dir gern eine Geschichte erzählen«, sagte sie. »Möchtest du sie hören?«
Ohne die Augen zu öffnen, antwortete Mesut mit einem hellen, fragenden Akkord.
»Dann hör zu«, sagte Elisa. »Es war einmal, vor vielen, vielen Jahren, eine wunderschöne Tänzerin. Fatima war ihr Name, und weil sie die schönste Frau war im ganzen Osmanischen Reich, machte der Sultan sie zu seiner Favoritin.«
Als sie ihren Namen hörte, zuckte Fatima zusammen. Zögernd, fast ängstlich irrten die Töne umher, tasteten sich voran, verharrten in der Schwebe, als scheuten sie vor etwas zurück.
»Fatima war so schön, dass sogar die Pfauen im Park des Harems ein Rad schlugen, wenn sie sie sahen. Ihre Haut war weiß wie Milch, ihre Locken glänzten wie Kastanien, und wenn sie tanzte, leuchteten die Augen des Sultans vor Freude so hell, dass der ganze Serail davon erstrahlte.«
Als wäre ein Derwisch in den Saz gefahren, schwollen die Töne an, begannen zu flirren und zu kreisen. Fatima spürte, wie sie in ihren Körper drangen, in ihre Arme und Beine, in ihre Schultern und Hüften.
»Doch Fatima war nicht nur die Favoritin des Sultans, sie war auch die Mutter eines Prinzen. Und nichts auf der Welt hatte sie so lieb wir ihren Sohn. Ihn liebte sie noch mehr als den Sultan.«
Zwei leise Akkorde erklangen, suchten und umschmeichelten sich, so zärtlich, als wollten sie miteinander verschmelzen.
»Dann aber geschah etwas Fürchterliches. Der Sultan wurde vom Thron gestoßen, er floh in ein fernes Land, und Fatima blieb ohne ihn zurück. Und während sie hoffte, dass sie den Sultan wiedersehen würde, kamen böse Männer und raubten ihr den kostbarsten Schatz, den sie hatte, ihren Sohn.«
Unter Mesuts Händen schrie der Saz auf wie ein verwundetes Tier.

»Jahre vergingen. Doch Fatima konnte ihren Sohn nicht vergessen, mit jedem Herzschlag trauerte sie um ihn. Sie irrte durchs Land, um ihn wiederzufinden, befragte alle Leute, die sie kannte. Aber niemand konnte ihr sagen, wo er war. Darüber weinte Fatima bittere Tränen, und mit jeder Träne, die sie vergoss, wich ihre Hoffnung und ihre Lebenskraft. Und ihre Schönheit verwelkte wie eine Rose ohne Wasser, so dass die Menschen sie bald nicht mehr erkannten.«

Ein langsamer, trauriger Akkord verklang. Dunkel und einsam hallte sein Echo in der hohen, kalten Stille wider. Elisa senkte ihre Stimme.

»Dann aber passierte etwas, das noch schlimmer war als alles, was bisher geschehen war. Fatimas Sohn wurde gefunden. Fatima konnte ihr Glück kaum fassen. Mit pochendem Herzen empfing sie ihn. Aber als sie ihn in die Arme schließen wollte, wich ihr Sohn vor ihr zurück. Sie hatte sich so sehr verändert, dass auch er sie nicht mehr erkannte, und statt ihre Liebe zu erwidern, fürchtete er sich vor ihr wie vor einer Fremden.«

Der Saz war verstummt. Reglos saß Mesut da und starrte Elisa an, mit großen, aufgerissenen Augen.

»Fatima war darüber so traurig, dass sie nicht länger leben wollte. Sie wünschte sich nur noch, dass Allah sie zu sich nahm. Doch Allah wollte sie nicht zu sich nehmen – Allah wollte, dass Fatima und ihr Sohn wieder glücklich wurden.«

Die Augen unverwandt auf Elisa gerichtet, griff Mesut einen Akkord und strich einmal über die Saiten.

»Dafür musste aber etwas ganz Besonderes geschehen. Ein Prinz, der genauso alt war wie Fatimas Sohn, musste sich melden und ihren Namen sagen. Erst wenn ein solcher Prinz kam und Fatimas Namen aussprach, würde sie wieder so schön sein wie früher, und ihr Sohn würde sie endlich erkennen.«

Elisa machte eine Pause und berührte Mesuts Arm.

»Bist du vielleicht dieser Prinz? Kannst *du* ihren Namen sagen?«

Eine senkrechte Falte trat auf Mesuts Stirn, eine scharfe, tiefe Kerbe zwischen seinen Augen, und sein Mund war nur noch ein Strich.
»Willst du, dass die zwei sich wieder lieb haben? Dann musst du ihren Namen sagen.«
Wie eine dunkle Gefahr hing der letzte Ton des Akkords in der Luft.
»Sag es, mein kleiner Prinz. Wie heißt die schöne Tänzerin?«
Da öffnete Mesut den Mund, und so leise, dass es kaum zu hören war, sagte er ein einziges Wort.
»Fatima ...«
Es war nur dieses eine Wort, das er sagte, doch als Fatima es hörte, ihren Namen aus seinem Mund, aus dem Mund ihres Sohnes, mit seiner hellen, zarten Stimme, drängte etwas in ihr mit solcher Macht, dass sie sich am Geländer festhalten musste.
Elisa half Mesut vom Boden auf und gab ihm einen Kuss. Zärtlich legte sie ihren Arm um seine Schulter und zeigte hinauf zur Galerie.
»Sieh mal, wer da ist.«
Mesut drehte sich um. Als er seine Mutter erkannte, verdunkelten sich für eine Sekunde seine Augen. Doch dann erwiderte er ihren Blick, und ein kleines, scheues Lächeln trat auf sein Gesicht.
»Sagst du noch einmal ihren Namen?«
Mesut bewegte kaum die Lippen, und nur ein Hauch drang aus seinem Mund.
Aber Fatima sah sein Lächeln, dieses kleine, scheue Lächeln in seinem Gesicht, mit dem er zu ihr emporschaute, frei und ohne Angst.
Es war, als wäre eine Wolkenwand aufgerissen.
»Mesut ...«
Sie tastete nach ihrem Gebetskranz, und während sie die kühlen, glatten Perlen zwischen ihren Fingern spürte, löste sich der Bann in ihrem Herzen, und endlich konnte sie weinen.

»Mesut«, flüsterte sie, »mein Sohn ...«
Durch den Schleier ihrer Tränen sah sie, wie Elisa ihr mit einem Lächeln zunickte.
Fatima schloss die Augen. Durfte sie glauben, was sie sah? Sie brauchte ihren ganzen Mut, um die Augen wieder zu öffnen.
Elisa lächelte ihr noch immer zu.
Und immer noch lächelnd, nahm sie den Arm von Mesuts Schulter und schob ihn liebevoll von sich, in die Richtung der Treppe, zu ihr.
»Möchtest du nicht hinaufgehen, um deine Mutter zu begrüßen?«

Epilog
Der letzte Harem
1923

Man schrieb den 30. Oktober des Jahres 1923. Professor Dr. Felix Möbius, frisch bestallter Direktor des Preußischen Instituts für Infektionskrankheiten, saß mit seiner Familie beim sonntäglichen Frühstück. Er hatte sein Brötchen und Ei bereits vertilgt und war soeben bei der zweiten Tasse Kaffee angelangt, zu der er sich wie jeden Morgen in die *Vossische Zeitung* vertiefte, während seine Frau Carla, geborene Rossmann, ihren Kindern letzte Anweisungen für den Kirchgang gab. Außer der zwölfjährigen Elisabeth saßen noch die knapp vierjährigen Zwillinge Peter und Paul mit am Tisch.
»Welches Kleid soll ich anziehen?«, fragte Carla.
»Keine Ahnung«, murmelte Felix, ohne seine Lektüre zu unterbrechen. »Nur nichts Auffallendes, bitte. Sonst zieht Pfarrer Mömpelmann wieder sein Gesicht.«
»Ich rede nicht vom Gottesdienst, mein Bester, sondern von dem Festbankett heute Abend.«
»Ach ja, der Kongress.«
»Aber das Aussehen deiner Frau ist dir ja egal. Was liest du denn so furchtbar Spannendes?«
Widerwillig blickte Felix über den Zeitungsrand. »In der Türkei wurde gestern die Republik ausgerufen. Mustafa Kemal, genannt Atatürk, heißt der Präsident. Und Ankara ist die neue Hauptstadt.«
»Um Gottes willen, interessierst du dich immer noch für dieses entsetzliche Land?« Carla hob indigniert die Augenbrauen. »Sei mir nicht böse, mein Bester, aber manchmal fällt es einem schwer, dich zu verstehen. Wenn man sich vorstellt, dass du den Verbrechern dort eine Million Reichsmark in den Rachen geworfen hast, für nichts und wieder nichts.«

»Das kannst du wohl nie vergessen, oder?«
»Wie sollte ich? Die Stahl- und Elektricitätswerke Rossmann & Cie. hätten damals um ein Haar Bankrott anmelden müssen, und wir haben es nur Papas Klugheit zu verdanken, wenn wir heute nicht am Hungertuch nagen.«
Zum Glück kam das Dienstmädchen herein. Ihre Wangen leuchteten wie zwei rote Apfelbäckchen.
»Was gibt's, Betty?«, fragte Felix. »Ist in der Küche was angebrannt?«
Sie machte einen flüchtigen Knicks. »Ein Gendarm steht an der Tür«, sagte sie, ganz außer Atem. »Der Herr Professor soll bitte kommen! Sofort! Ein Notfall!«
Felix warf seine Serviette auf den Tisch und eilte aus dem Haus. Es war ein durchwachsener, kühler Herbsttag mit manchmal aufblitzender Sonne. Der Gendarm führte ihn im Eilschritt in die Fasanenstraße, wo sich gegenüber der alten Militärakademie eine große Menschentraube gebildet hatte. Ein Mann in eleganter Straßenkleidung lag reglos auf dem Bürgersteig – umgeben von einer Blutlache.
»Professor Möbius?« Ein Zivilbeamter in grauem Paletot und schwarzer Melone sprach Felix an. »Kriminalkommissar Quandt«, stellte er sich vor. »Entschuldigen Sie bitte die Störung am heiligen Sonntag, aber das Opfer war offenbar auf dem Weg zu Ihnen, als es geschah. Zumindest hat der Mann als Letztes Ihren Namen genannt. Kennen Sie ihn?«
Der Kommissar drängte die Menge auseinander. Felix beugte sich über das Opfer.
Als er das Gesicht sah, stockte ihm der Atem.
»Wann ist es passiert?«, fragte er.
»Vor ungefähr einer halben Stunde. Als wir eintrafen, war er noch bei Bewusstsein.«
Automatisch fasste Felix nach dem Handgelenk. Es war kalt, und der Puls war erloschen.
»Können Sie den Mann identifizieren?«, fragte der Kommissar.

Felix nickte. Nicht im Traum hätte er gedacht, dass er diesen Menschen jemals wiedersehen würde. Selbst den Namen auszusprechen fiel ihm schwer.
»Taifun Pascha«, sagte er schließlich. »Ein hoher türkischer Militär.«
»Soso«, erwiderte der Kommissar, »das erklärt immerhin die Pistole, die bei ihm gefunden wurde. Woher kannten Sie ihn?«
»Aus Konstantinopel – oder Istanbul, wie man neuerdings sagt. Ich hatte dort verschiedentlich mit ihm zu tun.«
»Na, dann sind Sie ja ganz schön rumgekommen in der Weltgeschichte. Haben Sie eine Ahnung, was der Tote von Ihnen wollte?«
Felix schaute in das erstarrte, wächserne Gesicht. In dem schwarzen, pomadisierten Haar schimmerten ein paar silbrige Strähnen, und der Schnurrbart sah aus, als wäre er gefärbt. Aber die Haut war so glatt und makellos wie früher, kaum eine Falte furchte die hohe, gewölbte Stirn, und die dunklen Augen unter den ovalen Brauen verrieten weder Schmerz noch Überraschung – höchstens ein leiser Spott lag in ihnen. Nie hatte man wissen können, was in diesem Mann vorging, und noch jetzt, in der Stunde seines Todes, gab er Rätsel auf. Felix schüttelte den Kopf. Nein, er hatte keine Ahnung, was Taifun von ihm gewollt hatte. Alles war möglich. Vielleicht hatte er Hilfe gebraucht, vielleicht hatte er Abbitte leisten wollen, vielleicht war er auch gekommen, um ihn zu ermorden … Felix wusste aus der Zeitung, dass sich seit Kriegsende Dutzende ehemaliger türkischer Offiziere in Berlin aufhielten, wo sie Asyl genossen und weiter politische Fäden zogen – die Nibelungentreue der ehemaligen Waffenbrüder währte über die Niederlage hinaus.
»Nein, ich fürchte, da muss ich passen«, sagte er. »Wir hatten seit Jahren keinen Kontakt mehr. Wissen Sie, wer auf ihn geschossen hat?«
»Ein Armenier«, erwiderte der Kommissar. »Wir konnten ihn Gott sei Dank festnehmen. Ein Handelsvertreter, der zufällig am

Tatort war, hat ihn überwältigt, bevor er sich aus dem Staub machen konnte. Der Kerl hat sich kaum zur Wehr gesetzt.«
»Ein Armenier?«, fragte Felix.
»Ja, ein Aram irgendwas. Diese Namen kann sich ja kein Mensch merken.« Der Kommissar reichte ihm ein Formular. »Würden Sie bitte die Todesursache feststellen? Man sieht es zwar mit dem bloßen Auge – aber Ordnung muss sein. Und bis ein anderer Arzt kommt, kann es dauern.«
»Natürlich«, sagte Felix. »Sie wollen schließlich auch Sonntag haben.«
Dann hatte Aram ihn also doch noch erwischt ... Felix hegte keinen Zweifel, wer der Täter war. Er kniete auf den Bürgersteig und knöpfte Taifuns Jackett auf. Das Hemd war voller Blut, der Schuss musste mitten durchs Herz gegangen sein. Während er den Totenschein ausfüllte, staunte er, wie kalt ihn das alles ließ. Unzählige Male hatte er Taifun den Tod gewünscht, doch seltsam, jetzt, da er ihn offiziell bestätigte, stellte sich kaum Genugtuung ein. Von den vielen Rätseln, die dieser Mann ihm aufgegeben hatte, war das letzte vielleicht zugleich auch das größte.
»Allem Anschein nach handelt es sich um ein politisches Attentat«, sagte der Kommissar. »Hier in Berlin kommt ja das Gesindel aus ganz Europa zusammen. Könnten Sie vielleicht den Namen des Opfers buchstabieren? Ich brauche ihn fürs Protokoll.«
»Taifun Pascha? – Genauso, wie man es spricht. T-A-I-F-U-N.«
Felix strich mit der Hand über das wächserne Gesicht, um die starren Augen zu schließen. Dann schaute er auf seine Taschenuhr. Wenn er sich beeilte, konnte er Carla und die Kinder noch zum Gottesdienst begleiten.
Als er das Jackett des Toten wieder zuknöpfte, rutschte aus einer Tasche ein kleines grünes Buch. Felix runzelte die Stirn. Allem Anschein nach war das Buch ein Koran, die verschnörkelten goldenen Schriftzeichen auf dem Einband waren arabisch.
War Taifun etwa gläubig gewesen?

Irritiert hob Felix das Buch auf. Zwischen den Seiten lugte ein Faltblatt hervor, ein Prospekt mit einer Photographie.
Als er die Frau auf dem Bild sah, traute er seinen Augen nicht. Die Frau war Elisa.
»Ich wiederhole noch einmal«, sagte der Kommissar. »*Taifun* wie der Wirbelwind, und *Pascha* wie bei Karl May …«
Statt einer Antwort reichte Felix ihm den ausgefüllten Totenschein. Mit der freien Hand faltete er den Prospekt auseinander. Doch er zitterte so stark, dass er beide Hände brauchte.
Der Text war eine Konzertankündigung in französischer Sprache.
»*Der letzte Harem*«, lautete die Schlagzeile, darunter folgte ein Artikel über Elisa. »*Mit ihrer wunderbaren Stimme bringt sie den ganzen Zauber des Orients zum Klingen. Nach Auftritten in London, Amsterdam und Brüssel, wo sie für wahre Begeisterungsstürme sorgte, ist sie nun in Paris eingetroffen, um ihre Europatournee zu beenden. Begleitet wird sie von Fatima, der letzten Favoritin Sultan Abdülhamids II. Höhepunkt des Abends ist ihr gemeinsamer Auftritt mit Fatimas Sohn, einem reinblütigen kaiserlichen Prinzen, der zu ihrem Gesang auf dem Saz spielt, einem alten osmanischen Saiteninstrument …*«
An dem Prospekt war mit einer Büroklammer ein Fahrschein der Deutschen Reichsbahn befestigt: *Berlin/Anhalter Bahnhof – Paris/Gare du Nord.*
Offenbar hatte Taifun die Absicht gehabt, den Frauen nachzureisen – eine andere Erklärung konnte es kaum geben. Aber weshalb hatte er sich vor der Abfahrt noch hierher auf den Weg gemacht? Das ergab doch keinen Sinn.
Plötzlich klopfte Felix das Herz bis zum Hals. Noch einmal überflog er den Text der Ankündigung.
Ja, ein Konzert fand noch statt, in zwei Tagen. Danach würde Elisa in die Türkei zurückkehren.
Er faltete den Prospekt wieder zusammen.
»Darf ich den behalten?«, fragte er.

Der Kommissar nahm den Konzertzettel und warf einen kurzen Blick darauf.

»Nur ungern, Herr Professor. Immerhin könnte es sich um ein Beweismittel handeln.« Mit leichter Verwunderung schaute er Felix an.

»Und wenn ich Sie darum bitte?«

»Sie meinen – als Souvenir?« Unschlüssig drehte der Kommissar das Faltblatt in der Hand. »Nun ja, in Anbetracht der Tatsache, dass Sie den Toten kannten, ließe sich eine Ausnahme vertreten. Vorausgesetzt natürlich, Sie verpflichten sich, das Beweisstück nicht zu zerstören.«

»Selbstverständlich, Herr Kommissar. Sie würden mir einen großen Gefallen tun.«

»Also gut, von mir aus. Schließlich haben Sie mir auch einen Gefallen getan.«

Mit einem Achselzucken gab er Felix den Prospekt zurück.

»Bitte sehr, Professor Möbius – zu Ihrer Verwendung. Machen Sie damit, was Sie wollen.«

Dichtung und Wahrheit

Ein historischer Roman ist kein Geschichtsbuch, und ein Romanautor ist kein Historiker. Beide schildern zwar geschichtliche Ereignisse, doch mit unterschiedlichem Interesse. Während der Historiker versucht, vergangene Zeiten möglichst exakt und wirklichkeitsgetreu zu rekonstruieren, interessiert den Romanautor vor allem die sinnbildhafte Bedeutung, die er in einer bestimmten historischen Situation zu erkennen glaubt. Sie zu vergegenwärtigen, betrachtet er als seine eigentliche Aufgabe. Die historische Realität ist darum für ihn nicht Sinn und Zweck seiner Arbeit, sondern ein Steinbruch: Stoff für einen Roman.
Ein solcher Steinbruch tat sich vor mir auf, als ich vor drei Jahren vom Ende Abdülhamids II. und der Auflösung seines Harems erfuhr. Die Entmachtung des letzten autokratischen Sultans markiert den Zusammenbruch des Osmanischen Reichs, der größten Multikulti-Gesellschaft aller Zeiten. Zugleich markiert sie die Geburtsstunde der modernen Türkei. Eine Gesellschaft, in der Jahrhunderte lang Dutzende von Völkern, Sprachen und Religionen in erstaunlicher Toleranz koexistierten, sieht sich plötzlich vor die Herausforderung gestellt, sich von Grund auf neu zu erfinden.
In diese Realität, die geprägt ist vom Konflikt zwischen Tradition und Moderne, orientalischer und europäischer Kultur, Islam und Christentum, geraten vollkommen unverhofft ein paar hundert Frauen hinein, die ihr ganzes Leben zuvor in einem künstlichen Paradies verbracht haben: im Harem des Sultans. In einer Welt

fernab jeder wirklichen Welt lebten sie in einer Gemeinschaft, die nach außen vor jedweder Gefahr geschützt und nach innen bis ins kleinste Detail formiert und reglementiert war. Haben wohl jemals Menschen die philosophische Metapher von der »Geworfenheit« des Menschen in die Existenz dramatischer und radikaler erfahren als diese Frauen?

Das sind die Aspekte, die ich in der historischen Situation der Türkei zwischen 1909 und 1923 vorfand und die mich an diesem Stoff interessierten. In meinem Roman habe ich versucht, sie miteinander in Beziehung zu setzen: Während eine ganze Nation den Aufbruch in die Neuzeit wagt, machen zwei Frauen sich auf den langen und mühevollen Weg zu sich selbst.

Dabei gelangt auch ein Streitfall zur Sprache, der zur Zeit unter Historikern heftig diskutiert wird: die Situation der armenischen Bevölkerung während des Ersten Weltkriegs. Diese Frage zu beantworten ist weder meine Aufgabe noch meine Absicht. In meinem Roman geht es weniger um die Zuweisung von Schuld und Unschuld verschiedener Parteien in diesem Drama, als vielmehr um die Darstellung menschlicher Verstrickung in Irrtum und Scheitern im Gebrauch und Vollzug der Freiheit.

Um den Stoff der Geschichte dramaturgisch zu gestalten, habe ich hier und da die Chronologie der Ereignisse sowie manche Äußerlichkeit im Detail abgewandelt. Dies geschah, um einen in sich geschlossenen Erzählkreis zu schaffen und die historischen Ereignisse in einen Sinnzusammenhang zu stellen, der die ihnen innewohnenden Kräfte erfasst und zugleich über die geschichtlichen Gegebenheiten, in die sie eingebunden sind, hinausweist. Denn die innere Wahrheit – ob einer Person oder Epoche – ist keine Abbildung bloßer Fakten, sondern die Verdichtung von Tatsachen und Legenden, von Geschehnissen und Meinungen, von Hoffnungen, Ängsten und Leidenschaften.

Folgende Ereignisse, die im Roman zur Sprache kommen, gelten in der Forschung weitgehend als gesichert:

1876: Abdülhamid II. besteigt nach der Entmachtung seines Halbbruders Murat V. mit 34 Jahren den Thron; zu seinen Beratern zählen Politiker und Wissenschaftler ebenso wie Magier und Astrologen; die erste osmanische Verfassung von Großwesir Midhat Pascha tritt in Kraft; Verlust des ägyptischen Vasallenstaats an England.
1877: Absetzung des Großwesirs Midhat Pascha.
1878: Unbefristete Aufhebung der Verfassung und Suspendierung des Parlaments.
1884: Midhat Pascha wird auf Geheiß Abdülhamids im Exil ermordet, sein abgeschlagenes Haupt dem Sultan als Beweis zugeschickt.
1887: Deutsches Konsistorium erwirbt Konzession zum Bau der Anatolischen Bahn.
1889: Erster Besuch Kaiser Wilhelms II. in Konstantinopel.
1890: Gründung der armenischen Geheimorganisation Daschnakzutjun in Tiflis; Gründung von Hamidiye-Regimentern, Vorläuferorganisation der jungtürkischen Teskilati-Mahsusa-Einheiten, zur Befriedung aufständischer Regionen.
1891–92: Letzte aktenkundliche Rekrutierungen von Sklavinnen für den Harem des Sultans, trotz offiziellem Verbot der Sklaverei seit 1856; aufkeimende jungtürkische Agitation; zunehmende Aktivitäten armenischer Revoluzzer.
1894: Armenier-Aufstand gegen kurdische Zolleintreiber in Sasun; Massaker an Armeniern; Türkisch als Pflichtfach in Schulen für Nichtmuslime; Eliminierung des Wortes »Armenien« aus Zeitungen, Büchern und Schulbüchern; Gründung der »Osmanischen Gesellschaft für Einheit und Fortschritt«, aus der das »Komitee für Einheit und Fortschritt« hervorgeht.
1895: Armenier-Aufstand von Zeytun; Armenier-Proteste in Konstantinopel; Bewaffnung von Kurden durch die Regierung; Armenier-Massaker in zahlreichen Provinzen;

Frauenhandel in verwüsteten Dörfern und Städten; jungtürkische Proteste gegen Armenier-Pogrome.

1896: Besetzung der Osmanischen Bank in Konstantinopel durch armenische Terroristen.

1897: Bündnisbestrebungen zwischen armenischen und jungtürkischen Widerstandskämpfern.

1902: Erster Kongress der Jungtürken in Paris.

1904: Attentat eines Offiziers auf Abdülhamid im Theater des Yildiz-Serails.

1905: Armenisches Attentat auf Abdülhamid vor der Moschee beim Verlassen des Freitagsgebets.

1908: 23./24. Juli: Wiedereinsetzung der Verfassung; Entmachtung und Verurteilung des Hofastrologen; Sparmaßnahmen und Verkleinerung der Hofhaltung in Yildiz; 17. Dezember: förmliche Abdankung Adülhamids als unumschränkter Autokrat.

1909: April: Beginn der hamidischen Konterrevolution; Armenier-Aufstand in Adana Reaktion der »Knüppelleute« mit Lynchjustiz; Mobilisierung aller Verfassungsanhänger gegen die Konterrevolution; jungtürkische und armenische Einigkeit im Kampf für die Verfassung; armenischer Widerstand gegen Abdülhamid schlägt um in Widerstand gegen den türkischen Staat: Fortsetzung des hamidischen Armenier-Pogroms durch die neue Regierung in Adana; 27. April: Absetzung Abdülhamids II. und Verbannung; Abdülhamids Aufbruch ins Exil nach Saloniki mit seinen Ehefrauen und Favoritinnen; Auflösung des Harems: Suche nach Angehörigen der Frauen mit Flugblättern und Zeitungsannoncen; Überführung der zurückgebliebenen Haremsdamen von Yildiz in den Topkapi-Serail; Gegenüberstellung mit möglichen Verwandten; Rückführung vieler Frauen in die anatolische und kaukasische Heimat, Unterbringung anderer im »Tränenpalast«; einige wenige Haremsdamen wagen den

Schritt in die Freiheit; ab Juni Doppelstrategie in der Armenierfrage: Verfolgung und Verurteilung einiger Verantwortlicher der Adana-Pogrome und zugleich Verbot ethnischer Gruppierungen; Aneignung des Yildiz-Palasts durch die neue Regierung; in den Hinterlassenschaften Abdülhamids wird ein Notizbuch mit Angaben zu seinen Konten bei der Deutschen Bank und beim Crédit Lyonnais gefunden; langwierige Verhandlungen um die Freigabe der Gelder; Kuriosa: Entsendung von Melkkühen und Legehennen nach Saloniki als Zeichen des guten Willens von Seiten der neuen Regierung.

1910: Bagdad-Bahn-Abkommen zwischen Deutschland und Russland.

1912: Erster Balkankrieg mit Verlust europäischer Gebiete; bei Kriegsausbruch Rückführung Abdülhamids nach Konstantinopel.

1913: Jungtürkischer Staatsstreich durch das Triumvirat Enver, Talaat und Cemal; Ende des neuen Pluralismus; zweiter Balkankrieg; Vertrag mit Deutschland zur Neuordnung der Armee.

1914: 28. Juli: Ermordung des österreichischen Thronfolgers in Sarajewo; Ausbruch des Ersten Weltkriegs: die Türkei unentschieden zwischen den Blöcken; Verweigerung der Auslieferung zweier englischer Kriegsschiffe an die Türkei; Kompensation durch Entsendung zweier deutscher Kriegsschiffe: Einfahrt der *Goeben* und *Breslau* in die Dardanellen; August: Formierung der Teskilati Mahsusa-Einheiten: Armenier als »innerer Feind« der Türkei im Aufmarschgebiet gegen Russland; 21. Oktober: Kriegsbündnis mit Deutschland; 11. November: Ausrufung des Dschihad; Envers Kriegsziel: die kaspischen Ölfelder; Kriegsfolgen in der Hauptstadt: Hunger, Flüchtlinge, Typhus, Inflation; Dezember: Beginn der Sarikamis-Offensive; erste Massaker in Wan.

1915: Januar: die Sarikamis-Offensive endet als Desaster: Krise des Komitees; Frühjahr: Entwaffnung aller Armenier und Bildung von Arbeitsbataillonen; März: erneute Massaker in Wan, Rückweisung deutscher Vermittlungsversuche in der Armenierfrage; April: alliierter Landungsversuch bei Gallipoli; armenischer Aufstand in Zeytun; 20. April: armenische Aufstände in Wan; 24. April: Massenverhaftung armenischer Intellektueller in Konstantinopel; 15. Mai: erste Deportationswelle; 27. Mai / 1. Juni: offizieller Deportationsbefehl für die armenische Bevölkerung Anatoliens; Einbeziehung kurdischer Begleittruppen in die Deportation; Juli: Massaker in der Kamahschlucht; Oktober: armenischer Aufstand und Niederschlagung in Urfa.

1916: Scheitern der alliierten Gallipoli-Offensive am Widerstand Mustafa Kemals; Sherif von Mekka kündigt der Türkei die Gefolgschaft.

1918: 10. Februar: Tod des 75-jährigen Abdülhamid; März: Friede von Bresk-Litowsk; 28. Mai: Gründung der Republik Armenien; Juli: britische Luftangriffe auf Konstantinopel; September: Berliner Finanzhilfe für Lebensmittelprogramm in der Türkei; Demission von Kriegsminister Enver Pascha; Liberalisierungen: Aufhebung der Pressezensur, Amnestie für armenische Aufrührer, Rückkehr politischer Verbannter; 10. Oktober: Rücktritt von Ministerpräsident Talaat; 30. Oktober: Waffenstillstand von Mudros: Ausweisung aller deutschen Zivil- und Militärpersonen außer Landes; 3. November: Flucht der jungtürkischen Führung einschließlich Enver, Talaat und Cemal nach Deutschland; 16. Dezember: Einsetzung von Kriegsgerichten zur Verurteilung von Kriegsverbrechern; armenische »Avenger«-Rekrutierung zur Rächung der Pogrome.

1919: 28. April: Prozesseröffnung gegen Enver, Talaat und

Cemal; Hauptanklagepunkte: »Bildung einer vierten bedrohlichen Kraft«, »Massaker an der Bevölkerung«, »Plünderungen von Gütern und Geldern, Verbrennen von Häusern und Leichen, Vergewaltigungen, Folterungen und Quälereien«; 5. Juli: Enver, Talaat und Cemal werden in Abwesenheit zum Tode verurteilt.

1920: März: Besetzung Konstantinopels durch die Entente-Mächte; 23. April: Einberufung der Großen Türkischen Nationalversammlung unter Mustafa Kemal in Ankara als Gegenparlament zu Konstantinopel; 11. August: Beschluss der Nationalregierung in Ankara, die Kriegsgerichte, die sich »mit Verfahren wegen der Deportation befassen«, aufzulösen.

1921: 15. März: Talaat Pascha wird in der Berliner Fasanenstraße von dem armenischen »Avenger« Soghomon Tehjlirjan am helllichten Tag erschossen. 4. August: Enver Pascha fällt an der Spitze einer Kavallerieabteilung bei einem Angriff in Tadschikistan.

1923: 24. Juli: Vertrag von Lausanne: Wiedererlangung der wirtschaftlichen Unabhängigkeit der Türkei; 1. Oktober: Abzug der letzten britischen Soldaten aus Konstantinopel; 13. Oktober: Proklamation Ankaras zur neuen Hauptstadt; 29. Oktober: Proklamation der türkischen Republik unter Präsident Mustafa Kemal Atatürk.

Danke

»Wer seinen Schmerz sagt«, so ein türkisches Sprichwort, »findet auch ein Heilmittel« Diese Erfahrung habe ich während der Arbeit öfter gemacht, als mir lieb war. Doch wann immer es klemmte, gab es zum Glück hilfsbereite Menschen, die es besser wussten als ich. Darum ist es mir nun, nachdem die Arbeit ein Ende hat, ein Bedürfnis, mich bei allen zu bedanken, die zur Entstehung dieses Romans beigetragen haben. Dies sind insbesondere:

Roman Hocke: An seinem anfänglichen Widerstand ist der Stoff gewachsen. Durch ihn habe ich die Geschichte hinter der Geschichte entdeckt.
Dr. Agnes Imhof: Als Orientalistin und Autorin von historischen Romanen gab sie mir uneigennützig erste Orientierung auf dem Weg in eine für mich fremde Welt.
Stephan Triller: Manchmal ist es nur eine Ermutigung im richtigen Augenblick, die das Scheitern verhindert.
Dr. Börte Sagaster: Ihr Buch über die Welt des Harems lüftete mir manchen Schleier.
Dr. Mehmet Hacisalihoglu: Er verschaffte mir Zugang zum Yildiz-Palast, auch und vor allem zu solchen Örtlichkeiten, die sonst einem Besucher verschlossen bleiben.
Bernadette Schoog: Sie ist eine so aufmerksame Leserin, dass man als Autor bei ihrer Lektüre am liebsten mitschreiben würde. Ihr verdanke ich 1001 Anregungen.
Ali Akkaya: Als profunder Kenner des alten Konstantinopel hat

er mir wertvolle Literatur zum Schicksal der Haremsfrauen verschafft.

Sabrina Rabow und *Sebastian Fitzek*: So zukunftsweisend sie in der Öffentlichkeit wirbeln, so rührend altmodisch sind sie privat. Vor allem, wenn es auf Freundschaft ankommt.

Prof. Dr. Klaus Kreiser und *Prof. Dr. Hans Georg Majer*: Sie haben mir zu Beginn der Arbeit wichtige Lektürehinweise gegeben.

Heiner Riethmüller, Hermann-Arndt Riethmüller und *Ulrike Sander*: als Führungsteam der Osianderschen Buchhandlung Tübingen danke ich ihnen stellvertretend für das Engagement aller Buchhändler in Deutschland.

Serpil Prange: Sie gelobte vor Jahren, mir ein Leben lang die Treue zu halten – nicht nur in guten, sondern auch in schlechten Zeiten. Letzteres hat sie bei der Entstehung dieses Romans bewiesen.

Auch wer den besten Agenten der Welt zum Freund hat, braucht als Autor einen Verlag – erstens, damit er sich nicht zu früh zufrieden gibt, und zweitens, damit seine Geschichte zum Leser gelangt. Mein letzter Dank gilt der Führung und den Mitarbeitern des Droemer Verlags, die mich unterstützt haben, wie ein Autor es sich nur wünschen kann: *Sibylle Dietzel* (sie zeigte bei der Herstellung Geduld bis zur buchstäblich letzten Minute), *Andrea Fischer* (nach anfänglichen Reibereien klappte es wie geflutscht), *Helmut Henkensiefken* (er fand die Bilder, um die Geschichte dem Publikum schmackhaft zu machen), *Dominik Huber* und *Katja Volkmer* (sie haben den historischen Stoff in das moderne Gewand der Website gekleidet: www.peter-prange.de), *Iris Haas* (zusammen mit den Vertretern des Hauses bringt sie die Bücher dorthin, wohin sie gehören: in die Buchhandlungen), *Klaus Kluge* (er produziert immer wieder neue und ganz eigene Marketing-Ideen, weil er die Bücher, die er bewirbt, tatsächlich liest), *Beate Kuckertz* (trotz unfreiwilliger Auszeit gab sie einige entscheidende Impulse in der Entwicklungsphase), *Monika Neudeck* (mit ihrer PR-Arbeit sorgt sie für die nötige Öffentlichkeit), *Christian Tesch* (bei jedem Buch krempelt er die Ärmel aufs Neue auf, um den Vertrieb auf Touren zu bringen), *Hans-Peter Übleis* (obwohl Chef »vons Janze«, war er sich nicht zu schade, als Cheflektor einzuspringen, als Not am Mann war), *Annette Weber* (sie ist die engste Begleiterin am Text und kennt die Geschichte wahrscheinlich besser als ich).

Sie alle haben zusammen meine Geschichte zum Buch gemacht.

Und jetzt...?

Viele weitere Informationen rund um
Peter Prange, seine Geschichten und die großen
Fragen zu Kunst, Philosophie und Wissenschaft
finden Sie im Internet unter

www.peter-prange.de

Kostenlose Leseproben · Web-TV
Steckbrief · Autorentelefon · Artikel
Veranstaltungen · Bücher...